HEYNE BÜCHER

D1923717

Fantasy

Herausgegeben von Friedel Wahren

Von **Storm Constantine** erschienen in der Reihe
HEYNE SCIENCE FICTION & FANTASY:

Hermetech · 06/5008
Schattengräber · 06/5336

DIE WRAETHTHU-TRILOGIE:

Der Zauber von Fleisch und Geist · 06/5456
Im Bann von Liebe und Haß · 06/5457
Die Erfüllung von Schicksal und Begehren · 06/5458

Storm Constantine

WRAETHTHU

DIE ERFÜLLUNG VON SCHICKSAL UND BEGEHREN

Dritter Roman der
WRAETHTHU-TRILOGIE

Aus dem Englischen übersetzt
von
BIGGY WINTER

Deutsche Erstausgabe

WILHELM HEYNE VERLAG
MÜNCHEN

HEYNE SCIENCE FICTION & FANTASY
Band 06/5458

Titel der Originalausgabe
THE FULFILMENT OF FATE AND DESIRE
Aus dem Englischen übersetzt von
BIGGY WINTER
Das Umschlagbild malte OLIVIERO BERNI

Umwelthinweis:
Dieses Buch wurde auf
chlor- und säurefreiem Papier gedruckt.

Redaktion: E. Senftbauer

Erstausgabe bei Macdonald & Co (Publishers) Ltd, London & Sydney

Printed in Germany 1996
Umschlaggestaltung: Atelier Ingrid Schütz, München
Technische Betreuung: M. Spinola
Satz: Schaber Satz- und Datentechnik, Wels
Druck und Bindung: Elsnerdruck, Berlin

ISBN 3-453-10960-0

Inhalt

Dieses Buch ist Roy Wood gewidmet, der mich in *Andromeda* ›entdeckte‹, und dem ich für seine Hilfe, seinen Rat und seine Ermutigung aufrichtig dankbar bin.

Mein Dank ergeht auch an Sue Eley für ihr kritisches Auge und ihren flinken Korrekturstift sowie für ihre Beratung bei der Anlage von Karte, Glossar und Personen; an Jeanne Wheeler, Alison Perry, Steve Allman und Jag für die Beisteuerung von Ideen; an Steve Waters für die Aufklärung über das Wesen des Hermaphrodismus; und an die übrigen Wraeththu-iten, die mutig genug waren, sich als solche filmen zu lassen: Jayle Summers, Phillipa Cotterell, Richard Clews, Sharon O'Hara und John Matley.

Prolog

Einmal wird der Tag kommen, an dem alles, was wir als Neuland betrachten, das wir erbitten (erbeuten?) und kultivieren, Vergangenheit sein wird. Geschichte. Man wird sie analysieren; ein Thema, über dem ernsthafte Gelehrte brüten und es sezieren werden. Unbedeutenden Vorkommnissen, Nebensächlichkeiten und Zufällen wird man ungeahnte Gewichtigkeit verleihen. Ich kann jetzt schon die erhobenen Stimmen hören, die überzeugt davon sein werden, alles zu wissen. O ja, ich kann voraussehen, wie unsere entfernten Nachfahren sich alle versammeln, gekleidet in ihr vollkommenes Fleisch, und einer von ihnen sagt: »Die ersten Wraeththu waren natürlich kaum mehr als Barbaren, immer auf der Suche nach der Wahrheit und dabei so weit davon entfernt – stimmt's? Und alles, was sie dabei zu fassen bekamen, war ihre Sexualität. Schließlich waren sie doch ursprünglich bloß Menschen. Was für ein Schock das wohl gewesen sein mußte, als sie herausfanden, daß sie zur Hälfte weiblich waren, nachdem sie dieses Geschlecht jahrhundertelang mißachtet hatten!« Und dann lachen sie alle selbstgefällig. Ha, ha, ha. Und dann wagt ein anderer heller Kopf, vielleicht jünger und kämpferischer in seinen Ansichten, einen weiteren Gedanken: »Sie umgaben sich einfach mit einem Schleier aus Selbstbetrug, und das war ganz sicher der Grund dafür, daß sie die Wahrheit nicht sahen. Die Erkenntnis lag so nahe, und dennoch … sie konnten den Schleier nicht durchdringen. Wie beklagenswert.« An dieser Stelle, denke ich, wird einer der älteren Hara mit finsterem Gesicht einen leisen Tadel äußern.

»Die ersten Wraeththu hatten keine *Bildung, keine Selbstdisziplin,* sie waren vielleicht zu ungestüm in ihren Äußerungen und dachten nicht darüber nach, was sie wirklich sagten.« Dies könnte mit hörbarer Sympathie ausgesprochen werden, und der jüngere Har würde sich gedemütigt fühlen und vielleicht beschämt zu Boden blicken; vielleicht aber auch nicht. Wie auch immer, diese Gedankengänge könnten durchaus ihre Berechtigung haben, und halb und halb neige ich zu der Hoffnung, es möge so sein. Doch wenn diese hochentwickelten Hara nicht eines fernen Tages wirklich existieren, wenn unsere Rasse zurücksinkt in den Zustand, in dem sich die Menschen einst befanden, dann waren die Anstrengungen tatsächlich alle vergebens. Ein kosmischer Scherz. Der größte Fall von Verblendung in der Geschichte des Planeten – und derlei Fälle hat es viele gegeben, wenn wir uns nichts vormachen wollen. Wir wären bloß Mutanten gewesen, eine Laune der Natur; Ende der Geschichte. Keine Erlöser, keine Supermenschen, keine Engelssöhne und keine Heroen – bloß Unfälle. Die Götter sahen gerade anderswohin; da geschah es ganz einfach. Und ja, ich gebe es zu, meine andere Hälfte lehnt sich dabei zurück, legt die Füße auf den Tisch, nippt guten Branntwein und denkt: »Ach was, zum Geier mit dem tiefsinnigen Zeug! Hör auf damit, laß es sein!« Ich glaube nicht, daß diese Erde jemals eine zukünftige Geringschätzung dessen, was wir heute sind – was *ich* bin –, zulassen wird, denn schließlich können unsere Nachkommen jetzt nicht hier sein. Sie werden uns niemals kennenlernen, so wie wir sind, oder wissen, weshalb wir etwas Bestimmtes tun. Für sie werden all die blutigen Zeiten, all diese Schrecken nur Geschichte sein – Worte auf einer Buchseite; wie sollten sie es also wagen, ein Urteil zu fällen? (Wahrscheinlich werden sie keinerlei Skrupel haben.) Doch wird je gesagt werden, daß wir, trotz allem, unseren Fähigkeiten entsprechend das Beste aus unserem Leben gemacht haben? Und wenn dieses Leben eine Schlacht ist, dann sind die Narben in meinem Inneren Orden für Tapferkeit, für Gewandtheit, für Mut und Leidenschaft. Das Böse ist der dunkle Bruder des Guten; sie gehen Hand in Hand – immer. Nebenbei bemerkt, und wie auch immer es klingen mag: es ist keine Entschuldigung …

Kapitel 1

Fallsend und sein Dreckloch

Das ausgebrannte Ende
rauchiger Tage ...

T. S. Eliot, *Preludes*

Nach dem Ai-cara werden die Jahre ab dem Zeitpunkt gezählt, zu dem Pellaz in Immanion an die Macht kam. Verzeihung, es sollte natürlich ›Pellaz-Har-Aralis‹ heißen – die korrekte Bezeichnung, wie sie von den niedrigeren Geschöpfen zu verwenden ist. Ich bin ein niedrigeres Geschöpf, vielgeschmäht und am besten zu vergessen. Ich habe nichts zu tun mit der Zukunft von Königen. Mein Gefühl für Ritterlichkeit habe ich seit Ewigkeiten schon verloren, Gott sei Dank.

Dies ist meine Geschichte, und vielleicht wird sie sogar die Wahrheit enthalten, denn ich hege den Verdacht, daß über mich ein fürchterlicher Haufen Lügen im Umlauf sein wird. Ich bin mir auch im klaren darüber, wie unwahrscheinlich es ist, daß irgend jemand die Geschichte je lesen wird, und um wie vieles wahrscheinlicher, daß sie für alle Zeiten an irgendeinem ungeweihten Ort tief in der Erde liegen wird, fest an meine verschrumpelte Brust gedrückt. Wer weiß? (Wen kümmert es?) Wird jemand mich begraben, wenn ich tot bin? Gesteht man Dämonen diese Vergünstigung zu?

Es begann als Tagebuch, verlor aber seine Richtung; es begann als Beichte und entwickelte plötzlich ein Eigenleben. Das bin ich.

Ich werde in der Mitte der Geschichte beginnen. Das ist eine schlechte Stelle für einen Anfang, und gerade deswegen die beste für mich. Es kann losgehen.

Und es begab sich, geneigter Leser, daß ich mich am Ende des Jahres Ai-cara 27 unversehens in dem schwarzen Schlammrinnsal wiederfand, das sie dort Straße nennen, und hinunterschlitterte nach Fallsend, eine Stadt mit einem gewissen Ruf, doch keinem guten. Höchste Zeit, um auszuruhen. Höchste Zeit für Rückblicke. Höchste Zeit, um mich sternhagelvoll zu besaufen, bis ich aufhöre, die Vergangenheit in meinem Schädel zu sezieren. Ein bißchen Hoffnung.

Auf den ersten Blick machte Fallsend den Eindruck einer Stadt an einem kalten Ort in einem kalten Land, wo immer Spätherbst zu sein schien. Niemals Winter. Damals spiegelte dieser Eindruck mehr oder weniger meine niedergeschlagene Stimmung wider, den ich später jedoch revidieren mußte, als es zu schneien begann. Egal, Fallsend sieht zu keiner Zeit hübsch aus. Erbaut ist die Stadt auf den Abhängen von Hügeln und in einer Senke dazwischen, die die Form einer Teetasse hat. (Nachdem man sich ein paar Wochen lang in diesem Gefängnis aufgehalten hat, beginnt auch die Größe damit übereinzustimmen.) Der Name, den das Land rundum einmal getragen hat, ist außer Gebrauch gekommen; er ist der Vergessenheit anheimgefallen. Jetzt ist es der nördliche, schlecht überwachte Teil von Almagabra namens Thaine. Normalerweise wollen heutzutage (anständige) Hara nicht einmal so lange hierbleiben, bis die Frage auftaucht, wo sie sich eigentlich befinden – so sie ihren Verstand gebrauchen. Ich konnte meinen Verstand nie gebrauchen. Vermutlich ist das auch der Grund dafür, daß ich hier bin. Dies und der Umstand, daß es mich ohne einen roten Heller in den Ort verschlagen hatte, während mein Pferd kurz davor stand, mir unter den Händen – oder, genauer gesagt, unter dem Hintern – einzugehen. Okay, ich sehe es mal von der helleren Seite: Nach langer Anstrengung war es mir gelungen, den Schatten abzuschütteln, der mir in diesen gottverlassenen Winkel gefolgt war – doch heller als das, mein Freund, wird es wohl nicht so bald werden.

Fallsend ist ein feuchtes Nest, gebaut aus ein paar Steinen, aber zum Großteil aus Holz, welches flott und fröhlich vor sich hin modert. Es gibt eine Unmenge von Treppen, von denen die meisten unter dem schwankenden Schritt des unvorsichtigen Zechers zusammenzubrechen drohen. Bretter liegen über den schaumumkränzten Pfützen, in denen sich gelegentlich schon mal ein totes Tier finden kann. Wenig Farben. Deprimierend. So gut wie jeder kriminelle, geistesgestörte oder sonstwie ausgeflippte Wraeththu ist auf seinem Weg nach Osten, Richtung Jaddayoth, bereits durch dieses Städtchen gekommen. Und im Moment sieht es von der Stelle, an der ich soeben sitze, geradewegs so aus, als wäre ein Großteil von ihnen dageblieben. Und wenn die Leute hier den Stadtteil dort drüben Glitzerviertel nennen, dann können sie damit auch niemandem etwas vormachen. Hier oben hingegen haben die wohltätigen Seelen, die in diesem Drecksloch abkassieren, ihre hohen, ausladenden Häuser, wo man fast alles kaufen kann. Drogen, um bei Verstand zu bleiben, Drogen, um ihn zu verlieren. Das Wasser des Vergessens; das Pulver der Erinnerungen. Irgendwo hier oben halten sie weißhäutige, großäugige Harlinge vom Stamm der Coluraster im Dunkeln gefangen, die sie kaufen und verkaufen wie ein Stück Vieh. Um zwei Spinner kann man einen von ihnen haben – als Hure für eine Nacht in einem finsteren Winkel. Ich habe gehört, manchen von ihnen hat man die Zunge herausgeschnitten, damit sie nicht schreien können. Sie erinnern sich, geneigter Leser: wir sind die Rasse der friedfertigen Gleichheit aller.

Und nun die Anmerkungen zum gesellschaftlichen Bereich, welche ich für notwendig erachte, obwohl es zugegebenermaßen ermüdend sein kann, wenn man die Sache schon tausendmal gehört und darüber nachgedacht hat. Im Westen hat der alles überragende, erhabene Stamm der Gelaminger das Heimatland von jeglichem Bösen gesäubert; so hört man es wenigstens. Eigentlich sah es mir in dieser Hinsicht ziemlich fragwürdig aus, als ich zum letztenmal dort war, doch ich gebe zu, das ist schon eine Weile her. Die Dinge könnten sich inzwischen geändert haben. Alles verändert sich an der Oberfläche. (Aber verändert es sich auch im Innersten? Kann es das überhaupt?) Die Gelaminger kontrollieren auch den südwestlichen Teil des Kontinents, wo es immerzu sonnig ist, nehme ich an. Ich habe mir überlegt, daß sie vermutlich ihren ganzen Mist nach Osten geschaufelt haben, worauf er hier gelandet ist. Und irgend jemand hat eine Stadt darübergebaut. Fallsend. Kein Ort, wo man begraben sein möchte.

Ich mußte Morass, eine Siedlung etwa zehn Meilen von Fallsend entfernt, ziemlich überstürzt verlassen. Es schmerzt mich, daran zu denken, aber ich schlitterte da in eine unerfreuliche Auseinandersetzung, betreffend die Unberührtheit von irgend jemandes Sohn, und die Sache lief zusehends aus dem Ruder. Blitzartiges Leineziehen ist meine starke Seite, doch da ich betrunken war, entsinne ich mich leider nicht an sehr viel davon. Ich lüge recht viel, und manchmal, wenn ich mich betrinke, werde ich dabei ertappt. Nachdem ich mein kränkliches Roß über etliche Meilen sumpfigen Geländes genötigt hatte, war ich tatsächlich erleichtert, als ich die finstere Rauchwolke erblickte, die stets über Fallsend hängt. Selbstverständlich hatte ich bereits von der Stadt gehört. Jeder Ort, in dem ich vorbeigekommen war, platzte vor Schauergeschichten über Fallsend: Was dem arglosen Reisenden dort alles zustoßen konnte – es gab Gerüchte über Entführungen, Sklaverei, Morde – samt und sonders zutiefst verabscheuungswürdige Greuel für den aufrechten Wraeththu. Doch nach den rückschrittlichen, sittenstrengen Bretterhaufen, die ich in der Vergangenheit besucht hatte, klang das alles nach einer verlockenden Abwechslung. Nun, dachte ich, während ich dem Pferd mit dem Tod drohte, wenn es wagen sollte zu stolpern, hier ist sie, eine Stadt, die man nach mir benannt hat! Aber habe ich wirklich aufgehört zu fallen? Ist mein Fall jetzt zu Ende? Ist Fallsend tatsächlich der Tiefpunkt?

Nachdem ich eine halbe Stunde lang ziellos umhergewandert war und alles aufgenommen hatte, was sich meinen Blicken bot, nahm ich mir ein Zimmer in einer windschiefen Herberge im Südteil der Stadt. Dem Hauswirt blieb verborgen, daß ich mir die Miete nicht leisten konnte. Was von meinem Pferd noch übriggeblieben war, verkaufte ich einem Har, der keine Fragen stellte, und unternahm einen Spaziergang durch die Straßen, um meine Kenntnisse von den Örtlichkeiten zu vertiefen. Niemand schaut dich an in Fallsend, weil es sich bei dir durchaus um einen Wahnsinnigen handeln könnte, der nichts als Mord und Totschlag im Sinn hat und der auf neugierige Blicke empfindlich reagiert. Dieses Risiko will niemand eingehen. In einer zwielichtigen Taverne – Pfützen auf dem Boden, halb aufgesaugt von Häufchen durchweichten Sägemehls, diese Sorte Lokal – bestellte ich eine Schüssel undefinierbare Schleimsuppe und fragte die Wirtsleute, wo ich Arbeit finden konnte. Anfangs weigerten sie sich überhaupt, mir zu antworten, doch da ich ein trügerisch ehrliches Gesicht habe, brachten sie schließlich den Mut auf, wenigstens zu lachen. Dann hatte jemand Mitleid mit mir.

»Was kannst du denn so?«

»Tja, also«, antwortete ich, »ich bin ganz gut, wenn's darum geht, Leute beiseite zu schaffen, oder, wenn das zu teuer kommt, ihnen das Leben gründlich zu versauern ...«

Ich hatte gehofft, man würde diese Bemerkung so humorvoll aufnehmen, wie sie gemeint war, doch dem war nicht so. Sie erklärten mir mit eindringlichen Worten, daß in Fallsend bereits ein Überangebot an Meuchelmördern herrscht und daß bei dieser Arbeit zuviel Reisetätigkeit anfällt, wenn es einem überhaupt gelingt, einen Auftrag zu ergattern. Offenbar will niemand einem Mörder seine Reisespesen ersetzen.

Ich bemühte mich, nicht allzu verzagt dreinzusehen, aber so, wie ich mich fühlte, hätte ich die Möglichkeit, jemandem das Lebenslicht auszublasen, mit beiden Händen ergriffen – ganz kostenlos! Man brachte mir noch mehr Mitleid entgegen: »Du siehst halbwegs ordentlich aus«, stellte jemand fest. »Bißchen dürr, aber manche Leute sind nicht sehr heikel. Wenn auch *du* nicht heikel bist, kannst du Arbeit im Glitzerviertel finden...« Ich bin heikel. Eine Woche lang war ich fast am Verhungern, dann unterzog ich meine moralischen Grundsätze einer neuerlichen Überprüfung.

Weil dies hier der Beginn eines Buches ist, halte ich den Zeitpunkt für gegeben, über das Konzept der Wraeththu zu sprechen – falls es ein solches überhaupt gibt. Ich kann nicht behaupten, daß das etwas ist, worüber ich häufig nachdenke – wie vielen von uns in dieser wirren Welt ist schon der Luxus vergönnt, Zeit zum Denken zu haben? –, und ich weiß nicht, ob es wichtig ist oder nicht, aber der Nachwelt zuliebe will ich sagen, was ich meine. Ich bin ein Har, ein Mitglied der Rasse, die nach dem Menschen entstand. Die *aus* dem Menschen entstand. Wir sind die Rasse, die das verzwickte Problem der sexuellen Ungleichheit – gar nicht zu reden von der sexuellen Veranlagung! – löste, indem sie sich zu einem einzigen Geschlecht entwickelte: zu den Hara. Ich selbst neige bisweilen zu femininem Naturell und dann wieder zu maskuliner Willensstärke; für gewöhnlich treten diese Eigenschaften zur unrechten Zeit zutage. Aber ein maskulines Naturell gepaart mit femininer Willensstärke bringt einen immer in Teufels Küche, und so haben wir alle unsere kleinen Nöte, einerlei, wie überheblich wir auch behaupten, uns absolut vollkommen und komplett zu fühlen. Die meisten Hara behaupten auch, daß ausnahmslos alle Wraeththu schön anzusehen sind, aber das ist nicht wahr – wie langweilig, wenn dem so wäre! Was in jemandes Inneren vorgeht, beeinflußt fast immer sein Äußeres, und so sind die allerschönsten Hara stets die wahrhaft bösen, die allermächtigsten und die allergerissensten. Glauben Sie es nicht, geneigter Leser, wenn man ihnen sagt, daß alle Hara gut sind. Ich habe noch nie einen durch und durch guten Har getroffen, und ich möchte es auch nicht. Nicht einmal die Gelaminger sind in ihrer Gesamtheit gut, obwohl sicher ist, daß sie das gern glauben würden. Ganz gewiß sind sie die Allerschönsten, also ziehen Sie Ihre eigenen Schlüsse.

Der Philosoph wird Ihnen erklären, daß die Wraeththu eine Rasse von Hexenmeistern und Mystikern sind, angeblich nur dazu erschaffen, um die Welt vom Bösen zu befreien. Wir haben jetzt sogar einen Rat der vereinigten Stämme, der verzweifelt versucht sich einzureden, daß dieses Ziel erreicht ist, aber, wie ich schon sagte, man hat den ganzen Mist nur nach Osten geschaufelt. Nach Nordosten, um genau zu sein. Im Westen haben wir die großen Länder Almagabra, Erminia, Cordagne und Fereng. In der Mitte Thaine, wo ich jetzt bin. Östlich davon liegt Jaddayoth, und als ich zum erstenmal nach Thaine kam, wußte ich nur sehr wenig von Jaddayoth. Nun, wir wollen uns eine Linie vorstellen, die von Pol zu Pol verläuft und den Kontinent durchschneidet. Westlich dieser Linie finden wir Gesetz und Ordnung, Ruhe und Frieden und dazu die Fähigkeit, die Welt wieder auf die Füße zu stellen. Östlich der Linie bietet sich uns ein lustvoller Abstecher zurück ins Mittelalter und ins Chaos. Im Süden haben wir zu beiden Seiten der Linie ein riesiges heißes Land, das wir jetzt Olathe nennen. Die Menschen haben es mit größter Akribie zugrunde gerichtet, indem sie mit Atomwaffen herumschmissen, bevor die Wraeththu sich von Megalithika, einem anderen großen Kontinent, nach Osten hin ausbreiteten. So, das wäre die grundlegende Topographie meiner Geschichte.

Ich stamme ursprünglich aus Megalithika; es währt nun schon mehrere Jahre, denke ich, daß ich den Geistererscheinungen meines schlechten Gewissens ausweiche, indem ich mich in ganz Fereng und Thaine herumtreibe. Es verliert sich alles ein wenig im Alkoholdunst, fürchte ich. Ich sehe jedenfalls nicht älter aus. Hingegen weiß ich, daß es unmöglich ist, sich noch älter zu fühlen, als ich mich jetzt schon fühle. Und ich will nichts anderes als weiterrennen und mich in dem Chaos verlieren, das im Osten auf mich wartet. Die Ungleichheit der Geschlechter mag vielleicht eine Sache der Vergangenheit sein, aber glauben Sie mir, daneben hat es eine ganze Menge anderer, genauso unwiderstehlicher Ungleichheiten gegeben, die nur darauf warteten, an ihre Stelle zu treten: Die Starken versklaven die Schwachen; darauf läuft alles hinaus. Spulen Sie die Geschichte zurück. Lassen Sie sie wieder ablaufen. *Ad infinitum*. Oh, ich bin ganz sicher, daß in Jaddayoth ein warmer Herd bereits sehnsüchtig darauf wartet, mir wohlige Behaglichkeit zu schenken!

Nun, jedenfalls litt ich, wie ich vorhin bereits sagte, nach meiner Ankunft in Fallsend eine ganze Weile Hunger, und dann wurde der Hauswirt mißtrauisch. In erster Linie wohl deshalb, weil ich nie zusammen mit den anderen Bewohnern der Herberge im Speisesaal (ob man ihn wohl als solchen bezeichnen darf?) die Mahlzeiten einnahm. Dort hieß es: hie Bares, hie Essen, verstehen Sie, und da mir das bißchen Geld, das ich durch den Verkauf meines Pferdes verdient hatte, bald ausging, mußte der Speisesaal ohne meine erlauchte

Gegenwart auskommen. Und am sechsten Tag, gerade als meine letzte Schnapsflasche zur Neige ging und ich dabei war, mir einzureden, daß es Spaß macht, aus Abfalleimern zu essen, wollte man das Geld für mein Zimmer von mir. Der Hauswirt und ich redeten etwa eine halbe Stunde lang höflich miteinander, ehe er die Geduld verlor und mich hinauswerfen ließ, wobei er mein mageres Bündel Habseligkeiten als Pfand einbehielt, bis ich bezahle, was ich ihm schulde. Ein unwürdiges Schauspiel. Während ich mich aus der schwarzen, stinkenden Pfütze hochrappelte und ein magerer streunender Hund mich abschnüffelte, brüllte ich der Welt zu, daß ich einst der Gemahl eines Prinzen gewesen sei – eine leichte Übertreibung meinerseits, von der ich in diesem Nest aber nicht befürchten mußte, daß man sie als solche erkannte. Egal, meinen Freund, den Herbergsvater, beeindruckte sie jedenfalls nicht. Er riet mir, mich zurück nach Westen zu verpissen und Unterhalt zu verlangen, wenn es sich wirklich so verhielt. Ich gab mich geschlagen und verzichtete auf eine Erwiderung. Zu viele Leute waren bereits herbeigelaufen, um uns zuzusehen, und selbst halb betäubt vom Alkohol ist es mir ein Greuel, mich lächerlich zu machen.

Ich erinnerte mich an das Gespräch vor einigen Tagen, als es darum gegangen war, Arbeit zu finden, und prüfte meine Empfindungen, was die Tätigkeit im Glitzerviertel betraf. Sonderbarerweise entdeckte ich, daß mir dazu überhaupt nichts einfiel. Hunger und Not stellen merkwürdige Dinge mit unseren Grundsätzen an. Ich klopfte mir den Staub von den Kleidern – oder besser, wischte mir den schmierigen Dreck vom Leib –, marschierte ans andere Ende der Stadt und klopfte an die hübscheste Tür, die ich finden konnte. Sie war umkränzt mit einer Kette bunter Lämpchen. Ordinär, ich weiß, aber es gefiel mir, daß die Bewohner offenbar dieser überwältigenden Trostlosigkeit rundum trotzten und den tapferen Versuch einer Verschönerung machten. Ich hatte keine Ahnung, ob ich das beste Haus am Platz gewählt hatte. Eine Musenda war eine Musenda. Die Menschen hatten solche Etablissements einst Freudenhäuser genannt. Nachdem ich einige Minuten lang wiederholt geklopft hatte, wurde die Tür von einem Har geöffnet, der aussah wie etwas, das meiner Vergangenheit entstiegen war. Er sah sauber aus und hübsch, trug Schmuck und Make-up. Es war so lange her, daß ich jemanden mit dem einen oder anderen oder beidem zu Gesicht bekommen hatte, daß ich einen kurzen wehmütigen Gedanken an die Tage verschwendete, als ich selbst mich so geschmückt hatte. Ich sagte: »Jemand aus der Stadt hat mich hergeschickt. Es soll Arbeit hier geben ...«

»Es gibt keine freien Plätze hier in Piristil«, sagte der Har frostig und wollte die Tür schließen.

Ich drückte sie wieder auf. »Hör zu, ich weiß, daß ich im Augenblick gräßlich aussehe, aber ich habe eine schwere Zeit hinter mir. Ich habe kein Geld, keine Bleibe. Wenn ich keine Arbeit finde, sterbe ich vor Kälte, vor Hunger und vom Gestank dieses Drecknestes. Könntest du das vor deinem Gewissen verantworten?«

»Hast du Erfahrung in diesem Gewerbe?« fragte er schnippisch.

»Nein. Ich war noch nie ein Kanene, ich habe noch nie zuvor die Schwelle einer Musenda betreten, aber ich schwöre dir, wenn du mich behältst, wirst du es nicht bereuen. Es ist eine Tätigkeit, die mir außerordentlich liegen würde, wenn du es mich beweisen läßt!«

Der Har sah mich mit demselben Ausmaß an Begeisterung (und Überzeugung) an, als hätte er ein Hundehäufchen vor sich, das sich für einen Diamanten ausgab. Schweigend durchlitten wir eine Ewigkeit, wobei wir einander unausgesetzt anstarrten. Ich spürte, wie eine Zurückweisung heranwuchs. Er sagte: »Du bist eklig«, womit er sich, so nahm ich an, auf meine Erscheinung bezog.

Ich hob die Schultern. »Ja, weiß ich, aber ich sagte dir bereits, ich hatte eine Pechsträhne. Laß mich gründlich baden, und der Aghama selbst wird die Augen seiner Engel vor meiner strahlenden Schönheit abschirmen müssen!«

Es überzeugte ihn nicht, obwohl er zuließ, daß einer seiner Mundwinkel ein wenig zuckte. In diesem Moment wurde mir klar, daß ich es tun mußte, obwohl ich schon fast vergessen hatte, wie man es bewerkstelligt. Es wirkt stets Wunder. Ich spürte, wie mein Gesicht zersprang, und eine Sekunde lang hatte ich Angst, es wäre meine Haut. Aber die Angst stellte sich als unbegründet heraus, es war bloß die Schmutzschicht darauf. Es handelte sich um meine letzte Hoffnung: ich lächelte. Der Har blinzelte, etwas geblendet. Armer Tropf, armer Trottel, der darauf hereinfiel. Er öffnete die Tür. »Komm doch besser rein«, sagte er.

Und so, meine Freunde, wurde aus Calanthe, dem Liebhaber von Herrschern und Prinzen, dem Mörder seiner Freunde, dem Scharlatan von großer Schönheit, von Geist und kultiviertem Wesen, der zur Legende geworden war in seiner eigenen Zeit, eine Hure. Wie weit konnte ich noch fallen?

Kapitel 2

Das Haus in Fallsend

> ... und streicht hungrig durch die nächtlichen Straßen.
>
> Robert Graves, *A jealous man*

Ich lebe zwei Leben. Ich bin nicht verrückt. Vielleicht ist das meine Strafe. Das Gestern – das sind zwei verschiedene Orte, jede Erinnerung ist echt, jeder Vorfall so klar wie Eiswasser. Ich bin vierzehn Jahre alt. Seel ist bei mir, jünger, eifriger, wie ein Hund in seiner vertrauensvollen Naivität. Es riecht schlecht in dieser Gegend, einem toten Viertel der Stadt. Man hört, daß die Wraeththu hier leben sollen. Wir sind hergekommen, um das herauszufinden. Seels Hosen sind zerrissen, seine Knie aufgeschürft. Er ist nervös. Ich bin einfach nur abgestumpft. Es gibt keinen anderen Weg für uns. Die anderen, die Welt, unsere Familien und alles, was noch übrig ist von dieser Öde namens Erde, sind hinter uns her. Wir sind so jung! Wir fürchten uns, bleiben aber tapfer. Unser Mut ist eine Art vergiftete Unschuld; wir sind Menschen, und wir sind zwei Liebende. Die verschiedensten Hysterien haben zur Folge, daß unsere Liebe gegen das Gesetz verstößt. Täglich setzen wir das Leben aufs Spiel. (Der erste Stein, der geworfen wird – und die nächsten folgen umgehend.) Niemand darf etwas von uns wissen. Es ist schon gefährlich, wenn wir einander ansehen, denn die zärtliche Wärme in unseren Augen könnte uns verraten. Es ist so wenig Wärme in dieser Welt; wir müssen uns dicht an sie schmiegen, wann immer wir können. Fleisch, das man zu lange an Eis preßt, stirbt ab; es stirbt die Seele. Viele seelenlose Leute wandern durch dieses Land.

Jedes zweite Haus in unserer Straße steht jetzt leer. Tore und Fenster bleiben unbewegt, sacken ab, speien trostlose Verlassenheit aus. Unsere Treffpunkte. Mitten unter Schutt und Kehricht liebten wir uns zum erstenmal. Von weither, aus dem Sonnenschein, drang ein Wehklagen an unser Ohr. Dann der scharfe Knall eines Schusses. Sommerzeit. Bellende Hunde auf dem heißen Asphalt, aber keine spielenden Kinder. Seel erschauerte und schloß die Augen. Wir wußten es beide: Es gibt keinen Platz für uns im Grab der Menschheit. Immer Rauch am Horizont und der Gestank des jüngsten Blutbads. Furchtsame Augen; versiegelte Lippen. Die Menschen sind ein verängstigtes Volk. Von Dämonen umgeben, von Dämonen erfüllt. Sie erkennen, wie sich die Tür schließt und das Licht für immer aussperrt. Es ist das Ende.

Im Boden befindet sich ein großes Loch. Einst stand hier ein Haus, und das war der Keller. Seel und ich sehen einander an. Wir sind so jung; wir wissen das. Das Herz tut uns weh bei der sehnsüchtigen Erinnerung an andere Sommer, an einfache Freuden, an die Stimme der Mutter, die aus dem Schatten nach uns ruft. Wir blicken zurück auf die Stadt, und ich sehe uns als Kinder, glücklich in jenem vergessenen Sonnenschein, und ich weiß, daß auch Seel es sieht. Er lächelt und legt mir die Hand auf den Arm. Wir schauen beide hinab in das Loch. Ein moschusartiger Geruch steigt daraus auf wie von der Lagerstatt eines Tieres. Wraeththu leben unter der Stadt. Wer sind sie? Wir haben gehört, daß sie unser Menschsein von uns nehmen können. Uns aufnehmen können. Es ist unsere einzige Hoffnung. Hier im Freien können wir nicht länger leben. Ich mache den ersten Schritt, und schon blicke ich zurück. Seel ist eine Silhouette gegen den weißen Sommerhimmel. Er greift nach meiner Hand. »Aber wir sind zusammen«, sagt er, und seine herrlichen Augen sind voller Angst.

»Ja«, nicke ich, und er folgt mir …

Der Name Piristil beschwört vor meinem geistigen Auge jedesmal ein Märchenschloß herauf, einen

Schlupfwinkel für Hexen und dumpf brütende Fürsten der Finsternis, doch trotz seiner rührend geschmacklosen äußeren Aufmachung war im Inneren des Hauses wenig Schönes zu finden. Ich erfuhr, daß es von acht Kanene bewohnt wurde, einschließlich Astarth, der mich empfangen hatte. Daneben gab es vier weitere Mitglieder des Haushalts, darunter einen Koch, einen Stallknecht und den Besitzer des Etablissements, einen dürren, bösartig aussehenden Har namens Jafit. Astarth war Jafits Liebling und der eigentliche Leiter des Hauses.

Er schloß die Tür hinter mir, und ich stand triefend und erschöpft in der Halle und sah mich um. Eine geschwungene Treppe führte zu einer Galerie, die an drei Seiten von Piristil entlangführte. Die Beleuchtung war düster, Hängepflanzen baumelten trostlos über einem Tisch, und irgendwo tickte eine Uhr. Ich hätte mich genausogut in Megalithika befinden können, vor etwa hundert Jahren.

»Also«, begann mein künftiger Gastgeber, »ich heiße Astarth. Vermutlich sollte ich mich als erstes um deine Säuberung kümmern. Jafit kann dich später in Augenschein nehmen. Ich hoffe, du hast mir die Wahrheit gesagt.«

Ich antwortete nicht. Er führte mich nach oben, während etliche neugierige Augenpaare hinter offenen Türspalten hervorlugten.

»Berechne ihm das Doppelte, Astarth!« rief jemand übermütig.

»Hast du kein Gepäck?« fragte Astarth über das Gelächter hinweg, das der letzten Bemerkung folgte.

Ich schüttelte den Kopf. »Ich halte mir bei meinen Reisen gern die Hände frei.«

Er zuckte die Achseln. »In Ordnung, hier rein. Es ist mein Zimmer, mach es nicht schmutzig.«

Dankbar und überrascht trat ich in die Wärme. Ein riesiges Feuer brannte in dem Kamin auf der gegenüberliegenden Seite des Zimmers. Ich konnte den Rauch riechen. Auf dem Boden am Feuer saß ein Har und lackierte sich die Zehennägel.

»Ezhno, raus mit dir!« schnauzte Astarth ihn unfreundlich an.

»Nein, mein Feuer ist ausgegangen. Der Kamin ist kaputt. Laß ihn reparieren, Astarth, das ist doch deine Aufgabe, oder?« Ezhno sah mich an. »Hallo, Dreckfink«, sagte er und fuhr fort, seine Nägel zu lackieren. »Wer ist dein Freund, Astarth?«

»Mein Name ist Calanthe«, sagte ich leichthin und ging zum Feuer, wo ich meine bebenden, blaugrauen Hände an die heißen Flammen hielt.

»Also gut, in diesem Fall: Hallo, Calanthe«, sagte Ezhno und duckte sich mit größter Sorgfalt unter den schmutzigen Lumpen weg, die unter meinem ausgestreckten Arm hin- und herschlenkerten. Als ich mich vor dem Feuer auf die Fersen hockte, konnte ich seine Sauberkeit riechen, sein gepflegtes Haar und seine Zahnpasta. Er hatte zusammengekniffene, listige, überraschend blaue Augen.

»Das Badezimmer ist hier drüben«, sagte Astarth, und ich merkte, daß dies ein Befehl war.

Die Räume in Piristil sind schäbig, aber gemütlich. Bei künstlichem Licht sehen sie besser aus. Überall liegen Teppiche auf dem Boden. Leider wird das Wasser ausschließlich über dem Feuer erhitzt, und es schien, daß an diesem Tag bereits jeder Bewohner ein Bad genommen hatte.

»Ich hoffe, du stößt dich nicht daran, wenn das Wasser kalt ist«, sagte Astarth in einem Tonfall, der mich wissen ließ, daß es ihm völlig gleichgültig war, ob ich mich daran stieß oder nicht.

»Nein, es macht mir nichts aus.«

Er sah mir von der anderen Seite des Zimmers aus mit verschränkten Armen und ausdrucksloser Miene zu, wie ich mir meine Lumpen vom Leib riß. Als ich schließlich nackt und zitternd dastand, sagte er: »Ich denke, diese alten Sachen sollte man verbrennen, findest du nicht?« Ich stimmte ihm zu.

Nachdem ich mich behutsam in dem lauen Wasser niedergelassen hatte, leerte Astarth einen Beutel voll duftender Kristalle über mir aus und fragte: »Nun, wer hat dich hierher geschickt?«

»Niemand«, gestand ich. »Die Lichter draußen an der Tür gefielen mir, das ist alles.«

Astarth lächelte grimmig und schob sich die Ärmel hoch. Glücklich und zufrieden ließ ich ihn mein Haar schrubben.

»Laß Jafit nicht merken, daß du unerfahren bist«, sagte er.

Ich lachte. »Als unerfahren würde ich mich im Leben nicht bezeichnen!«

Astarth teilte meine Heiterkeit nicht. »So denkt jeder, bevor er ein Kanene ist.«

Das klang unheilschwanger. Nachdenklich betrachtete ich ihn durch ein Gewirr eingeseifter Haare hindurch. Astarth hat das Gesicht einer unverschämten Frau und den Körper eines jungen Gottes. Irgendein rabiater Zug an ihm treibt ihn dazu, sein leuchtendrotes Haar ganz kurz abzusäbeln. Er legt allem und jedem gegenüber eine unverbindliche, gleichgültige Haltung an den Tag, was ich sehr bald als eine Maske entlarvte. Vieles verletzt ihn, aber er würde es nie zeigen. Wegen seiner herausgehobenen Stellung im Haus machen ihm die anderen Kanene gelegentlich das Leben zur Hölle. Es widerstrebt mir, Vermutungen darüber anzustellen, welche Folge von unglückseligen Ereignissen ihn wohl nach Piristil verschlagen und hier festgehalten hat. Doch das ist nicht etwas, wonach man fragt. Kanene sprechen nicht über ihre Vergangenheit, wenn es sich irgendwie vermeiden läßt. Niemand würde diese Arbeit tun, wenn er die Wahl hätte. Die Kultur der Wraeththu ist da völlig anders, als jene der

Menschen es war; unsere Einstellung zum Sex ist grundlegend anders. Klarerweise muß sie das sein, aber in einer Welt der Wraeththu sollte keine Notwendigkeit für Kanene bestehen. Das mag ein bezeichnendes Licht auf jene Hara werfen, die in einer Musenda arbeiten. Wenn gewöhnlicher Aruna überall und jederzeit umsonst zu haben ist, welche Sorte Hara wird dann dafür bezahlen wollen? Was erwarten sie für ihr Geld? Als ich in diesem lauwarmen Bad saß, war das der dritte Gedanke, der mir kam – gleich nach den beiden angenehm tröstlichen an Essen und Schlafen.

Astarth schüttelte meine Fragen ab. »Niemandem wird etwas zuleide getan«, antwortete er geheimnisvoll.

»Und warum will mir das keine Beruhigung sein?«

»Du warst es, der den Job wollte«, betonte Astarth mit einiger Berechtigung.

Die letzten paar Jahre hatten mich so paranoid gemacht, daß ich schreckliche Angst hatte, irgend jemand könnte mir persönliche Fragen stellen. Es war eine unnötige Befürchtung. Niemand in Piristil stellt persönliche Fragen – und niemand beantwortet sie. Ich glaube, jeder hat etwas zu verbergen.

Astarth brachte mir einen Teller mit Essen (kalte Kartoffeln und ein Klumpen fettiges Fleisch) aus der Küche, und er und Ezhno sahen zu, wie ich aß. Auf meiner entbehrungsgewohnten Zunge schmeckte es wie Nektar. Zu reden gab es wenig. Wenn man jemanden kennenlernt, beginnt man üblicherweise ein Gespräch, indem man ihn zu seiner Person befragt. In Piristil war das für beide Seiten ausgeschlossen. Und jede meiner Fragen über das Haus oder die Arbeit wurde beantwortet mit: »Jafit wird dir die Regeln erklären.«

»Du schlingst wie ein Vieh!« stellte Ezhno schließlich fest, als das Geräusch meines gierigen Schmatzens den Raum erfüllte.

»Das kommt daher, weil ich mich fühle wie ein Vieh«, antwortete ich mit vollem Mund.

Astarth suchte aus seinem Kleiderschrank ein paar Sachen für mich zusammen; wir hatten ungefähr die gleiche Größe. Frisch gebadet, sauber angezogen und satt war ich schon weitaus zuversichtlicher, was meine Zukunft betraf. Ezhno machte sich eifrig daran, mir das Gesicht zu bemalen, und äußerte sich geradezu schwärmerisch über meine Backenknochen und Lider. Er kämmte mir das Haar aus, und bei dieser Prozedur war mir, als würde ich einen beachtlichen Teil davon einbüßen, wenn mir der dabei verursachte Schmerz als Richtschnur diente. Danach begutachtete ich sein Werk mit Hilfe von Astarths Handspiegel.

»Ich sehe aus wie eine Hure«, stellte ich fest.

»So soll's auch sein«, antwortete Astarth trocken.

Am frühen Abend kam Jafit nach Hause. Er hatte sich den Nachmittag beim Umtrunk mit Freunden unten in Fallsend um die Ohren geschlagen. Astarth verlor keine Zeit und wollte mich ihm sofort vorstellen, vor allem deshalb, so sagte er, weil Jafit gleich in tiefen Schlaf fallen würde, aus dem ihn nichts und niemand wecken konnte. Jafits Büro befand sich im Erdgeschoß, links von der Eingangstür. Dort empfängt er für gewöhnlich seine besten (reichsten) Kunden, bevor Astarth sie nach oben geleitet.

Astarth klopfte an die Tür und öffnete sie, noch ehe Jafits »Herein!« verklungen war. Schon auf den ersten Blick konnte ich erkennen, daß Jafit kein Har ist, der sich leicht hinters Licht führen läßt; Astarth hatte mir zwar einige Ratschläge erteilt, wie ich mich durch das bevorstehende Verhör hindurchschwindeln sollte, doch ein Blick in diese schlauen, gelblichen Augen genügte, um mich an mir selbst zweifeln zu lassen.

»Du suchst also Arbeit«, stellte er fest, nachdem Astarth ihm erklärt hatte, wie ich hergekommen war. Ich murmelte etwas Zustimmendes. »Vielen Dank, Astarth«, sagte Jafit bedeutungsvoll, und Astarth entfernte sich wortlos, wobei er die Tür sehr leise hinter sich schloß. Jafit bot mir einen Drink an, und ich ließ mich anmutig in einen Sessel sinken. Ich konnte sehen, wie die Leuchtziffern seiner geistigen Registrierkasse durch sein Hirn huschten, während er mich musterte. Er reichte mir ein Glas Wein.

»Und wo hast du bereits gearbeitet, eh … Calanthe?«

»Oh, in Wesla, in Persis … an solchen Orten eben.«

»Dann bist du also mit den höheren Praktiken Chaitra und Pelcia vertraut?«

Astarth hatte mir aufgetragen, ja zu sagen, wenn Jafit mich danach fragte. »Ich hatte noch nie Schwierigkeiten damit«, antwortete ich zurückhaltend.

»Verzeih, wenn ich dich danach frage, aber wie kommt es, daß du dich so weit in den Osten vorgewagt hast? Ich höre da einen Anflug von megalithikanischem Akzent aus deiner Aussprache heraus. Du wirkst so gar nicht wie ein Kanene, und ich habe das Gefühl, daß du es auch nicht nötig hast, einer zu werden.«

Ich hob die Schultern und verzog das Gesicht. »Du schmeichelst mir. Ja, ich stamme ursprünglich aus Megalithika und ich habe meine Gründe, weshalb ich diese Arbeit machen will, aber ich möchte darüber nicht reden. Es wird jedenfalls keinerlei Schwierigkeiten damit geben, das kann ich dir versprechen.«

Jafit grinste. »Das will ich hoffen! Die Vorstellung, wütende Hara, die hinter dir her sind, auf meiner Schwelle vorzufinden, will mir nicht besonders gefallen. Wenn du dich also in irgendwelchen Schwierigkeiten befindest, dann solltest du es mir jetzt sagen. Das heißt nicht, daß ich dir dann keine Arbeit geben würde, also hab keine Angst davor.«

»Ich bin nicht in Schwierigkeiten«, sagte ich. »Niemand ist hinter mir her.«

»Gut.« Jafit schlug sich auf die Oberschenkel und stand auf. »Nun gut, Calanthe, ich muß gestehen, daß mir dein Aussehen zusagt. Astarth soll dir ein, zwei

Wochen lang zeigen, wie die Sache läuft bei uns, und dann kannst du wieder zu mir kommen. Wenn du meinen Test bestehst – und es wird ein strenger sein, das versichere ich dir –, kannst du an die Arbeit gehen. Die Bezahlung macht sieben Spinner die Woche aus, bei freier Unterkunft und Verpflegung. Du wohnst natürlich hier. Du wirst keinerlei Pflichten im Haushalt haben, dafür haben wir eigene Leute. Also kannst du jeden Abend ruhig dasitzen und Zitronensaft in deine rauhen Hände massieren, damit sie wieder weich werden. Etwas noch: beanspruche die Hausangestellten nicht übermäßig! Auch sie arbeiten, um leben zu können. Hinterlasse mit deinen Zigaretten keine Brandspuren in den Sesseln. Vergeude weder Brennholz noch Nahrungsmittel, und steck deine Nase nicht in jene Winkel des Hauses, zu denen dir der Zutritt verboten ist. Verstanden? Den Rest der Hausordnung wird Astarth dir erklären. Mit der Zeit wirst du alles lernen. Die Leute hier sind im großen und ganzen ein gutmütiger Haufen. Sie werden dir helfen. Noch irgendwelche Fragen?«

Ich schüttelte den Kopf. »Nein, alles klar.«

»Gut. Nun eines, Calanthe, das ich allen Neuankömmlingen sage, und ich sage es nur einmal, also vergiß es nicht. Ich kümmere mich um meine Hara. Ich sorge sehr gut für sie. Daher arbeiten sie auch gut für mich, verstehst du? Und wenn jemand versucht, mich reinzulegen, dann ist er tot. Ohne viele Fragen, verstanden?«

Ich nickte, und Jafit beugte sich vor und ergriff meine Hand. »Da bin ich ganz sicher, Calanthe, ganz sicher, daß du mich verstehst. Nun, ich habe es gern, wenn wir alle einmal in der Woche gemeinsam zu Abend essen, also werden wir uns spätestens dann wiedersehen. Höre auf Astarth, er versteht sein Geschäft. Du wirst viel und rasch von ihm lernen. Denn meine Kanene sollen die besten hier am Platz sein.«

Auf seine Handbewegung hin stand ich auf. Er sagte nichts mehr.

Ich ging hinaus, während meine Gedanken herumwirbelten. Worauf hatte ich mich da eingelassen? Jafits kleines Reich. Was, um des Aghamas willen, waren Pelcia und Chaitra?

Astarth wartete in der Halle auf mich. Er stellte keine Fragen, er sagte mir nur, daß es ein paar Tage dauern würde, bis ich ein eigenes Zimmer bekam. Offenbar befanden sich alle nichtbewohnten Zimmer in den verschiedensten Stadien des Zerfalls, und so würde man eines davon für mich herrichten müssen. Auf meine Bitte hin machte Astarth widerstrebend einen Rundgang durch das Haus. Es ist viel größer, als es von außen den Anschein hat, und die Planung wurde einst wohl mehr oder weniger dem Zufall überlassen. Es bildet annähernd ein Quadrat rings um einen Innenhof. An zwei Seiten, dort, wo sich die wichtigsten Räume und die Privatzimmer der Kanene befinden, besitzt es zwei Stockwerke, die beiden anderen Seiten sind eingeschossig; dort sind die Küchen, die Quartiere der Hausangestellten und die Stallungen untergebracht. Ich erfuhr, daß es draußen im Hof ziemlich übel riechen würde, wenn erst der Sommer kam, denn die Müllabfuhr ist nicht Fallsends stärkste Seite. Den Mitgliedern des Gemeinderats ist mehr daran gelegen, ihre eigenen Nester auszupolstern, als sich um das Wohlergehen der Stadt zu kümmern, erklärte Astarth. Das glaubte ich ihm aufs Wort. Ich war schon höchst überrascht von der Mitteilung, daß es in Fallsend überhaupt einen Gemeinderat gab – bestechlich oder nicht.

Ein bitterkalter Wind pfiff durch den Innenhof, als Astarth und ich in einer offenen Küchentür standen und den hinteren Trakt von Piristil betrachteten. Astarth wollte es kurz machen. Zitternd und mit einem Protestlaut gegen die Kälte schloß er die Tür. »Warte!« rief ich und hielt seinen Arm fest. Ich zeigte in den dunklen Hof, hinauf zum obersten Geschoß des rechten Trakts. Dort waren die Fensterläden geschlossen, einige davon mit Eisenstangen verstärkt; es sah bedrückend endgültig aus. Doch zwischen den Ritzen der Läden drang hie und da ein schwacher Lichtschein hervor. »Was wird dort oben unter Verschluß gehalten?« fragte ich leichtfertig. »Ein wahnsinnig gewordener Busenfreund von Jafit? Ein übergeschnappter Kanene?«

»Was meinst du damit?« erwiderte Astarth mit eisiger Stimme.

»Nun, du mußt zugeben, daß es so aussieht, als wäre da oben etwas *eingeschlossen,* oder zumindest versteckt. Ein Stich ins Makabre, Astarth, sehr nett.«

Doch mein Lachen riß ihn merkwürdigerweise nicht mit. Seine Miene war mit einemmal sonderbar ausdruckslos.

»Du mußt sehr müde sein, Calanthe. Was du jetzt brauchst, ist Schlaf, denke ich.« Nachdrücklich schloß er die Tür.

In dieser ersten Nacht in Piristil fiel ich in einen Schlaf der Erschöpfung, ausgestreckt auf dem Boden in Astarths Zimmer. Am Morgen erwachte ich frierend; meine Füße waren abgedeckt, und der Nacken schmerzte höllisch, denn nachts war ich von meinem Strohsack gerollt und hatte auf dem harten Fußboden geschlafen. Astarth hingegen lag glückselig schlummernd in seinem Bett, bis an die Ohren eingehüllt in eine dicke Steppdecke und den Kopf in einem Berg weißer Kissen vergraben. Als ich hinsah, wachte er auf. Er besitzt die Instinkte eines wilden Tieres.

»Ich bin sehr froh, daß du jetzt anders aussiehst. Mir scheint, du hast die Wahrheit gesagt. Du bist wirklich schön.«

Für gewöhnlich faßt man solche Worte als Kompliment auf, aber Astarth sprach sie ohne jegliches Gefühl aus. Bei ihm gab es wohl nichts zu bestellen für mich!

»Du wirst nie erleben, daß ich lüge«, sagte ich.

Astarth überging die Bemerkung. »Zumindest wird der Unterricht einigermaßen angenehm für mich sein – einigermaßen *erträglich*. Denn Häßlichkeit stößt mich ab«, sagte er – aus tiefstem Herzen, wie mir schien. Seine Selbstgefälligkeit erheiterte mich; Piristil war wirklich eine kleine Welt für sich.

»Unterricht«, wiederholte ich ohne besondere Betonung, ein bißchen beleidigt, ein bißchen amüsiert. Ich kannte Astarths Alter nicht, aber ich schätzte ihn auf vierzig bis fünfzig Jahre jünger als mich selbst ein. Ein Wraeththu der zweiten Generation. »Ich bin bereits neugierig, was du mir beibringen wirst«, sagte ich. Die Angelegenheit verlangte nach einer Behandlung auf streng wissenschaftlicher Basis.

Astarth antwortete nicht. Selbstsicher wie ein kleiner Prinz in seinem eigenen kleinen Reich setzte er sich auf und hob den Vorhang, um aus dem Fenster zu sehen. »Schon wieder Regen«, stellte er fest.

»Was für eine Überraschung!«

»Ich würde lieber in einer wärmeren Gegend leben, aber Jafit glaubt, ich würde es auf Dauer als unangenehm empfinden«, fuhr er geistesabwesend fort. »Orpah wird gleich das Frühstück bringen. Du solltest dich ankleiden. Es wäre dir doch nicht recht, wenn dich die Dienerschaft in einem solchen Zustand sieht.«

Ich stöhnte und klaubte meinen geplagten Körper vom Boden auf. Astarths Blick glitt flüchtig über mich hinweg. »Oh, Narben!« sagte er.

»Ein paar. Wird das meinen Wert steigern oder mindern?«

»Weder noch.«

»Ich hoffe, ich werde nicht irgendwann einmal etwas von alldem bereuen«, sagte ich fröhlich und zog mir ein Hemd über den Kopf.

»Hmmm«, antwortete Astarth.

»Und du?« fragte ich. »Hast du es einmal bereut ...?«

Astarth starrte mich an. Ich hatte ihn vor den Kopf gestoßen, hatte eine Frage gestellt, die er nicht beantworten wollte.

In einer Geste der Entschuldigung hob ich die Hände. »Ich habe ohnedies nicht vor, lange hierzubleiben«, sagte ich.

Astarth schwieg. Er stieg aus dem Bett, trat zum Spiegel, berührte sein Gesicht da und dort und streckte sich.

»Jafit ist beeindruckt von dir«, sagte er dann.

Ich bin ein Uigenna. Das ist der Name des Stammes, der uns aufgenommen hat. Die Uigennas. Wir hatten keine Möglichkeit, einen Stamm vom anderen zu unterscheiden, wir wußten nicht, daß bei ihnen unterschiedliche religiöse Überzeugungen herrschen, unterschiedliche Lebensweisen und unterschiedliche Einstellungen. Meine Initiation war grauenvoll. Ein von Flammen erhellter Keller, hüpfende Schatten an den Wänden, der Gestank von Schmutz. Der Initiationsraum. Ihr Hienama trug Federn und Pelze, schwarze Streifen waren über Gesicht und Brust geschmiert. Er nahm eine Glasscherbe in die Hand. Irgend jemand drückte mich zu Boden. Ich spürte den schmerzlosen, Übelkeit erregenden Kuß des scharfen Glases an meinem weichen Fleisch. Eine Übertragung von Wraeththu-Blut oder so etwas Ähnliches, das hatten wir vorher schon gehört. Der Hienama und ich. Sein Blut fließt in meine Adern, und das Menschsein tropft aus mir auf den Sand und auf das Sägemehl, umkränzt von meinem Wimmern. Ich hörte Seel weinen, weit weg, ganz nahe – in meinem Kopf. Ja, in meinem Kopf. Seel wollte nicht in diesen Stamm aufgenommen werden. Ich hingegen hatte mich längst entschlossen. Dagegen war die Vergangenheit ohnmächtig; nichts daran, nicht Liebe, nicht Haß, konnte mich dazu bewegen, meinen Entschluß zu ändern. Und selbst in meinem Schmerz und meiner Angst bereute ich nichts. *Nicht ein einziges Mal. Niemals. Während der nächsten paar Tage, in denen mein Körper sich aufbäumte und veränderte, war es dieser eine, leidenschaftliche Gedanke, der mich am Leben erhielt. Es war das, was ich wollte. Ich würde dem Tod ins Auge blicken, um es zu erlangen, und das tat ich auch. Und jetzt ist die Zeit gekommen …*

Und jetzt ist die Zeit gekommen, da dieser unberührte Körper erblühen kann. Strahlend habe ich mich von der Althaia erhoben, hungrig, begierig. Der Anführer der Uigennas ist unter dem Namen Mannstopper für siebzig bekannt, weil er einmal in einem Anfall wilder Raserei siebzig bewaffnete menschliche Soldaten auf einen Schlag erledigt hat. Ich glaube es. Er ist muskulös und voller Narben, und seine feminine Seite wird überdeckt von hitzigem Temperament, seiner inneren Kraft. Ich bin erst seit kurzem hier, aber schon ist mir klargeworden, daß Mannstopper einen Widersacher hat, der ihm seinen Rang streitig machen will. Sein Widersacher ist ein gewisser Wraxilan, der große Liebling der Krieger. Er neigt zu Unbesonnenheit und Leichtsinn, ist aber furchtlos und stark und schnell. Er hat nur wenige Narben. Sein blondes Haar trägt er seitlich kurzgeschoren, aber da der Rest so dicht ist, bildet es dennoch eine prachtvolle Mähne. Er ist auch unter dem Namen ›Löwe von Oomar‹ bekannt, nach der Bezeichnung für unseren Zweig des Stammes. Wraxilan hat die breiten Schultern eines Mannes, die schlanken Hüften eines Tänzers, die Hände und den Hals einer anmutigen Amazone und die wohlgeformten Beine einer Hure. Er lacht fast immer. Wie all die anderen bin auch ich fasziniert von ihm; mit einer Prise Furcht zwar, aber das ist nur eine weise Vorsichtsmaßnahme. Und nun liege ich in einem modrigen Keller, der vom Schein einer einzigen Kerze erhellt wird, im Stroh und warte auf den einen, der zu mir kommen wird, um meine neuen weiblichen Seiten zu wecken und den Pakt zu besiegeln, den ich mit den Wraeththu geschlossen habe. Als er sich nähert, erkenne ich zuallererst sein Haar wieder. »Du?« sage ich, und aus meiner Stimme höre ich den Nachhall von Freude und Furcht.

»Denkst du, ich würde irgend jemand anderen an dich

heranlassen, Cal?« antwortet er lächelnd. »Du bist der Beste, den wir seit langem bekommen haben. Leg dich zurück. Ich werde es schön für dich machen.«

Der Löwe von Oomar. Er sagt: »Ich bin der erste für dich. Du mußt dich immer daran erinnern.«

»Nein«, antworte ich, »du bist nicht der erste. Das war Seel.«

Er lacht, umfaßt mein Kinn und zerquetscht es fast. Ich zucke zusammen.

»Nein, mein Liebling, das war vorher. All das ist jetzt vorbei, hörst du? Ich bin der erste für dich! Ich!« Und noch während er es sagt, stößt er in mich hinein. Ouana-Lim, der Phallus der Wraeththu. Stiel und Blütenblätter mit der Zunge einer Schlange. Er genießt meine Tränen; er leckt sie mir von den Wangen, und selbst in meinem Schmerz kann ich den beginnenden Wonnen des Aruna nicht widerstehen. So ist es nun einmal. Unwiderstehlich. Als es vorüber ist, nimmt er wiederum mein Gesicht in seine Hände.

»Wer bin ich?« fragt er, und durch einen Schleier aus Tränen sage ich halb wahnsinnig: »Du bist der erste. Der erste.«

»Und wirst du das jemals vergessen?«

»Niemals. Ich schwöre es. Niemals.«

Er drückt mich zurück auf das Stroh. Steht auf. Ordnet seine Kleider. Während ich noch daliege und die Tränen von meinen Lidern auf das Stroh fallen, höre ich ihn pfeifend davonschlendern.

Das Frühstück in Piristil ist zwangsläufig eine leichte Mahlzeit. Die meisten Kanene stehen spät am Morgen auf, und bis zum Mittagessen dauert es nicht mehr lange. Für gewöhnlich kommen alle um die Mittagszeit in dem dunklen, eleganten Eßzimmer im Erdgeschoß zusammen. Astarth sagte, ich könne seine Schminksachen benutzen, solange ich keine eigenen hätte.

»Ist das zu dieser Tageszeit wirklich nötig?« fragte ich.

»Es ist immer nötig«, erwiderte er mit eisiger

Stimme. »Du solltest dich besser sehr rasch daran gewöhnen.«

Er war sonderbar schamhaft, was das Entblößen seines Körpers betraf, und rügte mich sogar wegen meiner eigenen unbekümmerten Zurschaustellung meiner Nacktheit. »Der Körper ist das wichtigste Werkzeug in unserem Beruf«, sagte er. »Gewöhne dich an den Gedanken, daß er nur in der Gegenwart zahlender Kundschaft offen gezeigt wird. Das ist, wenn du so willst, auch ein psychologischer Schachzug, um dem, was wir tun, etwas Geheimnisvolles zu verleihen.«

Ich machte mir nicht die Mühe zu antworten. Es war eine Nebensächlichkeit.

Etwa eine Stunde später hörten wir das Schlagen eines Gongs von unten. »Das Mittagessen«, sagte Astarth. »Komm, beeile dich!« Ich kämpfte immer noch vor dem Spiegel mit meinem Haar, denn im Gegensatz zu Ezhno hatte ich noch nicht den Dreh heraus, es mit ein, zwei Handgriffen in Form zu bringen. Dann folgte ich Astarth nach unten. Es ist recht amüsant zu beobachten, wie die Kanene sich selbst als Geschöpfe von Stand betrachten. Von früh bis spät pflegen sie untereinander einen äußerst wohlerzogenen Umgangston, der besser in ein vornehmes Mädchenpensionat vor hundert Jahren gepaßt hätte. Offenbar verschließen sie die Augen nicht vor ihrer niedrigen gesellschaftlichen Stellung, und in dieser Erkenntnis wurzelt sicherlich ihr Bemühen um eine Vorspiegelung von Stand und Etikette. So wurde ich unten auch den anderen Kanene, von denen einige aus dem legendären Land Jaddayoth stammten, förmlich vorgestellt. Salandril und Rihana, lustlose, träge Geschöpfe, kamen vom katzenanbetenden Stamm der Kalamaher in Ostjaddayoth; Yasmeen, Nahele und Ezhno von den geselligen Hadassahern; und eine magere, abstoßend aussehende Gestalt namens Flounah stammte aus dem Land Maudrah.

Nach der Vorstellung nahm ich zwischen Ezhno und

einem entzückenden kleinen Kobold namens Lolotea meinen Platz am Tisch ein. Natürlich waren uns wie immer die üblichen Wege, ein Gespräch in Gang zu bringen, versperrt, und meine Anwesenheit schien noch dazu dem Austausch des täglichen Klatsches im Weg zu stehen, also entschied ich mich für ein gefahrloses Thema, an dem ich ohnedies großes Interesse hatte: Jaddayoth. Niemand schien abgeneigt, darüber zu reden. Ich erfuhr, daß es zwölf Stämme in Jaddayoth gibt, die alle – wie ich aus den Andeutungen herauszuhören glaubte – in der einen oder anderen Weise ziemlich exzentrisch sind. Die meisten sind aus Splittergruppen von Gelamingern entstanden, die ihre eigene Art von Philosophie und Lebensart verfolgen wollten. Andere wiederum bildeten sich aus jenen Scharen von Flüchtlingen, die Megalithika zur Zeit der varrischen Niederlage verließen; verständlicherweise sträubten sich in jenen Tagen viele Hara, unter der Herrschaft der Gelaminger zu leben, denn das hätte bedeutet, so liebgewordene Bräuche wie Mord und Diebstahl, Vergewaltigung und Landraub aufzugeben. Außerdem mißfiel den Herrschern der Varrs und jenen ihrer wichtigsten Verbündeten, der Uigennas, der Gedanke an eine Welt in Frieden und Wohlstand zutiefst. Dafür war ihr Brauchtum zu sehr mit den zuvor erwähnten Verderbtheiten durchtränkt. In Jaddayoth, diesem riesigen, leeren Gebiet, gelang es ihnen dann, sich zu verstecken, ihre Wunden zu lecken und schließlich als neue Stämme wieder zum Vorschein zu kommen. Ihrem Ruf der Allmächtigkeit getreu, behalten die Gelaminger Jaddayoth und alles, was dort vorgeht, im Auge, und einige der Stämme sind strenggenommen noch sehr eng mit Almagabra verbunden, doch im großen und ganzen ist es immer noch ein unbeaufsichtigtes Land, wo neue Kulturkreise ungestört heranwachsen können. Alle Bürger von Jaddayoth zeigen überraschend patriotische Gefühle dem Land gegenüber, selbst jene, die offenbar aus dunklen und nur ihnen bekannten Gründen gezwungen waren, es zu verlassen, wie die Kanene. Augenfällig ist auch, daß Jaddayoth, was Reichtum und Handelsbeziehungen betrifft, ein aufgehender Stern zu sein scheint. In Piristil essen wir Fleisch und Gemüse, das die Gimraher liefern, von Tellern der Hadassaher. Unsere Parfüme und die Schminke kommen von den Kalamahern, unser Öl und die Teppiche von den Emunahern und der Wein von den Natawnis. Es dauerte nicht lange, bis mir der eine klare, erleuchtende Gedanke kam: Sobald ich genug von meinem Schandlohn gehortet hatte, würde Jaddayoth der richtige Ort für mich sein! Ungestörtheit und Freiheit; was wollte ich mehr?

Nach dem Essen bat Astarth die Tischgesellschaft, unseren raschen Aufbruch zu entschuldigen, und führte mich wieder nach oben. »Nimm ein Bad«, sagte er. »Jetzt sollte das Wasser heiß sein.«

»Schon wieder?« widersprach ich. Während der letzten Jahre war mir ein Bad pro Monat als der reinste Luxus erschienen.

»Ja, schon wieder«, entgegnete Astarth. »Ich möchte, daß du ganz sauber bist, wenn du erlaubst.«

Ich dachte: Ah, der Unterricht! und fügte mich ohne weitere Einwände.

Als ich in dem herrlich warmen Wasser saß und mich von Schaum und Dampf aufweichen ließ, entdeckte ich auf einem erreichbaren Tischchen eine Packung Zigaretten und ein paar vergilbte, jedoch professionell gemachte Zeitungen. Ich zündete mir eine Zigarette an und legte mich zurück, um eine der Zeitungen durchzublättern. Sie stammte anscheinend von den Maudrahern, die offensichtlich in der Hackordnung der Stämme von Jaddayoth den Spitzenplatz einnehmen. Ich las mit großem Interesse, obwohl der Inhalt zum größten Teil aus Propaganda bestand – wie wunderbar die Regierung war etc. In etwa jedem fünften Satz tauchte der Name des Archons auf: Ariaric, Fürst von Oomadrah, der Hauptstadt von Maudrah. Falls irgendwann einmal im Himmel eine Wahl stattfindet, dachte ich, wäre dieser Ariaric ganz gewiß selbstbewußt genug, um gegen Gott anzutreten. Mächtig genug dazu war er zweifellos, wenn ich dem, was ich las, Glauben schenken durfte. Zwei verschwommene Fotos ergänzten den Text und zeigten ein Individuum, dessen Gesichtszüge die gleiche Ausdrucksfähigkeit und den gleichen Vernichtungswillen zeigten wie die Klinge einer Axt. Ich lächelte in mich hinein; ein Hauch von Terzian, dachte ich.

Plötzlich eilte Astarth geschäftig herein. »Was machst du so lange? Wir haben nicht den ganzen Tag zur Verfügung!«

»Wer ist dieser komische Kauz hier?« fragte ich; Seifenschaum tröpfelte über die Zeitung.

Astarth nahm sie mir aus der Hand und wischte sie ab. »Ah, Ariaric«, sagte er. »Ich war erst einmal in Maudrah. Persönlich habe ich ihn noch nie gesehen.«

»Also das ist jemand, den ich gerne kennenlernen würde!« stellte ich mit großem Behagen fest, verschränkte die Arme hinter dem Kopf und blies Rauchringe zur Decke. »Klingt ganz nach einem Typ für mich. Reich und mächtig.«

»Und bereits versehen mit einem Prinzgemahl«, fügte Astarth spitz hinzu. »Deine Selbsteinschätzung ist beachtlich hoch, Calanthe, das kann man wirklich sagen.«

»Keineswegs. Ich bin nur durchaus vertraut mit herrschaftlichen Häusern.«

»Ach ja. Nun, hier befindest du dich jedenfalls nicht in einem herrschaftlichen Haus. Du bist bloß ein gewöhnlicher Kanene und sonst nichts. Es wird dich vielleicht interessieren, daß Ariarics Gemahl Elisyin ein Har aus dem Stamm der Feriker ist, dessen Charme, Geist, Klugheit und Erziehung überragend sind. Du glaubst, du wirst je nach Maudrah kommen? Ha!« Er lachte kalt auf. »Du glaubst, du wirst je auch nur in die Nähe von vornehmen Hara wie den Angehörigen von Ariarics Familie kommen? Du bist verrückt, Calanthe. Wahrscheinlich schaffst du es nicht einmal, Thaine je den Rücken zu kehren!«

»Okay, okay, quäle dich doch nicht so meinetwegen!« sagte ich und stieg aus dem Wasser. Mit steinerner Miene reichte Astarth mir ein Badetuch. Offenbar hatte ich an eine wunde Stelle gerührt. Es war nicht schwer zu erraten, worum es sich handelte. Verbitterung. Astarth ließ den Blick über die Wände des Badezimmers schweifen, als gehörten sie zu einer Gefängniszelle. Vielleicht war dem so.

Steif schritt er ins Schlafzimmer zurück, während ich mich abtrocknete. Schlecht gelaunt, dachte ich und erwartete einen kühlen Empfang, sobald ich mich zu ihm gesellen würde. Doch er saß gedankenverloren auf dem Bett, ein reizender Anblick in dem grauen Nachmittagslicht. Er blickte auf, als ich eintrat. »Komm her«, sagte er und streckte die Hand aus. Ich nahm das als Entschuldigung für seine scharfen Worte. »Also, laß sehen, was du kannst, Calanthe.« Ich setzte mich neben ihn, und er legte die Arme um mich und erfreute mich eine Sekunde lang mit dem Druck seines Kopfes auf meiner Schulter. Das Vergnügen währte nur kurz. Das Gepräge dieses Nachmittags in Piristil wird mir für alle Zeiten gegenwärtig sein, glaube ich – die Feuchtigkeit in der Luft, das Geräusch der Regentropfen auf den Fensterscheiben, das Halbdunkel eines grauen, hoffnungslosen Tages. Die Wärme des Feuers drang kaum bis zu uns herüber. Noch nie zuvor war ich Teil einer derart leidenschaftslosen, leeren Paarung gewesen. Niemals sollte Aruna so sein! Astarth schien taub gegen jede Art von sexueller Freude zu sein, seine Sinne ruhten tief vergraben in seinem Kopf. Es fand keine Berührung der Seelen statt, kein Austausch von

Gedanken; nichts. Völlig verwirrt versuchte ich, diesen Zustand zu ändern, uns näher aneinander heranzubringen. Es schien so lange her, daß ich einen anderen Har auch nur berührt hatte, ich wollte es schön machen. Astarth riß mich an den Haaren. »Was tust du?« fragte er nüchtern. Wie mich diese Worte, diese derart gefühllos geäußerten Worte trafen, ist schwer zu schildern. Beim Aruna war ich immer zum Leben erwacht; vielleicht ist das meine herausragende Fähigkeit. Vielleicht war das auch der Grund dafür, daß ich gedacht hatte, einen guten Kanene abzugeben. Ich hatte mich geirrt. Astarth und die anderen Kanene sind keine Meister des Aruna, sie sind weit davon entfernt. Wenn der Geschlechtsakt wie eine Maschine funktioniert, dann sind die Kanene gute Mechaniker, aber niemals wieder werde ich das, was sie tun, Aruna nennen. Es ist kein Aruna. Und jetzt bin ich froh, daß es sich so verhält.

»Mir scheint, du hast eine Menge zu lernen«, stellte Astarth mißmutig fest.

»Ich weiß nicht, ob ich das überhaupt will«, erwiderte ich.

Er lächelte schief. »Also, es gibt zwei Arten des Schmerzes. Pelcia und Chaitra. Jetzt werde ich sie dich lehren. Vergiß, was du weißt. Das nützt dir hier nichts. Überhaupt nichts.«

Pelcia ist eine Verballhornung des Wortes Pelki, welches Vergewaltigung bedeutet. Und nun ging es darum, zu lernen, einen überzeugenden Widerstand gegen den Geschlechtsakt vorzutäuschen. Ich muß es zulassen, vergewaltigt zu werden! Ist denn das die Möglichkeit? Und Chaitra ist ganz einfach die gleiche Dienstleistung einem Kunden gegenüber. Sie wollen den Schmerz – entweder zufügen oder zugefügt bekommen. Das ist es, wofür sie bezahlen.

»Lerne es«, sagte Astarth. »Sie haben ohnedies keine Ahnung. Es gibt hundert Möglichkeiten, sie hinters Licht zu führen, hundert Abkürzungen zur gewünschten Wirkung. Solange sie dich winseln hören, sind sie zufrieden.«

Ich setzte mich auf. Ich dachte in diesem Moment ehrlich daran, wegzurennen. Doch als ich zum Fenster hinausstarrte, hatte ich einen deprimierenden Ausblick auf Fallsend, das im dichten Nebel versank. Wohin konnte ich denn gehen? Ich hatte kein Geld, kein Pferd, nicht einmal eigene Kleider. So nahe war ich der Verzweiflung noch nie wie in diesen Minuten. Jetzt bekam einiges von Astarths Bitterkeit, als ich davon gequasselt hatte, nach Maudrah zu gehen, eine tiefere Bedeutung. Ich war gefangen in einem Teufelskreis. Unwillkommene Erinnerungen trieben gefährlich nahe an die Oberfläche meines Gedächtnisses heran.

»Astarth, ich muß nachdenken«, sagte ich. »Es braucht eine gewisse Gewöhnungszeit an diese ganze Situation.«

»Selbstverständlich«, antwortete er salbungsvoll, als ginge es um eine Einzelheit irgendeiner geschäftlichen Angelegenheit. »Denk nach, solange du willst. Wir sehen uns später.«

Ich wanderte nach unten auf der Suche nach Wärme, nach Gesellschaft, und kam in den Salon, der neben dem Eßzimmer lag. Nur eine einzige Person war anwesend, die nahe am Feuer saß. Sobald ich die Tür hinter mir geschlossen hatte, bemerkte ich die Heiterkeit, die den Raum erfüllte. »Hallo, komm näher, setz dich!« Es war Lolotea. Ich lächelte matt, ließ mich in dem Lehnstuhl am Fenster nieder, zog die Knie hoch, legte mein Kinn darauf und starrte verdrießlich hinaus auf den Innenhof.

»He!« sagte Lolotea mit weicher Stimme. Er trat zu mir und zog mir die Vorhänge vor der Nase zu. »Bleib nicht da sitzen. Hier wird dir kalt.«

»Ist es überhaupt möglich, daß einem hier je warm wird?« fragte ich.

Lolotea antwortete nicht. Er zog mich ans Feuer und goß mir aus einer Kanne, die auf dem Rost stand, eine

Tasse Kaffee ein. Eine Sekunde lang sah er mich nachdenklich an. »In einer Woche hast du bereits vergessen, daß du dich je so gefühlt hast.«

»Und wie fühle ich mich?«

»Genau so, wie du aussiehst. Mach dir keine Gedanken. Du gewöhnst dich daran. So wie wir anderen auch.«

»Ich habe keine Ahnung, wohin ich sonst gehen könnte«, sagte ich mutlos, nicht willens, seinen letzten Worten Glauben zu schenken.

»Weil es kein *Wohin* gibt! Ich bin sicher, du wärst nicht hier, wenn es eines gäbe. Keiner von uns wäre hier, wenn er eines hätte.«

»Ich glaube, ich habe Astarths Test nicht bestanden. Vielleicht setzen sie mich ohnedies vor die Tür.«

Lolotea hob die Schultern. »Hmm, vielleicht. Aber ich an deiner Stelle würde eine Weile hier sitzen bleiben, mich aufwärmen, ein paar Zigaretten rauchen, ein paar Tassen Kaffee trinken und dann wieder hinaufgehen und die Dinge zurechtrücken. Du bist doch nicht dumm, oder? Mach es richtig!«

Wir lächelten uns an. Verschwörer.

»Sag mir, wie.«

Lolotea lächelte in seine Tasse. »Astarth hat so seine Methoden, andere Leute einzuschüchtern. Er schaut auf jeden herab, der ihm nur den Schatten einer Möglichkeit dazu gibt. Das kommt daher, daß er ein unbeherrschter, ewig geladener Kampfhahn ist. Laß ihn nicht auf dich herabschauen. Sieh zu, daß du den ersten Schnabelhieb anbringst, wenn du weißt, was ich meine. Ein Überraschungsangriff ist der Schlüssel zum Erfolg.«

»Hmm, ich habe schon das Gefühl, daß ich von dir mehr gelernt habe, als Astarth mir je beibringen könnte!« sagte ich.

Lolotea hob wiederum die Schultern. »Weil ich nicht versuche, dich mit meiner Autorität zu beeindrucken.«

»Und das ist es, was Astarth möchte? Nur das?«

»Ich glaube schon. Astarth wird eifersüchtig auf dich sein. Du hast davon gesprochen, hier wegzugehen, hast Pläne für die Zukunft. Das ärgert ihn. Er verabscheut Ehrgeiz bei anderen, vor allem deshalb, weil er zu faul oder zu gleichgültig ist, um selbst etwas zu unternehmen. Ein Neidhammel eben. Glaubst du nicht?«

»Das kann ich nicht sagen«, antwortete ich vorsichtig; ich war mir durchaus im klaren, daß jede unbedachte Bemerkung meinerseits sofort als Klatsch die Runde machen konnte. »Ich bin noch nicht lange genug hier, um irgend jemanden zu beurteilen.«

Lolotea lächelte höflich. Wie er mir empfohlen hatte, trank ich noch ein paar Tassen Kaffee und ging dann hinauf.

Astarth räumte sein Zimmer auf, etwas, für das er unendlich viel Zeit aufzuwenden scheint, wobei er jedoch hauptsächlich die Möbel von einer Seite des Raumes zur anderen schiebt. Ärgerlich sah er auf, als ich eintrat. Vermutlich hatte ich ihn bei irgendeinem kostbaren, persönlichen Tagtraum gestört. »Ja? Was willst du?« bellte er mich an.

»Ich habe etwas gelernt«, sagte ich. Zum Glück war ich wütend. Das ganze Drum und Dran der mißlichen Lage, in der ich mich befand, machte mich wütend, und Astarths ätzender, herablassender Ton brachte das Faß zum Überlaufen. Ich schleuderte ihn durchs halbe Zimmer, und er landete mit einem lauten Krachen unter all seinen persönlichen Kostbarkeiten. Und das wischte ihm schließlich den Hochmut vom Gesicht. Ich kann ganz schön wild sein, wenn mir danach ist. Das ist nichts, worauf ich stolz wäre, und zumeist denke ich auch gar nicht daran – ganz besonders nicht an die Umstände, unter denen ich es gelernt habe. Doch als ich mit Astarth fertig war, sah er aus, als hätte er soeben ein Dutzend Höllenhunde abgewehrt. Er lag auf dem Boden, starrte halb benommen zu mir auf und fürchtete sich nicht wenig. Ich hockte mich vor ihn hin und brachte mein Gesicht ganz nahe an das seine. »Hör mir zu, mein Freund, ich sage dir jetzt etwas, über das du genau nachdenken solltest. Eines Tages, wenn du immer noch hier bist und deinem horizontalen Gewerbe nachgehst, werde ich wieder zurück sein in den Häusern der Fürsten und Könige. Zweifle keinen Augenblick daran, mein Guter. Ich weiß nicht, weshalb du hierbleibst, und ich will es auch gar nicht wissen, aber glaube mir, ich habe schon dort gelebt, mitten unter den Hochgestellten dieser Welt, und ich habe vor, wieder dorthin zurückzukehren! Weder du mit deinem Hohn, noch dein kleiner Sündenpfuhl wird mich davon abhalten. Ist das klar? Ich bin keine Hure, Astarth, das werde ich auch nie sein. Dies ist nur ein Sprungbrett für mich. Hast du verstanden?«

Astarth hob die Hände. »Okay«, sagte er beschwichtigend. Das war für uns beide der Beginn eines gewissen gegenseitigen Respekts.

An diesem Abend schlug Lolotea vor, gemeinsam hinunter nach Fallsend zu gehen, um dort »ein paar Bissen zu essen, ein Fläschchen zu leeren und überhaupt die Tapeten zu wechseln«, anstatt zum Abendessen in Piristil zu bleiben. Er ahnte, daß mein erster Tag im Etablissement ein wenig quälend verlaufen war.

»Keine Kundschaft heute nacht?« erkundigte ich mich.

Lolotea verzog das Gesicht. »Bloß einen, aber den nimmt mir Rihana ab. Ich dachte, du benötigst meine Gesellschaft dringender.«

Wir trotteten die matschigen Straßen hinunter, vorbei an grauen und braunen Buden, die graue und braune Waren verkauften, bis zu einer Taverne, die Lolotea ›annehmbar‹ nannte. Wenn die Speisen auch nicht unbedingt den Gipfel der Kochkunst darstellten, so war das Lokal doch warm und freundlich, und das Bier schmeckte ganz ordentlich. Lolotea hatte mir freundlicherweise das Geld geliehen, das ich dem Herbergsvater noch schuldete, und da ich mich in den verwinkelten Straßen der Stadt genausogut auskannte wie er, mußten wir auf unserem Weg zur Taverne nur einen kleinen Umweg machen, damit ich wieder zu meinen Habseligkeiten kam. Nachdem wir unsere Mahlzeit beendet hatten und der Kellner die Teller abgeräumt hatte, leerte ich den Inhalt meiner Tasche auf den Tisch, um nachzusehen, welche Erinnerungsstücke mir von meiner Vergangenheit geblieben waren.

Lolotea griff nach einer kleinen edelsteinbesetzten Anstecknadel und betrachtete sie nachdenklich. »Hmm, die sieht varrisch aus«, rutschte es ihm heraus, noch ehe er seine Worte zurückhalten konnte.

»Ist sie auch«, antwortete ich und nahm sie ihm weg. Terzian hatte sie mir einst geschenkt. Als ich sie in der Hand hielt, sah ich wieder die beeindruckende Silhouette von Immerdar, Terzians Haus, vor mir. Immerdar – die Wärme seiner Kamine zu spüren, den Sandelholzduft seiner Räume zu riechen … Es folgte ein Moment des Schweigens, während ich diese Erinnerungen noch einmal durchlebte, die um so qualvoller waren, weil sie so sehr den Gegensatz verdeutlichten zwischen dem, was ich einst war, und dem, was aus mir geworden ist. Mein Schmerz muß wohl unverkennbar gewesen sein, denn voll des Mitgefühls brach Lolotea das oberste Gesetz von Piristil.

»Ich stamme aus Megalithika«, sagte er.

»Ich auch«, antwortete ich mit belegter Stimme; ich wußte aber, daß Lolotea das bereits vermutet hatte.

»Hör mal, antworte mir nicht, wenn du nicht willst«, fuhr er zaghaft fort, »aber bist du – warst du früher einmal ein *Varr?*« Ich sah ihn an, unfähig zu sprechen. Er verstand mein Schweigen falsch. »Ich frage nur, weil, nun, weil … ich einmal ein Varr gewesen bin.«

Ich lächelte. »Ja, eine Zeitlang war ich auch ein Varr. In Galhea.«

Lolotea verdrehte die Augen. »Ah, Galhea! Die Brutstätte aller Intrigen! Galhea war Terzians Hochburg, nicht wahr?«

Es war natürlich nur eine rhetorische Frage, aber ich nickte dennoch. »Ganz recht.«

Lolotea lachte nervös auf. »Irgendwie dumm, findest du nicht? Diese Geheimniskrämerei um unsere Person …«

»Nicht, wenn man in Megalithika zu der Zeit, als ich von dort wegging, zufällig ein Varr war«, entgegnete ich.

»Das schon, aber hat das jetzt noch irgendeine Bedeutung? Das ist doch aus und vorbei, oder?«

»Vermutlich«, stimmte ich vorsichtig zu. »Aber man sollte dennoch nicht vergessen, daß die Varrs damals einiges auf dem Kerbholz hatten. Und ich nehme auch an, daß noch eine Reihe von Blutfehden im Gange sind, selbst hier in Thaine. Ich glaube nicht, daß man jemals ganz vergessen wird, was alles geschehen ist.«

»Ja, du hast recht, aber ich habe den Eindruck, daß die meisten in Piristil Schlimmeres zu verbergen haben als die Tatsache, daß sie früher einmal Varrs gewesen sind!« erwiderte er heftig. »Ich muß dir gestehen, daß ich mich fühle wie ein Idiot, weil ich es für mich behalte. Sieh dich doch um! Aller Wahrscheinlichkeit nach hat nahezu jeder hier in Fallsend irgendwann einmal Beziehungen zu den Varrs gehabt. Und ich wette, daß auch in Astarths Vergangenheit ein paar dunkle Geheimnisse schlummern!«

Bereitwillig stimmte ich ihm zu, nicht zuletzt deshalb, weil ich Astarth seine Versuche, mich zu demütigen, noch nicht verziehen hatte.

»Ich habe nördlich von Galhea gelebt«, fuhr Lolotea

fort. »Einmal sah ich Terzian, als er auf dem Weg nach Fulminir durch unser Dorf kam. Was für eine Heldengestalt! Alle fielen auf die Knie und küßten den Boden, als er vorbeiritt!« Ich lachte, weil ich es mir so gut vorstellen konnte. »Hast du ihn je aus der Nähe gesehen?« erkundigte sich Lolotea, immer noch zögernd. »Ich meine, wo du doch in Galhea gewohnt hast, da mußtest du ihn doch mal gesehen haben ... Also wir haben uns oft gefragt, wie er wohl wirklich war ...«

»Ich habe ihn gesehen«, sagte ich. Ich hatte nicht vorgehabt, all diesen Nachdruck in meine Worte zu legen. Es lag keine Absicht darin – etwa vor Lolotea prahlen zu wollen. Es gelang mir bloß nicht, meine Gefühle ganz zu verbergen.

»Und Cobweb, seinen berühmten Gemahl – oder sollte ich besser sagen, seinen berühmten *ersten* Gemahl? Hast du ihn auch irgendwann einmal zu Gesicht bekommen? Ist er wirklich so schön, wie die Leute behaupten?«

»O ja!« rief ich aus, während die Erinnerungen zurückkehrten. »Und man kann auch sagen, daß Cobweb und ich ein paarmal Gelegenheit hatten, die Klingen zu kreuzen!«

»Ehrlich?« Lolotea war nicht sicher, ob er mir glauben sollte oder nicht.

»Ich rede zuviel«, seufzte ich.

»Nein! Keineswegs! Bitte, sprich weiter!« Er war nicht dumm.

»Vielleicht sind es bloß Märchen. Wie willst du wissen, ob ich nicht alles nur erfinde?«

»Das Risiko nehme ich auf mich. Es ist jedenfalls bemerkenswert, auch wenn's nur Quatsch wäre.«

»Und was möchtest du gern hören?«

»Cal...«

»Nein, *Calanthe*«, unterbrach ich ihn.

»Calanthe«, wiederholte er nachdenklich und starrte mich unverwandt an. An seinem Gesichtsausdruck konnte ich deutlich erkennen, wie ihm langsam ein Licht aufging, doch im ersten Moment erschien es ihm als ein allzu unwahrscheinlicher Zufall, um sich ernsthaft damit auseinanderzusetzen. Beiläufig fuhr er fort: »Hieß nicht... hieß nicht Terzians zweiter Gemahl, du weißt schon, derjenige, der die Ursache für all den Ärger in Immerdar war – hieß der nicht Cal? Er hatte strohblondes Haar, oder? So wie... du.«

»Man nannte ihn Cal, ja, unter anderem«, erwiderte ich, erfüllt von einer geradezu unheimlichen Erleichterung. Ich wollte, daß er es erfuhr, ohne zu wissen, warum. Lolotea hob mir sein Glas entgegen und lächelte.

»Das ist kein häufiger Name«, stellte er vielsagend fest und nahm einen Schluck. »Also, ich werde nicht einmal den Versuch machen, mir den Kopf darüber zu zerbrechen, weshalb der Gemahl von Terzian in einem verwahrlosten Drecknest wie Fallsend als Kanene arbeitet... Äh, natürlich nur, wenn dem wirklich so ist! Ich hätte gedacht, Terzians ganze Familie wäre nach dem Fall von Fulminir dem Schutz der Gelaminger unterstellt worden. Terzians Sohn ist zu den Gelamingern übergelaufen, nicht wahr? Hieß er nicht Swift? Wenn ich mich recht entsinne, hat er bei der ganzen Sache noch ziemlich gut abgeschnitten. Manche meinen, *zu* gut.«

»Du kennst die Umstände nicht«, verteidigte ich Swift, der das sicherlich verdiente. »Er handelte auf die einzig mögliche Weise. Und ich könnte mir vorstellen, daß aus Galhea zum jetzigen Zeitpunkt schon eine richtige Großstadt geworden ist.«

»Das weiß ich nicht«, sagte Lolotea. »Ich kam nach Thaine, noch bevor die Gelaminger in Megalithika Fuß fassen konnten. Mir scheint, wir sind alle beide schon recht alte Hasen. Vielleicht werde ich dir eines Tages meine Geschichte erzählen. Natürlich nur, wenn du mir den Rest deiner Geschichte erzählst!«

»Einverstanden!« Ich nickte, ich hatte nicht die Absicht, das je zu tun. Wir stießen mit den Gläsern an, lachten und tranken. Jetzt hatte ich einen Freund. Möglicherweise standen die Dinge nicht ganz so schlecht, wie ich zunächst gedacht hatte.

Kapitel 3

Körper zu verkaufen

> Ich bin einer, der Bekanntschaft
> geschlossen hat mit der Nacht.
>
> Robert Frost, *Bekanntschaft mit der Nacht*

Ich bin ein Uigenna. Ich bin sechzehn Jahre alt. Die Welt ist dahin, die Welt, wie ich sie kannte. Meine Familie ist vermutlich tot. Es ist mir egal. Es ist mir ehrlich egal. Ich rede mir ein, daß sie mich ohnedies nie mochte; und ich weiß immer noch nicht, ob das stimmt. Seel ist zu den Unneahs gegangen, weil ihm die Uigennas zu wild waren, zu grausam. Manchmal treffen wir uns in diesen verrückten Grenzgebieten, die es in allen Städten gibt. In so kurzer Zeit hat sich so viel so sehr verändert! Ich fühle mich, als wäre ich hundert Jahre alt. In meinen Adern fließt Wraeththu-Blut, und ich halte mich für einen Gott. Menschliches Leben bedeutet mir nichts. Menschen sind so klein. Ich hasse sie. Ich muß sie töten. Jedesmal, wenn ich töte, sehe ich ein höhnisches, bedrohliches Gesicht. Solche Gesichter haben mich schon in der Vergangenheit verfolgt. Solche Gesichter trieben mich dazu, das zu werden, was ich bin. Sie schrien mich an, drohend, gemein, häßlich. Jetzt nicht mehr. Sie sind tot, und die wenigen, die noch leben, werden auch sterben. In den Schatten immerwährender Nacht, im Schein der tanzenden Flammen, habe ich einen Har namens Zackala getroffen. Wir umwerben einander auf ausgefallenste Weise. Unser Hochzeitslager ist ein Haufen aus Schutt, zerbrochenen Fensterscheiben und zerbrochener Liebe. Er beißt mich. Wir lachen.

Der Schmerz macht mich stark. Ich lebe hier, an diesem Ort. Er umgibt mich immer. Des Nachts habe ich keine Träume. Nur Erinnerungen. Es gibt keine Alpträume mehr.

Sehr spät kehrten Lolotea und ich nach Piristil zurück. Betrunken kichernd, brauchten wir einige Minuten, um uns über die knarrende Treppe nach oben zu schleichen.

Vor seiner Tür blieb Lolotea stehen. »Du solltest besser zu Astarth gehen«, sagte er.

Ich machte ein klägliches Gesicht. »Vermutlich hast du recht.«

»Gute Nacht, Calanthe.« Er schloß die Tür vor meiner Nase.

Astarth schlief, als ich eintrat. Ich weckte ihn nicht, sondern rollte mich auf dem Boden in meine Decken und starrte ins Leere, bis ich einschlief.

Am nächsten Tag erklärte mir Astarth mit unüberhörbarer Erleichterung, daß er bis zum Abend zu arbeiten hätte. Mein Unterricht würde bis dahin zu warten haben. Beim Mittagessen nahm ich die Gelegenheit wahr, die anderen Bewohner des Hauses näher zu betrachten. Ich amüsierte mich damit, Mutmaßungen darüber anzustellen, ob ihre Eßgewohnheiten Rückschlüsse auf ihre Persönlichkeit zuließen. Flounah starrte böse auf seinen Teller, beäugte ihn mißtrauisch von allen Seiten und kaute mit einem Ausdruck des Ekels im Gesicht. Ezhno las während der ganzen Mahlzeit in einem Buch und schaufelte das Essen geistesabwesend mit der Gabel in den Mund. Salandril und Rihana sortierten den Inhalt ihrer Teller zu zwei Häufchen: was ihnen zusagte und was sie nicht anrühren würden. Wohl das einzig angemessene Verhalten für Hara, deren Stamm nachgesagt wurde, etwas Katzenhaftes an sich zu haben. Äußerlich waren alle durchschnittlich anziehende Wraeththu-Erscheinungen, woraus ich schloß, daß es sich allesamt um Schurken des einen oder anderen Schlages handeln mußte. Astarth saß am Kopfende der Tafel, mißachtete seinen Teller übellaunig und trank nur Wein, dessen ausgezeichnete Qualität mich überrascht hatte. Piristil war ein Ort der Gegensätze.

Von der Eingangstür her kam ein Klopfen, von dem wir alle keine Notiz nahmen. Als es sich wiederholte, seufzte Astarth, wischte sich den Mund sorgfältig an seiner Serviette ab und erhob sich anmutig vom Tisch. »Orpah!« brüllte er überflüssigerweise beim Hinausgehen.

Bereits nach kurzer Zeit hatte ich bemerkt, daß die Hausangestellten in Piristil vielen ihrer Pflichten nur außerordentlich gleichgültig nachkamen. Das Öffnen der Tür war eine davon. Vermutlich war das auch der Grund, weshalb Jafit es für angebracht gehalten hatte, mich vorzuwarnen. Neben Orpah gab es drei andere Haushaltshilfen: Wuwa, Tirigan und Jancis, den Koch. Alle vier hatten sie dieses halbfertige Aussehen derjenigen, die eine erfolglose Initiation hinter sich haben. Das Verhältnis zwischen dem Hauspersonal und den Kanene war nicht das wärmste.

»Du hast Astarth verärgert«, wandte Ezhno sich an mich, gerade als Orpah den Kopf zur Tür hereinsteckte und sagte: »Was ist?«

Wir ignorierten ihn. Ich enthielt mich jeglichen Kommentars auf Ezhnos Bemerkung, und er fuhr nachsichtig fort: »Bring ihn nicht zu sehr auf die Palme. Astarth ist Oberhofmeister in diesem Haus. Es würde ihm nicht gefallen, wenn du seine Autorität zu sehr in Frage stellst.«

»Das habe ich nicht bemerkt«, sagte ich und überlegte, wieviel Lolotea wohl geplappert hatte.

»In jedem noch so harmlosen Verhalten sieht Astarth einen Angriff auf seine Stellung«, betonte Flounah düster. Von allen Anwesenden war er das beeindruckendste Geschöpf – bleich, schmal und mit schwarzem Haar, das so glatt und glänzend war wie ein Seidentuch. Seine schrägen Katzenaugen müssen für die Kalamaher ein dauernder Gegenstand des Neides sein. Wie auch immer, zu trauen ist ihm nicht.

An diesem Nachmittag hatte ich auf dem Weg nach oben meinen ersten flüchtigen Eindruck von einem Kunden Piristils. Er kam soeben aus Jafits Büro, begleitet von diesem persönlich. Ich weiß nicht, was für ein Ungeheuer ich erwartet hatte, aber bei all dem, was ich sehen konnte, handelte es sich um einen ganz alltäglich wirkenden Har: keine irrlichternden Augen, keine Klauenfinger, die ungeduldig darauf warteten, sich ins Fleisch eines Kanene zu graben. Zahlreiche Hara wie ihn hatte ich als Krieger in der Armee meines verstorbenen Gemahls gesehen; dieser hier, gekleidet in schwarzes, abgenutztes Leder, das Haar hinten zusammengebunden, die Augen übermüdet, sah um keinen Deut anders aus.

»Kruin, darf ich dir unseren Neuankömmling vorstellen«, sagte Jafit mit gönnerhafter Stimme, als würde er seinem Gast eine große Ehre zuteil werden lassen. Ich verbeugte mich entsprechend tief.

Der Har namens Kruin verneigte sich unbeholfen und sagte: »Ääh … Hallo.«

»Sei so lieb und hol Rihana«, trug Jafit mir auf, also schrie ich »Rihana!« und ging nach oben, um Lolotea aufzusuchen.

Er war in seinem Zimmer und hieß mich eintreten. »Oh, wie gemütlich!« sagte ich.

»Ich tue mein Bestes. Möchtest du wieder nach Fallsend runter?«

Aus seinem Tonfall erriet ich, daß er hoffte, es wäre nicht so. »Ich denke nicht. Aber was tut ihr eigentlich so zum Zeitvertreib, wenn ihr nicht arbeitet?«

»Schlafen.«

»Ist es so langweilig hier?«

Lolotea streckte sich flach auf seinem Bett aus und ächzte. »Keineswegs. Wir könnten uns auch künstlerisch betätigen und Bilder malen, wir könnten einander Geschichten erzählen oder uns sinnlos besaufen.«

»Die letzte dieser Möglichkeiten scheint mir die vielversprechendste«, bemerkte ich.

»Ganz deiner Meinung. Was möchtest du, Wein oder Berica?«

»Berica habe ich noch nie getrunken, also nehme ich den.«

»Ehrlich?« lachte Lolotea, sprang vom Bett und goß jedem ein großes Glas ein. Die Flüssigkeit ist gelb, und ihr Geschmack sollte besser nicht beschrieben werden, doch nach einem halben Glas ist der Mund ausreichend gefühllos, um darüber nicht in Panik zu geraten.

Lolotea ließ sich wieder aufs Bett fallen. »Meine Güte, werde ich froh sein, wenn du deinen Lohn bekommst, Calanthe! Ich nehme nicht an, daß du noch Zigaretten hast, oder?«

»Nein, aber du hast welche.« Ich bediente mich selbst.

Lolotea lachte, erhob aber keinen Einwand. »Also, mein geheimnisvoller Freund, erzähl mir vom Leben in Galhea.«

»Ach, so aufregend ist das nun auch wieder nicht.« Natürlich war alles, was mir in Galhea widerfahren war, höchst interessant, aber ich sprach nicht gern davon.

Lolotea dachte einen Moment lang nach, wobei er mit der Fingerspitze über den Rand seines Glases strich. Obwohl ihm wie immer der Schalk im Nacken saß, sah er hinreißend aus. »Ist Terzian wirklich tot? Oder ist das eine taktlose Frage?«

Es machte ihm sichtlich Freude, schockierend zu wirken, also bemühte ich mich, ihm den Gefallen zu tun, und sah entsetzt drein. »Ekelhaft taktlos!« antwortete ich.

Lolotea hob die Augenbrauen. »Ja, er ist tot …«, fuhr ich lächelnd fort und setzte mich neben ihn auf das Bett. »Und bevor du mich danach fragst: Nein, ich trauere nicht um ihn. Aber ich muß zugeben, daß Galhea mir irgendwie fehlt. Ich hatte ein schönes Leben dort. Außerdem war ich reich in Galhea, ich wohnte in einem großartigen Haus. Und sieh mich jetzt an!«

»In meinen Augen siehst du ganz gut aus, Calanthe«, stellte Lolotea fest. Ich war mir nicht sicher, was ihn zu dieser Bemerkung veranlaßte. Möglicherweise besaß er einen Scharfblick, den ich ihm nicht zugetraut hatte.

»Ich bin ein Überlebenskünstler«, sagte ich.

»Das wirst du hier auch sein müssen«, antwortete er, aber da konnte ich ihm nicht beipflichten. Auf seine Weise ist Piristil ein ebenso in sich geschlossenes Nest, wie Immerdar es gewesen war. Die Welt draußen existiert nicht. Ich hätte Lolotea gern darüber aufgeklärt, was echte Überlebenskunst bedeutet, aber ich sah wenig Sinn darin, und außerdem wollte ich nicht soviel über mich preisgeben. Und weil ich es liebe, es mir in einem neuen Nest bequem zu machen, indem ich mich drehe und wende und alles unter mir ein wenig zurechttrete, sagte ich statt dessen: »Lolotea, ich möchte heute nachmittag gern Aruna mit dir haben.«

Lolotea lachte, und ich bin ziemlich sicher, daß ihm auf der Zunge lag, mich zu fragen: »Weshalb das?« Aber es paßte nicht zu dem Bild, das ich von ihm haben sollte. »Hoffentlich willst du nicht dein neues Fachwissen über Pelcia und Chaitra an mir ausprobieren!« sagte er mit einem Lächeln.

»Ist das eine Antwort?«

»Du hast keine Frage gestellt.«

»Okay, bist du einverstanden? Es ist mir klar, daß das wahrscheinlich nichts ist, was ihr hier zur Entspannung treibt, aber es ist nun einmal so, daß ich es dringend nötig habe, wieder mal zu kuscheln und meinen Glauben an Körperkontakte zurückzukriegen.«

Lolotea verzog das Gesicht. »Weißt du, wenn ich es recht überlege, so habe ich seit Jahren keinen Aruna gehabt – keinen *echten* Aruna. Wahrscheinlich werden wir bei unserem Beruf alle geschlechtslos.« Er sah mich an. »Vielleicht sollte auch ich versuchen, meinen Glauben zurückzukriegen. Glauben! Ha!« Er warf sich einen Arm über das Gesicht und lachte verächtlich auf. »Was ist aus all unseren Träumen geworden, Calanthe? Ist nur einer davon wahr geworden? Schau uns an! Alles, was ich zu meiner Bildung, meiner Entfaltung getan hatte, konnte ich in den Schornstein schreiben, sobald es darum ging, mir meinen Hungerlohn zu verdienen! Haben wir uns nur etwas vorgemacht, als wir dachten, alles würde besser werden? Sind wir wirklich besser als die Menschen?«

»Ach, vergiß es, Tea!« sagte ich. »Überlaß das tiefschürfende Blech denen, die Zeit haben, sich darüber den Kopf zu zerbrechen. Was jetzt zählt, ist, daß ich dich haben will. Das ist unsere Zauberei. Und keine noch so große Zahl fehlgeschlagener Träume kann uns das wegnehmen.«

Er seufzte. »Du hat recht. Zieh mich aus. Und zwar langsam. Wir wollen das Beste daraus machen.«

Das taten wir.

Vielleicht erweckte der Aruna mit Lolotea gewisse Seiten an mir wieder, die eingeschlafen (oder völlig erstarrt) gewesen waren. Ich weiß es nicht. Aber ich entsinne mich, wie an jenem Abend, als ich sein Zimmer verließ, die Sonne ihren Wolkenschleier abwarf und Treppe und Halle in ein wunderschönes Glühen tauchte, ehe sie unterging. Ich spürte, wie meine Stimmung sich unter dem freundlichen Licht hob, wie meine Sinne erwachten, wie sie sich schnüffelnd umsahen und merkten: Ach ja, hoch an der Zeit, wieder mit der Arbeit zu beginnen! Zu lange war ich ziellos umhergeirrt, ohne mich um die Richtung zu kümmern, in die ich mich wandte, hatte meine Fähigkeiten brachliegen lassen und gelebt wie ein Landstreicher. Und sieh mal einer an, wohin es mich geführt hatte! Ich hätte genausogut ein Mensch sein können. Okay, ich hatte ein ganzes Buch voll Entschuldigungen für das, was man meinen ›Zusammenbruch‹ nennen könnte, aber nun war die Zeit der Genesung vorbei. Keine Entschuldigungen mehr. Von nun an gab es nur eine Richtung: aufwärts.

Ich ging zu Astarth. »Melde mich zum Training!« sagte ich mit einem forschen, schneidigen Salut.

Astarth schüttelte den Kopf und lächelte beinahe. »Ich kann dich nichts mehr lehren, Calanthe. Von jetzt an schläfst du bei Lolotea, bis dein Zimmer fertig ist. Er kann dich an meiner Stelle unterrichten. Ich habe schon mit Jafit gesprochen, es geht in Ordnung. In ein paar Tagen werde ich mich davon überzeugen, was du gelernt hast. Okay?«

»Sehr gut«, sagte ich. Und das war's.

Wir kommen an einen Ort, wo die Menschen immer noch das maßgebliche Element sind. Es ist keine große Stadt, doch von dem Hügel aus betrachtet, auf dem wir stehen, scheint sie sich über die ganze Talsenke unter uns hinzuziehen. Zack hält sein Messer in die trübe Sonne; die Wolken haben sich noch nicht gehoben. Helle Bänder führen hinunter in die Stadt: leere Straßen. Rauch steigt hoch, und nur wenige Geräusche dringen zu uns herauf. Der Marsch talwärts beginnt. Wir sind etwas mehr als eine Hundertschaft, ausgeruht, wohlgenährt. Unser Anführer ist jetzt Wraxilan; Mannstopper für siebzig ist nicht mehr. Wraxilan, der Löwe von Oomar, reitet ein schlankes, braunes Pferd, das gelegentlich ungeduldig den Kopf nach hinten wirft, während es sich über den schmalen Pfad hinabbewegt. Das Haar des Löwen fließt wie das Haar eines Mädchens goldgelb über seinen

Rücken, unter einem Helm hervor, der nahezu den ganzen Kopf bedeckt und dem Gesicht einen wilden Ausdruck verleiht. Wie ein Rudel Wölfe trotten wir weiter, und mit einemmal können wir die Barrikaden erkennen, die man um die Stadt herum errichtet hat. Schwache, unwirksame Befestigungen. Glauben die Menschen wirklich, daß sie uns damit abwehren, den unaufhörlich dagegen anbrandenden Wogen von Wraeththu Einhalt gebieten können? Uns, die wir beharrlich daran nagen wie die Wellen des Wassers, daran lecken wie Flammen, wie Feuer? Unschlagbar. Der schwache Sonnenschein erlaubt es uns, die tödlichen Rohre auszumachen, die aus dem behelfsmäßigen Wall vor uns ragen, einem Wall aus übereinandergeschichteten Autowracks, Möbeln und einem skelettartigen Holzgerüst, bedeckt von einer faulenden Haut aus zerfetztem Stoff. Sie haben ihre Stadt geplündert; sie wird ihnen kein Beistand mehr sein. Ich gestatte mir ein Lachen. Was wir tun, ist ebenso langweilig wie sich am Morgen den Schlaf aus den Augen zu reiben und vermutlich noch ungefährlicher. Wir können ihre Angst riechen; die Berichte werden ihnen wohl zu Ohren gekommen sein. Nur das Vorhandensein ihrer jämmerlichen Verteidigungsmaßnahmen spricht dafür, daß sie ihnen nicht recht Glauben geschenkt haben. Hätten sie es getan, wären sie davongerannt, und zwar schnell, in den Norden, in die großen Wälder, wo es noch möglich ist, sich zu verstecken. Statt dessen haben sich diese Narren dafür entschieden, zu bleiben und ihr Territorium zu verteidigen. Unmittelbar vor mir hält der Löwe von Oomar sein nervös tänzelndes Pferd an und hebt die Hand. Wir kommen zum Stehen. Seine Offiziere beraten sich. Halbnackt, die Haut glänzend wie geöltes Leder, das Haar in wilden Mähnen, sind es stolze Geschöpfe, die Elite der Uigennas. Jetzt werden die Menschen denken: Oh, sie sind ja ganz entblößt, kaum geschützt!, und sie werden wieder Mut fassen, ihre armseligen Hoffnungen werden zurückkehren. Ich kann spüren, daß sie zurückkehren, sich wie ein schwacher Nebel über die Stadt legen, nur um bald wieder weggeblasen zu werden.

Das Tageslicht wird jetzt intensiver. Ein Befehl wird gegeben. Wir recken uns empor, und rund um mich sehe ich hundert Augenpaare aufleuchten. Nichts kann die fast trunkene Vorfreude auf eine Eroberung dämpfen, auch dann nicht, wenn es sich um einen leicht erkämpften Sieg handelt. Wir setzen uns wieder in Bewegung, und nun vernehme ich die Stimmen aus der Stadt, halb gehörte Schreie, das Klappern von Metall. Sie werden warten, bis wir näher sind, ehe sie feuern. Jetzt schreitet unser Schamane vor dem Roß des Löwen einher. Er ist in ein helles, fließendes Gewand gekleidet, das Haar hängt offen herab, die Arme hat er erhoben. Dort, wo die Ärmel zurückgeglitten sind, sehe ich die Sonnenstrahlen auf den hellen Härchen seiner Haut glitzern. Er ist eine Berühmtheit bei den Uigennas. Seine kraftvolle, tragende Stimme ist allen wohlbekannt. Wir vernehmen seinen Singsang. Hinter den Barrikaden erschallt ein Befehl. »Feuer!« Tatsächlich folgt ein Krachen, doch es ist das Krachen der Erde, die sich streckt und birst, der Schrei der Feuerschlangen tief in ihren unterirdischen Nestern, und nicht Geschützlärm. Wir benötigen keine weiteren Befehle. Wie Wölfe jagen und hetzen wir über alle Hindernisse hinweg auf die Stadt zu. Als ich einen Satz über die Barrikade mache, blicke ich einen Moment lang in ein verzweifelt aufgerissenes Augenpaar; mein Messer tilgt den Ausdruck darin, und zum erstenmal an diesem Tag ist meine Haut blutbespritzt. Sie können sich nicht dem Kampf gegen uns stellen, denn unser Schamane hat sie mit Angst vergiftet. Wie Kinder ducken sie sich und wimmern. Wie Korn mähen wir sie nieder. Es gibt kein Mitleid.

Ein Bild der Verwüstung bietet sich uns, wieder einmal ein Anblick des Verfalls und der Fäulnis. Wir sehen Lampen, die nie mehr scheinen werden, Läden mit zerbrochenen Schaufenstern, deren Waren vor langem schon Plünderern oder Brandstiftern zum Opfer gefallen sind. In den verkommenen Straßen liegen halbverweste Katzenkadaver, das Licht ihrer Augen für alle Ewigkeit gelöscht und völlig ausgeweidet, als hätten sich Aasfresser an ihnen gütlich getan. Natür-

lich fallen auch die Menschen selbst seit geraumer Zeit übereinander her, und so kommen wir an menschlichen Leichen vorbei, die an Straßenlaternen baumeln. Wir kommen an Mauern vorbei, auf die Schreie der Verzweiflung gekritzelt sind. Und immer noch stürmen wir weiter. »Diese Stadt muß gesäubert werden!« ruft uns unser Anführer zu, doch das wissen wir. Wir wissen das ganz genau, es ist uns eine liebgewordene Pflicht. Ich brülle und töte wie alle anderen auch. Und während ich Stahl in Fleisch sinken lasse, denke ich bloß: Schade, es wird hier nur wenig Eßbares zu finden sein. Am Abend ist alles vorbei. Alle überlebenden Jünglinge haben wir zusammengetrieben; sie stehen jetzt zitternd in Pfützen aus Pisse und Erbrochenem neben dem Lagerfeuer, das wir gemacht haben. Es ist ein gutes Feuer, hochlodernd und mächtig. Der Zauber des Schamanen nagt immer noch an den Herzen der verbliebenen Kind-Männer. Sie können keinen Finger heben, um sich selbst zu helfen, aber wir betrachten es mit Belustigung. Wraxilan hat bereits den Besten ausgewählt. Der Junge wird von den übrigen weggezerrt; er weint und schlägt um sich. Ich ersticke fast an meiner Verachtung, obwohl ich weiß, daß er nicht Herr seiner Sinne ist. Ich zucke mit keiner Wimper, als man in sein Fleisch schneidet, und auch nicht, als er schreit und weiterkreischt, während das Blut unseres geliebten Anführers in seine Wunde tropft. Ein kleines Opfer nur, aber es genügt. Sobald die Transformation vollständig ist, wird der Löwe ihn nehmen, aber nicht eher. Wir sind keine Barbaren. Wir kennen die Rituale, respektieren die Verwandlung. Wir werden die Initiierten pflegen und ihnen helfen, das Menschsein hinter sich zu lassen. Diese Stadt ist deprimierend. Ich werde froh sein, wieder von hier wegzukommen. Die Verwandlung dauert drei Tage. Danach wird die Initiation durch die heilige Handlung des Aruna für immer besiegelt. Ein paar Tage lang werden die Blicke der Neulinge gehetzt wirken, aber dann werden sie alles akzeptiert haben, und ihre schwächlichen Körper werden sich mit Kraft füllen. Das ist der Lauf der Dinge. Und das ist es, was wir mit der Welt tun müssen:

wir müssen sie säubern. Sie verwandeln. Wir sind jung, das stimmt. Unsere Kulturen sind jung, das stimmt auch. Aber die Welt ist bereit für uns, ganz klar. Sie braucht uns. Sie hat lange genug auf unser Kommen gewartet. Sie haßt die Menschen; sie haben sie vergewaltigt und fast zu Tode geprügelt. Wir sind ihre Engel, und wir sind die Stimme ihrer Rache. Die Lichter werden für immer ausgehen in diesem verkommenen Land, und die Erde wird alles zurückfordern, was ihr gehört, und wir werden bekommen, was unser ist, und die Tempel werden mit Blut geweiht werden …

Die nächsten beiden Wochen vergingen mir im Fluge, während in mir das Gefühl, ich würde schon seit langer, langer Zeit in Piristil leben, immer mehr wuchs. Die tägliche Routine des Hauses wurde zu der meinen, und nichts daran verströmte mehr den Geruch des Fremdartigen. Nachts schlief ich in Loloteas Bett (man hatte ihn vorübergehend von der ›Nachtarbeit‹ mit der Kundschaft befreit), und er war es auch, der meine Einführungszeremonie als Kanene durchführte. Das meiste daran war absurd. Wir brachten sie dennoch hinter uns, aber dann betranken wir uns und lachten darüber.

Nach einer Woche war mein Zimmer fertig. Orpah und Wuwa waren für die Verschönerungen zuständig gewesen, und so überraschte es Lolotea und mich nur wenig, daß wir verwischte Farbe auf den Fensterscheiben und etlichen Bodenbrettern an den Wänden des Zimmers entdeckten. Unter meinem Bett verbarg sich eine fadenscheinige Stelle im Teppich. An dem Tag, an dem ich schließlich in das Zimmer einzog, starrte ich das Bett eine Zeitlang an und versuchte mir vorzustellen, was ich früher oder später darin zu tun haben würde. Ich wünschte mir, ich hätte einen anderen Schlafplatz. Die Aussicht, mein ganz persönliches Nest von bösen Geistern heimsuchen zu lassen, gefiel mir nicht. Ich nahm mir vor, den Versuch zu machen, die meisten meiner Geschäfte auf dem Teppich abzuwickeln. Als ich mich auf das Bett setzte, dachte ich: Wie lange das hier wohl meine kleine Welt sein wird? Doch fast ungewollt bemühte ich mich, dazu beizutragen, daraus ein Heim zu machen, auch wenn es das nur vorübergehend sein würde. Ich entschied mich, von meinem mageren Lohn zumindest die Hälfte zu sparen. Kleider, Schminke und Essen, darüber brauchte ich mir nicht den Kopf zu zerbrechen, dafür mußte ich nicht selbst aufkommen. Das ging alles auf Jafits Rechnung. Alkohol stand jederzeit und überall im Haus zur Verfügung. Daher blieben nur kleine persönliche Dinge für mich selbst, für die ich mein Geld würde ausgeben müssen. In Fallsend befindet sich ein recht guter Markt, auf dem Waren aus Jaddayoth und gelegentlich auch aus Almagabra verkauft werden. Sobald ich es mir leisten konnte, wollte ich ein paar große Wandteppiche kaufen, um von dem abgenutzten Aussehen des Teppichs auf dem Boden abzulenken. Außerdem würden sie möglicherweise mithelfen, den Raum warm zu halten, denn anfangs war es feucht und modrig darin. Gelegentlich rülpste das offene Feuer auch nur widerliche Wolken dicken Rauches aus dem Kamin ins Zimmer zurück. Wie man sieht, dachte ich an eine gewisse Seßhaftigkeit. Gefährlich. Ich sollte die Ungemütlichkeit des Zimmers in Kauf nehmen und mein *ganzes* Geld sparen.

Der unheilvolle Zeitpunkt rückte immer näher. Manchmal begegnete ich Kunden auf der Treppe oder traf sie in einem der beiden Salons im Erdgeschoß an. Ich hatte mich rasch an den bereits bestehenden Grundsatz gewöhnt, all jene, die nach Piristil kamen, um hier etwas zu kaufen, zutiefst zu verabscheuen, und so legte ich nur eisige Höflichkeit an den Tag, wenn jemand mich ansprach. Ausschließlich in unserem Zimmer müssen wir die Schau abziehen, erklärte Lolotea. »Sie zahlen schließlich nicht dafür, daß wir sie mögen!«

Am Ende der zweiten Woche meines Aufenthalts ließ Astarth mich zu sich rufen. Es war wieder einmal einer jener trostlosen Abende. Astarth sah elend aus und schien sich gar nicht wohl zu fühlen in seiner Haut. »Also, nun werden wir einmal sehen…«, murmelte er und verschränkte die krampfhaft zuckenden Finger ineinander. Wahrscheinlich bereitete er sich seelisch darauf vor, herauszufinden, was ich gelernt hatte. Nachdem mir dieser Gedanke gekommen war, brachte ich ihn in Weißglut, indem ich über das Wetter sprach, ein Thema, das für keinen von uns beiden auch nur von mindestem Interesse war. »Calanthe, hör zu!« schrie er schließlich. »Du weißt, weshalb du hier bist! Also wollen wir damit anfangen, okay? Ich werde die Rolle des Kunden übernehmen. Ich muß wissen, wie du dich verhältst.«

Wie er sich im Lichtschein des Feuers an mich heranpirschte, sah er katzenhaft und gefährlich aus; seine Anspannung war Kraft. »Jetzt kann ich den Wraeththu in dir sehen«, sagte ich, und ich konnte es tatsächlich, vielleicht zum ersten Mal. Astarth gab einen Ton von sich, der sich anhörte wie das Knistern der Flammen. Als er mir die Hand auf die Schulter legte, spürte ich dünne, harte Muskeln in seiner Handfläche vibrieren.

»Fang an! Sprich!« sagte er.

»Hast du schon für mich bezahlt?«

»Jafit übernimmt das Geld, noch bevor jemand nach oben kommt.«

»Wieviel?«

»Das geht dich nichts an. Frag nie nach dem Geld.« Ich saß auf dem Teppich, und er hockte sich vor mich hin. »Sie fangen immer mit irgend etwas an in der Art von: ›Es wäre dir lieber, ich wäre nicht hier, oder?‹ Wie wirst du antworten?«

Ich lachte. »Na, ganz klar! Ich antworte: ›Ja, das ist wahr.‹ Und das wird gar keine Lüge sein.«

Astarth schüttelte den Kopf. »Irgend etwas sagt mir,

daß du nicht verängstigt aussehen wirst bei diesen Worten, Calanthe.«

»Ich glaube nicht, daß man mich überhaupt ängstigen kann. Also gut, ich kenne das Spiel. Schau mich nicht so an. Ich werde sagen: ›Bitte, Tiahaar, tu mir nicht weh!‹ Reicht das?«

Astarth lächelte grimmig. »Herumgestammel und einfältiges Grinsen stehen dir gar nicht, aber schließlich bezahlen sie für den Sex und nicht für Stegreiftheater.« Er legte mir auch die zweite Hand auf die Schulter. »Also, sag es.«

Ich machte ein ernstes Gesicht und sagte: »Astarth, bitte tu mir nicht weh.« Im Feuerschein sah er fremd und alt aus (hatte ich sein Alter falsch eingeschätzt?), wie er, ohne auch nur einmal mit der Wimper zu zucken, mit seinem ruhigen Blick den meinen festhielt.

»Das werde ich nicht«, sagte er und wandte die Augen ab. Er erhob sich, ging zwei Schritte rückwärts, drehte sich um, duckte sich und wirbelte herum. Noch ehe ich wußte, was mich getroffen hatte, war ich bereits mit Sternchen vor den Augen auf halbem Weg zum anderen Ende des Zimmers. Astarth war bloß ein gebückter, bedrohlicher Schattenriß gegen die matte Fläche der Fensterscheibe. Instinktiv ging ich in Verteidigungsstellung. Ich sah, wie er sich bewegte. Mein Gott, ich glaube, er nimmt die Sache ernst! dachte ich. Hatte Astarth seit unserer ersten Unterrichtsstunde nur auf den richtigen Moment gewartet, um mich anzugreifen?

»Rühr dich nicht!« sagte er. Ich gab keine Antwort. Er ging sofort wieder auf mich los wie eine riesige Spinne und warf sich seitlich gegen mich, so daß ich mit der Schulter voran gegen die Wand flog. Irgendwann einmal war er durchtrainiert gewesen, aber das muß schon lange her sein, denn ich konnte bereits seine schwachen Punkte erkennen. Ich wartete und dachte dann völlig klar: Jetzt! bevor ich es ihm heimzahlte. Er war darauf nicht gefaßt. Aber würde ein

Kunde je seinen Hals so ungeschützt lassen? Wer weiß, man erwartet ja bei der Rolle, die wir spielen, nicht unbedingt, daß wir zurückschlagen, oder? Meine Finger umklammerten Astarths Kehle und zwangen seinen Kopf nach hinten. Er versuchte, mir die Klauen ins Fleisch zu schlagen, ließ jedoch vernünftigerweise davon ab, als ich ihm die andere Hand in den Magen trieb. Jetzt fauchten wir einander an und balgten uns wie tollgewordene Wildkatzen auf dem Boden. Es war wirklich lustig. Astarth keuchte: »Was, zum Teufel, machst du denn, Calanthe!« doch trotz des Halbdunkels konnte ich erkennen, wie er grinste.

»Hat keinen Sinn«, sagte ich, während ich ihn vorsichtig zu Boden drückte und dort festhielt. »Ich kann mich einfach nicht von irgend jemandem windelweich prügeln lassen und nicht zurückschlagen! Vielleicht kann ich Schläge austeilen, wenn man mich genügend provoziert, aber mich glückselig zurücklegen und sie einstecken, das kann ich nicht!«

»Du bist ein Idiot!« sagte er.

Ich spürte, wie die Knochen in seinen Handgelenken knackten. »Bringt Freude, nicht wahr?« bemerkte ich.

Das veranlaßte ihn zu knurren und zu spucken und sich heftig unter meinem Griff zu winden. Ich ließ ihn los, ließ ihn ein Weilchen toben und hieb ihm dann die Handkante unter die Rippen. Das brachte ihn zum Schweigen. Ich trug ihn zum Bett und ließ ihn darauf fallen. Er lag ruhig da, atmete schwer und hielt eine Hand auf den Magen gepreßt. Mit Augen wie aus Glas starrte er zwischen den offenen Vorhängen hindurch in einen mondlosen Himmel. Ich setzte mich neben ihn auf die Bettkante, um wieder zu Atem zu kommen. Ganz offensichtlich war auch ich nicht gänzlich in Form.

»Ich glaube nicht, daß ich mich hier nützlich machen kann«, stellte ich fest.

»Du mußt es!« antwortete er mit fester Stimme und hustete dann eine Weile.

Höflich wartete ich ab, bis er damit fertig war, ehe ich fragte: »Und was hast du davon, Astarth?«

»Nichts. Aber Jafit wird wütend sein, wenn es nicht klappt mit dir, das ist alles. Er möchte dich hier haben, Calanthe, nicht ich.«

»Aber du warst es, der dumm genug war, mich einzulassen.«

Er ignorierte das. »Es ist nicht schwer zu erlernen«, sagte er. »Wir mußten es alle tun, es kommt nicht von allein. Und du brauchst das Geld.«

»Ja«, seufzte ich und strich mir über das Gesicht. »Die Sache ist nur die: Ich habe immer an den Aruna geglaubt, Astarth. Ich weiß, daß er etwas Magisches ist. Aber diese Pelcia- und Chaitrasachen, das sind doch Obszönitäten! Davon dreht sich mir der Magen um!«

»Ich weiß. Betrachte es einfach nicht als Aruna. Es gibt auch noch andere Dinge, die wir mit diesen Teilen unseres Körpers tun müssen. So mußt du es sehen.«

»Kurz und treffend ausgedrückt«, stellte ich anerkennend fest. »Und doch… Ich habe das Gefühl, Astarth, daß… Wie soll ich es sagen? Mir scheint, daß du vielleicht nicht so empfindest wie ich.«

»Du meinst, ich genieße es?« fragte er sachlich, ohne eine Spur von Scham in der Stimme. »Vielleicht stimmt das sogar. Man wird seine ganze Wut dabei los, findest du nicht? Manchmal wünsche ich mir, jemand würde mich zu Tode prügeln. Und manchmal habe ich den Wunsch zu töten. Du hast deine Träume, die dir Kraft geben, nicht wahr? Aber ich kann nicht mehr so träumen.« Er wandte das Gesicht ab.

Ich legte ihm die Hand auf die Schulter und spürte, wie sich seine Muskeln anspannten. »Du möchtest, daß ich zu Ende bringe, was ich angefangen habe?« fragte ich. Schweigen. »Komm schon!« piesackte ich und stieß ihn leicht in die Rippen. »Komm schon, Astarth!« Ich kitzelte ihn unter der Achsel, und er mußte lachen. Astarth mag es grob, das stimmt, aber ich betrachte ihn als einen reizbaren, nervösen Gaul. Behandle ihn richtig, gewinne sein Vertrauen, dann kannst du ihn besteigen. Ein derber Vergleich, ich weiß, aber das kommt vom Leben in einem Hurenhaus.

Später tranken wir zusammen eine Flasche Wein, und Astarth riet mir, wie ich mich bei Jafit verhalten sollte. »Besauf dich einfach«, sagte er. »Benimm dich wie ein verrückt gewordenes Weib. Denk auf Weiberart, das hilft.«

»Ich werde mich bemühen.«

»Ganz sicher wirst du das. Sonst verhungerst du im Winter da draußen. Aber Jafit mag dich ohnedies. Er wird dich nicht hinauswerfen.«

Vom ersten Tag an habe ich es sorgfältig darauf angelegt, den Eigentümer dieses Etablissements einzuwickeln. Seit dem ersten Gespräch mit ihm war ich ihm erst zweimal – beim gemeinsamen Essen im Kreis der anderen – so richtig begegnet. Da ich nie vergesse, mir die Grenzen meiner Schauspielkunst vor Augen zu halten, erkannte ich, wie wichtig es war, in Jafit die Überzeugung zu wecken, daß ich ihm unentbehrlich war, und sei es nur meines Aussehens wegen. Er hatte stets ein Kompliment für mich, und als Gegenleistung sprühte ich vor Charme und Witz. Ich krümme mich jetzt noch vor Scham, wenn ich daran denke.

Als Astarth und ich am Feuer saßen, in die Flammen starrten und einen Schluck nahmen, sagte er plötzlich: »Aber vergiß mir bloß nicht das Herrscherhaus von Maudrah, ja?« Ich rechnete ihm hoch an, was er damit sagen wollte.

»Danke, daß du an mich glaubst«, sagte ich. Darauf tranken wir.

Der Ruf erscholl schon am nächsten Abend. Ich befolgte Astarths Ratschlag und trank eine ganze Flasche Betica in etwas mehr als einer Stunde aus. Rihana, Salandril und Lolotea beobachteten mich bei meinem Tun, aber keiner von ihnen brachte es über sich, eine Bemerkung zu machen. Ich dachte an die wenigen Gelegenheiten, bei denen ich Jafit bisher begegnet war. Natürlich hatte ich ihn jedesmal genauestens studiert, aber ich konnte dennoch nicht vorhersagen, mit welcher Art von Empfang ich rechnen durfte. Er behandelte seine Kanene mit Wohlwollen und Nachsicht, wie Schoßtiere. Er strich ihnen übers Haar und kniff sie in die Arme. Sie mochten ihn alle recht gern. Doch ich hatte gehört, daß er ziemlich unwirsch werden konnte, wenn jemand seinen Pflichten nicht ordentlich nachkam. Obwohl er keineswegs von vornherein von ihrer Berechtigung überzeugt war, ging er doch stets allen Klagen seitens der Kundschaft genauestens nach. Lolotea behauptete, Jafit wüßte immer, wenn man ihn belog. Völlig blau vom Betica, aber infolge langjähriger Erfahrung mit diesem Zustand noch Herr meiner Stimme und meiner Bewegungen, ging ich in Jafits Büro.

Er bot mir einen Drink an und sagte: »Wenn es den Anschein haben sollte, daß ich dich beleidige, dann nimm es bitte nicht persönlich, aber ich vermute, du weißt bereits, was du zu erwarten hast, nicht wahr?«

Ich grinste ihn unbeholfen an.

»Führe mich in dein Zimmer«, sagte er.

Dort angekommen, setzte er sich und richtete den Blick auf den Tisch, wo ich eine geöffnete Flasche Wein und zwei Gläser entdeckte; der Korken lag neben der Flasche. Ich bot ihm ein Glas an, und er nahm es. Als ich das zweite Glas unberührt ließ, sagte er: »Leiste mir Gesellschaft, Calanthe«, und ich mußte schon wieder ein Quantum Alkohol in mich hineinschütten.

Ich trug ein schwarzes Spitzengewand, das nahezu durchsichtig war. Ein breiter weicher Ledergürtel, behängt mit Netzen und Kettchen, war um meine Hüften gewickelt. Jafit begutachtete mich mit anerkennendem Blick. Er hieß mich das Gewand ablegen, und ich tat es.

»Du hast den Körper eines Kriegers«, stellte er fest.

»Ich hatte ein stürmisches Leben«, räumte ich ein.

»Ich nehme an, du möchtest jetzt in Ruhe gelassen werden, hm?«

»Wie bitte?«

Er sah mich nicht an. Es war Teil des Tests.

»Ja«, sagte ich mit überzeugender Bitterkeit in der Stimme. »Ja, ich möchte allein gelassen werden.«

»Wie, ist niemand gut genug für dich?« fragte er, und ich sah ihn scharf an. Seine Augen legten mir nahe, zu überlegen, ehe ich antwortete.

Ich lächelte in mich hinein und klopfte mit trägen Fingerspitzen leicht auf den Tisch. »Nein. Um ehrlich zu sein, nein«, bestätigte ich.

Jafit nickte beifällig, und eine Sekunde lang lächelten wir beide. »Du bist bloß ein Stück Dreck«, sagte er dann.

»Glaubst du?«

»Ich werde dir zeigen, wie sehr ich das glaube!«

Ich entschied mich für einen Aufschrei. Jafit brach fast in Gelächter aus. Dann stürzte er sich auf mich. Er tat mir nicht wirklich weh, er stieß mich bloß ein bißchen herum. Wir landeten auf dem Bett, ich um mich schlagend und er entschlossen, über mein amateurhaftes Gejammer nicht zu lachen. Doch dann, als wir bereits auf halbem Weg waren, vergaßen wir das, was wir tun sollten, und begannen, Spaß daran zu haben. Ich entsinne mich, gesagt zu haben: »Nein, so was, Jafit, du bist gar nicht die Ratte, für die ich dich gehalten habe!«

»Wir versuchen bloß alle, irgendwie unseren Lebensunterhalt zu verdienen, Calanthe«, antwortete er, »aber auch du bist kein Kanene, das ist wohl klar. Was, zum Geier, willst du hier eigentlich?«

Ich hob die Schultern. »Von dir eingestellt werden, das hoffe ich zumindest.«

Er schüttelte den Kopf. »Na gut. Ich habe zwar noch

keine Ahnung, was ich mit dir anfangen soll, aber du siehst gut genug aus, um eine Chance zu verdienen. Versuch bloß keinen Mist zu bauen, mehr will ich nicht. Die Kundschaft von Piristil kann sehr pingelig sein.«

»Ich werde mich bemühen«, sagte ich und meinte es überraschenderweise sogar ernst.

Am Morgen blieb Jafit zum Frühstück bei mir. Ich fand immer noch, daß er nicht besonders gut aussah. Er ist dunkelhäutig und trägt das schwarze Haar kurzgeschnitten. Ich wette, auch er hätte ein ziemlich abwechslungsreiches Leben vorzuweisen.

Er tunkte heiße, gebutterte Brötchen in seinen Kaffee und sagte: »Ich denke, die meiste Zeit wirst du dich langweilen.«

»Oh, ich habe beschlossen, meine Lebensgeschichte zu Papier zu bringen«, antwortete ich hochtrabend.

»Tatsächlich! Aber ich glaube, als dein Arbeitgeber werde ich dich wohl bitten müssen, mir alles vorzulegen, was du niederschreibst.«

»Und wie kommst du darauf, daß meine Lebensgeschichte es wert ist, gelesen zu werden?«

»Die vergangene Nacht«, antwortete er. »Die verborgenen Gedanken in deinem Kopf. Ich bin neugierig, was da drinnen vorgeht.«

»Mmmm, da wir schon von verborgenen Gedanken sprechen, Jafit, wieso bist eigentlich *du* hier? Ist es etwa so, daß du immer schon nichts anderes als Zuhälter werden wolltest? Hast du hier in Piristil die Erfüllung deines Lebens gefunden?«

Er lachte gutgelaunt. »Warum ist irgendeiner von uns hier? Piristil ist ein guter Schlupfwinkel, verstehst du? Ich hoffe, du wirst nichts von diesem Gespräch für die Nachwelt aufzeichnen!«

»Nicht, wenn du es nicht willst«, log ich.

»Die Gelaminger haben da ein paar Fragen an mich…«, sagte er unbestimmt, aber mehr sagte er nicht.

Ich nickte, um ihn meines Verständnisses zu versichern. »Also, wenn man es recht bedenkt, ist Fallsend ein ganz nettes Plätzchen, wenn man sich zurückziehen möchte.«

Es ist schon spät, als ich gerufen werde. Ein junger Har stolpert durch die geborstene Tür herein und fällt fast über all den Unrat; Ziegeltrümmer, Lumpen, Knochen. Zack und ich essen Hundefleisch, das wir über dem Feuer gebraten haben. Unsere Gefährten schleudern dem Neuankömmling gutmütige Obszönitäten entgegen. Sein Gesicht rötet sich, und er sagt: »Der Löwe schickt mich.« Das bringt uns alle zum Schweigen. Wir denken: Habe ich mir etwas zuschulden kommen lassen? Habe ich?, denn es ist selten, daß Wraxilan sich mit irgendeinem Har abgibt, der nicht seiner Elite angehört.

»Welcher von euch ist Cal?« fragt der Bote mit tapferer Stimme. Er ist einer von Wraxilans Lakaien, die wir alle sowohl beneiden als auch verachten.

»Was willst du von ihm?« frage ich.

»Ich habe eine Botschaft ...«

»Ich übernehme sie!« Zack springt auf und reißt dem jungen Har das zusammengerollte Schreiben aus der Hand. Der Bote will Einspruch erheben, aber Zack stößt ihn zur Seite und entrollt das Papier.

»Aber es ist nur für die Augen des Blondhaarigen bestimmt!« winselt der Bote.

»Was steht darin?« frage ich; dunkle Vorahnungen legen sich schwer wie ein Gewicht auf mich.

Zack gibt einen höhnischen, bösen Laut von sich und wirft mir das Schreiben zu.

»Was steht darin?« wollen unsere Gefährten wissen und beugen sich vor. Ich stehe auf.

»So einfach ist das, wie?« fragt Zack kalt. »Er ruft, du folgst. So einfach?«

Ich schweige. Ich wurde gerufen, das ist alles; aber ich schweige. Ich lege mir den Gürtel um, in dem meine Messer und Wurfpfeile stecken. Zack hebt einen Knochen vom Boden auf. »Siehst du das?« sagt er. »Hundefleisch! Ha!« Er wirft den Knochen ins Feuer, wo er ein Weilchen brutzelt. Wir starren einander an.

»Bis später«, sage ich und gehe. Kein Laut kommt von all denen, die sich am Feuer ausgestreckt haben, aber ich bin sicher, sobald ich außer Hörweite bin, werden sie sich den Mund zerreißen.

Der Löwe von Oomar hat sein Hauptquartier in einem alten Supermarkt aufgeschlagen. Ich habe das nie für eine gute Wahl gehalten, aber offenbar waren die Schnapsregale gut gefüllt, als er sich mit seiner Gesellschaft darin niederließ. Ein Speicher und die Lagerräume an der Hinterseite des Supermarkts geben die privaten Wohnungen für die Elite ab. Ich werde eingelassen. Der Löwe und eine Anzahl schnittiger Hara sitzen um ein Feuer. Sie lachen über irgend etwas. Wraxilan sieht nicht auf, als ich näher komme, aber er weiß ganz genau, daß ich da bin. Er sagt: »Bring ihn in den Innenraum«, und der Har, welcher mein Führer ist, packt meinen Arm und zerrt mich weiter. Was überhaupt nicht nötig wäre. Ich werde in eine unbeleuchtete Zelle gesperrt. Ich setze mich auf den Boden und warte. Er ist nicht ganz so grausam und kommt sehr bald. Er kommt allein und setzt sich mir gegenüber, den Rücken an die Wand gelehnt.

»Ich bin froh, daß du gekommen bist«, sagt er, als hätte ich eine andere Wahl gehabt. Ich sage nichts. Er ist fabelhaft, so wie alle heldenhaften Eroberer fabelhaft sind: beeindruckend, selbstsicher, stark. »Gib mir dein Messer«, sagt er, und ich gehorche. Aber es ist nicht mein bestes Messer, das ich ihm reiche. Wraxilan macht einen kleinen Schnitt in seine Handfläche und streckt sie mir entgegen. »Schau, Cal«, sagt er. »Das gehört dir.«

»Die Klinge? Die Wunde?«

»Nein. Das Blut. Hier, nimm es.« Vorsichtig lege ich meine Hand in die seine. Er drückt sie. »Draußen warten die Schamanen. Die Zeremonie wird nicht lange dauern.«

»He!« Ich ziehe meine Hand zurück und drücke sie an die Brust. »Wovon redest du? Welche Zeremonie?«

»Hab keine Angst, Cal. Erinnerst du dich nicht? Ich habe dich seit langem schon auserwählt. Vor ein paar Tagen waren die Nahir-Nuri aus dem Norden da. Sie sind sehr angetan von meinen Fortschritten. Bald werde ich in die nächste Kaste aufsteigen, und du weißt, was das bedeutet! Dann kann ich den echten Zauber wirksam werden lassen, denjenigen, dessen wir uns noch nicht ganz sicher sind. Können wir in unserem neuen Körper auch neues Leben empfangen? Das wird der Test sein, richtig? Wenn wir uns geirrt haben, dann können wir ebensogut alles aufgeben und das, was noch übrig ist von der Welt, der Menschheit überlassen. Es ist der Test, Cal! Und ich brauche ein Werkzeug dafür. Das beste. Ich brauche einen Gemahl. Den besten. Ich brauche dich.«

Während dieser Worte bin ich bis an die Wand hinter mir gerückt in dem vergeblichen Versuch, meinen Körper durch den massiven Beton zu quetschen. Noch nie zuvor habe ich mich so gefürchtet, denn ich weiß, er meint ernst, was er sagt. Der Löwe meint immer ernst, was er sagt. Der echte Zauber. Niemand hat es bisher zuwege gebracht. Falls es überhaupt möglich ist, könnte es mich töten. Wir wissen erst so wenig. Wir waren nie Frauen, diese Dinge sind uns rätselhaft. Versuch und Irrtum. Wir könnten im Irrtum sein.

»Also komm schon«, sagt Wraxilan mit ruhiger, nüchterner Stimme. Er steht auf und wischt sich die Hände an der Brust ab. »Cal, so komm schon!«

»Nein.« Was für ein schwacher, kleiner Ton! Wraxilan ist offenbar der Meinung, nicht recht gehört zu haben.

»Wie?!«

Meine Stimme wird kräftiger. »Ich sagte doch nein, Wraxilan.« Ich stehe ebenfalls auf.

»Weißt du, was du da sagst? Ich bin dein Anführer, Cal! Du kannst nicht einfach nein sagen! Ich habe über deine Zukunft entschieden!«

»Nein, das hast du nicht.« Ich rücke stetig von ihm ab, auf die Tür zu, und halte immer noch die Hand an mich gepreßt,

die mit seinem Blut in Berührung gekommen ist – ganz so, als hätte er den Schnitt mir zugefügt.

»Verstehst du nicht, was ich sage?«

»Doch. Ich verstehe.«

»Also ...?«

»Ich will es nicht machen.«

»Ich könnte dich töten.«

»Ich weiß.« Aus einem unerfindlichen Grund habe ich Tränen in den Augen. (Wir kämpfen wie Männer und weinen wie Frauen.) »Ich weiß.«

Ich bin an der Tür angelangt. Kurzes, knisterndes Schweigen. Jetzt kann er den Befehl geben, wenn er das will. Er kann rufen: »Tötet ihn!«, aber er tut es nicht. Er sagt: »Wenn du dich nicht fügst, mußt du von hier verschwinden, das weißt du, nicht wahr?«

Eine Verbannung ist in diesen Zeiten nicht so unerheblich, wie man meinen könnte. Es ist wichtig, sehr wichtig, den Schutz eines starken Stammes hinter sich zu haben. Das Leben ist ein Glücksspiel, gefährlich, tödlich. Ich nicke. Ich verstehe.

»Du hast die Wahl«, sagt er mit leiser, vor Gift triefender Stimme. Hätte er nur andere Worte verwendet, hätte er nur... doch nein, wir sind Wraeththu. All das ist mit der Welt der Menschen gestorben. Ich gehe. Als ich wieder zu Zack und den anderen stoße, weine ich offen. Ich habe Angst vor dem Draußen. Ich sage Zack, daß wir weg müssen. Er sagt kein Wort, geht einfach daran, unsere Habe einzusammeln. Kaum eine Stunde später stürmen Wraxilans Leibwächter in die Ruine, die unser Zuhause ist.

»Du! Hau endlich ab von hier!« knurrt mich einer von ihnen an und versetzt mir mit dem Lauf seines Gewehrs einen Hieb auf den Rücken. Zack legt den Arm um mich. Wir gehen hinaus, und die Wachen folgen uns bis an den Rand der Sicherheitszone. »Kein Uigenna wird euch je wieder aufnehmen!« rufen sie uns nach. »Bißchen Tempo! Na los!« Sie feuern hinter unsere Fersen. Gedemütigt trotten wir davon. Keine Uigennas; wir haben keinen Stamm mehr.

Natürlich gehen wir zu Seel. Die Unneahs wissen mehr über das Wesen des Friedens als die Uigennas. Es ist alles nicht so schlimm. Doch manchmal des Nachts denke ich an den Löwen. Ich sehe sein Gesicht. Eines Tages, wenn ich älter bin, werde ich erkennen, daß es die Kränkung der Zurückweisung war, die aus seiner Miene sprach. Doch bis dahin wird es noch dauern.

In meinem Leben wird sich dieses Szenario noch einige Male wiederholen. In Terzian liebe ich den Löwen. Ein Exorzismus? Vielleicht, aber es ist noch nicht zu Ende…

Kapitel 4

Die Entdeckung der großen Katze

Und im trägen Dunkel folgt der Biß
all dieser Schlangen heißer Reue;
Träume brodeln, und Unglückseligkeiten
bevölkern meine schwerbeladene Seele.

A. Puschkin, *Erinnerung*

Ich schreibe jetzt seit über einer Woche. Ich empfinde es als reinigend, erfrischend; es tut mir gut. Vielleicht bin ich stärker geworden, weil ich nun dem größten, schwärzesten Tor in meiner Gedankenwelt gegenüberstehe und darauf vorbereitet bin, es ein wenig zu öffnen. Ich muß fortfahren, mich selbst zu heilen, indem ich der Vergangenheit ins Auge sehe. Lolotea denkt, er hätte mein Geheimnis gelüftet und es würde sich dabei um Galhea handeln und um alles, was dort geschehen ist. Doch in Wirklichkeit ist es so, daß meine wahren Geheimnisse aus einer Zeit stammen, zu der ich von Terzian nicht einmal gehört hatte. Und das größte davon ist immer noch unentdeckt, unausgesprochen. In Galhea hatte einst Cobweb, der ein echter Seher ist, eine Vision. Er sprach diese Worte: »Ich werde allein gelassen werden, und die Zeit wird wie Glas sein, wie berstendes, splitterndes Licht, und die Vergangenheit wird zurückkehren wie ein schimmernder Schleier... Ich werde allein sein, aber nicht lange...« Damals dachte ich, er hätte diese Worte zu sich selbst gesprochen, aber nun weiß ich es besser; sie waren für mich bestimmt.

Gleich nachdem Jafit von meinem Wunsch, in meiner freien Zeit zu schreiben, erfahren hatte, machte er mir sämtliche Utensilien, die ich dafür benötigte, zum Geschenk. Die Feder trägt sogar meinen Namen; wie reizend. Ich glaube, er muß von meinem ersten Kunden einen überschäumenden Bericht bekommen haben. Aber das ist wohl eher auf einen Glücksfall als auf besondere Anstrengung meinerseits zurückzuführen. Es handelte sich bei ihm (wie bei mir) um einen Flüchtling aus Megalithika, und er verlangte von mir, ihn zu würgen. Ich zögerte keinen Augenblick. Jafit betrachtet es offenbar als ungefährlicher, mich beim Chaitra einzusetzen und nicht beim Pelcia. Vielleicht glaubt er mir meine Unfähigkeit, Schmerz freudig hinzunehmen. In gewissem Grad werde ich sicher von der unbewußten Angst beherrscht, es könnte mit mir soweit kommen wie mit Astarth – daß mir nämlich die Sache gefällt. Im Gespräch mit dem Kunden fiel zwar der Name Terzian – wie bei jedem Gespräch über Megalithika, selbst nach dieser langen Zeit –, doch ich erzählte dem Har nicht, daß ich einmal mit ihm gelebt hatte. Terzian war gut zu mir; ich muß darauf achten, die Erinnerung an ihn nicht zu mißbrauchen.

Vergangene Nacht wurde ich von einem schrecklichen Lärm im Haus geweckt, der jedoch bereits verstummt war, als ich mich im Bett aufgesetzt hatte. Ich saß völlig still und lauschte angestrengt, während ich mich fragte, ob es sich nicht um den Teil eines Traumes gehandelt hatte. Loloteas Zimmer grenzt an das meine, und ich erwog, gegen die Wand zu hämmern. Hatte er es auch gehört? Aber vielleicht war es nur ein Kanene, der einen nächtlichen Kunden zu Gast hatte? Obwohl Jafit es lieber sieht, wenn wir die Kundschaft rauswerfen, ehe wir zu Bett gehen, gibt es doch ausgewählte Kunden, die manchmal über Nacht bleiben. Ich lag ein paar Minuten wach und horchte hinaus, aber das Geräusch kam nicht wieder. Es hatte geklungen wie das Heulen eines waidwunden Tieres – haarsträubend, ein einziger verzweifelter Schrei, der jäh abbrach. Die Finsternis, die mich umgab, wirkte undurchdringlich, schien fast zu atmen. Es regnete nicht mehr, aber ich konnte hören, wie schwere Tropfen im Hof aufklatschten; ganz sicher war das Wasser schwarz oder rot ...

Am Morgen war es kälter. Der Winter nähert sich rasch, und bald schon, so hoffe ich zumindest, wird das freudlose Äußere Fallsends mit einer barmherzigen Hülle aus Eis und Schnee bedeckt sein.

(Inzwischen ist wieder eine Woche vergangen, und erst jetzt komme ich wieder zum Schreiben; ich war ziemlich beschäftigt.)

Als ich an jenem Morgen aufwachte, hatte ich das unheimliche nächtliche Heulen bereits vergessen. Ich nahm das Frühstück bei Lolotea ein, und wir redeten davon, irgendwann später in die Stadt zu gehen.

»Beim Aghama, ist das kalt!« rief Lolotea. »Da friert ja dem Hund das Heulen in der Kehle ein!« Das erinnerte mich wieder ...

»Da fällt mir ein, Tea«, sagte ich. »Heute nacht hat mich ein scheußliches Geräusch aufgeweckt. Geistert es in dieser Hütte, oder was? Hast du es nicht gehört?«

»Was für ein Geräusch?« fragte er – ein bißchen zu zurückhaltend, fand ich.

»Nun, so ungefähr wie der Protestschrei, wenn du aufwachst und merkst, daß dir gerade jemand die Kehle durchschnitten hat. Irgendwie schaurig, verstehst du, und, na ja, verzweifelt!«

Lolotea lachte. »Wie melodramatisch! Nein, ich habe nichts gehört, und, nein, es spukt auch nicht in dieser Hütte. Muß wohl ein Traum gewesen sein.«

»Ganz sicher nicht.«

Lolotea hob die Schultern. Aber ich hatte das Gefühl, er verschwieg mir etwas.

Merkwürdigerweise schien es auch sonst niemand gehört zu haben.

»Wahrscheinlich bloß eine Katze im Hof«, sagte Ezhno. »Warum machst du dir überhaupt Gedanken darüber?«

Doch zu diesem Zeitpunkt waren alle meine Sinne bereits in Alarmbereitschaft, und ich wollte die Sache nicht auf sich beruhen lassen. Ich habe nicht so lange in den finstersten Winkeln der Welt gelebt, in vom Krieg zerrütteten Städten und Landstrichen, um nicht einen harischen Schrei zu erkennen, wenn ich ihn höre. Ich befinde mich nicht gern in Situationen, in denen man etwas vor mir verbirgt. Das ist gefährlich. Deshalb war es kein Zufall, daß meine Füße mich in die Richtung jener Räume führten, deren verdunkelte Fenster ich schräg gegenüber den Küchen erblickt hatte. Aber in Piristil auf Entdeckungsreisen zu gehen, ist eine verwirrende Angelegenheit. Immer wieder finde ich mich plötzlich in blinden Enden von Fluren wieder, die offenbar nirgendwohin führen.

Etliche Male mußte ich denselben Weg wieder zurückgehen, den ich gekommen war, doch schließlich kam ich in einen Gang, an dessen rechter Seite sich vergitterte Fenster befanden, die zum Hof hinausgingen. Das gefiel mir schon besser. Ich probierte einige Türen, die alle verschlossen waren, und bog dann nach links um eine Ecke. Hier war es dunkler, und so stieß ich fast zufällig auf eine Tür in einem finsteren Winkel, griff nach der Klinke und drückte sie nieder. Die Tür war nicht versperrt. Gerade als ich sie aufstoßen wollte, rief eine Stimme: »He!«, und eine schwere Hand landete auf meiner Schulter. Rasch duckte ich mich darunter weg und fuhr herum. Ein hochgewachsener und beeindruckend muskulöser Har schien den Korridor geradezu auszufüllen.

»Was suchst du da?« fragte er auf unmißverständlich feindselige Art.

»Ich wohne hier!« antwortete ich angemessen beleidigt.

»Nein, nicht in diesem Teil des Hauses. Also verschwinde gefälligst!«

»Warum? Was geht hier vor?« Ich erwartete keine Erklärung und wurde auch nicht enttäuscht.

Der Har fuchtelte mir mit einer riesigen Faust vor dem Gesicht herum und knurrte drohend: »Raus!«

Eine Sekunde lang hielt ich die Stellung, dann machte ich mich auf den Weg zurück. Dieser Zweig meiner Nachforschungen trug offenbar keine Früchte.

Ich machte mich auf die Suche nach Astarth. Er stand in der Küche, den Zettel mit der Speisenfolge in der Hand, und überwachte die Vorbereitungen für das Abendessen.

»Ich bin gerade von jemandem aufgehalten worden!« sagte ich. Er hob eine Augenbraue und hörte sich meine erbosten Erläuterungen mit höflicher Aufmerksamkeit an; ich kann sehr gut Theater spielen, wenn es nötig ist.

»Es tut mir leid, daß das passiert ist, Calanthe«, sagte er. »Ich hätte dich davor warnen sollen, dich dort oben umzusehen.«

»Warum?«

»Das geht nur Jafit etwas an.«

»Oh, ein Geheimnis des Hauses!« rief ich entzückt. »Wie wunderbar!«

»Misch dich da nicht ein! Das wäre Jafit gar nicht recht!«

Was befand sich hinter den verschlossenen Türen? Es war nicht Gefahr, was ich dahinter verspürte, nicht unbedingt Gefahr. Es war nur eine andere Facette des Hauses, ein anderer Geruch von Piristil – wie Ruß und Parfüm und übriggelassene Speisen. Die Korridore waren kalt dort oben. Ein Heulen in der Nacht. Ein Geräusch wie von einem Tier, das in meinem Hirn immer mehr Klarheit annahm. Es war nicht Verzweiflung gewesen, sondern Wut. Früher oder später würde ich es herausfinden.

Kruin war mein zweiter Kunde und sollte ein regelmäßiger werden. Bereits als er zum erstenmal den Fuß in mein Zimmer setzte, sah ich, daß er es im Grunde genommen haßt, in ein solches Haus zu gehen. Er war nervös und stieß nahezu sichtbare Wölkchen aus schlechtem Gewissen und Selbstverachtung aus. Ich fragte mich, was er wohl von mir wollte. Wahrscheinlich wurde ich warm bei ihm, weil er so varrisch wirkt: drahtig muskulöses Äußeres, lohfarbenes Haar, Rastlosigkeit. »Ich bin ein Natawni«, erklärte er mir. Der Name hörte sich bekannt an; ein Stamm in Jaddayoth.

»Du läufst noch ein Loch in meinen Teppich«, sagte ich. Er hörte auf, im Zimmer auf und ab zu rennen.

»Ich muß das erklären, bevor wir ... Nun, also, in meinem Stamm sind uns gewisse Aspekte des Aruna verboten.«

»Die Freuden von Pelcia und Chaitra? Keine Sorge, sie sind beinahe jedem Stamm verboten.«

Ärgerlich schüttelte er den Kopf. »Nein, das ist es nicht.«

»Dann erkläre es mir, bitte.«

»Es betrifft unseren Gott«, sagte er zögernd. »Skylording. Wie wir ist auch er zwei in einem; bisexuell. Seine Priester, die Skyles, sprechen oft mit ihm, und er hat angeordnet, daß es für die Krieger des Stammes eine eigene Gesetzmäßigkeit geben soll. Unsere Wesensverwandtschaft mit dem männlichen oder dem weiblichen Prinzip soll sich mit den Jahreszeiten ändern. Und so kommt im Frühjahr und im Sommer unsere weibliche Seite zum Tragen; auf dem Höhepunkt des Jahreszeitenwechsels verschiebt sich unsere Sexualität zum Männlichen hin, und die Zeugung der Harlinge kann stattfinden. Im Herbst und Winter sind wir maskulin. Das ist die Geißel der Kaste der Krieger! Wir dürfen nicht abweichen von dieser Regel, sonst fügen wir dem Blut unserer Kinder Schaden zu. Die anderen Hara unseres Stammes achten dieses Gesetz; sie würden es nie übertreten. Warum sollten sie auch? Es ist nicht ihre Sorge. Hier ist es früher Winter, und ich bin in der maskulinen Phase. Aber ich sehne mich nach Wärme. Ich sehne mich nach … Unterwerfung …«

»Du sehnst dich danach, Soume zu sein«, beendete ich den Satz für ihn.

Er lächelte scheu. »Natürlich findest du daran nichts Ungewöhnliches. Aber lach mich nicht aus, Calanthe! Ich nehme dieses Gesetz meines Stammes sehr ernst. Aber durch diese Übertretung beflecke ich meine Liebe zum Skylording. Außerdem setze ich das Leben künftiger Harlinge aufs Spiel.«

Das bezweifle ich, dachte ich, hielt aber den Mund. »Du mußt sehr willensschwach sein, Kruin«, sagte ich. »Ich habe dich schon oft hier gesehen.«

Er wurde sichtlich böse. »Ich bin weit weg von zu Hause. In Fallsend habe ich keine Freunde. Und dir gegenüber brauche ich mich nicht zu rechtfertigen.«

»Nein, natürlich nicht.« Ich drückte ihm ein Glas in die Hand. »Da, nimm. Aber wie kommt es, daß du überhaupt in Fallsend bist?« Ich bedeutete ihm, sich auf das Bett zu setzen, und schnürte ihm die Lederjacke auf. Sie war außergewöhnlich fein gearbeitet, und das Leder war so weich wie lebendige Haut.

»Geschäftlich«, sagte er. »Ich komme aus Orligia, das ist eine Stadt im nördlichen Natawni. Einmal im Jahr bringen wir Lederwaren auf den Markt in Fallsend. Würden wir uns auf den Handel innerhalb von Jaddayoth beschränken, bliebe uns der Markt hier verschlossen. Die Emunaher exportieren zwar nach Fallsend, aber wir würden einen großen Teil unseres Gewinnes verlieren, wenn wir sie als Vermittler heranziehen.«

»Wie viele seid ihr?«

»Vier. Die anderen wissen nicht, daß ich hierherkomme. Sie denken, ich besuche einen Har in irgendeinem Winkel der Stadt, aber sie kämen nie auf die

Idee, daß es ein Kanene ist. Wenn sie es wüßten, würden sie natürlich ihre eigenen Schlüsse daraus ziehen.«

Jetzt war mir klar, weshalb Jafit Kruin zu mir geschickt hatte. Er suchte nicht aus Übersättigung den Gipfel der Lust im Schmerz, sondern ganz einfach Aruna in seiner schlichtesten und angenehmsten Form. Ich fand Vergnügen an seinem mageren, harten Körper, der ganz so war, wie ich es gern hatte. Lolotea und Astarth waren zwar schlank, aber sie hatten eine gewisse *Weichheit* an sich, die gewiß von ihrem sorglosen Leben herrührte. Kruins Haut war warm; seine Gliedmaßen waren biegsam, und unsere Vereinigung erwies sich als harmonisch. Man nennt seinen Stamm auch das Knochenvolk. Er trug Knochensplitter in den Ohrläppchen. Ich erfuhr, daß er ängstlich bestrebt war, nach Hause zurückzukehren, ehe der Schnee zu hoch lag. »Im Winter kann Jaddayoth eine sehr rauhe Gegend sein«, sagte er. Bevor er mich in jener Nacht verließ, gab er mir eines seiner Ohrgehänge, das er selbst in mein Ohrläppchen steckte. Es weckte mich mitten in der Nacht auf, weil es sich fröhlich in meinen Hals gebohrt hatte. Das war das erstemal, daß Blut mein Bett befleckte; und hoffentlich auch das letztemal.

Wir stehen in der Schuld jeder Stadt, die wir verlassen. Wir sind berüchtigt. Unser Leben ist zu einer einzigen Kette aus Dreistigkeiten geworden, es treibt uns dazu, das Schicksal herauszufordern. Vielleicht fühlen wir uns unsterblich. Die Unneahs liegen weit, weit hinter uns; wir hatten ohnedies wenig Gemeinsamkeiten. Etliche Hara halten nach uns Ausschau, einige, um mit uns abzurechnen, andere, um unsere Dienste in Anspruch zu nehmen. Daher haben wir viel Geld. Zack wird mit jedem Tag schöner. Er blüht wie eine starke, dunkle Blume auf einem Grab; was ihn in Gang hält, was ihn so glatt und geschmeidig macht, ist vermutlich Verderbtheit. Ich habe beinahe Angst vor ihm. Er ist zu wild, zu leichtsinnig, zu flüchtig. Blumen blühen nur kurze Zeit, nicht wahr? Es ist Nacht und dunstig in dieser Stadt. Die gelben Lampen flackern, ohne die Schatten zu vertreiben. Geräusche kommen aus jedem Gäßchen. Wir sind mit Messern und Pistolen bewaffnet. Wir sind beweglich, biegsam. Ein rotes Licht leuchtet über dem Eingang zu einer Bar und verleiht denen, die darunter stehen, einen Hauch von Fremdartigkeit. Sie treten zur Seite und lassen uns vorbei. Das Lokal ist zum Bersten voll mit Hara, die Luft ist zum Schneiden vom Rauch. Viel Lärm; Musik. Zack setzt sich an einen Tisch und fängt an, sich mit der Spitze seines Messers die Fingernägel zu säubern. Ich gehe an die Bar. Dort spricht mich jemand an. Man sagt mir etwas Wichtiges. Ich bringe Zack ein Bier und erkläre ihm, daß wir hier Feinde haben. Er zuckt die Achseln und lächelt. Wir trinken und unterhalten uns über die Frage, wohin wir als nächstes gehen sollen. Zacks Zähne wirken sehr weiß und tierhaft in dem bläulichen Licht. Jemand tritt an unseren Tisch. Wir tauschen Blicke der Alarmbereitschaft, ohne daß Zack zu lächeln aufhört. Ein Gespräch findet statt, in dessen Verlauf ich meine Pistole hervorziehe. Es folgt ein Schuß, ein Zerfetzen von Fleisch und Knochen, ein roter Sprühregen. Diejenigen, die neben uns sitzen, schreien angeekelt und ärgerlich auf, als der Tote auf ihren Tisch fällt; Gläser splittern, und Getränke spritzen in alle Richtungen. Alle schauen uns an, manche lächelnd, manche entsetzt, manche wütend. Aber es ist nicht das erstemal, daß jemand in dieser Bar stirbt. Was wir getan haben, ist nicht so ungewöhnlich, aber Zack ist dennoch der Meinung, wir sollten gehen. Ich bin einverstanden. Hier sind zu viele Freunde des toten Har. Wir gehen zur Tür und beginnen zu laufen, sobald wir draußen sind. Wir laufen durch die nassen, dunklen Straßen. Zack bricht in lautes Lachen aus. Plötzlich nehmen wir hinter uns Schritte wahr, rasche, hallende Schritte. Die Stadt scheint völlig leer zu sein. Ein Wagen schleicht vorbei; schwarz, lautlos und glänzend. Wir kennen den Ort nicht, aber wir haben keine Angst. Wir rennen trotzdem. Und …

Am Ende eines tristen, dreckigen Gäßchens treiben sie uns

in die Enge. Mülleimer stehen da, Kartons liegen herum und dazwischen ein toter Hund mit offenem Maul. Keuchend fährt Zack herum. Ein Lichtstrahl von irgendwoher läßt die Klinge seines erhobenen Messers aufblitzen. Die Mauer vor uns ist hoch, aber sie ist unser einziger Ausweg. Zack nimmt das Messer zwischen die Zähne. »Auf meine Schultern«, murmelt er an der Klinge vorbei. »Schnell!« Ich stecke die Pistole in den Gürtel und klettere mühsam an ihm hoch. Seine Muskeln vibrieren. »Beeil dich, Cal, verdammt noch mal! Sie sind gleich hier!«

»In Ordnung!« Meine Finger klammern sich an der Oberkante der Mauer fest. Sie ist naß und glitschig. Ich fühle mich nicht stark genug, um mich hochzuziehen, mir ist, als würde meine ganze Kraft bei den Füßen hinausfließen. Sollen wir hierbleiben und kämpfen? Wir würden ganz gewiß sterben, aber können wir entkommen? Haben wir dazu überhaupt genug Zeit?

»Cal, um Himmels willen!« Zack ist wütend. Er stößt mich hoch, und ich komme auf der Mauerkrone flach auf dem Bauch zu liegen. Ein Klappern. Meine Pistole fällt auf der anderen Seite der Mauer zu Boden.

»Scheiße!«

»Cal!« flüstert Zack eindringlich. Ich blicke den Weg zurück, den wir gekommen sind. Eine Bande Hara kommt näher. Sie sind nur noch ein paar Schritte von uns entfernt und bleiben stehen. Ihr Atem dampft. Sie sind so still. Dann setzt einer von ihnen sich erneut in Bewegung.

Zack hebt das Gesicht zu mir empor. »Zieh mich hoch!« sagt er und streckt mir die Hände entgegen. Keine Zeit mehr. Ich habe keine Waffe. Wir haben nicht genug Zeit. »Cal!« Einer nach dem anderen bewegen sich unsere Verfolger auf Zack zu. Einige von ihnen lächeln. Sie sehen so hinterhältig aus! »Zieh mich hoch! Zum Teufel, Cal, zieh mich endlich hoch! Was ist denn los mit dir?!« Zacks Stimme klingt ungläubig, sie bricht fast unter der Erkenntnis, daß ich ihm nicht helfen kann, nicht helfen werde. »Cal!«

Ich stehe auf der Mauer. Es sind nur Sekunden, aber Sekunden, die so lange dauern wie Stunden. Alles geht so langsam vor sich! Ich drehe mich um. Unter mir, auf der anderen Seite der Mauer, ist ein weiteres Gäßchen und damit Sicherheit. Nur Sekunden. Ich drehe mich ganz langsam um, trübes Licht, Neon, feuchte, klebrige Mauern. Ein Schrei in der Ferne. Ich drehe mich um. Der Lärm unter mir ist das Geheul des Rudels.

»Cal!«

Schließlich Verzweiflung. Er hat Angst. Ich liebe dich, Zack! Ich reiße mich hoch, um zu springen.

»Cal, du verdammter Scheißkerl!«

Er kann es nicht glauben, daß ich mich von ihm abwende. Doch dann glaubt er es. Ich spüre, wie etwas meinen Arm trifft. Ein Ziegel. Ein toter Hund. Ein Fluch. Wer weiß? Ich habe schon viele Flüche hinter mir gehört. Ich lande auf der anderen Seite der Mauer und verschließe meine Ohren vor den Geräuschen; vor dem Übelkeit erregenden, dumpfen Geräusch von Fleisch unter einem tödlichen Angriff. Ich bin auf Händen und Füßen gelandet, und mein Arm gibt unter mir nach. Die Nässe darauf ist warm. Es ist Blut. Zacks Messer steckt in meinem Arm, bis zum Griff. Mit einem verzagten, hoffnungslosen Aufschrei reiße ich es aus meinem Fleisch. Ich spüre nichts. Ich taumle weg, beginne zu rennen. Ich renne weiter.

Wir hielten uns für unsterblich. Und nun sind wir beide tot.

Am nächsten Tag ließ Jafit mich holen. »Kruin spricht gut von dir«, sagte er. Er saß hinter seinem Schreibtisch und sah mich mit sachlichem Blick an.

»Dann ist es vielleicht doch meine Berufung.«

Jafit setzte ein dünnes Lächeln auf. »Nimm bitte Platz, Calanthe«, sagte er. Ich setzte mich. Er beugte sich vor. »Von Astarth höre ich, daß du unpassende Fragen stellst und an Orten herumschnüffelst, wo du nichts zu suchen hast.«

»Nun, ich… äh…« Ich hob entschuldigend die Hände und machte ein reumütiges Gesicht.

»Hm. Du steckst die Nase wohl gern in Dinge, die dich nichts angehen, wie?«

Unwillkürlich stellte ich mir den Vorgang bildlich vor. »Nein, aber geheimnisvolle Dinge faszinieren mich eben. Doch wenn du mir deswegen auf die Finger klopfen willst, Jafit, leg dir keinen Zwang an.«

»Soll das heißen, daß du in Zukunft nicht mehr versuchen willst herauszufinden, was da oben vor sich geht?«

»Das habe ich nicht gesagt. Was ist eigentlich los? Vertraust du mir nicht?«

Er lachte auf. »Dir vertrauen? Soll das ein Scherz sein? Wir sind beide erwachsene Hara, Calanthe. Hat denn Vertrauen auf dieser Welt noch irgendeinen Stellenwert?«

»Wenn ja, dann ganz gewiß nur südlich von Thaine«, antwortete ich.

»Ganz recht.« Jafit nickte. »Nein, ich traue dir nicht, Calanthe, aber ich werde dich in das Geheimnis einweihen. Du bist schon lange genug hier. Es ist ohnedies nichts so Fürchterliches.«

»Ich bin ganz Ohr.«

»Drink?«

»Ja, gern.«

Er ging zur Anrichte. »Du vermutest richtig, Calanthe, es befindet sich ein Har dort oben«, sagte er und füllte zwei Gläser mit Betica. »Willst du wissen, warum ich ihn einsperre? Also gut. Hier…«, ich nahm das Glas. »Vor drei Jahren machte ich eine Reise nach Meris, einer Stadt in Emunah. Es ist keine Reise, die ich häufig unternehme, aber an gewisse Waren kommen wir eben nur in Jaddayoth heran. Astarth hatte mir eine so lange Liste« – er machte eine entsprechende Handbewegung – »von Dingen mitgegeben, die ich kaufen sollte. Nun, wie du weißt, ist Sklaverei überall dort verboten, wo die Gelaminger das Sagen haben, aber wenn überhaupt, dann ist Emunah genau der rechte Ort, um noch welche vorzufinden. Ich hörte von einer Sklavenauktion auf dem schwarzen Markt, und als mein Informant sich auf den Weg dorthin machte, fragte er, ob ich nicht mitkommen und mir die Sache ansehen wolle. Ich war neugierig und ging mit. Nun, normalerweise würde ich keinen Gedanken daran verschwenden, auf diese Weise zu neuen Kanene zu kommen. Sklaven machen mehr Unannehmlichkeiten, als sie wert sind. Sie leisten kaum je gute Dienste, aber ...«

»Ach, aber doch etwas, das sich außerhalb des üblichen Rahmens bewegt?«

Jafit lächelte und setzte sich wieder. »Das kann man wohl sagen. Dieser bestimmte Har ... So etwas wie ihn hatte ich noch nie zu Gesicht bekommen. Er besaß ganz offensichtlich kalamahisches Blut, aber es war mehr als das. Schönheit hatte damit nichts zu tun.«

»Wie romantisch!« warf ich ein. »Natürlich hast du ihn gekauft.«

Jafit nickte lächelnd. »Hinterher war kein müder Heller mehr übrig, ganz klar. Astarth war völlig außer sich, als ich mit nichts als einem Sklaven nach Piristil heimkam!«

»Und was ist schiefgelaufen? Weshalb die Gitter vor den Fenstern?«

»Also, es war ein Alptraum, von Anfang an nichts als ein Alptraum. Es hat mich nicht überrascht, daß er störrisch war, das war zu erwarten, aber seine nicht zu bändigende Wildheit, dieser schiere Irrsinn, das war nichts, auf das wir in irgendeiner Weise vorbereitet waren. Der erste Kunde, den ich ihm schickte, kam gerade noch mit dem Leben davon: Er hat bloß ein Auge verloren.« Bei der Erinnerung daran schüttelte Jafit nur traurig den Kopf. »Hätte böse enden können, viel schlimmer als das. Weggeschmissenes Geld. Aber dann kam Astarth mit einer Lösung. Wir würden die gewalttätige Natur des Sklaven als Zugnummer einsetzen. Viele Hara blättern mir für diese Sorte Vergnügen eine Menge hin. Und da haben wir einen Kanene, der sich gar nicht verstellen muß! Er heißt Panthera, falls du es wissen willst. Ich verscheuere ihn für jeden einzelnen Kampf.«

»Und trotzdem müßt ihr ihn einsperren?«

»O Gott, das würde ich wohl sagen! Am Anfang ist er dreimal ausgebrochen! Dreimal mußte ich zu einer Verfolgungsjagd aufbrechen, um ihn zurückzubringen! Und jedes einzelne Mal ist es gerade noch gelungen! Panthera ist halb Kalamaher und halb Feriker. Infolgedessen besitzt er Grips, List und Verschlagenheit in außergewöhnlichem Maß. Der Har hingegen, dem du in dem Korridor begegnet bist, das war ein Mojag. Ich habe drei von ihnen in meinen Diensten. Die Mojags sind der furchtloseste, kämpferischste, kriegerischste Stamm von Jaddayoth. Nur sie schaffen es, Panthera in Piristil festzuhalten!«

»Aha, also die irre Schönheit, die man in Ketten hält«, bemerkte ich. »Ehrlich, das ist romantisch.«

»Also romantisch – es gibt kaum etwas Romantisches an Panthera«, erwiderte Jafit trocken. »Er ist störrisch, mundfaul und tückisch … aber umwerfend schön. Es gibt Hara, die mir nur für die Gunst zahlen, ihn ansehen zu dürfen.«

»Vielen Dank, Jafit. Das war eine wunderbare Geschichte.«

»Dein Dank ist verfrüht«, erwiderte er. »Es gibt einen Grund dafür. Die Dienerschaft würde sich nie in seine Nähe wagen. Astarth und die anderen Kanene kümmern sich um seine Bedürfnisse. Sie haben keine Freude damit, aber das Leben ist hart. Betrachte dich als einer der ihren, Calanthe. Und wenn einer von euch mit dieser Wildkatze umgehen kann, dann bist du es.«

»Von der Hure zur Kammerzofe ist es nur ein kleiner Schritt. Ist das eine Beförderung?«

Jafit lächelte freudlos. »Du solltest ihn kennenlernen«, sagte er. »Komm, ich bringe dich zu ihm.«

Niemand hatte je einen Sockel für Panthera errichtet, aber in dem Moment, als ich ihn zum erstenmal sah, errichtete ich ihm unverzüglich einen und stellte ihn darauf; der Gedanke drängte sich mir einfach auf. Die Wraeththu haben viele legendäre Gestalten hervorgebracht. Ich denke nur an diejenigen, die ich kennengelernt habe: Cobweb, den Varr; Ulaume, die kakkahaarische Viper, und natürlich Pellaz, den Tigron der Gelaminger. Auch die Menschheit besaß einst ihre Göttinnen – Frauen, die man als das Schönste und Herrlichste bezeichnete, was Gott je erschaffen hat. Doch die Wraeththu übertreffen sie alle. In ihnen vervollkommnet sich die Schönheit, weil sie das Männliche mit dem Weiblichen vereinen; so, wie es sein soll.

Als Jafit an Pantheras Tür klopfte, öffnete einer der Mojags. Die beiden anderen saßen über ein Brettspiel vertieft an einem Tisch im Hintergrund.

»Nun, hier sind wir«, sagte Jafit. »Erfreue dich an dieser Augenweide.«

Panthera saß abseits von den anderen aufrecht auf einem lehnenlosen Hocker und blickte zwischen den Eisenstäben vor dem Fenster hindurch hinunter in den Hof. Das Zimmer war sehr hell und geschmackvoll eingerichtet; Bilder in matten Farben hingen an den Wänden, und ein weicher, heller Teppich lag auf dem Boden. Als wir eintraten, drehte Panthera sich um und musterte uns einen Moment lang eingehend – wie eine Katze, die mit einem Blick eine plötzliche Bewegung in einem Winkel des Zimmers prüft. Seine grünen Augen wirkten so kalt wie Stein, das wilde, dichte Haar war hochgebunden, und die Schultern waren nackt und zerkratzt. Ich bemerkte, daß er die Hände im Schoß fest verschränkt hielt. Er war an die Wand gekettet und war genauso unvorstellbar schön, wie Jafit angedeutet hatte.

»Das ist er also«, sagte er. »Eine Legende unter allen Wraeththu.«

Panthera wandte sich rasch ab. »Wie war er denn heute?« fragte Jafit die Mojags. Sie waren riesengroß, prachtvoll und tödlich.

»Ruhig, würde ich sagen. Ruhig«, antwortete einer von ihnen, und die anderen beiden lachten.

»Und was ist das hier?« Jafit runzelte die Stirn und zeigte auf Pantheras übel zugerichtete Schultern. Die Mojags zuckten die Achseln. Sie fanden offenbar, das ginge sie nichts an. »Laß mich das sehen!« Jafit ging zu Panthera und legte ihm vorsichtig eine Hand auf den Arm. Panthera widersetzte sich nicht, er zeigte keine Regung. Jafit zog Pantheras Hemd über den Rücken hinab und gab einen ärgerlichen Laut von sich. »Schau dir das an!« rief er. »Das geht zu weit! Was denken diese Leute eigentlich, wofür sie mich bezahlen?«

Ich schlenderte näher, um einen Blick auf Pantheras Rücken zu werfen. Er sah aus, als wäre er einem Rudel Wölfe in die Quere gekommen. Und zwar bereits vor einigen Tagen, denn die blauen Stellen wurden bereits gelb, die Kratzer waren dunkel und verkrustet.

»Nun, das war jemand, der mir ganz gewiß nicht mehr in dieses Haus kommt!«

»Was erwartest du von uns? Was sollen wir dagegen tun?« fragte einer der Mojags mürrisch; er leitete aus Jafits Worten sichtlich einen Tadel an seiner Arbeit ab. Jafit schüttelte den Kopf. Mit einer kurzen Handbewegung wischte er die Bemerkung beiseite. Was die Aufmerksamkeit betraf, die Panthera den Vorgängen rund um seine Person schenkte, wirkte er ganz so, als würde er sich auf einem anderen Planeten befinden.

»Du kannst dich eine Weile erholen«, sagte Jafit zu ihm. Doch Panthera beachtete ihn immer noch nicht. Gebannt verfolgte ich das Geschehen. »Panthera, das ist Calanthe«, sagte Jafit in einem Tonfall, als würde er zu einem Schwachsinnigen reden. »Er wird sich von nun an um dich kümmern.« Panthera sah mich tatsächlich an. Sein Blick mit all der Verachtung, die darin lag, war vernichtend; er seufzte leicht durch die Nase und wandte sich wieder ab. »Komm jetzt, Calanthe«, sagte Jafit. »Du kannst mit deiner Aufgabe in ein, zwei Tagen beginnen.«

Draußen auf dem Flur sagte ich: »Jafit, das ist nicht Sklaverei. Das ist eine lebenslängliche Strafe in der Hölle!«

»Ach, hör auf, jeder Ort auf der Welt ist für irgend jemanden eine Strafe, eine Hölle«, erwiderte Jafit gleichmütig. »Sei nicht so zimperlich, Cal, genausogut könntest du da drinnen sitzen. Du solltest dankbar sein, daß dem nicht so ist.«

»Vielleicht sollte ich das«, sagte ich. »Und mein Name ist Calanthe und nichts anderes.«

Jafit lächelte. Wir gingen nach unten.

Ich könnte dort drinnen sitzen… Ein ernüchternder Gedanke. Ich sollte mir wirklich nur über mich selbst Gedanken machen und nicht über andere. Wozu mich in Gefahr begeben? Wie wäre es wohl, an eine Wand gekettet zu sein?

Am folgenden Abend kam ein Har in mein Zimmer, den es nach Chaitra gelüstete, und er bekam von mir, was er wollte. Er hatte das erbärmliche Gesicht von einem, der alle Gaben Gottes besitzt und sie ohne jede Dankbarkeit wegwirft; ein Gesicht aus Vollkommenheit, die sich zu Verderbtheit gewandelt hat; ein Gesicht wie jenes von Fallsend. Ich wußte, daß es nicht derselbe Har sein konnte, der Pantheras Rücken neugestaltet hatte, aber mir einzubilden, ich hätte ihn vor mir, war äußerst hilfreich. Danach fühlte ich mich als geläutertes Geschöpf. Ich lag auf dem Bett und lächelte. Aber Geschenke gab es keine an diesem Abend.

Roter Sand. Rotes Pony. Ich reite fort von denen, die mir Hilfe geleistet haben. Ich bin gesund – körperlich. Die Wüste hat Kraft; sie ist nahezu unberührt geblieben von der Menschheit. Sie wirkt beruhigend. Nach ein paar Tagen reite ich in ein gottverlassenes Bauernnest. Ich habe das Gefühl, hier wird irgend etwas geschehen. Und es geschieht. Ich erblicke ihn, er steht in einer Tür. Ein Bauernjunge, der bloß aus Haaren und Augen zu bestehen scheint. Doch was für Augen! Sie wissen so wenig. Sie wissen nicht einmal, was ich bin. Ich betrachte ihn ohne Unterlaß. Das ist Schönheit, denke ich. Ja, das ist Schönheit. Eine heilsame Lieblichkeit, aber menschlich. »Ich heiße Pellaz«, sagt er zu mir und lächelt; das nervöse, fröhliche Lächeln der Unverdorbenen. Ich hingegen bin der Tod, kleiner Junge. Ich werde dich belügen. Ich kann nicht zulassen, daß du mich kennenlernst, denn ich will dich haben. Ich reite durch den Dunst an einem brütendheißen Nachmittag, durch roten Matsch auf einem roten Pony, gestohlenes Geld in meiner Tasche, ein listiges Lächeln auf den Lippen. Ich reite auf ihn zu, und er nennt mir seinen Namen. Der erste, schicksalhafte Zauber. Und jetzt bist du mein, Kleines. Es ist so leicht. Ich stehle ihn, wie das Geld, wie das Pony, und nehme ihn mit in die Wüste, die nicht bloß eine Öde aus Stein und Sand ist, sondern eine geistige Wüste, weil er die Welt verläßt, die er bisher gekannt hat. Er schaut zurück, und ich denke, er wird umkehren; er hat mich durchschaut, und er wird zurückgehen. Aber er seufzt nur und folgt mir nach. Es ist etwas Kraftvolles, aber Ungeschultes in ihm. Er muß zum Har werden – und zwar schnell. Seel hat einen Zufluchtsort im Wüstengebirge. Dorthin werde ich ihn bringen. Dort wird man ihn zum Wraeththu machen. Und dann wird er mir gehören – heilender Balsam, heilende Gefühle; seine Unschuld wird mich reinigen und wieder ganz machen. Ich werde aufwachen, und die Welt wird neu sein, und mein Lächeln wird aus dem Inneren kommen; die dunklen Erinnerungen werden vergessen sein. Ich bete darum, daß er mich nicht beim Töten sieht.

»Erzähl mir von Jaddayoth«, bat ich Kruin.

Er lächelte. »Es würde dir nichts sagen.«

»Wie willst du das wissen?«

Er hob die Schultern. »Du bist ein Kanene. Du gehörst zum Abfallhaufen der Wraeththu. Es gibt keine Kanene in Jaddayoth. Und kein Fallsend.«

Ich war verletzt. »Du weißt doch gar nichts über mich!«

»Nur das, was ich wissen muß.«

»Der Teufel soll dich holen, Natawni! Der Teufel!«

Er lachte. Ich stand auf, ging zum Fenster und zog die Vorhänge zur Seite. Drüben, auf der anderen Seite des Hofes, brannte ein gelbliches Licht in Pantheras Zimmer. »Schau dorthin!« sagte ich. Ich fühlte Kruins Körperwärme, noch ehe er mich berührte. Er küßte mich auf den Nacken. »Schau dorthin!«

Er schaute hin. »Warum?«

»Das Licht. Weißt du, was man in diesem Zimmer gefangenhält?«

»Ja. Weiß das nicht jeder?«

»Damit habe ich nichts zu tun.«

»Du mußt nicht hier sein.«

»Da liegst du falsch, mein Freund. Ich muß.«

Er seufzte, ging zum Bett und legte sich darauf, nachdem er sich ein Glas Wein eingegossen hatte. »Es ist mir egal, Calanthe. Ich will es gar nicht wissen.«

Ich warf noch ein paar Scheite ins Feuer. Das Licht im Zimmer war orangerot. Kruin wollte nichts über mich wissen, weil er mich verachtete. Ich war es, der seine Stammesgesetze brach, nicht er. Der Sündenbock. Abfall. O Gott, ich werde nicht lange hierbleiben, dachte ich.

»Erzählst du mir von Maudrah?« fragte ich.

»Und was?«

»Von Ariaric.« Wieder dachte ich an Terzian.

»In Maudrah würde es dir nicht gefallen«, sagte Kruin. »Es ist ein strenger, schlichter Ort. Auch seine

Einwohner sind streng und schlicht. Sie haben keinen Sinn für Humor.«

»Dann werde ich mich dort sehr bald heimisch fühlen. Mir geht mein Sinn für Humor auch gerade eben verloren.«

»Ich würde mich bei meinen Wunschvorstellungen lieber an die hiesigen großen Tiere halten, wenn ich an deiner Stelle wäre! Vergiß den Löwen!«

»Was meinst du damit?« (Warum überlief es mich plötzlich kalt?)

»Ariaric. Panthera, verstehst du? Panthera ist zur Hälfte Kalamaher; sein Name leitet sich vom Panther ab. Und Ariaric nennt man den Löwen ...«

Ich hörte nicht, was er noch sagte. In meinen Ohren surrte es metallisch. Als es vorbei war, sagte Kruin gerade: »Aber ich werde ohnehin bald wieder zu Hause sein, Gott sei Dank!«

Es war gewiß ein Zufall ... gewiß! Ich erschauerte.

»Ich wollte, du hättest mich früher kennengelernt, Kruin«, sagte ich.

Später in dieser Nacht wachte ich aus einem schrecklichen Traum auf. Ich stand vor einem riesigen Damm, der soeben barst, und wußte, ich würde ertrinken, aber der Damm war so riesig, und ich war so klein! Ich konnte nirgendwohin rennen! Die Schleusentore zur Vergangenheit haben sich geöffnet. Sie hat mich gefunden. Ich glaubte, ich würde nie an Pell denken können, aber ich habe es getan. Ich habe seinen Namen niedergeschrieben und unseren Anfang; etwas, wovor ich mich immer gefürchtet habe. Doch jetzt tue ich es. Sie beobachten mich andauernd. Die Gelaminger. Tagsüber denke ich selten an sie, aber des Nachts ... da kann ich sie geradezu *fühlen*. Ich habe keine Angst vor Pellaz, aber ich weiß, ich würde davonrennen, wenn er plötzlich vor mir stünde. Es ist alles so lange her. Jetzt ist er Tigron, und ich habe einen Mord begangen, weil ich ihn verlor. Niemand hier weiß das. Und niemand wird es je erfahren. Vielleicht ist das alles Teil eines wahnwitzigen Traumes, den ich einst hatte. Pellaz; wir kannten uns einmal.

Der Morgen. Ich erwachte mit einem Brummschädel, als Astarth die Vorhänge zur Seite zog und grelles Licht ins Zimmer fiel. »Komm, steh auf!« rief er. »Was ist denn das? Zwei leere Beticaflaschen? Du bist maßlos, Calanthe! Komm schon, raus mit dir! Zieh dich an! Die Arbeit wartet!«

»Wie spät ist es denn?« krächzte ich und blinzelte die Uhr an. »Herr im Himmel! Es ist mitten in der Scheißnacht, Astarth! Was, zum Geier, willst du hier?«

»Was für eine Ausdrucksweise!« Leiser Vorwurf in seiner Stimme. »Käfigdienst. Komm jetzt.«

Mit der Arbeit bei Panthera war also ich an der Reihe. Das machte mich etwas wacher. Immer noch mit meinen Kleidern beschäftigt, folgte ich Astarth, der den Flur entlangschritt, ein Tablett vor sich her tragend. »Die Hausdiener fürchten sich vor Panthera«, sagte er, als ich ihn eingeholt hatte.

»Wieso das? Schlägt er ihnen die Augen blau?«

Astarth lachte. »Nein, viel schlimmer. Er spuckt ihnen äußerst glaubwürdige Verwünschungen ins Gesicht.«

»Aber da wir verabscheuungswürdigen Kanene uns von vornherein als verwünschte Kreaturen betrachten, können uns seine Worte nichts anhaben, wie?«

»So ungefähr. Hartgesottene Geschöpfe – sind wir doch, oder?«

»Ich fühle mich geehrt.«

»Laß das lieber. Panthera wird dich genauso hassen wie uns alle.«

Wir gingen um eine Ecke und kamen in den langen Gang mit den verdunkelten Fenstern. »Was hältst du von ihm, Astarth?« fragte ich.

Nachdenklich hob er eine Augenbraue. »Er ist sehr

schön. Was soll ich sonst sagen? Wenn man so aussieht, kann man es sich wohl leisten, selbstgefällig, beleidigend und jähzornig zu sein, nicht wahr?«

Kein Mitleid seitens Astarths, das war also klar.

Die Mojags öffneten uns die Tür. Zwei von ihnen hatten Dienstschluß. »Heute beneiden wir euch nicht«, sagte der dritte. »Wir haben uns noch nicht getraut, ihn loszubinden. Diesmal hat er einen mörderischen Blick!«

»Ach, hör auf, Outher«, sagte Astarth unbekümmert. »Du wirst doch keine Angst haben vor unserem Schoßkätzchen!«

»Es ist ganz gewiß nicht Angst. Nur Respekt«, lächelte ich taktvoll.

»Siehst du das?« sagte Outher zu mir und zeigte mir eine prächtige Narbe am Hals.

»Okay, mach jetzt Pause, Outher«, gebot Astarth. »Calanthe und ich schaffen das schon.«

Das Bett war von Vorhängen umgeben, die sich in einer kalten, leichten Brise bauschten. Eines der Fenster stand offen, und auf den Gitterstäben davor glitzerte Eis. Ich konnte meinen Atem sehen. Es war bitter kalt im Zimmer. Astarth zog die Bettvorhänge beiseite; Panthera lag mit gespreizten Armen und Beinen da, Hände und Füße waren an den Bettpfosten festgebunden. Nicht die eleganteste aller Stellungen. Seine Haut war leichenblaß.

»Jafit sagte doch, er würde Panthera ein paar Tage Ruhe gönnen«, bemerkte ich.

»Ganz recht. Aber auch Panthera muß sich seinen Lebensunterhalt verdienen, verstehst du?« erwiderte Astarth und rieb sich die Hände. »Ich mache Feuer. Meine Güte, ist das frostig hier! Schließ das Fenster, ja?«

Aber das Fenster war vereist und ließ sich nicht bewegen. Es war schon eine Weile her, seit ich das letztemal Verwendung für meine besonderen Fähigkeiten hatte, und als ich jetzt dachte: ›Warm!‹, war ich gerade erfolgreich genug, um das Fenster schließen zu können. Als ich zurücktrat und mir die Hände trockenwischte, spürte ich, wie ein sanfter, zögernder Gedanke die meinen berührte. *Du hast die Kälte weggenommen.* Ich fuhr herum. Outher war hinausgegangen. Astarth machte sich am Kamin zu schaffen. Ich sah zum Bett, geradewegs in den auf mich gerichteten Blick eines grünen Augenpaares. *Die anderen haben vergessen, wie man das macht. Aber du bist nicht einer von ihnen, oder?* Ich warf einen raschen Blick auf Astarth; ganz offensichtlich hatte er nichts von dieser schweigenden Unterhaltung mitbekommen. Mir hingegen schien es, als würde mir jemand bestätigen, daß ich lebendig war – zumindest nicht hirntot. Ich hatte angenommen, meine Fähigkeit, mit anderen auf diese einzigartige, typisch harische Weise in Verbindung zu treten, wäre mangels Gebrauchs versiegt, doch dem war anscheinend nicht so. Was meine Meinung, den Sockel betreffend, untermauerte. Panthera, ich könnte dich lieben!

Astarth wischte sich Holzkrümel von den Händen, während er zum Bett zurückging. »Okay, Kätzchen, ich werde dich jetzt losbinden. Versuch bloß keine dummen Tricks bei mir.«

Panthera antwortete nicht. Er starrte mich immer noch an. Ich ging zu ihm und band die Handgelenke los. Seine Haut fühlte sich an wie die eines Leichnams: eiskalt; die Fingernägel waren zur Hälfte abgebrochen – gewaltsam, wie es schien. Als er von den Fesseln befreit war, setzte er sich auf und rieb sich die Gelenke. Da wurde mir klar, daß er die ganze Nacht so festgebunden verbracht haben mußte, doch wie gleichgültig schien ihn dieser Umstand zu lassen! Als wäre es nicht der Rede wert. Astarth reichte ihm einen Morgenmantel, in den er sich einhüllte. Ohne ein Wort zu sagen, ging er ins Badezimmer, und gleich darauf hörte ich das Rauschen des Wassers.

»Jetzt nimmt er ein Bad«, sagte Astarth.

»Redet er überhaupt nie?«

»Doch, manchmal. Er ist so überheblich, so hochmütig. Es ist doch nicht unsere Schuld, daß er hier ist, oder? Anfangs haben wir versucht, ihm zu helfen, Freundschaft mit ihm zu schließen, aber davon wollte er nichts wissen. Es macht ihm offenbar Spaß, sich in seinem Eisturm einzuschließen.«

»Vielleicht würde er den Verstand verlieren, wenn er das nicht täte.« Ich sah zum Badezimmer hinüber. »Vielleicht könnte ich versuchen, mit ihm zu sprechen.«

Astarth lachte auf. »Reine Zeitverschwendung«, sagte er. »Wir müssen hier saubermachen. Bleib nicht zu lange bei ihm.«

Panthera lag auf dem Rücken in der Badewanne, das Gesicht zur Tür gewandt. Seine Augen waren geschlossen. *Diese Leute hier, das sind keine wahren Wraeththu,* sagte er, wiederum durch direkten Kontakt mit meinem Gehirn.

Ich setzte mich auf den Rand der Wanne. »Und wie willst du wissen, daß ich anders bin?« fragte ich laut.

Panthera öffnete die Augen. *Sie reden viel hier, verstehst du? Ich weiß alles über dich. Du gibst ihnen Rätsel auf. Aber ich habe gehört, daß du von hier weg willst.*

»Kannst du nicht laut sprechen?«

Das ist gefährlich. Das wirst du verstehen, sobald du gehört hast, was ich zu sagen habe. Du solltest Lolotea nicht über den Weg trauen, Calanthe, ehrlich, das solltest du nicht.

Ich enthielt mich jeder Antwort darauf; aber rein gar nichts von dem, was ich Lolotea erzählt hatte, war ausschließlich für seine Ohren bestimmt gewesen.

Hol mich hier raus, Calanthe… Ein Gedanke wie ein silberner Pfeil.

»Wie? Bist du verrückt?«

Keineswegs. Ich habe es mir genau überlegt; hier werde ich ganz gewiß nicht verrecken. Alle anderen Fluchtmöglichkeiten habe ich schon durchprobiert; was ich jetzt brauche, ist Hilfe von außen.

»Mich kannst du vergessen«, sagte ich und stand auf. Er war tatsächlich verrückt.

»Nein«, sagte er leise. »Kann ich nicht. Ich brauche deine Hilfe, du Idiot! Früher oder später willst du ohnedies weg von hier! Du bist doch ein Varr, Calanthe. Du kannst mich rausbringen!« Er schloß wieder die Augen. »Setz dich wieder. Rede mit mir.«

»Ich glaubte, du hast das Reden verlernt.«

Aber Panthera spricht zumeist mit den Augen. Ich wußte, ich würde ihm helfen. Er wußte das auch. Es war etwas, was mein Unterbewußtsein bereits beschlossen hatte, als ich ihn das erstemal erblickte.

»Noch etwas«, sagte er, »und das wird dich ganz bestimmt interessieren. Meine Familie wird für meine sichere Rückkehr einen hohen Preis zahlen.« Er lächelte. »Bis zum nächstenmal, Calanthe.« Er ließ sich abwärts gleiten, sein Haar umwogte ihn wie Algen, und seine offenen Augen starrten mich unter Wasser an.

Ich ging durch die Tür. »Verdammt!« rief ich. »Verdammt!«

»Ich habe nicht gehört, daß er dir geantwortet hätte«, sagte Astarth hochnäsig.

»Oh, er hat geflüstert.«

Astarth lachte. »Ach, mein Lieber! Das geht dir unter die Haut, nicht wahr? Aber wir haben das alle durchgemacht, Calanthe. Wir wollten ihn alle haben. Er hat diese Ausstrahlung.«

»Und wo bleibt deine Ausstrahlung, Astarth?« fragte ich.

Schweigend hob Astarth den Deckel vom Eßtablett. »Nun ja, alles hat seinen Preis«, sagte er dann.

Kapitel 5

Der Anfang des Planens

Sag mir:
Welchen Weg soll ich nehmen,
Aus welcher Tür soll ich gehen,
wohin und zu wem?

Theodore Roethke, *Die Flucht*

Natürlich hätte ich es Jafit sagen können. Ich hätte schnurstracks in sein Büro gehen und sagen können: »Stell dir vor, Panthera hat mich gebeten, ihm bei der Flucht zu helfen!«, und zweifellos hätten wir beide laut darüber gelacht. Es gab zwei Gründe, weshalb ich es nicht tat. Erstens war mir die Art, wie ich mein Geld verdiente, zuwider, und Panthera hatte eine beträchtliche Belohnung erwähnt. Zweitens dachte ich, in Gesellschaft eines waschechten Jaddayothiten zu reisen, könnte mir sehr nützlich sein, wenn ich zum ersten Mal den Boden dieses Landes betrat. Die Tatsache, daß Panthera von so unwirklicher Schönheit war, hatte damit überhaupt nichts zu tun. Aber die Sache würde nicht leicht werden. Panthera wurde Tag und Nacht bewacht. Wir würden Pferde brauchen, Geld ... von jemandem, der nicht in Piristil lebte. Nun, und wen kannte ich, der sowohl ein Bürger von Jaddayoth war als auch Pferde und Geld hatte und zugleich plante, bald nach Hause zurückzukehren? Kruin. Ich würde damit beginnen müssen, ihn zu bearbeiten, und zwar schnell.

An diesem Nachmittag ging ich mit Lolotea und

Flounah nach Fallsend. Mein Hirn summte vor Plänen. Lolotea fand, ich würde besorgt wirken. »Was ist los?« fragte er.

»Ich weiß es«, murmelte Flounah düster. Ich sah ihn rasch an. Er lächelte. »Es ist wegen Panthera, nicht wahr? Am Anfang hat mir sein Schicksal auch zu schaffen gemacht. Ich führe dieses Leben wenigstens aus freien Stücken!«

Ich lächelte zurückhaltend. Flounah nickte in sich hinein; er verstand beachtlich viel.

In der Nähe des Marktes tranken wir Wein in einer kleinen Wirtschaft. Lolotea ging dann allein weg, um auf dem Markt Gimraher Käse zu kaufen. Flounah stierte durch das Fenster auf die Vorübergehenden und trank seinen Wein in kleinen Schlückchen wie ein Vogel.

»Erzähl mir«, sagte ich, »wie ist es zu dieser Jahreszeit in Maudrah?«

Flounah verzog das Gesicht. »Kalt. Das Wetter ist das einzige, worüber Ariaric keine Macht hat.«

»Ach ja«, nickte ich beiläufig. »Ariaric. Muß ein faszinierender Typ sein. Wie nennt er sich doch? Der Löwe, oder so ähnlich?«

»Der Löwe von Oomadrah, ja. Die Leute halten ihn fast für einen Gott ... den Glücklichen ...«

Plötzlich wollte ich nichts mehr davon hören. Zu viele Zufälligkeiten für meinen Geschmack. Wie viele Stammesführer von eigenen Gnaden mochten sich wohl mit dem König der Tiere identifizieren? Viele. Ich unterbrach Flounah rasch, denn ich wollte nichts hören, was meinen Verdacht erhärten oder zerstreuen konnte. »Warum kannst du nicht dorthin zurückgehen?« fragte ich, was natürlich die ungeschriebenen Gesetze von Piristil brach. Aber Flounah schien nichts dagegen zu haben.

»Was bringt dich auf den Gedanken, daß ich das überhaupt möchte?« fragte er zurück.

»Nun, in Piristil zu arbeiten, ist wohl kaum eine erstrebenswerte Art, sein Leben zu verbringen.«

»Nein, natürlich nicht. Sagen wir mal, ich lecke hier meine Wunden. Maudrah ist nichts für mich. Ich hatte einfach den Wunsch, von dort wegzukommen, ohne wirklich dazu gezwungen zu sein. Ich habe vor, mich im Sommer nach Westen aufzumachen, vielleicht in südwestlicher Richtung, nach Almagabra. Dazu brauche ich Geld.« Er hatte mein vollstes Verständnis. »Hara wie Lolotea und die anderen, die werden für alle Zeiten hier sein«, fuhr Flounah ohne Gehässigkeit fort. »Es fehlt ihnen an Entschlossenheit. Du hingegen wärst gut beraten, bis zum Frühling zu warten, ehe du dich auf den Weg machst.«

»Glaubst du etwa, daß ich vorhabe wegzugehen?«

Er warf mir einen wissenden Blick zu. »O ja, das glaube ich. Übereile bloß nichts.« Ich fragte mich, wieviel er wohl wußte oder zumindest ahnte. Vielleicht waren nicht alle Kanene so hilflos, wie ich gedacht hatte.

Ich platzte beinahe heraus: Okay, aber so lange kann ich nicht warten, riß mich jedoch rechtzeitig am Riemen und beherrschte meine Zunge. Wer sagte mir denn, daß Jafit nicht Flounah dazu angehalten hatte, mich auszuhorchen? »Noch plane ich nicht, irgendwohin zu gehen«, erklärte ich. »Zuerst möchte ich mir zumindest fünfzig Spinner zusammensparen. Das bedeutet wenigstens sieben Wochen Arbeit, falls ich keinen einzigen Fillaret ausgebe. Glaubst du, ich stürze mich ohne Geld und mit dem Einsetzen des Winters ins große Ungewisse? Hältst du mich für verrückt?« Lächelnd schüttelte ich den Kopf. »Nein, ich gehe jetzt nicht weg.« Flounah hob leicht die Brauen und nippte nachdenklich an seinem Glas. Ich war heilfroh, daß Lolotea diesen Moment wählte, um zurückzukommen. Er bot uns von seinem Käse an, der wirklich ganz ausgezeichnet war.

»Davon möchte ich auch welchen kaufen«, sagte ich.

»Ich dachte, du würdest jeden Fillaret sparen?« bemerkte Flounah vorwurfsvoll.

»Ach, kauf dir welchen, Calanthe!« sagte Lolotea fröhlich. »Und du, Flounah, sei doch nicht solch ein Kümmerling!«

Ab nun wird Flounah mich beobachten, da bin ich ganz sicher. Er kennt mich nicht. Keiner von ihnen kennt mich. Einst, vor langer Zeit, hatte ich gelernt zu fliehen. Damals hatte ich meinen Liebsten sterbend zurückgelassen, und meine Schuld ist immer noch offen. Vielleicht ist es jetzt soweit, dafür zu bezahlen. Ich hob mein Glas und starrte Flounah in die Augen. »Auf meinen Käse!« sagte ich.

Am übernächsten Abend besuchte Kruin mich wieder. Ich hatte schon auf ihn gewartet, hatte in panischer Angst gedacht: O Gott, ich habe ihn verärgert! Er wird nie mehr kommen! Aber er kam. Er trat durch die Tür und sagte: »Ich habe an dich gedacht, Calanthe. Letztes Mal war ich unfreundlich zu dir. Das tut mir leid. Hier.« Er reichte mir eine Halskette aus polierten Edelsteinen.

»Sei nicht albern«, sagte ich und legte sie mir um. »Trotzdem danke schön, Kruin, sie ist sehr hübsch. Und du siehst heute auch sehr hübsch aus.«

»Ach, hör mir auf damit!« Kruin setzte sich auf mein Bett und streifte sich die Stiefel von den Füßen. »Diese Stadt ist ein verdammtes Kaff. Keiner von uns beiden sollte von Rechts wegen hier sein.«

»Nein«, stimmte ich ihm zu. »Wein?«

»Mmmm.« Er sah nachdenklich drein. »Weißt du, ich bin gern mit dir zusammen. Ich genieße es wirklich, glaub mir.«

»Das freut mich. Du sollst etwas kriegen für dein gutes Geld, Kruin. Und wenn du es genießt, um so besser.«

»Ich weiß nicht, wie du das anstellst, aber du bist immer so guter Dinge!«

»Klar. Ich bin dazu da, Freude zu bringen. Trink aus!«

In jener Nacht strengte ich mich wirklich an für mein Geld. Mit überzeugend gespielter Aufrichtigkeit beschenkte ich Kruin verschwenderisch mit allen nur vorstellbaren Varianten und Nuancen der Lust.

»Bleib heute nacht bei mir«, sagte ich schließlich.

»Das kann ich nicht. Es ist nicht gestattet.«

»Keiner erfährt davon. Wir werden ganz leise sein. Bleib. Bitte.« Ich brauchte nicht lange, um ihn zu überreden, denn draußen war es kalt und der Weg zu dem Gasthaus, in dem er wohnte, weit. So lagen wir also nebeneinander auf meinem neuen Teppich vor dem Feuer. Ich strich Kruin über die Haut und murmelte zärtliche Koseworte, die er dankbar aufsaugte. »Sei Ouana für mich«, sagte ich, »ich möchte dich auch auf diese Weise kennenlernen.«

»Das ist es nicht, weswegen ich herkomme«, antwortete er, aber ich wußte, er war geschmeichelt.

Am frühen Morgen schmuggelte ich ihn durch die Küchentür nach draußen; wir hatten kaum geschlafen. Da ich am folgenden Abend frei hatte, bat ich ihn, mich in Fallsend zu treffen. Er zögerte und nahm meine Hand. »Wohin soll denn das führen, Calanthe?« fragte er; er war nicht ganz dumm.

»Ich mag dich, Kruin.«

»Das ist doch nicht alles, oder?«

»Wirst du dich mit mir treffen?«

Er rieb sich mit zwei Fingern die Augen und seufzte. »Na gut, aber du mußt mir sagen, was du vorhast. Ich wurde nicht mit einem Brett vor dem Kopf geboren, Calanthe.«

Ich küßte ihn. »Vertrau mir.«

Er schüttelte lächelnd den Kopf. »Ich hoffe, ich werde das nicht bereuen«, sagte er, stellte den Kragen gegen die Kälte hoch und trottete davon.

Unaufhörlich lerne ich von ihm. Seine Lauterkeit färbt auf mich ab wie eine Salbe und läßt meine Verderbtheit tiefer in die Haut absinken. Pell hat jetzt Blut von Thiede in den Adern – von Thiede, dem Mysteriösen, allzu Mächtigen, allzu Schlauen. Welches Interesse kann er an Pell haben? Ich hätte es nicht zulassen sollen, aber Seel fand, ich wäre paranoid. »Pell wird durch Thiede aufgenommen werden«, hatte er zu mir gesagt und meine Ängste nicht begriffen. »Ist denn das nicht eine Ehre?« Nein, ein Hohn! schrie eine Stimme in meinem Inneren, aber nur in meinem Inneren. Und jetzt ist mein Pellaz ein Wraeththu, aber er ist auch Thiede, und ich habe Angst um ihn. Er besitzt einen Anflug von altehrwürdiger Weisheit, einen Anflug von Weltentrücktheit. Im Mondlicht erscheint er mir unwirklich, angehaucht vom Tod. Ich spiegle mich in seinen Augen, rein und unschuldig. O Pell, wir müssen für alle Zeiten zusammenbleiben. Ohne dich könnte es sein, daß ich umkehre. Nein! Nicht das, nicht die Dunkelheit, die Zeit des Blutes! Und nun steige ich die Treppe in Seels Haus hoch, ganz in Weiß gekleidet. Die Dämmerung ist vorbei; jetzt ist es Nacht. Ich habe in Milch und parfümiertem Öl gebadet. Ich bin geweiht, geküßt vom heiligen Balsam auf Lippen und Brust und Phallus. Meine Rolle bei dieser Initiation ist nicht mehr weit. Pellaz wartet bereits auf mich. Eine Stunde lang habe ich mit Seel auf dem Fensterbrett an der Rückseite des Hauses gesessen. Dort war die Luft warm. Seel rauchte eine Zigarette, was eine Qual für mich bedeutete, denn ich durfte das nicht. Ehe das hier nicht vorbei ist, darf kein Genußmittel meinen Körper verunreinigen. Seel und ich waren einst chesna, und vielleicht entsannen wir uns nun dieser Zeit, ohne jedoch unsere Gedanken laut auszusprechen. Doch sicherlich war es die Erinnerung, die ihn zu der Bemerkung führte: »Er sieht so klein aus, Cal, so zerbrechlich. Sei vorsichtig, tu ihm nicht weh. Dies hier ist nicht die gewalttätige Stadt.« Ich antwortete nicht. Seel irrt sich, ich bin völlig unfähig, Pell weh zu tun. Jedenfalls nicht auf diese Art. Und nun knarrt das nackte Holz der Stufen unter meinen Füßen, und dann betrete ich sein Zimmer und schließe uns ab von der Welt. In unserem Universum ist Pellaz ein strahlender Stern aus leuchtender Haut, funkelnden Augen und einer Kraft, die aus jeder seiner Poren quillt. So lange schon sehne ich mich danach, ihn zu berühren, doch jetzt muß der Moment ausgekostet werden, hinausgezögert, bis ich es tue. Zum erstenmal unterwirft sich sein Körper, und ich beobachte, wie er die Wonnen seines neuen Wesens entdeckt. Er vergißt, daß er einst ein Mensch war, vergißt, daß er einst männlichen Geschlechts war. Wir vollziehen den Aruna und dringen in den anderen ein – behutsam, rücksichtsvoll. Dies hier ist nicht die gewalttätige Stadt. Zack ist tot. Mein Arm zuckt unter der Erinnerung an den heftigen Stich. Ich höre Gelächter, aber es kommt von weit weg. Nun will ich weinen in meinem Inneren über die schlichte, hingebungsvolle Lust, an der wir uns erfreuen. Nichts gibt es außer Saltrock. Hier ist Geborgenheit. Sie zu verlassen, ist gefahrvoll. Ich gelobe, dafür zu sorgen, daß wir für immer hierbleiben.

Wir bleiben gerade zweiundzwanzig Monate in Saltrock.

Wieder war ich mit dem ›Käfigdienst‹ an der Reihe, gemeinsam mit Lolotea. Diesmal war Panthera nicht ans Bett gebunden. Er schlief noch – oder tat zumindest so –, und Schleier dunklen Haares lagen ausgebreitet auf dem Kissen. Ein Mojag hatte Wachdienst, die anderen zwei schlummerten friedlich in einem angrenzenden Raum.

Lolotea schüttelte Panthera. »Wach auf! Wir müssen das Bett frisch beziehen!« Er zerrte an den Laken.

Panthera streckte sich und sah mich an. Es war ein Blick, bei dem ich meine ganze Vernunft zusammennehmen mußte, um meine Libido unter Kontrolle zu halten. Mit einer fließenden Bewegung erhob er sich vom Bett und schritt hocherhobenen Hauptes zum Fenster. Er mußte unendlich viel Zeit damit verbringen, aus diesem Fenster zu starren; wie viele fruchtlose Pläne er dort wohl geschmiedet hatte?

»Ich lasse dir ein Bad ein«, sagte ich.

Panthera sah mich weder an noch sagte er etwas, und dennoch hob Lolotea unverzüglich den Blick, schüttelte den Kopf und lächelte in sich hinein. Ich ging in das Bad mit den hohen, hellen Wänden und ließ Wasser in die Wanne ein. Lautlos trat Panthera hinter mir ein.

Nun? Eine stimmlose Frage, die wie ein Pfeil in mein Hirn schoß. *Hast du über das nachgedacht, was ich dir sagte?* Er selbst hatte offenbar darüber nachgedacht und befürchtet, meine Antwort könnte nein sein.

Ich habe Jafit nichts davon erzählt, falls du das meinst, antwortete ich.

Lolotea durfte uns nicht hören, und so unterhielten wir uns durch Gedankenberührung. Ich spürte, wie Pantheras unbezähmbare Erleichterung mein eigenes Inneres durchfuhr wie ein Windstoß.

Panthera glitt an mir vorbei und ließ seinen Morgenmantel zu Boden fallen. Selbst die Gefahr, daran zu erblinden, hätte mich nicht davon abgehalten, ihn zu betrachten. Er weigerte sich natürlich, das zu bemerken, obwohl ich deutlich sah, daß es ihm eine gewisse Genugtuung bereitete. Sein Körper wirkt so wie jener von Seel; er ist fast zu schlank, aber geschmeidig. Er ließ sich ins Wasser gleiten und schloß die Augen.

Du darfst nicht lange hier im Bad bleiben, sagte er. *Der Idiot da draußen könnte Verdacht schöpfen. Ich habe ja auch sonst keinen Kontakt mit den anderen, wenn es sich vermeiden läßt.*

Ich setzte mich auf den Rand der Wanne. *Ich habe darüber nachgedacht, Panthera, und wenn ich kann, werde ich versuchen, dir zu helfen. Aber es wird nicht leicht sein. Ich allein kann es jedenfalls nicht machen. Es wird nötig sein, mir Beistand außerhalb von Piristil zu suchen.*

Panthera riß die Augen auf. *Wen? Wir können niemandem trauen.*

Du mußt auch mir vertrauen.

Er seufzte. *Na gut. Aber sei auf der Hut!*

Du weißt, daß du dir deswegen keine Sorgen zu machen brauchst. Andernfalls hättest du dich nicht an mich gewendet.

Richtig. Und denk daran, wenn wir Erfolg haben, wird man dich reichlich belohnen.

Das ist nicht das einzige, was ich will.

Nein, natürlich nicht. Du möchtest in Jaddayoth unterkommen, vorzugsweise in einem Herrscherhaus. Siehst du, wieviel ich von dir weiß? In mir fließt königliches Blut …

Das bezweifle ich keine Sekunde lang, Panthera!

Er lächelte. *Du bist doch ein Söldner, oder? Man kann dich kaufen. Also, hast du schon irgendwelche Pläne gemacht?*

Ein paar Entwürfe. Ich arbeite noch daran.

Panthera beugte sich ruckartig vor. *Dann beeile dich! Ich habe schon lange genug gewartet!*

Ich traf Kruin in einer kleinen Taverne in der Nähe seiner Unterkunft. Er saß an einem Tisch in einer Ecke des Raumes, vor sich einen Aschenbecher voll Zigarettenstummel und drei leere Gläser. Als ich mich hinsetzte, fummelte er ungeschickt an der nächsten Zigarette herum und begann düster die Bar anzustarren.

»Ich hole was«, sagte ich, um ihm noch ein paar Augenblicke zu gönnen, in denen er sich sammeln konnte. Ich nahm ein Bier für ihn und eines für mich selbst. Es schmeckte warm und ranzig und hinterließ einen schleimigen Belag im Rachen. Ich fragte Kruin, weshalb er so nervös war.

»Ich würde es vorziehen, dich … *unter Verschluß* zu halten«, antwortete er vertraulich. »Der Teil meines Lebens, für den du stehst, sollte in Piristil eingeschlossen sein.«

»Sprich nicht soviel vom Einschließen, wenn's geht.«

Kruin lächelte Richtung Tischplatte, drückte die Zigarette aus und zündete sich eine neue an. »Also, warum wolltest du mich sehen?«

»Vielleicht mag ich dich einfach.«

»Vielleicht. Ich wiederhole: Warum wolltest du mich sehen?«

Ich lehnte mich zurück – ein gefährliches Unterfangen, denn der Stuhl wackelte bedenklich. »Hmmm, also sag mir: Du bist doch ein Krieger, oder? Tapfer, mutig, furchtlos und so?«

Er lachte. »Calanthe, was soll das?«

»Ja oder nein?«

»Ich habe drei ängstliche Kaufleute von Natawni hierher begleitet, das ist alles. Kein Stoff für Heldensagen. Okay, daheim war ich gelegentlich in ein paar Balgereien mit den Maudrahern verwickelt, aber es war nichts Ernstes. Warum fragst du? Willst du mich anheuern?« Er lachte wieder nervös auf, und seine Augen wanderten aufmerksam über die Gesichter der Anwesenden, offenbar für den Fall, daß seine Geschäftsfreunde plötzlich auftauchten.

»In gewisser Weise. Wenn du aus Fallsend abreist, Kruin, möchte ich mitkommen.«

»Was? Nein! Ein Kanene? Bist du dir im klaren ...?«

Ich unterbrach sein wildes Geplapper. »Sei still! In dem Moment, in dem ich Piristil verlasse, bin ich kein Kanene mehr! Genaugenommen bin ich auch jetzt keiner! Verstehst du?«

Zum Schweigen gebracht vom Tonfall meiner Worte, schaute er mir in die Augen, seufzte und schüttelte den Kopf. »Du siehst auch nicht wie eine Hure aus, Calanthe«, stellte er schließlich fest.

»Gut, dann hör auf, dir Sorgen zu machen, daß man dich mit mir sehen könnte!«

Er machte ein schuldbewußtes Gesicht. »Merkt man mir das so deutlich an?«

»Allerdings.«

»Tut mir leid. Fangen wir noch mal an, okay?«

Ich freute mich über den Augenblick, als mein Freund Kruin mich nicht länger als Fleisch betrachtete, und damit begann, mich als Har zu sehen.

»Nun«, sagte er, »ich habe das Gefühl, es wäre keine gute Idee, mich in die Ränke verstricken zu lassen, die du gerade schmiedest. Dahinter steckt doch ein ganz bestimmter Zweck, oder?«

»Könnte doch sein, daß ich mit dir zu deinem Stamm stoßen will. Könnte doch sein, daß ich bei dir bleiben und chesna mit dir werden will; du wärst doch ein ganz hübscher Fang, Kruin, oder?«

»Ja, ja, aber harte Brocken wie du haben keine edlen Gefühle, Calanthe. Komm, wir wollen nicht um den heißen Brei herumreden. Was willst du von mir?«

»Du bist mißtrauisch, nicht wahr?«

»Schaust du gelegentlich in einen Spiegel, Tiahaar?«

»Mindestens ein dutzendmal am Tag, manchmal öfter, hängt vom Wetter ab.«

»Hast du je bemerkt, daß deine Augen niemals lächeln? Und das sagt mir, ich muß vorsichtig sein.«

»Heute zu überleben, will sauer verdient sein«, nickte ich. Wenn seine Bemerkungen darauf abzielen sollten, mich zu beunruhigen, dann verfehlten sie ihre Wirkung. Niemand wußte besser als ich, wie gut meine Abwehrmechanismen waren. »Aber zurück zu dem, was du vorhin sagtest. Wahrscheinlich hast du recht, wenn du meinst, es wäre nicht gut für dich, gemeinsame Sache mit mir zu machen. Was sage ich, es könnte sogar fürchterlich schlecht für dich sein! Möglicherweise käme es soweit, daß du nie mehr einen Fuß nach Fallsend setzen könntest … gefahrlos.«

Kruin hob beide Hände. »Vergiß es!«

»Schsch! Hör doch zu! Es schaut viel Geld dabei heraus …«

»Ach?« Er zog die Brauen hoch, trank einen Schluck Bier, verzog den Mund und sagte: »Nur zu!«

»Es dreht sich um den Har, der in Piristil gefangengehalten wird; du weißt, Panthera.«

»Mhmm.« Das Mißtrauen, das seine Augen umwölkte, wurde stärker. Er nahm einen weiteren Schluck und zündete sich die nächste Zigarette an.

»Panthera will raus, Kruin. Er hat mich darauf angesprochen. Und es wartet eine ansehnliche Belohnung auf denjenigen, der ihn wieder nach Hause zurückbringt.«

Wider Erwarten blieb Kruin ruhig. »Zu gefährlich, Calanthe. Was soll das Ganze? Spielst du plötzlich den furchtlosen Streiter für die Unterdrückten? Das bezweifle ich sehr. Muß ein gewaltiger Batzen von Belohnung sein.«

»Dir mangelt es an Vorstellungsvermögen, Kruin.«

»Ja, kann sein. Aber wie, zum Teufel, sollen wir uns den Weg durch diese Wand von Mojags hindurch freischießen? Dazu braucht es mehr als uns beide!« Er pfiff durch die Zähne und schüttelte den Kopf. »Nein, Jafits Vorkehrungen sind perfekt. Mit nackter Gewalt ist es da nicht getan.«

»Gut beobachtet, Kruin«, sagte ich leicht verdrießlich. »Aber die Macht der Versuchung ist weit stärker als wildes Geballere!«

»Dann hast du also schon einen Plan? Einen hieb- und stichfesten Plan?«

»Bist du nun dabei oder nicht?«

Er hob die Schultern. »Sag mir erst, wie du es machen willst. Ich kann mir nicht vorstellen, daß du es schaffst.«

»Wenn ich mir eine Sache in den Kopf setze, dann schaffe ich sie immer!«

»Nun, so versuch, mich davon zu überzeugen.«

»Ich arbeite immer noch an dem Plan. Komm morgen abend nach Piristil.«

»Schon wieder? Das kostet mich ein Vermögen!«

»Gut angelegtes Geld«, sagte ich und beugte mich vor, um seine Wange zu tätscheln.

Kapitel 6

Die Schönheit des Giftes

Und süß schmeckt ganz gewiß –
auch dieses Gift!

Robert Browning, *The laboratory*

Pell und ich sind in Galhea. Terzian ist hier Gebieter, und wir befinden uns in seinem Haus. – Schwenk, hin zu einem anderen Zeitpunkt. Terzian ist ein mächtiger Har. Ich gefalle ihm. Er sagt: »Hast du nicht schon genug von dem ewigen Herumziehen, Cal?« Natürlich habe ich das, aber wie kann ich ihm erklären, daß wir auf der Flucht sind vor etwas, das gewaltig ist und gefährlich. Wir wissen nicht einmal, was es ist. »Es ist wegen Pell«, beginne ich, doch das ist alles, was ich sagen kann. »Wir müssen … weiter.«

»Wir?« Terzian lächelt. »Aber doch gewiß nicht du?« Er will, daß ich bei ihm bleibe. Er möchte, daß ich seine Söhne trage. Was für ein Angebot! Dies ist kein ausgebranntes Ödland, dies hier würde wahres Leben bedeuten – Bequemlichkeit, Sicherheit, Wohlstand. Doch da gibt es Pell. Und Erinnerungen. Es war keine leichte Zeit, als die Uigennas mir und Zack den Fußtritt verpaßten. Aber ich war damals jünger. Wir litten eine Weile, bis wir bei den Unneahs Unterschlupf fanden. Terzian hingegen kann mich nicht verbannen. Ich gehöre nicht hierher, ich bin nicht sein Eigentum. Wenn ich diesmal nein sage, dann deshalb, weil ich die Macht habe, nicht er.

»Cal, verlaß mich nicht!« sagt er. »Verlaß mich nicht!« Sobald ich sicher bin, daß er mich wirklich liebt, gehe ich zur Tür hinaus. Es ist kein froher Triumph. Ein leerer Sieg. Pell

und ich reiten Richtung Süden. Die Wolken ballen sich zusammen.

Durch die trostlose, feuchte Kälte trottete ich nach Piristil zurück, den wollenen Umhang fest um mich gewickelt, den Kopf eingezogen und eine Zigarette zwischen den klammen Fingern. Ich dachte an Panthera. In einem seltenen Augenblick der Ehrlichkeit vor mir selbst unterzog ich meine Motive, ihm zur Flucht verhelfen zu wollen, einer eingehenden Untersuchung. Er hatte natürlich recht mit dem, was er sagte: Ich wollte weg aus Piristil, und ich wollte nach Jaddayoth gelangen, aber genausogut hätte ich Kruin überreden können, mich nach Natawni mitzunehmen, ohne mich für die Befreiung Pantheras in die Schlacht werfen zu müssen. Ich bin kein Typ, der sich leicht den Kopf verdrehen läßt. Nicht mehr. Ich habe gelernt, die süßen, alltäglichen Anfälle von sexuellem Verlangen als das zu erkennen, was sie sind und sie niemals mit anspruchsvollen Bezeichnungen wie Liebe oder Sehnsucht zu bemänteln. Ich weiß auch, daß kein noch so schönes, aufregendes Wesen es wert ist, dafür Kopf und Kragen zu riskieren. Was, zur Hölle, wollte ich also? Geld, Freiheit, Verlangen … Ich blickte den Hügel hoch zum Glitzerviertel. Schmalbrüstige Gebäude schienen sich mir entgegenzubeugen, alle baufällig, alle hoffnungslos. Ein Lichtschein bohrte sich durch die Finsternis und brachte die nasse Straße zum Glänzen. Es war ein geheimnisvoller, unheimlicher und irgendwie anregender Anblick. Stille lag über der Stadt. Ich blieb einen Moment auf der leeren, aus kaum mehr als einem Rinnsal bestehenden Straße stehen und nahm die Atmosphäre in mich auf. Vielleicht wartete ich auf ein Omen. Als ich aufsah und mir das graue Tuch enger um den Hals zog, fühlte ich mich, als würde mich das Schicksal festhalten zwischen seinen Zähnen, fühlte mich manipuliert. Die Dinge entglitten meinen Händen. Kein angenehmes Gefühl. Nun gut, dachte ich, wenn das Schicksal sich einmischt, werde ich einfach abwarten. Wenn es uns vorbestimmt war, dann würde mir der Zufall eine Gelegenheit bieten, Panthera zu befreien. »Versuch einfach dein Schlechtestes!« sagte ich laut. Aus der Dunkelheit des Himmels schraubte sich ein einzelnes helles Stäubchen auf die Erde und landete zu meinen Füßen. Ich sah zu, wie es herabfiel, sah zu, wie es sich rasch mit dem Fleisch von Fallsend vermischte. Bald, dachte ich, wird alles anders aussehen. Ich hob erneut den Kopf, und plötzlich geriet der Himmel über mir in Bewegung. Ich machte mich auf den Weg hügelan. Rundum fiel lautlos Schnee.

Mein Zimmer war kalt, als ich eintrat; das Feuer war ausgegangen. Der Winter beherrschte den Raum; er kauerte, geduldig auf mich wartend, und nahm die Eiseskälte, die ich mitbrachte, bereitwillig in sich auf. Bevor ich mich auf die Suche nach Orpah oder Wuwa machte, die für das Feuer zuständig waren, durchquerte ich den dunklen Raum und warf einen raschen Blick aus dem Fenster. Das Licht in Pantheras Zimmer brannte wie immer, aber man sah keine Schatten, die sich hinter den Gitterstäben hin- und herbewegten. Alles und jedes schien außergewöhnlich still an diesem Abend. Auch das Haus war allzu ruhig; es ächzte, als fühlte es sich alleingelassen. Ich wanderte zu den Küchen und dachte nur an mein Feuer, als Jancis, der Koch, mir an der Tür den Weg versperrte. »Du solltest besser zurück nach oben gehen«, sagte er unheilschwanger. Sein Gesicht war ausdruckslos.

»Weshalb?«

»Es hat einen Zwischenfall gegeben. Jafit will, daß fürs erste alle in ihren Zimmern bleiben.«

Mir fuhr es kalt in die Knochen. »Zwischenfall? Was für einen Zwischenfall? Was ist passiert?«

Jancis wollte mir die Tür vor der Nase zumachen. Er lächelte. »Ein Todesfall«, sagte er. »Ein Mord.«

»Wie?! Jancis! Wer? Jancis!« Die Küchentür flog zu; ich hörte, wie er innen den Schlüssel umdrehte und leise dazu lachte.

Von panischem Schrecken erfaßt, schoß ich geradewegs nach oben zu Pantheras Unterkunft. Wenn hier jemand einen geeigneten Kandidaten für ein Mordopfer abgab, dann war er es. Outher stand Wache vor der Tür. Ich befürchtete das Schlimmste. »Was ist geschehen?« fragte ich.

»Ärger«, antwortete er. »Gehört zum Job, denke ich.«

»Panthera?« rief ich entsetzt.

Outher schüttelte den Kopf. »Oh, *ihm* geht's gut«, sagte er. »Meine Güte, als ob es irgend jemandem gelingen könnte, Panthera umzubringen!«

»Kann ich reingehen?«

Outher überlegte kurz. »Ich denke, das geht in Ordnung.« Er öffnete die Tür.

Ich legte ihm die Hand auf den Arm. »Danke, Outher, ich weiß das zu schätzen.«

Der Mojag errötete doch tatsächlich! »Schon recht, Calanthe«, sagte er. »Du hast da was laufen mit unserer Miezekatze, stimmt's?«

Ich lachte und beließ es dabei.

Panthera war überrascht, mich zu sehen, und verhielt sich ungewöhnlich natürlich, was mir zum Bewußtsein brachte, was für ein gekünsteltes Geschöpf er doch für gewöhnlich sein konnte. Ich fragte ihn, ob er wußte, was vorgefallen war.

»Nein«, antwortete er. »Ich weiß nur, daß für heute abend alle Termine mit Kunden abgesagt wurden, und daß zwei von den Mojags in Jafits Büro kommen mußten.«

»Verdammt!« sagte ich, so verärgert, daß ich mit der Faust gegen die Wand hieb. »Warum konnte das nicht später passieren! So eine Gelegenheit dürfte man sich einfach nicht entgehen lassen. Nur ein Mojag, und das Haus ist fast leer! Verdammt!«

»Du meinst, wir können jetzt ... *weg?*« Panthera klang unsicher.

»Wäre es möglich gewesen! Aber leider sind wir nicht darauf vorbereitet, und Kruin ist es auch nicht.«

»Kruin? Wer ist Kruin?«

Ich erklärte es ihm. Panthera setzte sich auf das Bett. »Ich hoffe, Ferike und Natawni stehen momentan auf freundschaftlichem Fuß. Es kann sich einiges geändert haben, seit ich von daheim weg bin.«

»Sind denn die guten Beziehungen zwischen den Stämmen so brüchig?«

»Könnte sein. Schwer zu sagen. In Wahrheit hängt alles von Maudrah ab.« Er schenkte mir ein wunderschönes Lächeln. »Aber dieser Kruin scheint sich deswegen keine Sorgen zu machen. Probleme könnte es jedoch in anderer Hinsicht geben. Die Route, die der Natawni für seine Heimreise nimmt, kann ihn nicht in die Nähe von Ferike führen. Und wenn er die Kaufleute nach Süden mitschleppt, werden sie einen Anteil an der Belohnung beanspruchen.«

»Mein Gott, Panthera, das ist doch Nebensache! Sehen wir erst mal zu, daß wir heil hier rauskommen, bevor wir die Einzelheiten ausknobeln! Das ist Kruins Sache.«

Panthera sah mich spitzbübisch an, sagte aber nichts.

»Ich denke, ich sollte jetzt herausfinden, was hier eigentlich vorgeht«, stellte ich fest.

»Noch nicht«, entschied Panthera. »Bleib noch. Nimm dir Kaffee.«

»Du sehnst dich nach Gesellschaft, nicht wahr?«

»Nein. Ich bin es gewöhnt, ohne sie auszukommen, das weißt du. Ich finde nur, daß es bei unserem Plan noch einiges zu besprechen gibt, und wir werden nicht viele Gelegenheiten wie diese haben.« Er schritt zum Kamin und holte eine Kaffeekanne. Erst da bemerkte ich die langen silbernen Ketten.

»Sind dir die Ketten nicht unangenehm?« fragte ich und zeigte darauf.

»Nein, sie waren schon unangenehmer«, antwortete er.

Ich erkundigte mich nach Ferike. »Es ist ein schönes Land«, sagte er. »Wälder überall, Hügel, Berge. Ich lebe nur dafür, es wiederzusehen. Alle vornehmen Familien leben in großen Schlössern aus Stein. Jael, das Herrschaftsgebiet meines Vaters, liegt in der Nähe des Clerewater und der Stadt Clereness, direkt am Fluß. Komm, ich werde es dir zeigen.«

Er führte mich zu einem niedrigen Tischchen, auf dem Papierblätter und verschiedenfarbige Stifte lagen. Ich griff nach einer Zeichnung, einer dunklen, bedrückend hingekritzelten Folterszene. »Von dir?« fragte ich.

Panthera riß mir das Blatt aus der Hand. »Ja. Sieh her, ich werde dir einen Plan von Jaddayoth aufzeichnen.« Ich sah zu, wie seine schlanke, sehnige Hand rasch über das Papier glitt. »Hier, im Norden, liegt Natawni. Sowohl Hadassah als auch Gimrah trennen es von Ferike. Die kürzeste Route von Fallsend nach Natawni verläuft geradewegs nach Norden, von Thaine nach Fereng und von dort nach Jaddayoth. Vermutlich würde dein Freund Kruin auf diesem Weg nach Hause zurückkehren. Nun, und Jafit wird annehmen, daß wir uns nach Süden wenden, nach Elhmen, also finde ich, wir sollten nach Norden gehen.«

»Die Reise wird so viel länger dauern«, bemerkte ich, als ich die Karte betrachtete.

»Ja, aber wir werden sicherer sein.«

»Gut, wie du meinst.« Ohne zu denken, legte ich ihm die Hand auf die Schulter. Ach, welch eine Wärme, welche Kraft, welche Härte, welche Weichheit! Das sind die süßesten Früchte auf dem Markt des Lebens, und sehr oft die teuersten. Panthera schüttelte meine Hand ab und warf mir einen durchdringenden Blick zu. Unwiderstehliche Erinnerung an Cobweb.

»Zu lange darfst du auch nicht bleiben«, sagte Panthera und beendete damit unsere Unterhaltung.

Aber in meinem Kopf formten sich bereits die ersten konkreten Pläne.

Nachdem ich Panthera verlassen hatte, rauchte ich noch eine Zigarette mit dem Mojag, aber er konnte mir auch keine Information über das Mordopfer geben. Doch ich stellte fest, daß es mir ziemlich gleichgültig war, solange es sich nicht um Panthera handelte. »Kümmere dich nicht darum«, sagte Outher. »Bleib noch ein bißchen. Wir könnten ... plaudern.«

»Das könnten wir, aber ... hast du eigentlich nie frei bei diesem Job?«

»Morgen nachmittag habe ich frei«, sagte er ohne zu zögern.

»Sehr gut. Dann können wir morgen miteinander plaudern.« Ich hatte das Gefühl, eine Freundschaft mit Outher würde sich als äußerst nützlich erweisen.

Ich wußte nicht, was Jafit wegen des Mordes unternehmen wollte, war aber doch einigermaßen überrascht, als ich herausfand, daß er das Haus nicht verlassen hatte. Ich klopfte an die Tür seines Büros, und Astarth öffnete mir. (Also war nicht er es, der irgendwo tot herumlag.) Der Raum war von dichtem Rauch erfüllt, und geöffnete Flaschen standen auf dem Schreibtisch, gleich neben Jafits daraufgelegten Füßen. Er sah nicht unbedingt gramgebeugt aus, nur Astarth war ein bißchen grün im Gesicht. Die Mojags saßen unbeholfen in zu kleinen Sesseln und umklammerten mit ihren riesigen Fäusten Gläser voll Betica.

»Was ist passiert?« fragte ich.

»Komm rein. Setz dich, wenn noch was frei ist«, erwiderte Jafit.

Astarth packte mich am Arm. »Lolotea ist nicht mehr«, sagte er.

»Lolotea?« fragte ich leise. »Nein ...« Ich war niedergeschmettert. Von den Kanene im Haus war Lolotea derjenige, der ein solch schäbiges Ende am allerwenigsten verdient hatte. Die Jahre hatten mich zwar abgehärtet gegen den Tod von Freunden, aber er blieb stets von neuem ein Schock für mich.

Astarth drückte mich auf einen Stuhl. »Wie?« fragte ich. »Wie, Jafit?« Ein volles Glas erschien in meiner Hand. Jafit stellte behagliche Gelassenheit zur Schau. »Läßt es dich denn völlig kalt?« Mir brach fast die Stimme.

»Natürlich läßt es mich nicht kalt!« antwortete Jafit heftig. »Es war ein Har namens Arno Demell, aus der Stadt hier. Mach dir keine Sorgen, die Sache wird sich erledigen.«

»Ist so etwas schon früher mal vorgefallen?« fragte ich. Jafit machte eine unverbindliche Handbewegung.

»Allerdings!« antwortete Astarth an seiner Stelle. Es erfüllte mich mit Befriedigung, daß er ziemlich mitgenommen aussah.

»Jeder Beruf hat seine Risiken«, sagte Jafit, was Astarth ein höhnisches Grinsen entlockte. Ich konnte es ihm nicht verübeln.

»Was wirst du jetzt tun?«

Jafit lächelte über meine Frage. »Tun, Calanthe? Na, wir bringen das miese Schwein um, nicht wahr, meine Lieben?« Unangenehm berührt, grunzten die Mojags ihr Einverständnis.

Eine Stimme klang laut durch den Raum. »Nein, Jafit, das braucht ihr nicht. Ich werde es tun.« Ich war verblüfft, daß die Stimme mir gehörte.

»Du?« fragte Astarth. »Weshalb?«

Ja, weshalb eigentlich? Ich wußte es selbst nicht genau, aber ich hatte das Gefühl, es tun zu müssen, ich spürte es in meinen Knochen. Loloteas Tod war Jafit in Wahrheit völlig schnuppe; mir nicht. Nun wollten sie eine Begründung, also gab ich sie ihnen. »Er war mein Freund. Ich hatte ihn sehr gern. Laß mich die Sache übernehmen. Hältst du mich denn nicht für fähig dazu?«

Jafit lächelte und goß sich noch ein Glas ein. »Für fähig? Ach, mein Lieber, es liegt auf der Hand, daß du ganz außerordentlich fähig bist! Aber du kennst dich in Fallsend nicht aus, oder? Glaubst du, du könntest Demell finden?«

»Nein, das könnte er nicht«, antwortete Astarth an meiner Stelle, und ich fuhr herum, um mich dagegen zu verwahren, doch noch ehe ich etwas sagen konnte, fuhr er fort: »Aber ich könnte es. Calanthe hat recht, Jafit. Wir schulden es Lolotea. Es hätte jeden von uns treffen können.« Er sah mich an. »Hol deinen Mantel, Calanthe. Warte in der Halle auf mich.«

»Astarth, weißt du, worauf du dich da einläßt?« fragte Jafit höchst amüsiert.

»Ja. Gib mir Geld. Zwanzig Spinner sollten reichen.«

»Okay, aber es ist dir doch klar, daß ihr nicht mehr dazu kommen werdet, uns zu Hilfe zu rufen, wenn etwas schiefgeht. Außerdem wird Demell bereits untergetaucht sein, nehme ich an.«

»Wir finden ihn, Jafit.« Astarth nahm das Geld, das Jafit aus einer Lade geholt hatte. »Komm, Calanthe.«

Als ich meinen Mantel holen ging, blieb ich vor Loloteas Zimmer kurz stehen. Wenn ich da drinnen gewesen wäre ... Wenn ich mich nicht mit Kruin getroffen hätte ... Ich schüttelte den Kopf. Ein Leben für ein Leben für ein Leben – ohne Ende. Ich öffnete die Tür und trat ins Zimmer, nicht aus abartiger Neugier oder auch nur, um das Feuer meiner Rachegelüste zu schüren – ich trat einfach ein. Jemand hatte ein Laken über den Leichnam geworfen, der als herzergreifend armseliges Bündel auf dem Boden lag. Das Licht brannte, und im Kamin loderte fröhlich ein Feuer. Es gab kaum Spuren eines Kampfes. Ich hob das Laken an. Wer auch immer das getan hatte, er war kein irrer Bauchaufschlitzer. Loloteas Genick war glatt gebrochen; andere Verletzungen schien er nicht zu haben. Die Hände über dem Kopf, starrte er überrascht die Decke an. Ich beugte mich hinab und schloß ihm die Augen. Das hätte schon längst jemand erledigen sollen. Ich fand es auch nicht richtig, daß man ihn einfach so hatte liegen lassen. Also hob ich den Leichnam hoch und trug ihn auf den Armen zum Bett. Er fühlte sich schlaff an und bereits deutlich kühl. Das Gefühl, das die Berührung toten Fleisches hinterläßt, kann man mit keinem anderen vergleichen; es ist verwirrend, verunsichernd. Loloteas Körper war so leer wie die Kleider, die in seinem Schrank hingen. Ich öffnete das Fenster, hängte einen Morgenmantel über den Spiegel und murmelte ein paar besänftigende Gebete, um der Seele beim Antritt ihrer Reise zu helfen, obwohl ich sonderbarerweise nichts spürte, was auf ihre Anwesenheit hindeutete. Jemand oder etwas hatte sie sich wohl umgehend geholt. Ich erschauerte; plötzlich überlief es mich kalt, weil ich das Gefühl hatte, beobachtet zu werden. Natürlich werde ich immer beobachtet – in diesem Fall vielleicht zu Loloteas Vorteil.

Astarth hatte sich die Schminke aus dem Gesicht gewaschen und dunkle, schmucklose Kleider angelegt. Das war nicht mehr die kaltschnäuzige, mit allen Wassern gewaschene Nutte, die ich bisher gekannt hatte. Er sah völlig verändert aus; entschlossen, zu allem bereit. Als ich unten ankam, wartete er bereits in der Halle auf mich, eine Hand an der Tür, und empfing mich mit einem bohrenden Blick. »Du wolltest mich wohl beschämen, wie?« fragte er.

Ich schüttelte den Kopf.

»Aber ich würde dies hier nie tun, wenn du das vorhin nicht gesagt hättest, das weißt du genau!«

Ich hob die Schultern. »Ist das von Bedeutung?«

»Sollte es aber sein.« Er schüttelte heftig den Kopf, fluchte halblaut vor sich hin und öffnete die Tür. Wir traten hinaus in die alles dämpfende Schneefinsternis, und Astarth schloß die Tür hinter uns, ehe er sich dicke Wollhandschuhe überzog, und zwar auf eine Weise, die darauf schließen ließ, daß er nun Ernst zu machen gedachte. Wir trotteten die Straße hinunter ins Stadtzentrum, wo Tiahaar Arno Demell, wie ich erfuhr, für gewöhnlich im Gasthaus *Zum Roten Schwein* an der Theke und den bedienenden Schankhara herumhing. Astarth schlug vor, dorthin zuerst zu gehen, obwohl wir beide wenig Hoffnung hatten, ihn heute vorzufinden.

»Anscheinend regt die Sache Jafit nicht sehr auf«, sagte ich.

»Anscheinend«, stimmte Astarth mir in wenig mitteilsamem Tonfall zu.

»Hätte er irgend etwas unternommen?« beharrte ich.

Astarth blieb stehen. Er wandte mir das Gesicht zu. »Oh, er hätte Demell ganz sicher Hausverbot gegeben, aber nicht viel mehr, nein. Wenn er darauf bestanden hätte, wäre es ihm vielleicht gelungen, von Demell eine finanzielle Entschädigung zu bekommen. Das, nebenbei bemerkt, ist es, was Jafit mit ›das miese Schwein umbringen‹ meinte. Ein vorübergehendes Umbringen, denn Arno Demell ist kein reicher Har. Verstehst du nicht, Calanthe, es ist kein großer Unterschied zwischen Pelcia und Mord. Manchmal läßt sich ein Kunde von der Begeisterung hinreißen und geht zu weit. Aber nachdem Jafit sein Geld erhalten hat, gibt es für ihn kaum eine Möglichkeit, zu verfolgen, was in den Zimmern vor sich geht.«

»Astarth, das ist… das ist…!« Mir wollte kein geeigneter Kraftausdruck einfallen.

»Ja, das ist es, nicht wahr?« Wir nahmen unseren Marsch wieder auf.

»Warum machst du das?« fragte ich. »Warum bist du hier, Astarth? Was ist das für ein Leben!«

»Hör auf zu fragen! Hör auf!« Er rannte durch die dicker werdende Schneedecke. Ich folgte ihm rasch nach, und wir redeten nicht mehr davon. Brauchten wir auch gar nicht. Schließlich ist das doch überhaupt kein Leben. Oder?

Wir suchten und suchten und suchten. Von Schenke zu Musenda zu Gasthaus. Astarth stellte Fragen, zahlte für Informationen. Jeder Hinweis, den wir bekamen, erwies sich als Sackgasse. Ich spielte bereits mit dem Gedanken ans Aufgeben. Demell konnte zu diesem Zeitpunkt schon meilenweit weg sein von Fallsend. Astarth war hartnäckiger als ich, und so kamen wir in eine Musenda, wo wir mit einem Kanene sprachen, über dessen Gesicht und Hals sich eine lange, mit Nähten versorgte Wunde zog. Und da lachte uns plötzlich das Glück: Er wußte, wo Demell sich aufhielt. Anscheinend war dieser ein enger Freund des Etablissementchefs und vor kurzem dort aufgetaucht.

»Wegen irgendeiner Sache war er ganz aus dem Häuschen«, erzählte unser Informant. »Also gut, wir sollten nicht erfahren, worum es sich handelte, aber, sagen wir mal, wir verfügen über mehr Quellen, als unser Sklavenhalter uns zutrauen würde.« Er grinste, und die Narbe auf seiner Wange verzerrte sich gräßlich. »Canalside Row Nummer siebenundachtzig. Merkt es euch. Dort werdet ihr ihn finden.« Er drückte mir den Griff eines langen, mit Widerhaken versehenen Messers in die Hand. »Bring Demell 'nen schönen Gruß von mir«, sagte er und zog mit dem Finger seine Narbe nach. »Tiahaar Demell ist Stammkunde hier, ihr versteht.« Ich steckte mir das Messer in den Gürtel. O ja, ich verstand.

Draußen lachte ich und ließ das Messer drohend durch die Luft sausen. Astarth umfaßte mein Handgelenk und schüttelte den Kopf. »Nein«, sagte er. »Die Strafe muß dem Verbrechen angemessen sein. Komm.« Ich folgte ihm durch ein weiteres enges Gäßchen, das vom Schnee gefährlich rutschig war. Wir betraten eine große, lärmerfüllte Schenke mit dem Namen *The Stone.* Astarth erklärte, daß viele Kaufleute aus Jaddayoth dort verkehrten, ja sogar im Haus wohnten. *The Stone* beherbergte sichtlich eine wohlhabendere Klientel als die meisten anderen Lokale in Fallsend, und ich persönlich hätte gar nichts dagegen gehabt, dort bei einem Krug Bier eine Pause einzulegen, aber Astarth meinte, dazu wäre keine Zeit. Also stand ich bloß daneben, als er ein paar Erkundigungen einzog, und fragte mich, was er damit bezweckte. Wir wußten doch bereits, wo wir Demell finden würden.

Jemand verwies Astarth an einen Har mit harten Gesichtszügen, der ganz in dunklen Purpur gekleidet war. Er lehnte an der Theke, rauchte eine langstielige Pfeife und starrte gedankenversunken in die Menge. Als Astarth auf ihn zusteuerte, verbeugte er sich mäßig interessiert. Eine kurze Unterhaltung folgte, dann gingen die beiden nach draußen, wobei Astarth mir bedeutete, im Lokal auf ihn zu warten. Da ich noch nie jemand war, der eine gute Gelegenheit ungenutzt ließ, kaufte ich mir ein Gläschen und setzte mich hin. Doch Astarth kam schon nach wenigen Minuten zurück, stellte sich mit geheimnisvoller Miene neben mich und bekundete gereizt höchste Ungeduld, während ich mein Glas austrank. Die Eiseskälte, die uns draußen empfing, war ungefähr so angenehm wie ein Kater nach einer durchzechten Nacht und legte sich genauso lähmend aufs Gehirn.

»Nun, Astarth, was für zwielichtige Geschäfte hattest du mit diesem Typen abzuwickeln?«

»Der Har, mit dem ich sprach, war der Garridaner Liss-am-Caar«, erwiderte er mit ängstlicher Ehrfurcht in der Stimme. »Er hat mir dies hier verkauft.« Er hielt mir ein gefaltetes Stück Papier unter die Nase. Ich hatte so etwas bereits zu Gesicht bekommen, und so öffnete ich es vorsichtig und roch an seinem Inhalt. Er bestand aus etwas, für das die Uigennas einst berüchtigt waren: Gift. »Die Garridaner handeln mit allerlei Giftstoffen«, erklärte Astarth, faltete das Briefchen und steckte es wieder ein. Die Schatten der Uigennas, dachte ich. Ganz sicher.

Wir eilten durch die Straßen zu jenem Ort, an dem Demell sich angeblich verborgen hielt. Es war ein unauffälliges Haus in der Nähe des Kanals, der eine der Handelsstraßen zwischen Thaine und Jaddayoth bildet.

»So, und was tun wir jetzt?« fragte ich Astarth, der, wie mir schien, das Kommando übernommen hatte. »Hinaufgehen und an die Tür klopfen?«

»Wir warten eine Weile.« Es war schrecklich kalt und ungemütlich. Ich rauchte vier Zigaretten, und dann öffnete sich plötzlich die Tür des Hauses, das wir beobachteten. Eine Gestalt trat auf die Straße, blickte hierhin und dahin, und dann flammte ein Zündholz auf. »Das ist er!« hauchte Astarth.

Arno Demell wandte sich zum Kanal. Er legte keinerlei Nervosität an den Tag, noch Furcht, beobachtet zu werden. Ein durchschnittlicher Typ Har, eine durchschnittliche Erscheinung. Am Ufer des Kanals blieb er stehen und warf etwas in die ölige Finsternis. Was es war, werde ich nie erfahren. Er blieb stehen, und wir ließen ihn noch einen Moment lang ins Wasser starren, ehe wir uns auf ihn stürzten. Es wäre uns ein leichtes gewesen, ihn in den Kanal zu werfen; in dem eisigen Wasser hätte er keine Chance gehabt. Doch Astarth wollte unbedingt die weißen Kristalle aus dem Papierpäckchen in den Mund des armen Narren leeren. Es war sein Moment des Triumphes, und ich hatte nicht vor, ihm diesen zu nehmen. Ich weiß nicht, ob ihm das, was Lolotea widerfahren war, wirklich Kummer bereitete, es war schwer zu sagen, aber ganz gewiß genoß er es, Demell dafür büßen zu lassen. Sein Opfer fragte nicht, wer wir waren; er wußte es. Natürlich konnte es sein, daß er unsere Gesichter bereits von seinen Besuchen in Piristil kannte, aber ich sah dieses sich Fügen in das unabwendbare Schicksal in seinen Augen, während Astarth die Zähne fletschte und unbeirrbar an die

Durchführung seiner Rache schritt. Demell wußte, was er getan hatte, und respektierte den Preis, den er dafür zu zahlen hatte; in diesem Fall den Tod. Das Gesetz des Dschungels, das Gesetz der Welt. Es gibt nur wenige Gifte, die einem harischen Körper etwas anhaben können; wir sind eine widerstandsfähige Rasse. Aber dieses wirkte. Und so ließen wir Demell keuchend und sich windend am Ufer des Kanals zurück. Ich nehme an, er fiel letzten Endes doch hinein, aber wir blieben nicht dort, um ihm dabei zuzusehen.

Schweigend und beide in unsere eigenen Gedanken versunken, gingen wir nach Piristil zurück. Vielleicht überlegte Astarth, ob ein einziger Tod Jahre der Erniedrigung aufwiegen konnte, ich habe keine Ahnung; ich jedenfalls dachte an den Garridaner. Durchaus möglich, daß sie Abkömmlinge der Uigennas waren... Plötzlich summte mir der Kopf vor Ideen. Das war es! Pantheras Befreiung war mit einemmal soviel näher gerückt!

Am folgenden Tag hing eine vorhersehbare Wolke aus Niedergeschlagenheit und verzweifelter Mutlosigkeit schwer über Piristil. Die Luft roch ölig und war kalt. Auf der Treppe gingen die Kanene grußlos aneinander vorbei. Wir kleideten uns in Schwarz und banden uns das Haar hoch.

Etwa eine halbe Meile vom Haus entfernt befindet sich ein Hügel, auf den ein steiler, matschiger Pfad führt. Dort oben liegt Lolotea begraben. Es gibt keine Hienama in der Stadt Fallsend, keine Priester. Jafit, der Arno Demell und sein Schicksal nicht mehr erwähnt hatte, sprach ein paar banale Sätze am offenen Grab, und Orpah und Wuwa senkten die roh gezimmerte, schmucklose Holzkiste, in der sich die sterbliche Hülle des Ermordeten befand, in die Erde hinab. Wir anderen standen rundum, wie betäubt von der Kälte und, in manchen Fällen, vom Schock. Einige weinten. Flounah war grau verschleiert und stand mit dem Rücken zum

Grab. Ezhno hielt sich an meinem Arm fest und wirkte zornig. Keiner von Loloteas Verwandten war da, um ihn zu betrauern; keiner von ihnen würde überhaupt je erfahren, daß er tot war. Ein Trupp hoffnungsloser Huren stellte alles dar, was er an Familie hatte. Es war wirklich ergreifend, aber ich fühlte mich irgendwie von alldem losgelöst. Ich hatte schon Schlimmeres erlebt.

Nach einem trübseligen Mittagessen, das ich mit Jafit und den anderen in Jafits privatem Eßzimmer einnahm, machte ich mich auf die Suche nach Outher. »Ich muß runter nach Fallsend«, sagte ich. »Möchtest du mitkommen?« Ich glaube, das enttäuschte ihn einigermaßen, da er vorgehabt hatte, den Nachmittag mit mir an einem intimeren Ort zu verbringen. »Wir können abends in meinem Zimmer essen, wenn du willst«, fügte ich hinzu. Das stimmte ihn bereitwilliger.

Während wir hinunterpatschten in die Stadt und schmelzender Schnee meine Stiefel durchnäßte, war ich tief in meinen Gedanken versunken. Mein Hirn raste, aber ich bemühte mich, es Outher nicht merken zu lassen, den ich zu diesem Zweck in irgendeine nichtige Unterhaltung verstrickte. Er hielt mich wohl für ebenso hohlköpfig wie den Rest. Als wir die Stelle erreichten, wo die Straßen wieder ebener verliefen, erwähnte ich, daß ich im *The Stone* ganz gern einen Drink nehmen würde. »Ich glaube, das ist das beste Lokal, das diese lausige Stadt zu bieten hat«, sagte ich, und Outher stimmte mir bei.

Er nahm meinen Arm. »Es macht mich stolz, mit dir zusammen da hineingehen zu können«, erklärte er. Wie galant.

Anders als am vorangegangenen Abend war es im *The Stone* relativ ruhig. Ein verschwenderisch geschminkter Har lehnte hingegossen an der Bar und wartete auf Kunden. Outher lud mich auf einen Drink ein. Ich durfte nicht zu früh handeln, also lächelte ich, nickte und wünschte mir ein Bier. Während er zur

Theke ging, sann ich darüber nach, daß es mir fast leid tat, Piristil auf diese Weise verlassen zu müssen. Ich war mit allen dort gut Freund, und sie würden mir fehlen, nicht zuletzt auch Lolotea. Das bestärkte mich in meinem Entschluß; je früher ich von dort verschwand, um so besser. Ich sah mich im Lokal um. So großräumig, wie es ist, erschien es zwar spärlicher besucht, als es tatsächlich der Fall war, aber ich erblickte dennoch kein Gesicht, das mir bekannt vorkam.

Outher kam mit den Drinks an den Tisch, an dem ich mich niedergelassen hatte. Ich lächelte, und er setzte sich.

»Panthera scheint an dir Gefallen zu finden«, stellte er fest. »Das habe ich nie zuvor erlebt.«

»Oh, das habe ich noch gar nicht bemerkt«, sagte ich. »Aber eigentlich komme ich mit so ziemlich allen Leuten gut aus.«

»Ich glaube, ich habe ihn noch nicht mal reden hören mit einem von den anderen.«

»Hast du uns denn *gehört?*«

»Nein, aber ...«

Ich legte den Kopf schief. »Was also?«

»Du weißt, was ich meine, Calanthe«, lachte er. »Beim Aghama, du bist und bleibst unnahbar.«

»Unnahbar sind wilde Tiere in Käfigen«, entgegnete ich leichthin, während ich wiederholte Blicke über Outhers Schulter warf. Ich trank mein Glas aus. »Die nächste Runde geht auf mich, glaube ich.«

Überrascht sah Outher sein halbvolles Glas an. »Du bist aber durstig, Calanthe!«

»Allerdings. Tote zu begraben, ist staubige Arbeit.« Outher hatte den Anstand, verlegen dreinzusehen. Ich sagte nichts mehr und ging zur Theke. Nachdem er mich etwa eine Minute lang hatte warten lassen, latschte der Bierhar zu mir herüber. Ich sah ihm genauso gelangweilt zu, wie er meine Bestellung ausführte. Bier schwappte über meine Hände, als er mir die Gläser hinschob. »Sag mal«, fragte ich, »wohnt hier im Haus eigentlich Liss-am-Caar, der Garridaner?«

Der Bierhar starrte mich stumpfsinnig an. Ich seufzte und warf einen Spinner auf die Theke, wo er unverschämt zwölf ganze Sekunden lang herumrollte, ehe er still lag. Der Bierhar fuhr fort, mich dumm anzustieren.

»Also?« drängte ich einschmeichelnd.

»Wer will das wissen?« erkundigte er sich schließlich.

»Ich.«

»Und wer bist du?«

»Ein potentieller Abnehmer für seine Waren.«

Der Bierhar hörte nicht auf, mich mißtrauisch zu beäugen. »Und was für Waren sollen das sein?« fragte er schließlich mürrisch.

»Hör zu«, sagte ich. »Ich habe nicht viel Zeit. Sag ihm einfach, daß ich da bin, ja? Du brauchst keine Angst zu haben, ich bin kein Gelaminger. Ich bin ein Varr. Und ich möchte bloß etwas kaufen, ohne viele Fragen. Verstehst du?«

Der Bierhar starrte mir in die Augen; ich starrte zurück. »Du möchtest, daß ich ihn an deinen Tisch schicke?«

»Nein!« zischte ich nachdrücklich. »Gibt es hier einen Hinterhof?«

Widerwillig zeigte er auf eine versteckte Tür rechts neben der Bar.

»Zehn Minuten«, sagte ich.

Der Bierhar zuckte die Achseln. »Wenn er überhaupt da ist. Ich muß in seinem Zimmer nachsehen.«

»Ja, mach das!«

Ich trug die Getränke zum Tisch. Outher fragte mich, was mich aufgehalten hatte. Ich log ihm gewandt einen kleinen Flirt mit dem Bierhar vor. Outher, der leichtgläubige Kerl, grinste mich gewinnend an. Ich beobachtete die Uhr über der Theke. Nach neun Minuten meinte Outher: »Calanthe, du bist wirklich etwas ganz Besonderes.«

»Vielen Dank.« Ich stand auf. »Hör mal, ich muß noch ein paar Sachen einkaufen. Warte hier auf mich, ja?«

»Aber ich…« Offensichtlich warteten seine tieferen Gefühle nur darauf, aus ihm hervorbrechen zu dürfen.

»Es dauert nicht lang.«

»Na gut, ich komme mit. Macht mir nichts aus.«

»Nein! Ich meine, nein, das ist gar nicht notwendig! Außerdem will ich etwas für unser Abendessen einkaufen. Eine Überraschung.«

Outher lächelte. Er sieht wirklich recht gut aus. »Okay, wenn du möchtest.«

Ich lächelte zurück und hob die Hand. »Also, fünf Minuten«, sagte ich.

Ich hielt es für besser, *The Stone* durch die Vordertür zu verlassen, und hoffte, daß es von der Straße einen Zugang zum Hinterhof gab, denn ich mußte darauf achten, bei Outher nicht den leisesten Argwohn zu erregen. Ich hatte Glück. Ein paar Hara waren eben dabei, Bierfässer durch ein offenes Tor in den Hinterhof zu rollen, und ich folgte ihnen. Der Hof war vom Schnee gesäubert und mit Asche bestreut. Ich stand eine Ewigkeit lang stampfend und zitternd da, bis mich eine leichte Berührung auf der Schulter voller Angst, es könnte Outher sein, herumfahren ließ. Aber er war es nicht. Bei Tageslicht wirkte das magere Gesicht des Garridaners noch härter, noch schlangenähnlicher; dennoch wirkte es auf seltsame Art anziehend. Seine Augen verrieten seine Uigenna-Vergangenheit. Vielleicht waren wir sogar schon irgendwann einmal zusammengetroffen. Durchaus möglich. Schwungvoll hielt ich ihm die Hand hin und sagte: »Versammelt schlagen unsere Herzen näher«, welches eine alte, abgedroschene, jedoch authentische Begrüßungsformel der Uigennas ist. Mit größter Sorgfalt hob Liss-am-Caar die Brauen.

»Voll Lebenskraft, Bruder«, erwiderte er. »Du bist weit weg von daheim, mein Freund.«

»So wie viele andere«, bemerkte ich. Jetzt, so hoffte ich, würde er nicht versuchen mich zu betrügen.

Er fragte mich nach meinen Absichten.

»Sollten die dich überhaupt interessieren?« entgegnete ich.

Er lächelte dünnlippig. »Nur als Resultat, mein Freund, nur als Resultat.«

»Nicht tödlich«, antwortete ich.

An Liss-am-Caars Gesichtsausdruck änderte sich nichts. »Dann kann ich dir nur Bloodshade, Diamanda und Rauspic anbieten.« Zwei der drei Mittel waren mir bekannt, genau wie ihre Wirkungsweise. Dagegen erschien der Tod geradezu als etwas Erstrebenswertes.

»Was ich von dir haben will, ist Tiefschlaf und nicht gellendes Gebrüll«, erklärte ich nachsichtig. »Was ist mit diesem Diamanda?«

»Vielleicht genau das, was du brauchst, obwohl der Schlaf ein sehr tiefer ist. Die Dosis ist dabei entscheidend, denn Großzügigkeit bei der Anwendung könnte einen Schlaf herbeiführen, der noch tiefer ist als erwünscht.«

»Soll mir recht sein. Wieviel?«

»Das hängt davon ab, wieviel du brauchst.«

»Ausreichend für zehn, denke ich.«

Der Garridaner zuckte mit keiner Wimper. »Also, dann hundert Spinner.«

»Wie!?«

Er hob die Schultern. »Schlafmittel sind teuer. Ich könnte dir Acridil um bloße drei Spinner verkaufen, und daraus machst du hundert Einzeldosen.«

Ich überlegte kurz. Sollte ich es versuchen? Nein. Ich erinnerte mich an den Schatten, der mir quer durch ganz Thaine auf den Fersen gewesen war. Sobald ich Fallsend verlassen hatte und mich auf offenem Land befand, würde sich die Wachsamkeit meiner Verfolger sehr wahrscheinlich steigern. Ich konnte keinen weiteren Todesfall riskieren. Ich hatte für diejenigen, die ich in der Vergangenheit verursacht hatte, bereits zuviel durchgemacht. Arno Demell war genug für eine Stadt. »Diamanda für drei. Leichte Dosis. Wieviel?«

»Leichte Dosis? Würde dreißig machen, aber du kriegst es für fünfundzwanzig.«

Seufzend übergab ich dem Garridaner den Großteil meiner Ersparnisse; er zählte das Geld aufmerksam, öffnete seine Tasche und gab mir drei Briefchen. »Eine Kinderdosis«, betonte er und hielt ein Briefchen hoch.

»Und wie wirkt sie bei einem ausgewachsenen Mojag?« erkundigte ich mich.

Der Garridaner pfiff durch die Zähne. »Knappe Sache, das. Eine halbe Stunde leichtes Dösen vielleicht.«

Ich seufzte wieder. Es würde eben reichen müssen.

»Der Vorteil dabei ist natürlich«, fuhr er fort, »daß jemand, der von einem Diamandaschlaf aufwacht, weitere zehn Minuten lang ziemlich benommen und wacklig auf den Beinen ist, egal, wie klein die Dosis war.«

»Vielen Dank«, sagte ich mürrisch.

»War mir ein Vergnügen, mit dir Geschäfte zu machen.« Liss-am-Caar berührte höflich die Schläfe mit den Fingerspitzen und wandte sich zum Gehen.

»Ach, da habe ich noch eine Frage, Tiahaar«, sagte ich, und er drehte sich um.

»Ja?«

»Wer ist eigentlich der Löwe von Oomadrah?« Ein elektrisch aufgeladenes Schweigen folgte, das Gesicht des Garridaners wurde zu Stein. Dann sah er sich kurz um und sagte: »Eine völlig veränderte Person, mein Freund. In Anbetracht deiner varrischen Herkunft würdest du gut daran tun, einen Bogen um Maudrah zu machen. Der Löwe hat seine Klauen geschärft, aber er lacht nicht mehr in diesen Tagen. Wenn du nach alten Freunden Ausschau halten willst, komm nach Garridan. Hier ist meine Karte.«

Ich nahm sie. »Danke nochmals«, sagte ich.

»Gern geschehen, mein Freund. Adieu.« Er ging zurück ins Haus.

Ich eilte wieder hinaus auf die Straße und gab an den Lebensmittelbuden unbekümmert weitere drei Spinner aus. Outher hatte einen ziemlich gequälten Ausdruck im Gesicht, als ich zurückkam, vielleicht befürchtete er, ich hätte ihn versetzt. »Das waren aber lange fünf Minuten«, sagte er.

»Tut mir leid«, schnurrte ich. »Hör mal, ich habe den ganzen Tag frei. Möchtest du vielleicht jetzt schon nach Piristil zurückgehen?«

Das breitete wieder ein Lächeln über seine Züge; er wußte nicht, daß ich gerade daran dachte, um wie vieles ich es vorgezogen hätte, dieses Angebot Liss-am-Caar, dem Garridaner, zu machen.

Also saßen wir vor meinem Feuer und plauderten, in erster Linie über das, was ich zum Abendessen zubereiten wollte. Ein fesselndes, anspruchsvolles Thema, wie der geneigte Leser sich vorstellen kann. Ich schwelgte immer noch in flüchtigen Phantasien von dem Garridaner, selbst als ich mit Outher die geschmackliche Überlegenheit der Fallsender Hühner über das Fallsender Schweinefleisch erörterte. Nach, wie ich fand, angemessener Zeit begab ich mich auf Outhers Schoß, um den Atem mit ihm zu teilen. Er umschloß mein Kinn mit seiner Hand. »Du bist zu gut für diesen Job hier«, sagte er.

»Ja«, pflichtete ich ihm bei und ließ meine Hand unter sein Lederhemd gleiten. »Nein, jetzt nicht, Calanthe«, sagte er leise. »Ich möchte dir etwas sagen. Im Frühjahr werde ich nach Mojag zurückkehren. Jemand anderer wird meine Stelle hier übernehmen. Ich hätte dich gern mitgenommen.«

Ich lachte. »Outher, das hier ist eine Gratissitzung, okay? So etwas mußt du mir nicht sagen!«

Er errötete ärgerlich. »Ich scherze nicht, Calanthe!

Ich will dich haben, aber nicht bloß für eine schäbige Nacht. Ich will dich für immer. Es ist entsetzlich, daran zu denken, was du hier zu tun hast. Also, sag es mir jetzt: Willst du oder willst du nicht? Du wirst nicht viele Angebote wie dieses bekommen.«

»Oh, das weiß ich! Aber es kommt so unerwartet, Outher. So rasch. Habe ich denn an diesem einen Nachmittag einen solchen Eindruck auf dich gemacht?«

»Du lachst mich aus!«

»Nun, du mußt zugeben, daß es schwerfällt, deinen Vorschlag ernst zu nehmen. Schließlich haben wir uns doch gerade erst kennengelernt.«

Er sah bestürzt drein und überlegte, wie er mich überzeugen konnte. Wie kam es nur, daß ich soviel Glück hatte? Ich wäre am liebsten aufgesprungen und durch das Zimmer getanzt, aber nicht aus dem Grund, den Outher sich gewünscht hätte.

»Es hört sich so abgedroschen an«, sagte er schließlich, »aber von dem Moment an, als ich dich zum erstenmal sah, habe ich dich begehrt.« Er hatte recht. Es klang abgedroschen.

Ich stand auf und lächelte. »Glaubst du, das Leben in Mojag würde mir gefallen?«

»Alles ist besser als das hier, oder?«

Ich ließ mich auf dem Teppich nieder, legte mich zurück und streckte mich. Ich ließ ihn so lange wie nur irgend möglich warten, ehe ich sagte: »Na gut, wenn du sicher bist, daß du es möchtest. Und du wirst dein Angebot nach heute nacht nicht zurückziehen?«

Outher stand auf. »Jetzt, da du ja gesagt hast, wird es kein heute nacht geben«, erklärte er. »Wir werden erst Aruna miteinander haben, wenn dieses Haus weit hinter uns liegt.«

»Gut«, sagte ich und dachte: Weg von der Tür, Idiot! So leicht lasse ich dich nicht vom Haken. »Hör mal, du mußt nicht gleich gehen, bloß weil wir nicht ins Bett hüpfen oder den Teppich durchwetzen! Wir sollten einander ein wenig kennenlernen, meinst du nicht? Erzähl mir was über Mojag. Komm, setz dich. Außerdem habe ich diese ganzen verdammten Fressereien, und draußen vor dem Fenster kühlt gerade der Wein.« Ich kuschelte mich wieder an ihn und ließ mich von seinem weitschweifigen Geschwätz über Mojag – einem Land, offenbar so langweilig, daß es an die Grenzen des Glaubhaften stieß – zu Tode anöden. Ich machte mir eine geistige Notiz, einen großen Bogen darum zu schlagen.

Ich kenne einige Hara, die männlicher wirken, als sie eigentlich sein sollten; gelegentlich steht ihnen das recht gut. Doch Mojags erinnerten mich an den schlimmsten Typ Mann, dessen Vertreter wahrscheinlich (und Gott sei Dank) die ersten waren, die vom Antlitz der Erde verschwanden, als die Wraeththu sich erhoben und begannen, die Menschen wie Fliegen zu zerklatschen. Für die Rasse der Wraeththu sind die Mojags daher nichts als Zeitverschwendung. Outher, du bist zwar körperlich recht ansehnlich gebaut, aber dein Hirn würde sich besser kleingehackt in einer Suppe machen. Nachdem er bis zur Erschöpfung geredet hatte, saßen wir schweigend da und betrachteten das Feuer. Er hielt es für einen friedvollen, stillen Augenblick, den wir zusammen verbrachten, doch meine Gedanken rasten geradezu in dem hektischen Bemühen, diese unglaublich glückliche Entwicklung in meine Pläne einzubauen. Outher stellte meinen Schlüssel zu Pantheras versperrtem Zimmer dar. »Was machst du eigentlich so am Abend?« fragte ich.

»Trinken, vor allem!« Er lachte, und ich kicherte schelmisch, wobei ich in einer Weise mit den Lidern klimperte, die Kruin dümmlich genannt hätte. »Es gibt wenig Unterhaltung hier«, fuhr er kummervoll fort. »Zumeist müssen wir zuhören, was abends in Pantheras Zimmer vor sich geht. Um das zu verkraften, muß man sich einfach vorher betrinken.«

»Oh, aber jetzt hast du ja mich.« Ich wühlte mit der Nase in seinem Gesicht, und seine Verzückung infolge dieses Benehmens war geradezu lächerlich. Selbst ein Schwachsinniger hätte erkennen können, wie dick ich die Schmiere auftrug; man brauchte fast Senf dazu. »Hast du immer dann abends frei, wenn auch Panthera frei hat?«

Er machte ein saures Gesicht. »Mehr oder weniger. Wir machen es abwechselnd, denn Jafit läßt Panthera niemals unbewacht.«

»Wie viele Abende pro Woche hat Panthera denn so frei?«

»Bloß einen, und er weiß niemals, welcher das sein wird.«

»Weißt du es?«

»Ja, klar. Wir müssen schließlich unseren Dienst danach einteilen.«

»Und wann ist der nächste?«

»In vier Tagen. Weshalb? Warum willst du das wissen?« Aber da war kein Jota Mißtrauen in ihm.

»Ich möchte es bloß wissen, weil ich dir an diesem Abend ein Geschenk schicken werde, und ich will nicht, daß du deine ganze Aufmerksamkeit dem Dienst zuwenden mußt, während du es genießt.«

»Du bist süß«, sagte er zärtlich.

»Wie der Tod«, erwiderte ich, und er lachte.

Dies ist die Nacht der Nächte. Kein Warten mehr. Adieu, vulgäre Kundschaft, willkommen, Freiheit! Wenn ich das nächstemal schreibe, dann um zu berichten, ob unsere Pläne von Erfolg gekrönt waren oder nicht. Falls sie es nicht waren, dann werde ich womöglich nicht in der Lage sein, je wieder zu schreiben. Ein nicht besonders ermutigender Gedanke. Die Mojags werden betäubt sein vom Diamanda, das ich in der großen Karaffe teuren Weines auflöse, die ich Outher und seinen Kameraden schicke. Sobald sie eingeschlafen sind, wird Kruin an der Hauswand hochklettern und versuchen, die Gitterstäbe vor dem Fenster zu entfernen. Er hat sich ein Korrosionsmittel verschafft, das in etwa fünfzehn Minuten seine volle Wirkung entfaltet. Panthera und ich werden Piristil durch das Fenster verlassen und hinabklettern in den Hof, wo Kruin mit den Pferden und Proviant auf uns wartet. Dieses Unternehmen hat Kruin und mich bereits fast alles Geld gekostet, das wir besaßen. Um seine Verpflichtungen gegenüber seinen Schützlingen loszuwerden, war Kruin sogar gezwungen, einen anderen Führer zu verpflichten, der sie sicher nach Natawni zurückgeleiten wird. Das Pläneschmieden ist zu Ende; nun müssen wir nur noch darum beten, erfolgreich zu sein. Es hängt alles von Outhers Vertrauen in mich ab, und davon, ob er freigebig genug sein wird, meinem Vorschlag entsprechend den Wein mit den anderen zu teilen. Ich mußte vier Tage seines schwerfälligen Liebeswerbens ertragen, was durch den Umstand, daß es überzeugender Erwiderungen darauf bedurfte, noch abstoßender gemacht wurde. Wenn man sich vorstellt, daß wir sogar schon über Namen für unsere Kinder gesprochen haben! In jeder freien Sekunde versichert er mich seiner immerwährenden Liebe, und ich muß das alles über mich ergehen lassen, ohne zu lachen. Der Narr ist so leicht hinters Licht zu führen, daß es mir fast peinlich ist, einen Vorteil daraus zu ziehen. Am liebsten würde ich ihm als Strafe, weil er solch ein fader Dummkopf ist, eine Dosis Acridil verabreichen. Es wurden schon Leute für weniger umgebracht, wie man so schön sagt.

Kapitel 7

Flucht nach Hadassah

> Wo noch außer in unseren Gedanken
> sind wir voll Kummer und
> bleierner Hoffnungslosigkeit.
>
> J. Keats, *Ode to a Nightingale*

Feuchtigkeit, Hitze, aufsteigender Dunst. Das Geräusch der Tropfen, die von Blatt zu Blatt fallen. Die Vögel schweigen. Unsere Pferde kämpfen sich durch grünes Dickicht. Doch vor uns wird der Wald lichter. Pell reitet vor mir. Ich bin erfüllt von Gefühlen, die ich nicht beschreiben kann. Mir ist, als würde das Schicksal selbst über die Bäume aufragen und den Himmel bedecken. Doch in diesem Moment habe ich keine Angst davor, und ich versuche auch nicht, dagegen anzukämpfen. Eine Stadt ist vor uns aufgetaucht. Die Bäume haben sich zurückgezogen, um sie uns zu zeigen. Sie ist ganz still, keine Bewegung, kein aufsteigender Rauch. Die Stadt ist rot, die Bäume sind grün. Wir führen unsere Pferde auf die Straße. »Pell«, sage ich, »laß mich vorangehen. Es könnte gefährlich sein.« Pell schüttelt den Kopf. Wir sind machtlos, alle beide, aber wir wissen nichts davon. Nur daß wir uns lieben. Wir haben nicht bemerkt, daß uns die ganze Zeit über etwas folgt, uns führt, uns die Richtung weist. Ich hätte es wissen müssen. Mein Gott, ich hätte es wissen müssen! Doch die Liebe macht mich blind. Nun ist es zu spät. Pell kann mit dem Leben nicht mehr herumspielen, und die Zeit, in der ich bei klarem Verstand war, ist vorbei. Zurück zu den Tagen des Blutes. Das Ende. Wir merken nicht, was uns kontrolliert, weil wir eine Zeitlang unschuldig waren und unfähig, über etwas so Schlechtes, so Entsetzliches nachzudenken, geschweige denn, es zu begreifen. Wir sehen nur einander, und das genügt uns.

Die Kugel überrascht mich nur durch ihren scharfen, bellenden Knall. Pell ist sofort tot. Ich sehe, wie er zusammenzuckt, wie er von seinem zitternden Pferd fällt. Was ist geschehen? Es dauert einen Moment, bis es in mein Hirn will. Wie Stacheln dringt es in mein Gesicht. Warum? Ist ein scharfer Ast hochgeschnellt und hat es mir zerkratzt? Was ist los? Pell, was ist passiert? Er antwortet nicht. Er kann nicht. Nie mehr. Nie. Ich sehe zu, wie mein Leben in einem Schauer aus Blut und einem gellenden Schrei explodiert. (Dem Schrei eines Pferdes.) Dann übermannt mich der Wahnsinn, und alles wird kalt, kalt, kalt. Ich sehe ihn an, wie er daliegt, mit zuckenden Fingern. Das Gebrüll der Pferde. Der Tod. Der Geruch nach Verbranntem. Über den Bäumen ist Licht, das ihn mir wegnimmt. Ein kaltes Licht. Ich schreie auf, denn ich bin sicher, das ist das Ende.

Wenn es das nur gewesen wäre.

Jaddayoth ist nicht mehr fern. Wir befinden uns hoch oben in den Hügeln, und die schneidend kalte Luft ist frei vom Gestank von Fallsend, das nun weit hinter uns liegt. Ein Fuchs mit silbrigem Fell hat mich vorhin beobachtet, als ich mich anschickte, im Licht des Lagerfeuers zu schreiben. Seine Augen waren kleine Scheiben aus Gold. Er hat mir zugesehen. War es wirklich ein Fuchs? Kruin und Panthera schlafen unter einem felsigen Überhang hinter mir, in Decken eingerollt. Um zu schreiben, muß ich mir die Handschuhe ausziehen, obwohl es bitter kalt ist; aber wenn ich meine Erlebnisse nicht bald zu Papier bringe, fange ich an zu vergessen, und mein Bericht verliert an Schwung. Wir sind bereits eine Woche unterwegs, bislang ohne Anzeichen einer Verfolgung; ich hätte das Geschehene längst aufschreiben sollen.

Ich hatte mir Sorgen gemacht, daß die anderen Bewohner von Piristil mißtrauisch werden und mein Vorhaben vielleicht vorausahnten – Flounah im besonderen. Tagelang bemühte ich mich, ein ungezwungenes Verhalten an den Tag zu legen und mich nicht zu verplappern, ich mußte mit Outhers unverdrossenen und ernsthaften Anstrengungen, mir den Hof zu machen, fertig werden und mich zurückhalten, meine Siebensachen nicht allzu früh zu packen. Wir waren keineswegs so gut vorbereitet, wie ich gehofft hatte. Es gab so vieles bei unserem Plan, bei dem etwas schiefgehen konnte und worüber wir keine Kontrolle hatten. Ich war beunruhigt, weil wir so wenig Diamanda hatten. Es wäre viel sicherer gewesen (und hätte unsere Erfolgsaussichten erhöht), wenn ganz Piristil in tiefem Schlummer gelegen hätte, als wir uns davonmachten. In der Nacht, als es soweit war, tauchten Hindernisse auf wie ein Leichnam im Wasser, der nicht untergehen wollte. Es hatte umsichtiger Machenschaften bedurft, für unsere Flucht einen Abend zu erhalten, an dem weder Panthera noch ich arbeiteten. Doch nach dem Abendessen wollte Jafit plötzlich, daß ich noch einen Klienten empfange; eine Abmachung in letzter Minute. Einen Moment lang völlig aus der Fassung gebracht, mußte ich Übelkeit heucheln, was natürlich zur Folge hatte, daß Jafit mich von der Pflicht befreite, Panthera an diesem Abend das Essen zu bringen. Ich geriet in entsetzliche Panik, wenn ich mir vorstellte, daß Panthera den Eindruck erhalten mußte, unsere Pläne wären aufgeflogen, wenn jemand anderer an meiner Stelle kam. Vielleicht beging er daraufhin sogar irgendeine Dummheit! Andererseits hielt ich den Versuch, ihm eine Botschaft zukommen zu lassen, für verdächtig und zu riskant. Ich mußte mich auf sein Vertrauen in mich verlassen und mich später in sein Zimmer schleichen. Der mit Diamanda versetzte Wein war Outher und seinen Freunden bereits mit einem passenden albernen Begleitbrieflein zugestellt worden; die zeitliche Abstimmung war von entscheidender Bedeutung, denn sobald der Wein sie alle geschafft hatte, blieb uns nur etwa eine halbe Stunde, um uns aus dem Staub zu machen. Ich wußte, daß Outher und die anderen Mojags an Abenden, an denen Panthera nicht arbeitete, erst um neun Uhr aßen. Danach würden sie wohl den Wein trinken. Somit blieben mir zwei Stunden. Ich schloß mich in meinem Zimmer ein und rannte eine halbe Stunde lang auf und ab. Flounah klopfte an die Tür und erkundigte sich nach meinem Befinden; er hatte die Dielen unter meinen Schritten knarren gehört. Ich antwortete gereizt, daß ich nur Magenschmerzen hätte, die gewiß bald aufhören würden. Er fragte, ob ich etwas bräuchte, und ich bemühte mich, ruhig zu bleiben, indem ich langsam sprach: nein, ich bräuchte nichts, vielen Dank; ich würde bald zu Bett gehen. Ich spürte, daß er einige Minuten lang draußen vor der Tür stand, ehe er davontrottete. Hatte er einen Verdacht?

Dann kam Jafit an die Tür, klopfte und wollte eingelassen werden. Zitternd vor Nervosität öffnete ich. »Du siehst schauderhaft aus«, sagte er und berührte meine Wange. »Du solltest dich hinlegen. Soll ich einen Arzt holen lassen? Möchtest du, daß jemand bei dir bleibt?«

Ich schüttelte den Kopf. »Nein, es geht mir gleich wieder besser, ehrlich. Hin und wieder kriege ich das.« Früher einmal wäre so etwas nicht ungewöhnlich und völlig glaubhaft gewesen – damals, als ich noch ein Mensch war. Doch bei den Hara sind körperliche Krankheiten nicht so häufig. Vielleicht war es dumm von mir, zu erwarten, sie würden mich in Ruhe lassen. Jafit fuhr fort, sich aufgeregt mit meinem Gesundheitszustand zu beschäftigen, und ich konnte kaum meine Ungeduld bezwingen. Der Gedanke: Hör mal, würdest du dich endlich zum Teufel scheren! stand gefährlich nahe vor dem Ausgesprochenwerden. Schließlich trollte er sich, nachdem ich ihm mehr als hinlänglich versichert hatte, am nächsten Morgen würde es mir ganz gewiß wieder ausgezeichnet gehen.

Wiederum versperrte ich die Tür und setzte mich aufs Bett. Dann schaltete ich das Licht aus, stand auf, schlich mich zum Fenster und warf einen Blick hinüber zu Pantheras matt erleuchtetem Fenster. Ich hielt im Hof nach Kruin Ausschau, doch dafür war es noch zu früh. Die Zeit verstrich, während ich tief besorgt wieder und wieder auf die Uhr sah und verfolgte, wie die Zeiger träge ihre Runden um das Zifferblatt zogen. Ich rauchte siebzehn Zigaretten, unterließ es aber, die Weinflaschen auszutrinken, die auf dem Fenstersims standen; ich würde einen klaren Kopf benötigen. Meine Taschen waren gepackt und standen nebeneinander auf dem Teppich, den zurücklassen zu müssen mir wirklich leid tat.

Zwanzig Minuten nach neun legte ich mein Ohr an die Tür. Draußen schien alles ruhig zu sein. Die Kanene im Dienst würden sich jetzt schwer beschäftigt in ihren Zimmern aufhalten; die anderen sollten entweder in Fallsend oder in einem der Salons im Erdgeschoß sein. Jafit besuchte, soweit mir bekannt war, vorteilhafterweise einen Freund in der Stadt. Ich öffnete die Tür, blickte hinaus und sah Flounah, der auf dem Flur näher kam. (Rasch weg mit der Tasche, dem Mantel!)

»Ach, Calanthe«, sagte er, »fühlst du dich schon besser?« Ich hoffte, das verzweifelte Gefühl blanken Entsetzens würde sich nicht allzu deutlich auf meinem Gesicht zeigen.

»Ein bißchen«, sagte ich schwach. »Ich wollte gerade ins Badezimmer.«

»Das Badezimmer ist aber dort.« Er zeigte mit dem Finger über meine Schulter.

»Und ein Glas Milch aus der Küche holen«, fügte ich mit steinerner Miene hinzu. Flounah lächelte und schlenderte weiter. Siedend vor Ärger, mußte ich wohl oder übel den Gang links liegenlassen, der in jenen Teil des Hauses führte, in dem Panthera wohnte, und nach unten gehen. Dann würde ich in mein Zimmer zurückkehren und mein Gepäck holen müssen. Zum Auswachsen, diese verdammten dummen Huren! Und als ich mich in einen dunklen Winkel der Halle drückte, um abzuwarten, ob Flounah wieder die Treppe herabkam, wurde ich von Ezhno überrascht.

»Calanthe, geht's dir wieder gut?« fragte er, nachdem ich einen Luftsprung von gut einem halben Meter vollführt hatte. Vielleicht dachte er, ich wäre im Fieberwahn, wie ich so dastand und die Treppe hochstarrte.

»Oh, danke!« entgegnete ich. »Viel besser!«

»Was machst du denn da? Warum bist du denn zum Ausgehen angezogen?«

»Mir war kalt«, antwortete ich. »Ich hole mir nur ein Glas Wasser.«

»Warum holst du es nicht aus einem Badezimmer oben?« (Dank sei dem Aghama, daß mein Zimmer kein fließendes Wasser hatte; was für eine Ausrede hätte ich dann wohl gebraucht?)

»Es war jemand drinnen«, entgegnete ich mit zusammengebissenen Zähnen. Am liebsten hätte ich mich umgedreht und ihm einen Fausthieb aufs Kinn versetzt, aber ich wußte, er würde zuviel Lärm dabei machen.

»Warum schaust du die Treppe hinauf?« Er trat neben mich und starrte nach oben.

»Das geht dich nichts an, Ezhno!«

»Was hast du vor?«

Ich seufzte, wandte mich um und sah ihn ein paar Sekunden lang an, wobei mir sehnsüchtige Gedanken an Mord durch den Kopf zuckten, die ich aber schnell verwarf. »Ezhno, komm mit. Ich erzähle es dir.«

Ich legte ihm den Arm um die Schultern und führte ihn nach oben. Er sagte kein Wort, während ich in mein Zimmer ging, meine Tasche nahm, den Mantel schnappte und leise die Tür hinter mir schloß. Er sagte kein Wort, starrte mich nur ohne Unterlaß an. Ich glaube, es dämmerte ihm langsam, daß es mir keineswegs körperlich schlecht ging – oder je gegangen war –, sondern daß ich vermutlich bloß den Verstand verloren hatte. Geübt in der listigen Kunst der Selbsterhaltung, hielt Ezhno, die dumme kleine Nutte, wohlweislich den Mund. Glücklicherweise keine Spur von Flounah, und Pantheras Gang lag in Finsternis. Nicht ein einziger Mojag war in Sicht, nur die dunklen Winkel schienen dicht bevölkert von möglichen Feinden. Im Herzen Panik und den zwanghaften Drang davonzurennen, der um sich zu treten schien wie ein scheuendes Pferd, klopfte ich an Pantheras Tür. Leise, durchdringend zischte es von drinnen: »Wer ist da?«

»Cal«, antwortete ich; in der Eile vergaß ich, die lange Form meines Namens zu verwenden. Ich glaube, das war der Moment, in dem Calanthe für alle Zeiten in Vergessenheit geriet. Es war sowieso nur eine Maskerade gewesen, denn den Leuten, vor denen ich mich verstecken wollte, bedeuten Namen ohnedies nichts. Ich hörte, wie der Schlüssel im Schloß knirschte, und die Tür ging auf. Gelbes Licht ergoß sich auf den Gang. Rasch zerrte ich einen aufbegehrenden, erschrockenen Ezhno mit ins Zimmer, und Panthera schloß die Tür hinter uns, wobei er den Schlüssel wieder umdrehte. Panthera vibrierte vor Anspannung, die alle Farbe aus seinem Gesicht hatte weichen lassen; er verwandelte seine Augen in schwarze, tierhafte Kreise und sah Ezhno voll Ekel an.

»Und was soll das sein?« fragte er mich.

»Was, zum Teufel, geht hier vor?« quäkte Ezhno und wollte sich meinem Griff entwinden. Tiefste Beunruhigung hatte sein taktisches Schweigen gebrochen, und seine Blicke flitzten durch das Zimmer auf der Suche nach Fluchtwegen.

Ich krallte die Finger fester in seine Schulter, so daß

es schmerzte. »Du hältst deinen Mund!« riet ich ihm und schüttelte ihn ein wenig zur Warnung.

Er starrte mich böse an, hielt sich aber an meine Worte. Er war kein Idiot.

»Na wunderbar!« fauchte Panthera. »Was sollen wir mit dem hier? Und rede leise, du weckst sonst die Mojags!«

Hinter ihm sah ich Outher und seine Kollegen am Tisch kauern, alle bewußtlos. Einer war zu Boden geglitten, während Outher und die anderen mit dem Kopf auf den Armen schliefen. Sie hatten offenbar nichts von dem mitbekommen, was mit ihnen geschehen war.

»Wo bist du so lange geblieben?« stieß Panthera hervor. »Ich bin fast umgekommen, als Astarth hier hereinkam. Ich dachte, wir wären aufgeflogen, dabei hatten die Mojags schon angefangen, den Wein zu trinken! Ich überlegte schon, ob dein Freund Kruin und ich Piristil wohl ohne dich würden verlassen müssen.«

»Piristil verlassen!« Ezhno hatte seine Stimme wiedergefunden. Ich verdrehte ihm den Arm, bis er aufjaulte.

»Wir müssen ihn zum Schweigen bringen«, bemerkte Panthera. Ezhno gab ein unwilliges Grunzen von sich, worauf Panthera herumwirbelte und ihm in einer einzigen, mühelosen Bewegung einen Fußtritt gegen die Halsseite versetzte. Beachtlich. Ezhno stand immer noch dicht neben mir, aber alles, was ich spürte, war der Luftzug, den Pantheras vorbeischnellender Fuß verursachte. Ezhno selbst fiel ohne einen Laut in sich zusammen. Ich hatte so eine Vorahnung, daß er länger schlafen würde als die Mojags.

Panthera war ganz in Schwarz gekleidet und hatte immer noch die Reste der silbernen Ketten an den Fußgelenken. Er strahlte Zuversichtlichkeit und Selbstsicherheit aus.

»Schon etwas von Kruin zu sehen?« fragte ich und

ging zum Fenster. Als hätten wir den Zeitpunkt mit geradezu unglaublicher Genauigkeit abgestimmt, tauchte Kruins Gesicht vor dem Fenster auf. Wir fuhren beide zusammen, und Kruin stürzte beinahe in den Hof hinab. Er fuchtelte mit der Faust vor meinem Gesicht herum.

»Beeile dich!« Ich formte die Worte mit den Lippen, während Panthera hinter mir ein Paar Stiefel anzog, die er, so nahm ich an, den Mojags gestohlen hatte. Sie sahen etwas zu groß aus, aber draußen war es zu kalt für Sandalen oder leichte Schuhe, und er besaß kein eigenes festes Schuhwerk.

»Sie rühren sich schon«, sagte er und deutete mit dem Kopf zum Tisch.

»Hmm, das überrascht mich nicht. Es war eine schwache Dosis.« (Zu leicht? Nein, nein, nicht einmal daran denken!) »Mein Gott, ich hoffe, es bleibt uns genug Zeit. Komm schon, Kruin!«

Aber Kruin hörte mich nicht. Er war vollauf damit beschäftigt, eine rauchende Flüssigkeit auf die Gitterstäbe des Fensters zu streichen, wobei ein vorgebundenes Tuch sein Gesicht schützte.

»Glaubst du, wir können es mit den dreien aufnehmen?« fragte Panthera. Ich sah erst ihn an und dann die drei kräftigen, sanft schlummernden Gestalten der Mojags. Manchmal kann der biegsame, gertenschlanke Panthera verblüffend bedrohlich aussehen – ein Geschöpf, das eher durch Schlauheit tötet als durch Kraft.

»Nicht drei, nein«, entschied ich. »Auch nicht mit deinen hochreichenden Tritten.« Ich fuhr fort, Kruin mit anfeuernden Gesten zu bedenken. Dann schob Panthera den unteren Teil des Fensters hoch, wobei der Rahmen entsetzlich quietschte und atemberaubend widerlich stinkende Schwaden ins Zimmer zogen. Über dem Tuch spiegelte Kruins Gesicht gequälte Hilflosigkeit wider, als Panthera und ich zu husten begannen.

»Macht das Fenster wieder zu!« fuhr Kruin uns an.

»Wenn der Rauch zu den Mojags hinüberweht, wachen sie vermutlich auf!«

Sehr rasch war das Fenster wieder geschlossen, und wir starrten besorgt durch die Scheiben. Kruin versuchte immer wieder, die Stäbe zu brechen, aber sie schienen unbeeindruckt von seinen Bemühungen. Doch schließlich, nach, wie uns schien, wenigstens einer Stunde, begann sich einer der Stäbe unter seinem Griff zu biegen.

»Dem Aghama sei Dank!« murmelte Panthera neben mir. Furcht und Nervosität hatten seiner Haut einen verführerischen Geruch entlockt, einen Duft nach Zimt und Rauch. Selbst unter dieser nervlichen Anspannung konnte ich nicht umhin, es zu bemerken; ich wollte meine Lunge damit füllen und den Korrosionsgestank übertönen. Alle Hara besitzen ihren eigenen, zauberischen Duft; heftige Gemütsbewegungen jeglicher Art können ihn hervorrufen.

Panthera blieb mein unterschwelliges Interesse offenbar nicht verborgen. Er rückte von mir ab, und der Augenblick war dahin.

Gerade als Kruin dabei war, am dritten Stab zu ziehen und zu zerren, dessen Beseitigung Panthera und mir ermöglichen würde, uns zwischen den verbliebenen Stäben hindurchzuzwängen, kam das Geräusch. Von der Tür. Ich fuhr herum und sah, daß der Schlüssel aus dem Schlüsselloch geglitten war und nur noch mit dem Bart daran hing; er kippte klappernd gegen die Tür, fiel herab und landete mit einem dumpfen Aufschlag auf dem Teppich.

Wer auch immer sich dort auf der anderen Seite der Tür befand, er hatte den Hauptschlüssel. Panthera und ich tauschten einen verzweifelten Blick aus. Wir sahen beide vor unserem geistigen Auge das Schreckgespenst Jafit draußen stehen. Panthera stieß einen Fluch aus und riß das Fenster nach oben. Wieder qualmte stinkender Rauch ins Zimmer. Hinter uns ging die Tür auf.

Nicht Jafit; Astarth. Astarth mit einem Schlüssel in der Hand; er blickte mich unverwandt an. Sein Gesicht war ausdruckslos.

Als Luft und Rauchschwaden ins Zimmer quollen, ließ Outher ein Stöhnen hören, hob den Kopf und schüttelte ihn, wobei er weitere undefinierbare Geräusche von sich gab. »Los, los!« drängte Kruin, in Panik geraten. Er entschwand nach unten und ließ sich in den Hof fallen. Outher torkelte auf uns zu, eine Hand über den Augen, ahnungslos, was vorging. Plötzlich sah er dreimal so groß aus wie sonst. Astarth tastete sich langsam vorwärts in den Raum, wobei er sich mit einer Hand Mund und Nase zuhielt. Es war kaum noch etwas zu erkennen im Zimmer; Rauch überall. Ein zweiter Mojag rührte sich und richtete sich auf, während der dritte immer noch ohne Bewußtsein auf dem Boden lag.

»Na los, Cal!« sagte Panthera, grinsend von einem Ohr zum anderen; er barst geradezu vor geballter Kraft.

Plötzlich geriet alles rundum in Bewegung. Der zweite Mojag taumelte knurrend auf uns zu; Outher schüttelte die Benommenheit aus seinem Schädel, konnte uns zum erstenmal richtig sehen und brüllte auf; Astarth stürzte sich auf uns, eine Flasche in erkennbarer Absicht hoch über dem Kopf erhoben. Panthera bemühte sich, mich aus dem Fenster zu stoßen, nachdem er unser Gepäck vorausgeworfen hatte, und gerade als ich zum Sprung ansetzte, sah ich Astarths Flasche auf den Kopf des zweiten Mojags niedersausen. Im nächsten Moment landete ich mit fürchterlicher Wucht auf dem Boden des Hofes. Als ich nach oben blickte, sah ich Panthera auf dem Fensterbrett und hinter ihm die Umrisse von Outhers Gestalt. Kruin half mir auf, während er besorgt nach Panthera Ausschau hielt. Es war bitter kalt draußen, und unser heißer, dampfender Atem vernebelte fast den Blick auf das Fenstersims.

»Spring!« rief Kruin – nicht zu laut, um nicht noch weitere Aufmerksamkeit zu erwecken. Mit einem übermütigen Schrei stieß Panthera sich ab, indem er Outher einen spielerischen Tritt gegen die Kehle verpaßte, was diesen besinnungslos in den Raum zurückkippen ließ; Panthera segelte rückwärts durch die Luft und landete auf allen vieren neben mir. Astarth kam ans Fenster, stützte sich ab und beugte sich weit vor. Wir starrten uns an. Ich wußte nicht, was er vorhatte, ich konnte nicht sprechen.

»Los, verschwindet schon«, sagte er, »und viel Glück! Grüßt Jaddayoth von mir!«

»Astarth!«

»Geht jetzt! Schnell!« Er lächelte. »Jafit wird hinter dir her sein, Calanthe. Sieh zu, daß du dich nicht fangen läßt! Und jetzt weg von hier!«

»Aber Jafit wird erfahren, was du da drinnen getan hast! Er wird dich umbringen!« Ein plötzlicher Gedanke drängte sich mir auf. »Komm mit uns, Astarth! Spring!«

Er lächelte mir immer noch zu, als er den Kopf schüttelte. »Soll Jafit mich umbringen, weil ich versucht habe, sein kostbares Kätzchen zu beschützen? Es hat so ausgesehen, als wären die Mojags über ihn hergefallen, oder etwa nicht? Schwer festzustellen, mit all dem Rauch im Zimmer. Nein, ich wußte nicht, was hier vorging, Calanthe. Sorg dich nicht um mich, ich bin unersetzlich! Und jetzt macht euch endlich auf die Beine!«

Plötzlich ergoß sich Licht in den Hof, als die Küchentür aufging und Jancis Stimme ertönte: »Was geht hier vor?«

Ich packte Panthera am Arm, und wir rannten hysterisch lachend in unserer verrückten Kopflosigkeit hinter Kruin her. Die Taschen schlugen gegen unsere Beine, und der Beutel, der meine Notizbücher enthielt, hüpfte auf meinem Rücken auf und ab.

»Kommt schon!« schrie Kruin. Er saß bereits auf dem

Rücken seines Pferdes und wartete mit den beiden anderen, die unruhig im Schnee tänzelten, vor dem Torweg zur Straße. Ich traute meinen Augen kaum, als Panthera auf das nächststehende Pferd sprang, indem er einen Satz über die Kruppe des Tieres hinweg machte und auf dem Sattel landete. Ich wählte die üblichere Methode und verwendete den Steigbügel, nachdem ich meine Sachen am Sattel befestigt hatte. Hinter uns im Hof steigerte sich die Betriebsamkeit, aber wir blickten nicht zurück. Unter schrillem Geschrei stießen wir den Pferden in die Flanken und zwangen die Tiere, die auf dem schneeglatten Untergrund keinen sicheren Tritt fanden, in einen halbherzigen Galopp die Straße entlang Richtung Norden, hinaus aus Fallsend. Kruin hatte Gimraher Pferde gekauft und zu diesem Zweck Geld von den Kaufleuten geliehen; die Pferde der Gimraher sind schnell, sehr schnell, und wir waren weit weg, noch ehe Jafit sich an unsere Verfolgung machen konnte. Natürlich würde er Suchmannschaften anheuern und hinter uns herschicken, so wie er das bei den vorangegangenen Fluchtversuchen Pantheras getan hatte, aber wir rechneten damit, daß er annahm, wir würden die schnellste Route wählen, die nach Süden führt. Erfahrenen Fährtensuchern sollte es nicht schwerfallen, sehr bald zu erkennen, daß dies die falsche Richtung war, aber uns verschaffte es einen kleinen Vorsprung. Freudig erregt vom Erfolg unseres Unterfangens, hatte ich das Gefühl, daß das, was wir heute nacht vollbracht hatten, das Andenken Loloteas mehr ehrte als alles, wozu ich eine Woche zuvor Astarth veranlaßt hatte. Als wir wie verrückt an dem verlassenen Begräbnishügel vorbeigaloppierten, schwenkte ich meinen Arm in die schneehelle Nacht. »Wir haben es geschafft, Tea!« rief ich laut, und Pantheras Lachen wirkte wie ein Echo auf meinen Schrei.

»Möge Jafit in seinem eigenen Blut ertrinken!« sagte

er, und wir brachen in Gebrüll und Gejohle aus, während es wieder zu schneien begann. Wenn genug Schnee fiel, würde er unsere Spuren verdecken. Jafit würde einige Zeit brauchen, um die Spurensucher loszuschicken – wenn wir Glück hatten, bis zu zwei Stunden. So spät nachts waren nur wenige Hara unterwegs, doch die wichtigste der Straßen, die aus der Stadt führen, war mit Asche bestreut, also wählten wir diesen Weg, um keine unmittelbaren Spuren zurückzulassen. Wenn uns Hara begegneten, so folgten uns ihre Blicke neugierig, denn wir waren immer noch sehr flott unterwegs. Und obwohl das natürlich Aufsehen erregte, waren wir der Meinung, daß Geschwindigkeit in diesem Fall ratsamer war als Vorsicht. Ungeachtet des Umstandes, daß dies die Pferde arg mitnahm, ritten wir die ganze Nacht durch und befanden uns bei Tagesanbruch bereits mitten in den Hügeln nördlich von Fallsend. Alle Orte, die wir durchquerten, waren verlassen und von dichtem Strauchwerk überwachsen. Kruin kannte sich in der Gegend gut aus. »Noch ein paar Meilen in nördlicher Richtung«, sagte er, »und dann reiten wir den Scarm flußaufwärts nach Osten, nach Jaddayoth. Dort bietet uns das Gelände mehr Schutz.«

Als der Morgen seinen rötlichen Dunst über das Land sickern ließ, kroch uns die Kälte wieder in die Knochen. Ein Lagerfeuer würde nicht ausreichen, uns zu wärmen. Wir machten uns gefaßt auf eine lange, unangenehme Reise.

Kapitel 8

Eine Geschichte am Feuer

> Zwei Straßen gabelten sich im Wald,
> und ich – ich wählte jene,
> die weniger begangen war.
>
> Robert Frost, *The road not taken*

Bald wird Fereng hinter uns liegen. Wir müssen einen Zipfel davon durchqueren, um das Gebiet von Jaddayoth zu erreichen. Hier ist die Luft trocken und bitterkalt. Sie schmerzt in der Lunge und läßt die Feuchtigkeit an unseren Wimpern und Nasenlöchern frieren. Es gibt noch kein Anzeichen, daß wir von Fallsend aus verfolgt werden, aber wir sind nicht so sorglos anzunehmen, niemand wäre hinter uns her. Hier oben, in der prickelnden, sauberen Luft, wird es fast unmöglich, sich an die Einzelheiten des Lebens in Piristil zu erinnern; solche Dinge sollte es einfach nicht geben. Doch selbst wenn es mir leichtfällt, sie zu vergessen, kann ich das gleiche nicht von Panthera behaupten. Nach der ersten Woge des Triumphes und der Erregung wurde seine Stimmung ziemlich gedämpft. Anfangs dachte ich, es wäre das Wetter, das ihm zu schaffen machte, denn auch Kruin jammerte lauthals deswegen und träumte von den warmen Öfen in Natawni. Ich hingegen bin gewöhnt an die Kälte (an die Kälte des Herzens und auch die des Leibes). Was mir fehlte, war eine Vorstellung von der Zukunft. Alles, woran ich denken konnte, war die möglichst große Entfernung, die wir zwischen uns und Jafit bringen sollten.

In der Nacht kauerten Panthera und ich nebeneinander an einem dürftigen Feuer, und er fing an zu sprechen. Kruin schlief hinter uns.

»Ich kann noch gar nicht glauben, daß ich frei bin«, sagte Panthera.

»Das sind wir auch noch nicht«, erklärte ich. »Wir sind erst frei, wenn wir uns in Jael und im Schutz deiner Familie befinden.«

»Ach ja, meine Familie«, sagte Panthera mit leiser, kalter Stimme und starrte ins Feuer. »Sie glauben sicher, ich wäre tot.«

»Wie ist das passiert?« fragte ich. »Wie kam es überhaupt dazu, daß du in Emunah verkauft wurdest? Willst du darüber reden?«

»Ich bin nicht überempfindlich, was diese Sache betrifft, falls du das denkst!« sagte er. »Wenn du es wirklich wissen willst, werde ich es dir erzählen.«

»Die Nacht ist noch lang«, erwiderte ich und machte eine Handbewegung zu den hart glitzernden Sternen am Himmel. »Wir frieren, wir haben weder Wein noch gutes Essen. Erzähl mir also deine Geschichte, mein kleiner Panther. Sie wird uns die Zeit vertreiben.«

Panthera zuckte die Achseln. »Du bist ein Schmierenkomödiant«, sagte er und legte sich das Kinn voll Behagen auf die Knie. »Also gut, hör zu. Erst einmal die Hintergründe. Geboren wurde ich als Sohn des Feriker Schloßthans Ferminfex Jael in den Bergen von Ferike; mein Träger ist ein importierter Kalamaher namens Lahela.« Er blickte versonnen ins Feuer. »Über mich selbst sprechen? Demnächst vielleicht. Aber jetzt will ich von meiner Familie sprechen, das ist eine ganz eigene Geschichte. In meinem Volk sind sogar Gedichte über die Zeit der ersten Liebe meiner Eltern im Umlauf, aber an ihren Wortlaut kann ich mich nicht erinnern. Doch ich entsinne mich, daß mein Vater mir von seinem Werben erzählt hat, von damals, als er eines Tages vom Fanchon, dem Fürst der Kalamaherstadt

Zaltana, eingeladen wurde, und dort alles seinen Anfang nahm ...«

Es war nicht bloß eine hübsche, romantische Geschichte, wie Panthera angedeutet hatte, sondern – für mich im besonderen – ein erstes, vorfühlendes Kennenlernen des Landes Jaddayoth, wo ich vorhatte, mich einzunisten: die Welt der fürstlichen Familien. Etwa zu der Zeit, als Ferminfex die Einladung vom Fanchon erhielt, ging Zaltana seiner Vollendung entgegen. Die Kalamaher seien zwar äußerst langsame Arbeiter, so erzählte Panthera (viele Essens- und Getränkepausen, etc.), ihre Architektur sei jedoch ganz hervorragend, und so gelte Zaltana als Juwel unter den Städten der Wraeththu. Der Fanchon wünschte die Geschichte ihrer Entstehung niedergeschrieben und damit seine eigenen Leistungen durch das geschriebene Wort – das gut geschriebene Wort – unsterblich gemacht sehen. Nun werden die Feriker als Künstler und Gelehrte unter den Stämmen Jaddayoths angesehen und daher des öfteren mit solchen und ähnlichen Aufgaben betraut. Also machte Ferminfex sich auf die Reise.

Zaltana ist unmittelbar an der Küste erbaut und besteht fast ausschließlich aus creme- und pfirsichfarbenem Marmor. Ferminfex war augenblicklich beeindruckt von dem köstlichen Duft, den die üppig gedeihenden exotischen Blüten in den hängenden Gärten verströmten, welche die Straßen der Stadt säumten. Er war voll des Staunens über die großzügige, beiläufige Anmut der hochaufragenden Gebäude und die katzenhafte Schönheit ihrer Bewohner. Tag für Tag saß er in der großen Bibliothek des Palastes des Fanchons und arbeitete an seinen Aufzeichnungen. Man hatte ihm einen hellen Schreibtisch aus Kiefernholz zur Verfügung gestellt, der immer noch nach Wald roch, und wenn er dahinter saß, fielen die Sonnenstrahlen durch die offenen Fenster auf seine Hände. Wenn er hin und wieder eine Pause machte, um Citruslikör zu trinken oder eine schwer duftende Grünblattzigarette zu rauchen, trat er ans Fenster und sah den Kalamahern bei ihrem beschaulichen Tun zu.

Am späten Nachmittag, vor dem frühen Abendmahl, kamen die Söhne des Fanchons auf die mit Fliesen ausgelegte Terrasse unter den Bibliotheksfenstern und ließen sich auf dicken, quastengeschmückten Kissen im Halbkreis um ihren Lehrer nieder, der ihnen beibrachte, auf sonderbar aussehenden Saiteninstrumenten sonderbar winselnde Musik zu spielen. Mit einem Drink in der Hand betrachtete Ferminfex sie von oben und verglich sie mit einem Rudel junger Löwen aus dem Land Olathe. Immer hatten sie ihre Katzen dabei, die sich an ihre kleinen katzenhaften Gebieter schmiegten und dabei schnurrten und zirpten. Lahela war der älteste der Söhne dieser herrlich ungekünstelten Geschöpfe mit den schlanken, biegsamen Körpern und den lohfarbenen, leuchtenden Mähnen. Er hatte die Feybraiha bereits hinter sich, war aber offenbar noch nicht gebunden; er war von solch unvorstellbarer Schönheit, daß selbst der asketische und ansonsten unerschütterliche Ferminfex nicht umhin konnte, sich hoffnungslos in ihn zu verlieben. Jeden Tag, wenn er Lahela betrachtete, schob er die trockene, staubige Aufgabe, die Großtaten des Fanchons zu preisen, beiseite und schrieb statt dessen lange, leidenschaftliche Gedichte – Hymnen an den ältesten Sohn seines Auftraggebers. Gelegentlich warf Lahela einen Blick hinauf zum Bibliotheksfenster und lächelte Ferminfex zu, denn Hochmütigkeit war ihm fremd. Vielleicht – wer weiß? – ließ Ferminfex sogar eine oder zwei seiner sehnsüchtigen Oden hinunterflattern auf die Terrasse. Panthera erwähnte nichts davon. Doch mir gefällt der Gedanke, daß er es getan hat.

Schließlich kam der Tag, an dem der Fanchon Ferminfex aufforderte, seinen Preis für die Arbeit, die er vollbracht hatte, zu nennen. Ohne zu zögern bat Ferminfex darum, Lahela als Gemahl zu erhalten, zusammen mit der Erlaubnis, mit ihm nach Jael zurückkehren zu dürfen. Für einen Feriker war das kein ungewöhnliches Ansinnen; der Stamm verkauft des öfteren Kinder an andere Stämme, die den Wunsch haben, ihr Erbgut zu verbessern. Doch in Zaltana war dies nicht der Brauch. Eine ganze Weile war der Fanchon einigermaßen sprachlos, ja sogar beleidigt über, wie er fand, Ferminfex' Unverschämtheit. Doch Lahela löste das Problem, indem er seinem Vater gegenüber erklärte, er sei durchaus bereit für dieses Abkommen. Und so wurden sie durch die Bande des Blutes miteinander verbunden, ohne kaum je ein Wort gewechselt zu haben.

»Romantisch, nicht wahr?« sagte Panthera am Ende der Geschichte. »Und weit entfernt von dem, was mir widerfuhr. Meine Eltern lieben einander innig. Natürlich waren die Jaels anfangs, als er nach Ferike kam, ziemlich verärgert über Lahelas Kalamahersitten, aber ich denke, in der Zwischenzeit haben sie sich daran gewöhnt.«

»Dann ist dein Zuhause wohl ein sehr glückliches, nicht wahr?« fragte ich.

»Ein sehr glückliches.« Panthera sah finster drein; das, was man ihm an Erniedrigung und Vergewaltigung angetan hatte, mochte diesen glücklichen Zustand in der Zwischenzeit beeinträchtigt haben.

»Also, bis jetzt hast du hauptsächlich über Jael gesprochen«, sagte ich, etwas zu übertrieben schwungvoll. »Wie kamst du nach Emunah? Ich nehme an, es wird nicht deine Familie gewesen sein, die dich an die Sklavenhändler verkauft hat!«

Panthera lachte. »Nein, aber verkauft haben sie mich tatsächlich in gewisser Weise. Das war ausschlaggebend für alles, was folgte.«

»Ach ja?«

»Allerdings. Es war kurz vor meiner Feybraiha, und wie das so ist, waren sie alle mit der Frage beschäftigt, wer für mich ›derjenige‹ sein sollte. Dazu kam, daß Lahela fand, ich sollte einige Zeit in Kalamah verbringen, denn schließlich war ich zur Hälfte Kalamaher, und so eingesperrt zu sein in Ferike hieß, auf meine halbe Herkunft, wenn nicht sogar auf meine halbe Familie verzichten zu müssen. Also trafen meine Eltern eine fein durchdachte Übereinkunft: Der Fanchon hatte einen überzähligen Vetter von mir am Hals, der ein unstetes Leben führte und bedeutend älter war als ich, jedoch einen passenden Gemahl suchte. Er sollte alsbald irgendeine weitausgedehnte Kalamahersiedlung an der Grenze zu Emunah übernehmen. Rate mal, wen man für ihn aussuchte?« Ich zeigte schweigend mit dem Finger auf ihn, und er nickte. »Ganz recht. Da störte es gar nicht, daß ich Ferike liebte und keineswegs wegwollte von dort. Das war bedeutungslos. ›Panthera, du wirst dich in Kalamah viel heimischer fühlen!‹ sagte mir Lahela immer wieder. Aber ich wußte, er irrte sich. Ich gerate nicht so sehr nach ihm; ich bin viel mehr Feriker als Kalamaher. Ich brauche Kälte und Dunkelheit und Bäume rundum. Jeder Versuch zu widersprechen, blieb wirkungslos. Ferminfex versicherte mir, ich dürfte nach Hause kommen, wann immer ich wollte, denn eine Chesnaverbindung sei kein Gefängnis. ›Wenn der Aghama will, werdet ihr euch sogar zueinander hingezogen fühlen‹, sagte er, aber ich hatte nicht viel Hoffnung. Vetter Namir. Wie ich den Namen haßte! Er klang hinterhältig und gemein in meinen Ohren. Ein Name, der zu einem Dieb paßte!

Ich kann mich sehr gut an den Tag erinnern, an dem wir Jael verließen. Es war Herbst und sehr neblig und naßkalt. Zu meinem Abschied trug Ferike sein hübschestes Aussehen zur Schau, und das machte alles noch schlimmer. Eine Eskorte von zehn Hara begleitete mich, alle ausgestattet mit Waffen aus Maudrah, alle in der Lage, sie mit tödlicher Sicherheit zu gebrauchen, sollte sich die Notwendigkeit dazu ergeben. Zuerst wollten wir nach Gimrah, um dort das Geschenk für den Fanchon abzuholen – einige Rennpferde –, und von Gimrah aus würden wir das Schiff nach Kalamah nehmen. Meine Leibwache sprach kaum ein Wort mit mir, und ich war zutiefst verärgert, was sich noch steigerte, als ich entdeckte, daß sie keineswegs so tüchtig und kampferprobt waren, wie meine Eltern gedacht hatten. Beim Durchqueren der weiten Ebenen von Gimrah wurden wir von einer großen Bande Sklavenhändler aus Emunah überfallen. Es war im Nu vorbei. Ich und drei andere wurden auf einem Karren nach Meris geschafft; der Rest meiner Eskorte war tot. Wochenlang vegetierte ich wie vor den Kopf geschlagen in einem Dämmerzustand dahin. Solche Dinge widerfuhren dem Sohn eines adeligen Schloßthans ganz einfach nicht! O doch. Es gab keine Rettung, keine Atempause. Sie rissen mir meine Würde so gründlich vom Leib, daß nur noch Abscheu vor mir selbst übrigblieb. Und Feybraihagirlanden gab es auch keine für mich, weit entfernt davon! Es war ein reiner Glücksfall, denke ich, daß ich so lange unberührt blieb, bis Jafit mich nach Thaine brachte. Dort verlor ich meine Unschuld an einen unreifen Har, der Jafit einen Haufen Geld für dieses Vorrecht zahlte.« Er schüttelte den Kopf. »Diese Widerwärtigkeiten! Nie wieder! Nie. Falls meine Familie auf der Suche nach mir war, so hat sie sicherlich keine Spur von mir gefunden. Es gab niemanden, der ihnen meinen Aufenthaltsort hätte nennen können. Niemanden, der sich dafür interessiert hätte. Die letzten drei Jahre waren für mich schlimmer als die Hölle, Cal. Viel schlimmer. Ich werde nie mehr dorthin zurückgehen. Niemals. Da sterbe ich lieber. Und das ist mein blutiger Ernst.«

»Ist schon in Ordnung«, versuchte ich ihn zu besänftigen. Als ich die Hand ausstreckte, um damit die seine zu berühren, rückte er weg von mir.

»Nein, es ist nicht in Ordnung!« zischte er wütend.

»Du weißt, wie wichtig der Aruna für uns alle ist! Für mich ist der Gedanke daran nicht mehr als eine schwache, dunkle Erinnerung an diese Möglichkeit … Etwas anderes: du bist so erpicht darauf, mich auszufragen – was ist mit dir? Was für Geheimnisse trägst du mit dir herum, Cal?«

Ich glaube nicht, daß er eine ehrliche Antwort von mir erwartete. Ich hob die Schultern. »Es könnte sein, daß ich hier nicht mehr in Sicherheit bin. Nicht da draußen, auf dem offenen Land.«

»Und das ist alles, was du mir sagen willst?«

»Es ist alles, was ich sagen kann. Ich spüre noch nichts deutlich, aber ich bin sicher, es wird kommen. Fallsend war nichts als ein vorübergehender Unterschlupf für mich. Ich konnte mich dort verstecken, aber nicht für alle Zeit. Hier draußen kann ich mich nicht verstecken; es ist alles zu ausgedehnt, zu ungeschützt.«

Diese Antwort schien Panthera leicht zu verwirren. »Wer ist hinter dir her?« fragte er.

»Da bin ich mir nicht ganz sicher. Es könnte eine bestimmte Person von vielen sein, auch mehrere. Ich weiß es nicht.«

Panthera beugte sich zu mir und forschte in meinen Augen, doch ich wußte, er würde keine Anhaltspunkte darin entdecken. »Was hast du getan, Cal? Warum wirst du verfolgt?«

Ich lächelte. »He, mein Pantherchen! Steck deine Nase nicht in fremde Angelegenheiten!« sagte ich unbeschwert. »Hast du dir schon überlegt, daß es möglicherweise nicht darum geht, was ich in der Vergangenheit getan habe, sondern darum, was man in der Zukunft von mir will?«

Panthera zog die Brauen zusammen. »Du sprichst in Rätseln. Warum?«

»Um dich zu schützen. Ich will niemand anderen in die Sache hineinziehen.«

»Das ist bloß eine Ausrede!«

»Nein.«

»Du vertraust mir nicht. Ich habe dir alles erzählt!«

»Es ist keine Frage des Vertrauens, Panthera. Ehrlich. Ich kann es dir nicht erklären. Bitte, belassen wir es dabei.«

Er verfiel in Schweigen, verstimmt, weil man ihm etwas vorenthalten hatte, was er haben wollte. Und so saßen wir an diesem kümmerlichen Lagerfeuer, beide auf der Hut vor Verfolgung, und taten kein Auge zu in dieser Nacht.

Kapitel 9

In Hadassah

Laßt den armen Teufel frei –
ist er noch nicht genug gestorben?

Robert Graves, *A jealous man*

Natürlich behandelt Seel die ganze Angelegenheit äußerst taktvoll. Dabei kann es nicht oft vorgekommen sein, daß einer seiner Hausgäste seinem besten Freund an die Gurgel springt, aber Seel ist schließlich ein Diplomat. Orien ist nach Hause gegangen, um seine mißhandelte Kehle gesundzupflegen; Flick versteckt sich in der Küche und läßt keinen Ton vernehmen. »Was weißt du davon?« frage ich Seel. Er hebt die Schultern und zündet sich eine Zigarette an. »Nichts, Cal, gar nichts. Habe ich dich je belogen?« Er stellt unsere Freundschaft auf die Probe. Ich würde ihm gern glauben. Ich würde ihnen allen gern glauben, die behaupten, nichts über Pells Tod zu wissen. Denken sie wirklich, ich hätte vergessen, daß Thiede eigens für Pells Initiation nach Saltrock gekommen war? Wie hatte Thiede davon erfahren – wenn man es ihm nicht gesagt hätte?

»Du siehst schlecht aus, Cal«, sagt Seel. »Es geht dir schon geraume Zeit nicht gut, habe ich recht?«

»Immer so gottverdammt allwissend, nicht wahr, Seel?«

Er lächelt nachsichtig. »Wer kennt dich besser als ich, Cal?«

Oh, ich bin sicher, er kann in mich hineinschauen, direkt in mein schwarzes, verfaultes Herz. Ab jetzt werde ich seinem Blick ausweichen.

»Ein Bett für mich«, sage ich und stehe auf. Es ist spät.

Auf dem Boden stehen Weinflaschen, und ich werfe eine um. Seel bückt sich und stellt sie auf den Tisch. Er legt mir eine Hand auf den Arm. »Allein«, sage ich.

»Bestimmt?« Ganz bestimmt; ich wüßte nicht, wie ich neben diesen Augen schlafen könnte. Er küßt mich auf die Lippen. »Schlaf gut, Cal.«

Schlafen? Was ist das: schlafen? Auf dem Weg zur Tür schnappe ich mir zwei geöffnete Weinflaschen von der Anrichte.

In meinem Zimmer ist es dunkel, und das möchte ich nicht ändern. Ich setze mich aufs Bett und trinke Wein aus der Flasche. Was, zum Teufel, mache ich hier eigentlich? Saltrock kann mir nie mehr ein Zuhause sein; zu viele Erinnerungen. Ich trinke und taste im Finstern nach einer Zigarette. Ich verstreue die Streichhölzer auf dem Boden, auf dem Bett. Verdammt! Verdammt, verdammt, verdammt. Ich krieche auf dem Boden herum und tappe ins Nichts. Dann kauere ich mich zusammen und weine; ohne Ungestüm, ohne mit den Fäusten den Boden zu bearbeiten; ich weine bloß. Jemand kommt ins Zimmer, aber ich habe keine Kraft mehr, um dagegen zu protestieren. Ich habe das Gefühl, keine Knochen mehr im Leib zu haben, als ich auf das Bett gelegt werde. Lieber Himmel, wie ich es verabscheue zu weinen! Es tut mir weh, verzerrt mein Gesicht und macht mich so verwundbar. Jemand sagt: »Es gab nichts, was ich hätte tun können, Cal. Wirklich, gar nichts.« Es ist Orien. Er ist zurückgekommen. Er ist zurückgekommen, weil er sich sorgt. Ich blicke auf und strecke meinen zusammengekrümmten Körper aus, als ich seine Stimme höre.

»O Gott, wie gern ich dir glauben würde!« sage ich. Ich bin mir bewußt, wie mein Anblick auf ihn wirken muß: rote Augen, hilflos wie ein Kind. Er setzt sich auf die Bettkante und streicht mir über das nasse Gesicht.

»Dann glaube mir.«

»Du hast es gewußt, Orien! Ich bin überzeugt davon. Warum hast du uns nicht gewarnt?«

Er hört nicht auf, mich anzusehen, doch aus seinen Augen

spricht keine Schuld, keine Falschheit. »Dazu gab es keine Notwendigkeit«, antwortet er. »Ich hätte Pell nichts sagen können, was er nicht schon wußte.«

»Was meinst du damit?«

»Das, was ich sagte. Wenn er dir nichts davon erzählt hat, dann ist das nicht meine Schuld. Oder die von Seel oder von Flick oder irgend jemandem sonst ... nicht wahr.«

Ich möchte hinausschreien: ›Behandle mich nicht so herablassend!‹, aber ich vergrabe nur das Gesicht in der Decke. Orien steht auf, um zu gehen. Ich schaue ihn an. Wie er so dasteht, schlank und gebräunt und vornehm, ist er der vollkommene Wraeththu. Meine Güte, wie sehr ich ihm glauben möchte; ich kann an nichts anderes denken. »Geh nicht«, sage ich.

Er hält inne, wirft einen Blick zur Tür. Es ist ein langer Moment. Dann lächelt er in meine Augen – es ist ein zögerndes, trauriges Lächeln. Er streicht sich das Haar aus der Stirn. »Wenn du mich brauchst, dann bleibe ich«, sagt er.

»Ich brauche dich.« Komm zu mir, Orien, komm zu mir. Laß mich deine Wärme spüren; dring ein in die unendliche Kälte, die mich umgibt. Bitte. Ich bin so verzweifelt, ich habe den Wunsch, mich aufzulösen. Überrascht ihn mein Verlangen? Ja. Vielleicht hält er es für taktlos angesichts meiner Trauer, doch er fügt sich meinem Wunsch. Besänftigend, langsam, träge; das ist Orien. Ein erfahrener Liebhaber. Danach sitze ich aufrecht im Bett und sehe zu, wie er einschläft. Einen Arm hat er über den Kopf gelegt; bis zu den Hüften ist er nackt. Er sieht aus wie ein junger Gott. Nach einer Weile steige ich aus dem Bett und kauere mich in eine Ecke des Zimmers, von wo aus ich ihn immer noch betrachte. Er bewegt sich kaum; ich erkenne gerade eben das Heben und Senken seiner Brust. Das Licht des Mondes fällt durch das Fenster und will mich versengen. Ich ziehe die Knie an bis fast an die Ohren; ich fühle mich nicht gut. Mein Inneres schmerzt. Der Raum ist nur schwarz und weiß, es gibt keine Farben darin. Wie kommt es, daß ich angekleidet bin? Angezogen zum Weggehen? Ich entsinne mich nicht. Wie kommt

es, daß meine Tasche gepackt neben der Tür steht? Bin ich schon lange wach? Hatte ich eine Bewußtseinslücke? Wie kommt das Messer mit der langen Klinge in meine Finger? Meine Hände zittern. Der Stahl fängt das Mondlicht ein und beginnt zu funkeln. Sachte streiche ich mit dem Handrücken über die Schneide. So scharf! Die Hand zum Mund; Blut auf meiner Zunge. Salz. Salz. Ich habe keine Angst vor dem Tod. Und du, Orien? Er sieht absolut vollkommen aus. Ich erhebe mich; das Zimmer beginnt zu wanken, schwarze und weiße Streifen legen sich über mein Gesicht, meine Hände. Adepten fürchten sich vor gar nichts. Wenn er aufwacht, wird er mir das Messer wegnehmen, nicht wahr? Seine Augen werden mich beherrschen. Ich habe nichts zu fürchten, aber ich muß weitermachen. Ich kann nicht aufhören, wirklich, ich kann nicht. Es ist das Mondlicht, das muß es sein. Es hat mich hypnotisiert. Alle diese schwarzen und weißen Linien, sie bohren sich durch mich hindurch. Sie werden nicht vergehen, ehe ich nicht die Dinge ins Gleichgewicht gebracht habe. Dieser Mond da draußen, er sieht aus wie ein Auge. (Warum mußte Orien nur zurückkommen? Warum nur?) Ich denke auch dann noch an Augen, als ich mich mit hocherhobenem Messer über ihm aufrichte, doch ich ziele geradewegs auf seinen Bauch.

Stoßen, drehen; rasche Vernichtung. Aufwärts bis unter die Rippen, durch Fleisch und Muskeln bis an knirschende Knochen. Ich spüre es. Ich spüre es. Er schnappt nach Luft und reißt die Augen auf. Er packt mein Handgelenk; meine Finger umklammern immer noch den Griff des Messers, der aus seinem Fleisch ragt. Seine Hand gleitet ab von meinem Gelenk, denn es ist schon verschmiert von Blut. Die Klinge ist bis ans Heft eingedrungen; ich reiße sie heraus. Er sagt nichts, sieht mich nur an. Sein Gesicht ist kalkweiß, sein Haar, die Augen und der Mund sind tiefschwarz. Vielleicht hätte ich sein Gesicht zerstören sollen, aber ich konnte es nicht. Ich fahre nur immer fort zuzustechen, in seinen Bauch zu stoßen, bis nichts mehr da ist, in das ich stoßen könnte. Er macht keinen Versuch, sich zu wehren. Weshalb? Ich will es nicht wissen. Er hätte uns warnen können; er hat es nicht getan. Hätten wir es gewußt, vielleicht wäre Pell noch am Leben. Zusammen mit mir. Ein Leben für ein Leben. Das ist das Gesetz. Daran ist doch nichts unbillig, oder?

Sein warmes Blut auf mir, zerre ich ihn aus dem Haus. Bringe ihn nach Hause. Zum Tempel, zum Nayati. Eine nette Überraschung für die nächsten Andächtigen. An seinen eigenen Eingeweiden hänge ich ihn an die Dachsparren. Mein Hirn ist leer. Ich habe keine Gefühle. Es schmerzt mich nicht, dies zu tun, es verursacht mir keine Übelkeit; nichts davon. Ein roter Schleier aus Blut liegt über seinen toten Augen. Damit wird er durch die hohen Fenster für alle Zeiten den Mond betrachten. Lassen wir ihn bei seinen Erinnerungen. Lassen wir ihn den Tag verwünschen, an dem er schwieg.

Das ist es. Nichts sonst. Ich stehle ein Pferd und galoppiere in nördlicher Richtung davon. Als der Tag anbricht, erinnert er sich an nichts mehr, der Irre.

Es ist überraschend, wie schnell man einander kennenlernt, wenn man gemeinsam reist. Kruin stellte sich als unbeschwerter Typ heraus, obwohl er ganz gern das Kommando übernimmt – was Panthera gelegentlich nicht gefallen will. Panthera selbst ist mir ein Rätsel. In Piristil hatte ich ihn als jemanden eingeschätzt, der Cobweb sehr ähnlich ist: hochmütig, stolz, eitel und stark ins Feminine schlagend. Doch hier draußen in der Wildnis scheint er völlig verändert zu sein: zielstrebig, scharfsinnig und hilfsbereit. Außerdem hat er unter manchmal geradezu haarsträubenden Umständen bewiesen, daß er Angst nicht kennt. Er fürchtet sich vor nichts. Das kann sich zuweilen als schlimmer Nachteil erweisen, etwa so, als könnte man keinen Schmerz empfinden; das wäre zwar zumeist recht angenehm, doch gelegentlich ist es äußerst nützlich, den Schmerz auch zu spüren – etwa dann, wenn man auf glühende Kohlen tritt, denn dann hilft er uns, noch länger im Besitz unserer Füße zu bleiben! Und so ist es manchmal auch das beste, Angst zu haben. Ich habe mich nie geschämt, es zuzugeben, wenn ich die Hose voll habe.

Wir fragen uns oft, ob Jafit schon herausgefunden hat, welchen Weg wir genommen haben. Keiner von uns wagt anzunehmen, daß er die Jagd nach uns bereits aufgegeben hat. Diese Schneelandschaft hier ist von tödlicher Stille; das Land schläft. Wir folgen der Schlucht des Flusses nach Osten, und unser Weg steigt stetig an. Unsere Vorräte gehen langsam zur Neige. Kruin treibt uns unablässig voran, und so lassen wir die Pferde so wenig rasten wie nur möglich.

Gestern kamen wir an einem kleinen schneebedeckten Tempel vorbei, der sich unter einen Felsüberhang duckte. Auch eine Quelle befand sich dort, deren Wasser in eine große Steinschale floß, wo es gefror. Kruin und ich brachen die Eisschicht auf und schmolzen etwas davon in einer Pfanne über dem Feuer. Auf der Suche nach Fressen ließen unsere Pferde die Nasen niedergeschlagen über die Schneedecke gleiten, denn seit einigen Tagen müssen wir mit dem Futter geizen; eines der Tiere knabberte an der Rinde eines Baumes.

Panthera sagte: »Schau, schau, der Tempel ist dem Aghama geweiht. Was er in dieser Einöde wohl soll?«

Ein eiskalter Schauer, an dem keineswegs das Wetter die Schuld trug, durchfuhr mich.

»Dieser Weg wird manchmal von den Gelamingern benutzt«, erklärte Kruin. Ich konnte nicht umhin, nervöse Blicke flußabwärts zu werfen, was Panthera nicht entging.

»Ich bezweifle, daß sie im Winter hier durchkommen«, sagte er. »Ich würde annehmen, daß sie diese Jahreszeit in ihrem herrlichen Almagabra verbringen, was man ihnen wohl kaum verdenken kann!«

»Und wenn die Mannschaften in den Stützpunkten, die sie entlang der Grenze zwischen Natawni und

Maudrah errichtet haben, abgelöst werden müssen?« hielt Kruin geduldig dagegen.

»Aber sie reisen selten auf festem Boden, sondern meist über ihre Alternativrouten«, warf ich ein.

»Dann muß das hier ein Rastplatz sein«, befand Panthera und strich mit der Hand über den Stein des Tempels.

Wieder erschauderte ich; vor meinem geistigen Auge gab es nichts Schlimmeres als einen Trupp Gelaminger, der zu irgendeinem beliebigen Zeitpunkt aus dem Nichts materialisierte. Selbst Jafit und seine Horde Mojags hätte ich dem vorgezogen, wenn es schon sein mußte. Und so hatte ich es eilig mit dem Weiterkommen, doch Kruin und Panthera wollten das Nachtlager dort aufschlagen, weil der Platz so guten Schutz bot. Die Felswand am Flußufer war ziemlich hoch und mit überhängenden Bäumen bewachsen. Ich versuchte, die beiden davon abzubringen, konnte aber keine guten Einwände dagegen vorbringen. Die Felswand schützte uns vor dem Wind, und es war zu bezweifeln, daß sich irgend jemand ungesehen an uns heranschleichen konnte. Unheimliche Stille herrschte an diesem Ort, denn der Fluß war zugefroren und verbarg sein Leben tief unter dem Eis. Als es dunkel wurde, wickelte ich mich in eine Decke und kletterte auf den Fels, um die Umgebung zu erkunden. Doch es fiel mir schwer, überhaupt etwas zu erkennen.

Nach kurzer Zeit gesellte sich Panthera zu mir. »Du hast Angst vor den Gelamingern, stimmt's?« fragte er.

»Hmm. In ihren Augen trage ich ein Kainszeichen«, antwortete ich.

»Und was für eines?«

»Es ist etwas, das mir rät, ihnen um jeden Preis aus dem Weg zu gehen, wenn ich bei klarem Verstand und in Freiheit bleiben will.«

»Aha.« Er überdachte meine Worte, offenbar nicht ganz sicher, ob ich von ihm erwartete, sie auch wirklich verstanden zu haben. Panthera war natürlich viel jünger als ich; er war in eine andere Welt hineingeboren und noch dazu als Har.

»Es gibt viele Geschichten, viele Mythen aus einer Zeit, die schon lang vorbei ist«, sagte ich, doch ich konnte nicht weiterreden. Die Geschichte war zu düster. Der Wind schnitt in meine Haut; mir wurde kalt bis ans Herz.

»Die Vergangenheit ist bedeutsam«, meinte Panthera beifällig, wußte aber, daß er nichts mehr hören würde von mir. Mühsam kletterte er den Fels wieder hinab, und ich blieb zurück und starrte hinaus auf die grenzenlose Landschaft aus Grau und Weiß, aus Fels und schneebedeckten Kiefern.

An einem Morgen einige Tage darauf durchschritten wir das Tor nach Jaddayoth. Totems entlang des Weges verkündeten uns, daß wir uns auf dem Territorium der Hadassaher befanden. Kruin erzählte mir, daß die Hadassaher vermutlich der geselligste Stamm Jaddayoths seien und niemals versuchen würden, Reisende von der Durchquerung ihres Gebietes abzuhalten. »Diese Luft!« rief Panthera freudig erregt und füllte seine Lunge damit. Nur Sekunden zuvor hatten wir uns in Fereng befunden, und die Luft hier erschien mir in keiner Weise verändert. Doch ich muß zugeben, daß der Umstand, jetzt Jaddayother Boden unter den Füßen zu haben, uns allen ein Gefühl der Sicherheit gab. Einer gewissen Sicherheit. Würde Jafit es wagen, uns so weit zu folgen? War ihm Panthera dieses Risiko wert? Wie verrückt war Jafit, wie sehr dürstete ihn nach Rache?

»Ich finde, wir sollten uns sofort Richtung Süden wenden«, sagte Kruin. »Wir können über Gimrah reisen. Dort ist das Land flacher, und wir kommen schneller voran.«

»Die Route durch Elhmen könnte aber gefahrloser sein«, warf Panthera ein.

»Hmm, vielleicht, aber ich habe immer noch kein

gutes Gefühl, was unsere Verfolger aus Fallsend betrifft«, gestand Kruin. »Bisher ist alles einfach zu glatt gegangen. Erst wenn wir Jael so schnell wie möglich erreicht haben, werde ich mich sicher fühlen!«

Wir machten keine Einwände.

»Sonderbar«, bemerkte Panthera nach einer Weile, »irgendwie hoffe ich beinahe, sie würden uns finden.« Weder Kruin noch ich fanden dies einer Entgegnung wert. Doch aus Pantheras Tonfall ging klar hervor, daß er der Meinung war, Jafit hätte noch eine Schuld zu begleichen.

Am späten Morgen des folgenden Tages ritten wir in die Hadassaherstadt Caraway. Das ist kein besonders großer Ort, aber es ging recht geschäftig dort zu. Die Stadt ist erst vor kurzem erbaut worden (während der letzten zwanzig Jahre etwa); viele – zu viele – Städte der Wraeththu sind eigentlich das Werk der Menschen, von denen die Hara sie übernommen haben, und so lag eine merkwürdige Frische über diesem Ort, bei dem dies sichtlich nicht zutraf. Hara sahen uns neugierig an, wenn wir vorbeiritten, aber niemand hielt uns auf und fragte, was wir hier verloren hätten. Ich machte eine Bemerkung, die große Anzahl der Wirtshäuser betreffend, und Kruin lachte und erinnerte mich daran, daß er mir bereits von den offenen Armen der Hadassaher Fremden gegenüber berichtet hatte. Aus Geldmangel kamen wir überein – ziemlich verdrossen allerdings –, daß wir uns den Luxus einer ordentlichen Mahlzeit in einem Gasthaus nicht leisten konnten; das war ein Jammer, denn wir waren fast am Verhungern. Gezwungenermaßen hatten wir unterwegs nur recht karge Mahlzeiten eingenommen. Aber wir beschlossen, uns ein kleines Glas Bier für jeden zu leisten, denn Bier war billig.

In dem Wirtshaus, für das wir uns schließlich entschieden, war es warm und gemütlich; wegen der frühen Stunde war es fast leer. Wir standen vor dem lodernden Feuer, stellten die Gläser auf das Kaminsims und hielten die steifgefrorenen Hände an die Flammen.

»Wir müssen Geld auftreiben«, stellte Panthera fest.

Diesmal pflichtete Kruin ihm ohne Widerrede zu. »Vielleicht sollten wir eines der Pferde verkaufen«, sagte er.

»Werden wir dadurch nicht noch langsamer vorwärtskommen?« fragte ich, wie immer der nervöseste von allen.

»Nicht so langsam wie beim allmählichen Verhungern«, seufzte Panthera mit müder Stimme.

Im selben Moment kam der Schankhar hinter der Theke hervor, um mit uns zu plaudern. Er trug farbenfrohe Kleider und schweren Messingschmuck. Er sprach uns der erbärmlichen Kälte wegen sein Mitgefühl aus und erklärte, daß er persönlich es hassen würde, zu dieser Jahreszeit auf Reisen gehen zu müssen. Wir nickten ernst.

»Wollt ihr etwas zu essen bestellen?« fragte er. »Mittagessen gibt es erst ab zwölf Uhr, aber wenn ihr jetzt schon hungrig seid, könnte ich euch etwas aus der Küche besorgen.«

»Nein, vielen Dank«, antwortete Kruin wohlerzogen. »Leider haben wir keine schweren Geldbörsen in unserem Reisegepäck. Ein Glas Bier für jeden, mehr ist da nicht drin. Und natürlich ein bißchen kostenlose Wärme vor eurem herrlichen Feuer.«

Der Hadassaher lächelte und machte eine Geste zu einem der hochglanzpolierten Tische im Hintergrund des Lokals. »Bitte setzt euch«, sagte er. Ich sah Kruin verblüfft an, doch er schob uns nur auf den nächststehenden Tisch zu. Panthera folgte uns. Wir setzten uns, und der Hadassaher verschwand durch die Tür hinter der Theke.

»Ah, diese Gastfreundschaft der Hadassaher!« strahlte Kruin. Ich wollte eine Erklärung. »Wir bekommen eine Gratismahlzeit«, sagte Panthera. »Die Hadassaher sind berühmt für ihre Großzügigkeit. Wir tun dem Schankhar leid, das ist alles.«

»Mir scheint, du hast so etwas erwartet, als du erwähntest, daß wir nicht gut bei Kasse sind«, sagte ich und wackelte mit einem vor übermächtiger Vorfreude zitternden Zeigefinger vor Kruins Gesicht herum.

Er lächelte und machte eine unverbindliche Geste. »Ein kleines Hasardspiel«, sagte er. »Aber wir hatten ja nichts zu verlieren.«

Ich war ziemlich beeindruckt.

Hadassaher Kost wurde uns in Form einer dicken Gemüsesuppe, großen Stücken warmen Brotes und säuerlichen Winterfrüchten mit Zucker und Sahne vorgesetzt. Zufrieden sah der Schankhar zu, wie wir unser Essen verschlangen. Er füllte unsere Gläser auf und setzte sich zu uns. »Kommt ihr aus Fereng?« fragte er. Kruin nickte; wie immer übernahm er die Unterhaltung.

»Hmm. In dieser kalten Jahreszeit kommen kaum Reisende von auswärts hier durch«, bemerkte der Har beiläufig. »Was für ein Zufall, daß wir diesmal innerhalb von zwei Tagen zwei Reisegruppen bewirten können.«

Panthera, Kruin und ich tauschten unbehagliche Blicke aus.

»Noch eine Gruppe aus Thaine?« fragte ich.

»Also, um ehrlich zu sein, die Leute waren nicht sehr gesprächig. Eigentlich ziemlich unhöflich. Deswegen nahm ich mir auch die Freiheit, ihnen mehr als üblich für das Essen zu berechnen. Sie fragten, ob wir kürzlich noch andere Fremde zu Gesicht bekommen hätten.«

»Aus welcher Richtung kamen sie denn?« erkundigte Kruin sich mit beneidenswerter Ruhe.

»Aus Süden, glaube ich. Denjenigen, hinter dem sie her sind, beneide ich jedenfalls nicht. Sie hatten Killeraugen.«

»Dann gaben sie also zu verstehen, daß sie hinter jemandem her waren?« fragte ich.

Der Hadassaher hob die Schultern. »Anzunehmen, nach der Art, wie sie gewisse Fragen stellten. Ob ich vor kurzem Ausländer hier gesehen hätte. Hatte ich nicht. Nun ja, sie gaben sich anscheinend mit meinen Antworten zufrieden.«

»Und wo sind sie jetzt, diese Leute?« fragte ich so gleichgültig, wie ich konnte.

»Das, fürchte ich, weiß ich nicht. Sie wohnten nicht hier im Haus. Vielleicht haben sie Caraway bereits verlassen.«

»Herzlichen Dank«, sagte Kruin, und der Schankhar neigte den Kopf und verließ unseren Tisch.

Wir widmeten uns wieder unserem Mahl.

»Jafits Spürhunde?« fragte Panthera nach einer Weile. Eine Frage, die sich uns allen ganz von selbst gestellt hatte, dessen war ich sicher.

»Wahrscheinlich«, sagte ich, völlig überzeugt davon. »Aber aus Süden? Wie hätten sie so unserer Spur folgen können?«

»Vielleicht sind sie das gar nicht!« meinte Panthera. »In dieser Jahreszeit führen nur ein paar geräumte Straßen nach Jaddayoth. Man braucht kein Genie zu sein, um sich zu überlegen, welche davon wir nehmen mußten.«

»Vermutlich wandten sie sich von Fallsend aus in südlicher Richtung nach Elhmen«, fuhr Kruin fort. »Und als sie erkannten, daß wir nicht diesen Weg genommen hatten, gingen sie weiter und beschrieben einen Halbkreis, weil sie damit rechneten, uns zu begegnen, sobald wir nach Süden abgebogen waren. Denn daß Jael unser Ziel ist, daran gibt es wohl leider keinen Zweifel. Wie Panthera sagte, nur wenige Straßen sind geräumt, und sie liegen weit voneinander entfernt.«

»Sie hatten Glück, ganz einfach Glück«, unterbrach ihn Panthera mit bitterer Stimme.

»Nun, sie wissen noch nicht, daß wir hier sind – hoffentlich«, sagte ich. »Vielleicht sollten wir uns gleich wieder auf den Weg machen.«

Draußen in der Kälte erschien uns die freundliche Stadt Caraway plötzlich bedrohlich und feindselig. Gab es da irgendwo unsichtbare Augen, die uns beobachteten? Spione, die ihre Berichte weitergaben? Vielleicht sogar einen Sensitiven, der gelassen in unseren Gedanken stöberte? Wir saßen umgehend auf und ritten Minuten später in leichtem Galopp auf der Straße, die nach Süden führte, aus der Stadt hinaus. Schweigen umgab uns als Hauch unseres Atems, unseres keuchenden Atems, der in der Luft hängenblieb. Wir blickten nicht zurück; zurückzublicken, ist ein böses Omen. Zu Mittag bogen wir von der Straße, auf der die Schneedecke hart und zusammengepreßt war, ab und in einen dichten Wald ein, in dem uns vom Wind aufgetürmte Schneewehen und kältestarre Kiefern empfingen. Kruin kannte den Pfad, aber unter diesen Bedingungen war es schwer, ihm zu folgen.

»Dieser Weg führt bis kurz vor der Stadt Jasminia durch den Wald«, sagte er und schüttelte seinen Kompaß.

Wir verlangsamten das Tempo und ließen die Pferde im Schritt gehen; nichts war zu hören, außer dem gedämpften Tritt unserer Tiere und dem gelegentlichen erschreckten Aufflattern eines Vogels. Es gab keinen Hinweis, daß uns jemand folgte, und dennoch plagte uns alle drei das entsetzliche Gefühl, beobachtet zu werden. Wir befanden uns immer noch tief im Wald, als die Sonne tiefer sank und die Bäume düstere Schatten auf den Schnee warfen. Keine Wolke war am Himmel zu sehen; es war bitter kalt. Kruin ging Panthera und mir gehörig auf die Nerven, weil er andauernd murmelte: »Wir sollten schon aus dem Wald sein! Wir sollten schon längst aus dem Wald sein!« Aber das waren wir nicht. Ein schmerzlicher Umstand, der sich so bald nicht ändern würde; wir hatten also keinerlei

Verlangen, ständig darauf hingewiesen zu werden. Panthera meinte, so wie die Dinge stünden, würden wir gezwungen sein, in Jasminia Arbeit zu suchen – falls wir jemals dort anlangten! »Auf keinen Fall wird der Proviant, der uns noch geblieben ist, bis nach Jael reichen. Und der Zustand der Pferde ist auch nicht mehr der beste.«

»Dann willst du es also riskieren, unterwegs rumzuhängen?« fragte Kruin gereizt.

»Wir haben doch gar keine andere Wahl! Außerdem gibt es nicht den geringsten Beweis dafür, daß es sich bei den Leuten, die in Caraway aufgetaucht sind, um Jafits Bluthunde handelt.«

»Mach dich doch nicht lächerlich!«

»In keiner Weise! Hör du doch lieber auf, dich wie ein Irrer aufzuführen! Wir müssen diesem Problem ins Auge sehen, von allein löst es sich nicht. Ich bin nicht aus Piristil ausgebrochen, um in Hadassah zu erfrieren!«

Sie fuhren fort, aufeinander herumzuhacken, jedoch ohne besondere Begeisterung. Sie wandten Augen und Aufmerksamkeit in erster Linie den dunklen Stellen zwischen den Bäumen zu, und ich ritt halb benommen hinterdrein. Vielleicht war es nur die Kälte, aber seit wir die Straße verlassen hatten, fühlte ich mich ziemlich merkwürdig. Erinnerungen stiegen vor mir auf wie schlechte Phantasien; Bilder stiegen aus den Tiefen meines Gedächtnisses an die Oberfläche wie Mordopfer aus einem Tümpel. Unglücklicher Vergleich. Gefühle, Gerüche, Geschmäcker, ein aufgeschnapptes Wort. Das alles trieb über mich hinweg. Ich hätte wissen sollen, daß es eine Warnung vor einer nahen Kraft war. Vor Fallsend hätte ich noch meinem Pferd die Sporen gegeben und es zuschanden geritten, um diesem Gefühl zu entgehen!

Als die Sonne unterging, krochen wir unter eine umgestürzte Kiefer und legten uns in unsere Decken gerollt dicht aneinandergeschmiegt zwischen die Wurzeln. Wir machten kein Feuer, und was mich betraf, so war ich dankbar für die heiße Mahlzeit, die uns der Hadassaher am Vormittag aufgetischt hatte. Ich konnte nicht schlafen; zum einen war da Kruins Ellbogen, der sich in meine Brust bohrte, und zum zweiten störten mich die Atemgeräusche rundum, die jeden Laut außerhalb der Zweige übertönten. Ich starrte nach oben, zwischen den schwarzen Wurzelfingern hindurch, an denen gefrorenes Erdreich hing. Nach etlichen trostlosen Stunden muß ich wohl hinweggedöst sein, nur um bald darauf durch den unerträglichen Drang, Wasser lassen zu müssen, wieder aufzuwachen. Ich hatte überhaupt keine Lust, unser beinhartes Nest gemeinsamer Körperwärme zu verlassen, aber die Sache ließ sich einfach nicht ignorieren. Also rappelte ich mich durch das Geäst hoch und richtete mich in der eisigen Luft auf.

Rundum lag der Wald weiß und schwarz und schweigend da, und der Schnee funkelte im Licht eines hellen runden Mondes, der über den Wipfeln hing. Ich fühlte mich immer noch übernervös und unruhig, bemühte mich jedoch, diese Empfindungen, so weit es ging, zu unterdrücken. Du leidest unter Verfolgungswahn, Cal! rief ich mich zur Ordnung, was eine Dummheit war. So verdiente ich nur, was daraufhin geschah. Ich befand mich also, wenn ich so sagen darf, noch weit entfernt vom Versiegen des Strahles, als jemand leise sagte: »Calanthe.« Nicht der günstigste Zeitpunkt, um sich von einem ungebetenen Gast überraschen zu lassen. Ich starrte mit zusammengekniffenen Augen in den Wald hinein, als eine Gestalt aus der Dunkelheit auftauchte. Mein erster Gedanke war: Gelaminger!, und ich erstarrte hilflos in blinder Panik. Hätte ich gemerkt, wer es wirklich war, hätte ich wohl anders reagiert. Das nadelspitze Ende einer Klinge berührte meine Kehle; ich konnte den Kopf nicht wenden, ohne eine Verletzung zu riskieren, aber jetzt wußte ich, es war Jafit, der neben mir stand. Er packte mich am Haar, als ich züchtig meine Kleidung in Ordnung brachte, und seine in dicken Handschuhen steckenden Finger rissen mein Gesicht dicht an das seine heran. Er schüttelte melancholisch den Kopf. »Ich bin sehr enttäuscht von dir, mein Lieber«, sagte er.

»Dann war es dumm von dir, mir zu vertrauen«, erwiderte ich, nachdem ich meine Sprache wiedergefunden hatte. »Nimm deine Hände weg, Jafit. Du hast doch ohnedies jeden Vorteil auf deiner Seite.«

»Ach ja, ganz recht«, stimmte er mir verbindlich zu. »Wo ist mein Panthera?«

»Nicht *deiner,* Jafit.«

»Sei still. Du bist umzingelt. Du hast keine Chance. Also übergib ihn mir, Calanthe, und es kann sein, es könnte möglicherweise sein, daß ich es bei einer gründlichen Tracht Prügel bewenden lasse.«

»Ach was, und dann bin ich frei?« Ich lachte ihm ins Gesicht. »Der Schlag soll dich treffen, du Kuppler! Sowohl Panthera als auch ich würden lieber tot umfallen, als dir zu erlauben, ihn nach Piristil zurückzuschleppen!«

»Oh, wie rührend«, sagte Jafit mit einem häßlichen Unterton in der Stimme.

Mir kam zum Bewußtsein, daß Panthera und Kruin inzwischen erwacht sein mußten, aber offensichtlich abwarteten, was weiter geschehen würde. Ich wußte nicht genau, was ich davon halten sollte, denn eigentlich wäre mir irgendeine Art von Beistand zu diesem Zeitpunkt sehr gelegen gekommen. Jafit, der unfähig war, sein ekelhaftes, triumphierendes Grinsen zu unterdrücken, schnalzte mit den Fingern, und fünf Hara traten hinter Bäumen hervor und stellten sich drohend neben Jafit und um mich herum. Drei davon waren Mojags, unter ihnen Outher, der mich ausdruckslos anstarrte; mein Treubruch hatte ihn offenbar empfindlich getroffen. Ich hatte gehofft, ihn nie wiederzusehen, hauptsächlich deshalb, weil er kein schlechter Kerl war, und ich wußte, daß ich ihn verletzt haben mußte.

»Durchsucht die Gegend!« ordnete Jafit befriedigt an.

»Das wird nicht nötig sein, Jafit.« Es war eine kalte Stimme; Panthera stand mit dem Rücken zu der umgestürzten Kiefer und sah so böse und gefährlich aus wie eine Wildkatze, die ihre Jungen verteidigt. Er hielt ein dünnläufiges Gewehr in der Hand, das genau auf Jafits Kopf zielte. Jafit stand vor Überraschung da wie vom Donner gerührt. War er wirklich so dumm anzunehmen, Panthera könnte sich auch dann nicht zur Wehr setzen, wenn man ihm die Ketten abnahm? Die Mojags verschmähten Feuerwaffen, aber die anderen beiden (welche offenbar Spurenleser waren) gierten geradezu danach, die ihren zu ziehen. »Sag ihnen, sie sollen vernünftig sein«, sagte Panthera mit ruhiger, klarer Stimme. Er muß sich in diesem Augenblick herrlich gefühlt haben.

Jafit antwortete nicht, aber die Spurenleser ließen dennoch die Hände sinken. »Kruin!« rief Panthera. »Nimm ihnen die Waffen ab!« Wie ein Schatten glitt Kruin an uns vorbei. Jafits Hara protestierten ärgerlich, aber vergebens, als er ihnen Messer und Pistolen abnahm. Die Mojags trugen dazu noch Äxte und schlanke, peitschenähnliche Schwerter, die sich in ihren riesigen Pranken grotesk ausmachen mußten. Kruin blickte auf und lächelte mir zu.

Zu spät sah ich aus dem Augenwinkel Jafits kurze Handbewegung, und das war der Moment, in dem Outher sich in Befolgung irgendeines rätselhaften Befehls entschloß, ein Held zu sein. Er brüllte auf und sprang Kruin von hinten an, wobei sein großer, geschmeidiger Körper in einem einzigen Satz über die Entfernung von einigen Metern hinwegschnellte. Panthera hätte ihn auf der Stelle erschießen sollen, aber er tat es nicht. Ich weiß nicht, warum, denn bis zu diesem Moment hatte er kühlen Kopf bewahrt. Outher war viel größer als Kruin, ein leichtes Ziel. Statt dessen entschied sich Panthera, in Rage gebracht von einem schwelenden Zorn, der sich plötzlich Luft machen mußte, das Magazin seiner Waffe in Jafits Gehirn zu entleeren. Mit einem letzten verblüfften Grunzen fiel Jafit zu Boden. Ein einziger Schuß hätte auf diese Entfernung gereicht.

»Was, zum Geier, machst du denn!« brüllte ich. »Hör auf! Sie sind zu fünft!«

Doch Panthera fuhr fort, Jafits zuckenden Körper anzustarren. Der Rauch aus seiner Waffe hing reglos in der kalten Luft. Hinter uns balgten sich Outher und Kruin geräuschvoll, wobei Kruins Schreie aus Schmerz und Wut entstanden, Outhers Geheul hingegen aus übermütiger Schadenfreude. Die anderen kamen nur vorsichtig näher, offenbar im Zweifel, ob Panthera in seiner neuen Rolle als verrückter, gnadenloser Killer nicht noch mehr Waffen bei sich hatte.

»Panthera!« schrie ich wieder. Er schien sich zu schütteln, aufzuwachen. »Die anderen!« rief ich heftig gestikulierend.

»Oh, die anderen«, sagte er und hob seine Waffe, aber das Magazin war leer, und die Reservemunition lag unter dem umgestürzten Baumstamm. Plötzlich schleuderte Outher Kruin zu Boden, wo er stöhnend und hustend liegenblieb, die Knie an die Brust gepreßt. Outher schien mit einemmal die Führung an sich gerissen zu haben.

»Bringt Calanthe zu mir!« sagte er mit grimmigem Gesichtsausdruck, verschränkte die Arme und machte einen Schritt zurück, um die anderen vorbeizulassen. Wir wehrten uns, so gut wir konnten, aber zu unserer Verteidigung kann ich nur sagen, daß selbst drei in Höchstform befindliche Hara irgendeines Stammes einem einzigen Mojag nicht gewachsen sind. Es handelt sich bei ihnen tatsächlich um eine mutierte Spielart der Wraeththu-Rasse. Panthera trat zwar auf gemeinste, heimtückischste Art in alle Richtungen um sich, aber da nun die Wirkung des Diamanda längst verflogen war, wischten die Mojags seine Angriffe beiseite wie ein lästiges Insekt. Ich entsinne mich ganz deutlich eines stattlichen Aufgebotes an blitzenden Sternen, als mir eine Mojagfaust (sie fühlte sich an wie ein Kartoffelsack) herzhaft ins Gesicht krachte. Die folgenden Geschehnisse sind mir nur verschwommen in Erinnerung geblieben.

Jafit und seine Gruppe hatten ihr Lager wohl noch weiter weg von der Straße aufgeschlagen. Als ich wieder zu mir kam, lag ich als unordentliches Häufchen auf dem Boden eines großen Lederzeltes. Es war recht warm darin, und es stank. Ein paar Augenblicke lang wußte ich nicht, was mit mir geschehen war, doch dann kam mir Outhers erdrückende Gegenwart zu Bewußtsein, der neben mir kauerte. Die Sicht im Zelt war nicht besonders gut, und das Licht wirkte etwas bräunlich, dennoch wußte ich, daß er es war. Ich sah ihn nur undeutlich, aber die Feindseligkeit, die er ausstrahlte, war deutlich spürbar. Ich schob meine schmerzenden Glieder in sitzende Stellung. »Aussicht auf einen Schluck?« erkundigte ich mich; das Sprechen fiel mir schwer. Mein Gesicht fühlte sich an, als ware es ein paar Nummern zu groß für meinen Kopf. Outher antwortete nicht; was ihn betraf, so war ich wohl nichts als eine unberechenbare Nutte, die seinen Rang mit Füßen getreten hatte und höchstens für unsaubere Praktiken wie Pelcia und Chaitra gut war. Man merkte ihm deutlich an, daß er es bedauerte, mir je die Gelegenheit zur Flucht geboten zu haben. Er hatte mich falsch eingeschätzt, und das machte ihn wütend auf mich und auf sich selbst. Er hatte mir Achtung entgegengebracht – vergebliche Liebesmüh; ich war doch nur eine Sache, die man benutzte. Ohne ein einziges Wort machte er einen Satz, warf mich nach hinten und riß mit stahlharten, schmerzenden Pranken an meinem zerschlagenen Körper herum. Ich wehrte mich tapfer, rief jeden vergessenen Gott an, der mir in den Kopf kam, und kreischte ihm vernichtende Flüche ins Gesicht, aber es hatte alles keinen Sinn. Jeden Muskel angespannt, um gegen seine rohe Gewalt anzukämpfen, spürte ich, wie er mein Fleisch aufriß. Ich weiß nicht, ob er vorhatte, mich umzubringen, ich weiß nur, daß dies eines der abstoßendsten Erlebnisse war, die ich je durchgemacht habe. Doch irgendwo in einem Winkel meines Unterbewußtseins schlummerte der gräßlich frömmelnde Gedanke, daß dies etwas war, was ich seit langem schon verdiente. Damals, als Uigennakrieger, hatte ich mir auch nichts dabei gedacht, jenen Gewalt anzutun, die schwächer waren als ich. Aber Selbstverachtung, Schmerz und Todesangst ergeben trotz allem keinen wohlschmeckenden Cocktail.

Als Outher mich wegschmiß wie einen benutzten Putzlappen, heulte ich zügellos; Blut, Tränen und Rotz rannen mir übers Gesicht. Ich war so abgrundtief gesunken, wie man nur sinken kann. Outher schüttete mir einen Topf voll Wasser über den Kopf, und hinterher war ich wieder ein wenig bei Sinnen. Das Gesicht abzuwischen, schmerzte mich zu sehr, also ließ ich es. Ich setzte mich auf und zog die Knie an die Brust, benommen zwar, aber doch soweit bei Verstand, daß ich wußte, etwas Schreckliches war jetzt vorbei. Outher ordnete sich mit größter Sorgfalt die Kleider.

»Wo sind'n die annern?« krächzte ich. Er antwortete nicht. »Outher?«

Er drehte sich um und sah mich an, vermutlich überrascht, daß ich doch nicht ganz so schön war, wie er einst gefunden hatte. Er hatte kein Wort für mich übrig.

»Kannst es mir denn verübeln, was ich gemacht hab?« fragte ich. »Mi'm bißchen Grips hättest du's selbst schon getan, vor Jahren! Pantheras Leute legen 'n ordentlichen Batzen hin für seine Heimkehr.«

Outher starrte mich mit steinerner Miene an. »Panthera wird nirgendwohin heimkehren, außer nach Piristil.«

Ich gab einen ärgerlichen Ton von mir, der mich vor Schmerz zusammenzucken ließ. Das Sprechen fiel mir von Sekunde zu Sekunde schwerer, weil mein Gesicht rasch anschwoll. »Wozu?« brachte ich mühsam heraus. »Jafit is tot. Leute denken sicher, damit is Piristil auch gestorben.«

»Die Leute denken sicher, daß Piristil jetzt Astarth gehört«, sagte Outher, »und ich denke, daß er mir zweifellos auch weiterhin meinen Lohn zahlen wird, so wie Jafit es getan hat. Und außerdem kann ich dir verraten, daß Panthera in Piristil weit mehr einbringt, als seine Leute je für seine Heimkehr bezahlen werden!«

»Aber wär's nich anständig ...?« Es kam so undeutlich heraus, daß ich mich fragte, wie Outher mich verstand, aber er verstand mich sehr wohl.

»Ach ja, Calanthe, erzähl mir doch was von Anständigkeit!« forderte er mich beziehungsvoll auf. Ein gespanntes Schweigen folgte.

»Was wirst'n mi mir machen?« lallte ich schließlich. »Un mi Kruin?«

Outher war mit dem Zubinden seines Hemdes fertig. Er betrachtete sein Werk, ehe er antwortete. »Man wird euch die Adern öffnen, und ihr verblutet, alle beide.«

»Was?!« Trotz meiner Schmerzen konnte ich ein unbeherrschtes, blubberndes Lachen nicht verhindern. »Die Adern ö...? Verblu...? Is das dein Ernst?« Ich konnte es nicht fassen!

»Brauchst du eine Begründung dafür, Calanthe? Soll ich deinem Gedächtnis Beine machen? Erstens«, er hielt einen Finger hoch, »hast du einen Sklaven entführt. Zweitens«, der nächste Finger, »hast du deinen Arbeitgeber ermordet ...«

»Ich nich. Thera war das«, unterbrach ich ihn.

»Zweitens hast du also *Beihilfe* zur Ermordung deines Arbeitgebers geleistet.«

»Is doch Scheiße, was du da redest, Outher!« rief ich mit bemerkenswert klarer Stimme aus, wobei ich einen Sprühregen aus rotgeflecktem Speichel abgab. »Du wills mich ja bloß deshalb auf deine perverse Art kaltmachen, weil ich… ich… dich ins Mark getroffen habe!« Ich mußte mich sehr bemühen, meine Redeweise (die gewiß weit undeutlicher war, als ich sie hier schildere) nicht ins vollends Unverständliche absinken zu lassen. Doch noch ehe ich weitere schmerzliche Wahrheiten von mir geben konnte, stieß Outher mich mit dem Fuß nach hinten.

»Sei still, Calanthe! Wenn du mich noch mal ärgerst, lasse ich dich an einen Baum binden und verhungern. Wenn dich die Kälte nicht schon vorher schafft, natürlich.«

»Un Kruin…«, sagte ich. »Warum er? Was hat er…?«

»Ich kann ihn nicht leiden«, erwiderte Outher auf eine Art, als wäre dies die großartigste, treffendste Erklärung, die man sich denken kann. Dann stellte er mir seinen Fuß, der in einem schweren Stiefel steckte, auf die Brust.

»Der Aghama hat dir einen anmutigen Körper gegeben, Calanthe«, sagte er. »Es ist fast schade, ihn vom Leben zum Tod zu befördern, aber so wird er wenigstens eine prachtvolle Opfergabe abgeben.« Er knurrte wütend und wandte sich zum Ausgang.

Ich wünschte mir inständig, ihm irgendeine forsche Bemerkung hinterherzuschicken, wie: ›Outher, im Bett bist du lausig!‹, aber es hätte mich zuviel Anstrengung gekostet. Ich hörte, wie er lachte, als er sich unter der Eingangsklappe durchduckte und ins Freie trat. Offenbar warteten seine Freunde draußen schon auf ihn.

Ich lag lange auf dem Boden, bis mir wirklich sehr kalt wurde. Das Adrenalin war aufgebraucht. Als ich versuchte mich aufzusetzen, protestierte mein Kopf mit einer heftigen Woge von Schmerz. Ich kniff die Augen zusammen und hielt Ausschau nach meinen Kleidern, konnte sie aber nirgendwo entdecken. Also hängte ich mir die rauhe Decke von Outhers Bettstatt um und stolperte mit krummem Rücken zum Ausgang. Ich tat nicht mehr, als den Ledervorhang ein wenig anzuheben, und schon rammte mir ein übereifriger Wachtposten einen Gewehrkolben auf das Handgelenk. Wirr fluchend, schlich ich wie ein geprügelter Hund zum Bett zurück und ließ mich vorsichtig darauf nieder. Wo waren die anderen? Ich brauchte dringend etwas zu trinken, und im Topf war kein Tropfen Wasser mehr, dafür hatte Outher gesorgt. Ich mußte mich ausruhen, aber in meinem Hirn ging es zu hektisch zu. Wann sollte unsere Hinrichtung stattfinden? Wieviel Zeit blieb uns noch? Was, um Himmels willen, konnte ich unternehmen?

So quälte ich mich, wie mir schien, stundenlang, doch in Wahrheit handelte es sich wohl bloß um Minuten, ehe die Eingangsklappe sich wieder hob und Outhers eindrucksvolle Gestalt sich gegen das Licht draußen abhob.

»Du! Raus mit dir!« befahl er.

»Meinst du nicht: ›Raus, *bitte?*‹« erkundigte ich mich mit beinahe fester Stimme, während ich schwankend auf die Beine kam. »Wo bleibt deine gute Erziehung, Outher?«

Als Antwort packte er mich am Arm und schleppte mich und die Decke, die ich hinter mir herzog, aus dem Zelt und auf eine nahe Lichtung, wo der Schnee unter unseren Füßen zerstampft war. Da meine Beine mir ohnedies nicht gehorchten, ließ ich mich ziehen. Auf der Lichtung erwartete uns blaugefroren und mit peinlich berührtem Gesichtsausdruck ein nackter Kruin, der trotzig vor den Mojags und ihren Begleitern stand. Einer der Mojags hielt den gefesselten und geknebelten Panthera fest, indem er die Hand in sein üppiges Haar krallte. Outher schleuderte mich auf die Lichtung, wo Kruin meinen Sturz abfing und sich dann bückte, um mir aufzuhelfen. »Mein Gott, Cal, du bist…« Er schüttelte die Faust in Outhers Richtung. »Du Schwein!« schrie er und ließ eine Kette äußerst derber Beschimpfungen folgen. Die Mojags lachten. Outher stapfte hinüber zu Panthera und packte ihn mit seiner mächtigen Pranke am Kinn.

»So, Kätzchen«, sagte er, »jetzt werden wir uns ein wenig amüsieren. Hoffentlich bist du nicht zimperlich, denn wir veranstalten die Sache hauptsächlich für dich. Dir zu Ehren, sozusagen. Und jetzt paß auf.«

Panthera stöhnte und wand sich ohnmächtig in seinen Fesseln. Ein Spurensucher und ein Mojag schleppten Kruin und mich zu einem hohen Baum, banden unsere Hände zusammen und nagelten den Strick an den Baumstamm, so daß sich unsere Hände über den Köpfen befanden. Während die beiden die Nägel in das Holz trieben, sagte Kruin zu mir: »Davon habe ich schon gehört. Das ist eine beliebte Hinrichtungsart in Mojag.«

»Is schon 'ne große Hilfe, das zu wissen!« murmelte ich mit schwacher Stimme.

»Das nicht.« Kruins Stimme klang gepreßt. Ich glaube, er hatte Angst; ich hingegen hatte, so sonderbar das klingen mag, keine. Vielleicht wirkte sich der Schmerz lähmend auf alle meine Gefühle aus – mit Ausnahme des Wunsches, endlich davon befreit zu sein. Oder aber es kam daher, daß ich den Tod noch nie gefürchtet habe. Es gibt viel schlimmere Dinge auf dieser Welt. Ich machte mich auf Unangenehmes gefaßt, auf das Gefühl hinwegzugleiten und auf weitere Qualen und wünschte mir, man würde uns auf eine schnellere Methode ins Jenseits befördern, aber mein Gemütszustand war ein ungewöhnlich ruhiger. Mein Leben zog zwar nicht in Blitzesschnelle vor meinem geistigen Auge vorbei, doch ich dachte an Pell. Ich fragte mich, ob er immer noch verfolgte, was mit mir geschah, ob er darunter litt, daß wir so weit voneinander entfernt waren. Hätte er etwas unternehmen können, um uns zu helfen? Vielleicht waren diese Gedanken das, was uns rettete, ich weiß es nicht. Ein strahlend heller Gedanke an Pell. Doch natürlich hatte ich bereits am Tag zuvor Anzeichen für die unmittelbare Nähe von Gelamingern im Wald bemerkt, sie aber nicht weiter beachtet.

Outher kam auf uns zu und zeigte uns den rasiermesserscharfen Dolch, mit dem er vorhatte, uns um die Ecke zu bringen. Es wirkte alles sehr gewichtig. Kein Gelächter mehr. Ich konnte – sehr verschwommen – Panthera erkennen, der immer noch an seinen Fesseln zerrte. Wie aus großer Entfernung hörte ich seine vom Knebel gedämpften Schreie.

»Na also, es geht los«, sagte Kruin mit bebender Stimme. »Wir sehen uns im Jenseits wieder, Cal. Hoffentlich hast du beim nächsten Mal mehr Glück.«

»Ers' mal geistere ich hinter diesen Dreckskerlen her, bis sie freiwillig ins Gras beißen!« murmelte ich. Die Klinge berührte mich an der Kehle und zwang mich, den Kopf zu heben. Ich schloß die Augen. Jetzt, dachte ich. Das war's dann. Jetzt. Das alles für überhaupt nichts. Was war ich für ein Idiot … O Gott …

Doch die Spitze des Dolches drang nicht in mein Fleisch; dazu kam es nicht. Mir war, als würde plötzlich rund um mich alles innehalten – nein, nicht plötzlich, es geschah eher allmählich, wie ein Film, der langsamer abgespult wird. Ich konnte die Augen nicht öffnen. Ich konnte nicht einmal atmen. Ich war nicht zur kleinsten Bewegung fähig, aber es machte mir nichts aus, ich verspürte kein Unbehagen. Es war keine Starre, die mich erfaßt hatte, sondern nur das Gefühl völliger Körperlosigkeit und Taubheit. Meine Seele, die doch frei hätte umherwandern sollen, war gefangen in meinem Fleisch. Eine Astralreise innerhalb meines eigenen Körpers? Ein merkwürdiges Gefühl. Ist dies der Tod? fragte ich mich. Kam er so rasch? Und dann wurde ich mir der Leute rundum bewußt, ihrer Bewegungen, ihrer Stimmen. Ich wurde mir der kalten Stahlspitze gewahr, die immer noch gegen meine Haut drückte, und die plötzlich verschwand. Schmerzhaft pfiff ein Schwall Atemluft wieder in meine Lunge, die ihn gierig aufnahm. Sekunden später konnte ich mich wieder bewegen. Ich öffnete die Augen und schloß sie schnell wieder. Ich hörte einen wilden, zügellosen Schrei: *»Nein!«* Er stammte von mir.

»O doch«, antwortete eine leise Stimme. »So treffen wir uns wieder, Calanthe. Bitte sieh mich an.« Jeder Widerstand wäre sinnlos und kleinlich gewesen, ja sogar undankbar. Schließlich deutete alles darauf hin, daß ich soeben gerettet worden war. Also öffnete ich die Augen und sah ihn an.

»Grade im rechten Moment, Arahal«, murmelte ich. »Sollte mich wahrscheinlich bedan ...«

Er neigte den Kopf – eine exotische Erscheinung in Silber und wallenden schwarzen Federn. So hochgewachsen wie ein Mojag, doppelt so wohlgestaltet und dreimal so intelligent. Ich kannte ihn als den Gelaminger Arahal, einen der Kommandeure in Pells Armee und eines der angesehensten Mitglieder der Gesellschaft von Immanion. Schicksal, Plan oder Zufall – jedenfalls war er hier aus dem Nichts erschienen, um meine jämmerliche Haut zu retten. Gelaminger tun solche Dinge. Das ist nichts Ungewöhnliches, sondern genau jene Art, Macht zu bekunden, die ihrem von Natur aus friedvollen – geradezu militant friedvollen – Charakter entspricht. Hatten sie mich wieder unter Beobachtung gehabt? Seit wann? Arahal holte ein reich verziertes, schlankes Messer aus dem Gürtel und durchschnitt meine Fesseln. Ich fiel in seine Arme, und er blies heilenden, schmerzlindernden Gelaminger Atem in mein Gesicht. Ich konnte nicht umhin, ihn dankbar hinzunehmen, so sehr ich mir auch wünschte, in der Lage zu sein, ihn zurückweisen zu können. Mühelos, fast ohne es zu merken, entzog er meinem Körper allen Schmerz und füllte ihn mit seiner grenzenlosen Kraft. »Was haben sie nur mit deinem Gesicht angestellt«, sagte er im Plauderton.

»Weshalb bist du hier?« fragte ich. Er ließ mich langsam zu Boden gleiten, so daß ich mit dem Rücken an dem Baumstamm lehnte, und fuhr fort, meine Verletzungen unter den Spitzen seiner schlanken Finger zu untersuchen.

»Hmm? Ach, wir erhielten eine Nachricht«, antwortete er leichthin; es klang völlig unbeteiligt. »Cal, du wirst eine Ruhepause brauchen.«

»Habt ihr mich wieder beobachtet...? Ja, habt ihr...?«

Er lächelte und strich mir über die Wange. »Kümmere dich jetzt nicht um diese Dinge.« Er wickelte mich in die zu Boden gefallene Decke. »Und jetzt sollte ich mich besser mit deinen Freunden beschäftigen, nicht wahr?« Er erhob sich und machte eine Handbewegung auf den Rand der Lichtung zu. Ein halbes Dutzend Gelaminger erschienen schimmernd auf den berühmten weißen Pferden ihres Stammes, Pferde, die nicht nur über Land galoppierten, sondern auch durch Zeit und Raum und Träume. Auf Arahals Wink hin saßen die Gelaminger ab und verteilten sich auf der Lichtung. Arahal schnalzte mit hocherhobenen Fingern, stieß einen Ruf aus, und die Mojags, die bewegungslos dagestanden hatten, erwachten wieder zum Leben – genau wie ich vorhin. Sie taumelten noch ein wenig. Innerlich grinste ich über ihre Verwirrtheit. Dann fiel Outhers Blick auf Arahal, und plötzlich stand er kerzengerade da, die Hände an den Seiten zu Fäusten geballt. Gelaminger sind unverkennbar. Jeder erkennt einen Gelaminger, wenn er ihn zu Gesicht bekommt, selbst ein Mojag.

»Bevor du etwas sagst«, erklärte ihm Arahal nachsichtig, »muß ich dich darauf aufmerksam machen, daß kaltblütige Tötung nach den Gesetzen des Rates der vereinigten Stämme ein schweres Verbrechen ist.«

Outher stotterte kurz, ehe er empört hervorstieß: »*Sie* sind die Mörder!« und mich mit einem ausgestreckten Finger fast durchbohren wollte. Ich konnte den Kopf nicht wenden, um Kruin anzusehen, ich hörte ihn nur schwer keuchen; offenbar war er immer noch sehr mitgenommen.

Arahal machte eine ärgerliche Handbewegung und sagte: »Es geht nicht an, daß du das Recht in deine eigenen Hände nimmst, Tiahaar, wie betrübt auch immer du sein magst.«

»Aber ich … wir …« Outher fehlten die Worte.

»Sei still. Nun, ihr habt ein Feuer; bring heißes Wasser. Lerne Demut. Kümmere dich um die Wunden dieser Hara.« Arahal erschauerte. »Beim Aghama, hier draußen ist es kalt! Zaniel, befreie die beiden anderen.«

Sobald seine Fesseln gelöst waren, lehnte Kruin sich an mich. »Was geht hier vor?« fragte er. »Was geht vor? Mein Gott, tut mir alles weh!«

Ich schüttelte nur den Kopf. Gleich darauf kam Panthera zu uns, eine Decke für Kruin in der Hand. Keiner der beiden schien so zugerichtet wie ich; ich fühlte mich wie ein Krüppel.

»Es sind Gelaminger, nicht wahr?« wandte Panthera sich an mich und musterte aufmerksam mein zerschlagenes, farbenfrohes Gesicht. »Wieso sind sie gekommen? Woher haben sie es gewußt? Sie *haben* es doch gewußt, oder?«

»Keine Fragen«, sagte ich. »Noch nicht.«

»Entschuldige.« Panthera faßte mich zart am Arm. »Kommt, ich helfe euch zu einem der Zelte. Stützt euch auf mich.« Wir umfaßten einander und schleppten uns zu dritt an der Gruppe Fallsender vorbei, denen es offenbar die Sprache verschlagen hatte. Sie sahen uns mit steinerner Miene an. Ich hörte, wie Arahal mit leiser Stimme Befehle ausgab.

Arahal ließ mich nahezu einen ganzen Tag schlafen. Zeitig am nächsten Morgen kam er in unser Zelt und ersuchte Panthera und Kruin höflich darum, mit mir allein sprechen zu dürfen. Er hatte heißen Kaffee mitgebracht, der reichlich mit duftendem Shrake, einem Gelaminger Likör, gewürzt war. Gelaminger haben stets und in jeder Lage solche Luxusgüter bei sich.

Kopfschüttelnd sah er mir zu, wie ich trank. »Du bist mir ein Rätsel, Cal«, sagte er. »Wann wirst du es endlich lernen?«

»Lernen? Was?«

Er erhob sich und seufzte. »Muß ich dir das wirklich sagen? Sind denn deine Sinne schon so stumpf geworden? Ich entsinne mich einer Zeit, da Calanthe keine Schwierigkeiten gehabt hätte, Jafit und ähnliches Gelichter zu überlisten.«

»Ich bin durch die Hölle gegangen, Arahal«, antwortete ich. »Wenn man von einem Tag auf den anderen lebt wie eine Kanalratte, ist es schwer, sich vor Augen zu halten, daß man mehr ist als irgendeine niedrige Lebensform.«

»Ratten haben Instinkte!«

Ich ließ mich zurücksinken und legte mir die Arme über die Augen. »Ich möchte nicht mit dir streiten, Arahal. Du weißt genausogut wie ich, daß ich die Wahl habe, entweder so zu leben oder als Schoßhündchen des Tigrons. Ich kann nicht behaupten, daß mir eine der beiden Möglichkeiten gefällt, aber was soll ich dagegen tun?«

»Dann willst du also dein ganzes Leben lang davonlaufen? Darf ich dich daran erinnern, Cal, daß es noch keine Schätzungen gibt, was die Lebenserwartung eines Hars betrifft? Du könntest weitaus länger laufen, als dir lieb ist!«

»Hat *er* dich geschickt?« fragte ich mit bitterer

Stimme. Arahal antwortete nicht. »Wie, glaubst du, fühle ich mich wohl, wenn ich weiß, daß er mich immerzu beobachtet?«

»Das weißt du keineswegs.«

Ich stieß ein freudloses Lachen aus. »Ach nein? Wie kommt es dann, daß du so rasch hier warst? Weshalb durften sie mich nicht umbringen? Wenn Pell nicht genug Mumm hat, mir von Angesicht zu Angesicht entgegenzutreten, dann soll er doch zulassen, daß ich umgebracht werde! Er kommt nicht selbst, er schickt dich! Jener Pell, den ich geliebt habe, ist tot. Vielleicht sollte ich es auch sein!« Das war aber nicht mein Ernst.

»Der erhabene Tigron, für dich«, verbesserte Arahal aus purer Gewohnheit.

»Als wir dachten, wir würden gleich sterben, sagte Kruin zu mir: ›Hoffentlich hast du beim nächsten Mal mehr Glück.‹ Er hatte recht, Arahal. Vielleicht wäre es das beste gewesen. Mein Leben ist ein Trümmerhaufen. Ich bin in Dinge verwickelt, in die ich nicht verwickelt sein will. Mein Gewissen schaut mir dabei zu, wie ich das Falsche tue, damit es mir hinterher das Leben zur Qual machen kann. Warum lächelst du? Ich bin entsetzlich unglücklich!«

»Das glaube ich nicht«, sagte er und bot mir noch einen Schluck Shrake aus einer Silberflasche an, die er im Gürtel stecken hatte. »Genieße den Aufenthalt in Jaddayoth, Cal. Es ist ein abwechslungsreiches Land.«

»Du meinst, du läßt mich einfach gehen?«

»Natürlich! Wir sind keine Kerkermeister! Wie alle anderen in Immanion möchte auch ich dich gesund wiedersehen.«

Und was genau sollte das heißen? fragte ich mich. »Das ist eine Hetzjagd. Ihr werdet mich weiterjagen.«

»Wir haben dich nie gejagt! Sei nicht albern!«

»Nach Megalithika ...«

»Was nach Megalithika?« fuhr er mich grob an. »Du hattest die Wahl, Cal, aber wir hegen keinen Groll gegen dich wegen deiner Entscheidung, wir bedauern sie nur.«

»Ihr habt mich immerzu gejagt!« fuhr ich voll Selbstmitleid fort. »Ich war immer der Verfolgte.«

»Das redest du dir ein, Cal. Es stimmt nicht.«

Ich wandte das Gesicht ab; ich glaubte ihm nicht. »Du lügst.«

Arahal seufzte und strich sich über die Augen. »Es gibt eine Grenze für das, was ich dir sagen kann.«

»Ach, gehen dir die Worte aus, die er dir eingebleut hat?«

Er lächelte traurig. »Ich möchte dazu nichts sagen, weil ich deinen Schmerz verstehen kann. Sobald du dich wieder kräftig genug fühlst, werden wir dich und deine Gefährten in die nächste Hadassaherstadt begleiten. Die Mojags auch. Dort könnt ihr dann alle Buße tun für eure Untaten. Du wärst gut beraten, dich eines gewissen glücklosen Hars zu entsinnen, der jetzt vergiftet im Schlamm des Kanals von Fallsend liegt.«

Ich schnaubte verächtlich. »Ach, du kennst mich doch, Arahal. Das Leben bedeutet mir nichts.«

»Dein eigenes jedenfalls, so scheint es!« Er zog den Kopf ein und verschwand aus dem Zelt. Ich blieb allein zurück, einen sauren Geschmack im Mund.

Kruin und Panthera achteten meinen Wunsch, über alles zu schweigen, was die Gelaminger betraf, obwohl ich wußte, daß sie das Thema untereinander, wenn ich nicht dabei war, ausgiebig wälzten. Vielleicht wandten sie sich mit ihren Fragen sogar an die Gelaminger, doch ich bezweifle, daß sie Antworten erhielten. Nur eine begünstigte Minderheit kennt die besonderen Umstände, die mich mit dem Tigron von Immanion verbinden – etwas, an dessen Bekanntwerden den Gelamingern wohl kaum gelegen wäre. Sie begruben Jafit im Wald und brachten unsere Pferde. Nach zwei Tagen fühlten wir uns soweit erholt, um uns wieder auf den Weg zu machen.

Kapitel 10

Der Huyana und die Vision

Mein Körper war das Haus,
und alles, was er berührte,
ein bloßliegender Nerv.

Stephen Spender, *An empty house*

Jasminia ist eine viel größere Stadt als Caraway und nur ein paar Meilen entfernt von dem Platz im Wald, an dem wir unser Lager aufgeschlagen hatten. Beinahe in Sicherheit – und dennoch so weit davon entfernt! Die Gelaminger begleiteten uns, damit die Mojags, wie sie es taktvoll ausdrückten, nicht in Versuchung kämen, auf dem Weg dorthin weitere Unregelmäßigkeiten in Betracht zu ziehen. Es war bereits Abend, als wir durch die geschnitzten Holztore in Jasminia einritten, doch die Stadt schien so voll von geschäftigen Hara, als wäre es heller Tag. Man hatte die engen Straßen vom Schnee gesäubert, und knisternde Fackeln warfen ein schwefelgelbes Licht auf die Häuser. Die meisten Gebäude in Jasminia sind zwar niedrig, dafür aber sehr weitläufig.

Arahal hatte bereits erwähnt, daß wir alle Buße tun mußten, und während des Rittes in die Stadt erklärte Kruin mir, was damit gemeint war. Bei den Hadassahern gibt es eine strenge Regel, was die Strafe für Gewalttätigkeit und Mord betrifft; wenn jemand eines dieser beiden Verbrechen begeht, dann schreibt ihm das Gesetz vor, sich beim nächsten Tempel des Aghama einzufinden, um sich dort vor den Priestern (den Huyana, wie man sie in Hadassah nennt) schuldig zu bekennen und Vergebung zu finden. Durch die Teilnahme am rituellen Aruna mit den Huyana wird die Seele von negativen Einflüssen geläutert. Alle Hadassaher verabscheuen das Töten, aber sie sind ein ungestümes, aufbrausendes Volk, nehmen gerne einen an die Brust und sind nicht gegen Wutausbrüche gefeit, wenn sie betrunken sind. Die Huyana müssen stets Geschenke für ihre Dienste erhalten, sei es nun in Form von Geld, Nahrungsmitteln oder anderen Waren. Einen guten Eindruck vom Charakter der Hadassaher mag dem Leser der Hinweis auf die Tatsache vermitteln, daß die Tempel und ihre Huyana unglaublich reich sind. Ich nahm an, die Tempel müßten so etwas wie Musendas sein, mit dem Unterschied, daß hier den Kanene die Verwaltung der göttlichen Macht obliegt und sie höheres Ansehen genießen.

Der Tempel von Jasminia stand verborgen hinter einem hohen Holzzaun inmitten der Stadt. Arahal reichte mir eine dicke Geldtasche. »Eines noch: den Gedanken, dich in die nächste Schenke zu verdrücken, kannst du vergessen, bis du aus dem Tempel kommst!« sagte er mit einem Grinsen. Als ob ich das wollte! Schließlich hatte man den Mojags unmißverständlich aufgetragen, ohne uns nach Fallsend zurückzukehren, und Outher konnte nichts dagegen tun. Klugerweise begegnete er den Gelamingern mit größter Zurückhaltung, da ihm klargeworden war, daß wir unter ihrem Schutz standen. Was ihn natürlich nicht davon abhielt, uns abgrundtief zu hassen. Und so würden wir alle uns erst dann besser fühlen, wenn Outher und seine Leute weit weg waren.

»Nun, so heißt es wieder einmal Abschied nehmen«, sagte ich.

Arahal hatte nicht vor, mit uns in den Tempel zu kommen. Er lächelte mir vom Pferd herab zu. »Für den Augenblick, Calanthe. Obwohl ich ganz sicher bin, daß wir uns wiedersehen werden. Du nicht? Vielleicht wenn du für immer zu uns nach Immanion kommst.«

»Du denkst, ich möchte dort zu Hause sein?«

Arahal hob die Schultern. »Nur du kennst die Antwort darauf. Ich frage mich, ob du selbst dir je die Wahrheit sagst.«

»Es ist *mein* Leben. Richte das dem Tigron aus.«

»Eine weitere Botschaft?« fragte er ausdruckslos.

»Nein, keine Botschaft sonst.«

»Bis zum nächsten Mal also ...«

»Tut mir leid, ich möchte nicht, daß es zu einem nächsten Mal kommt.«

Arahal lächelte fast unmerklich. Er hob den Arm, und die Gelaminger Pferde begannen hinter ihm herzutrotten, die Straße entlang und von uns fort. Nach und nach steigerten sie ihr Tempo, bis sie plötzlich in einem grellen und dennoch nicht wirklich sichtbaren Blitz von dieser Erde verschwanden. Die Straße war leer. Alle meine Begleiter starrten auf die Stelle, wo sie sie zum letztenmal gesehen hatten. Ich drückte mich an ihnen vorbei und klopfte an das Tor des Tempels.

»Wer begehrt Einlaß?« Die Stimme hinter dem massiven Holztor klang höflich und geschäftsmäßig. Ich war versucht zu rufen: Arme Sünder, wer sonst! Mach auf!, aber noch ehe ich zu Wort kam, hatte Kruin sich den Weg zu mir gebahnt und antwortete: »Reisende, Tiahaar, die Buße tun wollen!«

Hinter der Tür war nichts zu hören außer dem Schaben von Holz auf Holz, als der Querbalken zur Seite geschoben wurde. Dann öffnete sich das Tor lautlos und gab den Blick auf eine verschleierte Gestalt frei, die dahinter stand und mich augenblicklich an die heiligen Tänzer der Froia erinnerte, des Sumpfvolkes in Megalithika. Diese Tänzer (oder Theruna) treten immer verschleiert auf, und auch sie beherrschen die Kunst des Arunazaubers. Der Har vor uns trug einen dicken Fellumhang, und der Schleier vor seinem Gesicht war so durchschimmernd und hauchdünn, daß man seine schwarzumrandeten Lider sah. Er bat uns einzutreten und gab die Tür frei. Vor uns lag ein großer, schneebedeckter Innenhof; nur ein Mittelweg war gefegt, so daß die farbigen Steinplatten zum Vorschein kamen. Zwei mit wollenen Umhängen vermummte Hara führten unsere Pferde weg. Kruin machte ängstliche Bemerkungen wegen unseres Gepäcks, worauf der Huyana die Hand hob.

»Kein Grund zur Sorge«, sagte er. »Diebstahl gibt es nicht innerhalb dieser Mauern. Kommt, ich will euch jetzt zum Tempel führen.«

Ich behielt den Beutel mit all meinen Aufzeichnungen dennoch unter den Arm geklemmt. Es war mir inzwischen äußerst zuwider, mich von ihnen trennen zu müssen. Der Huyana glitt leichtfüßig vor uns her über den gefegten Weg. Trotz allem, was Arahal Outher eingeschärft hatte, war ich nach wie vor nicht glücklich darüber, daß die Mojags immer noch bei uns waren. Sie wollten unser Blut sehen und würden hier in Jasminia bloß eine höhere Strafe zu zahlen haben, wenn sie es vergossen. Ich zweifelte nicht daran, daß Outher nun, da uns die Gelaminger verlassen hatten, sehr bald seinen Respekt vor ihren Anweisungen vergessen würde. Das Mondlicht warf lange Schatten über den Hof, und es wurde stetig kälter, als die Dämmerung zu einer weiteren wolkenlosen Nacht wurde. Ich spürte, wie Outhers Blicke sich in meinen Rücken bohrten und meine Muskeln zwischen den Schulterblättern zuckten.

Zwei riesenhafte Statuen aus Stein bewachten den Eingang zum Tempel; eine davon streckte uns das seidene Tuch der Vergebung entgegen, die andere ein zerbrochenes Schwert. Ich wußte nicht, welche Symbolik sich dahinter verbarg, man konnte es aus verschiedenen Blickwinkeln betrachten. In den Türsturz waren die Zeichen des Aghama eingekerbt: die zweischneidige Axt, der geflügelte Käfer, das prophetische Auge unseres Gottes. Hinter der Tür lag qualmige Dunkelheit. Keiner von uns gab auch nur einen Laut von sich. Berauschende Düfte – Chypre, Mimose, Sandelholz – lagen in der eisigen Luft und vermischten sich; graue Rauchfäden wanden und drehten sich wie Geistererscheinungen. Nachdem wir einen hohen Säulengang durchschritten hatten, wurden wir in einen kleinen Saal eingelassen, in dem einige Hara um ein helloderndes Feuer versammelt waren und sich murmelnd miteinander unterhielten.

»Bitte wartet hier«, sagte unser verschleierter Begleiter. »Die Stunde ist nahe, aber ihr seid eingeladen, eine Erfrischung zu euch zu nehmen, bevor es soweit ist.« Er deutete auf bauchige Weinflaschen, die auf einem breiten Wandbrett in der Nähe des Feuers standen – sichtlich bereits eingehend verkostet von den anderen Hara im Raum. Ohne zu zögern, gingen Outher und seine Kumpane daran, sich zu bedienen, und unser Begleiter verließ den Saal und schloß die Tür hinter sich. Kruin, Panthera und ich setzten uns auf eine Bank an der Wand.

»Nun, Kruin, du bist ja Experte, was die Sitten und Gebräuche der Hadassaher betrifft. Was wird als nächstes geschehen?« fragte ich in der Hoffnung, es würde sich nicht um eine langweilige spirituelle Schelte handeln. Davon hatte ich bereits mehr als genug ertragen.

Kruin lächelte, wobei er fast alle Zähne zeigte. »Ach, das werdet ihr bald sehen«, antwortete er selbstgefällig. »Ich will euch die Überraschung nicht verderben.« Er klopfte sich auf die Schenkel, leckte sich die Lippen und stand auf, um uns etwas zu trinken zu holen. Der Wein war rot und herb, aber er wärmte uns. Panthera verzog das Gesicht und stellte seinen Becher auf den Boden, wo er nun unberührt stehenblieb.

Von der anderen Seite des Raumes trafen uns ohne Unterlaß Outhers haßerfüllte Blicke. Es ist nicht angenehm, dauernd in die Augen einer Person zu schauen, die einem nach dem Leben trachtet; dann rufen all unsere Instinkte: Flieh! Zum Teufel noch mal, flieh! Und so saß ich mit einem unguten Gefühl im Magen da und bemühte mich, Outher nicht zu beachten.

Nach einer Weile hallte das Klingeln einer Glocke durch den Saal. Die schwache Beleuchtung wurde noch schwächer, was insofern beunruhigend war, als es sich um brennende Öllichter handelte und nicht um elektrische Lampen. Alle Anwesenden stellten das Flüstern ein, trennten sich von ihren Weinbechern, standen auf, ordneten sich die Kleider und strafften die Schultern. Ich spürte, wie jeder einzelne Har den Atem anhielt; die Luft war spannungsgeladen. Wieder ertönte die Glocke, und ich wandte mich in die Richtung, aus der ihr Klang kam. Die Wand dort bestand von der Decke bis zum Boden aus einem Vorhang, der sich nun kräuselte, nach oben in Bewegung setzte und einen weiteren Raum dahinter enthüllte, der in orangerotem Lichtschein lag. Verschleierte Gestalten standen in dem Halbdunkel. »Was jetzt?« zischelte ich Kruin zu. Er lachte leise, legte einen Finger auf seine Lippen und schob mich weiter. Wie verzaubert begannen die Hara auf unserer Seite des Saales einer nach dem anderen langsam vorwärtszuschreiten, auf die schwankenden Gestalten der Huyana zu. Schlanke Arme erschienen aus den weich fließenden Gewändern, um sie hineinzugeleiten in den anderen Teil des Raumes. Ich erinnere mich nicht daran, mich von der Stelle bewegt zu haben, doch plötzlich befand ich mich am anderen Ende des Saales einem Wesen gegenüber, dessen Antlitz nicht zu erkennen war, von dem jedoch ein so schwerer, schwüler Duft ausging, daß ich ganz benommen wurde. Es legte mir die Hand auf den Arm, um mich weiterzuführen. Ich warf einen raschen Blick hinter mich, um nach Kruin und Panthera Ausschau zu halten, doch sie waren beide verschwunden. Es wollte mir nicht gefallen, daß man unsere Gruppe auseinandergerissen hatte.

»Hab keine Angst«, murmelte mein persönlicher Huyana. »In diesen Mauern bist du sicher. Ihr seid alle sicher.«

Das verursachte mir einen kleinen Schauer auf der Haut. Hinter den Worten des Huyana schien sich mehr als nur oberflächliches Wissen zu verbergen. Ich kniff die Augen zusammen, doch es gelang mir nicht, mit meinem Blick den Schleier zu durchdringen. Ich konnte nicht sehen, ob er lächelte. Er führte mich weg von den anderen Hara in ein einfaches Gemach tief im Inneren des Tempels. Glühende Glaskugeln auf dem Boden sorgten für Beleuchtung. Ein großes Wandbild stellte die Axt des Aghama dar. Es gab kein Bett, nur eine Anzahl von Fellen, die verstreut auf dem Boden lagen. Einige davon waren zu Kissen ausgestopft. An der Wand gegenüber stand ein niedriger Holzschemel, auf den mich der Huyana Platz nehmen hieß. Dann ließ er sich mit gesenktem Kopf vor mir auf die Knie nieder. »Ich bin Lucastril«, sagte er.

Ohne die entfernteste Ahnung, was von mir erwartet wurde, antwortete ich: »Hallo, Lucastril! Ich heiße Calanthe.«

»Du heißt Cal«, sagte er und hob die Hände, um den Schleier zu entfernen. Fast fürchtete ich, ein Gesicht zu erblicken, das ich kannte, aber nein; seine Wangenknochen und Lider waren mit Gold bemalt, die Stirn war tätowiert und das Haar zu einer hohen Spirale aufgerollt. Nur der muskulöse Hals und das kräftige Kinn verrieten, daß es sich um einen Har handelte, sonst hätte es auch eine Menschenfrau sein können, die da kniete. Bei manchen Hara ist die weibliche Seite sehr betont.

Mein Herz klopfte heftig in der Brust; es war nicht unbedingt Furcht, was ich verspürte, eher eine Art Vorahnung. Ich hatte das gräßliche Gefühl, daß mir wieder einmal die Zügel, mit denen ich meine Selbstbeherrschung lenkte, entrissen worden waren – jene Art von Gefühl, bei dem man am liebsten zum Himmel blicken und erschauern würde; bis ins tiefste Innere.

Lucastril nahm meine Hände in die seinen. »Man hat uns auf dein Kommen vorbereitet«, sagte er ernst und beugte sich vor.

Grob entzog ich ihm meine Hände. »Gelaminger!« zischte ich und mühte mich, ihm nicht an die Gurgel zu fahren. »Du weißt nichts von mir!« Beide Ausbrüche (wie ganz gewiß auch meine geheimsten Wünsche) trafen auf amüsierte Nachsicht.

»Dir Vergebung zu erteilen, Cal, liegt nicht in meiner Macht«, sagte Lucastril mit einigem Bedauern in der Stimme.

Ich stand auf und wandte mich zur Tür. »Es ist mein Leben!« schrie ich. »Meines! Und ihr könnt alle aufhören, mich mit eurer übersinnlichen Zudringlichkeit zu belästigen! Schönen Tag noch, Lucastril!«

Er erhob sich und zog mich mit einer Kraft, die mich eigentlich nicht hätte überraschen dürfen, wieder zurück. »Geh nicht«, sagte er. »Du bist aus gutem Grund hier. Dies ist erst der Anfang und gerade deshalb sehr wichtig. Wichtig, hörst du?« Dieses zierliche kleine Wesen packte mich an den Schultern und schüttelte mich durch!

»Was meinst du damit?« fragte ich. Er ließ mich nicht los; vermutlich fürchtete er, ich würde erneut davonrennen – diesmal mit Erfolg.

»Hör zu. Hör mir zu und lerne! Wir haben erfahren, daß du alles aufschreibst, alles, was dir widerfährt. Lerne also!«

Wiederum ein eiskaltes Erschauern, das es zu unterdrücken galt. Wer gab diesen Hara ihre Informationen? Arahal? Der Tigron? »Und was soll ich hier lernen, Lucastril? Wer hat euch gesagt, daß ich komme? Was wißt ihr noch alles?«

Er schloß die Augen, senkte den Kopf und schüttelte ihn. »Das kann ich dir nicht sagen.«

»Du kannst nicht? Das soll wohl heißen, du *willst* nicht, Tiahaar!«

Wieder schüttelte er den Kopf. »Nein. Laß mich einfach das tun, was mir aufgetragen ist. Es geschieht zu deinem Vorteil.«

»Das bezweifle ich.« Dennoch ließ ich mich von ihm zu den Kissen führen und darauf niederdrücken. »Was soll ich also lernen?«

»Das erste«, antwortete er. »Das erste von vielen Dingen.«

»Wird es lange dauern?«

»Das hängt von dir ab.«

»Nun?«

»Das, was ich kann«, sagte er. »Erlaube mir, es dir zu zeigen.« Er machte einen Schritt zurück und warf mit einer eleganten Bewegung sein Gewand ab. Dann kniete er sich zu meinen Füßen hin und schnürte mir die Stiefel auf.

»Einen Augenblick«, sagte ich.

Er sah mich an. »Du kommst hier nicht weg, ehe wir nicht den Aruna miteinander durchgeführt haben. So will es das Gesetz.«

Ich hob die Schultern. »Ausgezeichnet. Aber ich weiß nicht, was ihr euch davon versprecht.«

Er lächelte, lehnte sich gegen meine Knie und nahm mein Gesicht in seine Hände. Wir teilten den Atem, bis er sich losmachte.

»Du hast es hervorragend gelernt, deine Gedanken abzuschirmen«, stellte er fest.

»Selbst vor so lästigen kleinen Träumern wie dir, die sich in alles und jedes einmischen«, nickte ich.

»Es ist viel Dunkles darin.«

»Nicht wirklich. Ich glaube nicht.«

»Entweder lügst du, oder du weißt es nicht besser. Gleichgültig. Dies ist die erste Stufe einer großen goldenen Treppe. Wer weiß, was an ihrem Ende liegt? Laß mich dich ein Stückchen führen.«

Ich nahm an, Lucastrils Aufgabe wäre es, während der Ekstase des Aruna in mein Hirn einzudringen – entweder um Informationen zu erhalten oder Gefühle einzupflanzen. Jetzt bin ich mir dessen nicht mehr so sicher. Ich wußte, er hatte vor, *irgend etwas* zu tun, aber ich konnte körperlich nicht widerstehen und dachte, mein Wissen darum wäre Widerstand genug. Einen Moment lang erinnerte ich mich an Terzian und an das, was es für ihn bedeutet hatte, den Gelamingern auf Gnade und Ungnade ausgeliefert zu sein – wie sie allein durch die Macht ihres Willens seinen Körper und seinen Geist zerstört hatten. Würde das auch mein Schicksal sein, wenn ich mich nicht fügte? Terzian hatte ihnen mit all seiner Kraft Widerstand geleistet und war daran zerbrochen. Nicht den Tod eines Kriegers, wie er es verdient hätte, sondern es war das langsame, zögernde Erlöschen der Lebensflamme wie durch eine todbringende Krankheit gewesen. Das würde ich nicht ertragen. Ich würde eher rasch sterben wollen – oder mich fügen? Also ließ ich es zu, daß Lucastril unter der Tarnung, meinen Körper in Besitz zu nehmen, von meinen Gedanken Besitz ergriff. Ich verspürte ein merkwürdiges Gefühl des Streckens, und ein Zucken wie von elektrischen Stromstößen lief mir über das Rückgrat. Ich bin sicher, Lucastril stellte das erste Glied in einer Kette von Erlebnissen dar, die mein Leben verändern sollten. Und ich glaube auch, daß ihm in Wahrheit nicht bewußt war, welche Rolle sein kleiner Beitrag im Ganzen spielen würde. Mein Geist war eine rostige, vernachlässigte Maschine, die gereinigt und geölt gehörte. Bald würde sie wieder einsatzfähig sein, in jeder Hinsicht. Es gab nur einen möglichen Zweck für all diese Vorbereitungen. Nur einen. Mein Leben gehört nicht mir allein. Stärke ich *seine* Macht, indem ich das ständig wiederhole?

Nachdem unsere Körper sich wieder voneinander getrennt hatten und Lucastril sich eingerollt an meine Seite kuschelte, lag ich im Finstern wach. Im Kopf hatte ich ein schrilles Pfeifen. Mein ganzer Körper bebte; ich war ein Instrument, dessen Saiten von unsichtbaren, jedoch kraftvollen Fingern angerissen wurden. Ich durfte niemandem trauen. Konnte ich mich denn darauf verlassen, daß Panthera, ja selbst Kruin nicht Teil eines ausgefeilten Planes der Gelaminger waren? Als ich so dalag in der schwülen, greifbaren Finsternis, schien es mir, als würde die ganze Welt über mich hereinbrechen. Ich zappelte in einem uferlosen Ozean, suchte nach dem Grund unter meinen Füßen und nach Land am Horizont, und fand weder das eine noch das andere. Meine Freunde konnten mir nicht helfen; ich war allein. Selbst wenn Panthera und Kruin nichts mit dem Plan der Gelaminger zu tun hatten, durfte ich nicht riskieren, die beiden darin zu verstricken. Ich wollte sie nicht ins Vertrauen ziehen. Über meine Vergangenheit konnte ich ohnedies mit niemandem sprechen; es tat zu weh. Außerdem verursachte es mir Schamgefühle. Hatte ich Angst, mit meinen Bekenntnissen auf Abscheu zu stoßen, falls ich mich mitteilte? Plötzlich verwandelte eine heftige, heiße Woge meine verlegene Scham zu Wut. Ja, ich hatte das alles getan, aber war das nicht eigentlich Pells Schuld? Ganz gewiß! *Er* hatte mich zu dem gemacht, was ich jetzt war! (Wie der geneigte Leser leicht erkennen kann, gelang es mir – während ich mich in grenzenloser Nachsicht gegenüber meiner eigenen Person übte – mühelos, den ganzen Zeitraum auszulöschen, den ich bei den Uigennas verbracht hatte.) Warum liebe ich ihn immer noch? fragte ich mich. Warum nur? An ihm ist nichts mehr, was ich auch nur *gern haben* könnte! Er ist Thiedes Schoßhündchen – eingebildet, selbstsüchtig, herablassend. Und mich hatte nur der Umstand, daß ich Pell gut kannte, von einem durchschnittlichen Har zu einer

Art Verkörperung aller nur vorstellbaren Schurkerei aufgeblasen. Bloß der Umstand, daß ich ihn kennengelernt hatte! Das schien mir alles so lange her zu sein. Ich sah sein Gesicht noch vor mir, damals, als ich ihn zum erstenmal erblickt hatte – lachend, strahlend vor Unschuld, unendlich zauberhaft. Kein Prinz; bloß Pell. Wie ich mir jetzt wünschte, er wäre für mich tot geblieben! Warum mußte ich nur herausfinden, daß er noch lebte? Und nun gibt es dieses Ungeheuer, das aus Pells Fleisch und Blut besteht und mich verfolgt wie ein Fluch. Existiert noch ein Rest des alten Pell, der sich nach der Vergangenheit sehnt? Ist es so? Pell hat jetzt die ungeheure Macht des Reiches der Gelaminger hinter sich; er kann alles haben, was er will, und dennoch wagt er es nicht, mir von Angesicht zu Angesicht gegenüberzutreten. Vielleicht fürchtet er sich genauso wie ich, von diesem Anblick verzehrt zu werden. Ich habe das Gefühl, wenn ich je zulasse, daß sich die Tore von Immanion hinter mir schließen, werde ich so gut wie tot sein. Pellaz würde mich zum Verdorren bringen. Er würde nicht mehr derselbe sein, aber noch zu ähnlich dem alten, um nicht an mein Herz zu rühren. Wir wären unfähig zu sprechen; es wäre die Hölle. Und es ist etwas, das ich trotz allem tief in meinem Inneren immer noch mehr ersehne als irgend etwas sonst.

Am Morgen weckte Lucastril mich aus einem unruhigen Traum von Höhlen und Lichtgeistern. Er strich mir über das Gesicht, als ich mich herumwarf und wimmerte wie ein Kind, während ich im Halbschlaf in seinen Armen lag.

»Die erste Botschaft wird bald eintreffen«, sagte er. »Ich habe ihr den Weg frei gemacht, so gut ich konnte. Sei darauf vorbereitet.«

»Ich will sie nicht hören«, antwortete ich. »Kannst du das nicht verstehen? Ich bin ein Gefangener. Die Welt ist unermeßlich groß, und ich wandere darin umher wie ein Zigeuner, doch ich bin ein Gefangener – der Vergangenheit.« Tränen flossen mir aus den Augen, ich konnte sie nicht aufhalten. Sie waren heiß vor Zorn, nicht vor Traurigkeit – das Produkt meiner wirren nächtlichen Selbstquälerei. Bald mußte ich wieder hinaus, ziellos umherjagen und dorthin gehen, wohin ich gestoßen wurde. Vielleicht wäre es klüger gewesen, in Piristil zu bleiben. Dort war mir wenigstens eine scheinbare Sicherheit vergönnt gewesen! Lucastril half mir beim Ankleiden. Ich fühlte mich schwindlig; schwach, doch zugleich voll noch brachliegender Kraft. Mein Kopf drehte sich.

»Du kannst hier zusammen mit deinen Freunden essen, ehe ihr geht«, sagte Lucastril. Ich holte etwas von dem Geld hervor, das Arahal mir gegeben hatte, und warf es auf den Boden. Lucastril hob es auf und reichte es mir. »Das ist nicht nötig«, erklärte er. »Man hat uns schon bezahlt.«

»Behalt es!« stieß ich heftiger hervor, als ich wollte.

Lucastril nahm mir die Börse aus der Hand und tat das Geld wieder hinein. »Sei nicht dumm. Du wirst es brauchen.«

Ich steckte die Börse in die Hosentasche und folgte ihm in den Speisesaal. Einige Sünder des vorangegangenen Abends waren noch da und aßen und plauderten miteinander in geläutertem Frohsinn. Mit Erleichterung sah ich, daß Outher und seine Freunde offenbar schon abgereist waren. Panthera und Kruin saßen allein an einem Ecktisch. Ich blieb in der Tür stehen und überlegte, ob ich zu ihnen gehen wollte oder nicht. Vielleicht sollte ich Jasminia allein verlassen? Schließlich befand ich mich jetzt in Jaddayoth. Ich hatte Arahals Geld und konnte mir in Gimrah oder sonstwo Arbeit suchen. Vielleicht sollte ich mich einfach vom Schicksal führen lassen? Es sah ohnehin nicht so aus, als wäre Panthera und Kruin meine Anwesenheit sehr willkommen. Sie hatten die Köpfe zusammengesteckt und waren in einem ernsthaften Gespräch versunken, dessen Thema ich mir lebhaft vorstellen konnte. Ich stand soeben im Begriff, mich umzudrehen und zu gehen, als Panthera aufsah und mich erblickte. Er lächelte, winkte mir, und alle meine Pläne lösten sich in einem Wölkchen Schwäche auf. Ich ging hinüber zu den beiden.

»Geht's dir wieder besser?« fragte Panthera. »Dein Gesicht sieht immer noch recht schlimm aus.«

Ich setzte mich. »Mir geht's ausgezeichnet!« Auf dem Tisch stand eine fast leere Kaffeekanne. Ich nahm Kruins Tasse und füllte sie zur Hälfte. Er reichte mir ein Brötchen dazu und etwas von dem geräucherten Fleisch und musterte mich schweigend.

»Also, wohin jetzt?« fragte ich. Das Kauen tat mir weh, aber mein Magen schmerzte vor Hunger.

»Bist du sicher, daß du einer Weiterreise gewachsen bist?« fragte Kruin. »Du siehst schrecklich aus. Hier in Jasminia wären wir ein, zwei Tage sicher, wenn du dableiben möchtest.«

Ich warf einen Blick auf Panthera, der keinerlei sichtbare Andenken an unseren Kampf mit den Mojags davongetragen hatte. »Ich sage doch, es ist alles in Ordnung! Machen wir uns um Himmels willen auf den Weg! Ich bin überzeugt davon, daß Panthera es nicht erwarten kann, nach Hause zu kommen.«

Panthera lächelte schwach. »Das schon, aber ein, zwei Tage würden auch keinen Unterschied ausmachen. Es würde uns nur aufhalten, wenn du es doch nicht ganz schaffst.«

»Ich bitte dich! Das sind doch bloß ein paar Kratzer! Es ist gar nichts!«

Kruin hob die Schultern. »Nun ja, wenn du meinst…« Sein Gesicht erhellte sich vor Erleichterung; er war seiner Verantwortung enthoben. »Und wie ist es euch beiden letzte Nacht ergangen? Recht zivilisierte Strafen, nicht wahr? Kein Wunder, daß sich die Hadassaher so gerne in Raufereien verwickeln lassen!«

Pantheras Gesicht hatte eine dunkelrote Farbe angenommen. Er rutschte unbehaglich auf seinem Stuhl herum. »Ich persönlich ziehe es vor, niemandem Rechenschaft über Verbrechen abgeben zu müssen, die ich womöglich begehe«, sagte er.

»Und mir sind Esoteriker von Natur aus nicht geheuer«, fügte ich hinzu.

Kruin verdrehte die Augen. »Ah, ich verstehe. Nun ja, ich für meinen Teil habe mich königlich amüsiert.«

Panthera und ich machten keine Bemerkung dazu. Ich hatte nicht vor zu enthüllen, was mich beschäftigte, und Panthera hegte offenbar immer noch eine tiefe Abneigung dem Aruna gegenüber. So zogen wir also den Kopf ein und ließen Kruin fröhlich und lüstern drauflosreden.

Panthera lächelte mir zu. »Also, machen wir, daß du endlich heimkommst«, sagte ich.

Kapitel 11

Die Botschaft

> Was wir Anfang nennen, ist oft das Ende,
> und ein Ende machen ist oft ein Anfang.
> Vom Ende her fangen wir an.
>
> T. S. Eliot, *Little Gidding*

Gegen Mittag verließen wir Jasminia in südlicher Richtung auf der Straße nach Gimrah. Die Sonne schien, und der Schnee auf der Erde und den Bäumen glitzerte wie Brillanten. Eine ansehnliche Zahl von Reisenden – zumeist Hadassaher – war zusammen mit uns unterwegs, und es herrschte eine heitere Stimmung der Kameradschaftlichkeit. Wir schlossen uns einer Gruppe von etwa einem Dutzend Hara an, deren Ziel eine Stadt an der Grenze war. Sie teilten ihren Schnaps und ihren Zwieback mit uns, und wir sangen Lieder, um uns die Zeit zu vertreiben. Ich erinnere mich deutlich an das Glücksgefühl, von dem ich erfüllt war. Ein so herrlicher Nachmittag machte es einfach unmöglich anzunehmen, daß die Welt ganz anders war, als sie in diesem Moment erschien – nicht unverdorben und makellos. Ich fühlte mich frei. Gewiß stellten meine Befürchtungen im Hinblick auf Pell nur die Ausgeburt eines paranoiden Hirns dar! Das erklärte natürlich immer noch nicht Arahals rechtzeitiges Erscheinen oder Lucastrils bedeutungsschwangere Worte, doch an diesem Tag war ich verzweifelt bemüht, mich selbst davon zu überzeugen, daß ich ein gewöhnliches, alltägliches Leben führte; daß ich nicht Teil von irgend etwas Großartigem, Übergeordnetem war. Panthera auch nur anzusehen, machte mir Freude. Es fiel mir auf, daß ich ihn in den letzten beiden Wochen gar nicht richtig wahrgenommen hatte – oder vielleicht war es einfach die Luft seines Heimatlandes, die ihn zum Erblühen gebracht und die Spinnweben seiner Gefangenschaft in Fallsend weggeblasen hatte. Wenn ich, dachte ich, *falls* ich wirklich Herr meiner eigenen Handlungen war, konnte ich mir vorstellen, den Versuch zu machen, Panthera für mich zu gewinnen. Dann würden wir für alle Zeiten in einem einsamen Schloß in Ferike zusammenleben. Ich könnte zum Zeitvertreib Geschichten schreiben, und er mochte auserlesene Meisterwerke malen. Wir würden großartig zusammenpassen. Jeden Morgen könnten wir auf kraftvollen Pferden durch die Bergwälder reiten und abends, wenn uns nach Gesellschaft war, vornehme Hara aus den benachbarten Schlössern zum Essen einladen; wir würden Wein aus langstieligen Gläsern trinken und hochgeistige Gespräche über die Welt draußen, die wir nie zu Gesicht bekamen, führen. Ach, was für ein Leben! Wer könnte sich mehr wünschen? Ich bin schon zuviel gereist. Vielleicht sind meine Lebensgeister müde. Ein Dasein mit Panthera würde meine Träume gewiß zum Lieblichsten machen, was es gibt …

»Du siehst so gedankenverloren aus, Cal«, sagte Panthera und unterbrach damit meinen Tagtraum.

»Mhmm«, nickte ich. »Ich dachte gerade über ein Leben nach, wie ich es gern führen würde.«

»Dann führe es doch!«

»Ich fürchte, dabei spielen zu viele Umstände mit, die nicht in meiner Hand liegen.«

»Es ist immer möglich, unser Leben in die eigene Hand zu nehmen, denke ich«, antwortete er. »Das sagt mein Vater, und er spricht nur dann, wenn er sich einer Sache sicher ist.«

»Ich wünschte, ich könnte dem beipflichten.«

Panthera brachte sein Pferd dichter an das meine heran. Ich sah, daß Kruin uns beobachtete; vermutlich spitzte er die Ohren, um zu hören, worüber wir redeten. »Ist es … Sind es die *Kräfte?*« fragte Panthera zaghaft.

Ich starrte ihn unverwandt an. Konnte ich? Konnte ich? »Manche Hara verfügen über ungewöhnliche Kräfte, ja«, erwiderte ich zurückhaltend. »Manche trachten danach, Kontrolle über das Leben anderer zu erhalten.«

»Cal, die Gelaminger … Worin bist du da verwikkelt?«

Das war die erste Frage von vielen, die ich von meinen Reisegefährten schon lange erwartet hatte. Bislang hatten sie taktvoll geschwiegen und ihre Beobachtungen bei sich behalten oder nur unter vier Augen besprochen. Was Kruin vermutlich halb verrückt gemacht hatte, weil er die geborene Klatschbase ist. »Stochere nicht zu tief in diesen Dingen herum, Panthera«, warnte ich. »Wenn ich verschlossen bin, dann nicht aus Eigenbrötelei oder Starrsinn, sondern weil das Wissen euch gefährlich werden könnte, denn damit würde ich euch in die Sache hineinziehen. Und dann könnte das, was immer sich da draußen befindet, zu dem Entschluß kommen, auch euer Leben in die Hand zu nehmen. Das möchte ich nicht auf dem Gewissen haben.«

»Cal, davor habe ich keine Angst! Wenn du es uns – oder auch nur mir allein – sagst, dann kann ich meine Kraft der deinen hinzufügen. Du hättest einen Verbündeten. Das würde sicherlich alles leichter machen.«

»Für mich vielleicht, aber was ist mit dir? Auf dich wartet ein ganzes Leben, Thera! Was ist mit deinem Vetter Namir? Ich will nicht, daß du mich noch einmal danach fragst. Ist das klar?«

Pantheras Blick wurde kalt. Er schätzt es nicht, wenn man in scharfem Tonfall mit ihm spricht, außerdem ist er der Meinung, seinen Wünschen wäre ausnahmslos und umgehend nachzukommen. »Ich finde das äußerst dumm von dir«, sagte er steif. »Und deine Erklärungen sind rührend theatralisch. Was ich mit meinem Leben anfange, geht nur mich etwas an. Es beleidigt mich, daß du meine Hilfe nicht annehmen willst. Und was Vetter Namir betrifft, so hat er zu diesem Zeitpunkt ganz gewiß schon einen anderen Gemahl auserwählt. Siehst du denn nicht, daß das Leben, von dem du sprichst, dieses ganze Leben, das vielleicht einmal auf mich gewartet hat, nicht mehr vorhanden ist? Es war dahin in dem Moment, als ich den Fuß nach Piristil setzte! Du bist nicht der einzige, der Sorgen hat, Cal!«

»Das vielleicht nicht, aber ich bin der einzige mit meinen *eigenen* Sorgen!«

Dieser Streit wäre wahrscheinlich in ähnlicher Tonart noch eine Weile so weitergegangen, aber an diesem Punkt wurde Kruin von seiner Neugier überwältigt, und er lenkte seinen Gaul an unsere Seite, wo ihn verkniffenes Schweigen empfing. Ich hatte keinen Zweifel, daß Panthera ihm später ohnehin alles berichten würde, was ich gesagt hatte.

Es würde zumindest zwei Tage dauern, bis wir Gimrah erreichten, und dann noch mal zwei Wochen, um nach Ferike zu gelangen. Doch jetzt, da wir Geld hatten, würden wir in der Lage sein, in Gasthäusern zu übernachten, statt im Freien zu schlafen, was ich als eindeutigen Fortschritt empfand. Und Kruin hörte nicht auf, wann immer sich die Gelegenheit dazu bot, den glücklichen Umstand von Arahals unerwartetem Erscheinen zu preisen – immer in der vergeblichen Hoffnung, von mir eine eingehende Aufklärung zu erhalten, was es damit auf sich hielt.

»Die Gelaminger haben viel Geld«, sagte ich, »das bißchen ist gar nichts für sie. Wären sie wirklich großzügig gewesen, hätten sie uns drei ihrer Pferde gegeben. Dann wären wir schon ein paar Stunden später in Ferike gewesen.«

»Ist dieser Arahal ein Freund von dir?« fragte Kruin wagemutig.

»Nein.«

»Ist ...«, begann Kruin von neuem, aber Panthera unterbrach ihn.

»Mach dir keine Mühe, Kruin. Er wird es dir nicht sagen.« Sie wechselten einen bedeutungsvollen Blick, der besagte, es würde mir wohl Spaß machen, ihre Neugier anzustacheln.

An diesem Abend entschieden wir uns, die Nacht in einem Gasthof an der Straße zu verbringen; er war alles, was von einer alten Menschenstadt übriggeblieben war. Wir alle hatten eine ausgiebige Nachtruhe bitter nötig. Unsere Reisegefährten waren entschlossen, zuvor ein ernsthaftes abendliches Besäufnis einzuschieben, und Kruin schloß sich ihnen an. Panthera und ich gingen auf unsere Zimmer. Ich verschloß die Tür und nahm mir ein Fläschchen Betica ins Bett mit, der aus der Gegend stammte und ein weitaus feinerer Trank war als das Zeug in Fallsend. Ich lag in der Dunkelheit meines Zimmers und bemühte mich, so betrunken zu werden, daß mein Schlaf traumlos sein würde. Dabei muß ich wohl eingedöst sein, denn plötzlich war ich so hellwach, als hätte mich jemand heftig aus dem Schlaf geschüttelt. Mir war schrecklich kalt, ich lag mit dem Gesicht nach unten, und mein Bett fühlte sich scheußlich unbehaglich an, gerade so, als wäre es mit Glasscherben bestreut. Ich öffnete die Augen und dachte eine Sekunde lang: Ach, ich träume!, doch meine Empfindungen waren unglaublich echt. Ich lag halb entkleidet mit dem Gesicht nach unten auf der Straße vor dem Gasthaus; ein eisiger Wind riß mit Zackenfingern an meinem nackten Fleisch. Ich stemmte mich mühsam auf die Knie hoch und sah mich um. Der Gasthof zu meiner Rechten lag im Dunkeln. Das einzige Licht kam vom Himmel, wo ein voller Mond über schaumgekrönte Wolkenwellen hüpfte. Links zog sich ein

Föhrenwald standhaft über eine Landschaft aus Betonbrocken und eingestürzten Gebäuden. In diesen wogenden Schatten konnte sich alles und nichts verbergen. Über den Wind hinweg vernahm ich ein beharrliches Geräusch, ein gleichmäßiges Trommeln, das immer näher kam. Das klingt nach Pferdehufen! dachte ich weise. Ich sehe besser zu, daß ich von der Straße wegkomme! Wer auch immer zu dieser späten Stunde noch unterwegs war, er hatte es eilig. Schwerfällig und völlig erstarrt von der Kälte wollte ich auf den Gasthof zutaumeln, doch wie in einem Alptraum weigerten sich meine Gliedmaßen, mir zu gehorchen. Schlafwandeln gehörte nicht zu den Dingen, die ich, wenn ich mich recht erinnerte, je zuvor getan hatte! Ich fiel wieder auf die Knie, und der Gasthof entfernte sich wie ein Bild, das zurückgezogen wurde. Der Blickwinkel veränderte sich. Der Mondschein warf harte Schatten, und alles sah zweidimensional aus. Ich spürte deutlich, wie die Zeit verging, und zwar in einem Tempo, das mir ungewohnt war. Mit zusammengekniffenen Augen versuchte ich, die Straße hinunterzublicken, Richtung Süden, woher die Hufschläge zu kommen schienen. Eine undeutliche schwarze Form bewegte sich dort wie eine rollende Kugel aus Rauch und näherte sich mit großer Geschwindigkeit. »Das ist nicht wirklich...«, sagte ich mir vor. »Ganz *sicher* nicht wirklich...« Und durch die düstere Allee, die von den hohen, weißgesprenkelten Föhren und den schneebedeckten Buckeln aus Schutt gebildet wurde, galoppierten zwei Pferde heran. Die kraftvollen Beine bewegten sich unnatürlich langsam, das Spiel der Muskeln, der Schwung der seidigen Mähnen, alles war verlangsamt; selbst die Eisstücke, die unter ihren Hufen von der Straße wegflogen, taten dies mit der Anmut eines Vogels. Ich regte mich nicht. Ich versuchte es nicht einmal. Ich konnte nur zusehen. Die Reiter auf den Pferden waren in Schwarz gekleidet, ihre Gesichter verhüllt. Sie saßen kerzengerade und paßten ihre Haltung nicht im geringsten den Bewegungen der Pferde an. Von ihren Schultern ragten schwarze Spitzen hinter den Köpfen auf, und ihre Panzerhandschuhe waren besetzt mit glänzenden schwarzen Edelsteinen. Da sie so dicht nebeneinander ritten, sah ich ihre Last erst, als sie bereits sehr nahe waren. Was auch immer sie mit sich führten, es war in ein weißes Laken gehüllt und schwang mit entsetzlich vielsagender Deutlichkeit zwischen den beiden Pferden hin und her. Da wußte ich, ihre Last war der Leichnam eines Hars. Es war, als könnte ich ihn sehen. Ein paar Schritte vor mir kamen die Pferde zum Stehen. Noch immer war nichts von den Gesichtern der Reiter zu erkennen. Die Pferde schnaubten Dampfwolken in die kalte Luft und warfen die Köpfe zurück; ihr Zaumzeug klingelte leise, die Hufe stampften. Als ich den Blick hob, schleuderten die beiden Reiter ihre Last vor mich hin. Sie landete mit einem dumpfen Laut auf der Straße und rollte ein wenig hin und her, ehe sie stillag. Das Laken war auseinandergefallen, und ich konnte das Gesicht sehen, das es verdeckt hatte – die weit aufgerissenen Augen, das knochenweiße Fleisch, das im Mondlicht noch bleicher wirkte. Mit seltsam analytischer Ruhe erkannte ich, daß ich Angst hatte, nein, mehr als Angst – es war reines, blankes Grauen, was ich fühlte. Der Leichnam zu meinen Füßen, das wohlbekannte Gesicht – natürlich wußte ich, wem es gehörte! Es gehörte mir! Ich war es, der da tot und kalt wie die Landschaft rundum auf der Straße lag! Machtlos blickte ich die beiden Reiter an. Es mußten Gelaminger sein, was sonst? Mit dem Verhüllen ihrer Gesichter konnten sie mich nicht täuschen, nein! Dann erregte eine Bewegung von unten meine Aufmerksamkeit. Ich wollte nicht hinsehen, aber eine krankhafte Faszination zwang meinen Blick abwärts. Die toten Lippen teilten sich und begannen sich zu bewegen. (O Gott, es versucht zu *sprechen!*) Ich gab einen entsetzten Laut von mir. Die Augen verdrehten sich, und das Ding, das aussah wie ich, entwand sich auf widerliche Art und Weise seiner weißen Hülle. Ich sah, daß der Körper keinerlei Verletzungen aufwies. Er rollte sich auf den Bauch und hob den Oberkörper wie eine Schlange, ohne sich auf die Arme zu stützen. Das Gesicht war nur eine Handbreit von meinem entfernt. Es roch nach nichts. Da erhob es seine gräßlich schnarrende Stimme. »Unter … unter den Bergen von Jaddayoth«, sagte es, gefolgt von einem würgenden Seufzen. Und da schrie ich auf. Ich entsinne mich, wie der Laut die Stille der Nacht zerbrechen ließ; der Wind hatte sich völlig gelegt. Keine Reaktion kam vom Gasthof her, keine Lichter gingen an, keine Fenster wurden aufgerissen. Das Ding, das ich war, schob sich vorwärts, als wollte es mich berühren. Ich bedeckte mir die Augen mit den Händen, unfähig zu jeder anderen Bewegung, und fiel …

Als ich die Augen öffnete, lag ich mit dem Gesicht nach unten in meinem Bett im Gasthof. Hellwach sprang ich auf, rannte zum Fenster und riß es weit, weit auf. Ich beugte mich hinaus, wobei ich spürte, wie das Eis auf dem Fensterbrett sich in meinen nackten Bauch bohrte. Die Straße unten war leer, keine einzige Spur befand sich im frischen Schnee. Immer noch fielen Flocken vom Himmel. Soweit ich sehen konnte, erstreckte sich die glatte, jungfräuliche Schneedecke auf der Straße nach Süden. Wie betäubt sank ich zu Boden, lehnte mich mit dem Rücken gegen die Wand und legte den Kopf auf das nasse Fensterbrett. In meinem Kopf schien vollkommene Leere zu herrschen. Ich betrachtete mein zerwühltes Bett und gab einen Laut von mir – einen kurzen Laut, nicht erschrocken, nicht amüsiert, sondern etwas von beidem: Meine Laken, das Kissen, der Boden rund um das Bett – alles war mit Schneeflocken bestreut, und sie schmolzen rasch.

Den Rest der Nacht schlief ich auf dem Boden, eine

Decke über mich gezogen. Unter den Bergen von Jaddayoth … Hatte ich geträumt? War diese Vision nur ein krankhafter Ausdruck meines noch krankhafteren Hirns? Aber wenn es Realität gewesen war …? *Was* sollte unter den Bergen von Jaddayoth sein? Was? Wartete dort der Tod auf mich oder nur die Unterwerfung? Es war kalt im Zimmer.

Am Morgen kam Panthera zur Tür herein und beäugte argwöhnisch mein Lager. Durch das offene Fenster war Schnee hereingeweht, und eine dünne Schicht befand sich auf meiner Decke.

»Warst wohl wieder betrunken, wie?« erkundigte er sich abfällig. Als ich nicht antwortete, schnaubte er verächtlich und ging nach unten.

Meine Gliedmaßen waren völlig steif gefroren, und ich kleidete mich langsam an. Offensichtlich hielt Panthera mich für einen Trunkenbold. Ich sah in den Spiegel – ein Anblick, der weit entfernt davon war, erfreulich zu wirken, da mein Gesicht immer noch die gelblich-violetten Spuren von Outhers freundlicher Zuwendung trug, welche nun von triefenden, blutunterlaufenen Augen ergänzt wurden. Mit einem Wort, ich sah fürchterlich aus. Eine Sekunde lang stützte ich mich auf meine steifen Arme und legte die Stirn an das Glas des Spiegels. Pellaz, dachte ich und wiederholte es laut: »Pellaz.«

Sein Name ist ein Fluch, ein Gebet.

Kapitel 12

In Gimrah

> Du döstest vor dich hin und sahst zu,
> wie die Nacht die tausend schmutzigen
> Bilder offenbarte, aus denen
> deine Seele gemacht ist.
>
> T. S. Eliot, *Preludes*

Meinen Reisegefährten gegenüber erwähnte ich meinen Alptraum (mein Erlebnis?) mit keinem Wort, dennoch blieb mir der Gefühlszustand, den er bei mir hervorgerufen hatte, wie ein saurer Geschmack auf der Zunge. Ich hatte vor dem Zubettgehen meine Tür versperrt, und doch war Panthera am Morgen ungehindert eingetreten … Ich durfte gar nicht daran denken. Ich konnte mich nicht länger darüber hinwegtäuschen: Ich hatte angenommen, meinem Verhängnis in Fallsend entkommen zu sein, aber es hatte mich wiedergefunden; dennoch war mir nie zuvor etwas wie vergangene Nacht widerfahren. Adieu, Schloß in Ferike. Adieu, schöne Träume. Ich spürte, daß ich keine Zukunft hatte, nur die Vergangenheit, die mir anhaftete wie eine ständig blutende Wunde, die untersucht werden wollte. An diesem Tag war ich kaum fähig zu sprechen. Kruin und Panthera hielten es für einen heftigen Kater; ihr Mitgefühl hielt sich in Grenzen.

Es wurde ruhiger auf der Straße, es gab immer weniger Reisende. Dörfer und Städte, an denen wir vorbeikamen, waren von den Menschen verlassen und dem Verfall preisgegeben worden; die Natur hatte sich darangemacht, diese Gebiete wieder in Besitz zu nehmen. Als die Stille des Weißen – wie die Hadassaher den Schneefall nannten – fast absolut wurde, sagte Kruin, daß die Grenze nun nicht mehr weit sei, und eines grauen, bedeckten Nachmittags wateten unsere Pferde durch eine Schneewehe, aus der das schwarze, mit Pferdehaaren versehene Totem der Gimraher ragte. Noch zwei Schritte, und wir hatten Hadassah hinter uns gelassen. Vor uns lag ein Tal, ein Teppich aus unberührtem Weiß. Kruin machte sich deshalb Sorgen; der Schnee hätte Verwehungen gebildet, meinte er, niemand wüßte, wie hoch er lag, und das könnte sich als gefährlich erweisen. Ein leichter kalter Wind, der durchsetzt war mit winzigen tanzenden Schneekristallen, zauste unsere Pelze und die Mähnen der Pferde. Die Nacht würde rasch kommen.

Als ich hinter den anderen herritt, überkam mich plötzlich das heftige, bittersüße Gefühl des Déjà-vu. Konnte es nicht Saltrock sein, da unten, wenn ich die Augen zusammenkniff? Nicht Schneewehen, sondern Stranddünen aus ätzendem Soda? War da nicht ein Anflug ihres strengen Geruches? Jetzt bin ich wieder dort, reite hinein in die Stadt. Betrunken und elend. Ich denke: Wie kann ich es ihnen sagen? Was kann ich ihnen sagen? Meine Wasserflaschen sind leer. Arme und Knie sind zerschunden, meine Lippen aufgesprungen von der Wüstenhitze. Ich bin allein. Allein. Allein. Wie sehr das damals durch meine Seele hallte! Wie sehr es jetzt durch die überwachsenen Räume meines Herzens hallt! Ich entsinne mich, verliebt gewesen zu sein, erinnere mich an meine Glückseligkeit, aber das alles war nicht von Dauer. *(Ein Schrei; der Schrei eines Pferdes.)* Nein!

Kruin zwang sein Pferd den Hang hinab. Es geriet ins Rutschen, streckte den Kopf hoch und legte die Ohren an. Kruin wurde zu einem Gedanken, der sich durch die Leere eines toten Gehirns bewegt. Er drehte sich um. »Los, kommt!« Panthera und ich folgten ihm.

Der Himmel war bereits schwarz, als wir endlich Lichter in der Ferne erblickten. Kruin erklärte, er habe gewußt, daß sich hier irgendwo eine Ansiedlung befinden mußte. Ihr Name war Lemarath.

Alle Siedlungen der Gimraher sind ein Zusammenschluß großer Farmen und kleiner Städte, stolz auf ihre Unabhängigkeit und miteinander in dauerndem Wettbewerb stehend, was ihre Herden betrifft. Um die lähmende Kälte zu vergessen, die sich in unsere Glieder bohrte, als wir durch den tiefen Schnee auf die Lichter zuritten, erzählten mir Kruin und Panthera von den Gimrahern. Gelaminger von ihrem Ursprung her, hatten sie sich vom Hauptstamm getrennt, um bei ihren Pferden ihre eigenen Zuchtprogramme durchzusetzen. Die Gründerhara kamen alle aus der Arbeiterschaft in den Stallungen der Gelaminger und hatten sich und ihr Leben ganz den Tieren, die sie aufzogen und pflegten, verschrieben. Als einziger unter allen Wraeththu-Stämmen, die für gewöhnlich den Aghama in den verschiedensten Gestalten und unter allen möglichen Namen verehren, haben die Gimraher eine Göttin. Das ist insofern ungewöhnlich, als die meisten Hara die sexuelle Zweiteilung wie bei den Menschen ablehnen und nur die Verehrung eines höheren Wesens billigen können, das beide Geschlechter in sich vereint wie sie selbst – oder aber die Anbetung der Lebenskraft der Erde selbst, die sich überwiegend weiblich darstellt, jedoch verbunden ist mit der männlichen Seite der Sonne. Die Göttin der Gimraher hat die Gestalt eines Pferdes. Während der Anbetung legen alle Hara ihre Maskulinität ab; für die Göttin sind sie Soume. Darüber hinaus muß der Akt der Zeugung stets im Licht der Sonne stattfinden. Abgesehen von diesem reichlich sonderbaren Brauch sind die Gimraher der einzige Stamm in Jaddayoth, der sein Territorium, ja selbst seine Häuser mit Menschen teilt. Schon als sie ihren Anspruch auf das Land geltend machten, boten sie der leidenden menschlichen Bevölkerung Hilfe, Arbeit und Beistand gegen weniger tolerante Hara an. Als Schützer und Bewahrer gefährdeter Arten haben die Gimraher verfügt, daß alle männlichen Menschen schon in jungen Jahren mit weiblichen Partnern ein oder zwei Kinder zeugen müssen und erst danach in die Gemeinschaft der Wraeththu aufgenommen werden. Eine merkwürdig zivilisierte Vereinbarung. Doch so kommt es, daß alle erwachsenen Menschen in Gimrah weiblichen Geschlechts sind. Die beiden Rassen leben in vollkommener Harmonie miteinander, wobei die Menschen sich damit abgefunden haben, der überlegeneren Rasse die Oberhand zu lassen. Für die Frauen in Gimrah sind Hara keine Hermaphroditen, sondern einfach Frauen, die das Männliche in sich aufgenommen haben und so keinen Bedarf mehr danach haben. Damit zu leben, war anfangs etwas verwirrend.

Es gibt keine Mauern um die Estembles, wie die Gimraher ihre Farmen nennen. Und so schlugen wir alle Vorsicht in den Wind und klopften halbtot vor Kälte an die erste Tür, die wir in Lemarath finden konnten. Sie gehörte zu einem mittelgroßen Haus aus Stein und Holz, hinter dem etliche Nebengebäude standen – eine Scheune und vermutlich Stallungen. Über der Tür schaukelte eine Laterne ächzend im Wind. Die Fenster waren dicht verhängt, aber dahinter konnten wir einen Lichtschein sehen. Die Tür wurde von einem Menschenkind, einem Mädchen in einem dicken Umhängetuch aus Wolle, geöffnet. Sie blinzelte in die beißenden Schneeflocken. »Ja, was wollt ihr?« fragte sie – ziemlich selbstbewußt, wie ich fand. Ich war daran gewöhnt, daß alle Menschen, die überlebt hatten, ein unterwürfiges Benehmen an den Tag legten. Hinter dem Mädchen hervor strömten uns Wirbel aus warmer Luft entgegen und gaben uns eine aufreizende Ahnung von der Behaglichkeit im Inneren des Hauses.

»Wir sind Reisende aus Hadassah«, erklärte Kruin, »und brauchen eine Unterkunft für die Nacht. Wir möchten uns erkundigen, wo wir eine finden können.«

Das Mädchen warf einen Blick hinter uns und die Straße entlang, verzog das Näschen, wickelte sich fester in ihr Tuch und trat aus der Tür. Sie streckte eine magere Hand aus und strich dem nächststehenden Pferd über das Fell. »Habt ihr Geld, Tiahaara? Es ist eine bitterkalte Nacht, nicht wahr?«

»Wir haben Geld«, antwortete Kruin vorsichtig.

»Dann wartet einen Moment. Vielleicht könnt ihr hierbleiben. Ich werde fragen.« Sie ging ins Haus zurück und warf uns die Tür vor der Nase zu.

Wir tauschten verblüffte Blicke aus, aber Kruin machte eine wegwerfende Handbewegung und schüttelte den Kopf. »Das ist ein fremdartiges Land, und wir sind Fremde«, sagte er. Es war Erklärung genug.

Kurz darauf ging die Tür wieder auf. Das Mädchen kam heraus und nahm die Zügel aller drei Pferde in eine Hand. »Ihr könnt eintreten«, sagte sie. »Ich kümmere mich um die Tiere. Meine Mutter verlangt drei Spinner für die Übernachtung und eine warme Mahlzeit – pro Person.«

Zischend sog Kruin Luft durch die Zähne. »Ziemlich teuer fürs Landleben, nicht wahr?«

Das Mädchen zuckte die Achseln und führte unsere Pferde hinter das Haus: »Die Zeiten sind schlecht, Tiahaar.«

Wir traten durch die Tür und standen in einer geräumigen Küche mit niedriger Decke, wie sie typisch ist für jedes ordentliche Bauernhaus. Kruin ging geradewegs auf das lodernde Feuer zu. Etliche Hunde und Katzen hoben schläfrig den Kopf, um uns voll Mißtrauen zu mustern. Panthera warf unser Gepäck, von dem er den größten Teil getragen hatte, zu Boden und ließ sich in einen Sessel fallen.

»Gott, was für eine Wohltat!« sagte er durch steifgefrorene Lippen.

»Die gleiche wie euer Geld in diesem grausamen Winter!« Wir fuhren herum. Eine Frau war durch die Tür im äußersten Winkel des Raumes eingetreten. Sie trocknete sich die Hände an ihrer Schürze ab – ein hochgewachsenes, knochiges Geschöpf mit einem ziemlich verdrießlichen Gesicht. Sie trug Hose und Jacke aus dicker Wolle, und ihr Haar war unter einem gemusterten Tuch verborgen. Sie nahm die Schürze ab und hängte sie über einen Sesselrücken; dann streckte sie sich ein wenig, rieb sich den Nacken und verzog das Gesicht. »Das ist eigentlich kein Reisewetter, Tiahaara! Bitte setzt euch doch alle.« Sie deutete auf die Stühle, die um den Tisch herum standen. »Ihr müßt entschuldigen, wir hatten einen Notfall weiter unten an der Straße. Eine verfrühte Geburt. Ich bin völlig erledigt, aber Jasca sollte inzwischen das Essen gekocht haben. Ihr seid herzlich eingeladen, es mit mir zu teilen.« Sie ging zu einem riesigen Kochherd und hob einige Deckel von den Töpfen. Verführerische Gerüche umwehten unsere triefenden Nasen. »Aha, es gibt Rindfleischeintopf. In dieser Jahreszeit sind Gäste selten, Tiahaara, ich habe nichts Feineres anzubieten.« Sie fuhr fort zu plaudern, während sie uns die Teller mit dem Essen vorsetzte. »Wir kriegen noch mehr Schnee, sagen sie oben im Haus. Noch mehr! Wir haben zwei Tage gebraucht, um einen Weg zur Südweide freizuschaufeln, wo meine Nachbarin Lizzieman fast ihre Jährlinge verloren hätte! Und jetzt muß Clariez auch noch ihr Kind bekommen. Die Göttin wird uns keine Rast gönnen, bis zum Frühjahr, das wette ich! Egal, neue Gesichter sind uns immer willkommen, Tiahaara, immer herzlich willkommen.«

Wir erfuhren, daß die Frau (sie hieß Cora) im Sommer einen Großteil ihres Lebensunterhaltes damit verdiente, Zimmer an Durchreisende zu vermieten. Viele Hara reisen aus Hadassah und Natawni zu den Pferdemärkten im Süden. Der Eintopf war ausgezeichnet. Dazu schenkte Cora uns Wein ein, den sie, wie sie uns stolz erzählte, aus Rosenblättern und dem Saft von Bäumen selbst herstellte. Er schmeckte zart und sehr köstlich und moussierte ein wenig.

Ich spürte, wie mir die Lider herabfielen, was Cora wohl bemerkte. »Wie viele Zimmer werdet ihr brauchen?« fragte sie geradlinig.

Ein kurzes Schweigen folgte. »Können wir später noch mal darauf zurückkommen?« erkundigte Kruin sich daraufhin artig.

Cora trank ihren Wein aus und stand auf. »Aber natürlich. Ruft mich, wenn ihr etwas braucht, ich bin in der Nähe«, antwortete sie und verschwand in einen anderen Raum, wobei sie die Tür hinter sich schloß. Ein taktvolles, scharfsichtiges Geschöpf.

Nachdem sie gegangen war, räusperte sich Kruin und sagte: »Ich glaube, jetzt fühlen wir uns alle wieder wohl.« Ich hob die Schultern, Panthera antwortete nicht. »Ich glaube«, begann Kruin erneut, diesmal zögernder, »wir sollten heute nacht … zusammensein.«

»Das glaube ich nicht!« widersprach Panthera viel zu laut und viel zu giftig.

Kruin zuckte zusammen. »Wie du meinst«, sagte er trocken. »Dann also zwei Zimmer, Cal?«

Ich seufzte. »Wenn du möchtest. Ich fürchte mich ohnedies vor meinen Träumen, wenn ich nicht im Freien schlafe.«

Kruin griff nach meiner Hand. »Seit Fallsend habe ich mich schon so oft danach gesehnt, das vorzuschlagen«, sagte er.

Panthera stieß einen verächtlichen Laut aus und verdrehte die Augen. »Oh, *bitte!*« rief er sarkastisch. Er ist eine völlig unromantische Natur.

Ich muß gestehen, es war ein Vergnügen, fast eine Erleichterung, wieder einmal die trägen, sinnlichen Freuden des Aruna zu erleben. Ich hatte Kruins Körper immer schon gemocht, selbst damals schon, als er für das Recht, in den Genuß des meinen zu kommen, von Jafit schwer zur Kasse gebeten wurde. Doch nun war meine Libido ziemlich gedämpft gewesen, ein normalerweise unbekannter Zustand für mich. Im Gegensatz zu Kruin waren mir seit dem Verlassen von Fallsend Gedanken an körperliche Nähe nicht durch den Kopf gegangen, wozu wohl die Kälte einiges beigetragen hatte. Aber vielleicht trugen daran noch mehr die ekelhaften, entwürdigenden Erniedrigungen Schuld, die ich in Piristil über mich ergehen lassen (und in die Wege leiten) mußte – verbunden mit der Vergewaltigung durch Outher. Solche Dinge beflügelten den sexuellen Appetit nicht unbedingt. Die kurze Zeit, die ich mit Lucastril in Jasminia verbracht hatte, war auch nicht besonders anregend gewesen. Aber vielleicht hatte es darüber hinaus etwas damit zu tun, daß ich fürchtete, Pell würde mich die ganze Zeit über beobachten. Doch in Coras Haus fühlte ich mich sicher, und in Kruins Armen fühlte ich mich noch sicherer. Jetzt, da wir seiner Heimat schon so nahe waren, hielt Kruin sich eisern an seinen Stammeskodex, was mir nur allzu recht war, weil ich mich zu elend und erschöpft fühlte, um Ouana zu sein. Obwohl wir hundemüde waren und vom Aruna noch ausgelaugter als zuvor, hatten weder Kruin noch ich Lust zu schlafen. Also verbrachten wir ein Stündchen damit, über Panthera zu klatschen – höchste Zeit, so fand ich, für diesen Seitenwechsel, denn bisher hatten die beiden immer nur über mich geklatscht. Es überraschte mich festzustellen, daß Kruin zutiefst beleidigt war, weil Panthera sich geweigert hatte, die Nacht mit uns zu verbringen. Da ich wußte, daß die harische Natur keineswegs so freizügig und offen war wie gern angenommen, hatte mich Pantheras Entschluß überhaupt nicht beleidigt, ich fand ihn, ganz im Gegenteil, eher verständlich. So versuchte ich nun, Kruin zu erklären, daß Panthera zuerst einmal Piristil würde überwinden müssen, ehe er an neue Beziehungen denken konnte.

Klarerweise war Kruin nicht dieser Meinung. »Solche Wunden sollten behandelt werden, und zwar rasch«, sagte er ernst. »Du weißt, daß das Leben eines jeden Har ohne den Aruna unvollständig ist. Er ist unser Lebenselixier.«

»Nicht in jedem Fall, Kruin«, erwiderte ich. »In einer perfekten Welt vielleicht, doch gelegentlich beeinträchtigen die äußeren Umstände das Wohlergehen unserer Lebenssäfte, wenn ich so sagen darf. Panthera ist noch jung. Er braucht Zeit. Ich bin sicher, es wird ihm bald gutgehen, wenn er wieder zu Hause ist. Irgend jemand wird sich in ihn verlieben und ihn aus dem Schneckenhaus herauslocken, in das er sich jetzt zurückgezogen hat.«

Kruin war in streitlustiger Stimmung, aber ich war zu müde, um weiter zu debattieren. Vermutlich hatte ich auch genug von dem Thema. Kruin jedoch schnatterte fröhlich weiter über die Notwendigkeit des Aruna (leidenschaftlich bei der Sache, weil er sich soeben ausgiebig vergnügt hatte), merkte aber nach einer Weile, daß ich nicht richtig zuhörte. »Cal, was ist eigentlich los mit dir?« fragte er und strich mir in einer Weise über das Gesicht, daß es mir nicht möglich war, mich abzuwenden. »Ich weiß, du bemühst dich, es zu verbergen, aber irgend etwas stimmt nicht, habe ich recht? Es hat doch mit den Gelamingern zu tun, oder?«

»Du bist zu wißbegierig«, bemerkte ich leichthin und schloß die Augen.

»Nicht nur! Ich sorge mich einfach um dich! Gelegentlich machst du es einem schwer, dich zu mögen, Cal. Ich weiß nicht, warum, aber es ist mir nicht gleichgültig, was mit dir passiert, wie sehr du dir das auch wünschen möchtest. Warum vertraust du mir nicht?«

Ich sah ihn an. »Darum geht es nicht, Kruin. Ich glaube, ich würde Thera und dir jetzt mein Leben anvertrauen; wir haben einander geholfen, wir sind Freunde, nicht wahr? Und das ist der Grund, warum ich nicht offen mit euch reden kann. Ihr seid meine Freunde.«

»Dann können wir dir vielleicht helfen? Was es auch ist, vielleicht siehst du es falsch, und möglicherweise können wir dir helfen.«

Ich antwortete nicht. Ich konnte nicht. Womöglich hatte er recht, doch in meiner Kehle schien ein Ventil zu sitzen, das die Worte nicht hinauslassen wollte.

Kruin seufzte. »Gut, gut, ich bin schon ruhig. Aber bitte denk daran, es ist nicht Neugier von meiner Seite, okay? Wenn du irgendwann einmal darüber reden willst, dann ...«

Ich lächelte ihm zu und strich leicht über sein scharfkantiges, vornehmes Kinn. »Ja, ich weiß, Kruin. Danke.«

Er nahm meine Hand und küßte sie leicht – eine kleine Geste der Zuneigung, die an mein Herz rührte. Ich spürte einen Klumpen in meiner Kehle. Kruin drückte mich fest an sich, und ich hielt still. »Ach, Cal, Cal, hab keine Angst. Sei nicht unglücklich«, sagte er etwas ratlos, weil er nicht wußte, wovon er mich überzeugen sollte. Einen Augenblick lang hatte ich das Gefühl, ihm alles erzählen zu können, aber der Augenblick ging rasch vorbei. Kruin war nicht dazu bestimmt, daran teilzunehmen.

Ich wachte auf und lag im Heu; schreiend. Schrill, hysterisch. Ein, zwei Sekunden lang dachte ich: das ist ein Traum. Ich träume wieder. Ich befand mich in einer hohen Scheune, und diesmal war meine Bewegungsfreiheit nicht eingeschränkt. Ich kletterte von den losen

Heuballen, auf denen ich gelegen hatte, und wankte über den staubigen, mit trockenen Halmen bedeckten Boden der Scheune zu dem hohen Tor, das einen Spalt offen stand. Ein schwerer Holzbalken lag auf der Schwelle. Draußen konnte ich auf der anderen Seite des schneebedeckten Hofes die Rückseite von Coras Haus sehen; links und rechts von mir standen ein paar Holzhütten und offene Stallungen. Es fühlte sich nicht wie ein Traum an, überhaupt nicht. Ich fror, denn ich hatte die Kleider nur lose übergeworfen, als hätte ich sie in großer Eile angelegt, und meine Füße waren nackt. Im Haus brannte kein Licht. Während ich einen letzten Blick über die Schulter zurück in die Scheune warf, in der sich außer Heu nur Schatten befanden, schlich ich mich durch die Tür. Ich kam zu dem Schluß, daß ich wohl schlafwandelte – ein unangenehmer Gedanke, aber nicht ganz so quälend wie eine andere Halluzination. Über mir zeigte sich der Himmel übersät mit glitzernden Sternen, und die Luft war glasklar wie Kristall. Die Hintertür des Hauses war beinahe zugeweht. Es mußte im Lauf der Nacht wieder geschneit haben, und der Schnee lag in einer dicken Schicht auf dem Hof. In einer zu dicken Schicht, denn gewiß mußten Cora oder die anderen Hausbewohner den Hof täglich freischaufeln. Ich begann zu laufen, aber das Haus wollte nicht näher kommen. Plötzlich wurde mir schlecht. Panik überschwemmte mich mit einer Woge von Übelkeit. Ich kämpfte gegen eine unsichtbare Mauer an. Ein Erstickungsanfall, verursacht von meinem eigenen Atem, warf mich auf die Knie, und ich schüttelte den Kopf, zwang mich aufzuwachen, aber es war alles Wirklichkeit. »Cal!« Ich zuckte hoch. Die Stille war lähmend. Was hatte ich gehört? Meinen Namen? Woher war er gekommen? »Nein«, antwortete ich rational, um flehentlich hinzuzufügen: »Nein, nein, nein, nein!« Rundum Schweigen. Ich umschlang meinen Kopf mit den Armen, blieb im Schnee knien und wartete; wartete. Eine leichte, eisige Brise hob mein Haar hoch. Die Stille rückte von allen Seiten auf mich zu; sie war voll Energie. »Zeig dich doch!« Mein Schrei hörte sich seltsam gepreßt an. Kein Nachhall. Immer noch nichts. Ich rappelte mich auf, meine Füße brannten von der Kälte. Ich muß mit alldem vernunftmäßig fertig werden, dachte ich, ich muß meinen Willen konzentrieren! Ich muß zum Haus kommen! Dann machte ich einen Schritt, und dann noch einen, und dann faßte eine Hand von hinten in mein Haar, ein starker Arm legte sich um meinen Hals und zog mich rückwärts. Ein Körper; jemand in Leder und feucht riechendem Pelz. »Wie immer unbrauchbar in Krisenzeiten, Cal. Genauso wie immer!« Diese Stimme an meinem Ohr, die ich sofort wiedererkannte! Ich spürte die Wolken seines Atems warm und feucht auf meiner Haut. Das konnte kein Traum sein.

»Nein, du bist nicht hier!« sagte ich entschieden. Und dann, um mich noch mehr zu überzeugen: »Du *kannst* nicht hier sein!«

Er lachte leise, zurückhaltend. »Entschuldige, Cal, aber ich *bin* hier. Bin ich nicht immer bei dir? Ich finde, das sollte ich auch sein, und wenn auch nur um der Erinnerung willen.«

Er drehte mich herum, so daß ich ihm ins Gesicht blickte. Sein Kopf war mit einem dicken, fransenbesetzten Schal umwickelt, aus dem nur die Augen hervorsahen. Seine Augen hatten sich nicht verändert, aber ich konnte mich nicht an eine tiefe weiße Narbe erinnern, die seine linke Braue durchschnitt, was ihm ein finsteres Stirnrunzeln verlieh. Mit einer Hand löste er das Tuch vor dem Gesicht. »Mein treuer Freund«, sagte er. »Willst du mich nicht begrüßen? Es ist so lange her! Versammelt schlagen unsere Herzen näher – nicht wahr?« Natürlich sah er älter aus, magerer, und seine natürliche Wildheit erschien mir irgendwie gebändigt.

Ich hatte ihn einst sehr gut als Zackala gekannt; jetzt hatte ich keine Ahnung, wer oder was er war.

Er prüfte meine Gedanken. »Ich bin keine Illusion«, sagte er, »glaub das niemals. Du darfst dich keiner Selbsttäuschung hingeben, mein guter Cal, nicht einmal am hellen Tag. Bewundere lieber meine Zurückhaltung. Ich hätte mich dir schon vor langer Zeit zeigen können.«

Er war der Hund, der meinen Spuren folgte, ich hätte es wissen müssen! Und wahrscheinlich hatte ich das auch gewußt, tief in meinem Innersten. Vielleicht hatte es mich deshalb so nervös gemacht, Piristil zu verlassen, hervorzukommen aus meinem Versteck. Meine feineren Sinne waren so stumpf geworden wie die Sinne derjenigen, über die ich in der Musenda gespottet hatte. Es war mein eigener Fehler; Arahal hatte recht gehabt, aber nun war es zu spät, um irgend etwas zu ändern.

»Pellaz hat dich zurückgeholt, nicht wahr?« sagte ich.

Zack lachte mir ins Gesicht. »Mich zurückgeholt? Von wo denn? Um Himmels willen, Cal, hast du wirklich geglaubt, ich wäre tot? Hast du mich sterben sehen? Nein, wenn ich mich recht erinnere, hast du keine Zeit damit verloren, abzuwarten, was mit mir geschah. Nein, mein Lieber, Pellaz hat mich nicht zurückgeholt. Ich habe *ihn* gefunden.« Ein Ausdruck, den ich als Ekel deutete, verzerrte sein Gesicht. Er stieß mich von sich.

»Was willst du von mir?« Ich war immer noch nicht überzeugt davon, daß er wirklich vor mir stand.

»Weißt du das nicht? Ach, Cal!« Er lachte und zog den Schal von seinem Hals weg. »Siehst du meine Narben? Gott sei Dank nicht tödlich, aber beinahe, beinahe.« Er hat von Natur aus dunkle Haut, und die Narben traten sehr weiß hervor. »Irgend jemand hat mich einem guten Arzt in die Hände gedrückt. Ein Glück, nicht wahr? Dennoch hat es lange gedauert, bis ich wieder genesen war. Die Welt hat sich verändert, findest du nicht?«

»Bist du bei *ihnen?*« fragte ich.

»Ich bin bei *dir,* Cal«, antwortete er mit seidenweicher Stimme. In seinen Augen glitzerte es unheimlich, wie rotes Feuer. Er streckte die Hände nach mir aus, und ich machte einen Schritt zurück. »Oh, komm schon, Lieber! Teile den Atem mit mir, um der alten Zeiten willen! Wir wollen uns erinnern…«

Abwehrend hob ich die Arme, aber zu spät. Seine Lippen zogen sich zurück, und sein Atem strömte tosend in meinen stumm aufschreienden Mund. Augenblicklich war Finsternis in meinem Kopf, ein Hämmern, der Stich eines Messers, ein schriller, silberner Ton. Ich verlor mich in einem Wirbelsturm aus Gefühlen: Haß, Bitterkeit, Enttäuschung, Schmerz. Ich spürte seine Hände auf meinem Rücken, seine Klauen, die mein Fleisch aufschlitzten, seine Zähne, die knirschend an die meinen stießen, aber diese physischen Dinge waren nicht wirklich. Realität war das Gift des Verrates, das gelbe, süße Parfüm jener, die Schuld auf sich geladen haben. Wir prallten aufeinander, aber nicht wie Schwerter, sondern wie ölige Flüssigkeiten, wie Farben, die sich mischten und wieder abstießen. Ich spürte, wie ich hinabsank, viel zu schwach, meine Lebenskraft verkümmert, meine Kräfte dahin. Er war Tinte auf meiner Seele; ich ertrank darin. Ich glitt, ich sank, ich fiel… und erwachte mit einem Ruck neben Kruin, einen Schrei in der Kehle und einen sauren Geschmack im Mund. Im nächsten Moment war Kruin wach, erschrocken und verängstigt, und beugte sich über mich. »Was ist denn, Cal, was denn?« sagte er mit furchtsamer Stimme und drückte mich zurück ins Kissen.

Ich wollte schreien; ich brauchte diese Erleichterung, brachte aber keinen Ton hervor. Mein Körper war eiskalt.

Wir sind nun seit mehr als einer Woche in Lemarath, denn die Straße nach Süden ist unpassierbar. Cora ist überzeugt, daß sie bald geräumt wird, aber momentan sind alle viel zu sehr damit beschäftigt, mit anderen unvorhergesehenen Notlagen fertig zu werden, die das Wetter verursacht hat. Außerdem ist diese Menge an Neuschnee geradezu furchterregend, er fällt rascher herab, als man ihn beiseite schaffen kann. Ich spüre, wie ich mich in ein angenehmes Dahinvegetieren sinken lasse. Lethargie, verursacht von der Kälte, rede ich mir ein, aber andererseits schreibe ich bereits seit zwei Tagen ohne Unterlaß. Zumeist bin ich allein. Kruin und Panthera helfen den Gimrahern. In der Küche ist es sehr still. Wegen des ewig mit dicken Wolken bedeckten Himmels scheint der Tag nur aus Dämmerung zu bestehen. Es gefällt mir gut hier; die Leute sind fröhlich und stark. In Coras Haus leben außer ihr selbst noch drei Personen: ihre Tochter Jasca, ihr sechs Jahre alter Sohn Natty und eine junge Frau namens Elveny. Sie arbeiten Tag für Tag zusammen, Schulter an Schulter, schaufeln Schnee, schleppen Heu- und Strohballen auf dem Rücken, mischen Futter. Nie fällt ein böses Wort.

Gestern abend nach dem Essen las Elveny mir aus der Hand und erklärte ernsthaft, ich müßte die Frau in mir bluten lassen.

»Und was meinst du damit?« fragte ich freundlich.

Sie ließ meine Hand fallen und starrte mir in die Augen. »Schönheit allein ist nicht genug«, sagte sie.

Vielleicht dachte sie, ich würde sie ohnedies verstehen – was stimmte –, aber ich tat so, als hätte ich keine Ahnung, wovon sie sprach. Ich nahm ein Messer vom Tisch. »Schau her«, sagte ich und fuchtelte ein wenig damit herum. »Das ist der Mond.« Ich schnitt mir ins Handgelenk (natürlich an der Außenseite).

Elveny verzog den Mund. »Ach, hör doch auf!« rief sie. Ich ließ das Blut den Arm entlang rinnen, aber der Kratzer gab so wenig her, daß es erstarrte, ehe es auf den Tisch tropfen konnte. Dahinter steckt wahrscheinlich irgend eine Art von Moral.

Jubilee Hafener war gestern hier. Die Hafeners sind die Wraeththu-Familie, denen Lemarath gehört, die den Ort leiten und versorgen. Jubilee ist der Sohn von Gasteau und Lanareeve, welche die erste Geige hier spielen. Natty erzählte mir, daß das Haus der Hafeners Heartstone heißt, aber wegen des Schneetreibens können wir es momentan nicht sehen. Ich saß wie üblich in der Küche, Papier und Feder vor mir, Wein zur Linken, geschnorrte Zigaretten zur Rechten, als ich einen Tumult im Hof draußen wahrnahm. Ich ging hinaus. Der junge Hafener ritt ein hohes, kräftiges Pferd, das mit Schaffellen bedeckt war. Er wurde begleitet von zwei bewaffneten Frauen und einem jungen Har, dessen Initiation offensichtlich noch nicht lange zurücklag. Cora kam eilig aus der Scheune und zog sich im Laufen das Tuch vom Kopf; ihr Haar ist dicht und über der linken Schläfe reizvoll mit Grau durchsetzt. Jubilee Hafener trug einen schweren Mantel; das glatte schwarze Haar hing ihm zu Zöpfen geflochten weit über den Rücken hinab. Seine Haut war sehr hell. Ich betrachtete alles eingehend und trat wieder ins Haus. Wie immer drehte sich das Gespräch um den Schnee. Die fremden Frauen und der junge Har kamen in die Küche. Ich fand, es wäre besser, höflich zu sein, und sagte guten Tag. »Gibt's etwas Heißes zu trinken?« fragte eine der Frauen. Sie sah aus, als könnte sie mit ihren Zähnen einem erwachsenen Löwen das Fell über die Ohren ziehen. Ich lächelte, ging zum Herd und goß Kaffee ein.

»Auf der Durchreise, sagt Cora«, bemerkte die Frau.

Ich nahm an, sie meinte mich und meine Gefährten. »Ja«, antwortete ich. »Fürchterliches Wetter, nicht wahr?«

Mit einem Grunzen ließ sie sich auf meinen Stuhl fallen und nahm eine von meinen Zigaretten, worauf sie das Päckchen ihren Begleitern hinhielt. Doch das ist in Gimrah, wo alle alles miteinander teilen, ein übliches Verhalten. Hier gibt es keine kleinlichen Benimmregeln. Ich setzte mich zu den anderen, und es traf sich, daß wir schließlich über Fallsend redeten. Sie platzten fast vor Neugier, zeigten aber weder Entrüstung noch Entsetzen über meinen Bericht. Ich mag diese Leute. Nach einer Weile kam Cora zusammen mit dem jungen Hafener herein. Er ist nicht sehr hochgewachsen, macht aber diesen Eindruck; ein Anzeichen wahrer Vornehmheit. Ich erwartete fast, daß seine Leute bei seinem Eintreten aufstehen würden, aber ich irrte mich.

»Bist du krank?« fragte er mich. »Du arbeitest nicht mit den anderen.«

Aus diesem Grund fühlte ich mich am Abend zwar gezwungen, meine Hilfe bei der Fütterung der Tiere anzubieten, aber ich war nicht unbedingt mit Leib und Seele bei der Sache. Ich arbeite nur mit halber Kraft in diesen Tagen, und ein Winkel meines Hirns schläft immer ein bißchen, weil es zu große Angst hat vor dem Wachsein. Am Morgen nach meinem Traum von Zack (ich weigere mich, darin irgend etwas anderes als einen Traum zu sehen) blickte ich aus dem Fenster meines Zimmers auf einen säuberlich vom Schnee befreiten Hof. Dann entdeckte ich, daß ich der erste auf den Beinen war. Das soll mir einmal einer erklären. Kruin sorgt sich um mich, als fürchte er, ich könnte mir etwas antun. Panthera ist zurückhaltend. Ich glaube, er ist zu dem Schluß gekommen, ich müßte irgendeine Art Verbrecher sein – ein ewig besoffener noch dazu. Ich weiß, daß ich zuviel trinke, aber was soll's. Jedenfalls brauche ich es und habe es mir verdient. Ja, ich weiß, daß ich mich gehenlasse. Es ist trotziger Widerstand: Vielleicht läßt Pell mich in Ruhe, wenn ich nicht mehr begehrenswert bin. Wie Elveny sagte, Schönheit allein ist nicht genug. Und wenn sie alles ist, was ich habe, dann wollen wir mal sehen, was ohne sie geschieht! Es macht mir Angst, daß ich solche Gedanken habe. Ich war immer so stark, so widerstandsfähig. Haben *sie* vielleicht etwas mit mir angestellt? Ich denke an Terzian. Bin ich gerade dabei, das gleiche Schicksal zu erleiden? Zeit für das nächste Glas. Aus Ratlosigkeit füttert Cora mich mit allerlei Tränklein, die meinen Gesundheitszustand verbessern sollen. Sie glaubt, ich hätte mir unterwegs irgendeine Infektion zugezogen. Außerdem hat sie begonnen, den Wein zu verwässern. Wenn ich jetzt aus dem Fenster blicke, kann ich Panthera sehen, der im Schnee mit Coras Kindern spielt. Ganz gewiß wurde er nur zu meiner Qual erschaffen! Er ist in Pelze gehüllt, und seine dunkle Mähne ist bestäubt mit Schnee. Ich sehne mich schmerzhaft danach, ihn in meinen Armen festzuhalten, weil er mich an Pell erinnert, an den wahren Pell. Wenn mir solche Gedanken kommen, muß ich sie niederschreiben, denn das ist wie eine Reinigung. Heute bin ich ganz wirr im Kopf. Wie lange kann ich noch so weitermachen? Was wird als Nächstes geschehen? Ach, hör schon auf, Cal, du wirst noch zu einem elenden Langweiler!

Aus reiner Neugier, denke ich, haben uns die Hafeners nach Heartstone eingeladen. Wir gingen alle hin, auch Cora und ihre Familie. Die Frauen behandelten die Angelegenheit als großes Ereignis; sie zogen lange weichfallende Wollröcke an und bemalten sich das Gesicht. Panthera lieh sich ein paar Kleidungsstücke von Elveny und bürstete eine halbe Stunde lang sein Haar. Ich sah ihnen eine Weile spöttisch zu, wie sie sich schönmachten, bis meine Eitelkeit die Oberhand gewann und ich es ihnen gleichtat. Ich zog ein weißes Gewand an, wusch mir das Haar und malte mir die Lippen hellrot. »Ist dir das blutig genug?« fragte ich Elveny und zog eine Grimasse.

Sie lächelte leicht. »Wie geschaffen zum Küssen«, sagte sie. »Da liegt keine Kraft drin.«

»Du irrst dich«, widersprach ich. »Kontinente können aufsteigen oder untergehen kraft eines einzigen Kusses.«

»Dann küß mich«, sagte sie.

Elveny ist wirklich entzückend. Aber ich habe in meinem ganzen Leben noch keine Frau geküßt, nicht einmal, als ich noch ein Mensch war! »Bin ich denn nicht giftig für euch?« fragte ich.

»Nein, natürlich nicht. Dein Same wäre selbstverständlich tödlich, aber ich spreche ja nur von einem Kuß.«

Wir waren nicht allein, aber niemand hörte uns zu. Also nahm ich sie in die Arme und küßte sie. Ihr Frauenkörper war viel weicher als der eines Hars. Interessant. Solche Gefühle hatte ich einer Frau gegenüber noch nie, aber die Frauen hier sind innerlich gewissermaßen alle har. Innerlich sind sie gerade so männlich, wie wir alle sein sollten. Männlich – weiblich. Als ich Elveny küßte, erinnerte ich mich an die Zeit, als ich noch ein Halbwesen war. Doch gleich nachdem ich mich von meiner Initiation erholt hatte, erkannte ich, was für ein langweiliges, unerforschtes Leben es gewesen war. Die Gimraher Menschen scheinen diesen Zustand überwunden zu haben. »Ich habe Frauen immer gehaßt«, sagte ich zu Elveny.

Sie lächelte. »Zweifellos. Schon als du ein Mann warst, hast du Männer geliebt und nicht Frauen, stimmt's?«

Das verschlug mir die Sprache. Ich war zu sehr an die Überlegenheit der Wraeththu gewöhnt. »Ihr habt hier euren Weg gefunden, nicht wahr?« fragte ich.

»Allerdings«, antwortete sie.

»Ich bin froh, daß es keine Männer mehr gibt.«

»Ich auch.« Sie goß uns Wein ein, und wir tranken darauf. Als wir in Heartstone ankamen, befand ich mich bereits in einem angenehm benebelten Zustand.

Das Haus war nicht so groß, wie ich erwartet hatte.

Es hatte nur ein Stockwerk und ein Ziegeldach, und die Fenster waren klein wegen der strengen Winter in Gimrah. Gasteau Hafener ist Tirtha von Lemarath; ein Stammesführer. An der Tür von Heartstone wurden wir von einem Diener empfangen, der uns Pelze und Stiefel abnahm. Den Gästen des Tirtha wurden weiche Filzpantoffel zur Verfügung gestellt. Es war warm in dem Haus mit den niedrigen, von Balken gestützten Decken. Wir wurden in einen dunklen, fast nur vom offenen Feuer erhellten Salon geführt, wo die Hafeners mit ihren Gästen Glühwein tranken und höfliche Konversation machten. Wir wurden den anderen vorgestellt. Unter den anwesenden Hara befand sich ein Natawni, und Kruin und er begannen augenblicklich, den neuesten Klatsch auszutauschen. Ich setzte mich zusammen mit Panthera und Elveny in eine Ecke, wo wir umgehend Gläser mit heißem Likör in die Hand gedrückt bekamen. Panthera beobachtete mich mißtrauisch, seit er gesehen hatte, wie ich die Frau umarmt hatte. Daß er mich immer schon als ziemlich merkwürdigen Vogel betrachtet hatte, war eine ausgemachte Sache, aber nun hatte ich das Gefühl, in seinen Augen hätte sich meine Merkwürdigkeit in eine Art Geisteskrankheit verwandelt, die man taktvollerweise nicht erwähnte. Es machte mir nichts aus. Was für Beweggründe meine Gefährten auch immer in die Sache hineinlesen wollten, Elveny und ich waren uns im klaren über die Gründe für unsere kurze Berührung und gaben uns keinerlei Illusionen hin. Panthera fehlte es an Vertrauen in meine Urteilsfähigkeit. Aber wie ich schon sagte: es machte mir nichts aus. Ich trank meinen Wein und sah mich um.

»Sieh mal!« zischte Elveny. »Da kommt Jubilee!«

Das hätte ich auch gewußt, ohne einen Blick hinüberzuwerfen – einmal, weil ich merkte, daß jemand mich ansah, und zum zweiten, weil Cora, die neben uns stand, sich plötzlich wachsam aufrichtete wie ein

Jagdhund, der zeigen will, wie tüchtig, verläßlich und schön er ist. Ich sah Elveny an und hob eine Braue.

»Hmhm«, machte sie bedeutungsvoll. »Jubilee Hafener ist noch nicht an einen anderen gebunden. Soviel ich weiß, hat Lanareeve Cora mehr oder weniger versprochen, daß Jubilee Natty zu seinem Gemahl nehmen wird, sobald dieser seine Initiation hinter sich hat.«

»Ist das Politik oder kommt es von Herzen?«

Elveny verzog das Gesicht. »Ein bißchen von beidem, denke ich. Cora ist eine Säule der Menschengemeinde hier, ihr Wort hat großes Gewicht. Außerdem ist sie mit Gasteau und Lanareeve gut befreundet, und es ist kein Geheimnis, daß sie Jubilee sehr gern hat.«

»Aha, ich verstehe: Sie wird ihre Sehnsüchte über ihren Sohn ausleben.«

»Du bist herzlos, Cal«, schimpfte Elveny und schüttelte den Kopf, ohne daß sich an ihrem Lächeln etwas geändert hätte. »Und zu mißtrauisch. Tatsache ist, daß sie Jubilee kennt, seit er ein Harling war. Interpretiere ihre Gefühle nicht falsch.«

Ich lachte, wenig überzeugt.

Zum Essen wurden wir in ein anderes Zimmer geführt. Die Hafeners sind eine gutaussehende Familie; sowohl Gasteau als auch Lanareeve sind hochgewachsen, beide haben helle Haut und dunkles Haar, Eigenschaften, die sie an ihre Söhne vererbt haben. Neben Jubilee gab es noch Danyelle, seinen Gemahl Onaly Doontree und Wilder, einen älteren Har, der zwar mit den Hafeners nicht blutsverwandt war, jedoch ihren Namen angenommen hat. Als wir uns zu Tisch begaben, fragte Jubilee Hafener mich, ob er sich neben mich setzen dürfe. Es kam nicht unerwartet. »Wie lange bleibt ihr in Lemarath?« fragte er mich.

»Oh, sobald die Straße nach Süden passierbar ist, geht die Reise weiter«, antwortete ich.

»Wohin?«

»Nach Jael in Ferike.«

Er lächelte. »Dann glaube ich nicht, daß ihr noch lange warten müßt. Die Schneefälle werden gegen Ende der Woche aufhören, dann kann die Straße geräumt werden. Wie schade. Ich hatte gehofft, den Rest dieses harten Winters damit zu verbringen, dich in eine wilde Affäre hineinzutreiben.«

»Wie direkt du bist!«

»Kurze Affären sind immer die pikantesten, findest du nicht?«

Ich hob die Schultern. »Wenn du meinst. Aber in letzter Zeit hatte ich Wichtigeres im Kopf.«

»Bist du chesna mit dem Natawni?«

»Nein. Und jetzt flirte nicht mehr mit mir, Jubilee Hafener, du beunruhigst damit die Mutter deines zukünftigen Gemahls.«

Er überhörte meine Worte. »Heute nacht mußt du nicht zurück in Coras Haus.«

»Ich muß überhaupt nichts«, antwortete ich schnippisch, und er beließ es dabei.

Das Essen war ausgezeichnet, die Tischgesellschaft sprühte vor Geist und Witz. Mir gegenüber saß Panthera, der mich mit ironischer Miene beobachtete. Das Gewand, das er trug, ließ seine Schultern frei, und ich sah, wo sich die Muskeln unter seiner feinen, hellen Haut bewegten. In dem sanften Schein der Lampen sah er so sinnlich aus wie eine von Ranken umwachsene weiße Lilie – der Allerschönste im Raum, und so unerreichbar… Selbst die Hafeners umschmeichelten ihn, nur Jubilee war realistisch genug einzusehen, daß die Schranken unüberwindbar waren; deshalb hatte er sich vermutlich auch dafür entschieden, es bei mir zu versuchen. Die Hara in diesen abgelegenen ländlichen Gemeinden müssen sich entsetzlich langweilen, wenn sie während des langen Winters so völlig abgeschnitten sind von der übrigen Welt. Wir verließen die Hafeners zu später Stunde und sangen, als wir durch den Schnee zurück zu Coras Haus stapften. Panthera befand sich an meiner Seite.

»Nun ja«, sagte er, »jetzt haben wir also erstklassige neue Pferde für den Weiterritt nach Jael. Was hast du bekommen?«

Ich war überrascht. »Nichts«, antwortete ich. »Wer hat dir die Pferde geschenkt?«

»Gasteau«, entgegnete er mit einem bezaubernd boshaften Grinsen. »Eigentlich sollte ich beleidigt sein, daß du so entgeistert bist deswegen. Du hältst mich für einen eingebildeten Dummkopf, nicht wahr?«

»Ich bin nicht entgeistert. Was mußtest du tun, um die Pferde zu bekommen?«

»Sei nicht so ungehobelt, Calanthe! Alles, was ich tun mußte, war lächeln.« Er lachte auf. »Wie man sieht, gehst du die Sachen nicht richtig an.«

»Und so kommt es, daß ich Jubilee Hafeners Seite mit leeren Händen verließ. Offensichtlich hast du recht, mein Pantherchen.«

Am letzten Abend unseres Aufenthaltes in Lemarath stand ich am Fenster meines Zimmers und starrte hinaus in den Schnee, in die Richtung, wo Heartstone stand.

Kruin kam herein und sagte: »Du lieber Himmel, Cal, warum gehst du nicht hinüber? Morgen reisen wir ab. Wiederum etliche trostlose, unerquickliche Tage. Warum gehst du nicht?«

Wir hatten das Interesse des Hafenererben an mir bereits besprochen. Auf meinem Tisch stand eine Flasche starker Wein. Die reichte mir. »Ich sehe keinen Sinn darin, Kruin«, sagte ich. »Warum soll ich mich mit weniger zufriedengeben, als ich möchte?«

»Ich weiß nicht, was du meinst«, erwiderte er ärgerlich.

Er wußte es tatsächlich nicht. Ich konnte es ihm auch nicht erklären. Also setzte ich mich an den Tisch und trank den Wein. Morgen würden wir weiterreiten. Eine neuerliche lange, eintönige Reise in peinigender Kälte.

Panthera kam und steckte den Kopf zur Tür herein. »Könntest du vielleicht heute mal nüchtern bleiben?« sagte er gereizt. »Wir wollen morgen zeitig aufbrechen.«

»Panthera«, sagte ich, »brich nicht den Stab über mich.«

Er verzog ein wenig den Mund und hob eine Augenbraue. »Wie könnte ich das, Cal? Ich weiß doch kaum etwas von dir. Du hast es vorgezogen, dein Leben vor uns geheimzuhalten. Willst du, daß ich um dein Vertrauen bettle?«

Ich antwortete nicht. Dieses Gespräch nahm eine Wendung, die ich nicht gewollt hatte. »Warte, bis wir erst in Jael sind«, sagte Panthera in sanfterem Tonfall.

Da blickte ich auf zu ihm, nicht sicher, was ich in seinem Gesicht lesen wollte. »Weshalb?« fragte ich mit scharfer Stimme.

Er lehnte sich an den Türrahmen und verschränkte die Arme. Dann lächelte er, und das Zimmer erhellte sich. »Es ist ein sicherer Ort«, sagte er. »Dort wirst du dich ausruhen können.«

Ich lachte grimmig auf und langte nach der Weinflasche.

»Du hast dich so verändert«, bemerkte Panthera nachdenklich. »Mußt du dir das alles antun, Cal? Ich habe das Gefühl, du fällst innerlich auseinander. Was auch immer an dir nagt, laß dich nicht so davon unterkriegen.«

»Welch ein Scharfblick, mein Pantherchen«, sagte ich.

Er schüttelte den Kopf. »Na gut, ich weiß, was du denkst. Ich bin viel jünger als du. Das ist richtig, aber deswegen bin ich kein Vollidiot. Du hast offensichtlich Ärger, und ich sehe, daß du die Dinge noch schlimmer machst. Sag nichts, Cal. Ich weiß, daß ich recht habe.« Er wandte sich ab und begann, die Tür hinter sich zu schließen. »Bitte denk über das nach, was ich gesagt habe«, fügte er hinzu.

Ich starrte die Tür an. Gelegentlich kann Panthera solch ein aufgeblasenes kleines Biest sein.

KAPITEL 13

Das Haus Jael

… das kräftig strahlende Gold
von Rahmen und die üppigen Quellen
verschmelzender matter Farben,
gefangen
in dunklen Spiegeln

MARTIN ARMSTRONG, *In lamplight*

Wir verließen Lemarath früh am Morgen, ganz Pantheras Wunsch entsprechend. Vom Tirtha hatten wir drei frische Pferde bekommen, dazu einen Maulesel als Packtier, was uns ein wenig flotter vorankommen ließ. Cora und ihre Familie sagten uns adieu, nachdem sie uns das Versprechen abgenommen hatten, daß wir eines Tages im Sommer wiederkommen würden. Das möchte ich wirklich gern tun, und zumindest mein Versprechen kam von Herzen. Neue Pelze, frischer Proviant, frische Pferde. Unsere Tiere trugen Decken aus Schafpelzen, weil die Gimraher ihren besten Pferden das Winterfell scheren. Wir schlugen ein scharfes Tempo an und kamen weitaus schneller voran als erwartet, denn auch die Straßen waren nicht so schlecht wie befürchtet. In allen Siedlungen, die auf unserem Weg lagen, war man gastfreundlich und entgegenkommend, aber nirgendwo waren die Leute so herzlich wie in Lemarath. An der Spitze jeder Estemble findet man eine harische Familie, die gelegentlich auch über etliche andere Familien gebietet. Der Tirtha vertritt die jeweilige Estemble bei der Gimraher Ratsversammlung der Estembles. Die Ratsversammlung tritt sechsmal im Jahr zusammen, um die Wege und Ziele sowie die Angelegenheiten des ganzen Stammes zu besprechen – und um die neuesten Prachtexemplare der Züchter vorzuführen, natürlich. Näher betrachtet, sind diese Zusammenkünfte nichts anderes als bessere Pferdemärkte.

Jetzt befinden wir uns bereits in Ferike; seit einiger Zeit schon verändert sich die Landschaft, sie ist jetzt hügeliger und bewaldeter. Ich habe seit langem nichts geschrieben, vor allem, weil ich wohl kein Bedürfnis danach hatte. Gott sei Dank ist mein Schlaf jetzt traumlos. Vielleicht gestattet man mir, mich zu *erholen*. Vielleicht wußten *sie*, daß sie es zu weit getrieben hatten. Ich fühle mich etwas besser, weniger gehetzt. Wenn ich auf das zurückblicke, was ich zuletzt erlebt habe, frage ich mich mehr und mehr, ob Zack nicht wirklich noch am Leben ist. Ich hatte einst auch gedacht, Pell wäre tot, ja ich hatte ihn mit eigenen Augen sterben sehen, also ist alles möglich auf dieser Welt, und ich sollte mich auch auf alles gefaßt machen.

Gegenwärtig befinden wir uns in einem Gasthof in der Stadt Clereness, etwa zwanzig Meilen nordwestlich von Jael, und es gibt keinen absehbaren Grund, weshalb Panthera nicht morgen sein Zuhause wiedersehen sollte. Kruin bringt im Geist bereits seine Belohnung unter die Leute. Sein ewiges Planen fällt uns bereits auf die Nerven. Was mich betrifft, so habe ich keine Ahnung, was ich mit dem Geld anfangen werde. Vielleicht sollte ich nach Lemarath zurückkehren. Ich frage mich hundertmal: Warum nicht? Es wäre mir durchaus zuzutrauen, daß ich mich in Jubilee Hafeners Herz schmeichle, und zwar soweit, daß er mich zum Gemahl nimmt. Ich bin ein alter Hase in solchen Dingen (wie Terzians Familie dem geneigten Leser gern bestätigen wird). Warum sollte ich es nicht tun? Es würde die Pläne der Gelaminger nachhaltig zerstören, egal wie diese aussehen. Aber ich weiß nicht, was ich will. Ich kann nicht einmal richtig darüber nachdenken. Orte, wohin ich mich flüchten kann, wo ich mich verstecken kann – eigentlich nur Ausreden. Wenn ich nicht nach Lemarath gehe, könnte ich vielleicht zurück nach Megalithika. Schließlich kommt Immerdar für mich einem Zuhause am nächsten. Andererseits ist Terzians Sohn nun der Gemahl von Seel Griselming, und Seel, das ist mir klar, würde es vorziehen, wenn ich ihm nie mehr unter die Augen käme. Er hat mich töten sehen. Das ist traurig, weil Immerdar meinem Herzen sehr nahe ist.

Ich sitze hier und denke daran, daß nun auch in Galhea Winter ist. Die weiten Gärten rund um das Haus sind alle schneebedeckt, der See ist zugefroren, und im Sommerhaus herrscht Finsternis, weil Schnee an den Fenstern klebt. Ich sehe Cobweb durch den weißen Park gehen; er trägt einen langen, fließenden Mantel, und das offene Haar umgibt ihn wie Rauch. Hunde tollen vor ihm her, Harlinge hinter ihm ... Harlinge. Ja. Habe ich das völlig vergessen? Ich fühle mich nicht wohl in meiner Haut, wenn ich daran denke, weil es nur ein weiteres Beispiel für meine Kunst des Treubruches ist. Immerdar beherbergt mehr als nur die Geheimnisse meiner Vergangenheit. Es beherbergt ein Geheimnis, das in mir entstand – nicht Gedanken, sondern Fleisch und Blut. Meinen Sohn. Terzians Sohn. Sein Name ist Tyson, und er muß schon seit langem erwachsen sein. Ich habe ihn nicht deshalb verlassen, weil ich ihn nicht ins Herz geschlossen hatte (darin hat er immer noch einen Platz, wenn ich an ihn denke), sondern weil ich bin, wie ich bin. Ich wollte nicht, daß meine Schlechtigkeit ihn mehr als notwendig vergiftet. Eines Tages vielleicht ... Ein sinnloser Gedanke, aber ich würde gern dorthin zurückkehren. Wenn ich den Eindruck hätte, Seel könnte es übers Herz bringen, alles zu vergessen, was vorgefallen ist, dann würde ich morgen schon aufbrechen. Auch Terzian ist schließlich dorthin zurückgekehrt. O Gott, ich muß loskommen von dieser bedrückenden melancholischen Spirale! Panthera hat recht, ich muß kämpfen. Wenn ich mich stark genug konzentriere, kann ich meine verzettelten Kräfte gewiß wieder sammeln. Die Vergangenheit ist für immer vorbei; ich verbringe zuviel Zeit damit, darin herumzuwühlen. Ich habe eine Zukunft, selbst wenn es ihr bestimmt sein sollte, nur kurz zu sein. Ich muß meine Bestimmung suchen. Meine Güte, was für ein aufgeblasenes Geschwätz! Ich klinge wie Pell. Es scheint mir mehr als wahrscheinlich, daß ich meine Belohnung dafür ausgeben werde, die Antworten auf all die Rätsel zu finden, die man mir aufgegeben hat. Es wird ein Versuch sein, unter die Berge von Jaddayoth zu blicken.

Ferike ist ein anstrengendes Land, es gibt hier so viele steile Berge zu überwinden. Man hält den Kopf immerzu in den Nacken gelegt und bemüht sich, über die Baumwipfel hinauszublicken. Man durchwandert lange Kiefernalleen, in denen immer Halbdunkel herrscht, weil kein Sonnenstrahl eindringt. Es gibt eine Unmenge winziger Dörfer, von denen viele verlassen sind, und auch größere Städte, die unter der weißen Decke des Winters kaum auszumachen sind. Verwilderte Hunde treiben sich in den Ruinen menschlicher Behausungen herum, aber sie sind feige und würden nie jemanden angreifen, der nicht allein und ahnungslos unterwegs ist. Einige Dörfer sind tief in die Felswände hineingebaut. Clereness selbst liegt am Ufer eines stillen riesigen Sees. Gegenüber der Stadt ragen unheimliche graue Klippen aus dem Wasser, die, wie Panthera mir sagt, Fortress Shield heißen. Vögel bauen dort ihre Nester. Am Morgen, wenn ich das Fenster öffne, sehe ich, wie sie sich von dort hinabschwingen und über das Wasser dahingleiten. Ich will mich hier nicht unglücklich fühlen, denn obwohl noch tiefster Winter herrscht, kann ich schon die Verheißung des Frühlings riechen.

Die Feriker sind ein zurückhaltendes Volk, ganz anders als die Hadassaher und Gimraher, aber sie sind nicht unhöflich. Dies ist ein Land des Friedens, des Gesundens. Es ist hier so ruhig. Ich fürchte mich nicht mehr vor Heimsuchungen, Halluzinationen und Alpträumen. Eine Atempause; vermutlich nur von kurzer Dauer, und ich muß sie genießen, solange sie währt.

Gestern abend saß ich in Pantheras Zimmer im Gasthof und sah ihm zu, wie er sein Haar bürstete. Die Stimmung war entspannt und heiter. Panthera lachte und behauptete, Kruins Haar sei immer noch voll Moos und Blätter aus Natawni; kein Kamm würde sich je einen Weg durchbahnen können. »Aber das wirst du ja selbst wissen«, fügte er in ziemlich bissigem Tonfall hinzu.

»Thera, du brauchtest dich nie ausgeschlossen zu fühlen, das weißt du.«

Er legte rasch die Bürste weg und starrte auf seine Hände. »Cal, glaubst du wirklich, ich könnte es ertragen, daß mich jetzt jemand berührt?« Ich hob unverbindlich die Schultern. »Ich habe dem Huyana in Jasminia dafür Geld gegeben, daß er mir diese Strafe erläßt«, fuhr er errötend fort. Er schämte sich, das zuzugeben, selbst mir gegenüber, obwohl er mich als Freund betrachtete.

»Mit der Zeit wirst du das sicher anders … empfinden«, sagte ich, was ihm keine Hilfe war, das wußte ich.

»Keine Feybraihagirlanden für mich«, bemerkte er wehmütig und sah sich im Spiegel an, als wollte er darin das unberührte Wesen wiederfinden, das er einst gewesen war. »Nein, du bist nicht der einzige, der Probleme hat, Cal.«

Ich saß auf seinem Bett und war mir im klaren darüber, daß ich früher einmal mit allen Mitteln versucht hätte, ihn zu verführen; diese günstige Gelegenheit hätte ich mir nicht entgehen lassen. Vielleicht hoffte er insgeheim, ich würde es tun. Aber ich konnte nichts anderes tun, als ihm einfach nur zusehen und daran denken.

Er schüttelte sich ein wenig, schniefte kurz und griff wieder nach der Bürste, um mit neuer Kraft sein Haar zu bearbeiten. Er sah mich durch den Spiegel an und sagte: »Du bist müde, Cal. Du bist immer müde. Man sieht es. Sobald wir in Jael sind, mußt du dich gründlich ausruhen. Bleib bis zum Frühling bei uns.«

Ich lächelte, nicht bereit, mich festzulegen. Ich wollte nicht undankbar erscheinen, aber ich fürchtete, die Jaels unabsichtlich in etwas hineinzuziehen, das sie nicht wollten. Ich bin nicht so dumm zu glauben, nun sei alles vorbei. Dies ist nur ein vorübergehendes Innehalten, eine Ruhepause, wie die Jahreszeit. Mit dem Einsetzen des Frühlings würden die Peitschen wieder knallen und versuchen, mich Richtung Immanion zu treiben, dessen war ich sicher.

Als lese er meine Gedanken, fragte Panthera: »Beobachten sie dich auch jetzt?«

Der Abend war in rotes Licht getaucht, als wir uns auf den steilen Weg machten, der nach Jael führt – eine Straße, die sich über die Flanke eines bewaldeten Hügels nach oben windet. Jael steht auf dem höchsten Punkt dieses Hügels. Panthera wurde unruhig, als die Türme des Schlosses über den Baumkronen in Sicht kamen. Es ist wunderschön und sehr alt.

»Cal, muß ich ihnen eigentlich alles erzählen?« fragte Panthera mich; seine Stimme klang sehr jung. Das Kind, das hier aufgewachsen ist, gibt es immer noch, dachte ich.

»Was denkst du, wie werden sie dich empfangen?«

Er hob die Schultern. »Ich… ich weiß nicht.« Er wollte seine Befürchtungen nicht in Worte kleiden, diese Befürchtungen, seine Eltern würden wütend sein, sich seiner schämen, würden ihn lieber tot sehen denn als Exkanene.

Kruin mischte sich ein. »Sie werden erst einmal überrascht und froh sein, dich wiederzuhaben«, sagte er. »An deiner Stelle würde ich mir die Einzelheiten aufheben, bis die Wogen sich geglättet haben.«

»Ich weiß nicht, ob ich das kann«, sagte Panthera düster. »Ich habe das Gefühl, es steht mir ins Gesicht geschrieben.«

»Das stimmt aber nicht.«

Das Schloß ist von einer dicken Außenmauer umgeben, und eine Zugbrücke führt über einen ausgetrockneten Burggraben. Als wir darüberritten, sagte Panthera, die Brücke würde nie hochgezogen. Er riß an der Klingelschnur, die an dem riesigen Holztor befestigt war. Ich vermochte seine Angst beinahe zu riechen. Nur einen Augenblick später öffnete sich das Tor, und ein Diener trat heraus, um uns nach unserem Begehren zu fragen.

»Sag dem Schloßthan, sein Sohn ist hier«, trug Panthera ihm mit einem Anflug seiner gewohnten Überheblichkeit auf.

Der Diener ließ den Blick mißtrauisch von einem zum anderen wandern und bat uns schließlich zu warten. Panthera erklärte uns, diesen Har hätte er noch nie zu Gesicht bekommen. Offenbar handelte es sich um jemanden, den man nach seinem Verschwinden eingestellt hatte. »Die Zeit vergeht und wartet auf niemanden«, seufzte er. »Wie viele fremde Gesichter es hier drinnen sonst noch gibt?« Seine Hände zitterten; er war kreidebleich.

Ich beugte mich zu ihm und legte ihm die Hand auf den Arm, gerade in dem Moment, als sich hinter dem Tor ein Gewirr von Stimmen erhob. Pantheras Vater hatte offenbar keine Zeit verloren, diesem Ruf zu folgen. Kläffende Hunde sprangen uns entgegen, als das Tor weit aufgerissen wurde und wir unter dem hohen Steinbogen hindurch in den Hof und auf den hochgewachsenen Har blickten, der uns, seinen Begleitern einige Schritte voraus, entgegeneilte. Wir sahen in das Gesicht eines Hars, der nicht zu glauben wagte, daß seine größte Hoffnung sich erfüllt hatte.

»Ferminfex, mein Vater«, stellte ihn uns Panthera mit schwacher Stimme vor und stieg vom Pferd.

Ferminfex ist wie viele Hara sehr groß. Wenn man ihn ansieht, ist es nicht schwer, sich vorzustellen, daß Panthera so wunderhübsch ausgefallen ist. Und zu dieser Erkenntnis kam ich bereits, bevor ich Lahela kennenlernte, der seinerseits geradezu ein Märchenwesen ist.

Ferminfex blieb ein paar Schritte vor uns stehen, rief: »Panthera«, und Panthera ging auf ihn zu. Schweigend umarmten sie sich, und Ferminfex führte seinen Sohn in den Hof. Respektvoll traten die Hara zur Seite und starrten die beiden an. Weder Kruin noch mir hatte ein Gruß gegolten, und nun tauschten wir befremdete Blicke aus und wußten nicht, was wir tun sollten. »Na ja«, sagte ich, »wir können ihnen ebensogut folgen.« Ein Stallhar war bereits dabei, sich um Pantheras Pferd zu kümmern. Also übergaben Kruin und ich ihm auch die Zügel unserer Tiere und trotteten hinter Panthera und seinem Vater her ins Hauptgebäude.

In der Halle sahen wir uns erst einmal mit offenem Mund um; sie bot einen eindrucksvollen Anblick: Marmor, Gobelins, dunkler Stein, dunkles, mattglänzendes Holz. Dazu war es überraschend warm im Haus. Ein Diener trat zu uns, als wir uns gerade daranmachten, einen der Gänge zu mustern, die ins Innere von Jael führten. »Der Schloßthan möchte euch eine kleine Erfrischung anbieten«, sagte er frostig. »Bitte kommt mit.«

Wir gingen auf einem roten Teppich einen Korridor entlang und folgten ihm in einen Salon, einen ziemlich großen Raum, der aber für die Maßstäbe von Jael als klein gelten mag. Hohe Spitzbogenfenster mit bodenlangen Samtvorhängen boten einen Blick in den Garten. Der Diener, ein aristokratisch aussehendes Geschöpf, empfahl uns, es uns bequem zu machen und kündigte an, der versprochene Imbiß würde in Kürze gebracht werden. Er zog sich zurück und schloß leise die Tür hinter sich.

Wie immer steuerte Kruin umgehend zum Feuer. »Bin neugierig, wann wir endlich übers Geschäftliche reden werden«, sagte er, den Tonfall des Söldners in der Stimme.

»Schau dich bloß einmal um!« rief ich aus und warf mich in einen prall gepolsterten Lehnsessel. »Die Jaels sind deutlich mehr als nur begütert, egal, wie man es betrachtet!«

»Wenn das stimmt, dann werden sie wahrscheinlich mit der Belohnung knausern. Das ist die Art und Weise, wie reiche Leute zu ihrem Reichtum kommen.«

Ich fand Kruin ein wenig zu hart.

Die Wände jenes Raumes waren regelrecht zugepflastert mit Ölbildern verschiedenster Größen und Stilrichtungen; meist handelte es sich um Porträts: Von überall blickte uns die erotisch-schwüle und zugleich nüchterne Arroganz der Jaels von oben herab an. Auf einem der Bilder erkannte ich Panthera als Harling; er hatte sich seither gar nicht so stark verändert. Auf einem anderen Bild lehnte er an den Knien eines sitzenden Hars, bei dem es sich wohl um seinen Träger handelte. Sie zeigten beide die gleiche edle Schönheit und hatten die gleichen tiefgrünen Augen.

Kruin holte mich aus meinem Tagtraum. »Was glaubst du – werden wir unser Zimmer bei denen der Dienerschaft bekommen?« fragte er.

In diesem Moment kam der kleine Imbiß. Zwei mit Tabletts beladene Hara waren nötig, um ihn heranzuschleppen. Seit geraumer Zeit war mein Appetit jedoch nicht der beste gewesen, und so nahm ich nur eine Schüssel Suppe und einen Humpen Bier. Kruin hingegen fiel mit Heißhunger über das Mahl her. Einer der

Hara bereitete uns darauf vor, daß der Schloßthan uns demnächst aufsuchen würde.

Als Ferminfex den Raum betrat, erhoben Kruin und ich uns augenblicklich. Ich tat es ohne zu denken, um mir dann hinterher, als es mir bewußt wurde, um so lächerlicher vorzukommen. Doch Ferminfex' Ausstrahlung ist so eindrucksvoll, daß sie diese Art von Benehmen geradezu herausfordert. Mit einer Handbewegung winkte er uns zurück auf unsere Sitzgelegenheiten.

Viele Hara nehmen ihre Rolle als unumschränkte Alleinherrscher so naturgegeben an wie eine Ente das Wasser. Wiederum wurde ich an Terzian erinnert. Einst, vor langer Zeit, befand ich mich in Galhea in einer ähnlichen Situation wie dieser, nur war es nicht Terzians Sohn, den Pell und ich ihm wiederbrachten, sondern sein sehr kranker Gemahl. Doch im Gegensatz zu Terzian ist Ferminfex niemand, den man fürchten müßte, das sah ich auf den ersten Blick. Bei Terzian konnte man das stählerne Schwert in seinem Inneren erkennen, das ihm ermöglichte, sich über jede gängige Moral hinwegzusetzen. Ferminfex besitzt ein ähnliches Schwert, aber seine Klinge ist biegsamer – und die wilde Schärfe fehlt. Er dankte uns mit herzlichen Worten für unsere Hilfe, ohne die es Panthera nicht gelungen wäre heimzukehren, und erwähnte dann, daß sein Sekretär am nächsten Morgen mit uns über unsere ›Unkosten‹ sprechen würde. Es ging alles sehr zivilisiert vor sich; das Wort ›Belohnung‹ fiel kein einziges Mal.

»Ihr seid herzlich willkommen, solange hier in Jael zu bleiben, wie ihr wollt«, sagte er und fuhr zu Kruin gewandt fort: »Du bist aus Natawni? Im Hinblick auf die Jahreszeit und die außergewöhnlich heftigen Schneefälle im Norden wärst du gut beraten, das Frühjahr hier abzuwarten. Außerdem denke ich, es wäre Panthera eine große Hilfe, euch, seine Freunde, eine Weile bei sich zu haben. Es wird sicher einige Zeit brauchen, bis er sich wieder eingewöhnt hat.« Er seufzte und verschränkte die Finger ineinander. »Ihr seid bestimmt müde. Wir sollten morgen beim Frühstück wieder zusammenkommen und eure Pläne besprechen. Ich werde gleich veranlassen, daß man euch eure Zimmer zeigt. Und jetzt bitte ich euch, mich zu entschuldigen.« Er neigte leicht den Kopf und verließ uns.

»Unsere Zimmer!« explodierte Kruin, sobald sich die Tür hinter ihm geschlossen hatte. »Frechheit! Die Möglichkeit, daß wir zusammengehören könnten, existiert wohl nicht!«

»Ach, sei doch nicht so pingelig!« entgegnete ich gereizt. »Wir sind hier nicht bei Cora, Kruin! Das war doch nur reine Höflichkeit, er vermied es, taktlos zu erscheinen.«

»Dir gefällt das alles, nicht wahr?« fragte Kruin vorwurfsvoll.

Ich konnte nur die Achseln zucken. »Ja, allerdings. Es erinnert mich an zu Hause.« Es war die Wahrheit.

Die Möglichkeit, in dieser Nacht allein zu sein, wäre mir sehr lieb gewesen, aber Kruin bestand darauf, daß ich mein Zimmer mit ihm teilte, von dem er behauptete, es sei so oder so gemütlicher als das seine. Mir tat jeder Knochen im Leib weh; das ist immer ein böses Zeichen, aber ich hoffte, es wäre in diesem Fall nur auf meine Entkräftung zurückzuführen und nicht das erste Anzeichen von etwas Schlimmerem, das mir noch bevorstehen könnte.

Panthera kam vorbei, bevor wir schlafengingen. Er sah völlig verändert aus, sauber und gut gekleidet, das Haar hatte er hochgesteckt. Offenbar kam er gerade von einem Familientreffen. Er sah erschöpft aus.

»Wie läuft's?« fragte ich ihn.

»Ach, ganz gut«, antwortete er müde. »Ich glaube, Ferminfex ist zu dem Schluß gekommen, daß ich draußen in der großen, weiten Welt ein paar gräßliche Unsitten angenommen habe. Wenn sie wüßten!«

»Was hast du ihnen erzählt?« fragte Kruin.

»Ich habe nicht gelogen«, antwortete Panthera. »Ich habe ihnen beinahe alles gesagt. Ich erzählte, daß ich ein Sklave war, aber nicht, von welcher Sorte. Bislang hat mir noch niemand eine unangenehme Frage gestellt, aber das kommt schon noch. Spätestens dann, wenn sie darüber nachdenken, wie ich wohl das Fest meiner Mündigwerdung begangen habe, so fern von der Heimat. Lahela wird sich über meine Erziehung in Sachen Sex Gedanken machen; und da wird es dann unerfreulich werden. Ich kann in dieser Hinsicht niemanden belügen. Und ich weiß, ich werde es auch nicht tun.« Er sah so niedergeschlagen aus!

»Dann solltest du es ihnen vielleicht schon vorher sagen«, schlug ich vor. Er blickte zu Boden und schüttelte den Kopf. Besser er als ich.

Am Morgen wurden Kruin und ich von einem Diener geweckt, der uns Tassen mit heißem Kräutertee brachte. Während er schwungvoll die Vorhänge zur Seite schob, um das bleiche Licht der Wintersonne hereinzulassen, wies er uns darauf hin, daß in einer halben Stunde das Frühstück serviert würde. Eine Erklärung folgte, wie wir das Frühstückszimmer finden konnten, und ob es uns gelegen käme, wenn er uns ein Bad einließe? Ja, es kam uns gelegen.

Ungeachtet seiner Vorbehalte gegenüber den Jaels genoß Kruin das alles unendlich. »So sehen also die Dienstbotenzimmer aus, wie?« stichelte ich. Unser Zimmer war rund und lag im zweiten Stockwerk eines Turmes. Ich trat an eines der Fenster, öffnete es und lehnte mich hinaus, um an den glatten Steinmauern hinabzublicken; prompt beklagte Kruin sich über die Kälte. Es war ein herrlicher Morgen, frisch und rauh und hell. Vom Hof unten drangen Geräusche irgendwelcher Aktivitäten und der Duft nach frischgekochten Speisen herauf. Ich fühlte mich durchwärmt und sicher. Wenn ich die Augen schloß, hätte ich genausogut in Immerdar sein können. Panthera hatte uns saubere Kleider geschickt, einfache, dunkle Sachen im Stil der Ferike, aber außergewöhnlich schmeichelnd und elegant.

Obwohl wir genaue Hinweise erhalten hatten, mußten Kruin und ich etliche Versuche machen, das Frühstückszimmer zu finden, und als wir endlich dorthin gelangten, saß die Familie bereits bei Tisch. Sie zählte mehr als ein Dutzend Mitglieder, die Harlinge nicht eingerechnet. Der Raum war luftig und licht, Teppiche und Vorhänge waren hell und perfekt aufeinander abgestimmt. Um den polierten schwarzen Holztisch saßen sämtliche Jaels wie erstarrt in einer Geste freundlicher Aufforderung, uns zu ihnen zu setzen. Links und rechts von Panthera hatte man uns Plätze freigehalten. Wir ließen uns nieder, und Panthera häufte sofort Schinken auf meinen Teller. Er sah sehr ernst dabei drein; sein Haar war auch heute hochgesteckt und entblößte den längsten Hals, den ich je gesehen hatte.

»Du riechst phantastisch«, sagte ich.

Er lächelte ohne aufzublicken. »Das ist bloß das Essen«, widersprach er.

»Nein, nein. Glaubst du nicht, daß ich den Duft deiner Seele erkenne, wenn ich ihn rieche?« Da sah er mich an, sah mir ins Gesicht. Lichtstrahlen spiegelten von seinem Messer und setzten Glanzlichter auf seine Haut; seine Augen strahlten. Er dachte nach, und ich spürte, wie es mir die Kehle abschnürte. Ich lächelte, er lächelte zurück. Es war unser erster gemeinsamer Moment.

Lahela hatte seinen prachtvollen Auftritt, als wir schon beinahe mit dem Frühstück fertig waren. Er trug nur einen Bademantel und hatte das Haar flüchtig hochgesteckt, so daß das meiste davon über den Rükken herabfiel. Die Kunst stilvoller Lässigkeit. Er sah überwältigend aus. Ferminfex' Augen leuchteten auf, als Lahela eintrat, und ich kann es ihm nicht verübeln. Lahela gähnte und ließ sich Ferminfex gegenüber auf einen Stuhl fallen. Ein Diener glitt an seine Seite und erbot sich, ihm den Teller zu füllen, aber Lahela ächzte nur und sagte: »Kaffee, bitte. Und ein Stück Toast, hell.« Wie Ferminfex am Tag zuvor dankte auch er uns für Pantheras Heimkehr, und seine Dankbarkeit drückte sich in noch innigeren Worten aus. Er trank Kaffee, ohne den zarten Henkel seiner Tasse zu benutzen, und rauchte drei Zigaretten. Ich sah, wie die übrigen deswegen leidenden Jaels gottergebene Blicke austauschten. Lahela schien es nicht zu merken, doch von dem, was Panthera mir erzählt hatte, schien es sich um ein festes Ritual zu handeln, das Lahela zum Ärger aller Jaels regelmäßig über die Bühne bringen mußte.

»Hat Fex schon seine kleine Unterredung mit euch gehabt?« fragte Lahela an mich gewandt.

»Nein, hat er nicht«, antwortete Ferminfex mit steinerner Miene, ehe ich etwas sagen konnte.

Lahela lächelte. »Schau nicht so drein, Cal. Er wird dich nicht beißen, nicht wahr, mein Liebling?«

Ferminfex verdrehte die Augen, schüttelte den Kopf und lächelte.

Kapitel 14

Die Vergangenheit lebt auf

Nimm dieses weiße Gewand. Es ist
kostbar.
Schau, mein Blut hat es nur wenig
befleckt.
Ich habe unrecht getan; ich weiß es und
bereue. Wenn die Zeit kommt und er
kalt wird
– denn was ein Held ist, der muß
wandern,
keine Liebe kann die seine fesseln –, dann
nimm es und umhülle ihn damit, und
er wird
wieder lieben.

Louis Morris

Nach dem Frühstück nahm Ferminfex mich mit in sein Arbeitszimmer. »Ich hätte diese Angelegenheit noch aufgeschoben, aber da Lahela es schon erwähnt hat, finde ich, wir können es auch gleich hinter uns bringen.«

»Das klingt unheilvoll«, bemerkte ich leichthin. Er antwortete nicht darauf.

»Bitte setz dich«, sagte er. Es war ein hübsches, dunkles, gemütliches Zimmer. Das Feuer brannte im Kamin, und ein berauschender Duft nach Kiefernholz lag in der Luft. Der Schreibtisch, über den hinweg wir einander ansahen, war gewaltig.

»Ich möchte gleich zur Sache kommen«, sagte Ferminfex und starrte mich unverwandt an. »Wir wußten schon vorher von deinem Kommen. Wir erhielten eine Nachricht.« Er bot mir eine Zigarette an, die ich automatisch annahm.

Die wohlbekannte Kälte durchzog meinen Körper und machte ihn gefühllos. Die Wände des Zimmers schienen immer näher zu rücken. Ich wollte hinaus. Ich konnte nicht atmen. Panik. Dann waren *sie* also vor mir hiergewesen! Nirgendwo war ich sicher vor ihnen! Und alle spielten mit!

»Hör zu, Cal. Ich kann mir vorstellen, was du jetzt denkst. Mich interessierte nur Panthera und daß er noch lebte und zurückkam zu uns, doch da gibt es jemanden, der sich auch für dich interessiert, Cal.« (Wie genau ich das wußte!)

»Nein«, sagte ich. »Nein. Glaub mir, Than, ich möchte dich und deine Familie nicht hineinziehen in dieses ... nun ja. Es tut mir leid, daß man dich damit belästigt hat. Ich ...«

»Sei still«, unterbrach mich Ferminfex nachsichtig. »Es gibt nichts, wofür du dich entschuldigen müßtest. Es ist nichts geschehen, außer daß ich ... gebeten wurde, daß man mir ... aufgetragen hat, dir meinen Beistand zuteil werden zu lassen, wenn ich es für nötig fände. Ich hätte dir das nicht sagen müssen, Cal. Das siehst du doch ein, oder nicht?«

Ich nickte vorsichtig.

Er lächelte. »Gut. Nun, da dies klargestellt ist, können wir fortfahren. Ich soll mit dir reden, unparteiisch reden, aber jemanden zu täuschen, ist mir zuwider, und so hielt ich es für richtiger, dir zu sagen, wie die Dinge stehen. Wenn du meine Hilfe nicht willst, soll es mir recht sein, und die Sache ist erledigt. Aber Panthera macht sich Sorgen um dich. Er hat uns gestern abend ein wenig von dem berichtet, was geschehen ist.«

»Ach ja, hat er das?« (Wie nett, daß er wenigstens meine Geheimnisse preisgibt, wenn schon nicht seine eigenen!)

»Allerdings, und mit den besten Absichten, Cal. Also, ich weiß nicht, in welche Angelegenheiten der Gelaminger du verwickelt bist, und ich lege auch keinen besonderen Wert darauf, es zu erfahren. Was es auch ist, es berührt mich nicht. Aber wir verdanken dir so viel, Cal, und ich möchte dir helfen. Was sagst du dazu?«

»Und du meinst es wirklich ehrlich mit mir?« fragte ich.

»Ganz gewiß. Ich kann dich nicht bitten, mir zu vertrauen, weil ich bereits bemerkt habe, daß du nicht leicht Vertrauen faßt, aber ich bin überzeugt davon, du würdest es erkennen, wenn ich dich täuschen wollte.«

»Du schmeichelst mir«, sagte ich, »denn ich bin mir selbst gar nicht mehr so sicher, daß ich meine fünf Sinne noch beisammen habe. Jedenfalls weiß ich wirklich nicht, wo ich anfangen soll.«

Ferminfex nickte verständnisvoll und kaute nachdenklich an der Innenseite seiner Wange. Er nahm einen tiefen Zug an seiner Zigarette und sprach dann aus einer Rauchwolke heraus: »Du könntest damit anfangen, zu erklären, weshalb die Gelaminger solches Interesse an dir haben.«

»Ja, das könnte ich wohl, aber ich weiß nicht, ob ich es will.«

»Hmm, natürlich geht es mich nichts an, aber ich meine, du erreichst nichts damit, wenn du alles in dir verschließt. Welche Auswirkungen kann es auf mich – und auch auf dich – haben, wenn du darüber sprichst?«

»Das weiß ich nicht. Ich hatte nur immer schon das Gefühl, es handelt sich um etwas, das ich für mich behalten sollte. Wenn ich dir davon erzähle, dann ziehe ich dich da hinein, Ferminfex. Denk daran, noch weißt du nicht, was es ist!«

»Wenn du fürchtest, es könnte mir Nachteile bringen, wenn du es mir sagst, dann vergiß das. Die Jaels befinden sich in einer sehr gefestigten Position, wir erfreuen uns höchster Wertschätzung, sowohl seitens Almagabras als auch Maudrahs. Wir sind in einer unanfechtbaren Position. Glaubst du wirklich, es wäre dir erlaubt worden hierherzukommen, wenn sie nicht wollten, daß ich alles erfahre?«

»Klingt einleuchtend«, sagte ich, immer noch widerstrebend.

»Also?«

»Also. Es sind nicht unbedingt die Gelaminger an sich, die ein Interesse an mir haben. Es ist ihr Tigron.«

»Ah ja, Pellaz-har-Aralis«, sagte Ferminfex leise und sah über mich hinweg. Es war seltsam, diesen Namen in einem so ehrerbietigen Tonfall zu hören.

»Ja«, nickte ich, »genau der.« Ich wünschte, nicht fortfahren zu müssen. Es war, als müßte ich mir das Herz aus dem Leib reißen, es auf den Tisch zwischen uns legen und zusehen, wie es blutet. Warum, nach dieser langen Zeit? Warum tat es immer noch weh? Bin ich bloß verrückt? Ist es das? Ich hatte stets irgendwie *gewußt,* daß ich es eines Tages jemandem würde erzählen müssen, aber es war trotzdem hart.

»Soso«, half Ferminfex ein wenig nach, »und welches Interesse hat der Tigron an dir?«

»Das ist schwer zu erklären.«

»Ja? Versuch es trotzdem.« Ferminfex beugte sich vor, stützte die Ellbogen auf den Tisch und legte das Kinn auf die verschränkten Hände.

Ich holte tief Atem und schloß die Augen. »Vor langer Zeit, lange bevor Pellaz Tigron wurde, waren wir Reisegefährten. Wir standen … einander sehr nahe. Natürlich war ihm vom Moment seiner Initiation an vorgezeichnet, wozu man ihn bestimmt hatte, aber das wußten wir nicht, verstehst du? Wir waren uns nur bewußt, daß Thiede ein wohlwollendes Auge auf Pell geworfen hatte, und daher bemühte sich Pell, so rasch wie möglich in die nächste Kaste aufzusteigen. Rückblickend kann ich sehen, wie dumm wir waren – wie blind. Anfangs stellte ich für Thiede wohl bloß einen großartigen Leibwächter dar, jemanden, der Pell beibrachte, wie man den Überlebenskampf meistert; aber mit der Zeit wurde ich zu einem lästigen Anhängsel. Soweit es Thiede betraf, war für mich kein Platz in Pells vornehmer Zukunft. Er hatte nicht mit unseren Gefühlen füreinander gerechnet. Thiedes Vorbehalte gegen mich sind auf meine Wurzeln zurückzuführen, die, ich muß es leider gestehen, bei den Uigennas liegen.«

Bei diesem Wort richtete Ferminfex sich auf und zog scharf Luft durch die Zähne. »Ich *verstehe!* Nun, das ist etwas, was Phaonica lieber für sich behalten will, das steht fest. Der Tigron war einmal chesna mit einem Har aus dem Stamm der Uigennas – nicht gerade eine wünschenswerte Vorgeschichte. Wie peinlich!« Er lachte laut heraus.

»Ich bin froh, daß du verstehst«, sagte ich trocken.

Ferminfex machte eine abwehrende Handbewegung. »Entschuldige, aber die Gelaminger sind eine aufgeblasene Gesellschaft, mit ihrem frömmelnden Getue! Ich betrachte deine Beziehung mit dem Tigron als höhere Gerechtigkeit. Das verdienen sie. Die Gelaminger würden gut daran tun, sich gelegentlich ihrer eigenen Ursprünge zu besinnen.«

»Da stimme ich dir zu.«

Wenn ich zurückblicke, so ist es offenkundig, daß Thiede von Anfang an geplant hatte, mich loszuwerden. Er wartete den rechten Augenblick ab, und – peng! da war's soweit. Ich konnte Ferminfex nicht ins Gesicht sehen, als ich ihm davon berichtete; ich wollte nicht sehen, wie sich meine eigenen Qualen dort widerspiegelten. Ich blickte aus dem Fenster und sprach zum Himmel. Aber ich habe immer noch den Eindruck, daß Thiedes Pläne viel zu verschlungen waren. Wozu Pell überhaupt töten? Geschah es nur, um mich zu täuschen, wenn er ihn vor meiner Nase ermorden ließ? Glaubte Thiede, ich würde ihn bald vergessen? Wahrscheinlich, denn die Uigennas sind nicht unbedingt für den Tiefgang ihrer Gefühle bekannt. Erst später wurde sich Thiede des Ausmaßes meiner Trauer bewußt, die mich an den Rand des Wahnsinns brachte. Bis heute weiß ich nicht, ob ich wieder bei klarem Verstand bin. Jahrelang hielt ich Pell für tot. Ich selbst hatte seinen Leichnam verbrannt. Es war mir klar, daß ich versuchen mußte zu vergessen, doch tief in meinem Inneren ahnte ich es wohl die ganze Zeit. Es war, als ob ich es *gewußt* hätte, denn was ich auch tat und mit wem ich auch zusammen war, ich hörte nicht auf, an dieses närrische, dumme, wunderhübsche Kind zu denken; an meinen Pellaz. Das war ganz uncharakteristisch für mich – und ist es immer noch. Was Thiede betraf, so war ich in dem Augenblick, als es ihm gelungen war, mir Pell zu entwinden, nur noch Geschichte. Doch dann kam etwas, womit er nicht gerechnet hatte: Pell besaß ein Herz und ein Hirn. Gewiß, er war immer noch Thiedes Geschöpf durch und durch, aber solange ich lebte, würde Pell nach mir suchen, und vermutlich, so fürchtete Thiede, würde er auch noch nach meinem Tod nach mir suchen. Gefährlich. Ein bizarrer, zerrissener Seelenzustand! Eine schwierige Wunde, die Thiede nicht so ohne weiteres heilen konnte. Was für ein Dilemma. Und ich fand schließlich auf verschlungenen Pfaden zurück nach Galhea; nicht mit Absicht. Terzians Leute nahmen mich auf, und als Terzians Sohn Swift sich, den Spuren seines Vaters folgend, auf die Suche nach den Gelamingern machte, begleitete ich ihn. Oh, die Vorstellung, wieder mit ihnen zusammenzutreffen, raubte mir den Atem, aber zugleich … zugleich empfand ich die Sache als aufregenden, furchterregenden Nervenkitzel. Ich wollte es. Weshalb? Als ich auf sie stieß, wußte ich immer noch nichts von dem, was aus Pell in der Zwischenzeit geworden war. Nichts. Ich traf unbewaffnet in jeder Hinsicht auf meinen Gegner. Möglicherweise war das ein grober Fehler, vielleicht aber auch nicht. Ganz gewiß jedoch war es unvermeidlich. Seel befand sich bei ihnen, und zu diesem Zeitpunkt war er bereits durch und durch Gelaminger. Er ignorierte mich.

Ich hörte auf zu sprechen; draußen hatten Wolken die Sonne verdeckt.

Ferminfex wechselte die Haltung und beugte sich wieder vor. »Haben sie dir die Sache mit dem Tigron erzählt?« fragte er.

Die Geschichte fesselte ihn. Ich legte das Gesicht in meine Hände; ich hatte den Geruch von Imbrilim in der Kehle, und die Erinnerung an die vielen verächtlichen Gesichter dort schnürte sie mir zu. All diese Gedanken mußte ich aus einem tiefen, dunklen Winkel meiner Seele hervorzerren. Schwierig. Ich hatte Jahre gebraucht, sie dorthin zu verbannen, und nun fühlte ich mich benommen, überwältigt, unsicher.

»Mir erzählt? Ich … Es ist …« Plötzlich war das Zimmer elektrisch aufgeladen, das Holz im Kamin knisterte und knallte wie ein Scheiterhaufen, und draußen hallten Stimmen, klagten die Schreie schwarzer Vögel.

»Bitte versuch es, Cal.« Mein Gastgeber erschien mir geradezu aufdringlich interessiert. Das wollte mir nicht recht gefallen. Als ich aufsah von der Dunkelheit in meinen Händen, war der Tag bleich und grau. »Du mußt es aus dir herauslassen, Cal. Bleib ruhig. Es kann dir jetzt nicht mehr weh tun.« (Es kann! Es kann!)

Ich zwängte Luft durch meine viel zu enge Kehle. Im nächsten Moment kauerte Ferminfex neben mir, und ich lag auf dem Boden. Ich war buchstäblich vom Stuhl gesunken. Er legte mir die Hand unter den Nacken, hob mich in eine sitzende Stellung und drückte mir den Kopf auf die Knie. »Geht's wieder?« Die Neugier war aus seinen Augen verschwunden; jetzt waren sie erfüllt von Sorge und Mitgefühl. Hatte es sich überhaupt je anders verhalten? Ich erinnerte mich nicht. Als ich schwach nickte, erhob er sich und holte mir ein Glas Wein, das ich mit beiden Händen halten mußte.

»Tut mir leid«, sagte ich und kletterte auf den Stuhl zurück. »Ich weiß nicht, was mit mir…« Da fiel mir das Glas aus den Händen und zersprang auf dem Boden. Mein Körper krümmte sich zusammen, alle Muskeln spannten sich bis zum Zerreißen an. Der Ton meiner blinden, übermächtigen Trauer war wie der Schrei eines riesigen gepeinigten Tieres. Er erfüllte den Raum mit einer Lautstärke, die Ferminfex meiner Statur wohl nicht zugetraut hätte.

Er war weiß im Gesicht; er wußte nicht, was er tun sollte. Ich litt solche Qualen, daß jede Faser meines Körpers unter diesem realen und dennoch eingebildeten Schmerz vibrierte. Doch nach einer Weile legte das Gefühl sich wie ein abflauender Geisterwind und zog sich in mein Innerstes zurück. Ich schluchzte auf, sog Luft in meine Lunge, wischte mir die Tränen von der Nase und merkte, daß es Blut war. Ein sichtlich bedrückter Ferminfex reichte mir ein weiches Tuch, mit dem ich mir das Gesicht abtrocknete. Ich glaube, er wußte nicht, was er sagen sollte. Wir hatten an etwas Verbotenes gerührt. Das wußten wir beide, ohne es auszusprechen. Aber wir mußten uns dem stellen; das war die nächste Gewißheit, die uns beiden zuteil wurde. Ich fühlte mich wund an Leib und Seele, aufgeschnitten, vorbereitet für die Untersuchung – ein sehr treffender Vergleich: wir würden rasch handeln müssen, ehe die Wunden verheilten.

»Willst du fortfahren?« fragte Ferminfex.

»Ja«, sagte ich, »ich möchte es.«

»Kannst du dich an alles erinnern?«

»Noch nicht. Aber das kommt schon. Ich muß nur anfangen.«

»Du hast alle Zeit der Welt.« Er gab mir noch ein Glas Wein und setzte sich wieder.

Ich entsann mich dieses Tages in Imbrilim genau. Merkwürdig, daß mir vor diesem Moment gar nicht bewußt geworden war, es vergessen zu haben. Gewohnheit, das muß es wohl gewesen sein. Wir beide, Swift und ich, hatten nichts anderes zu tun gehabt als zu warten, darauf zu warten, daß irgend etwas geschah. Swift hatte das alles schon satt, und ich fühlte mich, als würde ein verdammt großer Stein an einem verdammt dünnen Faden über meinem Kopf hängen. Es war scheußlich. Warum gingen sie nicht einfach daran, das auszuführen, was sie mit uns vorhatten? Eines Tages, als Swift gerade nicht da war, sandten sie eine Wache, die mich zu Arahal brachte, einem von Thiedes Spitzenleuten, wo man mich in seinem Pavillon wiederum warten ließ; noch mehr Seelenqualen. Als Arahal endlich kam, war er sehr brüsk zu mir. Ich erinnere mich, gesagt zu haben: »Okay, tu, was du nicht lassen kannst«, ohne eine Vorstellung zu haben, wie schlimm das sein könnte. Er reichte mir ein Foto. Es zeigte einen prachtvollen Har, offenbar einen Gelaminger, der in Federn gewandet und mit Federn und silbernem Filigranschmuck gekrönt war.

»Kennst du diesen Har?« fragte Arahal. »*Erinnerst* du dich an ihn?«

Ich muß ihn wohl ziemlich dumm angesehen haben. »Warum?« Ich sah das Bild noch einmal an.

»Antworte einfach. Erkennst du ihn?« Er nahm mir das Foto weg, und meine Hand blieb in der Luft hängen, ohne etwas zu halten.

»Nun ja, er sieht wie jemand aus, den ich einmal gekannt habe, aber er ist tot. Er sieht aus wie jemand, der Pellaz hieß.«

»Ja, das ist er«, sagte Arahal mit kalter Stimme. »Ich fürchtete, du würdest das sagen.« In diesem Moment kroch die kalte Angst durch die transparenten Wände des Pavillons und drang in mein Fleisch ein, ganz tief. Zugleich kam mir eine lebhafte Erinnerung. Ein

Schrei. Der Schrei eines Pferdes. Spritzendes Blut, fliegendes Gebein. Der Regen. Kalt. Kalt. Kalt. Ich dachte, ich hätte gelernt, diese Erinnerung zu unterdrücken. Mein Herz wurde verrückt. Panik. Das war mir schon lange nicht mehr widerfahren. Zusammen mit der Erinnerung kam das Gefühl des Todes – meines eigenen Todes. Mein Hirn explodierte, meine Seele wurde weggesogen. Ich war erstarrt; ein Idiot. »Calanthe!« rief Arahal. Nach einer Sekunde brachte ich gerade soviel Willenskraft auf, um ihn anzusehen. Da lächelte er, ein geradezu sanftmütiges Lächeln. »Ich werde dich ersuchen müssen, nach Immanion zu gehen«, sagte er.

»Weshalb?« Eine kleine Frage aus rauher Kehle.

»Weil Thiede dich dringend sprechen muß.« Er wedelte mit dem Foto vor meinem Gesicht herum. »Du hast Pells Namen mit einer Unzahl unerfreulicher Dinge umgeben, nicht wahr, Cal, und das ist schlecht für uns. Sehr schlecht. Aus dem einfachen Grund, weil der Har, den du tot glaubtest, noch lebt. Er ist Pellaz-har-Aralis, Tigron von Immanion.«

Es war ein Schock. Es war ein großer Schock. Was soll ich sonst dazu sagen?

Wieder eine Scheibe Vergangenheit von meinem Herz entfernt. Schweigen herrschte in Ferminfex' Zimmer. Er zündete sich eine Zigarette an. Draußen hatte es zu regnen begonnen; der Tag war trostlos.

»Es geht noch weiter, nicht wahr?« fragte er.

»O ja, es geht noch weiter. Aber ich glaube, ich dürfte mich eigentlich nicht daran erinnern. Was ist geschehen? Wie kommt es, daß ich plötzlich darüber reden kann?«

Ferminfex hob die Schultern. »Das weiß ich auch nicht. Hast du überhaupt jemals den Versuch gemacht, das alles jemandem zu erzählen?«

»Ich denke schon. Aber ich kann mich nicht entsinnen, wann. Erschreckend, nicht wahr?«

Ferminfex nickte. »Da muß ich dir leider zustimmen.«

»Es ist nicht nur mein krankes Hirn, oder?«

Er lächelte. »Nein, es ist nicht nur dein krankes Hirn. Den Gedanken, ich wäre der Schlüssel, der nötig war, diese Schlösser in deinem Kopf zu öffnen, fände ich zwar sehr schmeichelhaft, aber wenn es so ist, dann dreht jemand anderer den Schlüssel, nicht ich. Bist du bereit fortzufahren?«

Ich erschauerte. »Ich habe Angst. Ich fühle mich nicht sicher.«

»Kein Grund zur Eile, wir haben den ganzen Tag Zeit. Komm mit mir.« Er nahm mich am Arm und half mir aufzustehen. Meine Beine fühlten sich an wie Pudding. Woher kamen all diese Gefühle? Das, was geschehen war, lag schon Jahre zurück. Und ich bin kein schwächlicher Typ. Erinnerungen, wie qualvoll sie auch sein mochten, durften mir doch nicht so zusetzen! Ich dachte, all das hätte ich bereits in Galhea überstanden.

Auf der anderen Seite des Raumes, neben dem Kamin, stand ein Sofa. Ferminfex befahl mir, mich hinzulegen, und wickelte mich in die fransenbesetzte Wolldecke, die auf den Kissen gelegen hatte. Meine Finger waren eiskalt. Er nahm meine Hand. »Wir wollen es dir ein wenig erleichtern«, sagte er. »Entspanne dich, Cal. Ich werde dich zurückführen.«

Hypnose. Seine Stimme wogte über mich dahin und führte mich zurück in die Vergangenheit. Es war tatsächlich leichter so. Wenn ich die Vergangenheit durchlebte, konnte ich nicht zugleich den Schmerz der Gegenwart verspüren. Ich befand mich in einem kleinen Raum im Verwaltungsgebäude einer Stadt ein paar Meilen nördlich von Immanion. Ich war schon seit geraumer Zeit dort. Seit einigen Nächten hatte ich nicht geschlafen, und ich hatte auch nichts gegessen. Dennoch hörte man nicht auf, mir Essen zu bringen – welches ich nicht anrührte –, und hinter meinem Rücken zu wispern. Ich saß mit geschlossenen Augen auf der Kante eines schmalen Bettes und dachte an nichts. Jemand kam näher und berührte mich an der Schulter. Er sagte: »Thiede, unser Gebieter, wünscht dich jetzt zu sehen, Calanthe.« Sie mußten mich beim Gehen stützen. Mein Hirn war leer; wenn ich auch nur den Versuch machte zu denken, füllte es sich mit Bildern von Pells Blut. Auf meiner Wange fühlte ich immer noch den Stich, den ein herumfliegender Knochensplitter verursacht hatte. Ich hatte den heißen, süßlichen Geruch frischen Blutes in der Nase. Ich vernahm Brandgeruch. Sie führten mich in einen anderen Raum, doch alle Räume sahen gleich aus: beruhigend, zweckmäßig und dennoch geschmackvoll eingerichtet. Schöne Pflanzen und bequeme Möbel. Ein Har saß hinter einem Schreibtisch, auf dessen glänzender Platte seine gekreuzten Füße lagen. Ein Har mit flammendrotem Haar und der unverkennbaren Aura ungeheurer Macht. Thiede.

»Ah, Cal!« sagte er umgänglich. »Hör mal, mein Lieber, du siehst gar nicht gut aus! Komm her, komm, setz dich! Hierher!« Er schnalzte mit den Fingern, und jemand stürzte mit dem unvermeidlichen schwarzen Kaffee zur Tür herein. Thiede häufte Zucker in meine Tasse und drückte sie mir in die Hand. Er schüttelte den Kopf. »Meine Güte, in was für einem Zustand du nur bist!« Er lachte. Ich konnte nicht sprechen. Er beugte sich über den Tisch, packte mein Kinn, und ich schüttete mir den Kaffee über die Hose. »Nun, du mußt dich jetzt wirklich zusammenreißen, nicht wahr, mein Lieber. Wir müssen ein wenig miteinander plaudern, und ich kann nicht zu einem sabbernden Idioten reden, das geht doch nicht, oder?« Er legte mir die Finger über die Augen und beschoß mich mit purer glühender Kraft, die mich fast umwarf. Als mein Sehvermögen zurückkehrte, kamen damit auch alle meine

Gefühle wieder, und eines dieser Gefühle war rasende Wut. Ich entsinne mich an meine wilden Beschimpfungen, welche Thiede mit milder Langmut ertrug. Als mir die Luft ausging, sagte er: »Fertig? Gut. Nun, höre mir zu, Calanthe. Du erweist dich mehr und mehr als Dorn in meinem Fleisch.«

»Fein!« sagte ich. »Ich hoffe, der Schmerz bringt dich um!«

Er lachte auf. »Oh, keine Chance! Tut mir leid.«

»Weshalb hast du es getan?« fragte ich. »Weshalb? Sag mir nur das!«

»Was getan?«

Ich schüttelte den Kopf, unfähig, es auszusprechen.

Er seufzte. »Ach, Cal, ich fürchte, das alles geht wirklich ein wenig über deine Begriffe hinaus. Leb du ganz einfach dein kleines Leben und überlaß Hara wie mir die wichtigen Dinge. Pell ist wie du, weißt du das? Er zieht auch keinen Schlußstrich.«

»Unter die Vergangenheit?« Ich sah Pell vor mir, wie er sich auf dem Boden wälzte und jeden Tag seinen Tod von neuem starb.

Thiede schüttelte den Kopf. »Nein, nein, das nicht unbedingt. Er ist genau so, wie ich es mir erhofft habe. Er regiert für mich, Cal, und eines Tages wird sich seine Macht über den ganzen Erdball erstrecken. Ich habe mit ihm eine gute Wahl getroffen. Nein, worunter er keinen Schlußstrich zieht, das bist du. Ich muß zugeben, daß ich das schwer zu begreifen finde, wenn ich dich jetzt so ansehe, aber ich nehme an, du hast einiges durchgemacht. Jedes Geschöpf auf dieser Welt hat einen idealen Partner, einen Seelengefährten. Nur wenige haben das Glück, einander zu finden. Du und Pellaz hattet zwar das Glück, aber zu eurem Pech mußtet ihr auseinandergerissen werden. Das hat euch beiden mehr Schaden zugefügt, als ich erwartete. Du bist gar nichts, Cal, du bist belanglos, aber Pell kann sich solche Narben nicht leisten.«

»Was wirst du also tun? Mich umbringen?«

Thiede zog ein sorgfältig angeekeltes Gesicht. »Ich bitte dich! Wir sind doch keine Barbaren! Wir sind keine Uigennas! Nein, da gibt es eine viel angenehmere Lösung. Selbstverständlich eignest du dich so, wie du jetzt bist, nicht dazu, mit Pellaz Umgang zu pflegen. Das würde einen schrecklichen Skandal verursachen. Immerhin nimmt er eine so hohe Stellung unter den Wraeththu ein wie kein anderer Har. Dieses Privileg hatte jedoch seinen Preis. Pellaz mußte lernen zu leben, ohne sich je eines Alleinseins erfreuen zu können, lernen, ein so makelloses Geschöpf zu sein wie nur möglich. Er ist ein Vorbild unserer Rasse, Cal. Er muß vollkommen sein. Verstehst du das?«

O ja, das verstand ich sehr wohl! »Wie lautet also deine Lösung?« fragte ich mit bitterem Tonfall; ich dachte immer noch an Tod oder Verbannung.

»Nun, in einer idealen Welt würde man dich nach Immanion bringen, um dich einer rituellen Reinigung zu unterziehen und dich so tauglich zu machen für deinen Platz an Pells Seite. Darüber hinaus würdest du ein leuchtendes Beispiel dafür abgeben, wie selbst das minderwertigste Geschöpf nach Vervollkommnung streben kann.«

Ich gab einen aufbrausenden Ton von mir, und Thiede hob die Hand, um mich zur Ruhe zu bringen. »Aber«, fuhr er fort, »dies ist keine ideale Welt – noch nicht. Pellaz hat bereits einen Gemahl, den ich ihm, das gebe ich zu, ziemlich gewaltsam aufgedrängt habe. Doch sie sind unauflöslich durch die Bande des Blutes miteinander verbunden. Ich fürchte, die Beziehung ist keine besonders glückliche, aber was soll's, auch ich kann Fehler machen! Du siehst also, was immer Pell und du einander irgendwann einmal versprochen habt, es reicht nicht an die Bande des Blutes heran. Du kannst niemals sein Gemahl werden, daran führt kein Weg vorbei, es sei denn, Caeru, der Tigrina, sollte sterben. Doch unglücklicherweise für dich ist er jung und gesund und, wenn auch nicht unbedingt geschätzt von der Hegemonie – leider auf Pells Betreiben hin –, beim Volk sehr beliebt. Und mag seine Verbindung mit Pell auch kalt und glanzlos sein, so hat er sich andererseits im Herz eines jeden Wraeththu sein Plätzchen geschaffen. Er macht seine Sache sehr gut, denn niemand außerhalb der Mauern von Phaonica würde vermuten, daß die beiden nicht perfekt zusammenpassen.«

Mir war ganz übel. »Was versuchst du mir zu sagen?« fragte ich.

»Folgendes. Du mußt die Reinigungskur auf dich nehmen, denn es gibt eine Position in Immanion für dich, im fürstlichen Haushalt. Ich bin überzeugt davon, daß ich deine Talente zu nutzen wüßte, und was zwischen Pell und dir hinter verschlossenen Türen geschieht, geht niemanden etwas an. Natürlich würdet ihr beide äußerst vorsichtig sein müssen. Wir könnten nicht riskieren, daß jemand ahnt, was vorgeht. Ich bin sicher, das verstehst du. Es wäre günstig, wenn ich auch für dich einen Gemahl fände. Arahal kann dich in seinen Stab aufnehmen. Du bist ungeschult, also können wir dir anfangs nicht viel bieten. Du wirst dich hocharbeiten müssen, aber ich bin überzeugt, daß dir das nicht schwerfallen wird. Nun, was sagst du?«

Was ich sagte, war: »Was fällt dir ein! Glaubst du, du kannst mich gefügig machen, abrichten wie einen Hund, damit ich mit dem Schwanz wedle und zu Füßen deines Tigrons kusche? Du hast den Verstand verloren! Du sagst, Pell hegt immer noch tiefe Gefühle für mich? Nun, laß mich dir eines erklären, Thiede: Mag sein, daß ich in deinen Augen das minderwertigste aller minderwertigen Geschöpfe bin, aber niemals, auch jetzt nicht, würde ich mich mit irgend jemandem außer Pell durch Blutsbande vereinigen lassen! Ich ehre das Andenken dessen, was wir einst hatten, auch wenn er es nicht tut. Nein, ich bin kein Spielzeug, Thiede. Ich bin nicht so wie er!« In diesem Moment haßte ich Pell zum ersten Mal.

»So, und jetzt beruhige dich wieder!« Thiede grinste die ganze Zeit. Ich wollte mich nicht beruhigen. Meine Wut steigerte sich immer mehr. »Anscheinend müssen wir ein andermal weiterreden«, sagte er, und nicht einmal ein Hauch von Verärgerung lag in seiner Stimme. Ich hatte fast den Eindruck, als fände er meine Reaktion erfreulich. Als *erleichterte* sie ihn. Schließlich ließ er mich wegbringen und in mein Zimmer sperren. Wir redeten ein andermal. Wir redeten noch oft. Ich wurde von einem Ort zum nächsten gebracht, vermutlich (so nahm ich an), um zu verhindern, daß Pell herausfand, daß Thiede mich festhielt. Merkwürdige Dinge passierten mit meinem Zeitsinn. Manchmal wachte ich aus dem Schlaf einer Winternacht auf und entdeckte, daß vor meinem Fenster Hochsommer war. Ich fing an, ganze Zeitabschnitte zu verlieren, und zwar stets nach meinen gemütlichen Plauderstunden mit Thiede. Ich versuchte, es mir rational zu erklären und als Halluzination zu betrachten, die Thiede mit Absicht geschaffen hatte, um mich zu verunsichern. Davon abgesehen wurde ich sehr gut behandelt und bekam alles außer meiner Freiheit. Aber natürlich bedienen sich Gelaminger nur selten körperlicher Grausamkeit; sie haben subtilere Foltermethoden. Anfangs ließen sie mich sogar nach draußen, damit ich Terzian besuchen konnte, als er starb. Ich hatte natürlich einen Begleiter, der mir auf dem Fuß folgte, damit ich nicht auf dumme Gedanken kam, aber immerhin, ich empfand es trotzdem als berührendes Feingefühl. Ich glaube, Thiede versuchte alles, um mich zu überlisten. Ich schlief mit einem silberhaarigen Har, der niemals sprach und mich auf eine lautlose, distanzierte Art liebte. Nicht einmal seinen Namen habe ich je erfahren. Manchmal besuchte mich Thiede dreimal pro Woche, dann wieder hörte ich zwei, drei Monate nichts von ihm. Jedes Gespräch endete schließlich beim selben Thema: Meine Wesensart sei so nicht wünschenswert; ich würde mich ändern müssen; ich müsse öffentlich gegen meine eigene Vergangenheit auftreten und die Art und Weise lobpreisen, wie Thiede mir Erleuchtung hatte zuteil werden lassen. Und nein, ich hätte keine Aussicht freizukommen; ich müsse meine Verpflichtungen gegenüber allen Wraeththu und dem Tigron im besonderen wahrnehmen. Hatte ich denn überhaupt kein Verantwortungsgefühl? In der Öffentlichkeit würde es mir gestattet sein, als Pells Mitarbeiter aufzutreten, wenngleich in sehr untergeordneter Stellung. Ich würde mich vor ihm verbeugen und ihn Gebieter nennen müssen. Privat hingegen – nun, wie sollte es da je so etwas geben?

Jedenfalls gestattete ich mir nicht einmal, auch nur einen Gedanken an das alles zu verschwenden, für den Fall, daß es plötzlich aus irgendeinem Winkel aus mir tönen könnte: Ja, ja! Das ist es, was ich will! Nein, es war gegen meine Natur; unmöglich. Thiede genoß unser Gerangel, das weiß ich. Hinterher versuchte mein schwarzäugiger Gesellschafter regelmäßig, mir Trost zu sein und die Spannungen in meinen Nackenmuskeln zu lösen. Dann vergaß ich für eine Weile alles. Dennoch war kein Ende in Sicht. Wenn ich aufwachte, schien mir stets, als wären Jahre vergangen.

Schließlich sperrte man mich in einen Turm. Ich hatte genug gehabt. Ich weiß nicht, wie lange ich darin eingeschlossen blieb, doch eines Tages kam Thiede zu Besuch, und da erschien er mir verändert, etwas nervös. Er ließ mich nicht aus den Augen. Wir tranken eiskalten Wein auf dem hohen Balkon, und ich sagte: »Laß mich doch einfach gehen, Thiede.« Ich hatte das schon seit geraumer Zeit nicht mehr gesagt, weil ich wußte, wie zwecklos es war. Statt dessen hatte ich mir vorgenommen, mich vom Turm zu stürzen, falls sich die Umstände nicht bald änderten. Wie lange ich schon so dachte, wußte ich nicht mehr, jedenfalls klopfte Thiede jetzt mit dem Finger leicht gegen seine Lippen und starrte in sein Weinglas.

»Also willst du Pell wirklich im Stich lassen?« fragte er beiläufig.

Hoffnung begann in meiner Brust zu flattern wie ein verrückter Vogel. »Hör zu, wenn du mich freiläßt, dann verschwinde ich, dann gehe ich so weit weg, wie du nur willst!« beeilte ich mich zu sagen. »Sag Pell, ich wäre tot. Irgend etwas. Ich werde euch nicht mehr in Verlegenheit bringen, das verspreche ich! Niemand wird je etwas über Pell und mich erfahren, ich schwöre es! Kein Laut davon soll über meine Lippen kommen! Du hast mein Wort; du kannst mein Leben haben, wenn ich es breche!«

Thiede warf bloß die Hände hoch. »Unmöglich, tut mir leid! Pell wird nie aufhören, dich bei sich haben zu wollen, dich zu suchen. Ich habe … äh … mit ihm *gesprochen,* Cal. Er weiß, daß ich mit dir in Verbindung stehe. Natürlich ist er zutiefst unglücklich über einige der Dinge, die du getan hast. Über den Vorfall in Saltrock, um nur einen zu nennen. Aber es übersteigt meine Möglichkeiten, dich ihm auszureden. Das Problem dabei ist, daß ich das verstehe. Er und Caeru mögen zwar durch die Blutsbande miteinander verbunden sein, doch zwischen euch, zwischen Pell und dir, sind es die Bande des Herzens. Dennoch muß ich darauf bestehen: deine einzig mögliche Handlungsweise ist jene, die ich vorgeschlagen habe – unterziehe dich der Reinigung. Komm nach Immanion.«

»Damit Pell mit mir spielen kann, wann immer ihn die Lust dazu überkommt?« fuhr ich ärgerlich dazwischen. »Wie oft soll ich es dir sagen, Thiede? Die Antwort ist nein! Sie wird immer nein sein. Ich könnte so nicht leben. Ich brauche meine Freiheit. Ich brauche meine Selbstachtung. Mehr als ich Pell brauche. Wie dem auch sei, wir könnten bestimmt nicht glücklich sein mit einem solchen Leben. Es wäre nicht annähernd das, was wir einst hatten. Ich würde es hassen und er auch, da bin ich sicher. Es ist besser für uns zu leiden, weil wir getrennt sind, als einander hassen zu lernen, weil wir zusammen sind. Ich habe recht, Thiede, wir haben uns beide verändert; der Pell und der Cal, die einander liebten, sind tot. Und selbst die Erinnerung daran muß sterben. Du kannst reden, soviel du willst, du weißt, daß ich recht habe.«

Er schwieg ein Weilchen, ehe er sagte: »Hmm. Nun hör mir gut zu, Cal. Ich glaube nicht, daß dir das Ausmaß von Pells Macht bewußt ist.« Es klang, als begänne ihn die Sache zu ermüden. »Sein Wort ist Gesetz. Und er ist auch dein Tigron, Cal. Wenn er dich will, dann, fürchte ich, wird er dich auch kriegen. Das widerspräche zwar meinem ausdrücklichen Wunsch, und ich habe alles getan, um es zu verhindern, aber es gibt nichts, womit ich ihn davon abbringen könnte. Ich habe es bereits versucht. Mir bleibt als einziges, die Ereignisse so zu steuern, daß sie einen zivilisierten Verlauf nehmen.«

»Thiede, es ist widerlich, und du weißt das!«

»Oh, da stimme ich dir ganz und gar zu. Aber auf Pell wartet Wichtigeres, als sich über diese Angelegenheit Gedanken zu machen. Um Himmels willen, Cal, erkenne doch endlich, wie klein und belanglos du bist, und mach uns die Dinge leichter, indem du das tust, was ich vorschlage!«

»Indem ich mein Leben zum Wohle der Wraeththu opfere? Vergiß es! Laß mich gehen, Thiede!«

»Dadurch würdest du das Unvermeidliche nur verzögern.«

»Ich kann sehr weit fortgehen, das sagte ich dir schon.«

»Nicht weit genug.«

»Ich werde mich verstecken!«

»Das könntest du sicherlich tun.« Er lächelte mir zu. »Du bist ein Problem, Cal. Ein eigensinniges, ungestümes Kind, wenn mir je eines untergekommen ist! Kein Wunder, daß er dich liebt. Aber bitte denk trotzdem über das nach, was ich gesagt habe.«

»Oh, das tu ich! Jedesmal, wenn du es wiederholst!«

»Ich bewundere dich. Ehrlich.«

»Und doch willst du mich ändern.«

Er schüttelte den Kopf. »Sieh mal, ich kann die Sache auch von deiner Warte aus sehen. Du hast mein vollstes Mitgefühl.«

»Ach ja. Und schau an, wie sehr mir das bisher geholfen hat.«

Er hob die Schultern und stand auf. Ich blieb sitzen und blickte auf meine Hände.

Thiede holte tief Atem und starrte hinaus in die Landschaft. »Eine schöne Aussicht hast du hier, nicht wahr?« Ich antwortete nicht, spürte nur, wie er mich ansah. »Du hast die Wahl«, sagte er mit seidiger Stimme.

»Ich hab genug, Thiede.«

»Ja. Ich weiß.« Und dann ging er.

Ich blieb ein Weilchen sitzen, leerte mein Glas und ging hinein. Das Innere des Turmes fühlte sich plötzlich so seltsam an, so verlassen. Auch meinen Gefährten konnte ich nirgendwo finden. So rannte ich über die Wendeltreppe nach unten zu dem Tor, das immer von außen verschlossen wurde. Auch die Eingangshalle sah an diesem Tag anders aus. Kein Wunder. Ich hatte sie immer im Halbdunkel zu Gesicht bekommen, und jetzt war sie erfüllt von Sonnenschein. Das große Tor stand offen. Der Turm war leer. Draußen im Freien stand ein mit Proviant beladenes weißes Pferd und zupfte träge an den Grashalmen. Ich setzte mich auf die Stufe vor dem Tor und starrte ein paar Stunden lang die Außenwelt an, während ich über vieles nachdachte. Pell ist mein Leben, aber ich wußte auch, was ich am meisten an ihm liebte: seine Unschuld, sein freies Wesen, seine Geradlinigkeit. Ich konnte nicht glauben, daß das alles, zusammen mit seiner Seele, überlebt hatte. Unmöglich. Er war Tigron. Es kostete mich einige Zeit und sogar einige Überwindung, aber schließlich erhob ich mich von der Stufe, verließ den Turm und blickte kein einziges Mal zurück. Ich bestieg das Pferd, das Thiede mir dagelassen hatte, und galoppierte in nördlicher Richtung davon. Seltsam, wie jene Leute, die man am meisten haßt, einen gelegentlich mit einfühlsamen Gesten überraschen. Thiede verstand mich tatsächlich. Ich behielt die Richtung bei. In den Satteltaschen befand sich Geld – viel Geld. Eine Woche später war ich in Thaine, wich jedem Schatten aus und trank mich mit Alkohol in den Schlaf. Ich hatte viele Jahre in Gefangenschaft zugebracht. Jetzt war ich frei. Niemand hatte gesiegt. Es gab keinen Sieg.

An diesem Punkt brachte Ferminfex mich wieder zurück. Ich zitterte wie in großer Kälte, aber meine Haut fühlte sich heiß an. Ich trank Wein und nahm die Zigarette, die er mir anbot. »Was soll ich tun?« fragte ich.

Ferminfex ließ sich neben mir auf die Knie nieder. »Du solltest jetzt schlafen«, sagte er. »Panthera hat mir erzählt, du würdest ein Tagebuch führen, in dem alles aufgeschrieben steht, was euch seit Fallsend widerfahren ist. Ich würde es gern lesen, während du dich ausruhst. Sag mir, wo ich es finde.«

Ich zögerte kurz, aber hatte er nicht soeben in meiner Seele gelesen? Ich sagte ihm, wo ich das Tagebuch aufbewahrte, und er verließ mich, um es zu holen. Ich lag da und hatte das Gefühl, nach einer schweren Operation, die mich hätte töten können, die es aber nicht getan hatte, wieder zu Bewußtsein gekommen zu sein.

Seiten, die umgeschlagen wurden. Von dem Sofa aus sah ich Ferminfex zu, wie er meine Aufzeichnungen durchging. An seinen Ausrufen konnte ich feststellen, an welcher Stelle er gerade angelangt war. Plötzlich durchlief mich etwas wie schlechtes Gewissen: Auch

Pantheras Geheimnisse standen alle da drinnen! »Ferminfex«, sagte ich besorgt. »Dein Sohn. Er ... nun, ich möchte nicht, daß er erfährt, daß ich dir das Tagebuch gezeigt habe.«

»Du wirst doch nicht bezweifeln, daß mir einiges von dem, was Thera durchgemacht hat, bereits klargeworden ist«, erwiderte er. »Ich bin nicht dumm. Dieser Bericht mag wohl für uns beide schmerzlich sein, aber ich möchte ihn trotzdem lesen. Einerseits, um zu erfahren, was Panthera bedrückt, andererseits, um dir zu helfen.«

»Das ist unredlich, Ferminfex!«

»Keine Sorge, Panthera wird nie erfahren, daß ich das hier zu Gesicht bekommen habe, das verspreche ich.« Er blickte auf. »Ich hoffe, eines Tages wird er von sich aus den Wunsch haben, mir alles zu erzählen. Und wenn er das tut, werde ich ihm sagen, wie froh ich bin, daß es ihm gelungen ist, am Leben zu bleiben. Nichts anderes ist wichtig. Ich glaube, er hält sich das nicht genügend vor Augen.«

»Er ist ein stolzes Geschöpf«, sagte ich.

»Ja, das ist wohl Lahelas Blut«, meinte Ferminfex düster. Dennoch hatte ich den Eindruck, das nüchterne, herbe Wesen der Feriker wäre eher dafür verantwortlich als die Eitelkeit der Kalamaher. Doch ungeachtet dessen, was Ferminfex sagte, merkte ich deutlich, daß es ihn zutiefst entsetzte, von den Demütigungen zu lesen, denen sein Sohn in Piristil ausgesetzt worden war. An einem bestimmten Punkt sah er zu mir herüber und sagte: »Ich weiß, daß Mord und Totschlag die schlimmsten aller Verbrechen sind, und ich wollte, Panthera hätte Jafit nicht erschossen, aber nur aus einem einfachen Grund: Ich hätte das gern selbst erledigt.« Er rieb sich die Augen. »Lahela darf das nie zu Gesicht bekommen«, fügte er hinzu. Als er zu Ende gelesen hatte, stützte er die Ellbogen auf den Tisch und legte den Kopf in die Hände.

Es war später Nachmittag. Wir saßen schweigend da, ich auf dem Sofa, er hinter dem Schreibtisch. Es klopfte. Lahela hatte einen der Haushara mit einem Tablett voll Speisen geschickt. Ich hatte Hunger, und so stand ich auf und setzte mich wieder an den Schreibtisch. Ferminfex starrte mich sekundenlang an, klopfte mit dem Finger auf den Stapel Papier und setzte ein schiefes Lächeln auf. »Ich muß sagen, deine Gefühle für Panthera machen mir ein wenig Sorgen.«

Ich wand mich. »Oh, ich war nicht ganz ich selbst, als ich das geschrieben habe«, bemerkte ich leichthin.

»Versteh das nicht falsch! Ich glaube nicht, daß du von schlechtem Blut bist. Wollen wir uns doch nichts vormachen, jeder von uns, der nicht bereits als Wraeththu geboren wurde, hat in seiner Vergangenheit ein paar dunkle Flecken. Es war damals einfach die Zeit. Und du machst mir nicht den Eindruck, schlecht zu sein, Cal, ganz im Gegenteil. Du leidest bloß. Was ich hätte fragen sollen, war: erwidert Panthera deine Gefühle? Ich möchte nicht, daß ihm noch mehr Schmerz zugefügt wird.«

»Nein, nein«, antwortete ich. »Panthera hat keine Ahnung von meinem leidenschaftlichen Verlangen auf unserer Reise nach Suden. Aber, und da wirst du mir sicher beipflichten, er ist gegenwärtig ohnedies nicht in der Verfassung, irgend jemandes Gefühle zu erwidern.«

»Ja, er braucht Zeit, das ist richtig. Abgesehen davon sind wir hier, um deine Situation zu besprechen und nicht Theras. Also wollen wir einmal analysieren, was wir wissen. Seitdem du Thiedes Turm verlassen hast, plagen dich Alpträume, die zuletzt in zwei äußerst erschreckenden Erlebnissen ihren Höhepunkt erreichten. Du hast bemerkt, daß du verfolgt wirst, wahrscheinlich von dieser Schattengestalt aus deiner Vergangenheit...«

»Ich verstehe nicht, wie Zack in das alles hineinpaßt«, warf ich ein.

»Ich auch nicht. Vielleicht sollte sein Erscheinen dich nur darin bestärken, für deine Vergangenheit Abbitte zu tun, ich weiß es nicht. Ich glaube, die Hauptfrage, die du dir stellen mußt, lautet: Wer steckt hinter all dem? Und zu welchem Zweck?«

»Nun, das liegt doch auf der Hand, oder? Pell und Thiede. Sie wollen mich nach Immanion treiben, indem sie mir das Leben überall sonst unerträglich machen!«

Ferminfex schüttelte den Kopf. »Ich an deiner Stelle wäre dessen nicht so sicher. Da gibt es etwas, was du noch nicht weißt. Die Botschaft, die uns über unseren Gedankenempfänger erreichte, war sehr sorgfältig und zurückhaltend formuliert; keinerlei Begleitbilder. Dennoch konnte man die Tatsache nicht übersehen, daß der Absender kein Wraeththu war.«

»Was soll das heißen?«

»Bloß das: sie stammte von einer Frau. Von einem Menschenwesen also, aber einem unfaßbar hochentwickelten Menschenwesen.«

»Dann ist alles klar!« rief ich und beugte mich vor, ungeduldig, es ihm zu erklären. »Vielleicht bin ich doch nicht paranoid, wenn ich das Gefühl habe, alle, denen ich begegne, stecken da mit drin! Bei der Frau muß es sich um Cora handeln. Sie war das letzte Glied der Kette vor dir! Ich werde manipuliert, immerzu in Richtung Immanion gedrängt!«

Ferminfex schüttelte den Kopf. »Ach, denk doch nach, Cal! Cora kann es nicht sein. Aus dem, was du mir erzählt hast, geht hervor, daß sie oder auch das Mädchen, das bei ihr wohnt, nicht auf einer solchen Entwicklungsstufe stehen könnte! Ich rede hier von einem unglaublich starken menschlichen Geist! Nein, du irrst dich bei den Gimrahern. Sie haben nichts mit der Sache zu tun.«

»Wer hat dann etwas damit zu tun?«

Ratlos hob er die Schultern. »Das kann ich dir nicht sagen. Wir müssen nur stets daran denken, daß es Kräfte in diesem Universum gibt, die stärker sind als jene der Wraeththu, ja selbst stärker als jene Thiedes. Cal, da steckt mehr dahinter, als man auf den ersten Blick sehen kann. Du mußt den wahren Grund kennenlernen, weshalb es so wichtig für dich und Pell ist, wieder vereint zu werden. Ich glaube nicht, daß Thiede dir mehr verraten hat, als nötig war. Ich folge jetzt nur meiner Intuition, aber ...«

»Wenn ich bloß nicht wieder eine Mattscheibe habe und mir alle diese Informationen verlorengehen!«

»Das wird nicht geschehen.«

»Sei nicht so sicher! Es ist mir schon einmal passiert, damals in Galhea. Mein Hirn löschte Verbrechen aus, die ich begangen hatte, Pells Tod, alles. Ein enormer Kraftstoß war nötig, um die Sperre zu lösen. Mir scheint, das gleiche passierte im Hinblick auf meine Gefangenschaft. Ich kann mir selbst nicht mehr trauen. Irgendwas in meinem Mechanismus funktioniert, scheint's, nicht so, wie es soll.«

Ferminfex war nicht dieser Meinung. »Hast du dir je überlegt, daß es genau das sein könnte, was man dich glauben machen will? Offenbar konntest du dich niemandem anvertrauen, weil man dich daran gehindert hat. Hypnotische Beeinflussung, geistiger Zwang, da gibt es viele Möglichkeiten.«

»Und wieso konnte ich mich dir anvertrauen?«

»Falls Thiede dir diese Sperre auferlegt hat, aber jemand anderer hinter alldem steht, jemand, der dich sacht und leise auf den Weg nach Jael gebracht hat, dann war vielleicht die Zeit reif für ... ach Gott, ich weiß es nicht! Das geht über meinen Verstand!«

»Wozu dann diese ganze Geheimniskrämerei? Warum sagt man mir nicht klipp und klar, worum es geht? Reine Zeitverschwendung!«

»Mmm.« Ferminfex lehnte sich zurück und schloß gedankenversunken die Augen. »Du bist auf einer Reise«, stellte er fest. »Der Selbstfindung? Möglich. Oder vielleicht ist es mehr? Ich bin mit dir einer Meinung, daß du in gewisse Richtungen getrieben wirst...« Er richtete sich gerade auf. »Diese Botschaft, die du bekamst – wie lautete die genau?«

»›Unter den Bergen von Jaddayoth.‹ Bezieht sich das auf Höhlen oder auf ein Grab? Was denkst du?«

»Keins von beiden. Ich glaube, es bezieht sich auf Eulalee, ein unterirdisches Reich, die Heimat des Stammes der Sahaler. Zweifellos mußt du dorthin gehen.«

»Und wenn ich es nicht tue?«

Ferminfex gab einen ärgerlich ungeduldigen Ton von sich. »Hör mal, wie kannst du gegen etwas ankämpfen, von dem du nicht weißt, wer oder was es ist? Mach dich nicht lächerlich. Spiel ein Weilchen mit und halte Augen und Ohren offen. Der Huyana in Jasminia trug dir auf, vorbereitet zu sein. Er sprach von Botschaften. Du mußt dich den Dingen stellen, merkst du das nicht? Und betrachte es auch von einer anderen Warte aus. Wie ist das mit Pell? Er muß wissen, daß eine Beziehung zu dir im Moment unmöglich ist – außer unter fast unerträglichen Umständen. Die Forderungen, die Thiede in dieser Hinsicht an dich stellt, hören sich an wie die Forderungen eines Kindes, und Pellaz-har-Aralis ist weit davon entfernt, ein Kind zu sein, das kann ich dir sagen! Aber vielleicht wird Pellaz auch manipuliert. Denk darüber nach.«

Ich sank in mich zusammen und seufzte. »Ich will das nicht! Ich will das alles nicht!«

»Natürlich nicht«, sagte Ferminfex beruhigend. »Du willst dein Leben zusammen mit meinem Sohn in Ferike verbringen, nicht wahr? Soll ich dazu meine Zustimmung geben? Wirst du es tun, wenn ich dich darum bitte?« Wir starrten einander an. Ich schüttelte den Kopf und lächelte. »Warte das Frühjahr ab«, fuhr er fort. »Bis dahin hast du noch viel Zeit. Wir werden ein andermal darüber weiterreden.«

Und so war es also beschlossen. Sobald es zu tauen begann, würde ich nach Elhmen reiten, durch dessen Territorium die einzig bekannte Route nach Eulalee führt. Ich wußte nicht, was ich dort finden würde.

Als ich an jenem Tag Ferminfex' Arbeitszimmer verließ, fühlte ich mich zwar einigermaßen vergewaltigt, aber irgendwie regeneriert. Die Eiterbeule war endlich aufgestochen. In der folgenden Nacht darauf träumte ich von Pell, aber er war weit weg.

KAPITEL 15

Was er vom Wasser erfuhr

Liebende mögen vergehen,
die Liebe nie

DYLAN THOMAS,
And death shall have no dominion

Das Leben in Jael spielt sich in einem gemächlichen, gelassenen Rhythmus ab. Jeden Morgen versammelt sich die ganze Familie zum Frühstück, und auch abends wird das Mahl gemeinsam eingenommen, jeweils in einem anderen Raum. Panthera hat zwei Brüder, einer von Ferminfex gezeugt und der andere von Lahela. Auch Onkel und Vettern wohnen da, und Vettern von Vettern, und alle haben die feinen, zarten Gesichtszüge der Familie Jael. Nur Panthera, sein Träger und seine Brüder sind vom eher sinnlich-trägen Kalamaher Schlag. Lahela erzählte mir, er vermute, zwischen Panthera und mir gebe es irgendeine Art von *Beziehung* (die Betonung stammt von Lahela!). Taktvoll ausgedrückt. Lahela weiß immer noch nicht, was seinem Sohn in Piristil widerfahren ist. Aus diesem Grund vermeide ich jede Andeutung, ob seine Vermutung zu Recht besteht oder nicht.

Offenbar scheint in Ferike immer die Sonne. Jeden Morgen, wenn wir aufstehen, liegt ein Zuckerguß aus frischgefallenem Schnee auf den Bäumen und im Hof des Schlosses, aber tagsüber reflektiert das Land stets die Strahlen der Sonne mit hartem kristallischen Glitzern.

Eines Abends kamen Hara aus einem Nachbarschloß zum Dinner zu den Jaels. Es war eine elegante Angelegenheit. Nach dem Mahl machten ein paar von Pantheras Verwandten Musik in einem der Salons, und wir saßen im Kreis und hörten ihnen zu. Die Hara unterhielten sich mit mir in leisem gebildeten Tonfall, und ich vernahm ein, zwei geringschätzige Bemerkungen über die Gelaminger, was mich freute. Man beschuldigte Künstler der Gelaminger, die Werke von Ferikern zu kopieren. Jemand sagte zu mir: »Die Gelaminger ringen immerzu um schöpferische Originalität. Sie wollen in allem und jedem glänzen und hoffen damit insgeheim, so meine ich, das Interesse der Fürstenhöfe von Maudrah und Garridan zu erregen, wo man für Kunstwerke viel Geld übrig hat.« Der Har rümpfte vielsagend die Nase.

Ich nahm die Gelegenheit wahr, ihn ein wenig auszuhorchen. »Ah ja, die Maudraher! Ich habe schon viel von Ariaric gehört, ihrem Archon.«

»Hmm, eine charismatische Gestalt.«

»Wurde er in Jaddayoth geboren?«

Der Har lächelte. »Hier geboren? Weißt du denn gar nichts? Ich bezweifle, daß es überhaupt Maudraher gibt, die hier geboren wurden, und dazu kann ich dir eines sagen: Sie sind alle nicht sonderlich erpicht darauf zu verraten, woher sie wirklich stammen!«

»Könnte das Wort Uigennas etwas damit zu tun haben?« erkundigte ich mich feinfühlig, aber es ist nun einmal unmöglich, feinfühlig zu wirken, wenn man dieses bestimmte Wort in den Mund nimmt. Mein Gesprächspartner jedenfalls zuckte zusammen, rückte einen Schritt von mir ab, und ich erkannte, daß ich es vermasselt hatte; aus dieser Quelle würden keinerlei Informationen mehr sprudeln.

Und so gingen die Wochen dahin. Ich versank in einem Kokon aus Zufriedenheit; alles, was außerhalb von Jael lag, hatte eine traumartige, unwirkliche Beschaffenheit angenommen. Die Feriker verbringen einen Großteil ihrer Zeit damit, ihre künstlerischen Begabungen – Malerei, Literatur, Musik – zu vervollkommnen. Ich verwendete diese Wochen dazu, meine Aufzeichnungen zu ordnen und neuerlich niederzuschreiben; Kruin als unternehmungslustigerer Typ hingegen langweilte sich bald. Es juckte ihn, nach Natawni heimzukehren. Panthera wiederum schloß sich fast dauernd in seinem Atelier ein, offenbar mit der Absicht, die verlorene Zeit aufzuholen. Ich sah ihn nur zu den Mahlzeiten und oft nicht einmal dann.

Eines Morgens nach dem Aufwachen bemerkte ich, daß die Schneeschicht von den Bäumen glitt, und von den Eiszapfen, die an allen Dächern hingen, tropfte es in den Hof. Beim Frühstück stellte Ferminfex fest, daß das Tauwetter eingesetzt habe, und Lahela sprach aufgeräumt davon, sich wieder einmal nach Clereness und noch weiter wagen zu wollen, um die Vorräte zu ergänzen.

Ich erfuhr, daß sehr bald Abgesandte anderer Stämme in Jael eintreffen würden, um von allem einzukaufen, was die Familie während der langen Regentschaft des Winters hergestellt hatte. Nach meiner Ankunft in Jael war ich des öfteren nachts von dumpfen rhythmischen Schlägen erwacht, die geradewegs aus dem Inneren der Erde zu kommen schienen. Auf meine Frage hatte man mir erklärt, daß diese Geräusche von der Druckpresse im Keller des Schlosses stammten. Was oben in den hohen, luftigen Räumen ersonnen wurde, brachte man unten zu Papier. Auch Bilder wurden im Keller gerahmt; er war die Werkstatt der Siebdrucker, der Töpfer, der Bildhauer. Doch nicht nur Familienmitglieder arbeiteten als Kunsthandwerker in Jael.

Panthera hatte mir das Bild eines dunklen Waldes gemalt, und ich hängte es in meinem Zimmer an die Wand. Vor dem Einschlafen starrte ich gern in seine verwunschenen Tiefen, wo die Andeutung geheimnisvollen Lebens zu rascheln schien. Ich hätte Panthera gern ein Gegengeschenk gemacht, aber ich besitze absolut keine künstlerische Ader.

Das Tauwetter dauerte an. Vom Schloß weg rann ein klarer Bach die Straße hinab, und an den Zweigen der Bäume sprossen bald klebrige Knospen. Eines Tages schlug Panthera vor, nun, da der Schnee endlich verschwunden war, sollten wir alle zusammen einen Ausflug in den Wald machen. Kruin war zu sehr damit beschäftigt, seine Sachen zu packen, um uns zu begleiten; er hatte vor, uns bald zu verlassen. Panthera wollte mir auf unserer Wanderung das Zeichnen beibringen, und ich scheute mich, ihn darauf aufmerksam zu machen, daß er damit seine Zeit vergeudete. Wir brachen zeitig am Morgen auf – zu Pferde, die Idee kam von mir. Der Frühling schien es eilig damit zu haben, das ganze Land zu überziehen; das Erdreich war feucht und dicht bedeckt mit frischem jungen Gras. Kleine Frühlingsblumen blühten unter den Bäumen, und die Sonnenstrahlen drangen durch die hohen Äste, als wir von Jael wegritten. Nach etwa einer Meile verließen wir die Straße und arbeiteten uns eine Böschung aus farnbewachsenem Torf hinauf. Die Farben waren herrlich, so lebendig wie von der Palette eines hochbegabten Malers. Panthera führte mich tief in den Wald hinein, der ihm ein zweites Zuhause war. Wir stiegen ab und lotsten die Pferde durch dichtes Strauchwerk, das in einem geradezu schmerzhaften Giftgrün funkelte.

»Laß uns hier Rast machen«, schlug Panthera vor.

Wir waren an einem murmelnden Bach angekommen, der flott in einem tiefen Einschnitt zwischen moosbewachsenen Sandsteinufern dahinfloß. Zweige tauchten ihre naschhaften Finger in das Wasser, und der Grasboden beiderseits der Ufer schien in einen leichten Dunst gehüllt, als die Sonnenstrahlen ihn sanft trockneten. Wir ließen uns am Rand des Wassers nieder, und die Pferde wandten sich dem Gras zu; sie rissen es büschelweise mit den Wurzeln aus, so begierig waren sie nach seinem frischen süßen Geschmack. Panthera gab mir ein Blatt Papier zum Zeichnen, aber mir fehlte es an Inspiration.

»Glaubst du, daß Astarth jetzt tatsächlich Piristil leitet?« fragte er mich. Es war das erstemal, daß er über Fallsend sprach, seit wir uns in Jael befanden.

»Was weiß ich?« antwortete ich; es war mir eigentlich gleich.

»Weshalb er uns das Entkommen wohl so leichtmachte?«

»Keine Ahnung. Wozu machst du dir Gedanken darüber, Thera? Es ist vorbei. Vergiß es.«

»Für mich wird es nie vorbei sein.«

»Nun gut, tut mir leid. Möchtest du meine Theorie hören? Astarth wollte uns das Entkommen leichtmachen, er wollte, daß Jafit uns verfolgte, und er wollte, daß wir Jafit töten, wenn er uns einholte!«

»Natürlich! So muß es sein! Wie dumm von mir! Sobald Jafit aus dem Weg geräumt war, würde aus der Hure Astarth der Besitzer des Hauses werden!«

»Klingt ziemlich plausibel, nicht wahr? Andererseits hätte Astarth Jafit in Fallsend auf einfachere Weise umlegen können, ohne daß jemand eine Braue gerunzelt hätte.«

»Das hielte ich nicht für selbstverständlich«, widersprach Panthera. »Die Eigentümer der Musendas halten zusammen wie Pech und Schwefel. Gaunerehre und so. Ich glaube nicht, daß Astarth mit etwas allzu Augenfälligem ungestraft davongekommen wäre.«

»Na gut, was soll's? Ich hoffe jedenfalls, daß er jetzt glücklicher ist.«

»Ich frage mich, ob die anderen es auch sind.« Panthera konzentrierte sich auf seine Zeichnung. Ich hatte schon längst Papier und Bleistift ins Gras geworfen.

»Sieh mal«, sagte Panthera und reichte mir seine Entwürfe.

Klarerweise zeigten sie mich. »Sehe ich denn wirklich so abgezehrt aus?« fragte ich entgeistert.

»Nicht auf den ersten Blick, nein«, erwiderte er und nahm die Blätter wieder an sich. Er machte ein nachdenkliches Gesicht, legte seinen Stift hin und ließ sich zurücksinken auf das weiche Moos. »Cal, ich habe mich entschlossen, dich nach Elhmen zu begleiten«, erklärte er und starrte ins Geäst über seinem Kopf.

Ich antwortete nicht gleich, aber der fragende Blick, den er mir dann zuwarf, war nicht leicht zu übersehen. »Das ist nicht nötig«, sagte ich schließlich, »ich reise fast immer allein.«

»Aber du kennst doch das Land hier gar nicht!«

»Das ist richtig, doch ich bin imstande, Instruktionen einzuholen und ihnen zu folgen. Es könnte gefährlich werden, Thera; ich weiß es nicht, ich habe keine Ahnung, was dort auf mich wartet. Und ich bin sicher, Ferminfex würde es mir nicht unbedingt danken, wenn ich dich so rasch wieder von zu Hause weghole. Er macht sich Sorgen um dich. Ich glaube nicht, daß es ihm recht wäre, wenn du dich noch weiter mit mir abgibst.«

»Du irrst dich!« brauste Panthera auf. »Mein Vater würde von mir erwarten, mit dir zu gehen! Nach allem, was du für mich getan hast, ist dies das einzig Ehrenhafte, was ich tun kann!«

»Ehre!« Ich lachte laut auf. »Dieser veraltete Begriff? Die Menschen pflegten doch so gern für ihre Ehre zu sterben, nicht wahr? Aber wir müssen unser eigenes Leben leben, Thera, müssen uns unsere eigenen Werte schaffen. Außerdem möchte ich dich nicht in Gefahr bringen.«

»Ein empfindlicheres Selbst als das meine könnte dir jetzt unterstellen, du würdest seinen Mut anzweifeln, ja sogar seine Fähigkeit, sich zu wehren«, bemerkte

Panthera zurückhaltend. »Fürchtest du, ich könnte mich als Klotz am Bein erweisen?«

»Sei nicht albern! Das glaubst du doch nicht ernsthaft! Ich will bloß niemand anderen da hineinziehen, in… nun, in was auch immer.«

»In was?«

Ich antwortete nicht. Panthera seufzte, setzte sich auf und stützte das Kinn auf die Knie. »Findest du nicht, daß es langsam Zeit wäre, es mir zu erzählen? Mit meinem Vater hast du schon darüber gesprochen, das weiß ich.«

Ich sah ihn lange an, sah die Licht- und Schattenmuster über sein Gesicht und seinen Hals huschen, sah die Reflexionen vom Wasser, seine grünen Augen. Ach, Panthera, was gäbe ich dafür, dich vor einigen Jahren getroffen zu haben!

»Nun?« sagte er.

Und so begann ich. Es tat nicht mehr weh. Ich konnte frei und ohne Angst sprechen. Natürlich gab ich ihm nicht alle Einzelheiten preis, so wie seinem Vater. Der Wald hinter uns erschien mir unnatürlich still, und die Sonne strahlte heiß auf uns herab. Ich bekam das kribbelige Gefühl, beobachtet zu werden, aber ich erzählte trotzdem weiter. Als ich geendet hatte, legte er wieder das Kinn auf die Knie und starrte ins Wasser. Ich war außerstande, das Schweigen, das folgte, zu brechen.

Schließlich sagte er: »Ich habe nicht erwartet, daß es sich um so etwas handeln könnte. Ich dachte, du hättest irgendein Verbrechen begangen. Ich…« Er schüttelte den Kopf.

»Ich habe ja Verbrechen begangen, Thera; das ist Teil des Problems.«

»Keine schlimmeren Verbrechen, als sie sich jeder andere Har in Jaddayoth zuschulden kommen ließ, denke ich.«

»Kann sein, aber Immanion liegt nicht in Jaddayoth,

oder? In Almagabra ist alles anders; es geht dort äußerst zivilisiert zu.«

»So hört sich das alles aber nicht an! Weshalb kann der Tigron nicht akzeptieren, daß es vorbei ist? Jeder normale Har täte das. Die Macht muß ihm zu Kopf gestiegen sein!«

Pantheras aufbrausende Wildheit überraschte mich. »Hör auf damit!« unterbrach ich ihn. »Du hast kein Recht, so etwas zu sagen. Du hast keinen Einblick.«

»Ah, für dich ist es auch noch nicht vorbei, wie? Sieh mal an, wie du ihn in Schutz nimmst! Ihr seid beide dumm. Ach was, mich geht's ja nichts an. Es ist dein Leben.« Er packte seinen Stift und den Zeichenblock und kritzelte wild drauflos.

Ich holte ein paarmal tief Atem. Die Stille war wie elektrisch aufgeladen. Ich legte die Arme hinter den Kopf, ließ mich zurücksinken und starrte durch halbgeschlossene Lider in die Blätter über mir. Wie festgeklammert hingen die Bäume mit den Wurzeln am Bachufer und neigten sich gefährlich tief zum Wasser hinab. Früher oder später müssen sie hineinstürzen, dachte ich noch, dann war ich wohl eingeschlafen. Als Panthera mich weckte, verspürte ich einen pochenden Schmerz im Kopf, weil ich zu lange in der Sonne gelegen hatte.

Wir hatten Wein und Essen mitgebracht, und Panthera machte sich daran, alles aus den Satteltaschen zu holen. »Bist du hungrig?« fragte er steif.

»Ein bißchen.«

Er räusperte sich. »Ich möchte mich entschuldigen«, sagte er. »Nein, unterbrich mich nicht! Vermutlich hast du mir deine Geschichte so gut erzählt, daß ich mich mitreißen ließ. Du hast recht, ich habe keinen Einblick, und es geht mich nichts an. Aber ich möchte dennoch mit dir nach Elhmen kommen. Darf ich?«

Als ob irgend jemand diesen Augen hätte widerstehen können! »In Ordnung.«

Er lächelte. »Gut. Dann werden wir gemeinsam unsere Reisevorbereitungen treffen.«

Den Wein tranken wir aus der Flasche. Ich dachte an die Jaddayother Länder, die ich bisher kennengelernt hatte, und daran, wie glücklich ich wäre, mich in einem von ihnen niederlassen zu können – Ferike durchaus eingeschlossen.

Panthera fragte sich wohl, worüber ich nachsann. »Hör mal, ein Stück flußaufwärts gibt es einen Wasserfall«, sagte er. »Er ist sehr hübsch. Du mußt ihn dir ansehen, bevor wir zurückreiten.«

Ich stand auf und blickte durch den Tunnel aus überhängenden Bäumen. »Gern, kommst du mit?«

»Nein, ich möchte noch ein paar Skizzen machen.«

»Wieder für ein Waldbild?«

Panthera zog die Nase kraus. »Das hoffe ich. Aber diesmal soll es wirklich *lebendig* werden.«

Lachend duckte ich mich unter den Ästen hindurch und stapfte am Ufer entlang flußaufwärts. Ich konnte mich nicht erinnern, mich irgendwann während der letzten Jahre zufriedener gefühlt zu haben als in diesem Augenblick, und ich bedauerte es zutiefst, demnächst weiterreisen zu müssen. In Ferike gab es keinen Druck, keine Zwänge – ja, wenn ich es recht bedachte, nicht einmal die wundervollen, durchaus erwünschten Zwänge sinnlichen Verlangens. Mein Seelenzustand war völlig ausgeglichen. Vielleicht war es gerade dieser Umstand, der das herbeiführte, was als nächstes geschah.

Nachdem ich eine Weile gewandert war, hörte ich das Rauschen des Wasserfalles vor mir. Ich zog die Stiefel aus und stieg in den Bach. Atemberaubend kalt wirbelte mir das Wasser um die Füße. Ich blieb stehen, um einen Schluck zu trinken, und es fühlte sich in meinem Mund an wie leichter, prickelnder Wein. Als ich mich noch einmal bückte, traf ein blendender Reflex meine Augen, wie ein Sonnenstrahl, der auf Glas trifft. Ich blickte auf.

Ein Stück vor mir, im Tunnel der dunklen Äste, brach sich ein starker weißer Strahl auf dem Wasser. Ich watete gegen die stärker werdende Strömung weiter. Die Zweige teilten sich vor mir, und ich betrat eine Arena aus Licht. Der Wasserfall stürzte kaskadenartig in ein weites Becken und floß über eine flechtenbewachsene Felskante ab. Sonnenlicht fiel in das Becken, und das Wasser darin sprudelte wie Schaumwein. Ich nahm glitzernde Wassertröpfchen wahr, die in der Luft hingen, dort zerplatzten und Regenbögen bildeten, die mich schimmernd umringten wie körperlose, ätherische Wesen. Ein Gewirr von Farnen wuchs aus den grünen Felswänden, und auf einem Stein ringelten sich bunte Eidechsen umeinander und genossen den Sonnenschein; Libellen schossen über die Wasseroberfläche. Ich stand da, von Ehrfurcht ergriffen; nichts ist so überwältigend wie natürliche, reine, makellose Schönheit – eine Schönheit, wie sie Pell einst zu eigen war. Ich kniete mich in das aufschäumende Wasser und ließ mich vom Sprühregen bis auf die Haut durchweichen. Meine Brust war erfüllt von einem Gefühl, das ich nicht deuten konnte. Dies war ein heiliger Ort; es war das Haus eines Gottes, doch der Gott war nicht zu Hause. Solche Momente bringen uns Erleuchtung, und einen kurzen Augenblick lang ist es uns dann möglich, alles auf dieser Welt zu verstehen; diese Erkenntnis bringt eine bittersüß aufwallende Traurigkeit mit sich, die uns zugleich schmerzliche Freude ist. In diesem Moment wußte ich, daß ich furchtlos weitergehen und mich allem stellen konnte, was noch vor mir lag. Ich dachte: Niemand kann mein Leben lenken. Ich bin wichtig, aber nur mir selbst, und aus diesem Grund werde ich die Kontrolle darüber übernehmen. Es war Stärke, pure Stärke. Sollte je der Zeitpunkt kommen, daß ich Pellaz-har-Aralis, dem Tigron von Immanion, doch gegenübertreten muß, dann werde ich das ohne Zittern und mit klarem Kopf tun. Ich werde ihm sagen, daß wir uns gewiß einst geliebt haben – und die Erinnerung daran immerzu andauern wird –, doch daß die Zeit voranschreitet und das Leben weitergeht; nun würde ich mein eigenes Leben führen, das nicht das seine ist und es nie sein wird. Die Narben müssen sich mit neuer Haut bedecken, Haut aus Vernunft und Klarsicht. Ich kam zu der Überzeugung, daß meine Zukunft in Jaddayoth lag und nirgendwo sonst. Pell müßte auf mich hören. Wenn noch ein Rest seiner früheren Persönlichkeit übriggeblieben ist, dann wird er mir zustimmen. Für mich war es nun Gewißheit, daß aus Pell ein egozentrischer, grimmiger Tyrann geworden war, machtgierig und besitzergreifend. Hatte Thiede zuwege gebracht, daß ich nun so empfand? Konnte mein eigenes Herz mir nicht die Wahrheit sagen? Alte Wunden muß man reinigen, damit sie heilen können.

Ich stand wieder auf und fing ein letztes Mal den schimmernden Wasserfall mit meinen Blicken ein, ehe ich umkehren und zurückgehen wollte zu Panthera, der so jung und schön war und dessen Wunden ebenso wie die meinen auf Heilung warteten. Das hätte ich schon längst erkennen müssen …

Ich wandte mich ab, um der Strömung des Wassers zu folgen, und fiel … auf die Knie, während glitzernde Lichtkreisel vor meinem Gesicht erschienen. Das Gemurmel des Wassers hatte sich in ein Donnern verwandelt – das Donnern von Kanonen in einer Schlacht. O nein! dachte ich. Nichts sonst. Die Gegenwart einer unsichtbaren Macht verursachte mir ein Prickeln auf der Haut, und meine Knochen schmerzten. Die Luft roch nach Ozon, und der magische Zauber des Ortes verhundertfachte sich. Denk daran, du bist stark! fuhr es mir durch den Sinn, und ich erhob mich wieder. Nichts war da, nur das unheimliche Crescendo von Licht und Geräuschen. »Was willst du?« schrie ich ohne Furcht. Wenn es Zack war, dann konnte ich mit ihm fertigwerden. Wenn es sich um Gelaminger Trugbilder handelte, konnte ich damit fertig werden. Ja selbst wenn es eine Vision meiner selbst sein sollte, tot und eingehüllt in ein Leichentuch, konnte ich damit fertig werden! Aber es war nichts davon. Über dem Rauschen des Wassers hörte ich noch ein Geräusch, eine einzige Note, eine stimmlose Stimme. Er tat mir in den Ohren weh, dieser Ton. Dann löste sich plötzlich eine Blase aus verschwommenem rotglühenden Licht aus dem Wasserfall, trieb langsam auf mich zu, drehte seitlich ab und umrundete meinen Kopf, meine Schultern, meinen Körper. Ich konnte zwar nicht atmen, aber ich verspürte dennoch kein Unbehagen. Ich war erfüllt von Gold, und ein goldenes Gefühl sickerte durch jede Pore in mein Fleisch ein, durch meinen offenen Mund, meine starren Augen. Ach, dieses Gefühl! Die wärmste Empfindung auf dieser Welt! Es war die Liebe selbst, aufopfernde, rückhaltlose, schonende Liebe. Ich lächelte, umfangen und festgehalten von diesem körperlosen Gefühl. Eine Stimme erklang in meinem Kopf. Sie sagte: »Du bist meine Seele« – leise, tadelnd. Was sie nicht sagte, war: »Vergäßest du mich denn, würdest du mich verleugnen?« Aber ich wußte, daß diese Worte da waren. Ich keuchte: »Ich liebe dich!« Und das Licht zog sich um mich zusammen und quetschte mir die Luft aus der Lunge. Ich roch ihn, ich schmeckte ihn, rundum, überall! Da traf mich ein kalter Windstoß, und ich öffnete die Augen; ein pulsierender Lichtball wirbelte weg von mir, hinauf in den hellen Himmel. Ich rief ihn, aber es war zu spät. Ich hörte die Vögel singen, das Wasser murmeln; er war verschwunden.

Benommen platschte ich durch das Bett des Baches zurück. Verblüfft sah Panthera auf, als ich bis auf die Haut durchnäßt und ohne Stiefel aus dem Wasser stieg, die Uferböschung hochkroch und mich keuchend zu seinen Füßen hinfallen ließ.

»Cal?« sagte er.

»Thera, das war er!« stammelte ich. »Pell war dort! Er sprach zu mir. Ich habe ihn *gespürt!*«

Panthera knirschte mit den Zähnen und zog mich weiter hinauf ins Gras. Die Hände in die Seiten gestützt, warf er einen langen Blick in die Richtung, wo sich der verborgene Wasserfall befand.

»Er ist hartnäckig«, murmelte er leise, ließ sich neben mir auf die Fersen nieder und zog mir ein Blatt aus dem nassen Haar. »Er will dich nicht so einfach gehen lassen. Also möchte er den Kampf.«

Ich schnappte immer noch qualvoll nach Luft. Ich konnte nicht sprechen, aber was Panthera in meinen Augen erblickte, verwandelte die seinen in Kiesel.

»Dann soll er den Kampf haben!« entschied er.

Erst viel später wurde mir klar, was er damit gemeint hatte.

Kapitel 16

Das Land Elhmen

Nichts an ihm vergeht,
es unterzieht sich nur
einer großen Wandlung
zu etwas Prallem, Neuem.

William Shakespeare,
Full fathom five (aus *The Tempest*)

Kruin verließ Jael, als die purpurfarbenen Blumen an den Schloßmauern aufblühten. Unser Abschied war sachlich. Er wünschte mir alles Gute und er mahnte mich, daran zu denken, ihn aufzusuchen, sollte ich je nach Orligia kommen. Er reiste als vergleichsweise reicher Har aus Jael ab, denn zusätzlich zu der Belohnung, die Ferminfex ihm gegeben hatte, nahm er auch einige ferikische Gemälde nach Hause mit, die wahrscheinlich mehr wert waren als die Geldsumme, die er erhalten hatte.

Am Vorabend des Tages, an dem Panthera und ich unsere Reise beginnen wollten, hatten wir eine kleine private Zusammenkunft mit Lahela, Ferminfex und Pantheras Brüdern. Ferminfex schrieb uns einen Geleitbrief, den wir während unserer ganzen Reise verwenden konnten. Klarerweise würde er uns nur bei jenen Hara von Nutzen sein, denen die Familie Jael bekannt war, aber einen gewissen Schutz würde er uns doch bieten.

»Er sollte euch jedenfalls eine Audienz beim Lyris verschaffen, dem Anführer der Sahaler«, stellte Ferminfex fest. »Ich kenne ihn zwar persönlich nicht, aber Jael hat schon des öfteren mit dem fürstlichen Haus Sahen Geschäfte gemacht.«

»Das Beste ist gerade gut genug, wie?« scherzte ich.

»Wozu es billiger geben?« hob Ferminfex die Schultern. »Abgesehen davon ist der Lyris ein Nahir-Nuri; wer, wenn nicht er, sollte besser in der Lage sein, dich über alles aufzuklären, was du wissen willst?«

Nach dem Essen breiteten Panthera und sein Vater Papierblätter auf dem Tisch aus, um Karten zu zeichnen und herauszufinden, welches der kürzeste Weg nach Eulalee war. Nur ein Zugang war den Hara anderer Stämme bekannt: Kar Tatang, einige Meilen nördlich von Shappa gelegen, der Hauptstadt von Elhmen.

Lahela beobachtete die beiden nachdenklich.

»Ich habe ernsthaft versucht, Thera davon abzubringen, mich zu begleiten«, sagte ich entschuldigend.

Lahela lächelte mir zu. »Er tut, was er für richtig hält. Panthera ist hart im Nehmen, das war er immer schon; nur bitte, tu ihm nicht weh, Cal.«

»Ich habe keine Absicht…«, fuhr ich hoch.

Lahela hob die Hand und schüttelte den Kopf. »Ich weiß. Denk einfach, das ist alles, was ich will.«

Wir reisten ohne großes Gepäck. Das Wetter war jetzt wärmer, und es war nicht nötig, uns mit schweren Pelzen zu belasten. Wir waren seit mehr als einer Woche unterwegs, als wir in der Ferne zum erstenmal die schroffen Felswände der Berge von Elhmen erblickten, die in den hellblauen Himmel ragten; auf den wolkenumhangenen Gipfeln lag noch der Schnee des Spätfrühlings. Panthera ritt vor mir. Er war in schwarzes, mit eingebrannten Mustern verziertes Leder gekleidet; sein Haar flatterte hinter ihm her, als er mit grimmiger Entschlossenheit voranritt, ganz so, als wäre es sein Schicksal, dem wir folgten, und nicht das meine. Aber vielleicht war es so. Wenn ich jetzt daran zurückdenke, weiß ich, daß ich Angst hatte, obwohl ich es damals für Erregung hielt. Ich war erfüllt von einem Gefühl des ›Näherrückens‹, welches sich verstärkte, je näher wir den Bergen kamen, und so voller Energie, daß mein Schlaf unruhig wurde. Ich dachte, irgendeine Art von Höhepunkt werde sich aufbauen, nach dessen Überschreiten ich vielleicht Frieden finden könnte, und wenn dieser Friede den Tod bedeutete, so hatte ich keine Angst davor, ihm entgegenzutreten und gegen ihn anzukämpfen. Es ist merkwürdig und möglicherweise einzig den Wraeththu zu eigen, daß wir stets, wenn wir von Vorausahnungen heimgesucht werden, den Tod erwarten. Aus Erfahrung weiß ich, daß dies selten der Fall ist (sonst wäre ich wohl nicht hier, um all das zu schreiben!), dennoch fürchten wir es alle. Ich nehme an, es handelt sich dabei um einen Rest von Schuldgefühlen, der noch in den dunklen Zeiten wurzelt, die mit unserem Erscheinen auf dieser Welt einhergingen. Wir fürchten den schweren Schritt des dunklen Riesen, weil wir ihn schon so lange aus sicherer Entfernung mit Steinen bewerfen. Wahrscheinlich ist das auch der Fluch der nahezu Unsterblichen: Kann man den Tod so leicht betrügen?

Es war Mittag, als sich die sanften Hügel zu kantigeren Bergkammen und tieferen Tälern wandelten. Überall rann Wasser von den Bergen herab, wo die Schneeschmelze noch im Gang war. Felswände schlossen uns ein, und das Land der Feriker schien weit hinter uns zu liegen. Wir stiegen von den Pferden und führten sie am Zügel, um ihnen eine Erholungspause zu gönnen. Raubvögel kreisten träge über unseren Köpfen und stießen schrill krächzende Schreie aus.

»Spürst du es nicht?« fragte Panthera leise. Er war stehengeblieben und legte den Kopf schief, als lausche er.

»Was soll ich spüren?« Ich bezweifelte, daß wir beide dieselben Dinge spüren konnten.

»Die Kraft«, antwortete er.

Ich sah ihm ins Gesicht, sah seine leuchtende klare Haut und den verträumten und dennoch konzentrierten Ausdruck in seinen Augen. »Ja«, sagte ich, »das hier ist gewiß ein Ort voller Kraft.«

Alarmiert von meinem Tonfall, warf Panthera mir einen abfälligen Blick zu und ertappte mich dabei, wie ich ihn anstarrte. Vom Hals aufwärts stieg ihm die Röte ins Gesicht. »Ich glaube, du verstehst nicht«, sagte er trocken, »oder du verstehst sehr wohl und machst bloß deine Scherze, wie gewöhnlich.«

»Entschuldige. Welche Kraft?«

»Die Kraft der Elhmen. Sie müssen uns beobachten. Ich fühle es.«

»Freund oder Feind?«

»Das kann man bei den Elhmen nie sagen!«

Wir gingen zu Fuß weiter und kamen in eine tiefe Schlucht. Wie fremdartige Blumen wuchs das Moos von den Felsen über uns.

»Wo verstecken sie sich denn, alle diese Elhmen?« fragte ich in halblautem Flüstern.

Panthera warf mir den nächsten spöttischen Blick zu. »Nicht alle Elhmen sind tolerant gegenüber Fremden«, sagte er, »nicht einmal gegenüber Nachbarn wie den Ferikern. Uns kennen sie nicht, und wir werden ihre Erlaubnis für die Durchreise nach Eulalee brauchen. Leider müssen wir diese Gebiete durchqueren, aber sobald wir die Stadt Shappa erreichen, sollte alles leichter werden. Mein Vater ist dort gut bekannt.«

»Panthera?«

»Ja?«

»Sag mir: Was werde ich deiner Meinung nach in Eulalee finden?«

Er schüttelte den Kopf. »Niemand kann das vorhersagen. Erst einmal sprichst du mit Lyris, dem Anführer der Sahaler, wie mein Vater vorgeschlagen hat, aber danach – keine Ahnung. Ich will nicht einmal versuchen, es zu erraten.«

»Es wäre uns eine Hilfe, wenn wir es wüßten, nicht wahr?«

»Selbstverständlich. Und das ist vermutlich auch der Grund, warum wir es nicht wissen.«

Selbstverständlich.

Am späten Nachmittag ritten wir einen Fluß entlang, der in wilden Stromschnellen zwischen hohen, zerklüfteten Felswänden dahinschoß, die von dunkelroten und goldgelben Flechten bedeckt waren, aus denen giftgrüne Grasbüschel hervorwuchsen. Panthera war immer noch gereizt und hielt dauernd Ausschau nach Anzeichen, die auf die Anwesenheit von Elhmen hindeuteten. Ich selbst konnte nichts davon wahrnehmen, doch da wir uns immer unter freiem Himmel befanden, fühlte ich mich nicht sicher, seit wir Jael verlassen hatten. Als die Sonne unterging, schlugen wir unser Lager auf; wir hatten vor, bei Tagesanbruch weiterzureiten. Wir fesselten den Pferden die Vorderbeine, ich machte ein kleines Feuer, und Panthera füllte unsere Becher mit dem klaren, kalten Wasser. »Wie in alten Zeiten«, sagte er.

»Ganz genauso«, antwortete ich und dachte zurück – weit, weit zurück. Panthera spürte das, und ich fühlte fast sein innerliches Zusammenzucken über seine – wie er fand – taktlose Bemerkung. Er sprach zwar selten von Pell (wie im übrigen auch ich), aber ich merkte es immer, wenn er an ihn dachte. Ich nehme an, das war auch umgekehrt der Fall. Vielleicht vermieden wir deshalb das Thema. Ich hegte keinen Zweifel daran, daß Panthera Pell um meinetwillen zutiefst haßte. Vermutlich hätte ich ihm sagen sollen, daß er das nicht zu tun brauche, aber ich hielt den Mund. Ich hatte wahrscheinlich Angst davor, was sich aus einer solchen Konversation entwickeln könnte.

Als wir uns dann in unsere Decken gewickelt hatten, fragte Panthera: »Cal, fürchtest du dich vor der Finsternis?«

Mir fiel keine schlagfertige Antwort ein. Ich erschauerte. »Manchmal fürchte ich mich vor allem«, sagte ich.

Er streckte die Hand aus und drückte meine Schulter. Ich spürte, wie seine Nägel über meine Haut streiften. Als ich seine Hand berührte, zog er sie so rasch zurück, als hätte er sich verbrannt.

Mitten in der Nacht wachte ich auf und öffnete die Augen. Stille. Zu still. Ich hob den Kopf, nahm Pantheras zusammengerollte Gestalt wahr und hinter uns in der Finsternis das Stampfen und Schnauben der Pferde. Und dann stand ein Gespenst vor mir. Es trug einen schimmernden Schleier aus silberweißem Haar, der den zerbrechlichen, leuchtenden Körper verhüllte. Die dunklen Augen blickten schräg aus der Marmorblässe des Antlitzes; der Mund lächelte. Ich wollte aufspringen, wollte nach einer Waffe greifen, aber ich konnte mich nicht rühren. Ich versuchte, Pantheras Namen zu rufen, aber ich brachte keinen Ton aus der Kehle. Das Gespenst hob die Arme. »Reisende«, sagte es und ließ die Arme anmutig sinken. Ein Schauer durchfuhr meinen Körper, und dann hob er sich mit einem Ruck vom Boden. Mit der Kraft seiner Blicke – und welch eine Kraft das war! – zog mich das Gespenst zu sich. Ein Nahir-Nuri, ganz sicher! Ich konnte den Kopf nicht drehen, merkte jedoch, daß Panthera neben mir schwebte, ehe wir aneinanderstießen wie dahintreibende Stämme im Wasser. Sein Fleisch fühlte sich an wie erstarrt. Vor uns wandte sich die weiße Gestalt um und schickte sich an, die Felswand auf der anderen Seite des Flusses hinaufzuklettern. Wie an unsichtbaren Seilen festgebunden, trieben Panthera und ich hinter ihr her. Unter erfreulicheren Umständen hätte uns das wohl, so nehme ich an, ein wunderbares Gefühl vermittelt – das Gefühl zu fliegen. Doch in diesem Moment bedeutete es nur, gefangen zu sein; Angst. Ich nahm mich zusammen und schickte einen innerlichen Ruf nach Panthera aus. Zumindest war mein Hirn von der geheimnisvollen Lähmung, die unsere Körper befallen hatte, nicht betroffen.

Was ist das? fragte ich, und Panthera antwortete: *Ein Elhmen.*

Hat er vor, uns etwas zuleide zu tun?

Wer kann das schon sagen?

Die Zaubergestalt vor uns sah sich nicht einmal um, obwohl sie vermutlich unsere Gedanken mitgehört hatte. Sie vertraute auf die Wirkung ihrer Magie und wußtc, wir mußten ihr willenlos folgen. So trieben wir durch einen dichten Wald, der abwärts zu einer kiefernumkränzten Lichtung führte. Der Elhmen flackerte zwischen den Bäumen hindurch und machte erst halt, als wir zum Eingang einer Höhle kamen, die sich in einer moosbewachsenen hohen Sandsteinwand befand. Wir folgten ihm ins Innere der Höhle, wo ein gewundener natürlicher Gang nach unten führte. Er wurde von Fackeln erleuchtet und führte uns schließlich in einen von rosigem Licht erfüllten Raum, wo weitere Elhmen um ein sonderbares Feuer saßen, das nicht rauchte und von dem ein blauweißer Schein ausging. Ein Zittern durchfuhr die Hand unseres Führers, und der Zauber war gebrochen. Panthera und ich landeten unsanft und mit ausgestreckten Gliedmaßen auf dem Boden der Höhle.

»Diese Leute sind wirklich kraftvoll!« stellte ich fest und rieb mir die angeschlagenen Arme.

Panthera reagierte nicht auf diese rhetorische Bemerkung. Die Psychokinese ist eine Begabung, über die bereits die unteren Kasten verfügen, doch die Fähigkeit, sie über einen so langen Zeitraum hinweg auszuüben – besonders an Lebewesen –, ist sehr ungewöhnlich für einen Har.

»Darin sind alle Elhmen gleich«, sagte Panthera. Fünf Köpfe wandten sich um; die Elhmen sahen uns an und lächelten freundlich, vermutlich über Pantheras Bemerkung.

»Nicht kraftvoll, Feriker«, sagte derjenige, der uns gefunden hatte, mit ruhiger Stimme, »wir arbeiten nur konzentrierter an unseren Fähigkeiten. Hara wie ihr beide verbringen zuviel Zeit mit der Erforschung des Profanen. Hier in Elhmen widmen wir uns in erster Linie hingebungsvoll der Weiterentwicklung unserer angeborenen Talente.« Sein Lächeln vertiefte sich. »Wir mögen es nicht, wenn fremde zersetzende Ausstrahlungen unseren Boden und unsere Gewässer verseuchen…«

»Ausstrahlungen wie die unseren, nehme ich an«, sagte ich.

Der Elhmen spreizte die Finger. »Wenn du so willst.«

»Wir sind auf der Reise nach Eulalee«, erklärte Panthera. »Wir haben dort etwas zu erledigen. Leider läßt es sich nicht verhindern, daß wir euer Gebiet betreten, aber falls wir Weggeld bezahlen sollen, werden wir das gern tun.«

»Weggeld!« Alle Elhmen lachten fröhlich. »Geld hat wenig Wert in Elhmen. Ihr werdet es schwer haben, wenn ihr vorhabt, euch den Weg nach Eulalee *erkaufen* zu wollen.«

Ich hatte den ganz bestimmten Eindruck, daß sie ihr Spiel mit uns trieben. Unsere Aussichten, Eulalee zu erreichen, erschienen mir zu diesem Zeitpunkt niederschmetternd gering.

»Ich heiße Arawn«, sagte derjenige, der uns gefangengenommen hatte, »und dies sind meine Brüder. Genießt doch bitte die Gastfreundschaft der Elhmen!« Sie lachten alle melodiös, und im nächsten Moment befanden Panthera und ich uns direkt an der rissigen Decke der Höhle, in unmittelbarer Nachbarschaft von reihenweise aufgehängten Gemüsen und recht übel riechenden Fleischstücken.

»Ja, ja, sie widmen sich hingebungsvoll ihren Talenten«, keuchte Panthera neben mir; er rang nach Luft. »Doch es halten sich Gerüchte, wonach einige Elhmen weit vom rechten Weg abgekommen sind. Und wenn sie in der Stimmung dazu sind, werden manche von ihnen sogar zu Kannibalen, wie man hört.«

»Warum hast du mir das nicht vorher gesagt?« rief ich. »Wie dumm von dir, Thera! Wir hätten die entsprechenden Vorbereitungen treffen können für den Fall, daß wir mit ihnen Kontakt aufnehmen!«

»Zeitverschwendung«, erwiderte Panthera. »Es gibt keine feststehenden Verhaltensregeln für eine Bekanntschaft mit den Elhmen. Dies hier ist vermutlich der einzige Weg dazu.«

»Wie ist es dann …?«

»Halt den Mund«, sagte Panthera mild. »Ich weiß, was ich tue.«

»Zum Beispiel Geld ins Gespräch bringen, nicht wahr?«

Panthera warf mir einen scharfen Blick zu. »Manchmal nehmen sie es. Das hängt einzig und allein von ihrer Stimmung ab. Und jetzt sei ruhig, ich muß mich konzentrieren.«

Die Elhmen schienen uns vergessen zu haben. Sie flüsterten miteinander über dem flammenlosen Feuer. Wie Arawn waren auch die anderen nur in ihr Haar gekleidet, das ihnen bis an die Fußgelenke reichte. Erlesene Geschöpfe, schlank und elfenhaft grazil.

Neben mir preßte Panthera die ausgestreckten Arme gegen die Höhlendecke und begann zu summen. Er hatte die Augen geschlossen, und senkrechte Furchen der Konzentration erschienen auf seiner Stirn. Anfangs summte er einen langen monotonen Laut, der schließlich abwechselnd höher und tiefer wurde, bis die Tonfolge gleichmäßig und ziemlich durchdringend war. Ich wünschte mir, rechtzeitig die Hände über die Ohren gelegt zu haben. Einer von Arawns Brüdern blickte hoch zu uns, stieß seine Nachbarn leicht mit dem Finger an, und dann sahen sie alle reglos zu uns herauf, als würden sie lauschen. Doch was Panthera ihnen auch mitteilte, ich konnte es nicht verstehen. Meine Sinne waren aus Mangel an Benutzung zu verrostet, und Pantheras Gedanken lagen zu tief in seinem Inneren. Aber er gab ihnen offenbar die richtige Botschaft zu verstehen, denn in der nächsten Sekunde sanken wir wieder zur Erde und landeten nur eine Handbreit neben dem Feuer auf dem Boden der Höhle.

»Nun denn«, sagte Arawn fröhlich, »so bietest du uns also etwas an, das keiner Beleidigung gleichkommt?«

»Ihr müßt meine ungebührlichen Worte von vorhin vergeben«, erwiderte Panthera ernst. Er gab diese devote Bemerkung mit bewundernswerter Würde von sich. »Wir müssen unbedingt nach Eulalee gelangen; der Weg dorthin führt uns gezwungenermaßen durch euer Gebiet. Es wäre uns eine Ehre, euch für die Einräumung dieses Vorrechts ein Geschenk machen zu dürfen. Ich werde euch mit einer Erzählung bedenken. Es ist eine Geschichte voller Zauber, die in den Kindheitstagen unserer Rasse ihren Anfang nahm. Die Geschichte hat kein Ende … noch nicht.«

»Bitte setzt euch doch«, sagte Arawn großzügig und deutete auf einen Platz an seiner Seite neben dem Feuer. Es folgte eine beiläufige Handbewegung, und ein Krug Bier und zwei Metallbecher verschwanden von einem Wandbrett in einer Ecke der Höhle, um zu unseren Füßen wieder zu materialisieren. Wir setzten uns, und Panthera füllte die Becher mit Bier, bevor er mit der Geschichte begann.

Die Unterschiede bei den Stämmen der Wraeththu verblüffen mich immer aufs neue. Man stelle sich einmal vor, die Uigennas, die Varrs, ja selbst die Gelaminger mit nichts als einer Geschichte zu entlohnen!

Panthera räusperte sich und beugte sich vor. »Vor vielen Jahren«, begann er mit geheimnisvoller Stimme, »und weit, weit entfernt von diesem Land, an einem Ort der Finsternis und Barbarei, in einer Stadt aus grauen Ruinen und blutigen Flammen, lebte ein Stamm, der gefürchteter war als alle anderen. Damit beginnt meine Geschichte – und mit einem jungen Har, der zum erstenmal den wahren Pfad betritt; er war sehr schön und hatte goldenes Haar, sein Herz jedoch war grau. Sein Name?« Panthera sah mich an und lächelte. »Nein, den kann ich euch nicht nennen, doch seine Augen hatten die Farbe eines stürmischen Himmels und konnten in der Tat gelegentlich Blitze verschießen …« Er unterbrach sich, sah mich erneut an und schloß dann die Augen, um fortzufahren. »Eines Tages traf ich diesen Har am Ufer eines Flusses, und er erzählte mir …«

Ich muß zugeben, aus dem Mund eines anderen klingt meine Vergangenheit recht unglaublich – ja, ich finde es jedesmal überraschend, daß sie überhaupt von irgend jemandem geglaubt wird! Vielleicht ist das einer der Gründe, weshalb ich so selten darüber spreche. Aber natürlich geschehen in einer Erzählung alle die aufregenden Einzelheiten unmittelbar nacheinander, ganz anders als im wirklichen Leben. Für jedes Erlebnis mit Pell gab es Wochen und Wochen ermüdender, langweiliger Ritte, Entbehrungen und Hunger. Aber Panthera hatte eine Art, darüber zu berichten, daß selbst die gewöhnlichsten Vorkommnisse voll Zauber und Überraschung klangen. Die Elhmen schienen hingerissen. Ich frage mich, ob sie wohl errieten, daß die Geschichte – obwohl alle Namen geändert waren – auf Tatsachen beruhte. Als er sie beendete, war Pantheras Stimme heiser und der Krug zu unseren Füßen leer. Meine Beine fühlten sich taub an, und ich brachte sie nur mühsam in eine andere Lage.

»Also gut«, sagte Arawn und legte die Hände auf die überkreuzten Knie, »Kar Tatang, das Tor nach Eulalee, liegt gleich hinter Shappa, einer Stadt nordöstlich von hier. Es ist nicht weit bis dorthin, nur ein paar Tagesritte. Doch jetzt ist fast schon Morgen, und ihr müßt euch ausruhen. Dort drüben befindet sich ein Strohlager, ihr solltet es nützen.«

Ich nahm an, wir hatten uns die Durchquerung seines Gebietes verdient.

Das Strohlager war in der Dunkelheit auf der anderen Seite des Feuers kaum zu sehen. Die blauweiße Hitze war zu einem düsteren Violett verglommen. Bis auf Arawn und einen seiner Brüder standen alle Elhmen auf und verließen nacheinander die Höhle. Panthera und ich tauschten einen belustigten Blick aus. Auf dem Strohsack in der Ecke lag ein hoher Stoß Felldecken. Wir zogen die Stiefel aus und legten uns hin, wobei Panthera angeekelt die Nase rümpfte, als er sich eine der Decken überzog. Ich für meinen Teil fand den schweren moschusartigen Geruch ganz behaglich. Mit dem Rücken zu Panthera lag ich da und beobachtete Arawn und seinen Bruder. Die beiden hatten etwas vor, das spürte ich. Eine Sekunde lang drehten sie mir die Gesichter zu und starrten mich an, dann wandten sie sich ab, und ich hörte das Echo eines Flüsterns.

Arawn stand auf. »Nanine ...«, zischte er leise.

»Ja«, antwortete sein Bruder und ließ sich geschmeidig neben dem Feuer zurücksinken.

Es sah aus, als läge er auf einem Seidenteppich, doch es war sein transparentes Haar, das im Schein der Glut lila aussah. Ich sah die scharf vorstehenden Hüftknochen, die Krümmung seines eingesunkenen Bauches, die feinen lockigen Härchen, die aus seiner Leistengegend sprossen. Arawn streute Kräuter auf den reglos daliegenden Körper, kniete sich an seine Seite und starrte zur Decke der Höhle. Er sprach ein paar geheimnisvolle Worte, und als ich meinen Namen darunter vernahm, dachte ich, aha, wahrscheinlich irgendein Ritual zu unserem Schutz. Doch darum handelte es sich nicht unbedingt. Arawn zog ein merkwürdiges gekrümmtes und mit Widerhaken versehenes Messer hervor, dessen Schneide er leicht über die Brust seines

Bruders gleiten ließ. Blutstropfen traten hervor und glitzerten wie edle Steine, jeder einzelne ein makelloses Rund. Mit dem Zeigefinger der rechten Hand zog Arawn die Linie nach, und die Edelsteine wurden zu einer verschmierten Flüssigkeit. Er sah mich an, und ich schloß schuldbewußt die Augen. »Calanthe, komm ans Feuer«, sagte er.

Ich stützte mich auf den Ellbogen und drehte mich nach Panthera um – ob ich Zustimmung oder Beruhigung suchte, weiß ich nicht, aber er war ohnedies völlig weggetreten (so rasch?) und schnarchte leise in tiefem Schlaf. »Komm!« drängte Arawn leise und streckte einen Arm aus seinem Haarumhang, um mich näher zu winken. Es war reine Neugier, daß ich unter den Decken hervorglitt und über den Boden weiterkroch. »Schau!« flüsterte er, und ich folgte der Richtung seines Fingers. Nanine hielt das Gesicht abgewendet, und ich entdeckte eine einzelne Träne auf seiner Wange. »In alten Zeiten«, sagte Arawn, »war es für Helden fast alltäglich, von den Göttern Geschenke zu erhalten. Ein Schwert vielleicht, einen Schild oder einen Zauberhelm. Das Konzept einer Suche nach höheren Dingen ist in der Tat ein sehr altes, Calanthe. Und über wahre Helden haben immer schon höhere Wesen ihre schützende Hand gehalten.«

»Und was hat das mit mir zu tun?« fragte ich argwöhnisch, überzeugt davon, daß mir die Antwort nicht gefallen würde.

Arawn lächelte. »Ach, komm schon, ich muß dir doch nicht sagen, daß auch du auf einer Suche bist. In ferner Zeit könnten deine Abenteuer durchaus als die Heldentaten eines harischen Ritters in die Welt der Legenden Eingang finden.«

»Ich habe mich noch nie als Held betrachtet«, sagte ich nüchtern; ich hatte das sichere Gefühl, Arawn werde meine Lebensphilosophie völlig falsch auslegen. Es war sehr peinlich. »Und ich glaube auch nicht, daß es welche gibt, außer vielleicht im Märchen.«

Arawn beugte leicht den Kopf. »Was ist schon ein Wort, ein Begriff? Nichts. Die Taten hinter den Worten sind es, die von Bedeutung sind.«

»Wenn du es sagst.« Sein – wie ich es empfand – esoterisches Gewäsch machte mich ungeduldig. Das sollte man den Gelamingern oder ähnlichen Geschöpfen überlassen, deren sinnenfrohes, beschauliches Leben ihnen Zeit für leeres Geplapper läßt – und dafür, an Helden zu glauben. Für gewöhnliche Hara ist das kein Thema, und ich habe es immer schon als äußerst aufreizend und ärgerlich empfunden.

Arawn schüttelte den Kopf. »Du bist verbittert«, sagte er, »und das ist verständlich, denke ich. Hast du schon die Legenden vernommen, die sich um unseren Stamm ranken?«

»Noch nicht. Ich bin erst beim Lernen, was Jaddayoth angeht.«

Arawn nickte nachdenklich. »Nun, manche Leute behaupten, daß der Aruna mit einem Elhmen die Kaste eines Hars automatisch um eine Stufe erhöht …«

Ich verdrehte die Augen und lachte. »Ehrlich? So gut seid ihr?« In letzter Zeit hatte meine Kaste, Pyralisit (die zweite Stufe Acantha), aufgehört, für mich irgendeine Bedeutung zu haben; dazu kam der Umstand, daß meine Fähigkeiten aufgrund mangelnder Anwendung einigermaßen verkümmert waren.

Doch Arawn ließ sich von meinem Lachen nicht beleidigen. »Du hast recht mit deinem Spott«, sagte er. »Solche Legenden sind eine unsinnige Übertreibung der Realität. Nur ein Har selbst ist imstande, seine Kaste zu verbessern; niemand anderer kann das für ihn tun. Das weißt du gewiß.«

»Ja. Und?«

Als Antwort deutete Arawn wiederum auf die reglos daliegende Gestalt Nanines. »Trink«, sagte er dann und ging davon.

»Warte!« rief ich, aber er blieb nicht stehen, und kurz

darauf schloß sich eine Tür im Hintergrund der Höhle lautlos hinter ihm. Panthera schlief immer noch fest. »Warte«, sagte ich noch einmal vergeblich und sackte in mich zusammen. Und jetzt? Was erwartete man jetzt von mir? Ich hatte gedacht, Nanine sei bewußtlos, aber nun, da Arawn gegangen war, wandte er mir das Gesicht zu und öffnete die Augen.

Der Kratzer auf seiner Brust hatte bereits eine Kruste gebildet. »Du mußt ihn wieder öffnen«, sagte er und ließ den Finger leicht über den Schnitt gleiten.

»Wie bitte?« Die unangenehme Vorstellung, Blut trinken zu müssen, breitete sich in meinem Inneren aus.

»Hast du Angst?« Er richtete sich auf wie eine Schlange, packte mich an der Hand und zog mich zu sich. »Das brauchst du nicht.« Er drückte mir das Messer in die Hand. »Schnell!« Es war offensichtlich, daß dies nicht ein Teil des Rituals war, den er besonders genoß. Welchen Rituals?

Ich kniete mich neben ihn. »Muß ich das tun?« Er antwortete nicht. Seufzend senkte ich das gebogene Ende der Klinge in sein Fleisch, ohne so recht zu merken, was ich tat. Die Erfahrung hatte mich gelehrt, daß man bei Höherrangigen stets besser daran tat, ihre Großmut einfach über sich ergehen zu lassen, wenn sie es sich in den Kopf gesetzt haben, uns beistehen zu wollen. Jetzt wußte ich zwar nicht, was der Elhmen sich vorstellte, für mich zu tun, aber es war weniger anstrengend, sich zu fügen.

Nanine krümmte sich. »Nicht … so tief!« bat er.

»Entschuldige.« Sicher würde ihn meine respektlose Unachtsamkeit bald ärgern, aber Langmut ist wieder so eine Tugend, welche Hara hoher Kasten stets vor sich hertragen wie ein wehendes Banner. Das Blut begann zu fließen.

Nanine legte seine Hände darauf. »Zieh dich aus«, sagte er mit erstickter Stimme.

Nach kurzem Zögern drehte ich ihm den Rücken zu und zog mir verlegen die Kleider vom Leib. Ich hörte Nanine tief atmen; er rief die Kraft herbei. Die Atmosphäre in dem Raum veränderte sich.

»Also, was muß ich jetzt tun?« fragte ich. Mußte ich knien, wenn ich trank? Ich wandte mich um. Nanine hatte eine Stellung der Unterwerfung eingenommen und seine männlichen Geschlechtsorgane ins Körperinnere gezogen.

»Trink«, sagte er, und da wurde mir bewußt, daß es nicht wörtlich gemeint war. Soume ist Wasser; es hatte nichts mit Blut zu tun. Wie ich vorher schon angedeutet habe, war meine Libido zu jener Zeit nicht gerade ein Ausbund an jugendlichem Temperament, der ohne Unterlaß die Felder sinnlichen Begehrens pflügt, und so fühlte ich mich nackt, bleich und kränklich – und nicht im mindesten ouana-aktiv. Nanine sagte: »Mein Bruder sprach von Legenden, und Schönheit wie die deine ist wirklich legendär.«

»Soll mich das ermutigen, oder was?« fragte ich mißmutig. Er schüttelte den Kopf.

»Ganz und gar nicht. Komm.« Mit einem schweren Seufzer legte ich mich neben ihn. Seine Haut war unerwartet kühl, aber wie man so sagt, einen Elhmen zu berühren, macht immer Gänsehaut. Dennoch fand ich es nicht unangenehm. Ich beugte mein Gesicht über das seine, um den Atem mit ihm zu teilen, denn das, fand ich, war ein ebenso guter Anfang wie jeder andere. Doch er legte mir die Finger auf die Lippen.

»Nein«, murmelte er, »noch nicht.« Er legte die Arme um mich und zog mich auf sich, bis ich die Nässe seines Blutes auf meiner Haut spürte. Weit entfernt davon, mich abgestoßen zu fühlen, verspürte ich eine merkwürdige, heimtückisch schleichende Erregung in mir wach werden. Nanine stieß mich auf den Rücken, beugte sich über mich und übergoß mich mit seinem Haar. Er nahm mein argwöhnisches, aber doch nicht völlig gleichgültiges Ouana-lim in seine blutigen Hände, färbte es rot mit seinem Blut und segnete es im Namen des Feuers. Das Biest straffte die Muskeln und erblühte prachtvoll. Also mußten Feuer und Wasser aufeinandertreffen – zu welchem Zweck, das wußte ich noch nicht. Der Körper übernimmt immer die Führung, wenn man ihn läßt, und stößt den Intellekt grob zur Seite. Mein Körper ist da keine Ausnahme, und Nanines Berührung gab ihm einen aufmunternden Klaps auf den Hintern, der ihn in Bewegung setzte, wenn auch etwas schwerfällig. Verzehrt von einem immer stärker werdenden Feuer, drückte ich Nanine zurück, und er bot sich mir widerstandslos dar. Ohne Zögern tauchte ich ein in den Teich seines Körpers und seiner Seele und trank in tiefen Zügen. Das erste drängende Verlangen gab einem sanfteren Gezeitenstrom Raum; Zeit war unwichtig. Nanine verstand es, seine innere Muskulatur vollendet zu kontrollieren; sie fühlte sich so gewandt an wie die Finger einer Hand und regulierte mühelos die Höhen und Tiefen unserer Vereinigung. Falls ich vorgehabt hatte, ein Feuer zu sein, das Dampf machen würde in seinem Wasser, dann hatte ich mich geirrt. Ich war nichts als ein wild stampfendes kleines Schiff, das sich seinen Weg über einen machtvollen großen Ozean bahnte. Ein starker Sturm, und ich wäre für immer verloren. Der Höhepunkt in diesem Kampf der Elemente kam wie Blitzschlag und Donner und peitschender Regen aus Eis. Wie ich so keuchend auf Nanines schwer atmendem Leib lag, merkte ich, daß meine Haut und mein Haar durchnäßt waren – nicht vom Schweiß, sondern so, als hätte ich in einem heftigen Regenschauer gestanden. Ich fror. Nanine schob mich näher ans Feuer. Es gab keinen Winkel in meinem Körper und meinem Hirn, der nicht zitterte. Nanine flüsterte leise Töne in mein Ohr, tröstende kleine Laute, mit denen man ein verängstigtes Tier beruhigt. Als ich so bebend dalag, wandte er das Gesicht dem meinen zu, und wir teilten zum erstenmal den Atem; die Wärme kam zurück in mein Fleisch. In seinen Gedanken sah ich einen leuchtenden Pfad, den ich nehmen mußte. Links und rechts davon gab es Entsetzlichkeiten ohne Ende, aber der Pfad selbst war stark und sicher. Ich seufzte, legte mich zurück, und Nanine bedeckte mich mit seinem Haar.

»Die Legenden haben recht«, sagte ich. »Elhmen müssen tatsächlich über unvorstellbare Kräfte verfügen.«

Nanine lächelte nur. »Blick in deine Seele«, sagte er. »Und dann, erst dann, sprich von meinen Kräften.«

Ich war viel zu müde, um an Seelen oder Kräfte zu denken. Ich schlief ein.

Wenn man diese Vorfälle in Betracht zieht, möchte man meinen, daß ich am nächsten Morgen auf dem Strohlager neben Panthera aufwachte und mich an einen unheimlichen und äußerst realistischen Traum zu erinnern versuchte. Aber nein. Es war zwar Panthera, der mich wachrüttelte, aber ich lag immer noch engumschlungen mit Nanine am Feuer. Sonnenstrahlen bohrten sich durch Spalten im Dach der Höhle und erhellten auch die dunkelsten Winkel. Panthera kräuselte geringschätzig die Lippen und hieß mich, die Kleider anzulegen.

»Wir müssen weiter«, meinte er barsch. »Ich möchte nicht länger als unbedingt nötig von Jael wegbleiben. Ich habe viel zu tun.«

»Ich habe dich nicht gebeten mitzukommen«, entgegnete ich ebenso barsch. Er hatte im Sinn zu sagen: ›Mag sein, aber du brauchst mich‹, doch dann fiel sein Blick auf die verschlafene, verkrümmte Gestalt von Nanine, und er unterließ es. Ich hörte, wie er überflüssigerweise mit seinen Sachen herumwarf, als er sich die Stiefel anzog.

»Sind unsere Pferde und der Proviant in Sicherheit?« fragte ich, während ich mich in mein Hemd wand.

»Natürlich, wir sind doch keine Diebe!« antwortete Nanine ohne Groll. »Aber jetzt müssen wir erst essen und uns erfrischen. Danach bringe ich euch nach Shappa.«

»Du?!« stieß Panthera wütend hervor. »Das ist wirklich nicht nötig! Wir finden den Weg allein.«

Nanine schüttelte den Kopf. »Möglich, aber ihr würdet viel länger brauchen. Halt deinen Unmut im Zaum, Sohn des Hauses Jael!« Er lächelte, und Panthera errötete heftig. Nanine und ich tauschten einen verschwörerischen Blick. Vermutlich war es Pantheras Abscheu dem Aruna gegenüber, der seine Reizbarkeit verursachte.

Arawn und die anderen kamen langsam herein; sie trugen große Platten mit Essen und grüßten uns höflich. Nanine zog ein weißes Musselingewand über und ließ mich sein Haar zu Zöpfen flechten. So gebändigt fühlte es sich an wie Seile. »Einst, vor langer Zeit«, sagte ich, »durchreiste ich die südliche Wüste von Megalithika, wo ein Stamm, die Kakkahaaren, lebt. Dort lernte ich einen jungen Coluraster kennen, eine böse Giftschlange wie keine zweite. Er hatte Haar wie du. Gelegentlich benutzte er es, um Leute damit zu erwürgen.«

Nanine lachte. »Du mußt Ulaume meinen, den Gemahl des Kakkahaaren Lianvis.«

»Ach, du hast schon von ihnen gehört?« fragte ich überrascht.

»Natürlich. Hat nicht jeder von ihnen gehört? Lianvis erlangte ja eine ziemlich hohe Stellung im Rat der vereinigten Stämme, nachdem die Gelaminger Megalithika unter ihre Kontrolle gebracht hatten.«

»Du scherzt!« rief ich aus. Die Kakkahaaren waren doch, soviel ich wußte, immer ergebene Anhänger reichlich fragwürdiger dunkler Praktiken gewesen. Ich konnte mir nicht vorstellen, daß die untadeligen Gelaminger diese in irgendeiner Form duldeten.

»Nein, es stimmt«, fuhr Nanine fort. »Und nicht wenige Hara stellten deswegen das Urteilsvermögen und die Motive der Gelaminger in Frage. Aber Thiede und der Tigron werden schon wissen, was sie tun, nicht wahr?«

»Das nehmen wir alle an«, sagte ich sarkastisch. »Zumindest sollen wir es glauben.«

»Doppelte Moral!« stieß Panthera hervor und warf mir einen vielsagenden Blick zu, den ich nicht genau zu deuten wußte. Klarerweise hatte Panthera am vorangegangenen Abend alle Hinweise auf tatsächlich existierende Stämme und Orte in seiner Erzählung verschleiert, aber ich fragte mich trotzdem, wieviel die Elhmen wußten. Offensichtlich irgend etwas, aber was? Ahnten sie, daß Pantheras Geschichte von mir handelte? Als wir zu Fuß zu dem Platz gingen, wo unsere Pferde immer noch an den Füßen gefesselt auf uns warteten, versuchte ich, Nanine diesbezüglich auszuhorchen. Aber da war nichts zu machen. War es denn möglich, daß man auch die Elhmen von unserem bevorstehenden Besuch in Kenntnis gesetzt hatte?

Die Sättel der Pferde waren naß vom Tau, und unsere Taschen lagen unberührt neben den Decken. Nanine hatte nicht die Absicht zu reiten, und Panthera jammerte, daß dies unser Vorwärtskommen beeinträchtigen werde.

»Ich kenne die schnellste Route gut«, sagte Nanine, »die meiste Zeit werdet ihr ohnedies nicht im Sattel bleiben können.«

Wieder einmal machten wir uns auf den Weg; wir folgten dem Lauf des Flusses hinauf in die Berge. Panthera hüllte sich beharrlich in dumpfes Schweigen, und ich entschloß mich, darüber hinwegzugehen. Um die Mittagszeit kamen wir zu einem riesigen natürlichen Felsbogen, unter dem wir hindurchritten. Dahinter befand sich ein tief eingeschnittener Wasserlauf voll Geröll, der steil abwärts führte. An der linken Seite des steinernen Tores zeigte Nanine uns einen Durchlaß zwischen den Felsen, der direkt ins Erdinnere zu führen schien. Er war verborgen zwischen Büschen und hohem braunen Gras. Im Sattel zu bleiben, kam jetzt nicht mehr in Frage, denn wir setzten unseren Weg unterirdisch fort. Nanine hatte einen geschnitzten Holzstock bei sich, den ich für einen Wanderstab gehalten hatte, doch als wir nun in den steinernen Gang einstiegen, hielt er ihn hoch, und sein Ende begann zu glühen und ein weiches Licht zu verströmen. Wir konnten fünf, sechs Schritte in jeder Richtung sehen, was sich als ein glücklicher Umstand erwies, denn nach einer Weile änderte der Gang die Richtung, und ohne Licht hätten wir uns nun in völliger Finsternis befunden. Der Boden unter unseren Füßen war hart und glatt – ein vielbegangener Weg, nahmen wir an. Doch Nanine erklärte, daß der Durchgang im Winter nur selten benutzt werde; erst ab dem Frühjahr würden die Hara in Elhmen ein wenig umherwandern. Und im Sommer, so sagte er, sollte der Eingang deutlich erkennbar werden, selbst für Leute, die gar nicht danach suchten.

Stellenweise waren die Wände des Ganges geglättet, und man hatte Muster hineingeschlagen, die an Runen erinnerten. Die Enge und Dunkelheit machten den Pferden zu schaffen, sie waren nervös und unsicher, aber dann begann Nanine leise zu summen, und das schien sie zu beruhigen.

»Gehört dies hier schon zu Eulalee?« fragte ich.

Nanine, der vor mir ging, drehte sich um. »Nein, es ist bloß der schnurgerade Weg dorthin. Eulalee liegt tief, viel tiefer. Unter den Bergen.«

»Wie groß ist Eulalee? Liegt es genau unter Elhmen?«

»Das kann ich dir nicht sagen«, antwortete er. »Nur die Sahaler, das Volk von Eulalee, wissen das. Wir Elhmen überwachen bloß ihre wichtigste Verkehrsader, nördlich von Shappa. Zweifellos gibt es unzählige Eingänge nach Eulalee, die niemand außer den Sahalern kennt.«

»Ich verstehe. Sind die Sahaler ebenso gastfreundlich Fremden gegenüber wie die Elhmen?« fragte ich mit leicht sarkastischem Unterton.

»Ach, dann ließ unser Empfang wohl zu wünschen übrig?« erwiderte Nanine amüsiert.

»Nun ja, ohne Pantheras Erzählung wäre vielleicht...« Es erschien mir unhöflich fortzufahren.

»Du irrst dich«, entgegnete Nanine. »Arawn hat nur sein Spiel mit euch getrieben. Wir wußten, wer ihr seid.«

Ziemlich verspätet durchfuhr mich dumpfes, kaltes Erschrecken. Ich blieb abrupt stehen, und Panthera fluchte verhalten, als er gegen mich stieß. »Was meinst du damit?« fragte ich, und der Nachhall meiner Worte brach sich an den Wänden des Ganges. Nanine drehte sich wieder um. »Waren es die Gelaminger, die es euch erzählt haben? Ja?«

Hinter mir, ich konnte es ganz deutlich spüren, strahlte Panthera merkwürdige Befriedigung aus.

»Nicht die Gelaminger«, wich Nanine aus.

»Wer dann?«

»Das kann ich nicht beantworten. Tut mir leid.« Er wandte mir wieder den Rücken zu und ging weiter. »Ich nehme nicht an, daß dich das nach der vergangenen Nacht wirklich überrascht hat, aber wenn es so sein sollte, dann kann ich dir nur raten, alles hinzunehmen und zu lernen. Das ist das einzige, was du tun kannst.«

Ich stieß einen angewiderten Laut hervor.

Panthera legte mir die Hand auf die Schulter. »Komm weiter«, sagte er.

Wir durchquerten riesige Höhlen, natürliche Kathedralen im Fels, deren Dächer zuweilen den Blick zum Himmel freigaben. Wir kamen auch an unterirdischen

Seen vorbei, aus denen einzelne Felsinseln wie versteinerte Ungeheuer aus dem schwarzen Wasser ragten. Immer wenn wir müde wurden, legten wir eine Rast ein, denn hier unter der Erde konnten wir nicht erkennen, ob Tag oder Nacht war. Dann breiteten Panthera und ich unsere Decken in glatten sandigen Mulden im Fels aus, während Nanine sich abseits setzte und mit gekreuzten Beinen über die geheimnisvollen Themen meditierte, denen Elhmen gern nachhängen. Bei der ersten Rast lag Panthera mit dem Rücken zu mir da, steif und mißgelaunt. War das so ungewöhnlich? Nicht unbedingt, aber dennoch sagte ich: »Also gut, spuck's aus; was habe ich nun wieder getan?«

»Nichts.« Seine Antwort kam gedämpft, aber kurz angebunden.

»Merkwürdig, ich dachte, du seist wütend, weil ich mit Nanine Aruna hatte.«

»Ach, halt doch den Mund!« rief er verächtlich. Seine Worte hallten klar und deutlich durch die Höhle. Doch Nanine rührte sich nicht.

»Gut«, sagte ich, »ich schweige.« Panthera antwortete nicht. In erster Linie um ihn zu beruhigen, hob ich sein Haar hoch und küßte ihn auf den Nacken, aber er reagierte nicht. Also legte ich mich zurück auf meine Arme und starrte in die schwarze Finsternis über mir. Was brauche ich das? dachte ich. Von mir hast du Ruhe.

Ich träumte.

Es ist ein sehr, sehr heißer Tag. Das Licht der Sonne ist fast unerträglich hell. Ich stehe allein am Rande eines, wie es aussieht – großen Schlachtfeldes, das übersät ist mit den Trümmern des Kampfes. Ich nehme einen scharfen, süßlichsauren Geruch wahr, und die Luft ist erfüllt von vielen verzweifelten kleinen Lauten. Zerfledderte Vögel machen sich am Fleisch der Gefallenen zu schaffen. Ich kann weder fest-

stellen, welche Stämme an der Schlacht teilgenommen haben, noch ob sie zwischen Hara und Menschen stattgefunden hat. Die Gelaminger sind in schwarzes Leder und Silber gekleidet, und ihr Haar umgibt sie wie ein Heiligenschein, wenn sie die Körper herumdrehen, um nach Überlebenden zu suchen. Ich beschließe, ihnen zu folgen, denn ich weiß, sie können mich nicht sehen. Der Aasgeruch wird stärker, er hinterläßt einen metallischen Geschmack auf der Zunge. Am Horizont erscheint ein Pavillon, und plötzlich stehe ich direkt davor. Zwei Hara hohen Ranges sitzen einander an einem hölzernen Tisch unter einem fransenbesetzten Baldachin gegenüber. Diener stehen schweigend hinter ihnen. Die Hara am Tisch trinken schäumenden Wein aus Gläsern mit hohen Stielen. Das Schlachtfeld erstreckt sich rundum; ein Zeugnis des Gemetzels. Einer der beiden ist mir bekannt. Die Erkenntnis kommt mir nur langsam, doch dann bin ich sicher, daß es Zackala ist, der dort sitzt. Der andere hat helles Haar und die selbstsichere Aura derjenigen, die Ruhm und Macht kennen. Er hat eine häßliche Wunde über dem linken Auge und Blut im Haar, das am Hinterkopf zusammengebunden ist. Auf der Schulter hat er noch eine Wunde, welche bereits genäht ist. Ich höre, daß sie miteinander sprechen, kann aber die Worte nicht verstehen. Dann hebt Zackala sein Glas; ein Sonnenstrahl erweckt das Sprudeln darin zum Leben. Er lächelt. »Auf dich, Cal«, sagt er, »wo immer du auch bist …«

Ich erwachte mit einem Ruck, und die Finsternis über mir drehte und wand sich. In meiner Kehle hing der Nachhall eines Schreis. Panthera war über mich gebeugt. »Was war denn das?«

»Ein Traum«, antwortete ich, »von den Gelamingern.« Ich hatte einen üblen Geschmack im Mund, schal und sauer.

»Vergiß sie endlich!« zischte Panthera ungehalten. »Laß dich nicht mehr ängstigen von ihnen!«

»Ich ängstige mich nicht«, sagte ich und konnte

Pantheras Atem in der Dunkelheit über mir spüren, aber es war nicht der rechte Zeitpunkt. »Danke«, sagte ich.

»Schon gut.« Er legte sich wieder hin, und ich griff nach seiner Hand. Die Berührung von Fingern im Dunkel. Er zog die Hand nicht weg.

Kapitel 17

Sahale

> Denn sie sind Wesen aus dunkler Luft,
> körperlose Flatterformen …
> mitten im Wirbel geistiger Stürme.
>
> Robert Graves, *Mermaid, dragon, fiend*

Aus einiger Entfernung betrachtet, ist Shappa von den die Stadt umgebenden Bergen nicht zu unterscheiden, und tatsächlich ist sie ausschließlich aus grauem Stein und in den Fels hinein gebaut. Nanine machte uns auf den Rauch aufmerksam, der in Ringeln aufstieg, und so wußten wir, wo sie lag. Wir kamen zu einer befestigten Straße, und erst hier willigte der Elhmen ein, hinter mir aufs Pferd zu steigen, um Zeit zu sparen. Je näher wir der Stadt kamen, desto stärker bevölkerte sich die Straße mit Reisenden, die von Seitenwegen auf die Hauptroute stießen. Während man Panthera und mich argwöhnisch betrachtete, sprachen die fremden Hara ohne Vorbehalte mit Nanine. Als schließlich die Tore von Shappa vor uns aufragten, warfen sie bereits lange schwarze Schatten auf die Straße. Trotz des geschäftigen Treibens an den Toren entgingen Panthera und ich den scharfen Augen der Wachen doch nicht, und man hielt uns an, um unser Gepäck zu durchsuchen. Ich habe keine Ahnung, wonach sie Ausschau hielten.

Endlich war ihre Neugier gestillt, und wir wurden weitergewunken in die Straßen der Stadt. Da Shappa in die Flanke eines Berges hineingebaut ist, ist man natürlich auf ziemlich steile Straßen gefaßt, doch manche von ihnen sind praktisch unpassierbar. Sie sind alle gepflastert, in erster Linie deshalb, damit die Füße der auf- und abkletternden Hara einen gewissen Halt finden. Es ist eine sehr saubere Stadt, und die Gebäude sind schmal und hoch. Die Läden sind unaufdringlich, und nur wenige Kneipen haben Tische im Freien – vermutlich um zu verhindern, daß die Gäste nach ein paar Gläsern hinunterschlittern zu den Stadttoren. Viele der Gebäude führen tief in den Fels hinein, so daß Shappa weitaus größer ist, als es von außen den Anschein hat. Die Elhmen in Shappa waren deutlich anspruchsvoller als Nanine und seine Brüder; sie hüllten sich in komplizierte lange Gewänder und trugen das Haar in unzähligen Varianten von Frisuren hochgesteckt, geflochten oder gebunden.

»Also erst einmal suchen wir uns eine Bleibe«, entschied Nanine. »Und dann werde ich darangehen, einen guten Führer zu finden, der euch nach Eulalee bringt.«

»Wozu brauchen wir einen Führer?« fragte Panthera in einem Tonfall, aus dem herausklang, daß Nanine unser Geld zum Fenster hinauswarf.

»Das kannst du mich fragen, nachdem du dort gewesen bist«, erwiderte Nanine.

Es war sehr spät am Nachmittag. Nanine führte uns zu einer Herberge, von der er wußte, daß sie halbwegs komfortabel und billig war. Dann verließ er uns, um sich in den Straßen nach einem Führer umzusehen. Panthera und ich beschlossen, im Speisesaal unserer Unterkunft ein wenig die lokale Küche zu verkosten. Wir setzten uns an einen Tisch, an dem ein Fenster den Blick auf einen Garten freigab, dessen Boden aus naturbelassenem Fels bestand. In Gesteinsspalten blühten bunte Blumen; ein schwarzer Hund an einer Kette starrte, die Schnauze auf die Pfoten gelegt, sinnend ins Leere. Ich wurde das Gefühl nicht los, daß Shappa von einer Art Ferienatmosphäre umgeben war, so als wäre die Stadt in erster Linie an Touristen interessiert.

»Dies ist die letzte Station auf der Reise nach Kar Tatang«, erklärte Panthera. »Und natürlich kommen viele Hara aus anderen Gegenden der Mineralquellen und der guten Luft wegen hierher. Außerdem gibt es in Shappa ein Meditationszentrum, das bis weit nach Osten höchstes Ansehen genießt. Viele reiche Hara schicken ihre Söhne zum Kastenunterricht hierher.«

»Aber du warst noch nie in der Stadt?«

Panthera schüttelte den Kopf. »Nein, aber mein Vater war schon da. Oft. Die Jaels treiben Handel mit den Elhmen hier, wir haben viele Stammkunden in Shappa. Ein Gemälde meines Vaters hängt im Meditationszentrum an der Wand des Foyers. Die Elhmen mögen zwar sorgfältig darauf achten, welche Fremde ihr Land durchstreifen, doch sobald sie dich kennen, wirst du zum Wiederkommen ermutigt. Aber nur, wenn sie das Gefühl haben, deine Anwesenheit gereiche ihnen zum Vorteil, das ist klar! Man muß immer daran denken: Außer ihrem Wissen haben sie nicht viel, womit sie Handel treiben könnten.«

Etwa eine Stunde später tauchte Nanine mit einem jungen Elhmen namens Kachina auf, der Arbeit suchte. Er erzählte uns, er habe bereits fünfzehn Reisen nach Sahen hinter sich.

»Keiner meiner Kunden hat sich je über mich beschwert«, sagte er ernsthaft. »Ich bringe sie stets auf dem schnellstmöglichen Weg nach Sahen.«

Nanine versicherte uns, wir seien bei Kachina in guten Händen und würden unsere Geldbeutel schonen, weil seine Dienste billig kamen. Wir sahen keinen Grund, Nanines Urteil zu mißtrauen, auch wenn Kachina ein wenig zu jung aussah.

Zeitig am nächsten Morgen verließen wir die Stadt. Nanine umarmte mich und wünschte uns Glück. So wie schon in Gimrah erhielt ich die Einladung, eines

Tages zu einem Freundschaftsbesuch wiederzukommen. Panthera stand verdrießlich daneben. Ich hatte die Nacht zusammen mit Nanine in einem eigenen Zimmer verbracht, und Pantheras unerquickliches Schweigen fand ich schlicht unerträglich. Wir folgten Kachina zum Osttor der Stadt, von wo aus wir Shappa in nördlicher Richtung auf einem in den Fels gehauenen Pfad verließen. Kachina erklärte uns, daß wir unsere Pferde in Kar Tatang, dem Tor nach Eulalee, zu einem angemessenen Preis im Mietstall würden unterbringen können.

»Dann müssen zumindest die Stallknechte davon überzeugt sein, daß Reisende, die nach Eulalee wollen, auch wieder von dort zurückkommen«, bemerkte ich.

Kar Tatang lag nur einen Stundenritt von Shappa entfernt. Schon das Tor nach Eulalee war ein ehrfurchtgebietender Anblick – ein gigantisches, in den Fels gehauenes Antlitz, dessen schwerlippiger, aufgerissener Mund den Eingang in das Land bildete, das darunterlag. Die blinden Steinaugen blickten himmelwärts, so als wäre jeder einzelne Mundvoll Reisende nur mit äußerster Mühe zu schlucken. Der Ort Kar Tatang selbst, der sich um das Kinn des Antlitzes herum drängte, bestand aus Wirtshäusern, Stallungen und wenig mehr. Ich hatte mir vorgestellt, das Tor zu diesem unheimlichen Reich der Unterwelt müsse ein stiller, einsamer Platz sein, und war nun überrascht, statt dessen einen geschäftigen Ort vorzufinden, an dem sich die Hara nur so drängten. Es gab viel Kommen und Gehen, das sah man deutlich. Wir fanden eine Einstellmöglichkeit für unsere Pferde und nahmen noch eine Mahlzeit in einer der Kneipen ein, ehe wir uns an das Tor wagten. Ich wurde ein wenig nervös; alles mögliche konnte da unten auf mich warten, und nur der Gedanke, daß so viele andere Reisende dieselbe Route nehmen würden wie wir, beruhigte mich etwas.

Wachen aus Elhmen, in schwarze Kapuzenumhänge

gekleidet, nahmen sich alle Reisenden vor, die durch das Tor wollten. Man fragte uns nach dem Grund unseres Vorhabens, worauf Panthera das Empfehlungsschreiben hervorholte, das Ferminfex uns mitgegeben hatte. Es wurde mit geradezu beleidigender Sorgfalt studiert, ehe Panthera es zurückerhielt. »Passieren!« knurrte der Posten und winkte uns durch. Hinter dem Tor befand sich eine riesige Höhle. Buden, in denen man Proviant (und – ausgerechnet! – Talismane, die Schutz verheißen sollten!) kaufen konnte, standen auf unsicherem Boden auf Felsvorsprüngen ringsum an den Wänden der Höhle.

»Von jetzt an geht es immerzu abwärts«, stellte Kachina fest. Anfangs war die Straße breit und führte sanft bergab; wir hatten Zeit, unsere Umgebung zu bewundern, die, gelinde gesagt, beeindruckend war. An manchen Stellen rann Wasser über die Felswände und sammelte sich zu klaren Teichen, an denen die Reisenden sich ausruhten und tranken. Lange, weiße, knorrige Stalaktiten hingen schwer von der Decke der Höhle. Nachdem wir etwa eine Stunde gewandert waren, zeigte Kachina auf eine dunkle Öffnung zu unserer Linken.

»Eine Abkürzung«, sagte er. »Nicht so bequem zu begehen wie der Hauptweg, aber sie spart uns eine Menge Zeit.« Er sah uns hoffnungsvoll an.

Panthera zuckte die Achseln.

»Geh voran«, sagte ich. »Gleichgültig, was da unten auf mich wartet, ich möchte es so schnell wie möglich hinter mich bringen.«

Der neue Pfad war stellenweise so steil, daß mir schwindelte. Ich hatte das Gefühl, jeden Moment nach vorn zu fallen – zu fallen und zu fallen. An diesen Stellen bewegten wir uns seitwärts voran. Manchmal führte der Weg flach weiter, und dann senkte sich die Decke so weit herab, daß wir nicht mehr aufrecht stehen konnten. Ich fragte mich, ob die Hauptroute auch nur halb so tückisch wäre wie diese hier. Vermutlich nicht, denn wie sollten die Sahaler dann Güter nach unten transportieren? Kachina setzte uns in Kenntnis, daß die Reise etwa eineinhalb Tage dauern werde. Das war ein schwerer Schlag für mich, denn ich hatte mit äußerstenfalls ein paar Stunden gerechnet. Ich fand schon jetzt das Wissen um die Bergmassen über mir beklemmend und zappelte fast vor Klaustrophobie, einem Zustand, den ich bisher noch nie gekannt hatte. Die Luft war abgestanden und roch ölig und sauer. Merkwürdig glühende birnenförmige Lampen verströmten ein orangerotes Licht. Ich konnte mir nicht vorstellen, woher sie ihre Energie erhielten, denn ich sah keine Drähte. Um Elektrizität konnte es sich also nicht handeln. Kachina führte uns mühelos voran und wußte offenbar instinktiv, welche Richtung er nehmen mußte, wenn der Weg sich verzweigte. Ich wollte wissen, wohin die anderen Pfade führten, und Kachina erzählte uns von den Siedlungen der Sahaler, von Tempeln und Stätten innerer Einkehr. Doch es gab keine Hinweisschilder, die dem Fremden den Weg hätten weisen können.

Schließlich schlug das Schicksal zu: Als wir uns mitten in einer gewundenen, engen Passage befanden, gingen die Lichter aus. Kachina fluchte leise.

»Und was jetzt?« fragte Panthera nervos. »Konnen wir weiter?« Er hatte im Finsteren nach mir gegriffen, und nun klammerten wir uns aneinander. Ich bin sicher, wären Kachina und seine Gelassenheit nicht gewesen, wir wären in Panik geraten wie gefangene Tiere.

»Ja, wir können weiter«, antwortete Kachina. »Ich habe das hier. So werden wir nicht in völliger Finsternis sein.« Es war eine Art Notlicht, das in vielerlei Hinsicht Nanines leuchtendem Stab ähnelte und nur von psychischer Energie gespeist wurde. Es gab bloß ein mattes Glühen ab, aber das reichte, um unsere aufkommende Panik abzuwenden.

Als wir müde wurden, suchten wir einen der in den Fels gehauenen Rastplätze auf und legten uns hin. Unser Trinkwasser schmeckte sauer, und weder Panthera noch ich hatten Lust zu essen. Panthera gestand mir, daß auch er sich so tief unter der Erde nicht wohl fühlte.

»Ich sitze nicht gern in einer Falle«, sagte er. »Wir wären hilflos gefangen, falls uns irgend etwas angreifen oder falls die Höhle einstürzen sollte. Ich hasse es, wenn ich keinen Fluchtweg sehe. Wir wollen ehrlich sein: Sollten wir uns hier verlaufen, würden wir im Kreis rennen, bis wir verhungert oder verrückt wären. Mein Orientierungssinn ist wie weggeblasen.«

Genau wie der meine. Selbst Kachinas Gemütsverfassung hatte sich etwas getrübt, seit die Lichter ausgegangen waren. So lagen wir also im Dunkeln da, ruhten unsere rebellierenden Muskeln aus, und ich dachte: Warum tue ich das alles? Irgend jemand wird mir dafür bezahlen, das schwöre ich! Und dann schlief ich ein …

Und träumte. Ich bin in Phaonica, im Palast des Tigron in Immanion. Die Zimmer dort sind alle in herbstlichen Farben gehalten, in Rot, Braun und Gold. Absonderlich gemusterte Vorhänge fallen in Falten bis zum Boden und legen ihren Saum auf den glänzenden Marmor. Zwischen den Vorhängen sehe ich das Glitzern von Metall, das Tiefschwarz von Pechkohle. Der Boden ist schwarz und rot, schwarz und rot unter meinen Füßen. Hier ist die Tür zum Schlafzimmer des Tigrons; niemand ist darin, und ich gehe hindurch, vorbei an dem von einem Baldachin gekrönten Bett, dessen Vorhänge sich in der leichten Brise vom offenen Fenster her wiegen. Das Zimmer liegt im Dunkel. Dahinter sehe ich Licht und höre das Geräusch rinnenden Wassers. Ich folge ihm. Ich komme in einen weiß-grünen Raum. Die Wanne ist ein in den Boden eingelassenes Becken, in das Marmorstufen hinabführen. Das Wasser schäumt leicht auf. Lilien schwimmen auf den kleinen Wellen, geschnittene Blütenblätter und da-

zwischen Farne. Ein scharfer Kräuterduft liegt in der Luft. Oh, hier ist er: Pellaz. Er erhebt sich aus dem Wasser wie ein junger Gott; eine Göttin. Sein Körper sieht gestählter aus als in meiner Erinnerung, doch natürlich ist er nun viel älter, und dies ist ein anderer Körper. Für das Bad hat er sein Haar hochgesteckt, und jetzt zieht er die Nadeln heraus. Das Haar fällt herab und klebt sich an seine nasse Haut. Er ist immer noch schön. Er träumt vor sich hin, denn ein intimes kleines Lächeln liegt auf seinen Lippen. Er spürt die Bewegung und ruft ins andere Zimmer: »Wer ist da?« Fühlt er meine Anwesenheit? Nein.

»Nur ich, dein untertänigster Diener!« erwidert eine Stimme, und dann lehnt sich ein hochgewachsener schmutziger Har an den Türrahmen zwischen den beiden Räumen. Sein Haar ist grau vom Staub der Straße. Über dem linken Auge hat er eine verkrustete Wunde, und sein Gesicht ist immer noch verschmiert von getrocknetem Blut. Das ist ein Krieger; ich habe viele von seiner Art getroffen. Seine Kleider sind grau. Er sieht müde aus. Pellaz nennt ihn Ashmael, und natürlich habe ich schon von ihm gehört. Wer hat nicht von ihm gehört? Einer von Immanions unsterblichen Stars. Pellaz hat sich in ein Badetuch gewickelt. Die beiden sind eng befreundet, das kann ich feststellen, aber nicht so eng.

»Du siehst ein bißchen zerfleddert aus«, zieht Pellaz ihn auf.

Ashmael zuckt die Achseln. »Ich bin gerade erst zurückgekommen.«

»Ach, dann hast du also die Aufgabe, Megalithika mit einer Hand zu unterwerfen, erfolgreich erledigt?«

Ashmael zieht eine Augenbraue hoch und schweigt. Pellaz wirft sich ein Ende des Badetuches über die Schulter und holt sein Haar darunter hervor. Er deutet auf das Wasser. »Nimm ein Bad, Ashmael; fühl dich wie zu Hause.« Er will einen Diener rufen, aber Ashmael nimmt den Tigron am Handgelenk und schüttelt den Kopf.

»Nein, ich möchte lieber allein darin aufweichen«, sagt er, und Pellaz zieht sich betont rücksichtsvoll zurück; er ist ein

bißchen beleidigt. Ich beobachte, wie er in sein Schlafzimmer zurückkehrt, aber ich folge ihm nicht. Vielleicht kann ich das gar nicht. Statt dessen sehe ich Ashmael beim Ausziehen zu. Über eine Seite seines Körpers zieht sich ein langer Bluterguß, und eine seiner Schultern wurde vor kurzem erst zusammengeflickt. Ich sehe, wie todmüde er ist, und fühle mit ihm. Er streckt sich und zuckt zusammen; mit einer schmutzigen Zehe probiert er vorsichtig die Wassertemperatur. Dann durchfährt ihn ein Schauer, und er blickt sich um, als fühle er unsichtbare Augen auf sich gerichtet. Die meinen? Ich glaube nicht, daß er je zuvor beobachtet wurde. Er ist einer der Privilegierten, und für gewöhnlich ist es er oder einer seiner Art, die für das Beobachten, das Spionieren zuständig sind. Langsam läßt er sich ins Wasser gleiten und verzieht dabei das Gesicht. Bläschen wirbeln um ihn herum. Er seufzt, lächelt und lehnt den Kopf zurück an die Wand des Beckens. Nach einer Weile kommt Pellaz mit zwei Weinkelchen in der Hand zurück. Doch Ashmael döst bereits vor sich hin, und der Tigron sieht ihm einen Moment lang dabei zu. Dann läßt er sich auf ein Knie nieder, stellt die Kelche neben sich auf den Marmor und streckt die Hand aus, um die genähte Wunde auf Ashmaels Schulter zu berühren. Erschrocken schreit Ashmael auf und sinkt zappelnd unter das Wasser. Pellaz lacht laut. »Ein wenig schreckhaft, wie?« sagt er.

»Nun, ich erwarte eben, in diesen Räumen sicher zu sein«, antwortet Ashmael und schüttelt sich das Haar aus den Augen. Natürlich ist er hier sicher, und so sehr zu Hause… Ich hasse ihn. Pellaz reicht ihm ein Glas, und sie trinken zusammen.

»Nur vom Besten«, bemerkt Ashmael anerkennend.

»Selbstverständlich!«

Ich habe den Eindruck, sie spötteln über die hohen Stellungen, die sie einnehmen. Pellaz nimmt einen schlanken Krug und gießt Ashmael duftende flüssige Seife auf den Kopf.

»Das sollst du doch nicht tun!« ruft Ashmael und ge-

nießt es unendlich. Er legt sich zurück und schwelgt in der Aufmerksamkeit, die ihm zuteil wird. Wie vertraut mir diese Berührung ist; ich kann ihn nur beneiden, und eigentlich sollte ich das dort sein. Das ist mein Traum. Pell wischt mit seinen Händen den Schmutz, das Blut, die Müdigkeit weg; seine Berührung ist wie ein Zauber. Ich kenne diesen Ausdruck auf seinem Gesicht; er überlegt, denkt nach. Ein plötzlicher Einfall: Er spült die Seife von seinen Händen, steht auf und läßt das Badetuch fallen. Er taucht ins Wasser, und Ashmaels Verblüffung ist nicht zu verkennen.

»Pell?« sagt er.

»Hier!« Und Pellaz schießt aus dem Wasser, erhebt sich, und funkelnde Edelsteine aus Wasser spritzen nach allen Seiten. Jetzt sehen sie sich an, und ich sitze in der Falle. Das ist der Punkt, an dem ich aufwachen sollte! Es ist doch ein Traum, oder? Weshalb kann ich ihn nicht enden lassen? Ich bin im Wasser, benommen, und ich spüre Ashmaels Arme auf mir, seinen Mund auf dem meinen, seinen Atem in meiner Brust. Ich möchte ihn verschlingen. Schon lange möchte ich das tun. Komm mit mir. Folge mir. Ich führe ihn aus dem Wasser. Triefendnaß gehen wir ins angrenzende Zimmer. Es ist niemand sonst hier. Ich versperre die Tür und ziehe die Vorhänge vor die hohen offenen Fenster, die auf den Balkon hinausgehen. Der Raum liegt nun in sonnendurchwirktem nachmittäglichen Halbdunkel. Seit langer, langer Zeit habe ich mich nicht mehr dem Soume-Sein unterworfen, wegen … jemandem … jemandem, der so sehr Teil von mir ist, daß ich mich selbst … kaum mehr spüre. Wir überspringen die Einleitung, weil wir beide so hungrig sind, Ashmael und ich. Er stößt blitzschnell und skrupellos in mich hinein, und ich schreie auf vor Schmerz, erbebe unter seiner Kraft, die ich nicht abschütteln kann. Jetzt führt mich kein Weg mehr da heraus. Wer bin ich? Visionen kommen, und ich bin tief unter der dunklen Erde. An meinen Lippen haftet der Geschmack von Ashmaels Wunde. Ich ziehe mit den Zähnen an einer der Nähte, und er lacht

wild auf. Ein Tropfen Blut sickert in meinen Mund. Wer bin ich? Ist dies eine bestimmte Art von Verrat? Aber an wem?

Zuckend und knurrend wachte ich auf, als Panthera mich schüttelte. Der dunkle Leib der Erde preßte sich uns entgegen und brachte Träume. Ich vergrub mein Gesicht tief in Pantheras Schulter, und er hielt mich fest an sich gedrückt.

Als auch Kachina wach war, setzten wir unseren Weg nach unten fort. Immer noch kein Licht. Wie hatte das geschehen können?

»Oh, das kommt hin und wieder vor«, sagte Kachina. »Wißt ihr, die Sahaler brauchen kein Licht, um sich zurechtzufinden, und von den Reisenden wählen nur wenige diese Route. Es kann Tage dauern, bis das Licht wieder funktioniert.«

»Alle die anderen Hara in Kar Tatang«, sagte ich, »wohin wollten sie? Nach Sahen?«

»Einige von ihnen. Aber die meisten ziehen in östlicher Richtung nach Pir Lagadre weiter. Das ist eine Tempelstadt, nicht so tief unter der Erde. Dort wikkeln die Sahaler den Großteil ihrer Geschäfte mit der Außenwelt ab.«

Wir marschierten weiter. Nun befanden wir uns auf einem einigermaßen ebenen Abschnitt unseres Weges und konnten aufrecht gehen.

Manchmal war ich überzeugt, vor uns Geräusche wahrzunehmen – und ziemlich schaurige Geräusche dazu. Kratzen, Scharren, Murmeln.

»Kachina, ist diese Reise gefährlich?« fragte ich. »Damit meine ich jetzt nicht, wegen der Finsternis, sondern … aus anderen Gründen.«

Unser Führer zögerte kurz mit der Antwort. »Ich bin diesen Weg schon fünfzehnmal gegangen«, sagte er schließlich, »und dabei ist mir nie etwas Gefährliches widerfahren. Aber gelegentlich habe ich etwas *gefühlt*.

Ich glaube, die Lichter sollen eine Abschreckung für alles Unliebsame sein.«

Vielleicht war es der morbide Humor des Schicksals, der mich das Thema hatte anschneiden lassen, doch nun, fand ich, war es das beste, diese Konversation nicht fortzusetzen. Etwa eine halbe Stunde später blieb Kachina wie erstarrt stehen und brachte uns mit einem Zischen zum Schweigen. Wir standen still und lauschten angespannt in die Finsternis. Ich hörte gar nichts.

»Ich spüre etwas Lebendiges«, flüsterte Kachina, und das Echo dieser leisen Worte hallte rundum vom Fels. Nichts geschah. »Los, bewegt euch«, sagte Kachina, »es ist jetzt nicht mehr weit ...«

Seine Worte rissen ab, als etwas *Großes* direkt vor uns aus einem Seitengang polterte. Undeutlich bemerkte ich Zähne, Augen, Haare und einen entsetzlichen Gestank. Kachina, der voranging, schrie auf und hob seinen Stab, aber es war zu spät. Noch ehe er der angreifenden Bestie seine wie auch immer gearteten Kräfte entgegenschleudern konnte, versetzte sie ihm mit einem riesigen behaarten Fortsatz einen Schlag, und der Stab fiel zu Boden, gefolgt von dem benommenen Kachina. Eine Sekunde lang hing das Ungeheuer – das ganz sicher nicht von dieser Erde stammte! – zwischen Spinnenbeinen in der Luft und starrte Panthera und mich böse und dennoch ausdruckslos an. Ich hörte ein Pfeifen, das entweder seine Stimme oder sein Atem war.

»Was ist das?« quäkte ich.

Solche Einzelheiten interessierten Panthera jedoch nicht. »Rasch, Cal«, zischte er, »kombinieren wir unsere Kräfte! Auf Acanthaebene! Wir müssen! Pyro – tödliche Stärke!«

»Was?!« Ich hatte nie Zweifel gehegt, daß Pantheras okkulte Ausbildung die meine überragte, aber das war denn doch etwas, das gänzlich außerhalb meiner Möglichkeiten lag! Pyrokinese ist die Fähigkeit, allein durch

Willenskraft Hitze zu erzeugen, starke Hitze, ja selbst Feuer. Panthera griff nach meiner Hand, um die Verbindung zu unterstützen.

»Mach auf!« forderte er, und ich ließ meine Gedanken automatisch in eine Berührung mit den seinen gleiten.

»Panthera, ich weiß wirklich nicht, ob ich ...«

»Still, wir haben keine Zeit! Paß auf mein Zeichen auf!« Es geschah ganz schnell. Eine Feuerkugel entzündete sich zwischen uns und schwoll an, doch außer daß ich Panthera meine Kräfte überließ, hatte ich mit ihrer Entstehung nichts zu tun. Er war es, der das Kommando führte, er, der einen glutheißen Blitzstrahl aus seinem angespannten Körper jagte. Mit einem hellen, dünnen Krächzen wollte sich die Bestie zurückziehen, aber es gelang ihr nicht rechtzeitig. In der nächsten Sekunde stand sie bereits schrill kreischend in Flammen. Glücklicherweise ließ sie jeden weiteren Angriff auf uns sein und schoß blindlings in den Tunnel zurück, aus dem sie gekommen war. Wir hörten ihr Heulen und Jaulen, bis es in der Ferne erstarb.

Panthera ließ den Oberkörper vornüberhängen und stützte sich mit den Händen auf die Knie. Dann wischte er sich den Schweiß von der Stirn; er zitterte am ganzen Körper, genau wie ich. »O Gott, Kachina!« rief er und lief zu der reglosen Gestalt. »O Gott!« wiederholte er; Ekel und grenzenloses Entsetzen klangen aus seiner Stimme. Ob das Tier Kachina getötet hat, werden wir nie erfahren, denn verhängnisvollerweise hatte er sich in der Bahn unseres Hitzestrahles befunden, und so war nur wenig von ihm übriggeblieben. »Ach, Cal!« Im schwächer werdenden Schein von Kachinas Lichtstab sah ich Pantheras kalkweißes Gesicht bange zu mir aufsehen. Er wünschte sich von mir die beruhigende Versicherung, daß wir soeben keinen Mord begangen hatten.

Ich wollte nicht mehr darüber reden und hob den

Stab auf. »Kannst du damit umgehen?« fragte ich und hielt ihn Panthera unter die Nase.

Panthera nahm ihn und betrachtete ihn eingehend – zu eingehend. Er war sichtlich mit seinen Gedanken nicht ganz bei der Sache. »Ja«, sagte er schließlich. »Ja, ich kann damit umgehen.« Um Panthera den aufwühlenden Anblick zu ersparen, zog ich Kachinas Leichnam in den Tunnel, in dem die Bestie verschwunden war, und sammelte auch alles ein, was mir unterwegs davon verlorenging. Dann marschierten Panthera und ich voll grimmiger Entschlossenheit hinein in die Finsternis.

»Du hast Talente, die ich nie in dir vermutet hätte, Thera«, sagte ich. »Wie kommt es, daß du diese Fähigkeiten nicht benutzt hast, um aus Piristil auszubrechen oder zumindest Outher und seine Kohorte zu vernichten? Es hätte uns eine Menge Zeit und Schwierigkeiten erspart!«

»Du verstehst nicht«, entgegnete Panthera in bitterem Tonfall.

»Dann erklär's mir doch.«

»Also gut. Es hat mit Aruna zu tun.« Er sprach, als hätte er einen widerlich stinkenden Bissen im Mund. »Als ich gefangen und nach Fallsend gebracht wurde, war ich Kaimana der dritten Ebene und noch nicht in der Lage, solche Kräfte allein aufzubringen. Als ich älter wurde, versuchte ich heimlich, an mir weiterzuarbeiten, aber wie du weißt, sind wir Hara solch sexuellen Geschöpfe, wir brauchen den Aruna zum Vorrücken von einer Kastenebene zur nächsthöheren. Und alles, was mir in Piristil widerfahren ist, diente nur dazu, mich aufzuhalten. Meine Kräfte waren gering und unzuverlässig ...«

»Und was ist seit deiner Rückkehr nach Jael in dieser Hinsicht geschehen?« fragte ich mit scharfer Stimme. »Ich habe nicht bemerkt, daß sich die Situation irgendwie geändert hätte!«

»Sie hat sich auch nicht geändert! Nicht unbedingt. Natürlich gab es eine Reinigungszeremonie, und mein Vater hat mich auf die Acanthaebene erhoben, um mich von der Besudelung durch Pelcia und Chaitra zu befreien …«

»Das erklärt immer noch nicht, wie du es ohne Aruna geschafft hast … oder hast du es gar nicht ohne Aruna geschafft?«

»Nein, ich habe es nicht ohne Aruna geschafft. Aber wenn du es wirklich wissen mußt: Man hat mir gewisse Übungen in Autoerotismus beigebracht, und zwar mit dem Ziel, mir auf dem Umweg über diese Praktiken den Ekel vor körperlichem Kontakt zu nehmen. Doch nun, da ich gelernt habe, ohne diesen auszukommen, sehe ich nicht ein, warum ich ihn je wieder suchen sollte, wenn du weißt, was ich meine. Ich will nicht, daß mich je wieder jemand berührt. Ich empfinde es als abstoßend.«

»Herzlichen Dank, daß du so offen bist«, sagte ich verblüfft.

»Gern geschehen.« Er seufzte tief. »Ach, hör schon auf, Cal, du bist mein Freund. Also sehen wir zu, daß wir schleunigst hier hinauskommen. Ein Schritt in die falsche Richtung, und wir werden beide nicht mehr in die Lage geraten, uns über solche Dinge Gedanken zu machen.«

Wir hofften, der Weg werde sich nicht mehr teilen, aber seit unserer Begegnung mit diesem Untier hatte Panthera das Gefühl, sich völlig auf seine Kräfte verlassen zu können. »Wenn nötig, werde ich *riechen*, welches der rechte Weg ist«, sagte er. »Ich habe keine Angst.«

»Hast du überhaupt je Angst?« fragte ich sarkastisch.

»Eigentlich nicht, nein.«

Wir marschierten weiter. Manchmal hörten wir ein merkwürdiges Stöhnen aus den Seitentunnels, das uns stets veranlaßte, unsere Schritte zu beschleunigen, aber wir wurden nicht mehr angegriffen. Ich habe keine Ahnung, welch seltsame Kreaturen die Tunnels von Eulalee bevölkern, ob sie dort immer ungesehen herumschleichen oder ob sie vielleicht nur die Hervorbringungen mächtiger böser Gedankenformen sind – jedenfalls schienen sie uns, gewarnt vom Schicksal ihres Genossen, in Ruhe zu lassen.

»Es wird mir nicht leichtfallen, den Elhmen erklären zu müssen, was Kachina zugestoßen ist«, sagte Panthera, was hieß, daß es ihm nicht leichtfiel, es sich selbst zu erklären.

»Er wurde von dieser Bestie getötet«, antwortete ich. »Nimm das doch zur Kenntnis, Thera! So hat es sich verhalten, sinnlos, es anders zu sehen!«

Endlich erschien ein immer heller werdender rötlicher Nebel vor uns, und der Gang wurde nun auch beträchtlich breiter. Am Rand des Weges standen in Nischen Statuen nackter, mit Flammenhaar bekränzter Hara; zu ihren Füßen lagen Opfergaben in Form von Brot und Früchten. Unsere Blicke fielen auf ein intensives Leuchten vor uns, und innerhalb von Minuten hatten wir einen Felsvorsprung erreicht, auf dem unser Weg endete. Unter uns erstreckte sich ein weites unterirdisches Tal, das von Tausenden und Abertausenden Feuerpunkten erhellt wurde. Gase und vielfarbig lodernde Flammen drangen aus Ausnehmungen in den Seitenwänden und im Boden des Tales. In der Luft lag ein starker Duft, sehr süß und rauchig. Sahen; so trostlos und beunruhigend anzusehen wie eine Vision der Hölle.

KAPITEL 18

Begegnung mit dem Lyris

> Alles wird gut sein ...
> wenn die Flammenzungen sich
> zum Kreuzknoten des Feuers falten,
> und Feuer und Rose eines werden.
>
> T. S. ELIOT, *Four Quartets*

»So, und wie kommen wir hinunter?« fragte ich und lugte über den Rand des Felsens. Von da, wo wir standen, gab es keinen sichtbaren Weg nach unten.

»Schau nach oben«, sagte Panthera schlau und hob den Zeigefinger.

»Was ist das?«

»Kabel. Mein Vater hat mir davon erzählt. Eine Art öffentliches Transportsystem hier in Sahen. Wir müssen warten.« Er griff nach oben und zog ein weißes Fähnchen aus der Felswand, das von unten gut zu sehen sein mußte. Kurz darauf schwang eine Gondel in Form eines riesigen Vogels mit gefalteten Schwingen zu uns herauf und kam am Rand des Felsvorsprunges anmutig zum Halten. »Was kostet die Fahrt nach Sahen?« fragte Panthera höflich, und der Pilot antwortete: »Drei Fillarets pro Person.«

Wir hatten kein Kleingeld, also gab Panthera ihm einen Spinner und erlaubte ihm großzügig, das Wechselgeld zu behalten.

»Und welches ist euer endgültiges Reiseziel, Tiahaara?«

»Die Residenz des Lyris«, sagte ich würdevoll. Ohne

eine weitere Bemerkung löste der Pilot die Bremsen, und wir wurden wie im Flug hinuntergetragen in die Stadt Sahen. Die Gebäude waren unglaublich – ein Wald aus Stalagmiten, die durch wenig vertrauenerweckend aussehende Laufstege verbunden wurden. Dazwischen verliefen in sanft herabhängenden Bögen die miteinander vernetzten Kabel. Alle Sahaler besitzen feuerrotes bis karminrotes Haar (die Schwankungen der Farbe hängen vom Typ ab), und als wir so hinabsausten, strömte das Haar des Piloten (weit weniger üppig als das eines Elhmen, aber immer noch sehr eindrucksvoll) hinter ihm her wie Flammen. Panthera und ich saßen geduckt auf dem Boden der Kabine, beide um unsere Sicherheit besorgt, denn manchmal schwankte sie wild, und der angsteinflößende Anblick der Stadt war auch keine Hilfe. Die hohen Türme schienen fast den Boden der Gondel zu streifen, als sie über und zwischen ihnen dahinflog. Es war wie die schlimmste Fahrt auf einer Achterbahn, die ich je mitgemacht hatte. Doch Panthera hatte natürlich noch nie von einer Achterbahn gehört und sah mich verständnislos an, als ich eine entsprechende Erwähnung machte.

Auf einem großen Platz inmitten der Stadt kam die Gondel zum Stillstand. Vor uns erhob sich ein fabelhaftes Bauwerk: der Palast des Lyris. Er ähnelte einer Krone aus Stein, voll Spitzen und Sterne, und Brücken schwankten zwischen den Türmen, auf denen man winzige Gestalten trippeln sah. Unser Pilot senkte die Seitenwand der Gondel ab, und wir traten, etwas unsicher auf den Beinen, ins Freie. »Hier ist es«, sagte er und zeigte überflüssigerweise auf das Gebäude. »Geht zum äußeren Tor. Wenn die Wache euer Anliegen für wesentlich erachtet, wird man euch Einlaß gewähren. Wenn nicht, erlaubt mir, euch das Gasthaus auf der Ash Row zu empfehlen. Es wird zwar von meinem Onkel geführt, aber dessenungeachtet werdet ihr dort gute und billige Mahlzeiten vorgesetzt bekommen. Ein schönen Tag, Tiahaara.«

Panthera und ich wechselten einen zweifelnden Blick und gingen auf das Tor des Palastes zu. »Ein seltsam gastfreundlicher und zugänglicher Stamm, wenn man sein Habitat in Betracht zieht«, bemerkte ich.

»Nun ja, ich bezweifle sehr, daß man hier je *unwillkommene* Besucher hat«, erwiderte Panthera. »Niemand, der nicht willkommen ist, könnte je so weit vordringen!«

Wenn ich so zurückdachte an die bedrückende Finsternis, die verwirrende Anzahl von Tunnels und an die unmanierlichen Monster darin, neigte ich dazu, ihm zuzustimmen.

Die Wachtposten des Lyris wetteifern in ihrem fabelhaften Äußeren mit dem Palast selbst. Zwei Posten standen in strammer Haltung und mit gekreuzten Speeren am äußeren Tor. Imposante Helme, unter denen das geflochtene Haar bis an die Hüften fiel, zierten ihre Köpfe. Wie aufgemalt schmiegten sich ihre Panzerwesten an die Körper, und von der Mitte bis zu den Fußgelenken waren sie in gefältelte Seide gehüllt. Als wir vor ihnen stehenblieben, sahen sie uns nicht unfreundlich, aber ohne Lächeln an.

Panthera holte Ferminfex' Begleitschreiben hervor und hielt es den beiden hin. Einer von ihnen nahm und las es, wobei er den Blick unentwegt zwischen dem Blatt und Panthera hin und her wandern ließ. Panthera hievte die Tasche, die er auf dem Rücken trug, auf die andere Seite und seufzte.

»Ihr sucht um eine Audienz beim Lyris an«, sagte der Posten mit unbewegter Stimme. Wir nickten schweigend, aus Furcht, etwas Falsches zu sagen. »Nun«, fuhr er fort, »ich kann euch nicht garantieren, daß ihr Erfolg haben werdet, aber ihr könnt gern zusammen mit allen anderen, die denselben Wunsch haben, im Saal des Gehörtwerdens warten. Hier, nehmt das besser wieder an euch.« Er gab Panthera den Brief zurück.

Wir dankten ihm überschwenglich und traten durch das Tor. In seinem Inneren wirkte der Palast wie eine Stadt in der Stadt. Wir kamen in einen mit Steinplatten ausgelegten weiten Innenhof und damit in ein Gewühl geschäftigen Treibens. Hara liefen geräuschvoll hin und her, schrien einander dies und jenes zu und hielten inne, um Waren zu begutachten, die in den buntbemalten offenen Buden am Rand des viereckigen Platzes feilgeboten wurden. Niemand hatte Augen für uns, und so wanderten wir mit neugierigen Blicken langsam und ohne unser Ziel so recht zu kennen, auf den gegenüberliegenden Teil des Palastes zu. Schließlich hielt ich einen vorüberhastenden Har auf und fragte ihn nach dem Saal des Gehörtwerdens. Er rollte die Augen. »Ach, ganz einfach! Durch das rote Tor dort drüben, links den Gang entlang, dann den dritten rechts und über den Platz der Springbrunnen. Danach den zweiten Gang rechts, der Saal befindet sich am Ende des Korridors. Ist nicht zu verfehlen!« Er warf uns ein rasches Lächeln zu und hastete weiter.

»Nicht zu verfehlen«, wiederholte ich freudlos. Panthera seufzte und nahm meinen Arm. Wir gingen weiter.

Nach etlichen Fehlversuchen und weiteren Hinweisen von vorbeikommenden Hara stießen wir schließlich doch noch auf die riesigen offenen Türen des Saales des Gehörtwerdens. Ein Registrator saß in einer Nische davor und spielte Schach mit einem Soldaten auf der anderen Seite des Pultes. »Euer Anliegen?« fragte er mit gelangweilter Stimme und ohne vom Schachbrett aufzusehen. Wir erklärten es ihm, und Panthera schwenkte den Brief dazu, doch der Registrator machte sich nicht die Mühe, ihn näher zu betrachten. Teilnahmslos schrieb er unsere Namen in ein Buch und gab uns eine numerierte Marke. Sie trug ein Datum (vermutlich), welches weder Panthera noch ich verstanden: 23 Blauer Frühsommer – 12:05. Die Nummer lautete 217.

»Beginnt die Numerierung jeden Tag bei Null?« erkundigte ich mich.

Der Registrator sah mich zum erstenmal an; die Beantwortung solcher Fragen war offenbar eine der wenigen Freuden seiner Arbeit. »Ja, Tiahaar. Mach kein so finsteres Gesicht. Wir leben hier in einer gerechten Gesellschaft, daher kann jeder, der möchte, mit dem Lyris sprechen. Doch selbstredend kann alle Gerechtigkeit der Welt dem Tag nicht mehr Stunden schenken.«

»Verbringt der Lyris denn seine *ganze* Zeit damit, sich mit seinen Untertanen zu unterhalten?« fragte Panthera mit eisiger Stimme.

»Nein. Zwei Stunden am Vormittag, zwei am frühen Abend. Aber manche Angelegenheiten sind rasch erledigt oder werden an einen Sekretär weitergegeben. Ihr habt also gute Aussichten ... vielleicht irgendwann diese Woche.« Er widmete seine Aufmerksamkeit wieder dem Schachbrett. Mir war nicht entgangen, daß der Soldat während unseres Gespräches heimlich die Figuren verschoben hatte.

»Komm, gehen wir«, sagte ich.

»Reine Zeitverschwendung«, nickte Panthera. »Vielleicht sollten wir morgen wiederkommen.« Der Saal platzte vor laut miteinander diskutierenden Hara fast aus den Nähten. »Schau hin«, knurrte Panthera. »Wir würden tagelang warten.« Mißmutig ließ er seine Tasche auf den Boden fallen.

Ich konnte ihm nicht widersprechen. Einige Hara saßen in Decken gehüllt unter Reihen schwarzer Säulen an den Wänden des Raumes, und ich hatte den fürchterlichen Verdacht, daß sie tatsächlich schon seit Tagen hier warteten. Ich warf meine Tasche neben jene Pantheras. Vielleicht hätte ich mich doch nicht über die

Gelaminger (oder wen auch immer) beklagen sollen, die unser Eintreffen so liebend gern den richtigen Ohren ankündigten. Hier in Sahen wäre uns diese Hilfe sehr willkommen gewesen!

Nach einer Weile kam ein Har vorbei, der allerlei Eßbares zu verkaufen hatte und uns seine Waren zeigen wollte. Ich erkundigte mich bei ihm nach den üblichen Warteprozeduren im Zusammenhang mit einer Audienz beim Lyris. Die Antwort kam prompt. »Hebt die Nummernmarke auf«, sagte er. »Laß mal sehen. Aha, 217. Der Lyris kann etwa 50 Hara pro Tag empfangen, wenn es rasch geht. Es könnte sein, daß ihr morgen auf der Warteliste höher gereiht werdet und eine neue Marke bekommt. Alles geht sehr korrekt vor sich, niemand kann euch euren Platz streitig machen. Aber verliert die Marke nicht, sonst befindet ihr euch wieder am Ende der Warteschlange.«

»Ich schätze, das heißt, daß wir zumindest vier Tage hier festsitzen«, bemerkte Panthera nicht allzu freundlich.

Der Händler hob die Schultern. »Mein Bruder schenkt Kaffee aus«, sagte er dann. »Ich könnte ihn herüberschicken zu euch. Ihr seht ganz so aus, als könntet ihr eine Erfrischung gebrauchen!« Um ihn loszuwerden, stimmten wir ihm zu.

»Die Familienbande scheinen in Sahale besonders eng geknüpft zu sein«, sagte ich, als er gegangen war.

»Mhmm«, nickte Panthera, immer noch verstimmt.

»Ich frage mich, ob nicht auch ein Bruder, Vetter oder Onkel des Lyris hier etwas verkauft – eventuell ein paar Minuten der kostbaren Zeit des Lyris.«

»Sei nicht so dämlich«, erwiderte mein charmanter Begleiter.

»Bin ich gar nicht. Und ich scherze auch nicht. Denk doch einmal nach! Wieviel Geld haben wir noch?«

Übellaunig warf Panthera einen Blick in unsere gemeinsame Reisekasse. »Nicht sehr viel. Bloß fünfzig

Spinner. Glaubst du, daß die Zeit des Lyris so wohlfeil ist?«

Ich ließ seinen Spott von mir abgleiten. »Nein, ich glaube, seine Zeit ist unbezahlbar – jedenfalls übersteigt der Preis dafür gewiß unser Budget –, aber möglicherweise könnten wir jemanden, der uns helfen kann, billiger haben.«

»Fünfzig Spinner werden nicht viel ausrichten«, entgegnete Panthera. »Einen Aufwäscher in den allerhöchsten Räumlichkeiten vielleicht ...«

»Ich dachte eher an eines der oberen Mitglieder des fürstlichen Mitarbeiterstabes, wenn's recht ist. An jemanden, der dem Lyris den Brief deines Vaters vorlegen könnte.«

Panthera überlegte. »Hmm«, stimmte er mir zögernd zu. »Es könnte gelingen, wenn der Lyris bereits auf unser Kommen vorbereitet wäre. Falls er noch nie etwas von dir gehört hat, zündet er sich mit dem Brief vermutlich seine nächste Zigarette an. Aber man kann nie wissen.«

»Falls der Lyris noch nie etwas von mir gehört hat, dann, denke ich, haben wir hier ohnedies nichts zu suchen«, sagte ich. Panthera sah mich durchdringend an. »Das ist kein Eigendünkel«, fuhr ich fort, »sondern Logik.« Er zuckte die Achseln.

Wir ließen uns an einer Wand nieder, und kurz darauf bahnte sich, wie versprochen, der Kaffeeverkäufer seinen Weg durch die Menge. Wir nahmen zwei Tassen, und als ich zahlte, bekam ich eine Handvoll Wechselgeld, das ich auf sein Tablett zurücklegte.

»Könntest du uns sagen, ob sich unter den Anwesenden einer der Mitarbeiter des Lyris befindet?« fragte ich. »Vielleicht jemand, der einen höheren Rang im königlichen Stab bekleidet?«

Der Kaffeeverkäufer lachte. Zweifellos war unser Ansinnen etwas Alltägliches, etwas, das er schon oft vernommen hatte. »Niemand so Hochstehender zeigt sich hier«, sagte er. »Wir sind bloß der Pöbel. Aber ich habe einen guten Bekannten namens Zhatsin, der Diener im Haushalt des Lyris ist. Für eine kleine Gegenleistung…« Er lächelte.

»Könnten dich drei Spinner dazu bewegen, ihn herzubringen?« fragte ich mit zuckersüßer Stimme.

»Das könnten sie, Tiahaara, das könnten sie«, antwortete der Kaffeeverkäufer, »aber ich fühle mich moralisch dazu verpflichtet, euch darauf hinzuweisen, daß so ungefähr jeder, der hierherkommt, den Versuch macht, sich einen direkten Weg zum Lyris zu kaufen. Und oft stehen diejenigen, die für das Ebnen dieses Weges bezahlt werden, im Verdacht, Nachrichten oder Briefe, die sie überbringen sollen, einfach wegzuwerfen und das Geld mit sattem Lächeln einzustecken…«

»Vielen Dank, aber wir gehen dieses Risiko ein«, sagte ich.

»Ausgezeichnet. Wartet hier. Ich komme wieder, sobald ich kann.« Erwartungsvoll hielt er mir die Hand hin.

»Du erhältst dein Geld, wenn du zurückkommst«, sagte ich, und er zuckte die Achseln und verschwand wieder in der Menge.

»Und das ist das letzte, was wir von ihm sehen werden«, jammerte Panthera. »Ich glaube nicht, daß er irgend jemanden im Haushalt des Lyris kennt.«

Ich war heilfroh, daß Panthera nicht recht hatte, denn gleich darauf erschien der Kaffeeverkäufer in Begleitung eines aufsehenerregenden Hars mit blutrotem Haar, der intensiv nach Patschuli roch und über seine aristokratische Nase hinweg auf uns herabsah. Anfangs weigerte er sich sogar, mit uns direkt zu sprechen. Sein Freund, der Kaffeeverkäufer, setzte uns davon in Kenntnis, daß Zhatsin geneigt wäre, dreißig Spinner anzunehmen, um dem Lyris unser Empfehlungsschreiben vorzulegen. Genau wie der Kaffeeverkäufer hielt auch er schweigend die Hand auf und wartete auf sein Geld. Panthera hätte es ihm umgehend gegeben (er hatte nichts gelernt), doch ich gebot ihm rechtzeitig Einhalt.

»Nein«, sagte ich, »du bekommst das Geld erst, wenn wir den Lyris gesehen haben.«

Der Sahaler machte ein entrüstetes Gesicht. Er sprach zum erstenmal. »Das scheint mir wenig gerechtfertigt. Wenn ich den Brief überbringe, so heißt das nicht zwangsläufig, daß der Lyris euch empfängt, oder? Was ist, wenn ich meinen Teil der Übereinkunft erfülle, er aber das Schreiben wegwirft? Wie komme ich dann zu meinem Geld?«

»Sagen wir einfach, ich bin zuversichtlich, daß der Lyris den Brief zur Kenntnis nimmt«, sagte ich. »Wie wäre es, wenn wir die Summe auf fünfunddreißig Spinner erhöhen?«

»Vierzig.«

»Siebenunddreißig?«

»Sag ihnen, daß ich es tun werde«, sagte Zhatsin zum Kaffeeverkäufer, der es uns pflichtschuldigst mitteilte und Panthera den Brief aus der Hand nahm. Zhatsin schnappte ihn und entfleuchte in einer Wolke aus tiefrotem Haar und Musselin.

»Schön, aber hochnäsig«, bemerkte der Kaffeeverkäufer entschuldigend.

»Wie es so oft der Fall ist«, sagte ich und bedachte Panthera mit einem milden Blick. Er schnaubte verächtlich, verschränkte die Arme und starrte in die Menge.

Nach etwa einer Stunde bemerkte ich zwei prächtige Palastwachen, die sich unter den anwesenden Hara umhörten und Fragen stellten. Schließlich kamen sie auch zu uns. »Seid ihr diejenigen aus Jael in Ferike?« erkundigte sich einer der beiden. Seine Arme waren bis zum Ellbogen von gehämmertem Silber bedeckt, und eine Silberkette, die an einen schmalen Farnwedel erinnerte, schwang in einem Bogen von seinem linken Ohr bis zum Nasenflügel, wo sie an einem funkelnden Stift befestigt war.

Wir stellten uns vor, und der Wachposten nickte. »Kommt mit uns. Der Lyris läßt euch mitteilen, daß er beeindruckt ist von eurem Empfehlungsschreiben und euch wenige Minuten seiner Zeit gewähren wird, obwohl die Abendaudienz erst in einigen Stunden stattfindet.«

Nur einige Minuten? Ich wußte es besser, sagte aber dennoch: »Dafür sind wir überaus dankbar«, und verbeugte mich leicht, um zu zeigen, daß wir diese Ehre zu schätzen wußten.

Die Wachen führten uns durch eine Seitentür des Saales des Gehörtwerdens und durch ein Gewirr halbdunkler Korridore, durch die sich ein leicht stechender Rauchgeruch dahinzog. Eine zweifache Reihe glänzender dicker Säulen führte zu einer riesigen Doppeltür, die von rot-goldenen, zähnefletschenden Drachen mit schwarzen Zungen und langen weißen Zähnen bewacht wurde. Hier wartete unser bestechlicher Freund Zhatsin bereits mit hochnäsiger Miene und aufgehaltener Hand. Die Wachen standen geduldig daneben, als Panthera die etwas anrüchige Aufgabe übernahm, die siebenunddreißig Spinner auszuzahlen. Ich dankte Zhatsin für seine Hilfe, und er bedachte mich mit einem schmallippigen Lächeln, ehe er davonstolzierte, die klimpernde Prämie in der Hand.

»Seid ihr bereit?« fragte einer der Wächter. Waren wir bereit? Ich nickte, und er klopfte dreimal an die eindrucksvolle Tür. Kurz darauf schwang sie lautlos nach innen auf, und man geleitete uns hindurch.

»Ach, du lieber Gott!« rief ich mit unterdrückter Stimme aus. »Beim Aghama!« hingegen Panthera, was deutlich unseren Altersunterschied verdeutlichte. Doch beide erstarrten wir angesichts dieser Überfülle an Prunk. Der Raum schien ausschließlich aus protzigem, knalligem Gold zu bestehen, dessen Glanz nur von den durchscheinenden Vorhängen gemildert wurde, die sich an Wänden und Decke bauschten. Goldene Weihrauchkessel, aus denen süßliche dicke Wolken quollen, hingen an goldenen Ketten; Trauben von Lichtkugeln verströmten tiefrote, violette und zitronengelbe Dämpfe. In der Mitte des Raumes stand ein großer, runder, offener Kamin, in dem ein Feuer ohne Rauch und ohne Hitze glühte. Rund um den Kamin tanzte ein nackter Har mit eingeöltem Körper zum rasenden Rhythmus von Handtrommeln, die von glattgeschorenen, grell geschminkten Hara in edelsteinbesetzten, von der Decke hängenden Käfigen geschlagen wurden. Auf einem Podest am anderen Ende des Raumes lehnte der Lyris in einem herrlichen Thronsessel; über die Stufen des Podests lagen anmutig hingegossen die Favoriten des Lyris, während er selbst dem Tänzer mit unerschütterlicher Aufmerksamkeit zusah. Er trug das Haar in unterschiedlichen Schattierungen von Rot und Gold, Brust und Füße waren nackt, und auf seiner Haut glitzerten Edelmetalle und kostbare Steine. Doch mehr als alles andere war es die Aura von Macht, die einen König aus ihm machte, eine Ausstrahlung, die mit Putz und Tand nichts zu tun hatte.

Panthera und ich waren gezwungen zu warten, bis der Tanz beendet war. Dann bedeutete uns einer der beiden Wachposten, ihm zu folgen.

»Siehst du, so muß es in fürstlichen Häusern zugehen«, sagte ich zu Panthera. »Denk daran, wenn wir nach Jael zurückkehren!«

Panthera grinste schief.

Alle Augen waren auf uns gerichtet; kein angenehmes Gefühl. Genausowenig wie das neugierige Stillschweigen. Ich hatte angenommen, die Sahaler seien in ihren Lebensgewohnheiten den Elhmen ähnlich, doch das war ein Irrtum. Der Lyris sah träge zu, wie wir näher kamen, wartete ab, bis wir uns in Hörweite befanden, und hob die Hand. Unser Begleiter zwang uns zum Stehenbleiben, indem er uns den Schaft seines Speeres vor die Brust knallte.

»Wer von euch ist Calanthe?« Die Frage kam von einem Har mit spitzem Gesicht in blauem Gewand, der neben dem Thron stand.

Ich schob den Speer zur Seite und trat einen Schritt vor. »Das bin ich.« Es schien mir angezeigt, mich zu verbeugen.

Der Lyris neigte den Kopf und sprach zu seinem Adjutanten, der wieder den Blick auf mich richtete und mich näher winkte, bis ich mit den Zehen fast an die unterste Stufe des Podestes stieß. Die Favoriten des Lyris starrten mich mit Augen an, aus denen nicht unbedingt Feindseligkeit sprach, bloß leise Verachtung. Ich spürte geradezu, wie sie mein Erscheinungsbild in sich aufnahmen, meine schäbigen Kleider, mein ungewaschenes Haar, das Fehlen von Schmuck und Parfüm. Vielleicht dachten sie sich gar nichts dabei, aber ich empfand in diesem Moment die Abscheulichkeit meines Aussehens überdeutlich.

»Es hat ganz den Anschein, als seist du eine Berühmtheit«, bemerkte der Har mit dem schmalen Gesicht. Darauf wußte ich keine Antwort. Ich hob die Schultern. »Wir hatten bereits Kunde von eurem bevorstehenden Besuch«, fuhr er fort (welch eine Überraschung!). Vielen Dank auch für das freundliche Empfangskomitee, Volk von Sahen! »Kommst du bitte mit mir? Der Lyris hat mir aufgetragen, dich davon in Kenntnis zu setzen, daß er später mit dir sprechen wird.« Während er jegliche Reaktion meinerseits ignorierte, blickte er über meinen Kopf hinweg auf Panthera. »Bringt den Sohn Jaels in eine Gästesuite, sorgt für sein Wohlbefinden!« Hinter mir hörte ich Pantheras dezentes Aufbegehren, als man ihn blitzschnell wegbrachte.

Ruckartig ließ Spitzgesicht den Blick wieder zu mir zurückschnellen. »Komm«, sagte er und streckte mir seine klauenartige Hand entgegen. Ich sah dem Lyris ins Gesicht. Er blickte mich an, lächelte aber weder, noch ließ er erkennen, ob er mich überhaupt wahrnahm. Sein Adjutant stieg die Stufen des Podestes herab und packte mich am Arm. »Hier entlang«, sagte er und zog mich mit sich fort.

»Mein Gepäck…«, rief ich und wandte mich um.

»Darum wird man sich kümmern. Komm jetzt.«

Er führte mich durch eine Tür hinter dem Podest in das Halbdunkel weiterer Korridore von erdrückender Pracht.

Ich schüttelte seine Hand ab. »Sprichst du eigentlich immer für den Lyris?«

Er sah mich verblüfft an. »Nein. Vergib mir, ich habe mich nicht vorgestellt. Ich bin Iygandil, Erster Beauftragter des Lyris. Sein zweites Paar Augen, seine zweiten Hände, seine zweite Stimme, wenn man so will.«

»Sehr erfreut, Iygandil, und wird nun der Lyris selbst mit mir sprechen, oder wurde dir diese Ehre erteilt?«

Der Erste Beauftragte sah keine Ungehörigkeit in meinen Worten. »Der Lyris wird selbst mit dir sprechen. Und denk immer daran, *du* bist derjenige, dem damit eine Ehre zuteil wird.« Er lächelte, indem er die Zähne bleckte. »Hier herein bitte.« Wieder eine Geste mit der Klauenhand.

Der Raum war fast völlig dunkel, bis Iygandil die Hand hob und rubinrotes Licht an den Wänden erblühte. Das Gemach eines Sultans, dachte ich, durchaus passend für ein Rudel Konkubinen.

»Ich soll hier warten?« fragte ich und ließ mich mit einiger Eleganz auf ein dickes Kissen fallen.

Iygandil schüttelte den Kopf; er schien voller Sorge, daß ich den Satin unter mir beschmutzen könnte. »Noch nicht.« Er klatschte in die Hände, und zwei Hara kamen hinter einem fransenbesetzten Vorhang zum Vorschein. Iygandil wandte sich an mich. »Steh auf«, sagte er und schlenkerte ungeduldig mit der

Hand. Ich gehorchte. »Das sind Tatigha und Loolumada, Diener des Lyris. Wenn du bitte mit ihnen gingest, Calanthe …«

»Wozu?«

Der Erste Beauftragte verdrehte die Augen. *»Bitte!«* drängte er. »Muß ich denn diese peinliche Angelegenheit wirklich in Worte fassen? Dort drüben ist ein Badezimmer. Muß ich noch mehr sagen?«

»Du meinst, ich habe eine ordentliche Waschung bitter nötig, ist es das?«

»Bitte sei doch etwas entgegenkommender! Der Lyris wird demnächst hier sein!«

Seufzend folgte ich den Dienern durch die Tür. Ohne ein Wort führten sie mich an einem riesigen grünen Schwimmbecken vorbei, aus dem es leicht dampfte, danach an einer Holzwanne mit blubberndem duftenden Wasser und schließlich in einen weißgekachelten Raum mit einem Holzrost auf dem Boden und Bänken an den Wänden.

»Was ist das?« fragte ich, als ich darin stand, aber meine Worte verhallten ungehört, denn nachdem er einen Schritt zurück getan hatte, um zu vermeiden, daß er angespritzt wurde, drehte Tatigha eine Kurbel an der Wand, und heißes Wasser schoß zischend aus einem Dutzend verborgener Ventile und durchnäßte mich in Sekunden bis auf die Haut. Ich spuckte und ruderte mit den Armen und suchte nach einer Fluchtmöglichkeit.

Die Sahaler lachten. »Du hast zehn Minuten Zeit. Die Seife ist in dem grünen Krug dort drüben.« Also keine erotisierenden Massagen. Ich wischte mir über das Gesicht, während Dampfwolken rund um mich herum aufstiegen. Meine Kleider hingen grau an mir, und bräunliche Bäche flossen mir über die Füße. Hin- und herhüpfend entledigte ich mich meiner Sachen. Das Wasser in Sahen ist unglaublich weich, was ich erst bemerkte, nachdem ich mich der flüssigen Seife bedient hatte. Fluchend bemühte ich mich immer noch, sie abzuspülen, als Loolumada und Tatigha zurückkamen. Sie drehten die Dusche umgehend auf eiskalt, und so war ich gezwungen, mit glitschiger Haut darunter hervorzuhüpfen. Zähneklappernd hielt ich still, während sie mich abtrockneten. Danach führten mich die beiden an ein Waschbecken, und ich erhielt eine Zahnbürste und eine sandige Paste dazu. Dann gab es parfümierten Puder, um die letzten Spuren von Feuchtigkeit von meiner Haut zu tilgen.

»Schon viel besser«, erklärte Tatigha, als er meine Arme in einen langen Bademantel steckte. »Hier entlang, bitte.« Sie brachten mich in ein Spiegelzimmer, wo sie mir das Haar trockneten und meine Augen mit schwarzem Khol umrandeten. Das Bild im Spiegel erinnerte mich schmerzhaft an einen Har, der einst in Piristil gelebt und gearbeitet hatte. Ich glaube, ich werde mich nie mehr wohl fühlen mit Schminke auf dem Gesicht. Der süßliche Geruch von Puder und Farben wird in mir immer das Bild dieses Hauses erstehen lassen.

Jedenfalls war ich nun auch bereit für einen König. Wasser: Feuer; es war keine schwierige Folgerung. Ich hatte die beunruhigende Vision von Iygandil, der neben mir stand und mir süße Nichtigkeiten ins Ohr flüsterte, während der Leib seines Gebieters in den meinen tauchte. Hatte ich das zu erwarten? Die Sahaler sind ein merkwürdiges Volk.

Der Lyris wartete schon auf mich, als seine Diener mich zurückbrachten in den luxuriösen Salon. Er lehnte in einem Haufen aufgetürmter Kissen, süffelte aus einem Kristallkelch und lächelte die Wand an.

Loolumada räusperte sich. »Gebieter, darf ich dir Calanthe aus dem Haus Jael in Ferike vorstellen.«

Der Lyris sah mich an. Er sprach! »Danke, Looma, du kannst gehen.« Er sah viel jünger aus, als ich erwartet hatte; außerdem hatte er olivenfarbige Haut, was ich sonderbar fand für jemanden, der nie an die Sonne kam.

»Möchtest du dich nicht setzen?« fragte er. Ich hockte mich auf die Kante eines dekorativen Stuhles. Er taxierte mich. Ich taxierte ihn. Keinesfalls wäre ich der erste, der spräche.

»So«, sagte er schließlich und wandte das Gesicht ab, um sich Wein nachzugießen, »man hat dich also zu mir gesandt.«

»Nicht ganz«, erwiderte ich. »Sagen wir besser, daß ich eine Botschaft erhielt, die lautete: ›Unter den Bergen von Jaddayoth‹. Ferminfex von Jael interpretierte dies so, daß ich hierher nach Eulalee kommen sollte. Zu welchem Zweck ... das weiß ich wirklich nicht ... ganz.«

»Wie schade für dich.«

»Weißt du, warum?« Die Frage war vielleicht ein bißchen frech.

Er hob theatralisch die Schultern. »Ob ich weiß, warum ... Nur daß ich einen Prozeß vollenden soll, der in Elhmen begonnen wurde, und daß es dir danach gestattet sein sollte, in die tiefsten Höhlen hinabzusteigen, welche mein persönlicher Besitz und hier in Sahen als Shere Zaghara bekannt sind. Sagt dir dies irgend etwas?«

Den Spröden zu spielen, würde nur Zeit kosten. »Der erste Teil ja. Ich nehme an, ich soll den Aruna mit dir durchführen. So ähnlich war es auch in Elhmen. Ja, auf diesen Gedanken bin ich auch schon gekommen, warum sonst wolltest du mich so sauber haben? Reinigen mit Wasser, ausglühen mit Feuer. Symbolisch. Warum? Ich möchte Antworten, und wenn die einzige Möglichkeit, sie zu erhalten, das Mitmachen bei diesem Rätselspiel ist, so werde ich es tun.«

Der Lyris nickte gedankenverloren und keineswegs entrüstet. »Der Zweck der rituellen Vereinigung ist die Instandsetzung einer zerstörten Seele, eines brachliegenden Geistes, wie immer du es nennen willst. Welche Fähigkeiten du auch besitzt, sie wurden vernachlässigt, so höre ich, und sind daher unbrauchbar für das, was du tun mußt.«

»Und was ist das?«

Er richtete sich auf, stützte die Ellbogen auf die Knie und strich zärtlich über sein Weinglas. »Wir haben nicht mehr erfahren als das, was wir unbedingt wissen mußten. Viele Leute wenden sich wegen dieser Prozedur an die Elhmen und Sahaler, du bist also keineswegs ein Einzelfall, das kannst du mir glauben. Reiche Väter aus Maudrah, Garridan, ja selbst Hadassah senden gern ihre Söhne her, dieser verfeinernden, läuternden Therapie wegen. Wir unterrichten, was durch eine Konzentration der Kräfte des Aruna erreicht werden kann. Aber du bist wohl nicht hier, weil dein Vater dich hergeschickt hat. Wer hat es getan?«

»Keine Ahnung. Wer hat mich denn angekündigt?«

Seine Augen ließen die meinen keinen Moment lang los – ein überzeugender Schauspieler oder ein ehrlicher Har. Machte es wirklich einen Unterschied, welcher von beidem er war? »Ich erhielt die Nachricht aus Elhmen. Arawn hat sich mit mir in Verbindung gesetzt. Er sagte nur wenig, unterstrich aber, daß die Sache wichtig sei. Oh, entschuldige, wie nachlässig von mir! Hier, trink ein Glas Wein.«

Ich trank, obwohl der Wein für meinen Geschmack etwas zu süß war. »Vielleicht findest du die Antworten, die du suchst, in Shere Zaghara«, fuhr der Lyris fort.

»Vielleicht. Doch das käme mir zu einfach vor.«

»Du wirst dort ein Orakel vorfinden. Aber es kann erst mit dir sprechen, wenn du vorbereitet bist. Wenn *ich* dich vorbereitet habe.«

Ich verzog das Gesicht. »Mit Feuer«, sagte ich und fing an, über mögliche unangenehme Folgen nachzugrübeln, die sich daraus ergeben mochten.

»Eine Läuterung damit.« Der Lyris hob sein Glas und lächelte.

Die Antwort. War sie so nahe? Wäre es hier in Sahen, wo ich lernen sollte, mich aus der Umklammerung der Gelaminger – und ihres Tigrons im besonderen – zu befreien? (Ja, es scheint zu leicht. Erschreckend.) Ganz ehrlich – wollte ich sie überhaupt, diese undefinierbaren, provokativen, quälenden Antworten? Ich war ihnen quer über einen Kontinent nachgejagt und war immer noch nicht überzeugt davon, sie tatsächlich zum Greifen nahe zu haben. Und selbst wenn es sich so verhielt – könnte es nicht sein, daß ich glücklicher wäre, ohne mit ihnen Bekanntschaft zu schließen? Ferminfex' Lieblingstheorie lautete, daß die ganze Sache weitaus bedeutsamer sein mochte, als wir ahnten, und man schon ein arger Schwachkopf sein müßte, um diesen Umstand nicht einigermaßen beängstigend zu finden. In großartig angelegten Intrigen sind die kleinen Leute ja oft entbehrlich, ganz besonders dann, wenn sie pflichtschuldigst die ihnen zugeteilten Aufgaben erfüllt haben. Schließlich und endlich war es ja nicht unvorstellbar, daß der Aruna mit Nanine und seine Verheißung mit dem Lyris genau jener Reinigungsvorgang war, den Thiede mir aufzudrängen versucht hatte. Er hatte ihn mir offen vorgeschlagen; ich hatte nein gesagt. Wurde ich jetzt mit List dazu gebracht, ihn durchzumachen? Ich hatte so meine eigenen Gedanken gehabt, was ›Reinigung‹ bedeuten würde; nicht im entferntesten so etwas. War das ein Fehler gewesen? Wie konnte ich es herausfinden? Visionen, Botschaften, Zeichen und Verheißungen, Getrieben- und Gezerrtwerden; ein gerissenes, undurchsichtiges Spiel, und hier war ich nun, eine Marionette, aufgeblasen von meiner eigenen Wichtigkeit, und hüpfte hierhin und dorthin unter dem Vorwand, nach Antworten zu suchen. Wie konnte ich sicher sein, daß nicht hinter alldem, was mir widerfahren war, eine kaltblütige Intelligenz steckte, die gerade sagte: »Ja, der Moment ist da; bald wird er soweit sein!« Ich wußte es nicht. Ich hielt die Karten in der Hand, aber ich konnte sie nicht deuten. Doch wenn ich die Karten bei diesem Spiel wegwarf – wer weiß, vielleicht befand ich mich dann im nächsten Augenblick auf einer rosaroten Wolke, grinsend wie ein Narr, hirntot, blankgeschrubbt, zurechtgemacht und aufgedonnert, auf dem Weg nach Immanion, um dort dem Tigron auf einem Silbertablett serviert zu werden. Kraftlos. Und selbst wenn ich dann noch über einen funktionierenden Geist verfügte, könnten meine Kräfte doch nie an die seinen heranreichen. In Pells Gegenwart würde mein Blut zu Staub werden, mein Hirn zu Stein. Dilemma, Dilemma. Sollte ich aufstehen und Sahen einfach verlassen? Wäre das Torheit oder meine Rettung? In Ordnung, Hirn, da du dem des Menschen ja so unerhört überlegen bist, mach dich an die Arbeit und laß mich das Ergebnis verdammt rasch wissen!

Der Lyris stand auf und trat an meine Seite. Er seufzte, kauerte sich vor mich hin und nahm mich an den Schultern. Ich zuckte zusammen; ich wollte ihn nicht so nahe haben, ehe ich nicht wußte, was ich tun würde. »Warum fürchtest du dich?« fragte er. »Hast du Angst, ich würde dir weh tun?«

So einfach? Nein. Ich wollte, es wäre so einfach gewesen. Dieser Har hält mich für einen Trottel, dachte ich; willkommen im Klub, Lyris! »Mir weh tun?« Ich lachte und versuchte, seine Hände abzuschütteln. »Nein, davor habe ich keine Angst; zumindest nicht vor dem, was du denkst.«

Er richtete sich nicht auf, sondern blieb vor mir hocken und legte die Hände auf seine Knie. »Ich weiß nicht, ob ich dich recht verstehe, Calanthe.«

»Gut, dann will ich es dir erklären. Wirst du meine Fragen ehrlich beantworten?«

»Wenn ich kann.« Er war auf der Hut.

»Gut. Was ich wissen will, ist folgendes: Wenn ich die *Prozedur,* von der du gesprochen hast, über mich ergehen lasse, könnte sich in der Folge irgend jemand diesen Umstand zunutze machen und einen Vorteil daraus ziehen?«

»Was meinst du damit?«

»Es ist eine Art Reinigungsprozeß, nicht wahr?«

Er zuckte die Achseln, verzog den Mund und nickte dann. »In gewisser Weise könnte man das sagen.«

»Ach ja? Und wenn ich erst einmal gereinigt bin, könnte es gewissen Hara, die über große magische Kräfte verfügen, nicht möglich sein, mir ihren Willen aufzuzwingen?«

»Hast du davor Angst?« Der Lyris stand auf, und es knackte in seinen Kniegelenken. »Ich kenne deine persönlichen Verhältnisse und die Begleitumstände nicht.«

»Nein, aber das sollte dich doch nicht daran hindern, meine Frage zu beantworten, oder?«

»Meiner Meinung nach müßtest du aus den Ritualen Kraft ziehen und keine Schwächung erleiden. Es ist kein Prozeß, der ›Macht über andere‹ zum Ziel hat, sondern ›Macht von innen‹ erzeugen soll. Ich würde niemals wissentlich bei etwas mitwirken, das einem schlechten Zweck dienen soll.«

»Das habe ich auch nicht behauptet, aber wie du vorhin betontest, erzählt man dir nicht mehr als das, was du unbedingt wissen mußt.«

Er nickte. »Ganz recht, doch denk daran, ich kenne das Resultat dieser Vereinigung! Ich habe es schon oft zu Gesicht bekommen. Du nicht. Leider habe ich keine Möglichkeit, dich vorher davon zu überzeugen, daß der Vorgang nur positive Auswirkungen hat. Das ist ein Risiko, das du eingehen mußt ... oder auch nicht; es hängt ganz von dir ab.«

Ich starrte ihn durchdringend an. Er sah nicht aus wie ein Lügner. Sicher, ich bin zu mißtrauisch, aber wer kann mir daraus einen Vorwurf machen? Ich lächelte, nahm noch einen Schluck Wein und sagte: »Nimm mich, ich bin dein.«

»Es freut mich, daß du mir vertraust. Ich muß jetzt für zwei Stunden in die Halle des Gehörtwerdens. Hast du Hunger? Warte hier auf mich, ich lasse dir einen Imbiß bringen.«

»Danke. Kann ich inzwischen Panthera Jael sehen?«

»Nein, noch nicht. Man kümmert sich um ihn – und das soll keinesfalls bedrohlich klingen! Entspann dich lieber. Vollständig. Hast du verstanden?«

Ich nickte, froh, ihm nicht mehr auf die Nerven fallen zu müssen. Nachdem er gegangen war, saß ich da und dachte an Nanine. Ich hatte die Rolle, die er bisher gespielt hatte, eher geringgeschätzt. Das war jetzt plötzlich anders. Heimtückisch hatte mich ein schleichendes Gefühl feierlichen Ernstes überkommen. Ich freute mich bereits auf den nächsten Schritt. Aber vielleicht war ich bloß geil.

Tatigha und Loolumada brachten mir etwas zu essen, aber ich hatte keinen großen Appetit. Was ich brauchte, war tröstliche Ruhe. Die Sahaler spürten das. Tatigha begann leise ein Lied zu singen, wobei das dunkelrote Licht violette Schatten in sein aufgerolltes Haar warf. Loolumada ließ sich hinter mir auf die Knie nieder und summte kaum hörbar mit. Er strich mir mit kundigen Fingern über den Nacken und die Schultern. Ich ließ mich genießerisch verwöhnen und wurde schläfrig. Die beiden zogen mich von den Kissen und streckten mich auf dem mit Teppichen belegten Boden aus, immer noch singend, gelegentlich kichernd – ein unheimliches Geräusch. Das Licht schien jetzt kaum mehr Licht zu sein, sondern nur noch ein leichtes, gleichförmiges Leuchten, vor dem sich die Gestalten wie Schatten bewegten. Ich nahm an, daß man mich betäubt hatte, und wußte zugleich, daß dieser Gedanke falsch war. Mein Körper floß in den Boden, und dann war ich nackt, ohne mich zu entsinnen, wann man mich entkleidet hatte. Ich war sauber und erregt, ich schwebte und fühlte mich, als läge ich bei ruhiger See an Deck eines Bootes. Die Sonne brannte herab. Heißes Holz, ich hörte das Knistern heißen Holzes, und dann spürte ich eine warme Brise. Meine Augen waren geschlossen. Ein bitterer Duft kroch in meine Lunge, und so sah ich mich um – ließ nur die Augen von einer Seite zur anderen wandern, denn ich fühlte mich zu wohl, um mich zu bewegen. Da war Loolumada, und er hielt eine Kerze in einem langen Halter aus Zinn in der Hand. Ich sah seine Haut, sein feierliches Gesicht. Er kniete sich hin und stellte die Kerze auf den Boden; ich sah die Umrisse seines Rückens. Eine Erinnerung stieg in mir auf. Ein Gefühl. Tatigha zündete die Kerze an. Ich hörte ihn flüstern und dachte mit klarem Kopf: Das ist ein Aufstieg in die nächste Kastenebene! Natürlich! Es war schon lange her, seit ich das letzte Mal an solche Dinge gedacht hatte. Seit ich die Unneahs verlassen hatte, war ich Pyralis zweiter Stufe gewesen und hatte zugelassen, daß meine Fähigkeiten verkümmerten. Das meiste von dem, was ich damals gelernt hatte, war jetzt vergessen, in erster Linie deshalb, weil ich es als unerheblich für mein Dasein erachtete. Der Huyana Lucastril in Hadassah hatte etwas in Gang gebracht, und ich spürte, dies wäre nun das Endresultat.

Ich befand mich immer noch im Sumpf meiner Benommenheit, als der Lyris aus der Dunkelheit auf mich zukam. Zu meinen Füßen blieb er stehen, und allein mit jener unvorstellbaren Kraft der Stimme, über die nur Nahir-Nuris verfügen, machte er eine Frau aus mir. Mein Körper konnte sich des Einflusses dessen, was er sagte, nicht entziehen. Er mußte mich dazu nicht einmal berühren. Er sagte zu meiner weiblichen Form: »Wir belügen uns auf mannigfaltige Weise selbst. Wir sind nicht vollkommen, nicht neu und nicht entbunden von den Gesetzen dieser Erde. Was wir gleich tun werden, ist so alt wie die zivilisierte Welt. Denk an die Vergangenheit. Ehre sie, denn wir sind jetzt der Menschheit näher als je zuvor seit der Verwüstung, in die wir hineingeboren wurden. Der Mensch ist einst von innen heraus ausgebrannt. Er hatte kein Gegengewicht, und daran ist er zugrunde gegangen. Wir haben unser eigenes Gegengewicht, und das ist flexibel. Calanthe, diesmal bist du Frau, eine Inkarnation der Göttin, und ich bin Mann, die Inkarnation des Gottes. Unsere Vereinigung ist geheiligt und muß in Liebe und Ehrfurcht geschehen.« Er unterbrach sich, und als er weitersprach, da betete er, und ich schloß die Augen. Er kniete sich neben mich, küßte mich und sagte: »Eine Gefahr bedroht die Welt. Du mußt an ihre Quelle gelangen, an die Quelle der Gefahr!«

Ich versuchte, den Kopf zu heben. »Wie? Was? Aber…«

»Kein Aber! Hast du nichts anderes gelernt, als eine Schuldenlast mit dir herumzuschleppen?« Er stand wieder zu meinen Füßen, seine Diener links und rechts an seiner Seite. »Unterwerfung wird mir den Empfang bereiten. So wie du darauf baust, daß ich dich nicht verbrenne, baue ich darauf, daß dein Wasser mich nicht verschlingt. Frau und Mann. Ihr Bewacher des Tores, öffnet es mir weit.«

Nach diesen Worten ergriff jeder seiner beiden Diener eines meiner Fußgelenke. Sie senkten den Blick und zogen mir sanft die Beine auseinander; die Tore der Schleuse. Ich fühlte mich völlig unterworfen, jedoch mit der Kraft einer Löwin. Der Lyris ließ sich auf mich niedersinken, und die Diener hielten weiterhin den Blick zu Boden gerichtet. In Elhmen war das Erleben des Wassers wild und ausgelassen gewesen – grundlegend weiblich. Hier in Sahen war das Erleben des Feuers kontrolliert, gezügelt – grundlegend männlich, beherrschend. Als die Hitze kam, brannte sie in meinem Inneren vom Bauch bis an die Kehle, aber es war kein großer Schmerz. Ich bekam eine Ahnung dessen, was wir wirklich taten, und wie der Aruna wahrscheinlich eine Million mal am Tag von zwei Millionen Hara vergeudet wird. Die meiste Zeit sind wir nicht imstande zu erkennen; manchmal doch. Dies war einer jener Momente.

Kapitel 19

Das Orakel von Shere Zaghara

Du bist Sklave von Geschick und Zufall,
von Königen und von Männern ohne
Hoffnung.

John Donne, *Death be not proud*

Früh am nächsten Morgen wurde Panthera in die Gemächer des Lyris geleitet. Ich finde es seltsam, daß die Sahaler, für die doch weder Sonne noch Mond schien, ihre Tage genauso wie alle anderen Leute einteilen, aber es ist so. Panthera betrachtete mich eingehend; offenbar bemerkte er irgendeine Veränderung an mir, ohne sich jedoch im klaren zu sein, um welche es sich handelte. Ich war schon angekleidet und bereit für den nächsten Abschnitt unserer Reise, welcher angenehmerweise kein langer sein würde. Der Lyris war schon vor Stunden gegangen; ich hatte allein geschlafen.

»Und was ist heute nacht geschehen?« fragte Panthera vorsichtig, als spräche er mit einem sensiblen Krüppel über den Unfall, der ihn verstümmelt hatte. Er fühlte sich offenbar genötigt, irgend etwas zu sagen.

»Thera, jetzt bin ich Algomalid.« Das schien die ungefährlichste Antwort.

Seine Augen weiteten sich und wurden gleich darauf zu schmalen Schlitzen. »Aber du hattest doch gar keine Ausbildung dafür!«

»Ach nein?« Eine Sekunde lang fühlte ich Verbitterung. »Keine Sorge, ich hatte meine Ausbildung. Jahre und Jahre und Jahre davon! Dutzende Lektionen, die ich gelernt habe!«

»Dann weißt du jetzt also die *Antwort*, nicht wahr?« Wieso dieser Anflug von Traurigkeit in seiner Stimme?

»Nein, noch nicht«, wehrte ich ab. »Nicht *die* Antwort.«

Er wollte mehr hören. »Wie viele gibt es denn?«

»Wer weiß das schon? Ich muß nach Shere Zaghara, in die tiefen unterirdischen Höhlen nördlich von Sahen. Natürlich mußt du nicht mitkommen ...«

Panthera stand auf. »Das mußte ich nie«, sagte er. »Wann geht es los?«

Der Lyris hatte uns erlaubt, seinen privaten Gang zu den tiefsten Grotten von Sahale zu benutzen. »Es ist keine schwierige oder gefährliche Route«, hatte er zu mir gesagt. »Du kannst allein gehen oder auch zusammen mit deinem Begleiter, wie du möchtest. Nimm den Gang zur Feuerschüssel. Das ist die Höhle des hellsten Lichts und nicht zu verfehlen. Dort könntest du deine Antworten erhalten.«

Ich könnte, nun ja. Also nahmen wir den Weg durch den Palast nach unten. Anfangs war die Treppe gesäumt von bemalten Stuckwänden, die jedoch schließlich roh behauenem Felsgestein Platz machten. Flakkernde Lampen warfen gespenstische Schatten in ferne Winkel und auf unsere Gesichter. Wir marschierten schweigend abwärts; ich war tief in Gedanken versunken, doch dann mußte ich es jemandem sagen.

»Panthera ...«

»Ja?« Er klang nicht sehr interessiert, aber ich fuhr fort: »Ich glaube, ich erkenne jetzt das Ende.«

»Dieser Treppe?«

»Nein! Das Ende von allem, von meinem Unglück, ich sehe bis ans Ende.«

»Hast du das gerade eben festgestellt?« fragte er mit müder Stimme. Vermutlich bezweifelte er meine Ehrlichkeit. Ich konnte ihm keinen Vorwurf daraus machen.

»Vielleicht *wurde* es für mich festgestellt, aber ich möchte die Sache nicht mehr so saft- und kraftlos anpacken. Angriff ist die beste Verteidigung.«

»Oder ein Spiegel.« Was vieles bedeuten konnte, manches davon nicht ganz schmeichelhaft. »Dann hast du dich also bereit erklärt, mit deiner Suche fortzufahren?«

»Ich bin nicht so schwach, wie du denkst.«

Er warf mir einen raschen Seitenblick zu, und ich merkte, daß er der Meinung war, ich würde mir etwas vormachen, und sich fragte, wie um alles in der Welt es dazu kommen konnte, daß ein Idiot wie ich Acantha dritter Ebene war.

»Hör zu, Thera, du kanntest mich nicht, bevor ich nach Piristil kam, damals, in Megalithika, noch vor Pell…«

»Und während Pell und nach Pell!« Er unterdrückte seinen bitteren Sarkasmus nicht. »Es dreht sich alles um ihn, nicht wahr? Die lichte Gottesgestalt!«

Ich überhörte seine Worte. »Laß mich einfach sagen, daß ich die Zügel losgelassen habe, als Pell starb, daß ich die Kontrolle verlor. Und das muß ein Ende haben.«

»Ach ja? Und wie willst du Zügel wieder in die Hand bekommen, die anderer Leute Pferde im Zaum halten?«

»Es waren auch meine Pferde.«

»Aber wer reitet sie jetzt?«

»Ich glaube, diese Auseinandersetzung führt zu nichts!« lachte ich.

Panthera lächelte nicht einmal. »Vielleicht. Möglicherweise führt auch alles andere zu nichts.«

»Wie meinst du das?«

Er wollte es mir nicht erklären.

Die Stufen unter unseren Füßen wurden zunehmend

wärmer, die Felsen glasartiger, und die Luft enthielt einen Hauch von Schwefel. Wir vernahmen sonderbar dröhnende Geräusche, die von tief unter uns kamen. »Sind wir schon auf dem Weg zur Hölle?« fragte Panthera zu nachdenklich, um es im Scherz zu meinen. Der Gang führte jetzt eben weiter, wurde breiter und höher. In Abständen verbreiterte er sich noch mehr, und im Vorbeigehen konnten wir einen Blick auf einmündende Stollen und sowohl finstere als auch feuerrot leuchtende Höhlen werfen. Vor uns führte ein glatter Bogen aus schwarzglänzendem Stein zu einem engen Schlitz in einer Felswand, durch den sich ein schmaler Keil aus blendender Helligkeit wie ein Sonnenstrahl in den Gang bohrte, doch das Licht war weitaus stärker als das der Sonne. »Das ist es«, sagte ich. Lampen, die einen geisterhaften rötlichen Schein verströmten, hingen an den gewölbten Wänden wie Trauben von Seifenblasen, aber sie waren gar nicht notwendig.

Etwa zwanzig Schritte von dem Spalt in der Wand hatte mein Herz zu pochen begonnen, halb vor Angst, halb vor Erregung. Als wir die Öffnung erreichten, sah ich, daß sie gerade breit genug war, damit ich mich hindurchzwängen konnte. Wir blieben stehen.

Panthera legte die Hand auf den Fels und ließ die Finger über die wellenförmigen Rillen laufen. »Sollst du allein da hineingehen, Cal?« fragte er.

Eine Sekunde lang hatte ich den Eindruck, daß er sich fürchtete. Auf seiner Oberlippe bemerkte ich ein feines Band aus Schweißtröpfchen. Doch als ich in seine Augen sah, waren sie dunkel und völlig ruhig. »Vermutlich«, sagte ich.

»Dann warte ich hier auf dich.« Er wandte sich ab, fuhr aber augenblicklich wieder herum und umarmte mich heftig. »Gib acht auf dich!«

»Keine Sorge.«

»Und verändere dich nicht zu sehr.« Er lächelte und legte seine Wange kurz an die meine.

Sowie ich mich durch den engen Spalt in der Wand gezwängt hatte, war mir, als hätte sich ein schwerer, undurchdringlicher Vorhang aus zeitlicher und räumlicher Entfernung zwischen uns gesenkt. Ich war allein. Vor mir sah ich die glitzernden Wände einer riesigen natürlichen Kuppel, die durchzogen war von Quarzadern und gesprenkelt von Tausenden und Abertausend Edelsteinen, die im Licht eines leicht flackernden Feuers warm und lebendig leuchteten. Die Schüssel selbst maß nur etwa sechs Schritt im Durchmesser und bestand aus normalem rohen Stein; sie war an manchen Stellen gebrochen, als hätte sie seit Jahrtausenden hier gelegen. Ich konnte nicht feststellen, ob die Flammen aus einer Vertiefung im Mittelpunkt der Schüssel kamen, aus der Erde selbst stammten oder ob sie einfach auf dem Stein vorhanden waren – ein Feuer ohne Brennstoff. Ich näherte mich dem Licht. Mittels einer dünnen Metallkette an der Steinschüssel befestigt, standen ein tönerner Becher und eine Karaffe mit einer Flüssigkeit darin im Sand. Der Lyris hatte mir aufgetragen, etwas von der Flüssigkeit in den Becher zu gießen und davon zu trinken, also setzte ich mich mit gekreuzten Beinen auf den Boden und tat wie geheißen. Es schmeckte wie abgestandenes lauwarmes Wasser mit einem starken Beigeschmack nach Mineralien. Ich beruhigte mich und erlangte die Kontrolle über meinen Atem wieder, so wie man es mich vor langer Zeit gelehrt hatte. Dann, nach den Kniefällen der flehentlichen Bitte, wandte ich mich an das Wesen, das die Höhle erfüllte, und öffnete meinen Geist für den Empfang seiner Gedanken. Die Wesenheit, die in der Flamme lebte, gab sich mir ohne Umschweife zu erkennen und fragte mich nach meinem Begehr, ganz so, als wäre es alltäglich für sie, mit Hara zusammenzutreffen. Den Verhaltensmaßregeln entsprechend, die ich erhalten hatte, schlug ich jenen Teil meines Geistes auf, der wie ein illustriertes Buch meines Lebens war. Das Wesen las es langsam, sorgfältig und fand Freude daran. Die Geschichte meines kleinen Lebens, die im besten Fall unterhaltsam sein konnte, erregte offensichtlich sein Interesse, und es las sie mit Vergnügen.

»Du suchst Antworten auf Fragen, die du nicht formulieren kannst«, beschied es mir schließlich. »Wüßtest du die Fragen, hättest du die Antworten.«

»Darf ich dir eine Frage stellen?«

»Du darfst.«

»Weshalb bin ich so wichtig?«

»Du bist nur insoweit wichtig, als alle natürlichen Dinge wichtig sind«, antwortete es ausweichend und fügte dann hinzu: »Wenn die Zeit ein Gewebe ist, dann bist du ein Faden darin, dessen Farbe dem Ganzen zum Vorteil gereicht, dessen Entfernung jedoch andere Fäden auftrennt oder ihre Existenz überhaupt beendet.«

»Soviel war mir bereits klar«, sagte ich. »Du mußt mir zustimmen, daß sich dieser Umstand auf jedes Lebewesen dieser Erde anwenden läßt.«

»Ganz recht.«

»Ich stelle nicht die richtige Frage, stimmt's?«

Das Wesen gab mir keine Antwort darauf, statt dessen beehrte es mich mit seiner Materialisation: Es erschien mir als langbeiniger schlanker Jagdhund mit leuchtenden Augen und kurzem gescheckten Fell; am Nacken hatte er ein langes kupferfarbenes Haarbüschel. Er legte sich ein Stück von mir entfernt hin und begann sich mit seiner blauen Zunge eingehend die Pfoten zu lecken. Das Haarbüschel auf seinem Nacken sträubte sich mir entgegen und sah aus wie ein Bündel Stielaugen.

»Muß ich nach Immanion gehen?«

»Ja. Kanntest du eine solche Antwort nicht schon?«

Ich rieb mir die Augen; die Worte schmeckten bitter in meinem Mund, aber ich mußte sie aussprechen: »Ist es meine Bestimmung, die Konkubine des Tigrons zu werden?«

Der Hund unterbrach das Lecken seiner Pfoten, sah mich an und spitzte die Ohren. »Wenn das der Fall wäre«, sagte er ungehalten, »dann wärst du jetzt nicht hier, um mir Fragen zu stellen! Verschwende meine Zeit nicht!«

»Entschuldige. Ich wollte dich nicht beleidigen. Dann sag mir also, was ich wissen muß.«

»Das eine: Was du bist. Das andere: Was zu tun bleibt. Das Verknüpfen der losen Fäden. Beende, was begonnen wurde. Auf die richtige Art und Weise. Mach die Enden glatt.«

»Ich verstehe immer noch nicht.«

»Was ist das Wichtigste für dich?«

Ich gab vor nachzudenken, denn es brauchte seine Zeit, bis ich die Worte hervorbrachte. »Pellaz und ich … Ist es uns bestimmt, wieder … zusammenzusein?«

»Ihr werdet in Immanion zusammentreffen.«

»Als Liebende?«

In der Feuerschüssel hörte ich die Flammen knistern und lodern. Der Feuerhund blickte sie an. »Du kannst das nicht allein tun. Du brauchst Hilfe. Geh zu den Traumleuten und reich ihnen die Hände zum Tanz der Visionen. Du wirst sie im Osten finden. Hier nennt man sie die Roselaner. Alles nähert sich der Vollendung. Ein großer Kreis wird sich schließen und den Anbruch eines neuen Zeitalters verkünden. Bei den Roselanern wirst du dich selbst sehen, und die Spiegel werden klar sein. Das ist alles.«

Ich spürte, wie sich das Wesen von mir zurückzog.

»Das ist nicht alles!« schrie ich verzweifelt, als seine Verkörperung auf dem Boden vor mir sich aufzulösen begann. »Du hast meine Frage nicht beantwortet!«

»Ich habe so geantwortet, wie ich kann und wie ich muß. Glaub nicht alles, wovon man dich überzeugen will. Auch das gehört dazu.«

»Aber die Visionen … was sind sie? Wirklichkeit? Die Träume – auch?«

»Du brauchst nicht mich, um die Antwort darauf zu erhalten.«

»Und Zack, was hat er ...«

»Nein!« Es klang endgültig. »Das gehört nicht zu dem, was ich dir sagen muß. Mein Teil ist damit erledigt. Denk immer daran. Das ist alles. Und jetzt schweig und geh!«

Plötzlich schossen die Flammen in der Schüssel hoch, um gleich darauf zu einer matten tiefroten Glut zusammenzusinken. Der tönerne Becher fiel um und rollte vor meine Füße. Ich machte mir nicht die Mühe, ihn wieder aufzustellen, sondern machte augenblicklich kehrt und ging.

Panthera saß so da, wie ich ihn verlassen hatte, mit dem Rücken an die Wand gelehnt. Als er merkte, daß ich mich wieder durch den Felsspalt zwängte, stand er auf. »Nun?« fragte er und suchte in meinen Augen nach Antworten, die ich nicht bekommen hatte.

»Rätsel! Nichts als Rätsel!« wetterte ich und schritt wütend an ihm vorbei auf die Treppe zu.

Panthera lief mir nach. »Was soll das heißen?« Er packte mich am Arm.

»Es gibt keine Antworten!« Aufgebracht sah ich ihn an. »Verstehst du das nicht? Es gibt keine Antworten, nur wiederum einen Ort, an den ich mich begeben muß – zum nächsten Zug in diesem Spiel!«

»Hast du das nicht erwartet?«

Ich wußte es nicht.

»Was ist vorgefallen, Cal? Was hat das Orakel gesagt?«

»Willst du es wirklich wissen? Gut, ich erzähle es dir. Ich hatte eine gemütliche kleine Unterhaltung mit einem übernatürlichen Tier. Was es mir erzählte, war Unsinn. Ich bin nicht klüger als vorher. Geh nach Roselane, sagte es. Ist das zu glauben? Nach dem langen Weg, der uns hierhergebracht hat! Dafür hat Kachina *sein Leben gelassen!* Wenn das ein Scherz sein soll, dann spiele ich nicht mehr mit. Das ist lächerlich!« Ich begann zu rennen, ohne mich darum zu kümmern, ob Panthera mir folgte oder nicht. Als ich fast am oberen Ende der Treppe war, schmerzte mir die Brust. Ich konnte nicht mehr. Ich blieb stehen, beugte den ganzen Oberkörper weit vor und rang nach Atem.

Panthera sah mir eine Weile zu, ehe er das unvermeidliche »Cal?« hören ließ und mich sacht an der Schulter berührte.

»Laß mich in Ruhe!« schrie ich und schüttelte seine Hand ab. Oh, wie gut das tat! Ich stolperte weiter, eine Hand an der Wand, und fühlte mich wie der größte Märtyrer der Geschichte.

Panthera sagte nichts mehr, schweigend ging er hinter mir her. Wir kehrten in den Palast des Lyris zurück, um unser Gepäck zu holen und den Rückweg nach Elhmen zu erkunden. Der Lyris hatte soeben seine Abendaudienz in der Halle des Gehörtwerdens beendet – eine merkwürdige Zeitdiskrepanz, die uns der Feuerschüsselhund da beschert hatte! Unmöglich, daß der kurze Ausflug einen ganzen Tag in Anspruch genommen hatte!

Der Lyris trug Iygandil auf, uns eine Mahlzeit zu besorgen. In seiner Gegenwart war Panthera nun etwas reizbar, vermutlich ahnte er, was in der vorangegangenen Nacht geschehen war. Außerdem hatten wir es wohl beide eilig, uns wieder auf den Weg zu machen. Was das betraf, so hatte der Lyris gute Nachrichten für uns. Wir würden uns nicht den ganzen Weg zurück nach Kar Tatang und von dort nach Ferike durchkämpfen müssen, denn es gab, wie Nanine angedeutet hatte, tatsächlich Hunderte von Wegen, die nach Eulalee führten. Passenderweise war einer davon nur ein paar Meilen von Clereness entfernt. Die unterirdische Reise sollte viel rascher vonstatten gehen, insbesondere da wir mit dem Boot fahren würden. Eulalee besitzt ein ausgedehntes System von Kanälen.

Panthera fragte den Lyris, ob er dafür sorgen könnte, daß unsere Pferde nach Kar Tatang gebracht würden, um dort Kachinas Familie oder seinen engsten Freunden übergeben zu werden. Ich wußte, das konnte Pantheras Schuldgefühle wegen Kachinas Tod nicht tilgen, aber ich glaube, es besänftigte sie etwas. Kalte, unfreundliche Höflichkeit herrschte zwischen uns auf dem ganzen Weg zurück nach Jael.

Kapitel 20

Zeit der Reife

Wir haben unser Herz verschenkt;
eine eigennützige Gabe!

William Wordsworth, *The world*

Seit einer Woche sind wir zurück in Jael. Die letzten beiden Tage sitze ich nur hier in meinem Zimmer und lese immer wieder alles, was ich geschrieben habe. Piristil hat für mich aufgehört, Realität zu sein. Was vermutlich ein Segen ist. Manchmal fürchte ich, daß ich jenem Cal, den Thiede mit aller Gewalt nach Immanion ziehen will, bereits gefährlich nahekomme. (Wie der geneigte Leser sehen kann, bin ich mir hinsichtlich der ›Reinigung‹ noch immer nicht sicher!) Gelegentlich erlaube ich mir den Luxus eines Gedankens an Pell und an die Art von Wiedervereinigung, die ich mir für uns beide wünschen würde. Die Vernichtung der almagabrischen Gesellschaft ist ein Eckpfeiler dieser Phantasien, und ich wäre es dann, der den einzigen Überlebenden aus den Trümmern befreit – den Tigron. Worauf wir unsere gemeinsamen Wanderungen wieder aufnehmen und davonreiten könnten in einen prachtvollen Sonnenuntergang. Ich weiß, das ist unmöglich. Alles deutet darauf hin, daß ich in Roselane bloß einen weiteren Stein des Puzzles erhalten werde, um danach in die Ungewißheit einer neuerlichen Reise abgeschoben zu werden. Wenn man alles Bisherige in Betracht zieht, so scheint mir das das Wahrscheinlichste. Wie kann ich annehmen, wenn ich hier so hocke, daß mein

Leben einem höheren Ziel entgegenstrebt? Ich betrachte meine Hände; sie sind zerkratzt vom Herumklettern in den Felsen, und links sind Zeige- und Mittelfinger gelb vom Kettenrauchen. Die Hände eines Helden sind das nicht, o nein. Um Gerechtigkeit mir selbst gegenüber walten zu lassen, muß ich sagen, daß ich wieder zu arbeiten begonnen habe – die *wahre* Arbeit des Wraeththu, nämlich die Muskeln meiner übernatürlichen Fähigkeiten zu trainieren. Ich habe mir angewöhnt, jeden Abend gemeinsam mit Ferminfex zu meditieren. Die Visualisierungstechnik ist in Ordnung, doch ich kann nicht sagen, daß ich aus diesem meinem schwer mitgenommenem Hirn irgend etwas Dramatisches in Erfahrung bringe. Das meiste darin ist Erinnerung, aber ich weiß, daß ich diese immer wieder durchleben muß, bis die Stacheln herausfallen und ich an Schwierigeres herangehen kann. An eine Prüfung meiner selbst. Das hat mir noch nie gefallen. Da gibt es Dämonen, die mein Gesicht tragen. Ich will mich der Ernsthaftigkeit des Seins nicht stellen, denn sie zwänge mich dazu, mich vom Konzept der Zeit, von der ich bereits soviel vergeudet habe, beherrschen zu lassen. Jeder Augenblick ist furchterregend in seiner Kürze, in der Tatsache, daß er – ob gut oder schlecht – nie mehr durchlebt werden wird. Vielleicht werde ich zweihundert Jahre alt sein, wenn ich Pell wiedersehe, und wir halten beide gerade so lange durch, um uns zu begrüßen, bevor der Tod dazwischentritt und sagt: ›Das war lang genug, ihr beide!‹ Es würde mich nicht überraschen. Ganz und gar nicht.

Die Mitglieder der Familie Jael feierten wie verrückt, als wir zurückkehrten. Alles sollte nett und freundlich sein, aber nichts konnte Pantheras lächerliches Schweigen brechen, was sogar seine liebenden Eltern dazu führte, ihn mißtrauisch von der Seite anzusehen. Seit Sahen bin ich nicht mehr mit ihm allein gewesen, und es scheint fast, als wäre unsere Freundschaft, die zu den besten Zeiten schon nicht sehr eng war, zum Verdorren verurteilt. Aus irgendeinem (unausgesprochenen) Grund hat er beschlossen, mir etwas übelzunehmen, das ich gesagt oder getan habe. Doch Pantheras Aktionen (und Reaktionen) geschehen stets mit Bedacht, soviel habe ich bereits begriffen; und zweifellos ist er wütend, weil mir sichtlich noch immer nicht klargeworden ist, was ich falsch gemacht habe.

Ferminfex möchte, daß ich noch zwei, drei Wochen hier in Jael bleibe, ehe ich mich auf den Weg nach Roselane mache (man sieht also, ich *werde* hingehen!). Danach sollte das Wetter halbwegs warm sein. Ich habe meine Route noch nicht zusammengestellt, aber es erscheint mir ziemlich sicher, daß sie mich – zufällig oder mit Absicht – in die unmittelbare Nähe von Oomadrah führen wird. Hat mir schließlich nicht auch der Feuerhund aufgetragen, alle losen Enden zu verknüpfen? Nun, wenn der Archon von Maudrah der ist, für den ich ihn halte, dann ist dies unzweifelhaft ein loses Ende, das ich gern abschneiden möchte, wenn ich es nicht verknüpfen kann. Aber vielleicht ist alles nur ein Zufall. Aller Wahrscheinlichkeit nach müßte Wraxilan drüben in Megalithika bereits hundert Tode gestorben sein; verdienen würde er es. Wraxilan. Manchmal kehren wir an die Anfänge zurück, nicht wahr? Für Pell wäre das ich, aber für mich ist es immer der Löwe von Oomar. Wie ein großartiger, grausamer Vater beeinflußte er meine Formung zum Wraeththu und ist vielleicht verantwortlich für das, was ich jetzt bin. Ich fürchtete ihn, ich lag zu seinen Füßen. Nun gut, ich war sechzehn, damals, um Himmels willen! Da ist es doch entschuldbar, oder? Ich möchte ihn wiedersehen, damit er weiß, daß ich es (mehr oder weniger) geschafft habe ohne ihn. Es mag zwar nicht Teil des Planes sein – möglicherweise ist es unübertreffliche Selbstgefälligkeit –, aber das muß ich tun. Egal, noch ist es nicht soweit. Ein Weilchen kann ich noch Jael genießen. Es ist jetzt Abend, und Jael ist ein verzauberter Ort aus weichen Schatten und schwindendem Frühlingssonnenschein. Ich rieche das Abendessen in den Kochtöpfen – Wild in Rotweinsoße. Ja, im Moment schwelge ich in Wohlgefühl – was mich selbst betrifft und alles andere. Vermutlich ist das etwas Vergängliches und aus diesem Grund Gefährliches, aber was soll's! Ich werde bald hinuntergehen; wiederum ein Abend voll gewohnter Annehmlichkeiten.

Panthera kam zu spät zum Essen. Lahela mußte einen Diener nach ihm schicken, in sein Atelier hoch oben im Schloß. Als er kam, war er farbverschmiert und empört, weil man ihn gestört hatte.

»Du kannst dich in deine Arbeit vergraben, soviel du möchtest«, tadelte ihn sein Träger mit vornehmer Zurückhaltung, »aber einen festen Brauch möchte ich in diesem Haus nicht vermissen: daß wir abends eine gemeinsame Mahlzeit einnehmen. Es wäre mir eine Freude, wenn du es vermeiden könntest, dies als eine lästige Pflicht zu betrachten.«

Panthera murmelte eine Entschuldigung und griff zu – kleine Portionen. Er saß neben mir, doch ebensogut hätte ich ein Fremder sein können. Ich fragte mich, ob er böse auf mich war, enttäuscht oder ob er gerade zu der Erkenntnis gekommen war, daß er mich nicht sonderlich leiden konnte.

»Panthera«, sagte ich, »ich hätte gern nach dem Abendbrot mit dir gesprochen.«

»Ich habe zu tun. Kann das nicht warten?«

»Nein.«

Mit kalten Augen sah er von seinem Teller auf. Instinktiv wollte ich vor diesem Blick zurückzucken, aber es gelang mir, ihm standzuhalten. Er schnaubte ärgerlich und schob das Essen auf seinem Teller von einem Rand zum anderen. »Na gut, aber nicht lange.«

Die Abende waren immer noch kühl in den hohen

Türmen von Jael, und es brannten Feuer in allen Kaminen. Panthera und ich zogen uns in einen komfortablen stillen Salon auf der zweiten Etage zurück. Ruhelos wanderte er auf und ab. Als er ein Paket Karten entdeckte, schlug er ein Spiel vor, aber ich hatte genug von Spielen, welcher Art auch immer.

»Soll das ein Scherz sein?« fragte ich mit gespieltem Entsetzen. »Weißt du nicht, was das für Karten sind?«

Ungeduldig blätterte Panthera das Päckchen durch. »Natürlich. Sie dienen dazu, das Schicksal vorherzusagen. Seit Jahren hat niemand sie verwendet. Wollen wir spielen?«

»Dir fehlt es an Respekt für das Unsichtbare, mein Pantherchen«, sagte ich würdevoll und immer noch scherzend.

Zornig schmiß Panthera die Karten hin. »Du hast dich so verändert!« beklagte er sich bitter. »Wie selbstzufrieden du geworden bist! Was ist los mit dir? Da ist mir ja fast der stinkende Saufbruder von unserer Flucht aus Thaine noch lieber!«

»Du bist offenbar mit nichts zufrieden. Ein kleiner Rat fürs Leben, Kätzchen: Du kannst dir die Leute nicht nach deinem eigenen Geschmack zurechtbiegen!«

»Ach, sei doch still.« Übellaunig ließ er sich zu Boden gleiten, den Rücken an die Armstütze des Sofas gelehnt, und starrte ins Feuer. Fasziniert von seiner Schönheit, durchlebte ich wieder einmal diesen vertrauten Wunsch, sein zerrauftes schwarzes Haar zu berühren, Verlangen auf seine sinnlichen und dennoch leidenschaftslosen Lippen zu zaubern und die mißbilligenden Falten auf seiner stolzen Stirn zu glätten. Ich sah ihn an, und er wußte es. Ich griff nach den Karten und mischte sie. Dann legte ich das Päckchen auf den Boden und hob ab. »Oh, sieh mal! Wie passend!«

Panthera konnte nicht widerstehen, einen Blick zu riskieren, und als er sah, was da lag, meinte er giftig: »Aha, natürlich das Kreuz-As! Das läßt bereits auf das

Kreuz mit dir schließen, wenn du wieder mal als Schnapsleiche durchs Haus schleichst. Sobald eben dein hohler Kopf genug hat von der verborgenen Weisheit, die in uns allen steckt.« Er wirkte äußerst zufrieden mit sich selbst.

»Heb doch ab!« schlug ich vor.

Er schüttelte den Kopf. »Nicht nötig. Ganz gewiß ziehe ich einen verkehrten König oder vielleicht sogar den Teufel.«

»Läßt das darauf schließen, was du von dir hältst?«

Panthera zog boshaft eine Braue hoch und sagte nichts. Ich hob erneut ab. »Welch ein Zufall! Kreuz Zwei!« bemerkte ich.

»Na toll. Die Karten sind jahrelang nicht benutzt worden. Vermutlich hat der letzte Eigentümer die Karten mit einem Bann zur Unwahrheit belegt und ist dann gestorben. Was willst du eigentlich damit andeuten?«

Ich hob die Schultern. »Nichts. Du warst es, der Karten spielen wollte.«

»Du bist unerträglich!« rief er ärgerlich. »Kein Wunder, daß Thiede dich aus dem Turm entkommen ließ!« Es folgte ein scheußliches gespanntes Schweigen, während dessen Panthera, denke ich, sehnlichst wünschte, den Mund gehalten zu haben. Dann hatte er das Gefühl, weitersprechen zu müssen. »Du betrachtest wohl alle Welt von oben herab, wie?«

»Nun ja, ich bin recht groß gewachsen.«

»Ach, du machst mich ganz krank. Du weißt, was ich meine!«

»Ganz recht. Aber dann sind wir doch zwei. Du trägst die Nase so hoch, da überrascht es mich beinahe, daß du nicht schielst!«

Panthera überhörte dies. »Jeder bemüht sich immerzu, dir den Anschein von etwas Besonderem zu verleihen! Nach all den Jahren ist dir das wohl zu Kopf gestiegen. In Wahrheit bist du ein egoistischer, hinterhältiger Scharlatan! Ich habe dich von Anfang an durchschaut.«

»Das ehrt mich. Panthera hat gesprochen, und die Worte der Mächtigen werden zu Schall und Rauch.«

»Der Mächtigen!« keifte er. »Und wen genau meinst du damit? Nein, verrat es mir nicht! Du meinst die Gelaminger, nicht wahr? Diese ehrenwerten, öligen Bannerträger unserer wunderbar blühenden Kultur! Daß ich nicht lache!«

»Dann tu's doch! Das war der Zweck der Übung.« Ich schenkte ihm ein gewinnendes Lächeln.

Panthera erwog es gründlich, nicht sicher, ob er mit mir zusammen lachen sollte oder nicht; offenbar fürchtete er, dann wie ein Narr dazustehen. »Ich irre mich nicht, Cal«, sagte er schließlich.

»Warum bist du dann zusammen mit mir nach Sahen gegangen?«

»Das sagte ich dir doch schon: Ehrenpflicht.«

»Ach, dann bin ich zumindest soviel wert!«

Er schniefte und starrte ins Feuer. »Das führt doch zu nichts, Cal. Ich habe zu arbeiten. Was also wolltest du mir sagen?«

Nicht das beste aller möglichen Stichwörter, aber augenfällig das einzige, das ich an diesem Abend bekommen würde. »Nur daß es mir leid tut, wie fremd wir einander geworden sind.«

»Wieso das? Wir haben einander nie besonders nahegestanden.«

»Nein, nicht wirklich, aber ich möchte nicht, daß es noch schlimmer wird. Ich denke, wir sind früher doch ganz gut miteinander ausgekommen. Kann es nicht wieder so werden? Was habe ich angestellt? Habe ich mich wirklich sosehr verändert?«

Er wandte sich vom Feuer ab und sah mich nachdenklich an. »Ich wünschte, ich könnte dir die Wahrheit sagen«, antwortete er. »Ich dachte, du errietest, aber das hast du nicht getan. Steckst zu tief in deinen eigenen Angelegenheiten, nehme ich an. Wir sind einander doch nicht so ähnlich, nicht wahr?«

»Nein, offenbar nicht«, stimmte ich ihm zu. »Aber ich habe gelernt, der Wahrheit ins Auge zu sehen, also sag es mir.«

Er senkte den Kopf. »Ich kann nicht. Es hat keinen Sinn. Du mußt weg von hier und deine Suche vollenden. Ich weiß, wohin sie dich führen wird; wir beide wissen es. Das habe ich akzeptiert …«

»Panthera …« Es war klar, was er meinte. Wie hatte ich nur so dumm sein können? Andererseits – was hätte ich schon tun sollen?

»Nein«, unterbrach er mich, »sag nichts. Ich weiß schon, du hast deine Gründe. Also sag nichts, es ist besser so. Tut mir leid, hättest du nicht gefragt, hätte ich es nie erwähnt.« Er rappelte sich hoch und stolperte aus dem Zimmer.

Ich war wie betäubt. Panthera hatte mich so kalt behandelt, weil er – kaum wage ich es zu sagen – mich *begehrte?*

Nach einer Weile ging ich in mein Zimmer und legte mich angekleidet auf das Bett. Die Vorhänge waren zurückgezogen, und ich sah den bleichen runden Mond draußen am Himmel. Ich lag still da und dachte an all die Körper, die ich in meinem Leben schon berührt hatte; einigen von ihnen fehlte bereits das dazugehörige Gesicht. Herausforderungen hatte ich immer geschätzt – den langsamen, sinnlich gewundenen Pfad, der zur Verführung jenes eisig kühlen Wesens führte, das sich mir verweigerte. Davon hatte es mehr als nur ein paar gegeben. Bei Panthera hatte ich beschlossen, mich in nichts dergleichen einzulassen, in erster Linie deshalb, weil ich ihn achtete. Weitere Gründe waren unter anderem mein quälend zwanghaftes Verlangen nach dem Tigron und, wollen wir ehrlich sein, meine eigene Person, meine Apathie und die Gewißheit, daß die Verführung Pantheras ihm unausweichlich in irgendeiner Weise Leid zufügen müßte. Er hatte recht damit, das Thema nicht weiter zu verfolgen, denn er war über seine Jahre hinaus klug. Die meisten Hara hätten es getan. Schließlich ist es das, womit sie aufwachsen. Doch Panthera wußte, ich würde bald weggehen, und es war nicht nur Aruna, was er wollte. Ich mußte ihn in Ruhe lassen, damit er mich schmerzlos vergessen konnte. Doch sosehr ich mich auch bemühte, den Gedanken fallenzulassen, ich wollte ihm nahestehen, weil niemand anders ihm je nahegestanden hatte. Er rührte an meine Seele. Doch zwischen uns lauerte der Geist von Pellaz und schließlich auch die Realität. Ich versuchte zu schlafen, aber mein Körper war durchdrungen von Sehnsucht. Ich wollte meinem Pantherchen etwas von dem geben, was Nanine und der Lyris mir geschenkt hatten: Verzauberung. Echte Verzauberung von jener Art, die dich auch dann, wenn es vorüber ist, immer noch wissen läßt, daß die Welt genau jener wunderbare Ort ist, von dem deine Träume immer sprachen. Nichts ist mehr wichtig, denn dein explodierender Kopf hat dich gerade mit tausend Sternen zu jemand anderem gemacht, und es fühlt sich so gut an; wie Fell, wie Eis, wie Flammen, wie Seide, wie Federn, und, beim Aghama, du möchtest das wiederum erleben! Das ist Verzauberung. So sentimental es auch war – und so schlecht es eigentlich zu mir paßte –, ich konnte nicht aufhören, darüber nachzudenken.

Nach einer Stunde voll vergeblicher Sehnsüchte streifte ich meine Kleider ab, kroch unter die Decke und rauchte eine Zigarette. Sollte ich Jael früher verlassen, als Ferminfex vorgeschlagen hatte? Ich drückte die Zigarette in der Untertasse aus, auf der mein Morgenkaffee gestanden hatte, zog mir die Decke über den Kopf und bemühte mich heftig, Schlaf zu finden.

Schließlich gelang es mir. Das weiß ich deshalb, weil

ich, als ich jemanden ins Zimmer kommen spürte, dachte zu träumen. Dann erkannte ich, daß es nicht so war, und griff unter das Kissen auf der Suche nach einem Messer oder einer Pistole, die sich dort nicht befinden konnten. Ich hielt den Atem an und wartete. Jemand schlich auf mich zu, aber ich lag mit dem Rücken zur Tür. Jeden Moment würde ich mich herumwerfen und meine Hände um eine fremde Kehle pressen... Doch noch wartete ich ab. Ein Gewicht senkte sich neben mir auf das Bett; die Decke wurde angehoben. Ich lachte beinahe laut heraus. Das war keine Bedrohung, o nein! Ich ließ den angehaltenen Atem in einem langen Zischen aus, und Panthera glitt in mein Bett, kalt und zitternd. Er legte die Arme um mich und preßte sich zögernd an meinen Rücken.

»Cal, Cal, schlaf nicht! Sprich mit mir!«

Ich erkannte augenblicklich seinen Geruch wieder, seine schlanken Glieder und nahm seine Hand in die meine. Er drückte sie fest. Wir sagten kein Wort; eine Weile lagen wir nur so da, und es geschah ohne jedes Kalkül, als ich mich umdrehte und ihn ansah. Ich tat es ganz einfach. Im Schein des Mondes sah ich, daß er leise weinte, sein Gesicht war ganz naß – als wollte er gar nicht hier sein, könne aber nicht dagegen ankämpfen. Ich verstand das. Unser erster Kuß war unbeholfen wie der von Kindern – nichts als flüchtige, unentzifferbare Phantasien des Atems. Noch nie zuvor hatte ihn jemand berührt, es sei denn, mit Gewalt verbunden. Noch nie zuvor hatte er Liebe gegeben. Seine nach Zimt duftende Haut war wie Samt und Seide zugleich. Ich wollte über ihn herfallen, diese nachgiebige Geschmeidigkeit an mich reißen, und nur ein letzter Rest von Verstand hielt mich zurück. Ich mußte reden, denn es waren wichtige Worte, auch wenn er wußte, daß ich sie bereits auf den Lippen hatte.

»Thera, mir ist bewußt, was du mir gibst, ehrlich. Es soll dir keinen Schmerz bereiten, ich bitte dich. Versprich mir, daß du dich nicht aufwühlen läßt davon und es hinterher bereust. In Zukunft …«

»Schsch!« unterbrach er mich. »Ich bin kein Kind mehr. Mir ist klar, was ich tue – alles.« Fast alles. Er lächelte. »Ich will nicht, daß du mir irgend etwas vorzeigst. Es muß auf meine eigene Art und Weise geschehen.«

Nein, er war kein Kind mehr, aber er *hatte* Angst. Ich wußte das, weil die Liebkosungen sich über einen zu langen Zeitraum hinzogen. Ich dachte schon, er traue sich nicht an die Sache heran, und ich müsse zu meinem ursprünglichen Vorhaben einer Eroberung zurückkehren. Ich hielt ihn fest an mich gepreßt, die Nase in sein prachtvolles Haar vergraben, und bemühte mich verzweifelt, passiv zu wirken, ihn nicht zu ängstigen, nicht zu verschlingen, sondern einfach nur empfänglich zu sein, empfindsam. Er strich mir über die Haut; sie faszinierte ihn, weil sich darunter nicht der grausame Trieb zu brechen und zu zerstören verbarg.

»Du hast viele Narben«, stellte er fest. »Deine Haut ist weich, aber das Fleisch darunter ist hart, wie der Stein unter dem Moos in den Wäldern. Ich dachte, du würdest dein Haar bleichen, weil deine Augen und die Brauen so dunkel sind. Du hast spöttische Augenbrauen, Cal. Sie sind voller Verachtung; sie wissen alles, und es gefällt ihnen, wenn die anderen armen Narren es nicht tun.«

»Bloß meine Augenbrauen, Thera?«

Er lachte. »Damit hat es angefangen. Dann habe ich mich dem Rest zugewendet. Schon seit langem möchte ich dich anfassen, mit dir zusammensein, weißt du. So viele Leute durften das schon tun, und sie waren alle so erfahren. Ich hingegen kam nie an dich heran. So viele Leute haben dich schon berührt, nicht wahr?«

»Meinen Körper, ja, aber nicht oft mein Herz.«

Er schmiegte sich an mich, den Kopf an meiner Brust. »Wenn wir einander für alle Zeit so festhalten könnten, würde alles Schlimme vergehen«, sagte er. »Ich glaube, ich muß dich lieben, Cal, obwohl es sinnlos ist und dazu noch selbstzerstörerisch. Du gehörst *ihm*, für immer.« Er seufzte.

»Wir wissen nicht, was geschehen wird«, erwiderte ich nicht ganz wahrheitsgemäß.

»Nein, das wissen wir nicht.« Es lag Kraft in seinen Worten.

Wiederum teilten wir den Atem. Ich ließ ihn noch dichter an mich heran. Seine Reaktionen waren sichtlich nicht in Mitleidenschaft gezogen. Ich schlängelte mich hin und her, bis ich unter ihm zu liegen kam, und fragte mich, welche Hilfestellung ich ihm noch geben konnte, ohne daß es allzu auffällig wirkte. Doch es war nicht nötig. Plötzlich und unerwartet fand er den Weg in mein Inneres und ließ der Natur ihren Lauf. Der Zeitpunkt war genau richtig. Alles stimmte. Er war das Gegenteil von dem, was ich erwartet hatte – nicht furchtsam und zaghaft, sondern kraftvoll, energisch, dominant. Darüber würde ich mir später den Kopf zerbrechen müssen. Im Augenblick des Orgasmus schrie er wie ein wildes Tier in mein Ohr und übertönte damit jeden Laut, den ich meinerseits von mir gegeben haben mochte. Ich dachte, er hätte sich weh getan, aber er lachte nur über meine Besorgnis. Sollte ich meinen Meister gefunden haben? Calanthe ist doch berühmt in ganz Megalithika und darüber hinaus für seinen temperamentvollen, erfahrenen Aruna! Für gewöhnlich war ich es, der die Zügel in der Hand hielt! Ich war ziemlich beunruhigt.

Panthera sagte zu mir: »Cal, ich möchte Roselane sehen«, und als ich so in seinen Armen dalag, etwas mitgenommen und faul, da erschien es mir als der einzig mögliche Schritt.

Diese Nacht wurde es beschlossen, und wenn diese

Entscheidung ein Irrtum war, dann deshalb, weil unsere Herzen die Herrschaft über unseren Verstand übernommen hatten. Panthera würde mich nach Roselane begleiten und noch weiter. Wir übernahmen die Verantwortung für die Konsequenzen, wie auch immer sie aussahen.

Kapitel 21

Morla

Wenn ich an einen König denke
bei Anbruch der Nacht

T. S. Eliot, *Little Gidding*

Im Frühjahr sind die Steppen von Maudrah ein glitzernder, wogender Ozean aus gefiedertem weichen Gras. Das kann man sogar vom Meer aus als ein fernes mattes Glänzen erkennen, wie Seidentücher, die über dem Horizont aufgespannt sind. Wir hatten die kürzeste Route nach Roselane wählen müssen, den Wasserweg vom Feriker Hafen Saphrax aus Richtung Osten über das Meer der Schatten, wobei wir die südlichste Spitze der Jaddayother Region Thwean streiften. Von dort ging es nach Norden in das Arelmeer, vorbei an den Sommerhäfen Gaspard und Oriole Richtung Chane. Anschließend soll die Reise auf dem Landweg fortgesetzt werden, durch Garridan nach Roselane. Nirgendwo würde uns diese Route auch nur in die Nähe von Oomadrah führen. Ich hatte es nicht über mich bringen können, meine Aufzeichnungen in Jael zurückzulassen, vielleicht weil ich fürchtete, nie mehr dorthin zurückzukehren. Und so sitze ich oft an Deck dieses Feriker Schiffes, den Rücken der Küste von Maudrah zugewandt, und lese in meinen Notizen. So viele Seiten und so wenig, was wirklich darin gesagt wird! Ich habe über meinen ersten Kunden in Piristil gesprochen, aber das, was ich darüber schrieb, vermittelt in keiner Weise den Ekel, den ich dabei verspürte, oder – obwohl ich sosehr dagegen ankämpfte – meine Scham. Desgleichen fehlt auch Elhmen und Sahen auf dem Papier die sprühende, pulsierende Großartigkeit der Realität, und selbst als ich Panthera zum erstenmal in den Armen hielt, mangelt es meiner Schilderung an Greifbarkeit. Doch vermutlich ist das, was mir vorschwebt, nicht machbar. Es geschah. Ich habe es durchlebt. Punktum.

Dort drüben, jenseits des Spiegels der funkelnden See, leuchtet das Gras. Ist dies ein Anblick, den man sich bildhaft vorstellen kann?

Panthera und ich verschließen die Augen nicht vor den möglichen Folgen unserer Verbindung. Mag sein, daß ihr nur ein kurzes Leben beschieden ist; aber vielleicht auch nicht. Wir haben keine Ahnung. Weil er dies hier nicht zu Gesicht bekommt, kann ich sagen, daß ich ihn nicht liebe – jedenfalls nicht so, wie ich Pell liebte (liebe?). Es ist ein anderes Gefühl, doch deshalb nicht weniger tief. Ganz gleich, was wir haben, wir werden es genießen.

Ferminfex hat zwar keine Verbindungen nach Roselane, hat uns aber dessenungeachtet ein Empfehlungsschreiben mit auf den Weg gegeben. Unser Schiff ist die *Auric Wing;* es ist ein Handelsschiff, das die Häfen von Emunah anläuft, nun, da das Eis geschmolzen ist. Im Winter ist das Arelmeer nicht schiffbar. Gestern gingen wir in dem Maudraher Hafen Pelagrie an der Südspitze von Thwean kurz vor Anker, und ich konnte zum ersten Mal einen Blick auf das Volk der Maudraher werfen. Wie gesagt, einen Blick. Asvak, unser Kapitän, riet uns davon ab, an Land zu gehen, was die anderen beiden Passagiere jedoch nicht davon abhielt, es trotzdem zu tun. Wir neigen zu der Meinung, daß es sich bei ihnen selbst um Maudraher handeln könnte, denn sie sind mürrisch und scheinen jeder Konversation mit uns aus dem Weg zu gehen. Panthera und ich nehmen unsere

Mahlzeiten gemeinsam mit Asvak ein, während die beiden allein in ihrer Kabine essen.

In unserem Gepäck befanden sich einige Gemälde, die von einer Maudraher Familie in Pelagrie abgeholt werden sollten, und so dauerte die Unterbrechung unserer Reise nicht lange. Panthera und ich standen an der Reling des Schiffes und starrten hinüber auf die Stadt. Auf den Docks schleppten schwarzhaarige Hara mit nacktem Oberkörper Fässer und Kisten in die Laderäume anderer Schiffe – schweigsam wie unsere Mitreisenden. Asvak gesellte sich zu uns, eine merkwürdig geschwungene lange Pfeife in der Hand. Er deutete damit auf die Maudraher am Kai. »Fröhlicher Haufen, das, wie?«

Ich sah über die Docks hinweg zu den öden grauen Gebäuden der Stadt selbst. »Lastet denn die Pranke des Löwen so schwer auf ihnen?« fragte ich.

Der Kapitän schnaubte verächtlich. »Vielleicht nicht gar so schwer, aber sie hat ein Auge am Ende jeder Kralle. Seht ihr sie?« Er zeigte auf eine Gruppe schwarzgekleideter Hara, die die Arbeiter beobachteten. Sie standen zwar etwas abseits des Geschehens, übten aber ganz offensichtlich eine Aufseherfunktion aus. »Das sind die Aditi«, fuhr Asvak fort. »Die Augen und Hände der Niz.«

»Niz?« fragte ich. »Ist das *noch* ein Name des Löwen?«

Asvak stieß ein trockenes Lachen aus und sog an seiner Pfeife. Panthera blinzelte angeekelt durch eine Wolke stinkenden Rauches.

»Nein, ganz und gar nicht, oder … Nun, das solltet ihr besser selbst feststellen. Die Niz hier in Maudrah sind so etwas wie Priester, und, um ehrlich zu sein, niemand kann sagen, ob der verehrenswürdige Ariaric sie kontrolliert oder umgekehrt. Wenn ihr meinen Rat hören wollt, dann geht ihnen so weit wie möglich aus dem Weg.«

»Wir haben nicht vor, lange in Maudrah zu bleiben.« Panthera bohrte seinen Blick in meine Augen.

»Liegt Oomadrah weit von hier entfernt?« fragte ich beiläufig.

Asvak runzelte die Stirn und überlegte. »Doch, von hier ja. Aber es liegt nicht weit entfernt vom Arelmeer.«

»Warst du schon einmal dort?«

Asvak verzog das Gesicht. »Allerdings. Obwohl ich nicht behaupten kann, daß mein Aufenthalt dort besonders angenehm war. Glücklicherweise hatte ich einen Maudraher zum Reisegefährten, der mich davor bewahrte, *allzu auffallende* Entgleisungen zu begehen.«

»Was meinst du mit Entgleisungen?«

Asvak lachte und tätschelte mir die Schulter. »Frag lieber nicht! Glaub mir, schon wenn du aus der falschen Richtung Atem holst, ist das in Maudrah eine Entgleisung. Und jetzt müßt ihr mich entschuldigen, Tiahaara …«

Asvaks Schritte waren noch nicht verklungen, als Panthera bereits zum Angriff rüstete. »Wir können nicht dorthin, Cal!«

»Wohin?« fragte ich mit Unschuldsmiene. Manchmal ist Panthera geradezu penetrant scharfsichtig! Vor geraumer Zeit schon hatte ich ihm von Wraxilan erzählt, aber mich bereits damals gefragt, ob ich dies nicht eines Tages bereuen würde.

»Nach Oomadrah, natürlich! Hältst du mich für einen Dummkopf? Du bist hier der Dummkopf! Es wäre nicht nur gefährlich, es wäre auch reine Zeitverschwendung! Versuchst du mit Absicht, die Ankunft in Roselane hinauszuzögern?« (Das war eine Gemeinheit!)

»Hör doch auf, ich bitte dich!« sagte ich ärgerlich. »Du brauchst nicht mein Gewissen zu spielen, ich habe ein eigenes, vielen Dank! Und erinnere dich, daß mir in Sahen aufgetragen wurde, alle losen Enden zu verknüpfen!«

»Ich sehe eigentlich nicht ein, inwiefern dieser Ariaric oder Wraxilan – oder wie immer er sich nennt – eines dieser losen Enden darstellen sollte«, erwiderte Panthera mit verbissener Hartnäckigkeit. »Es ist doch nur Neugier deinerseits! Du solltest die Finger davon lassen. Hast du denn nicht schon genug am Hals?«

Ich ignorierte das meiste von dem, was er gesagt hatte. »Aha«, wandte ich sarkastisch ein, »und ich habe wohl keine Stimme bei der Entscheidung, was ich als meine losen Enden betrachte?«

Panthera fand mich zum Verzweifeln.

»Hör zu, Thera«, fuhr ich mutig fort. »Wraxilan war mein Anfang; er ließ nie zu, daß ich es vergaß.« Ließ ich selbst es zu, daß ich es je vergaß? »Vielleicht möchte ich nur sehen, wohin ihn das Schicksal geführt hat. Könnte sein, daß ich etwas daraus lerne.« (Wie mir vor den Augenblicken graut, in denen Panthera mich ansieht, als wäre ich schwachsinnig!)

»Gut, wollen wir nur einmal annehmen, wir reisen tatsächlich dorthin«, sagte er, als zöge er die Möglichkeit ernsthaft in Betracht. »Würdest du mir bitte erklären, wie wir es anstellen sollten, ihn überhaupt zu Gesicht zu bekommen? Er ist der Archon, falls du das vergessen hast, und es kann nicht jeder einfach hingehen und eine Audienz verlangen!«

»Sei nicht dumm, Panthera! Wir haben ein Empfehlungsschreiben deines Vaters dabei, das mit den Worten beginnt: ›Wer auch immer Empfänger dieses Schreibens sein mag.‹«

»Entweder bist du so töricht, daß es nicht mehr in Worte zu fassen ist, oder es fehlt dir tatsächlich an jeglichem Verstand«, beschied mir Panthera, als handle es sich um eine in Stein gemeißelte Erkenntnis. »In Oomadrah würden wir keine fünf Minuten am Leben bleiben! Wir kennen die Sitten und Gebräuche nicht, wir kennen die Gesetze nicht. Dieses Schiff kann uns direkt nach Chane bringen, und in zwei Wochen wären wir in Roselane. Weshalb kannst du nicht hinterher in Oomadrah auf die Jagd nach den Geistern deiner Vergangenheit gehen?«

Immerhin bestand die Möglichkeit, daß ich nach Roselane nicht mehr länger in der Lage wäre, selbständig etwas zu unternehmen; das konnte ich ihm nicht sagen, denn zum ersten hätte er mich eines handfesten Pessimismus beschuldigt, um dann im stillen Kämmerlein darüber zu brüten und sich Sorgen zu machen. Also entschied ich mich für einen einfacheren Ausweg. »Ich verlasse mich auf meinen Instinkt, und mein Instinkt sagt mir, jetzt hinzugehen – deshalb. Es muß doch Hara geben, die ihre Dienste als Führer, Dolmetscher, was auch immer, anbieten und uns hinbringen. Ich werde Asvak fragen.«

Panthera nickte mit säuerlicher Miene. »Nun ja. Also angenommen, wir haben Erfolg und erreichen ein Zusammentreffen mit dem Löwen. Was wirst du zu ihm sagen, Cal? Hast du schon darüber nachgedacht? Glaubst du, er wird sich freuen, dich wiederzusehen? Wird er dich nach all den Jahren überhaupt noch erkennen?«

»Oh, er wird mich erkennen, daran hege ich keinen Zweifel! Was deine anderen Fragen angeht, so habe ich keine Antwort, aber bis dahin kann ich mir ja noch etwas überlegen.«

»Dann ist es also beschlossene Sache, nicht wahr? Wir gehen nach Oomadrah?«

Ich streckte die Hand aus und berührte sein Gesicht. »Panthera, ich will ehrlich zu dir sein, ich habe das schon vor geraumer Zeit beschlossen. Aber du mußt natürlich nicht mitkommen ...«

Daraufhin lächelte mein hitziger Panthera, und der säuerliche Ausdruck fiel von seinem Gesicht ab wie eine Maske. »Ach, Cal, wie du schon sagtest: Ich bin bloß eine Ergänzung der Stimme deines Gewissens. Du selbst mußt dir diese Fragen stellen. Ich fürchte mich nicht vor Maudrah. Obwohl ich es nur widerstrebend eingestehe, kann ich dir verraten, daß ich dort einen entfernten Verwandten habe, von der Seite meines Trägers her, der, so glaube ich, sogar dem allerhöchsten Haushalt angehört. Aber selbst wenn er sich bereit erklärt, mit uns zu reden, werden wir doch unseren ganzen Verstand brauchen – und dazu einen fähigen Führer.«

Das war mehr, als ich je erhofft hätte, aber ich hütete mich davor, meine Gefühle zu zeigen. »Glaubst du, Asvak würde uns an einer günstigen Stelle an Land setzen?« fragte ich sachlich.

»Nun ja, wir können ihn ersuchen, uns nach Morla zu bringen, obwohl ich glaube, dieses Schiff wird den Hafen in jedem Fall anlaufen. Hoffentlich ist der Segen des Aghama mit uns. Hoffen wir, daß er uns zuhört.«

»Hoffen wir's«, nickte ich.

Am späten Nachmittag, beim Wechsel der Gezeiten, setzten wir wieder Segel. Es war ein herrlicher Tag, und der darauffolgende Sonnenuntergang nahm einem den Atem. Asvak ließ von einigen Mitgliedern seiner Besatzung den Tisch für das Abendbrot an Deck bringen und holte eine Flasche seines besten Weines hervor. Eine sanfte Brise trug einen Geruch nach Gras von der Küste herüber, welcher sich aufs angenehmste mit dem Aroma des gewürzten Fleisches – und nicht zuletzt mit dem überwältigenden Duft von Asvaks Parfüm – vermischte. Als wir beim Hauptgang des Mahles angelangt waren, erwähnte ich, daß Panthera und ich beschlossen hätten, unsere Reise schon in Morla zu beenden, anstatt erst in Chane. Meine Worte wurden mit Schweigen quittiert. Offenbar war Asvak mißtrauisch, was unsere Motive betraf. Sein Zögern war nicht unverständlich, schließlich hatte er seine Handelsverbindungen zu Maudrah und wollte es nicht riskieren, den Unwillen der Niz zu erregen. Es war durchaus vorstellbar, daß das Einschleusen von Fremden jedweder Art nach Maudrah nicht gern gesehen wurde. Glücklicherweise gelang es Panthera, Asvaks Bedenken zu zerstreuen (sein Charme, wenn er sich herabläßt, ihn einzusetzen, ist gelinde gesagt umwerfend), und er erzählte Asvak von seinem Verwandten in Oomadrah.

»Ursprünglich hatten wir vor, ihm auf dem Rückweg von Roselane einen Besuch abzustatten«, sagte er, »aber wir haben unsere Pläne insofern geändert, als wir nach Kalamah weiterreisen möchten, und so muß Maudrah zuerst drankommen. Roselane wird noch ein wenig auf uns warten müssen.«

»Also gut«, willigte Asvak schließlich nach einem seiner schwerfälligen Gedankengänge ein, »aber wenn ihr mit den Niz aneinandergeratet, dann seid ihr nicht mit meiner Hilfe nach Maudrah gekommen, verstanden?«

»Klar«, sagte ich. »Kannst du uns vielleicht auch einen Reiseführer empfehlen, der uns nach Oomadrah bringt und es nebenher auch schafft, uns vor Schwierigkeiten zu bewahren?«

Asvak war immer noch auf der Hut. »In Morla gibt es einen oder zwei«, sagte er. »Vielleicht kann ich euch miteinander bekannt machen. Aber ihr seid euch doch im klaren darüber, daß es für mich ein beträchtliches Risiko bedeutet, euch zu helfen?«

»Meiner Geldbörse war das schon klar, noch ehe ich selbst auf diesen Gedanken kam«, sagte ich, und Asvak brachte ein schwaches Lächeln zustande.

Der Morgen dämmerte, und die hohen Türme von Morla zeichneten sich allmählich zu unserer Linken gegen den Himmel ab. Dreieinhalb Tage hatte die Reise hierher gedauert.

Panthera und ich standen mit gepackten Taschen an Deck und verfolgten die Einfahrt in den Hafen. Hinter uns ertönten die unheimlichen Schreie von Asvaks Matrosen in der Takelage, die sich durch Zurufe miteinander verständigten. Über uns hingen Vögel mit ausgebreiteten Schwingen am Himmel und verfolgten aufmerksam unser Einlaufen. In der Stadt schlug eine Glocke an, und ein Lichtstrahl reflektierte vom höchsten Turm, der eine Krone aus Metall trug. Vor der *Auric Wing* schimmerte der Himmel matt; die See glänzte wie Öl.

Asvak bot uns an, uns zu einem Führer zu bringen, den er kannte und der daran gewöhnt war, Hara zu begleiten, die fremd im Land waren. »Es wäre günstig, ihr trügt dunkle Kleider, wenn ihr an Land geht, am besten lange Umhänge, falls ihr welche habt«, riet er uns.

Die Straßen von Morla sind schmal und düster. Wir empfanden es als sonderbar und verwirrend, wieder festen Boden unter den Füßen zu haben; darüber hinaus tat es uns leid, nicht auf eine Mahlzeit und einen Humpen Bier in die nächstbeste Kneipe gehen zu können. Es gibt in Maudrah sehr wohl Kneipen, doch angesichts der strengen örtlichen Sitten ist Fremden dringend abzuraten, diese zu betreten. Wir kamen bald zu dem Schluß, daß standhafte Unauffälligkeit hier die beste Verhaltensweise war – was jedoch keineswegs völlige Sicherheit bot, denn selbst durch seine Körperhaltung kann sich ein Har als Fremdling zu erkennen geben. »Das Ganze könnte euch noch leid tun!« war alles, was Asvak dazu sagen wollte.

Eine enge Treppe führte uns in ein dunkles Gäßchen hinab, in das überhängende, windschiefe Häuser drohend hinabblickten; hier drückte Asvak uns eilig gegen eine feuchte Mauer, um einer Reihe dunkel gekleideter Gestalten das Vorbeigehen zu ermöglichen, die eintönige Gesänge leierten.

»Das sind Niznovizen, die mit dem Saum ihres Gewandes die Straßen fegen«, erklärte Asvak. »Es ist ein Ritual, das täglich durchgeführt wird, gleichgültig, welches Wetter gerade herrscht.«

Als wir ein Stück weitergegangen waren, blieb Asvak vor einer niedrigen Tür mit weit vorstehendem Oberbalken stehen und klopfte leise. Ein Kode: dreimal Klopfen, Pause, einmal Klopfen, Pause, wieder dreimal Klopfen. Nach einer Weile öffnete sich im Oberstock ein Fenster, und ein bleiches Gesicht sah heraus. »Die Morgenröte segne dich!« sagte Asvak und berührte Brauen und Lippen mit zwei Fingern. Das Fenster schloß sich wieder, und kurz darauf vernahmen wir, wie hinter der Tür eine Serie von Riegeln zurückgeschoben und Schlösser aufgesperrt wurden. Ein Har mit weißem Gesicht und Haar stand vor uns, gekleidet in Dunkelbraun und Grau.

»Die Morgenröte segne auch dich, Feriker Asvak«, sagte er. »Tritt in Frieden über diese Schwelle.« Asvak küßte den Har auf beide Wangen und trat als erster ins Haus, in dessen Innerem es dunkel war und nach Feuchtigkeit roch. Der Hausherr zündete eine Lampe an, und wir erblickten eine spärlich möblierte große Küche. »Darf ich das Feuer entzünden?« fragte er Asvak.

»Zur allzu frühen Stunde«, erwiderte der Kapitän. »Ich werde dir zur Hand gehen.«

Worauf man Panthera und mich einfach stehen ließ. Wir wechselten fragende Blicke, während die beiden die Scheite aufschichteten und entzündeten – ein Vorgang, der weitaus länger zu dauern schien, als die Aufgabe selbst in Anspruch nehmen durfte. Doch sobald sie erledigt war, geruhte Asvak, uns dem Hausherrn vorzustellen.

»Lourana, dies sind Calanthe und Panthera aus dem Haus Jael in Ferike. Sie möchten dich mit einem Ersuchen beehren.«

»Und mit welchem?«

»Wir brauchen einen Führer nach Oomadrah«, sagte ich, »wenn du uns helfen könntest…«

An dieser Stelle verzog Asvak ärgerlich den Mund.

Louranas Gesicht hingegen wirkte plötzlich wie versteinert; sein Blick zuckte zu Asvak. Offenbar fühlte sich hier irgend jemand beleidigt ...

»Du mußt ihnen vergeben«, sagte Asvak. »Sie hatten noch nie zuvor Gelegenheit, den Fuß nach Maudrah zu setzen.«

Lourana bedachte uns mit einem eisigen Lächeln. »Das ist überdeutlich zu erkennen. Ob ich mir unter diesen Umständen wohl einen Abstieg in die gewöhnliche Ausdrucksweise erlauben kann, Asvak, um so deine Gefährten direkt ansprechen zu können?«

Asvak machte eine weitausholende Gebärde mit dem Arm. »Das darfst du gewiß.«

»Ich bitte euch, Platz zu nehmen.« Lourana deutete zum Tisch, der von Holzbänken gesäumt wurde. Wir taten wie gewünscht, worauf Lourana seinen Platz am Kopfende des Tisches einnahm und die Hände auf der zerkratzten Platte aneinanderlegte. Langsam ließ er seinen prüfenden Blick von einem zum anderen wandern, ehe er sprach. »Wenn es je eine gefährliche Situation gegeben hat, dann diese hier! Freunde von Asvak, ich muß euch sagen, daß ihr wegen eines Verstoßes, wie ihr ihn soeben unwissentlich begangen habt, nämlich zu sprechen, ohne gefragt zu sein, von den Aditi festgenommen und einer Reihe unangenehmer Befragungen unterzogen werden könnt! Ihr seht mich verstört an? Nun, merkt euch dies: Als Fremdlinge dürft ihr einen Maudraher niemals direkt ansprechen, wenn er nicht zuvor bereits das Wort an euch gerichtet hat. Falls ihr wünscht, irgend jemandes Aufmerksamkeit zu erregen, dann müßt ihr eure Bitte laut aussprechen, und zwar an den Aghama gerichtet, so daß er für euch spricht.« (Ich wagte es nicht, Panthera anzusehen; Lourana war es damit ganz ernst!) »Wenn euch die Sitten und Gebräuche hier in Maudrah wirklich unbekannt sind, dann nehmt immer, wenn andere Hara anwesend sind, eine gebückte Haltung ein und schweigt. Überlaßt jegliches Gespräch mit anderen mir. Und nun müßt ihr mir Bezahlung anbieten.«

Ich sah Asvak an, der verstohlen nickte. »Wieviel forderst du?« fragte ich.

Lourana schüttelte den Kopf. »Nein, so ist es nicht möglich.« Er seufzte. »Macht mir ein Angebot, ein Angebot, das viel zu hoch ist. Dann liegt es an mir, einen angemessenen Betrag vorzuschlagen.«

»Hundert Spinner?«

»Dreißig werden ausreichen.« Dann arbeiteten also die Maudraher billiger als die Sahaler! Mit Schaudern dachte ich daran, wieviel Zhatsin uns für eine solche Reise berechnet hätte.

»Wäre es möglich, dich jetzt schon zu bezahlen, zuzüglich der Extrakosten für den Ankauf von Pferden und Proviant?«

»Eine Vorauszahlung ist durchaus zu begrüßen«, antwortete Lourana, »Pferde sind jedoch nicht nötig. Ich habe ein Fahrzeug.«

»Ein Fahrzeug? Welche Art von Fahrzeug?« fragte Panthera, sichtlich ohne darauf Rücksicht zu nehmen, ob dies eine erlaubte Frage war oder nicht.

Lourana hatte die Liebenswürdigkeit, eine möglicherweise stattgefundene Entgleisung zu ignorieren. »Ein Wagen mit Kristallantrieb, wie ihn auch die Garridaner und die Gelaminger verwenden, und selbstverständlich« – er lächelte dünnlippig – »die Maudraher.«

»Dann wird die Reise nur kurz dauern«, sagte ich.

Lourana neigte den Kopf. »Sehr kurz. Ich habe herausgefunden, daß dies bei Fremdlingen der sicherste Weg ist. Auf den normalen Reiserouten gibt es zu viele Gefahren, zu viele Begegnungen, die es besser zu vermeiden gilt. Je früher ihr Morla verlaßt, desto günstiger. Oomadrah ist Fremden gegenüber toleranter. Dies ist eine kleine Stadt. Hier kennt jeder jeden.« Eine seltsam bedrohliche Bemerkung.

Asvak stand auf, als wäre ihm plötzlich zu Bewußtsein gekommen, wo er sich befand. »Ja, also, ich sollte besser wieder auf der *Auric Wing* sein, ehe noch zu viele Leute auf den Straßen sind«, sagte er und hielt uns die Hand hin. »Ich wünsche euch Glück, Tiahaara, auf daß ihr euer Reiseziel wohlbehalten erreicht.«

Ich drückte ihm ein paar Münzen in die Hand, die er kommentarlos einsteckte. Er hatte es eilig, wegzukommen. Mich hingegen überkamen die ersten bösen Befürchtungen: Wenn die *Auric Wing* erst einmal die Segel gesetzt hatte, dann saßen wir hier fest...

»Ihr müßt einen triftigen Grund für euren Besuch in Oomadrah haben«, sagte Lourana, um uns ein wenig auszuhorchen.

Ich wartete, bis Asvak die Tür hinter sich geschlossen hatte, ehe ich antwortete. »Ganz recht. Ich will mit Ariaric reden.«

Lourana blieb unbewegt. »Mit *dem* Ariaric?«

Ich nickte, und Lourana starrte mich durchdringend an. Er erinnerte mich stark an Flounah (was nicht besonders tröstlich war), obwohl er weißes Haar hatte, Flounah hingegen schwarzes. Aber gemeinsam waren ihnen die asketische Erscheinung, die durchdringenden grauen Augen.

»Du bist ein mutiger Har«, sagte er gelassen. »Es liegt nicht an mir, deine Pläne in Frage zu stellen, sondern einzig und allein die Aufgabe zu erfüllen, für die ich bezahlt werde. Es könnte sein, daß du den Wunsch hast, der Person des Archon Schaden zuzufügen; in diesem Fall riskiere ich das Mißfallen der Niz – was nie empfehlenswert ist –, indem ich dir Beistand leiste. Doch ich habe diese Übereinkunft akzeptiert und stehe zu meinem Entschluß.«

»Ich kann dir versichern«, sagte ich, »ich bin kein Meuchelmörder!«

Lourana hob abwehrend die Hände und schloß die Augen. »Bitte, kein Wort mehr!« protestierte er entschieden. »Ich möchte nicht wissen, wer du bist oder was du vorhast. Das ist mit weniger Gefahren für mich verbunden.«

Es wurde beschlossen, mit dem Verlassen von Louranas Haus bis zur Abenddämmerung zu warten, da Anonymität ein so grundlegender Faktor war. Lourana lebte allein in Dunkelheit und Kälte, wie ein Irrlicht. Und so stellte er denn auch den einzigen Anflug von Helligkeit in diesem Haus dar; von draußen aus gesehen mußte er aussehen wie ein einsames Gespenst, das von einem Zimmer zum anderen, von Fenster zu Fenster huschte und nach etwas Lebendigem Ausschau hielt. Er zog die Vorhänge – schmuddelige Fetzen – vor das Küchenfenster und gab uns Brot und Fleisch zu essen, begleitet von großen Bechern bitterem, jedoch verschwenderisch gesüßtem Tee. Jedesmal wenn draußen in der Gasse Schritte zu hören waren, zuckte er zusammen und warf unruhige Blicke auf die Vorhänge. Ich konnte nicht umhin, mich zu wundern, weshalb er in Morla blieb; er schien weit davon entfernt, sich hier wohl zu fühlen. Vielleicht war es Liebe, die ihn hier zurückhielt, obwohl diese Erklärung nicht sehr wahrscheinlich klang.

Es war ein trübsinniger Tag, den wir dort verbrachten. Panthera lief rastlos auf und ab, und Lourana wirkte gespannt wie Draht; er blickte mit weitaufgerissenen Augen um sich und steckte Panthera und mich mit seiner Unruhe an. Wir sprachen wenig, erfuhren nur, daß wir, sobald wir in Oomadrah angelangt wären, unser Empfehlungsschreiben dem Stadtverwalter übergeben und das Beste hoffen sollten. Offenkundig hielt Lourana seine Verantwortlichkeit dort für beendet. Ich konnte nicht widerstehen und fragte: »Lourana, wenn ein Einwohner von Morla sich von dir in deinem kristallbetriebenen Wagen nach Oomadrah befördern läßt, wieviel bekommst du dafür?«

»Drei Spinner vielleicht«, antwortete er. »Nun verstehst du sicher, weshalb ich es riskieren muß, auch Fremde dorthin zu bringen.« Ja; ganz klar.

Als das Tageslicht schwand, ging Lourana daran, alles vorzubereiten, was wir für die Reise benötigen würden. Ich half ihm, Taschen und Kisten aus einem Schuppen hinter dem Haus zu holen. Dort befand sich auch der schlanke graue Wagen; er stand hingegossen da wie ein prämiertes Rassekätzchen, das darauf wartete, mit sanftem Kraulen zum Schnurren gebracht zu werden. Ich behaupte nicht zu begreifen, wie diese Fahrzeuge funktionieren, denn sie brauchen keine Räder, und schwere Lasten sind ihnen kein Hindernis.

Der Hinterhof war ölverschmiert und schwarz. Lourana öffnete die beiden Torflügel des Schuppens, die zu einem von hohen Mauern gesäumten anderen Gäßchen hinausführten. Kein Lebenszeichen regte sich in den Häusern, aber natürlich ist lautloses Verhalten in Maudrah normal, und so kam die Stille hier nicht überraschend.

»Setzt euch nach hinten«, trug Lourana uns auf und hob das durchsichtige Kuppeldach des Wagens. »Rasch, ladet das Gepäck ein! Aber leise, denn jedes Geräusch erweckt Aufmerksamkeit!«

Behende sprang er auf den Vordersitz und blies seinen Atem auf eine ölig aussehende Platte unter den Steuerknüppeln. Das Fahrzeug wimmerte und jaulte, erbebte kurz und hob nach einem kleinen Seufzen mit elegantem Schwung einen halben Meter vom Boden ab. Rund um die Kontrollhebel leuchteten bunte Lichtpunkte auf, die Lourana nacheinander mit den Spitzen seiner Finger berührte. Langsam schob sich der Wagen hinaus in das Gäßchen und legte sich etwas zur Seite, als er einbog. Keine Seele war zu sehen.

»Gurtet euch an«, befahl Lourana, während er die Finger immer noch über die Lichtpunkte auf der Platte tanzen ließ. »Bitte kontrolliert auch, ob die Plane über dem Gepäck fest sitzt.«

Nachdem er sich vergewissert hatte, daß sowohl die Passagiere als auch das Gepäck versorgt waren, erhöhte Lourana die Geschwindigkeit auf jene eines flotten Fußgängers. Aus der dumpfen, düsteren Gasse bogen wir bald darauf in eine breitere Straße ein, wo etliche dunkel gekleidete Hara zu sehen waren, die mit gesenktem Kopf die Gehsteige entlangeilten. Ich vernahm ein dumpfes Zischen und blickte hoch; ein anderer Wagen zog über den unseren hinweg, wobei er eine leuchtende Spur hinter sich ließ, die rasch verschwand. Obwohl Morla von Straßenlaternen erhellt wurde, milderte dieser Umstand das Gefühl der allgegenwärtigen Düsternis kaum. Wir kamen an Kneipen vorbei, aus denen nicht einmal Gesprächsfetzen, geschweige denn fröhliches Lärmen drang. Hara mit verkniffenen Mienen lehnten in den Eingängen, ihre Biergläser in den Händen, und blickten zu Boden.

Lourana zog sich die Kapuze seines Umhanges über das gleißend helle Haar. »Laßt die Augen gesenkt«, murmelte er über seine Schulter, »und die Kapuzen auf dem Kopf.«

Ich verspürte eine steigende Unruhe. Die abweisende, bedrückende Atmosphäre der Stadt zerrte an meinen Nerven. In jedem dunklen Winkel schienen Gefahren zu lauern.

Im selben ruhigen Tempo ging es weiter. Gelegentlich schwebten andere Fahrzeuge an uns vorbei, und wir drückten uns noch tiefer in die Sitze. Wir bewegten uns in Richtung Norden, und es dauerte eine gute halbe Stunde, bis wir am Rand von Morla – einer keineswegs großen Stadt – angelangt waren. Hier wurden die Straßen breiter, und die Häuser standen nicht so eng aneinandergedrängt: sichtlich eine bessere Wohngegend. Vielleicht lebten hier die Niz? Lourana erhöhte die Geschwindigkeit ein wenig, und die Gebäude blieben hinter uns zurück; vor uns erstreckte sich das Grasland von Hool Glasting in die Nacht.

Lourana stoppte den Wagen und hielt ihn eine Handbreit über dem Boden in der Schwebe. Er ließ sich nach vorn sinken und stieß einen langen bebenden Seufzer aus. »In Morla sind die Aditi sehr wachsam«, sagte er. »Ihr könnt gar nicht ermessen, welch ein Glücksfall es ist, nicht von ihnen aufgehalten und befragt zu werden.« Er richtete sich wieder auf. »Seid ihr bereit, Tiahaara aus Jael? Jetzt fangen wir an, *richtig* zu reisen!«

Wir waren bereit. Lourana genoß den Augenblick. Er hob den Wagen in eine Höhe von etwa zwei Metern und berührte kurz die Platte mit den Lichtpunkten. Ich hatte vor langer Zeit ein Pferd gehabt, das auf ein entsprechendes Kommando vom Stand aus direkt in Galopp fallen konnte; Louranas Wagen reagierte ganz ähnlich. Er schien sich aufzubäumen, um dann mit atemberaubender Geschwindigkeit vorwärtszuschießen. Panthera und ich wurden in die Sitze gepreßt, der Wind peitschte unsere Kapuzen zurück und fuhr in Louranas Haar wie in eine weiße Flagge. Er berührte einen der Lichtpunkte, und die Kuppel des Wagens glitt lautlos über unsere Köpfe und bot uns Schutz vor dem Wind. Wie ein Komet schossen wir über das Land. Wenn ich mich umdrehte, sah ich hinter uns die geisterhaft schimmernde Spur, die wir hinterließen, sah, wie sie zur Erde sank und sich auflöste. Der Wagen hob sich noch weiter in die Luft, bis wir uns etwa zehn Meter über dem Boden befanden. Lourana setzte den endgültigen Kurs fest, ließ sich zurücksinken und entspannte sich. Ich fragte, ob wir rauchen durften. Er sagte ja, und ich bot ihm eine Zigarette an.

Als er sie nahm, meinte er: »Das ist sündhaft.« Er lachte, als ich ihm Feuer gab. Nun, da wir Morla verlassen hatten, schien unser Führer weitaus gesprächiger zu sein. Er verriet uns, daß er recht gern mit Fremdlingen beisammen war, denn da kam es nicht so sehr darauf an, was er sagte oder tat. »Manchmal, das muß ich gestehen, drücken mir die eisernen Schranken des Lebens hier hart auf die Schultern«, bemerkte er.

»Weshalb verbringst du es dann hier?« fragte Panthera. »Könntest du nicht auch in Hadassah oder Gimrah Arbeit finden?«

Lourana schüttelte den Kopf. »Das verstehst du nicht! Die Art und Weise, wie wir hier leben, ist die einzig richtige, nur bin ich schwach und sehne mich deshalb nach einer gelegentlichen Unterbrechung. Doch eines Tages werde ich zweifellos dafür zu bezahlen haben. Wir können nicht so leben wie die Menschen; man sieht ja, was aus ihnen geworden ist! Wir benötigen Ordnung und Strenge für unsere geistige Entwicklung…«

»Ach, hör bloß auf damit!« Ich mußte ihn einfach unterbrechen. »In Morla habe ich keinen einzigen Har zu Gesicht bekommen, den man als besonders hellen Kopf hätte beschreiben können!«

»Das Individuum kann nur durch das Leiden lernen. An unseren Händen klebt eine große Blutschuld…«

»Tatsächlich?« Ich konnte den spöttischen Tonfall nicht unterdrücken, und ich wollte es auch gar nicht.

»Aber ja!« beharrte Lourana mit gerunzelter Stirn. »Aus den alten Tagen, den Tagen der Zerstörung, der Agonie unserer Geburt! Die Wraeththu haben ihre Fähigkeiten vergeudet, und jetzt verdienen sie sie nicht mehr. Es wird viele Generationen dauern, unsere Schuld abzutragen. Ich erkenne den Sinn dahinter, aber manchmal ist das Leben dennoch hart. Doch das gehört dazu, denke ich.«

In meinem Kopf flogen ein paar Türen auf. Wenn Wraxilan Richtung Osten geflohen war, nachdem man ihn seiner Übeltaten wegen aus Megalithika vertrieben hatte, dann schien es nicht unmöglich, daß ihm irgendeine Art verdrehter, krauser Offenbarung zuteil geworden war. Vielleicht brachte er sein eigenes Schuldbewußtsein zum Schweigen, indem er es auf seine Untertanen ablud. Ein kurioser Gedanke. Ich konnte es nicht erwarten zu sehen, was aus dem Har geworden war, den ich vor langer Zeit sosehr bewundert und gefürchtet hatte. Ariaric schien das genaue Gegenteil von allem zu sein, was Wraxilans Persönlichkeit ausgemacht hatte: zügellose Ausschweifung in allem und jedem, volles Auskosten der wilden Exzesse. Vielleicht hatte ich mich geirrt. Vielleicht war Ariaric nicht Wraxilan. Dann warteten arge Schwierigkeiten auf uns. Doch hatte Liss-am-Caar damals in Fallsend nicht ganz genau gewußt, was ich meinte? Ich mußte mich in Geduld üben; bald würde ich es mit Sicherheit wissen.

Unser Flug ging schnell vonstatten. Am späten Nachmittag des nächsten Tages ließ Lourana den Wagen bereits über den Vororten von Oomadrah kreisen. Im Norden erkannte man das helle Band der Karawanenstraße, die sich um das entfernte Ende des bleigrauen Sees namens Syker Sade wand, um die Ufer aus harhohem Schilfgras mit ihren kreischenden Vögeln. Von dort führte die Straße in südwestlicher Richtung nach Strabaloth, der zweitgrößten Stadt der Maudraher, und in die weiten Ebenen von Wrake Tamyd, einem Grasland, das sich ohne Unterbrechung durch Hügel oder Bäume in ostwestlicher Richtung erstreckt. Dort grasen die Pferde der Maudraher ungestört in riesigen Herden, zusammen mit Rindern und Rotwild. Hinter alldem erheben sich die hohen schwarzen Mauern von Oomadrah, einer Stadt, so weiblich wie nur irgendeine. Ihre Mauern bestehen aus glänzend poliertem Obsidian und werfen durch ihre Höhe einen ständigen Schatten auf die Ränder der Stadt dahinter. Welch ein sichtbarer Wunsch zu schützen! Nur der Riqueturm von Sykernesse, dem Palast des Löwen, ragt höher auf als die Mauern, die von vielen Toren durchbrochen werden.

Als ich mir noch Gedanken darüber machte, wie wir an den Wachen vorbeikommen sollten, hatte Lourana den Wagen schon über die Südmauer der Stadt gesenkt, die nun ihre Geheimnisse vor uns ausbreitete.

»Wie kommt es, daß sie dich so ohne weiteres passieren ließen?« fragte Panthera mißtrauisch.

»Weil sie meinen Wagen kennen«, antwortete Lourana. »Ich mache die Reise mehrmals pro Monat. Gezwungenermaßen. Um leben zu können.«

Wir trieben auf die schwarzsilbernen Straßen hinab. Man muß das alles erst sehen, um es zu glauben. Die vorherrschenden Farben in allen Straßen von Maudrah sind Silber, Schwarz, Grau und dunkelstes Violett. Manchmal erhascht der Blick den einen oder anderen hochrangigen Bürger, der in Blutrot gekleidet ist, in Indigoblau oder Braun, doch für die niedrigen Hara heißt es unerbittlich, Grau oder Schwarz zu tragen. Dazu besitzen die Hara von Maudrah zumeist tiefschwarzes oder silberweißes Haar und sind ganz allgemein auffallend attraktive Erscheinungen, was durch ihre strenge, schmucklose Aufmachung merkwürdigerweise noch betont wird. Nichtansässige – wovon es eine ganze Menge gibt, was mich überraschte – erkennt man für gewöhnlich ganz leicht an ihrem Haar. Die meisten Fremden übernehmen bald die Art und den Stil der Maudraher, sich zu kleiden, aber es ist ihnen kaum je möglich, unerkannt zu bleiben – in erster Linie deshalb, weil die Maudraher abgesehen von ihrem Aussehen tatsächlich eine gewisse ruhige Ausgeglichenheit verströmen, die wohl einzigartig ist, denn wie man hört, sollen sie durchaus fähig sein, ohne jede Gefühlsregung und ohne Zögern im Namen der Weiterentwicklung zu töten. Sie lieben dich und sie vernichten dich in einem Atemzug; das ist das Vermächtnis des Löwen.

Kapitel 22

Oomadrah

> Eine mörderisch arrogante Kraft
> erhob sich aus der Rasse
> und machte sich zu ihrem Meister.
>
> W. B. Yeats, *Blood and the moon*

Auf einem Platz, dessen grauer Steinboden so glatt wie Glas war, brachte Lourana den Wagen mit elegantem Schwung zum Stehen. Viele Wagen drängten sich hier, aufgereiht wie Perlen in Schwarz und Silber. Hara bewegten sich gesetzten Schrittes zwischen den Fahrzeugen hindurch; in Oomadrah hat niemand Eile. Obwohl Panthera und ich den Großteil der Nacht im Gespräch mit Lourana durchwacht hatten, war es uns doch gelungen, während des zweiten Teiles unserer Reise am Morgen ein wenig zu schlafen, und nun bezahlten wir dafür mit steifen Gliedmaßen und lähmender Müdigkeit.

Lourana schlug vor, uns zu einem Gasthaus zu bringen, das in erster Linie von Fremden besucht wurde. »Dort ist man zwar nachsichtiger, aber ich empfehle euch trotzdem, soweit wie möglich den Mund zu halten. Ich werde über Nacht bleiben, ich habe seit zwei Tagen nicht geschlafen.«

Wir waren nur allzu glücklich, in seiner Obhut zu bleiben. Er ließ seinen Wagen ohne jegliche Sicherheitsvorkehrungen auf dem Platz zurück, denn Diebstahl ist in Maudrah unbekannt. Der Grund für diesen Umstand liegt in einer gesunden Furcht der Einwohner vor den allgegenwärtigen Niz. Lourana erinnerte uns daran, den Kopf beim Gehen gesenkt zu halten, aber ich konnte einem gelegentlichen verstohlenen Blick auf meine Umgebung nicht widerstehen. Was ich sah, erstaunte mich. So etwa drehte kein Har einem höherrangigen je den Rücken zu; selbst Gleichrangige mußten einander offenbar das Gesicht zuwenden, wenn sie aneinander vorbeiwollten. Was daher auch immer an kritischen Einwänden gegen Lustbarkeiten aller Art in diesem Teil von Jaddayoth existiert – das Tanzen ist dem Volk von Maudrah sicherlich gegönnt. Sie drehen und wenden sich und gleiten aneinander vorbei wie die Kraniche auf den Wiesen außerhalb der Stadt. Überall ist das Rascheln der Gewänder und das Klappern von Sohlen zu hören, die in den korrekten Schritt fallen. Lourana beugte gelegentlich das Knie, um darauf hinzuweisen, daß es sich bei Panthera und mir um Fremdlinge handelte, die bis zu einem gewissen Ausmaß von den Vorschriften der hiesigen Gesellschaft entbunden waren. Und solange Besucher zwar zu sehen, aber nicht zu hören sind, scheint auch alles in Ordnung zu sein. Dennoch bemerkten wir die stahlharten Blicke der Aditi an jeder Straßenecke, die Ausschau hielten nach ernstlichen Verfehlungen. Lourana hatte uns bereits vorgewarnt, worin diese bestehen konnten: ein Niesen auf der Straße; ein ungerechtfertigtes Beschleunigen der Schritte; ein verhängnisvolles Heben der Augen zur unrechten Zeit – dann nämlich, wenn gerade ein Angehöriger einer hohen Kaste vorbeikommt. Ich fragte mich, was wohl geschähe, wenn jemand so ungeschickt wäre und auf der Straße hinfiele. Auf einen Schlag ein Verstoß gegen hundert Anstandsregeln: ein Schrei; ein unschickliches Taumeln; ein wildes Rudern nackter Hände! Und doch, es muß gesagt werden – die Maudraher fühlen sich offenkundig wohl in ihrem Käfig aus Vorschriften. Sie blühen und gedeihen. Sichtlich kann ein vollendet ausgeführter Spaziergang durch die Stadt, bei dem jede Nuance von Sitte und Gepflogenheit beobachtet wird, mit unermeßlicher Befriedigung erfüllen. Was der Fremdling auch immer über Maudrah denken mag – die Einwohner selbst sind alles andere als unzufrieden.

Lourana führte uns zu einem, wie er fand, herkömmlichen Gasthaus namens *Korn und Napf* – keine schaumgekrönten Krüge in Oomadrah! Es war ein einfaches, jedoch einigermaßen komfortables Haus. Lourana trug unsere Namen ins Register ein und erklärte dann, daß wir uns umgehend bei der Dienststelle der Niz einzufinden hätten. Panthera klagte über Hunger; ich hätte es begrüßt, mich vorher frischmachen zu können.

Doch Lourana schüttelte nur den Kopf. »Nein. Bringt euer Gepäck ins Zimmer. Nichts sonst. Wenn ihr es verabsäumt, euch den Niz gegenüber zu identifizieren, könnte es sein, daß die nächste Mahlzeit, die ihr auf dem Teller vorfindet, eure Zehen sind! Später habt ihr genug Zeit, zu essen und euch zu waschen. Jetzt braucht ihr einen Paß, um in Oomadrah aus- und eingehen zu können. Euer Empfehlungsschreiben sollte genügen, um einen solchen zu erlangen. Ihr habt Glück, daß der Name Jael in der Stadt einen guten Klang hat. Ich habe gehört, daß der Palast voller Kunstgegenstände aus Jael ist, also sollten die Niz gewillt sein, euch hier zu dulden. Es geht zwar über das hinaus, wofür ich bezahlt werde, aber ich werde euch den Weg zeigen, wenn ihr wollt.«

Panthera holte ein paar Spinner aus der Tasche und drückte sie Lourana in die Hand. Er schniefte, steckte das Geld ein und ging voran.

Während wir durch die sauberen Straßen von Oomadrah marschierten, empfahl Lourana uns, wie wir uns im Amt der Niz verhalten sollten. »Es wäre klug, ihnen zu sagen, Panthera besuche auf Wunsch seines Vaters als Teil seiner Ausbildung die wichtigsten Städte von Jaddayoth; das würde ihrer Eitelkeit schmeicheln. Du kannst auch erwähnen, daß du dich bemühst, auf deinen Reisen die weitverzweigten Linien deiner Familie aufzusuchen, und es begrüßen würdest, dich deinem entfernten Vetter in Sykernesse vorzustellen.« Was einen Moment der Verwirrung schuf, denn Panthera konnte sich beim besten Willen nicht entsinnen, wie der Verwandte im königlichen Dienst hieß; diese Idee sah also nicht sehr vielversprechend aus. Lourana war außer sich. Sein blasses Gesicht lief tatsächlich rot an, und er weigerte sich, auch nur einen Schritt weiter zu tun. »Bist du von allen guten Geistern verlassen!?« zischte er. »Falls ihr glaubt, so schlecht vorbereitet, so sorglos und beiläufig ins Amt hineinschlendern zu können, dann werden die Niz euch die Haut abziehen lassen, und mir dazu!«

»Reg dich nicht auf«, erwiderte Panthera unbekümmert. »So viele Kalamaher wird es in Sykernesse ja wohl nicht geben! Soweit ich mich erinnere, steht er im Dienst von Elisyin, dem Gemahl des Löwen, und bekleidet dazu noch einen recht hohen Rang.«

Lourana machte ein verdrießliches Gesicht, vermutlich weil er sagen mußte: »Ach, in diesem Fall meinst du wahrscheinlich Lalasa.«

»In diesem Fall wahrscheinlich ja«, pflichtete Panthera leicht ätzend bei. »Der Name kommt mir bekannt vor.«

»Wollen wir hoffen, daß es der richtige ist, andernfalls stehen wir plötzlich ohne Haut da!« grinste ich. Ein schwacher Scherz, aber er reichte, um Panthera zum Lachen zu bringen. Lourana scheuchte uns eilig weiter, wobei er hastig in alle Windrichtungen blickte, ob uns auch niemand gehört hatte.

Das Verwaltungsbüro der Niz war ein grimmigdüsteres, imposantes Gebäude, das in der Mitte eines weiten Platzes stand. Es trug keinerlei Schmuck, mit Ausnahme des Haupteinganges, der von dunkel schimmernden Säulen gebildet wurde; über dem Tor vereinigten sich die Säulen zu einem feierlichen Bogen, den zankende Vogelscharen mit ihren zerfledderten Nestern verzierten. Die Empfangshalle im Inneren des Gebäudes hatte enorme Ausmaße, und der Boden glänzte wie ein schwarzer Spiegel. Die einzigen Geräusche, die zu vernehmen waren, stammten von energischen Schritten und gedämpften Stimmen.

Lourana näherte sich dem niedrigen Empfangspult zur Linken, hinter dem ein einziger Har Dienst versah. Während wir zurückblieben und warteten, huschten schwarzgekleidete Hara mit eingezogenem Kopf und gesenktem Blick an uns vorbei.

»Panthera, hier ist es regelrecht *unheimlich!*« murmelte ich. Panthera verzog das Gesicht und nickte; er wollte kein lautes Wort riskieren. Eine Minute später kam Lourana zurück und zog uns noch weiter weg vom Empfangspult.

»Der Präfekt der Niz wird euch vernehmen«, erklärte er zuversichtlich; für mich persönlich klang die Sache nicht gut. »Habt ihr das Schreiben mit?«

»Sicher verwahrt in meiner Tasche«, sagte Panthera ernsthaft. »Ich gehe nie aus, ohne es bei mir zu tragen.«

Lourana lächelte nicht.

Unmittelbar darauf wurden wir von einem in enganliegendes Grau gekleideten jungen Har angesprochen, der uns aufforderte, ihm ins Büro des Präfekten zu folgen. Seine Hände steckten in Handschuhen, und seine Brauen waren vollständig abrasiert. Lourana bestand darauf, uns zu begleiten, obwohl der Lakai des Präfekten nicht den geringsten Zweifel daran ließ, daß ihn dieser Umstand keineswegs glücklich machte. Ich nahm an, uns sollte eine gewisse Ehre zuteil werden, derer Lourana nicht würdig war. Ich sagte: »Dieser Har steht in unseren Diensten; er ist unser Führer, unser Lehrer, was das Wissen um die Eigenart des Landes Maudrah betrifft. Seine Talente wurden vom Aghama persönlich umrissen, denke ich.«

Der Lakai bedachte mich zwar mit einem durchdringenden Blick, bedachte Lourana dann jedoch mit einem kurzen Neigen des Kopfes.

»Denkt daran«, flüsterte Lourana, als wir hinter ihm hergingen, »sprecht nur, wenn man das Wort an euch richtet. Am besten sprecht überhaupt nicht! Überlaßt das Reden mir.«

Das Büro des Präfekten befand sich auf der zweiten Etage, die wir über eine breite Treppe mit dunkelblau bespannten flachen Stufen erreichten. Das Büro selbst war geradezu lächerlich riesig. Weißer Marmorboden, drei Meter hohe Vorhänge aus dunkelrotem Samt, Fenster an einer Wand, die einen Ausblick auf den Platz darunter boten, und ein großer schimmernder Schreibtisch. Ein gigantisches Porträt eines Hars, den ich für Ariaric hielt, bedeckte die ganze Wand dahinter, doch das Bild wirkte so stilisiert, daß unmöglich festzustellen war, ob es sich um Wraxilan handelte oder nicht. Als wir eintraten, erhob sich der Präfekt und entließ seinen Untergebenen mit einer gebieterischen Handbewegung. Im Wissen, daß es sich bei uns um Fremdlinge handelte, wandte er sich direkt an Lourana. Es folgte eine komplizierte Prozedur, welche viele Worte beanspruchte, ohne daß tatsächlich viel *gesagt* wurde. Doch offenbar fand der Präfekt sie zufriedenstellend. Er nickte, setzte sich wieder und blätterte die Papiere durch, die Lourana aus der Empfangshalle mitgebracht hatte.

»Panthera Jael«, sagte der Präfekt.

Lourana warf Panthera einen raschen Blick zu und nickte.

»Das bin ich, Tiahaar«, antwortete Panthera in seiner besten, klarsten und nobelsten Aussprache.

»Dein Empfehlungsschreiben, wenn du die Güte hättest…« Der Präfekt streckte die Hand aus. Auf mich wirkte er nicht besonders eindrucksvoll; er war von mittlerer Statur und keineswegs bemerkenswert, was Aussehen und Stil betraf. Schlaff, aber bösartig.

Mit steinerner Miene händigte Panthera ihm den Brief aus. Der Präfekt sah hoch, fing meinen Blick auf, schnupfte verächtlich, schüttelte das Schreiben und begann zu lesen. Gepackt von einem plötzlichen Zornesanfall, hatte ich das überwältigende Bedürfnis, dieses bedeutungslose Geschöpf anzustarren, wenn möglich so lange, bis es zu Staub zerfiel, was wohl nicht besonders schwierig sein sollte. Er studierte den Brief viel zu eingehend. Vielleicht war er ein betont langsamer Leser, aber ich empfand es dennoch als eine wohlabgewogene Beleidigung, denn eigentlich betraf ihn das Schreiben in keiner Weise. Es war an sich nur für die Augen der Bewohner von Sykernesse bestimmt!

Seinen eklatanten Mangel an Ruhmeslorbeer machte der Präfekt mit einem kurzen Augenblick der Macht über uns wett. »Es handelt sich wohl um Lalasa, soweit mir bekannt ist, einen Höfling dritten Ranges und Diener des Gemahls des Archons...« Wir gaben leise Geräusche der Zustimmung von uns. »Hmm, euer Ansuchen wird weitergereicht. Vielleicht in einer Woche...« Hier schniefte der Präfekt wieder auf penetrant herablassende Weise. »Ihr müßt euch der Tatsache bewußt sein, daß wir unablässig von Ausländern und ihren Petitionen belästigt werden. Viele von ihnen behaupten, Verwandte am allerhöchsten Hof zu haben. Ich fürchte, ihr müßt warten, bis die Reihe an euch ist.«

In diesem Moment überkam mich die Überzeugung, nun reiche es. Ich mußte in meinem Leben schon viele Beleidigungen über mich ergehen lassen, doch noch nie hatte mir jemand auf so impertinente Weise zu verstehen gegeben, daß ich nichts als ein Floh in seinem Pelz sei. Während ich noch gegen die roten Schleier ankämpfte, die sich unablässig vor meinen Augen drehten, stellte ich überrascht fest, daß ich den Präfekten am Kragen hielt und ihn halb über den Schreibtisch gezogen hatte. Er war an eine solche Behandlung sichtlich nicht gewöhnt. Seine Augen waren so weit aufgerissen, daß ich den weißen Kranz um seine Pupillen sehen konnte. »Entschuldige, *Tiahaar*«, sagte ich, »aber ich habe den Eindruck, du hast die Dringlichkeit unseres Ersuchens mißverstanden. Wir erwarten, spätestens morgen in den Palast vorgelassen zu werden, und wären dir dankbar, wenn du umgehend Sorge tragen könntest, daß dies geschieht! Mein Reisegefährte ist nicht nur ein naher Verwandter von Lalasa, ich bin selbst darüber hinaus noch ein alter Freund des Löwen. Ich habe das Gefühl, es könnte ihn verärgern, wenn man mich zum Warten zwingt...«

Ein, zwei Sekunden lang überlegte der Präfekt tatsächlich, ob ich die Wahrheit sagte oder nicht. Er blickte zur Tür, entschied sich aber, keine Hilfe zu holen. Ich war ein Algomalid; ich bezweifle, daß der Präfekt es auch nur zum Acantha gebracht hatte. Sein Wille war wie Butter unter dem meinen. Er entwand sich meinem Griff, vermied es sorgfältig, meinem Blick zu begegnen, und ließ sich hastig in seinen Sitz zurückfallen. Sein Hals war gerötet. Er hüstelte, um über seine Verlegenheit hinwegzutäuschen.

»Ihr müßt mir vergeben, Tiahaara. Ein Versehen. Findet euch gleich morgen früh in diesem Amt ein, und ich werde dafür sorgen, daß man euch nach Sykernesse begleitet.« Er reichte mir Ferminfex' Empfehlungsschreiben zurück. »Hier, verwahrt es gut; es ist von großem Wert.«

Steifbeinig schritt Lourana vor uns her aus der Tür. Sobald sie sich hinter uns geschlossen hatte, gestattete er sich den Luxus, zweimal unterdrückt zu prusten. »Ihr beide seid wahnsinnig!« entschied er dann ernüchtert. »Morgen früh warten die Niz schon auf euch! Ihr habt eure Chance verspielt, je nach Sykernesse zu kommen. Beim Aghama! Den Präfekten körperlich anzugreifen! Ich kann es nicht glauben!« Betrübt schüttelte er den Kopf.

»Du machst dir unnötige Sorgen«, sagte ich und gab

ihm einen aufmunternden Schlag auf die Schulter. »Der betuliche Zwerg da drinnen wird doch nicht seinen Kopf riskieren! Sein Geist ist schwach; kein Gegner für den meinen.«

»Du bist sehr zuversichtlich«, bemerkte Lourana trocken.

Ich hob die Schultern. »Morgen wird der Präfekt uns nach Sykernesse bringen lassen. Der einzige Nachteil dabei ist, daß Ariaric bis dahin von meiner Anwesenheit erfahren haben wird, und so wird's nichts mit der Überraschung.«

»Mit dem Schock«, korrigierte mich Panthera.

Dank Lourana waren wir beim ersten Licht des Tages wieder da. Möglicherweise hatte er uns liebgewonnen, denn wir konnten ihn nicht dazu bringen, mehr Geld anzunehmen, als er ursprünglich gefordert hatte. »Nicht einmal ein paar Spinner für die Nerven, die wir dich gekostet haben?« Ich schüttelte den Kopf.

Wir waren früh dran. Der Präfekt hatte seinen Dienst noch nicht angetreten. Ein Har beim Empfang informierte uns kühl, daß er um acht Uhr eintreffen werde, und siehe da, in dem Moment, als der Zeiger der Uhr über der Treppe den Ruck zur vollen Stunde machte, erschien der Präfekt wichtigtuerisch unter dem Torbogen. Als er uns erblickte, lenkte er seine Schritte eilfertig in unsere Richtung und lächelte ölig. Ich nahm an, er hatte sich unseretwegen bereits mit Sykernesse in Verbindung gesetzt.

»Ich werde euch persönlich hingeleiten«, sagte er mit einem widerlichen Grinsen, »aber nicht vor zehn. Darf ich euch inzwischen eine einfache Erfrischung anbieten?«

Zwei Stunden. Ich bezweifelte, daß man irgendeine Erfrischung in Maudrah als einfach bezeichnen konnte.

Wir wurden in einen kleinen Empfangsraum geführt, der sich an der Rückseite des Gebäudes verstecken mußte. Lourana lief hinter uns her, jetzt gewiß mehr von Neugier getrieben als von Loyalität. Der Raum hatte ein recht angenehmes, wenngleich nichtssagendes Aussehen. Die einzige Dekoration darin bestand aus einem weiteren Porträt von Ariaric, das streng auf uns herabstarrte. Ich ging hin und sah es mir genauer an.

»Eine Arbeit aus Ferike«, sagte Panthera und nahm mich am Arm. »Der Stil ist zwar konventionell, aber das Resultat steht weit über dem, was im Büro des Präfekten hängt.«

Das Antlitz sah genauso aus, wie ich es in Erinnerung hatte (was mich insofern erleichterte, als ich immer noch leise Zweifel hegte, was die Identität des Archons betraf), nur die Mähne des Löwen war geschoren. Er trug eine enganliegende Kappe, die sein gesamtes Haar – so überhaupt noch etwas davon vorhanden war – bedeckte.

»Ich hoffe, du weißt, worauf du dich da einläßt«, sagte Panthera und betrachtete das Bild mit kritisch zusammengekniffenen Augen. »Ich finde es jedenfalls schwierig, irgendeine Ähnlichkeit zwischen dem Har, den du mir beschrieben hast, und dem Gesicht da oben festzustellen.«

Ich antwortete nicht, in erster Linie deshalb, weil ich ganz seiner Meinung war. Hatte ich einen Fehler gemacht, indem ich hergekommen war? Würde mein Aufstieg in eine höhere Kaste genügen, um mich dafür zu wappnen, was folgen könnte? Ich würde einem Fremden gegenübertreten, ohne mit Waffen oder Vorauswissen gerüstet zu sein. Neben mir spürte ich Pantheras Echo meiner eigenen Stimmung: Furcht und Resignation, gemischt mit einer gewissen Erleichterung, daß er einen Verwandten in Sykernesse besaß.

Nach kurzem unbehaglichen Warten klopfte ein Diener an die Tür und brachte uns ein Tablett mit Zimtmilch in weißen Porzellantassen und einen Teller voll harter süßer Kekse. Die Milch war zu süß, aber sie hinterließ einen angenehmen Nachgeschmack mit einem Anflug von Erde und Bitterkeit. Gleich darauf öffnete sich eine zweite Tür hinter unserem Rücken, und zwei dürftig geschmückte Unterhaltungskünstler traten ein. Sie verbeugten sich schweigend vor uns und gingen augenblicklich daran, ein düsteres Drama aufzuführen, das zuviel Leiden und erduldete Qualen enthielt, um die Bezeichnung ›Unterhaltung‹ zu verdienen. Panthera und ich tauschten einen fragenden Blick; war dies normal üblich in Maudrah? Das Land war unbestreitbar voll unheimlicher Kontraste! Es besaß den Ruf von Brutalität, doch seine Bürger wirkten gottesfürchtig und friedlich. Ein Ballett aus Bürokratie, gefolgt von einer Darstellung der Grausamkeit. Ich bat Lourana um eine Erklärung.

Er sah mich überrascht an. »Ich verstehe nicht, weshalb du so fragst. Ganz gewiß bestand eines der ersten Dinge, die du nach deiner Weihe zum Wraeththu gelernt hast, in dem Grundsatz, daß es ohne Schmerz keine Lust geben kann; Schönheit ist wertlos ohne den Kontrast der Häßlichkeit. Eine ehrliche Gesellschaft muß lernen, diese Dinge im Gleichgewicht zu halten: Gerechtigkeit und Frevel, Stärke und Sanftmut, Aggression und Demut …«

»Mit anderen Worten, ihr seid eine Gesellschaft geradezu lächerlicher Extreme«, stellte ich überheblich fest. »Auf der Reise hierher hast du von Blutschuld gesprochen, der Notwendigkeit, Wiedergutmachung für die Vergangenheit zu leisten, und doch gelten die Maudraher als einer der machthungrigsten, blutdürstigsten Stämme von Jaddayoth. Du mußt zugeben, diese beiden Facetten wollen einfach nicht zusammenpassen!«

»Auch ein Brillant hat viele Facetten«, antwortete Lourana ebenso überheblich, steckte einen Keks in den Mund und mampfte genüßlich, während er glänzenden Auges die Aufführung verfolgte.

Ich konnte einfach nicht zusehen. Zu viele unangenehme Erinnerungen an Piristil überkamen mich dabei. Panthera war einwandfrei grün im Gesicht. Sein süßliches Getränk stand unberührt vor ihm und war im Begriff, eine dicke Haut zu bilden. Die zwei Stunden vergingen mit quälender Langsamkeit.

Zehn Minuten vor zehn kam der Präfekt wieder. Zu diesem Zeitpunkt hatten uns die beiden bizarren Unterhaltungskünstler bereits verlassen. »Ich habe das Vergnügen, euch jetzt zum Palast zu begleiten«, sagte er, wobei er jedes Wort auf der Zunge zergehen ließ. Dann war es also auch für ihn eine Ehre.

Sykernesse besitzt drei Türme – einen, so hört man, zur Feier der Geburt eines jeden von Ariarics Söhnen. Der Präfekt brachte uns mit einem öffentlichen Transportmittel hin, einem Gefährt, das dem von Lourana sehr ähnelte. Unseren Führer hatten wir zurücklassen müssen, der Präfekt hatte seine Anwesenheit im Palast kategorisch ausgeschlossen. In gewisser Weise tat es mir leid, ihm adieu sagen zu müssen; sein Wissen hatte uns ein Gefühl der Sicherheit gegeben, und nun fühlten wir uns allein gelassen.

Sykernesse ist von einer unüberwindlich hohen Mauer umgeben. Käfige auf der Mauer enthalten die Überreste von zum Tode verurteilten Verbrechern – oder vielleicht von Hara, die unseligerweise nur auf der Straße hingefallen waren? Mir schauderte. Was, im Namen des Aghama, sollte ich hier bloß? Ich war verrückt!

Als wir am Haupttor Einlaß begehrten, wurden wir augenblicklich zur Ursache emsiger Betriebsamkeit. Der Präfekt argumentierte in unverständlicher Ausdrucksweise mit den Wachen; Verwaltungsbeamte wurden herbeigerufen und stürzten sich umgehend in noch ernsthaftere Diskussionen, wobei sie Formulare und Listen konsultierten, die sie mit Klammern an einer kleinen Tafel befestigt mitführten. Panthera und ich nahmen uns inzwischen die Freiheit heraus, uns zurückzulehnen und zu rauchen. Ehe alle Probleme ausgemerzt waren, hatten wir jeder zwei Zigaretten geraucht. Dann hob sich der Wagen endlich mit einem leisen Seufzen und schwang sich elegant in den Schatten des großen Tores. Die symmetrisch angelegte Front mit dem Haupteingang von Sykernesse zeigte sich uns in morgendlicher Pracht: breite weiße Freitreppen, Säulenreihen, geschnitzte Türen und schwere Banner, die sich träge in die leichte Brise schmiegten. Beringte Kolkraben stolzierten über Marmorterrassen und samtige Rasenflächen und schlugen quengelnd mit den Flügeln. Ein Reitknecht, der zwei riesenhafte Pferde mit seidigem Fell an der Kandare führte, bat um Nachsicht, als er unseren Weg kreuzte.

Der Präfekt wies den Fahrer an, ein kleineres Seitentor anzusteuern, denn die Erhabenheit des Haupteinganges war nur dem Archon und hochstehenden Besuchern vorbehalten. Doch auch der Seiteneingang war noch sehr eindrucksvoll. Ein würdevoller Diener bat uns mit vollendeter Wohlerzogenheit einzutreten und führte den Präfekten und uns durch einen breiten, dunklen Korridor und eine schimmernde Halle in einen offiziellen Empfangssalon, der in dunklem Blutrot gehalten war. Allmählich fragte ich mich, ob wir den Archon selbst je zu Gesicht bekommen würden. Ich bezweifelte, daß Ariaric oder auch nur die Mitglieder seines Stabes sich ins Erdgeschoß herabbemühten, wenn sie nicht gerade den Palast verlassen wollten. Der Präfekt bat uns, ein Dokument zu unterzeichnen, und ich kritzelte recht sorglos meinen Namen darunter, ohne es zu lesen. Panthera hingegen vertat ein paar Minuten mit dem Versuch, den Inhalt zu entziffern, unterschrieb und warf das Papier angeekelt dem Präfekten hin, nachdem er sich außerstande gesehen hatte, aus dem offiziellen Kauderwelsch schlau zu werden.

»Nur eine Formalität«, beteuerte der Präfekt scheinheilig und faltete das Papier sorgfältig zusammen. »Wir legen Wert darauf, einen Überblick über alle fremdländischen Besucher zu haben, die sich in Oomadrah einfinden. Wenn ihr jetzt Platz nehmen wollt – es wird in Kürze jemand kommen, der sich eurer annimmt.« Er buckelte rückwärts aus dem Salon.

Panthera gebrauchte seine Finger für eine rüde Geste auf die geschlossene Tür hin – eine Seltenheit bei ihm. »So, und was jetzt?« fragte er dann vorwurfsvoll. »Cal, wir könnten zu diesem Zeitpunkt schon lange auf dem Weg nach Roselane sein!«

»Erinnere mich nicht daran«, sagte ich.

»Ach, gibst du jetzt endlich zu, daß du einen Fehler gemacht hast?« fragte er selbstzufrieden.

Ich schüttelte den Kopf. »Nein. Warten wir's ab, ja?«

Er lachte. »Ja. Warten wir's ab. Weißt du, ich hätte nie gedacht, daß Oomadrah *so* schlimm sein könnte. Und du?«

»Ich hätte nie gedacht, daß heutzutage *irgend etwas* so schlimm sein könnte!«

»Was meinst du damit?«

»Nur daß das Leben vor der Zeit der Wraeththu dir wenig Erfreuliches geboten hätte, mein Pantherchen.« Er hob die Augenbrauen, aber wir wurden unterbrochen. Die Tür flog auf, und ein weißgekleideter Har mit lohfarbenem Haar platzte regelrecht in den Raum. Er blickte sich rasch um und fuhr sich mit der Hand durch das Haar, als er uns nervös auf der nächststehenden Bank sitzen sah. Er lächelte und stürzte auf uns zu. »Sei gegrüßt, Vetter«, sagte er. »Wer von euch beiden auch immer mein Vetter sein mag.«

»Lalasa?« erkundigte Panthera sich hoffnungsvoll. Er streckte die Hand aus, und der Har ergriff sie.

»Ah, Lahelas Sohn. Ich hätte es wissen müssen. Ja, ich bin Lalasa. Und jetzt erklär mir, aus welchem hirnverbranntem Grund du dich in dieses Schlangennest wagst!«

»Selbstverständlich läßt man in Sykernesse die starren Zügel, die der übrigen Bevölkerung von Maudrah angelegt sind, etwas durchhängen«, erklärte Lalasa, während er uns Kaffee eingoß. Im Hintergrund warteten Diener, bereit, augenblicklich herbeizueilen, sollten sie gebraucht werden. Ich bewunderte die Art und Weise, wie Lalasa sie so überzeugend ignorierte. Er war wohl ein typischer Kalamaher. Es war deutlich erkennbar, daß er etwas von Lahelas Blut hatte. »Wir haben ziemlich viele Besucher aus anderen Ländern hier«, fuhr er fort, »Hara, die bei Hof vorgestellt werden. In der Umgebung seiner Gemächer will Elisyin von den beschränkenden Vorschriften der Maudraher nichts wissen. Selbst die Niz sind dort nicht willkommen – mit Ausnahme von Wrark Fortuny, aber das ist ein Freund von Ariaric, also ist das etwas anderes. Wie lange habt ihr denn vor hierzubleiben? Was, zum Teufel, wollt ihr überhaupt hier? Ich kann mir nicht vorstellen, daß ihr nur gekommen seid, um mich aufzusuchen!«

»Stimmt«, pflichtete ich ihm ohne viele Umstände bei. »Ich möchte Ariaric treffen.«

Lalasa schnappte nicht nach Luft und verzog keine Miene. »Das ist klar«, bemerkte er einigermaßen geheimnisvoll. »Solltest du aus Megalithika kommen, kannst du damit rechnen, ziemlich rasch nach Garridan abgeschoben zu werden. Unser geliebter Archon bemüht sich kaum, Gesichter aus der Vergangenheit zum Verweilen zu ermutigen. Ich nehme an, sie sind ihm peinlich oder so ähnlich ... Aber ich bezweifle, daß er dich auf der Stelle hinausschmeißt; ganz bestimmt sichert er dir eine gute Stelle in Garridan, ehe er das tut ...«

»Ich glaube, du verstehst mich nicht«, sagte ich, »ich bin nicht auf der Suche nach einer beruflichen Position.«

»Ach nein? Vergib mir die Taktlosigkeit, dieses schreckliche Wort auszusprechen, aber eine Menge

Uigennas schlagen den Weg hierher ein, weil sie denken, nun, da Ariaric sein eigenes kleines Reich hat, wird es ihnen gelingen, von dem zu schmarotzen, was er mit Glück und harter Arbeit angesammelt hat. Wir müssen auf der Hut sein.«

»Ach, dann ist es wohl kein Geheimnis, daß er einmal den Uigennas angehört hat?«

Lalasa verzog das Gesicht. »Ich *bitte* dich! Wie kommst du auf diesen Gedanken? Das hat er doch nie getan! Und es wäre besser, du vergäßest das keinen Augenblick lang, mein Freund! Ariaric verließ Megalithika einzig und allein deshalb, weil die Dinge dort doch etwas zu sehr außer Kontrolle gerieten. Das gefiel ihm nicht.«

»Das ist die offizielle Version?«

»Allerdings.«

»Gelingt es den Besuchern aus der alten Heimat überhaupt je, ihn persönlich zu Gesicht zu bekommen?«

»Soll das ein Scherz sein?« Wiederum verzog Lalasa äußerst vielsagend das Gesicht.

»Es ist mein Ernst.«

»Nun, was meinst denn du? Hör mal, ich bin immer bei Elisyin, meinem Ohr entgeht nichts. Also: Niemand, in dessen Adern Uigennablut fließt, kommt auch nur in die erste Etage, glaub mir. Sie werden zwar mit einer vollen Börse weggeschickt, aber er will sie nicht sehen, nicht einmal um der alten Zeiten willen. Falls du Ariaric von früher her kennst, solltest du diesen Umstand besser nicht erwähnen. Verstanden?«

»Schon. Doch unglücklicherweise habe ich mich beim Präfekten recht indiskret ausgedrückt. Ich erwähnte, daß ich ein alter Freund des Löwen bin.«

Lalasa zuckte die Achseln. »Deswegen würde ich mir keine Gedanken machen. Der Präfekt ist ein Dummkopf, ein Bürohengst. Er hat keinen Einfluß und keine wichtigen Kontakte hier.«

»Wenn ich dem Archon einen Brief schreibe, willst du dann dafür sorgen, daß er ihn bekommt?«

»Nein, nie im Leben! Schreib an Elisyin. Wahrscheinlich werde ich in der Lage sein, euch bis in seine Etage zu bringen. Er hat gern hübsche Hara um sich, und ihr entsprecht bestimmt den Erwartungen. Bringt nur nicht vergangene Beziehungen zur Sprache. Sagt, Ferminfex habe euch auf Geschäftsreise zu den reichen Nichtstuern geschickt oder so. Panthera, kannst du Porträts zeichnen?«

»Ich kann alles zeichnen«, antwortete er mit säuerlicher Miene.

»Gut, das ist eure Eintrittskarte. Alle Höflinge von Elisyin sind ganz außerordentlich eitel. Also, gehen wir's an.« Er rief nach Papier und Feder, was die Diener in hysterische Aktivität versetzte. Ich nehme alles zurück, was ich je über Kalamaher Trägheit gesagt habe; innerhalb einer Stunde waren wir in einer Suite im ersten Stockwerk untergebracht.

Die zweifellos existierende Überfülle an Mitteln war erlesen maßvoll eingesetzt. Wir hatten zwei Zimmer und ein Bad, das sich im Vergleich zu dem üblichen Standard von Sykernesse bescheiden ausnahm, aber mehr als angemessen war. Schließlich waren wir weit entfernt davon, offizielle Botschafter Ferikes zu sein.

Über den Räumen lag eine Atmosphäre von Unbeständigkeit, ganz so, als hätte keiner der früheren Gäste sie lange bewohnt. Die Einrichtungsgegenstände waren in Terrakottarot, Braun und Elfenbein gehalten. Panthera betrachtete interessiert ein Objekt, das an der Wand hing.

»Was ist denn das?« fragte er und drückte verschiedene Knöpfe darauf.

Lalasa schlug seine Hand weg. »Ein Telefon«, sagte er. »Vorsicht.«

»Ein *was?*« Panthera war nur an Gedankenübertragungsanlagen gewöhnt; selbst ich war etwas überrascht.

»Ein primitives Kommunikationsmittel, das einst von den Menschen benutzt wurde«, erklärte ich ihm. »Man fühlt sich fast ins zwanzigste Jahrhundert zurückversetzt, nicht wahr?«

»Nun, ganz so lange liegt es ja noch nicht hinter uns«, bemerkte Lalasa; dann bereitete er uns darauf vor, daß Elisyin uns am Nachmittag empfangen würde. Ich war nicht sehr davon überzeugt, daß der Gemahl des Löwen echtes Interesse an uns hatte, aber offensichtlich verfügte Lalasa über beträchtlichen Einfluß. Ohne Zweifel hatte er unmißverständlich angedeutet, wie dankbar und glücklich es ihn machen würde, sollte sein Verwandter aus Jael bei Hof empfangen werden.

»Ich fühle mich nicht sicher hier«, erklärte Panthera, nachdem Lalasa gegangen war. »Es wirkt alles so vornehm und kultiviert, aber ich habe das Gefühl, das sieht nur bei oberflächlicher Betrachtung so aus. Findest du nicht? Ich habe den Eindruck, als könnte man hier sehr leicht – nun ja, in Ungnade fallen.«

»Ach, Thera«, erwiderte ich und öffnete das Schatzkästlein meiner reichen Erfahrungen, »wenn du einmal in so vielen Herrscherhäusern gewesen bist wie ich, dann merkst du, daß sie alle gleich sind. Das schließt bis zu einem gewissen Grad sogar Jael ein. Die Regeln der Etikette müssen eingehalten werden, vornehme Sitten herrschen, um sich von der schmierigen Gewöhnlichkeit der Menschen abzuheben. Wenn du die Rasse der Wraeththu ehrlich betrachtest, wirst du herausfinden, daß sie ganz verrückt sind nach Pomp und umständlichem Zeremoniell. Sie lieben es, sich majestätisch aufzuführen. Und um zu überleben, muß man eben wissen, wie das Spiel gespielt wird. So schwierig ist es gar nicht.«

»Hmmm, wenn ich mich recht entsinne, hast du damals, als wir uns kennenlernten, als Kanene gearbeitet, nachdem du eine Zeitlang durchs Land vagabundiert warst. Hattest du da vergessen, wie das Spiel gespielt wird, oder war es eine freiwillige Entscheidung, nicht mehr daran teilzunehmen?«

»Immer unterschätze ich dich«, sagte ich.

»Vielleicht betrachtest du mich nur als Kind«, antwortete er. »Es fällt mir auf, daß Hara der ersten Generation gegenüber uns Reinblütigen zumeist eine etwas gönnerhafte Haltung einnehmen, ganz so, als hätten wir vom realen Leben keine Ahnung. Das ist nicht fair, oder? Kannst du wirklich behaupten, daß ich in meinem Leben nichts durchgemacht habe?«

»Das täte ich nicht im Traum, Liebes! Ich sage nur eines: Ich habe bei den Varrs gelebt, ich habe bei den Gelamingern gelebt – bei letzteren allerdings gezwungenermaßen. Ich kenne dieses Szenario. Denk dir die großen Häuser weg, die luxuriöse Pracht, die Kleider – und übrig bleiben eine Uigenna-Clique und ihr Anführer. Nirgendwo ist es anders.«

»Ich hoffe, du hast recht.«

»Das hoffe ich auch.«

Kapitel 23

Sykernesse

Ich muß zufrieden sein in meinem Herzen …

W. B. Yeats,
The circus animals' desertion

Vom Gemahl eines Wraeththu-Herrschers erwarte ich immer, in ihm ein weibchenhaftes, anschmiegsames Geschöpf anzutreffen, dessen einziger Daseinszweck die Hervorbringung von Erben ist. Doch Elisyin war eine Ausnahme von dieser Regel. Er trug sein Haar kurz abgeschnippelt und offenbar mit Absicht zerrauft, und sein Benehmen war unruhig und eigensinnig. Vom ersten Moment an, da ich ihn erblickte, war mir klar, weshalb er mit den engstirnigen, kleinlichen Vorschriften der Maudraher nichts anzufangen wußte. Zum einen würden sie ihn zu Tode langweilen; zum anderen kämen sie ihm bei wichtigeren Dingen in die Quere. Elisyin sprach gern ein klares, offenes Wort; Förmlichkeit und Zeremoniell lagen ihm. Ariaric liebte ihn vermutlich heiß – und fürchtete ihn ein wenig. Terzian hatte einst Cobweb solche Gefühle entgegengebracht; vielleicht betrachtete ich Elisyin deshalb auch zu subjektiv. Er war nicht sehr groß, aber so anmutig und ästhetisch anzusehen, wie es einem wohlerzogenen, vornehmen Feriker anstand. Er trug keine Schminke, nur seine Fingernägel waren tief dunkelblau lackiert. Dazu trug er zumindest ein Dutzend Ohrringe unterschiedlicher Formen und Größen, doch keinerlei andere Juwelen. Seine Suite war luxuriös, aber unordentlich; sie wirkte nicht besonders herrschaftlich.

Lalasa führte uns durch einen schnatternden Schwarm Höflinge zu dem Sofa, wo Elisyin an einem Kartenspiel teilnahm, das allerdings niemand so recht ernst zu nehmen schien. Der Gemahl des Archons lächelte höflich, als wir ihm vorgestellt wurden, aber es war klar, daß wir ihn in Wirklichkeit wenig interessierten. Vermutlich wurden ihm viele Leute, die nach einer Anstellung in Sykernesse trachteten, auf diese Weise vorgeführt, so daß zwei neue Gesichter zu alltäglich waren, als daß auch nur ein Wort darüber zu verlieren war. So fragte uns Elisyin auch nicht nach dem Grund unserer Anwesenheit; er war ihm gleichgültig. Ich muß gestehen, daß dieser Umstand meiner Eitelkeit gewaltig zusetzte. Ich hätte ihm so gern zu verstehen gegeben, wie verschieden wir von den Speichelleckern waren, mit denen er sich umgab. Es ärgerte mich, den Anschein zu erwecken, einer von ihnen zu sein. Natürlich wäre es heller Wahnsinn gewesen, mit diesem hochrangigen Har eine Gedankenberührung zu wagen, aber einen Augenblick lang zog ich es sogar in Betracht. Nur der Wunsch, ein Weilchen ›gesichtslos‹ zu bleiben, hielt mich davon ab. Die Eitelkeit war immer noch eine Eigenschaft, die ich beherrschen lernen mußte.

Lalasa gab sich große Mühe, uns eindrucksvoll klarzumachen, welch ein Privileg es für uns bedeutete, in eine so erlauchte Gesellschaft eingeführt zu werden. Er stellte uns einigen von Elisyins Busenfreunden vor, von denen sich der eine oder andere tatsächlich zu einer kleinen Kopfbewegung aufraffte, um uns in Augenschein zu nehmen. Ein, zwei Hara bekundeten ihr Interesse an einem Porträt ihrer eigenen Person, worauf Panthera zähneknirschend lächelte und von ersten Skizzen sprach. Er betrachtete solche Arbeiten als unter seiner Würde, verbarg diesen Umstand aber erfolgreich. Nach einer Ewigkeit oberflächlichen Geplauders kam er wieder zu mir und flüsterte in mein Ohr: »Roselane!«

»Bald«, versprach ich. Er schwieg zwar, aber wir wußten beide, daß es nicht der Wahrheit entsprach.

Drei Tage lang spielten wir mit. An drei Tagen standen wir morgens spät auf, aßen wie Könige, durchstreiften zusammen mit Lalasa ganz Oomadrah und sagten die richtigen Dinge zu den richtigen Leuten. Abends gingen wir ins Theater, zu den Pferderennen, in die Kunstgalerien – und das alles innerhalb der Mauern von Sykernesse; alles so unendlich zivilisiert...

Panthera verlor fast den Verstand. »Du vergeudest deine Zeit, Cal!« rief er. »Was, zum Teufel, tust du hier? Das ist doch verrückt! Hast du denn Elhmen und Sahen schon vergessen?«

Oh, ich wußte, daß er recht hatte. Elhmen schien eine Million Meilen entfernt, Immanion nichts als ein Traum. Wie die Dinge standen, sah es so aus, als würden wir Ariaric nie zu Gesicht bekommen. Elisyins Leute kamen selten mit jenen im zweiten Stockwerk zusammen, und wir wußten nicht einmal, ob der Archon sich in der Residenz befand oder nicht. Am Abend des dritten Tages war ich bereit zuzugeben, daß ich falsch daran getan hatte, auf diesem Abstecher zu bestehen. Was hatte ich eigentlich erwartet? Einen funkensprühenden Zusammenstoß mit dem Löwen, in dem ich ihm bewies, wieviel ich erreicht hatte, obwohl man mich damals brutal aus dem Stamm der Uigennas getreten hatte? Wie der geneigte Leser sieht, war ich mir meiner eigenen Motive nicht mehr sicher. Vielleicht war es einfach Eitelkeit.

Ich sagte zu Panthera: »Morgen reisen wir ab«, und er hatte soviel Taktgefühl, die Bemerkung: ›Warum nicht gleich?‹ zu unterdrücken. So begannen wir zu packen, als es plötzlich klopfte. Panthera sah mich bestürzt an – ihm schwante Böses.

Es war Lalasa. Er merkte nicht einmal, daß wir packten. »Ihr habt eine Stunde Zeit, um euch zurechtzumachen«, sagte er. »Bemüht euch, so gut auszusehen wie nur möglich. Ariaric ist soeben von der Grenze zu Natawni zurückgekehrt, und nun findet eine Feier zu seinen Ehren statt. Elisyin hat darum gebeten, euch zu fragen, ob ihr kommen wollt.« (Und wie!) »Möglicherweise ist das die einzige Chance, die du bekommst, Cal. Geh's an. Sofort.« Er stürmte aus dem Zimmer, ehe wir etwas darauf antworten konnten.

Panthera sah nicht unbedingt freudig erregt drein. Er starrte mich bedeutungsvoll an. »Sei vorsichtig«, sagte er.

Der größte Teil von Sykernesse hat drei Stockwerke. Das Erdgeschoß beherbergt die Dienerschaft und das übrige Personal, dort befinden sich auch die Büros und Empfangszimmer für die Besucher und darüber hinaus die Küchen und Vorratsräume. Auf der ersten Etage liegen die Staatskanzleien, Konferenzräume, Bibliotheken und die Suiten für Besucher, die zwar über das Erdgeschoß hinausgelangt, aber nicht hochrangig genug sind, um sich für eine Unterbringung im zweiten oder dritten Stock zu qualifizieren; dazu kommen die Wohnungen jener Palast-Hara, die für dieses Stockwerk zuständig sind. Die zweite Etage ist, wie ich schon angedeutet habe, das Territorium von Elisyin, seiner Freunde und seiner Dienerschaft. Die dritte ist die Domäne von Ariaric und den Niz; sie allein haben Zutritt zu den Türmen und Zinnen von Sykernesse, zu den Observatorien und Privattempeln. Die meisten Mitglieder des Hofes, einschließlich der Familie des Löwen, residieren auf der zweiten Etage. Und dort war es auch, wo die Feier zur Rückkehr des Archons stattfand.

Lalasa nahm sich unser an und geleitete uns durch die richtigen Gänge. »Bleibt in meiner Nähe«, sagte er. »Was auch immer geschieht, Cal, unternimm keinen

Versuch, mit Ariaric zu sprechen. Vielleicht nimmt er von dir Notiz. Vielleicht auch nicht. Du bist in der Hand des Schicksals. Möglicherweise wird man dich morgen schon ersuchen, unverzüglich deine Reise Richtung Osten aufzunehmen. Wir müssen abwarten.«

Es war eine überraschend ungezwungene Zusammenkunft, die da in einem großen Saal mit niedriger Decke abgehalten wurde, wo die Kombination von hellstem Taubengrau und dunkelstem Indigo einen äußerst raffinierten und geschmackvollen Effekt ergab und wo die zurückhaltende Beleuchtung den Hara schmeichelte, die sich in ihrem Schein bewegten. An einer Seite des Raumes war ein mit Delikatessen aller Art überhäuftes Büffet aufgebaut, aber es gab nur wenige Sitzgelegenheiten. Diener glitten lautlos zwischen den Gästen hindurch und versorgten sie mit trockenem eiskalten Wein. Die Hara standen in kleinen Gruppen umher und unterhielten sich mit leiser Stimme, warfen jedoch immer wieder rasche Seitenblicke zu den Türen.

Panthera und ich nahmen jeder ein Glas Wein und verzogen uns in eine stille Ecke, um von dort aus die Vorgänge zu verfolgen. Lalasa hielt sich in unserer Nähe auf und ließ uns nicht aus den Augen. Mein Herz raste.

Dann hatte Elisyin seinen glanzvollen Auftritt, und wir wurden Zeugen einer schwindelerregenden Zurschaustellung von Unterwürfigkeit: die Höflinge fielen regelrecht auf die Knie, als Elisyin sich zwischen ihnen hindurchbewegte, doch er schien es nicht zu bemerken. Links und rechts hatte er einen hochmütigen jungen Har zur Seite – seine Söhne, wie Lalasa uns verriet. Eine hochgewachsene Gestalt in einer Art Kutte, die Hände in den weiten Ärmeln verborgen, folgte den dreien auf dem Fuß. Das, so hörten wir, war Wrark Fortuny, Hoherpriester der Niz. Seit unserer Ankunft in Sykernesse war er der erste Niz, den wir zu Gesicht bekamen.

Panthera und ich begannen uns bald zu langweilen; zum einen waren wir beide zu unbedeutend, als daß irgend jemand es der Mühe wert gefunden hätte, das Wort an uns zu richten, zum anderen konnten wir uns der Verachtung nicht erwehren, die das kriecherische Benehmen der Anwesenden Elisyin gegenüber in uns wachrief.

Nach einer weiteren halben Stunde erschien die Elite von Ariarics Armee – der Hof fiel fast in Ohnmacht vor Ehrerbietigkeit. Panthera sah mich an und verdrehte die Augen. Aber das Beste sollte noch kommen.

Wrark Fortuny bestieg ein Podium am Ende des Saales; die Musik, die die ganze Zeit über so leise gespielt hatte, daß man sie gar nicht bemerkte, schwieg augenblicklich, und ein Raunen ging durch den Saal, das jedoch rasch erstarb. Fortuny hob die Hände, legte den Kopf in den Nacken und schloß die Augen. Er holte tief, tief Luft. Stieß den Atem aus.

»Ihr, die ihr hier versammelt seid«, intonierte er mit schallender Stimme, »beschirmt eure Augen vor dem Licht, da es auf euch fällt! Begrüßt mit Inbrunst den Sohn der Helligkeit, den lebenspendenden Hauch, den unbeugsamen Verkünder der Gerechtigkeit, das Ebenbild des Aghama auf dieser verderbten Erde; begrüßt Ariaric, den Archon von Oomadrah, den man den Löwen nennt ob der Schärfe seines Blicks; den Beschreiter der Wüsten, dessen Augen die Mysterien geschaut haben und die Lichtstrahlen des Schicksals sind. Der Geist des Aghama wohnt in ihm, und wir sehen den Goddua im Inneren des Hars und senken unseren Blick, bis er uns die Erlaubnis gibt zu sehen …«

Jedes Kinn im Saal sank auf die dazugehörige Brust. Der Atem wurde angehalten. Panthera und ich tauschten einen nervösen Blick. »Senkt die Augen!« zischte uns Lalasa verzweifelt zu, also starrte ich fürs erste einmal zu Boden. Aus dem Augenwinkel sah ich, wie die breite Doppeltür zum Korridor aufschwang. Eine Fanfare erscholl: fünf klare, melodiöse Töne. Fortuny sagte ein kurzes Gebet, und Ariaric betrat, begleitet von seinen engsten Freunden, den Saal. Ich mußte hinblicken. Ich konnte nicht anders, denn für mich war es ein entscheidender Moment, in dem der Pfad der Zeit plötzlich saubergefegt vor mir lag, so daß zwei Punkte zusammentreffen und geeint erblühen konnten. Den Kopf hob ich dabei nicht, verdrehte statt dessen mühsam die Augen, um etwas zu sehen. Und ich war der einzige, der das tat.

Ariaric wandte den Kopf und lächelte seinen Freunden zu, sie lächelten zurück. Er trat zu seinem Gemahl Elisyin, der wie alle anderen den Kopf gesenkt hielt, und küßte ihn auf die Wange. Elisyin sah auf und nickte. Damit sagte er: ›Es geht mir gut, mein Geliebter.‹ Diese Sprache hatte auch ich einst verstanden.

Fortuny sog den Atem ein, als könne er ihre Berührung riechen. Er öffnete die Augen, und Ariaric hob die Hand. »Seht nun das Licht!« rief Fortuny überschwenglich, und alle sanken auf die Knie. Nur ein paar Außenseiter fremdländischer Herkunft wie wir standen verlegen in den Winkeln des Saales herum. Der Archon ließ den Blick rasch über uns gleiten; möglicherweise fürchtete er in solchen Momenten, ein altes Gesicht wiederzusehen. Er sah mir direkt in die Augen, verriet jedoch mit keinem Wimpernzucken, daß er mich erkannte. Wie auch immer, ich wußte es. Ich spürte, wie ihm das Blut plötzlich kalt durch die Adern strömte und sein Herzschlag aussetzte. Eine Sekunde lang befanden wir uns beide wieder in der Vergangenheit und hockten in dem alten Lagerhaus nebeneinander, und unsere Knie berührten sich; er hatte eine zerschnittene Handfläche, ich entsetzliche Angst. Er war damals so stark gewesen, und ich hatte mich meiner Angst gestellt. Ich hatte sie durchgestanden. Jetzt besaß ich einen Sohn – irgendwo. Und Ariaric? War auch er erwachsen geworden? Ich war zwar inzwischen Algomalid, aber für sein Volk war der Löwe ein Gott, eine Inkarnation des Aghama. Unfaßbar. Doch ich konnte es nicht in Frage stellen ... noch nicht. Was sein Haar betraf, so hatte ich mich geirrt. Er hatte es nicht abgeschnitten. Welch nüchterne Schmucklosigkeit seine neue Rolle auch immer von ihm verlangte, er liebte seine Mähne zu sehr, um von ihr zu lassen. Er trug sie jetzt streng nach hinten gekämmt und zu Zöpfen geflochten, die ihm über den Rücken hingen und Gesicht und Hals freigaben. Dazu war sein Haar dunkler als damals. Offensichtlich hatte er an seiner inneren Ausgeglichenheit hart gearbeitet, denn die aggressive Männlichkeit schien jetzt durch heitere Gelassenheit und anmutige Eleganz gemildert. Ich nahm an, daß auch seine Stimme sanfter klänge. Er sagte: »Erhebe dich, mein Volk!«, und das Volk gehorchte. Seine Stimme klang tatsächlich sanfter, aber immer noch weittragend. Ich spürte seine Kraft, doch möglicherweise handelte es sich nur um Selbstsicherheit. Wie Lalasa gesagt hatte, wir würden abwarten müssen.

Jedes einzelne Gesicht in diesem Saal strahlte vor Freude; wie sie ihn liebten! Ich sah einfach nur zu. Er blickte Elisyin an, und Elisyin antwortete mit einer Grimasse. Ich fragte mich, welche Witze die beiden wohl unter vier Augen über diese scharwenzelnden Hara machten; aber vielleicht machten sie überhaupt keine Witze über sie. Einen Moment lang war ich zutiefst neidisch. Der Gedanke: Das hätte ich sein können! schoß mir durch den Kopf. Doch es war nicht als potentieller Gemahl des Löwen, als den ich mich in diesem Augenblick sah, sondern zum ersten Mal vielleicht dachte ich: Hätte ich Thiedes Angebot angenommen und wäre mit ihm nach Immanion gegangen, hätte ich dann nicht gewiß irgendwann einmal in einem Saal wie diesem Pell in die Augen geblickt? Hätten wir dann beide gelächelt im Wissen um unser Geheimnis und dieses Wissen genossen? Das Gefühl war weitaus komplizierter, aber schwer in Worte zu fassen. Panthera legte die Hand auf meinen Arm und brachte mich in die Gegenwart zurück. Vielleicht hatte er erraten, woran ich dachte.

»Sieht er so aus wie in deiner Erinnerung?« fragte er mich.

Ich schüttelte den Kopf. »Nein. Völlig verändert... möglicherweise.«

Ich wußte, er würde bald mit mir sprechen.

Die Musik wurde lauter, die Stimmen schriller, als der Abend rund um uns weiterwirbelte und mehr Wein konsumiert wurde. Ich mußte dauernd an den Unterschied zwischen diesem Leben und jenem in der Stadt unten denken und machte eine entsprechende Bemerkung zu Lalasa.

Er lächelte. »Es sind nicht zweierlei Maßstäbe, nach denen hier gemessen wird«, sagte er. »Früher, in alter Zeit, haben auch die Menschen nicht angenommen, so wie die Götter leben zu können; und ebensowenig hätten sie es gewagt, die Art und Weise zu kritisieren, wie ihre Götter sich benahmen. In Maudrah ist Ariaric ein göttliches Wesen; sein Verhalten ist über jeden Tadel erhaben, genauso wie das Verhalten seines Hofes.«

»Und was ist dann eigentlich Goddua?« fragte Panthera.

»Ganz einfach«, antwortete Lalasa, »das ist Gott und Göttin in einem. So ähnlich wie bei uns selbst auch.«

Panthera war bereit zum Disput. »Aber Gott und Göttin gemeinsam kann man doch wirklich nicht als ›er‹ bezeichnen«, sagte er.

»Du denkst also, das sollte geändert werden?« fragte Lalasa. »Man sollte sich wohl einen neuen Ausdruck ausdenken, der ebenso androgyn ist wie wir?«

Ich seufzte und lenkte meine Aufmerksamkeit auf andere Dinge. Es langweilte mich zu sehr, um die beiden darauf hinzuweisen, daß man dieses Thema schon vor etwa dreißig Jahren knochentrocken genagt hatte.

Wen kümmert es schon, ob wir uns ›er‹, ›sie‹ oder ›es‹ nennen? Mich nicht. Also ließ ich die Augen über die Gesichter im Saal schweifen, konnte aber den Löwen nirgendwo entdecken. Viele Hara waren nach draußen geschlendert oder hatten sich in Elisyins Gemächer verzogen. Ich fand, Panthera war bei seiner Diskussion mit Lalasa gut aufgehoben, und trollte mich unauffällig. Ich wollte auf Entdeckungsreise gehen und, jawohl, nach Ariaric Ausschau halten. Wer hätte das nicht getan?

Also durchwanderte ich das ganze Stockwerk, mein Glas in der Hand, und warf einen Blick in jeden Raum, an dem ich vorbeikam. Niemand schenkte mir Beachtung. Vor einem Wandspiegel blieb ich stehen, sah hinein und dachte: Aber ja, das wird schon reichen. Dann studierte ich alles ein, was ich zu ihm sagen würde, falls ich ihn fände. Es war sehr dramatisch. Fast surreal, aber sehr fesselnd. Schließlich merkte ich, daß ich in leeren Korridoren umherlief, wo ich nicht einmal einem dienstbaren Geist begegnete. Mechanisch ging ich weiter, bis ich am Fuß einer breiten Treppe stand, die sich nach oben in samtenem Halbdunkel verlor. Ich betrat sie, und nach einer Weile fiel Finsternis über mich wie ein Schleier; die Geräusche der Lustbarkeit schienen weit entfernt. Meilenweit. Vor mir standen schimmernde hohe Säulen Wache vor einer Stille, so feierlich wie in einer Kathedrale. Hoch über mir mußte sich, unsichtbar für meine Augen, die Decke befinden. Das war wohl Ariarics Stockwerk! Ich durfte nicht hier sein! Ich durfte nicht weitergehen, mußte augenblicklich zu Panthera zurückkehren! Wenn man mich fand, konnte das unangenehme Folgen haben! Doch noch während ich das alles dachte, ging ich weiter, immer weiter und hatte bald die Treppe hinter mir gelassen. Ob wohl auch Phaonica ähnlich war? So erhaben, so großartig, so still? Ich spürte Melancholie, aber wahrscheinlich nur deshalb, weil ich es so wollte. Irgend etwas führte mich weiter, dessen war ich ganz sicher, und ich ließ es zu. Wie sonst hätte ich gewußt, in welche Richtung ich mich wenden, welche Treppen ich hochsteigen sollte? Wie sonst hätte ich den Weg zu der beschlagenen Tür finden sollen, die in die Basis eines Turmes führte? Fast wie in Trance schloß ich die Tür hinter mir und begann den Aufstieg. Immer rundum, immer weiter nach oben. Ich hörte das eintönige, düstere Pfeifen des Windes und spürte, wie die Luft kälter wurde. Höher, immer höher. Panthera war weit, weit weg, und ich kletterte einen steinernen Finger hoch, fernab von allem, was mir vertraut war.

Am Ende der gewundenen Treppe kam ich atemlos in einen Raum mit schwarzweißem Steinboden. Schwarze Säulen und Vorhänge. Geruch nach Weihrauch. Ein Tempel! Ich erblickte einen Altar, auf dem ein weißes Tuch mit schweren Quasten lag und darauf ein blankes Schwert. Dahinter befand sich eine Statue mit ausdruckslosem Antlitz, eine Hand erhoben, die andere mit der Handfläche nach oben auf dem Schoß. Dieses Antlitz kannte ich, ein Gesicht, das unauslöschlich meinem Hirn eingebrannt war. Thiedes Gesicht. Duftender Rauch wehte um seine Züge, während es dem Raum ein leeres Lächeln schenkte. Vor diesem Altar kniete eine blutrot gekleidete Gestalt: Ariaric, Wraxilan, der Löwe von Oomar oder Oomadrah, wie auch immer. Ich hatte ihn gefunden. Er schien in tiefe Meditation versunken; das Haar hing ihm in öligen Strähnen offen über den Rücken. Auf Zehenspitzen schlich ich von hinten an ihn heran, unentschlossen, was ich sagen oder tun würde.

Er hob den Kopf, drehte sich aber nicht um. »Ich hätte nicht gedacht, daß du kommst«, sagte er. »Ich hoffte, du tätest es nicht.«

Das also waren die ersten Worte. Enttäuschend. Was hatte ich erwartet? Überraschung seinerseits, zum Beispiel.

Ariaric seufzte und erhob sich; seine Kniegelenke knackten. Er wandte mir das Gesicht zu und rieb sich die Augen. »Die Kälte in den Sümpfen«, sagte er und lächelte entschuldigend. »Habe zu viele Schlachten gesehen, denke ich. Vielleicht bin ich diesen Zeiten schon entwachsen – oder ist das ein Euphemismus für die Furcht, alt zu werden?«

»Niemand wird das wissen, bis nicht irgendein armer Har an Altersschwäche stirbt«, antwortete ich. »Alle toten Hara, die mir bekannt waren, sind, wenn ich so sagen darf, eines frühen und gewaltsamen Todes gestorben.« (Herumfliegende Knochensplitter… Blut… ein gellender Schrei… das Wimmern eines Pferdes… Nein! Weg mit diesem Bild!)

Der Löwe von Oomadrah nickte und lachte leise in sich hinein. Meine Gedanken hörte er nicht. »Gut gesagt, mein Freund.« Wir sahen uns an. Er schüttelte den Kopf. »Ach, Cal, wir können uns nicht wie Fremde begegnen.« Ariaric öffnete die Arme weit, und wir umarmten uns wie Brüder. Ich hatte das Gefühl, gleich weinen zu müssen. Das alles lief keineswegs so ab, wie ich es geplant hatte!

Ariaric brummte gutmütig-herzlich und hielt mich auf Armeslänge von sich weg. »Versammelt schlagen unsere Herzen näher«, sagte er.

»Voll Lebenskraft«, erwiderte ich.

»Voll Lebenskraft«, wiederholte er leise. Er ließ die Hände sinken; es fiel ihm nichts ein, was er hätte sagen können.

»Darf ich also annehmen, daß du mich bereits erwartet hast?« fragte ich. Weshalb um alles in der Welt ich das nicht vorhergesehen hatte, verstehe ich nicht.

»Es war eine … Möglichkeit«, antwortete er vorsichtig zurückhaltend. »Hör zu, hier können wir nicht sprechen. Gehen wir irgendwohin, wo es behaglicher ist. Bitte.« Er wies mit der Hand auf die Tür.

»Nur eines noch«, sagte ich und wandte mich wieder zum Altar. »Wie kommt es, daß der Archon von Maudrah dem Abbild Thiedes, des Gelamingers, huldigt?«

Ariaric starrte mich eine Sekunde lang an. »Ah, dann hat er dir *das* wohl nicht erzählt!«

»Was hat er mir nicht erzählt?«

»Cal, alle Hara verehren den Aghama wie einen Gott, nicht wahr? Thiede *ist* der Aghama.«

Einst, vor langer, langer Zeit kam ein von zu Hause weggelaufener Mutant in die Stadt… Thiede? Verängstigt und gefährlich in seiner Furcht… (Thiede?) Eine erbärmliche, hilflose, vom Schicksal grausam behandelte Laune der Natur. Ein Mutant. Unser aller Vorläufer. Thiede. Geschmäht als Ungeziefer auf dem Leib der Erde, verehrt wie ein Gott, voller Haß und Verbitterung über seinen Zustand – was sich zu einem unersättlichen Hunger nach Macht entwickelt hatte. Und er war erfolgreich gewesen. Er hatte diese Macht, noch blutend und warm, mit bloßen Händen der Menschheit aus der mageren, mutlosen Brust gerissen. Thiede. Ja, das klang plausibel. Bei Gott – bei jedem Gott, den es noch gab! –, dieser Größenwahnsinnige, der sich selbst zu unserer Gottheit hochstilisiert hatte, verdiente sich in diesen Momenten meinen Respekt! Gleichgültig, welche Fehler er auch immer hatte, er war gegen eine unglaubliche Übermacht angetreten und hatte gesiegt! Und jetzt, in diesem Augenblick, lachte er vermutlich über uns alle. Ich kann ihm keinen Vorwurf machen – es ist ein guter Witz.

Ich spürte, wie die Dinge plötzlich alle ein wenig zurechtgerückt wurden, als der Löwe mir das alles erklärte. Rückblickend betrachtet, glaube ich nicht, daß es mich auch nur im geringsten überraschte. Ich hätte vorher schon erkennen müssen, daß Thiedes Zauber weit über bloßes Charisma hinausging, welches vielen Hara innewohnt. Thiede war der erste. Er ließ uns geschehen. Er, der Aghama.

»Die hochrangigen Hara der meisten Stämme sind sich dessen jetzt bewußt«, sagte Ariaric mit einem Blick auf die Statue.

»Ganz offensichtlich bin ich nicht hochrangig genug«, stellte ich fest.

Ariaric sah mich verunsichert an. »Ich hoffe, das meinst du nicht so!«

»Natürlich meine ich das nicht so.« Ich lachte auf; es klang gezwungen und schroff. »Ich habe ja keinen Stamm.«

Ariaric zuckte zusammen. »Gehen wir nach unten, bitte.«

Nun, so scheint es also, daß Thiede in Wahrheit die treibende Kraft der Wraeththu ist – eine Vorstellung, die so rasch neue Fragen aufwirft, wie sie alte beantwortet. In welcher Weise würde es mich persönlich berühren? Darüber mußte ich nachdenken.

Als wir nebeneinander durch holzgetäfelte hohe Flure zu seiner Suite gingen, wurde Ariaric förmlich. Er entschuldigte sich wortreich für die nachlässige Art und Weise, in der sein Personal Panthera und mich behandelt hatten. »Ich hoffe, das hat euch nicht beleidigt«, sagte er, »aber leider waren nur Fortuny und ich in deine Reisen durch Jaddayoth eingeweiht.«

»Da irrst du dich«, warf ich ein, »ich habe nie ein Geheimnis daraus gemacht, und mir scheint, es gibt niemanden, der nicht darüber informiert ist. Und zwar besser als ich selbst, genaugenommen.«

Der Löwe überhörte diese Bemerkungen. »Elisyin hat nichts davon gewußt«, beharrte er mit ruhiger Stimme. »Ich hatte gehofft, lange vor deiner Ankunft in Maudrah nach Sykernesse zurückzukommen, aber die Angelegenheit in Natawni hat sich ein wenig dahingezogen.«

»Bestimmt warst du in einer Friedensmission unterwegs, nicht wahr?«

Mein plumper Sarkasmus kostete ihn nur ein mildes

Lächeln. »Eigentlich habe ich nur versucht, die Grenze zu sichern. Die Natawnis möchten die Maudraher gern der ganzen Welt als ihre böswilligen Peiniger darstellen; sie ziehen es daher auch vor, über die blitzartigen Einfälle auf Maudraher Gebiete Schweigen zu bewahren, genau wie über die Raubzüge durch unsere Siedlungen und die Bedrohung der Einwohner. Nicht alle Maudraher Hara sind Kämpfer, weißt du. Die meisten sind Hirten, besonders im Norden.« Er seufzte. »Wie auch immer, ich glaube nicht, daß die Differenzen zwischen Maudrahern und Natawnis über Nacht ausgemerzt werden können ...«

»Solange du beharrlich versuchst, ganz Jaddayoth zu Maudrah zu machen, werden diese Differenzen bestehen bleiben«, sagte ich. »Kannst du jemandem einen Vorwurf machen, wenn er sich dagegen wehrt? Du und dein Hofstaat, ihr lebt zwar wie die Könige, aber für die Hara da unten in den Straßen sieht die Sache ganz anders aus, oder? Weißt du, wie sie leben? Hast du es je mit eigenen Augen gesehen? Oder entzieht sich dieser Bereich deiner Kontrolle, weil dafür nur die Niz zuständig sind?«

»Unser Volk ist nicht unglücklich«, antwortete er unbestimmt. »Wenn die Zeit reif ist, wird dieser Kulturkreis aufblühen. Doch vorher muß es einen Winter geben, eine Zeit der Erholung, der Kräftigung. Ich muß dir wohl nicht sagen, daß die meisten Maudraher ursprünglich aus Megalithika stammen, das sie mehr oder weniger über Nacht verlassen mußten.«

»Und wer entscheidet, wann es Frühling wird? Die Niz?«

»Ja.« Eine so direkte Antwort überraschte mich. »Wir hier in Sykernesse sind ein privilegierter Teil der Gesellschaft, das weiß ich. Die Hara von Maudrah büßen für die Sünden der Vergangenheit. Du warst dabei, Cal, du solltest das verstehen. Es ist ein junger Staat; sie sind im Begriff zu lernen.«

»Wohingegen deine eigene Ausbildung von völlig anderer Art war, nicht wahr?«

Er lächelte wehmütig. »Ich will nicht mit dir streiten, Cal, aber du solltest wirklich keine Meinung abgeben über Dinge, in die du keinen Einblick hast. Findest du nicht? Hier entlang, bitte …«

Er setzte offenbar voraus, daß ich viel mehr wußte, als der Tatsache entsprach, im besonderen über seine Person. Ich überlegte, wie ich erfahren konnte, was er über mich gehört hatte, ohne meine Unwissenheit einzugestehen. Bei unserer letzten Begegnung hatte er mich in die kalte Nacht der nordmegalithikanischen Gesellschaft – wenn Chaos diesen Namen verdiente – hinausgestoßen. Damals war er ein großer Fisch in einem kleinen Teich gewesen. Jetzt waren sowohl Fisch als auch Teich einigermaßen gewachsen.

Er führte mich durch ein riesiges dunkles Tor und schloß es hinter uns. Während ich bereits die üppige Pracht des Raumes, in den wir eingetreten waren, in mich aufnahm, redete ich immer noch weiter, sagte Dinge, die ich mir vielleicht besser für später aufgehoben hätte, aber ich konnte nicht warten damit. Sie zu sagen, war schließlich der Hauptgrund, weshalb ich mich überhaupt hier befand.

»Du hast dich vorhin für den Fall entschuldigt, daß deine Leute uns nicht den gehörigen Respekt entgegengebracht haben«, erklärte ich, »aber glaubst du nicht, daß es höchste Zeit wäre, dich dafür zu entschuldigen, was du mir in der Vergangenheit angetan hast? Eine zweitklassige Suite ist doch nicht ernsthaft wirklich vergleichbar mit dem Hinauswurf in eine ausgebrannte, öde Wüstenei, in der es von blutdürstigen Psychopathen nur so wimmelt!«

Wieder zuckte Ariaric zusammen. Leicht. »Du vergißt nicht so leicht, Cal.«

»Ich habe immer damit leben müssen.«

»Bist du so weit hergekommen, um in alter Asche zu

wühlen, Cal? Das Feuer ist doch sicher schon lange erkaltet.«

»Vielleicht, aber zuvor hat es mir schlimme Brandwunden verursacht – und Zack auch.«

Einen Moment lang starrte mich der Löwe nachdenklich an. Ich wünschte, ich hätte nicht geredet; es hatte so wehleidig geklungen, auch wenn es der Wahrheit entsprach. Ich ging zum Kamin und setzte mich davor auf den Boden, um seinem Blick zu entgehen. Die Gemächer eines Königs – ganz offensichtlich. »Nun ja«, sagte ich und starrte auf einen grün-goldenen Wandteppich, der über dem Kamin hing, »mir scheint, Wraxilan existiert nicht mehr. Seine Weste hat man weißgewaschen, und Ariaric, der lebenspendende Hauch, ist in sie hineingeschlüpft. Sind die beiden wirklich so verschieden voneinander?«

Ariaric lachte gut aufgelegt hinter mir; ich hörte das Klingeln von Glas. »Beim Aghama, ich bin dir damals wirklich unter die Haut gegangen, wie?«

»Meine Güte, und ich dachte immer, diese Gefühle hätten auf Gegenseitigkeit beruht!«

Er reichte mir ein Kristallglas über die Schulter. Ich war zu nervös, um seine Wärme zu verspüren. Also nahm ich einen Schluck: ein feuriger Trank, gemildert durch süßen Likörgeschmack nach Limonen und Kräutern.

»Cal, ich hatte viel zu lernen. Und ich habe gelernt. Mehr ist dazu nicht zu sagen. Aber auch du hast einen langen Weg hinter dir, nicht wahr?«

»Das weißt du? Und ich hoffte, dich zu überraschen.« Ich wich vom Thema ab, und er spielte mit.

»Hast du ja getan. Zufrieden? Obwohl mir zu Ohren gekommen war, daß du möglicherweise hier auftauchen könntest, war ich in dem Moment, als ich dich heute erblickte, erfüllt mit … ja, womit? Mit Entsetzen, mit Schock, mit Ergriffenheit? Vielleicht mit alledem. Ich fühlte mich zurückversetzt.« (Das weiß ich!) »Weit,

weit zurückversetzt. Und ich möchte dir sagen, daß die Wahl, die du damals getroffen hast, die richtige war.«

»Oh. Wieso das?« Ich drehte mich um und sah ihn an.

»Nun, nachdem du … die Uigennas verlassen hattest, wählte ich einen anderen aus, der meine Erben tragen sollte. Aber wir wußten damals noch nicht genug. Zu rasch wollte ich einen Sohn. Der Har starb. Ich bin froh, daß du mich abgewiesen hast.«

Ich nickte.

»Hast du deine Entscheidung jemals bereut?«

Das war entweder sehr mutig von ihm oder sehr selbstgefällig. Ich schwankte, aber ich konnte einfach nicht lügen. »Manchmal«, sagte ich.

Das stellte ihn zufrieden. Er lächelte. »Nun, das ist jetzt vorbei, nicht wahr? Alles. Du möchtest, daß ich mich dafür entschuldige, dich von den Uigennas hinausgeschmissen zu haben? Bist du sicher? Ich würde sagen, das war eher eine Wohltat, die ich dir erwiesen habe!«

Ich hob mein Glas. »Trinken wir darauf!« Wir tranken schweigend, und dann sinnierte ich: »Elisyin ist sicher ein vollkommener Gemahl für dich.« Ich weiß nicht, was mich dazu brachte, das zu sagen; ich ziehe es vor, nicht daruber nachzudenken.

»Gewiß«, erwiderte Ariaric geschmeidig. »Er hat mir drei Söhne geschenkt. Alle drei bestes Vollblut, so wie er.«

»Drei? Ach ja, ebenso viele wie die berühmten Türme, stimmt! Wie kommt es, daß heute abend nur zwei von ihnen anwesend waren? Ist der dritte gerade irgendwo da draußen dabei, seinem edlen Erzeuger mehr Land zu erobern?«

»Wohl kaum. Er ist tot.« Er lächelte nachsichtig. »Schau nicht so drein. Die Erde wird dich nicht verschlingen, sosehr du es auch darauf anlegst. Ich bin nicht verletzt. Wie hättest du das wissen sollen? Wir haben alle unsere Tragödien, mit denen wir leben müssen.«

»Wie recht du hast.«

Aus halbgeschlossenen Lidern und über unsere Gläser hinweg sahen wir uns schief an; wir waren Fremde, die den Eindruck hatten, sich wie Freunde fühlen zu müssen. Ich fragte mich immer noch, ob Wraxilan weggeschmolzen war vom Kern Ariaric oder sich einfach tief drinnen versteckt hielt. Auch jener Cal, den er einst gekannt hatte, hatte sich inzwischen hundertmal gehäutet. Erkannte er das? »Ich dachte, ich hätte immerzu gegen etwas anzukämpfen«, sagte ich, »aber das stimmte nicht. Die ganze Zeit über habe ich das Richtige getan. Und ich bemühte mich sosehr, es nicht zu tun! Wie niederschmetternd.«

Mag sein, daß Ariaric keine blasse Ahnung hatte, wovon ich sprach, aber er war zu stolz, es zuzugeben. Er verzog den Mund zu einem schmalen Lächeln und fragte: »Du hast gelernt?«

»Nennt man das so? Gelitten habe ich; vielleicht auch gelernt. Erinnerst du dich an damals, als es hieß, daß niemand gegen seinen Willen mit Gewalt auf den rechten Weg gebracht werden sollte? Ich habe das Gefühl, zwar nicht mit Gewalt, dafür aber mit List und Tücke hingebracht worden zu sein. Das Prinzip ist dasselbe.«

»Ach, komm schon, glaub nicht, daß du mir mit diesem oberflächlichen, draufgängerischen Teufel-kommraus!-Theater je etwas vormachen konntest!« meinte Ariaric spöttisch. Es klang ganz ehrlich. »Du warst immer auf dem rechten Weg, Cal, wenn du auch nur ganz am Rand entlanggestolpert bist. Und dieser Weg ist *hart!*«

»Das brauchst du mir nicht zu erklären! Hör auf, mich zu beleidigen! Ich wollte es gar nicht, ich will es immer noch nicht, aber ich hatte keine andere Wahl!«

»Blödsinn!«

»Ist es nicht!«

»Doch. Du hättest doch jederzeit ausbrechen können.«

»Sie sagten, das könnte ich nicht.«

»Sie? Wer sind ›sie‹?«

Ich runzelte die Stirn. »Was weißt du über mich?«

»Nicht viel, aber du denkst offenbar, es ist wichtig, also erzähl es mir.«

»Du bist ein Mistkerl, Wraxilan!«

Er hob nur die Brauen. Also erzählte ich. »Du bist nicht der einzige Wraeththu-Rudelführer, der mich gern an seine schweißnasse Seite gepreßt hätte, weißt du?« begann ich; das alles erschien mir jetzt wie Geschwätz – alle diese geheimen Gedanken, die ich so lange mit mir herumgetragen hatte. Bis ich Jaddayoth erreichte. Strahlendes Land; ich liebe dich! Ich muß entschieden feststellen, daß ich nie, zu keinem Zeitpunkt auch nur in Erwägung gezogen hatte, dem Archon von Oomadrah von diesen Gedanken zu berichten. Doch nun, da nichts mehr mein Hirn blockiert, scheint es mir, als müßte ich bei jeder Gelegenheit geschwätzig darüber herplappern.

Als ich ihm mehr oder weniger alles erzählt hatte, sagte Ariaric: »Du hast doch nie dagegen angekämpft, oder? Die Elhmens, die Sahaler, die Visionen, die Jaels! Du mußt es genossen haben, jede Minute davon! Du genießt es immer noch. Warum willst du dir etwas vormachen? Es hat dir immer schon gefallen, im Mittelpunkt aller Aufmerksamkeit zu stehen!« Mitten ins Herz getroffen, wie immer. Er hatte sich überhaupt nicht verändert.

»Willst du damit sagen, daß mir das alles Freude bereitet?«

Er hob das Glas in meine Richtung. »Erkenne dich selbst, o Magier!« sagte er. »Du hast nicht viel Zeit mit Meditation verbracht, oder? Warum nicht?«

»Doch, habe ich! Jeden Abend in Jael! Du weißt ja nicht, wovon du sprichst!«

»Ich glaube schon, Cal. In erster Linie deshalb, weil du nicht siehst, was auf der Hand liegt. Ich denke, du streifst nur die Oberfläche, weil du Angst hast, was du in deinem hübschen Kopf entdecken könntest. Merkwürdig, ich hätte nie gedacht, daß Selbsttäuschung zu deinen Fehlern gehört. Bei anderen Leuten ja, aber nicht bei dir.«

Ich war sprachlos vor Wut. Welche Anmaßung! Welche Selbstgefälligkeit! Wie konnte er das wagen? Ich hatte ihm mein Herz ausgeschüttet, und er behandelte das alles genüßlich als Witz! Und das aufreizende Grinsen in seinem Gesicht machte es noch schlimmer!

»Du kannst diese Suite eine Weile benutzen«, sagte er. »Setz dich ruhig hin und denk darüber nach, was ich gesagt habe. Ja, mehr noch: Blick der Wahrheit ins Auge! Nimm sie an! Du könntest darauf kommen, daß dir das hilft. Ich komme später wieder.«

Aha, also ein Feigling war er auch! War seine Diagnose so fadenscheinig, daß er das Zimmer verlassen mußte? Offensichtlich hatte er Angst, ich könnte sie mühelos in der Luft zerreißen! Ich kochte vor Wut.

Eine halbe Stunde lang ließ er mich allein. Ich hätte zurückkehren können ins zweite Stockwerk. Ich hätte den Raum verlassen können. Ich tat es nicht. Alles an mir war wie taub. Fünf Minuten lang dachte ich an überhaupt nichts, und dann fing ich wieder an zu atmen. Tief. Rhythmisch. Ich zog Energie aus der Erde, sandte sie durch den ganzen Körper; dann ließ ich mich nach innen gleiten. Also gut, zeig mir das Schlimmste, o Seele! Was sie umgehend tat. Und das schmerzte. Doch eines wurde mir klar, etwas, was ich eigentlich schon immer gewußt hatte: die Antworten lagen nicht da draußen; niemand würde sie mir geben. *Ich* wußte es alles, es schlummerte irgendwo in mir drinnen. Und Ariaric hatte recht. Eine bittere Pille, aber ich schluckte sie. Als ich die Augen öffnete, dachte ich: Pell, ich brauche dich. Ich habe dich immer gebraucht! Es zu leugnen, der Wunsch, dagegen anzukämpfen, das war alles nur Selbstbetrug gewesen. In Wahrheit hatte ich immer nach Immanion gehen wollen, selbst damals, in Thiedes Turm, selbst an den düstersten Tagen in Thaine – aber es mußte zu meinen Bedingungen geschehen! Mein Stolz erlaubte es mir nicht anders. Ich konnte nicht den Schoßhund des Tigrons abgeben, weil ich wußte, ich war es wert, gleichgestellt zu sein. Eitelkeit? Ja, mag sein. Sicher ein Fehler, aber einer, den ich kannte. Als ich erfahren hatte, daß Pell noch lebte, war mein erstes Gefühl nach dem anfänglichen Schock Freude gewesen. Ich hatte ihn sehen wollen, sprechen wollen, aber irgend etwas hatte nicht geklappt, irgend etwas hatte sich dagegengestellt. Was? Nur meine Eitelkeit? Oder noch etwas anderes? Wenn ich die Antwort auf diese Frage hätte, hätte ich auch die Antwort auf alles andere.

Ariaric trat leise ein, als ich immer noch mit gekreuzten Beinen vor dem Feuer saß. Er legte mir die Hand auf die Schulter und fragte: »Immer noch böse?«

Ich legte die Wange auf seine Hand. »Nein.«

Er hockte sich neben mich hin, wir umarmten uns, und ich ertappte mich bei etwas, was ich zutiefst verabscheue: Ich heulte. »Sag mir doch, daß ich aufhören soll!« schluchzte ich, und Ariaric antwortete: »Nein, auch das ist ein Teil von dir. Leb ihn!«

Leb ihn. Wir redeten und tranken und erzählten einander alles, was uns widerfahren war, und alles, was wir uns für die Zukunft wünschten. Ariarics Geschichte war ein Epos in sich; es würde zu lange dauern, sie hier zu erzählen. Dann sagte er, er habe Pell in Immanion getroffen.

»Und wie ist er so?« fragte ich. Hier hatte ich jemanden, auf dessen Urteil ich mich verlassen konnte.

Ariaric streckte sich flach auf dem Boden aus, stellte

sich das Glas auf die Brust und schloß die Augen. »Laß mich überlegen«, sagte er. »Ich möchte nichts Falsches berichten. Er hat ganz schwarzes Haar.«

»Nein! Ehrlich?«

»Allerdings. Ich fand ihn sympathisch, obwohl er bitterböse auf mich war und mich eine – wie war das noch? –, eine ›Bedrohung für alle freidenkenden Hara‹ nannte. Er hatte natürlich recht. Ich habe seit damals einiges dazugelernt. Damals hatte ich einfach zuviel revolutionären Fanatismus und zu viele Bilder von Uigenna-Greueln in mir. Eine Weiterentwicklung ist unmöglich, wenn man sich selbst sosehr verabscheut. Pell hat mich das gelehrt. Ich finde ihn in gewisser Weise furchteinflößend, weil man von außen die stählerne Härte in seinem Inneren nicht sehen kann.«

»Wirklich? Sonderbar, ich hätte Pellaz niemals als stahlhart bezeichnet. Niemals!«

»Du darfst nicht vergessen, daß viele Jahre vergangen sind, seit du ihn das letztemal gesehen hast, Cal. Vielleicht solltest du dich darauf gefaßt machen, daß er jetzt wahrscheinlich eine völlig andere Person ist.«

»Daran habe ich natürlich auch schon gedacht. Aber ich wünschte, ich wüßte mehr über ihn. Also bereite du mich vor. Erzähl mir, was du weißt.«

Ariaric lächelte und strich mir über das Haar. »Ich beneide dich nicht«, sagte er.

»So schlimm ist es?«

Er schüttelte den Kopf. »Versteh mich nicht falsch. Ich will damit nur sagen, daß es mir sehr schwerfällt, den Pellaz, von dem du mir erzählt hast, mit jenem gleichzusetzen, den ich kennengelernt habe. Für mich scheinen das zwei völlig verschiedene Personen zu sein.«

»Du hörst dich an wie Panthera. Er hat über dich eine ganz ähnliche Bemerkung gemacht.«

Ariaric lachte. »Und habe ich mich als Ungeheuer entpuppt?«

»Nein, früher warst du eins. Dann würdest du Pell also als Ungeheuer bezeichnen?«

»Ja, ich denke schon, in gewisser Hinsicht. Oh, nicht daß er gräßlich anzusehen oder bösartig oder tyrannisch wäre, sondern weil er diese Allmacht besitzt. Man sieht sie fast, wie sie in ihm brodelt. Natürlich hatte ich nicht viel Gelegenheit, allein mit ihm zu sprechen, aber am letzten Tag, den ich in Immanion verbrachte, lud er mich ein, mit ihm zu Abend zu essen... und mit seinem Gemahl. Pellaz sprach fast die ganze Zeit von Megalithika. Tut mir leid für dich, aber dein Name wurde kein einziges Mal erwähnt.«

»Der Gemahl...«, begann ich.

»Den wirst du vermutlich bald zu Gesicht bekommen«, sagte Ariaric vorsichtig. »Der Tigrina wird uns demnächst einen Besuch abstatten.«

»Wie bald?«

»Übermorgen. Selbstverständlich kannst du vorher abreisen, wenn dir das lieber ist...«

»Du scherzt wohl!«

Ariaric hob die Schultern. »Vielleicht wird dir das, was du zu sehen bekommst, nicht angenehm sein. Aber du bist herzlich eingeladen hierzubleiben.«

Als ob ich unter diesen Umständen hätte abreisen können!

Der Morgen graute schon, als ich in die Suite zurückkehrte, die ich mit Panthera teilte. Mein Gefährte war unauffindbar, aber dann entdeckte ich auf meinem Kopfkissen eine Nachricht, die lautete: ›Cal, du bist so vorhersehbar!‹ Ich war verärgert. Mit keinem einzigen Gedanken hatte ich den Aruna in Ariarics Gesellschaft auch nur gestreift! Ich versuchte zu schlafen, aber mein Hirn war in Aufruhr versetzt. Pell schien mir plötzlich viel näher zu sein. Ich wollte ihn jetzt sehen, in diesem Augenblick! Ich wollte am nächsten Tag in Roselane sein, in Immanion – und ich wollte auch in Oomadrah sein, um den Tigrina zu sehen. Ich fragte mich, ob er wohl von mir wußte. Wenn ja, dann würde es zu einem Zusammenstoß kommen, wie ich ihn üblicherweise genoß. Meine Krallen waren ausgestreckt. Was würde geschehen?

Kapitel 24

Die Ankunft des Tigrina

›Doch hasse mich, willst du mich hassen, gleich
Jetzt, da mich alle Welt verfolgt mit Groll,
Verbünde dich dem Schicksal, führ den Streich‹

William Shakespeare, *Sonett 90*

Unsere Taschen blieben gepackt. Panthera erschien spät am nächsten Morgen; ich fragte nicht, wo er gewesen war. Die Nachricht, daß ich noch weitere zwei Tage in Sykernesse bleiben wollte, trug nicht dazu bei, die Aura wütender Unzugänglichkeit zu vertreiben, mit der Panthera sich umgeben hatte. Er fragte nicht nach dem Grund – anscheinend hatte er seine eigenen Schlüsse gezogen, die zweifellos weit entfernt waren von den Tatsachen. Ich gab mich geschlagen und sagte: »Thera, der Tigrina kommt morgen nach Oomadrah. Da möchte ich hier sein.«

Er durchbohrte mich mit einem vernichtenden Blick. Schweigen.

»Dann findest du wohl, daß es falsch ist, was ich tue?«

Er zuckte die Achseln. »Tu, was du willst. Ich bin nur dein Reisebegleiter. Und eigentlich macht es mir gar nichts aus, noch eine Weile in Sykernesse zu bleiben, vielleicht sogar bis nach deiner Abreise. Falls du überhaupt noch vorhast, je nach Roselane zu gehen.«

Ich merkte, daß wir einen Streit hatten. »Thera,

Ariaric und ich hatten letzte Nacht keinen Aruna, wenn es das ist, was dich ärgert.«

»Keineswegs«, erwiderte er entgegenkommend. »Ich hätte wohl kaum das Recht, dich zu maßregeln.«

Daraus zog ich nun meine eigenen Schlüsse, obwohl sie mir selbst ziemlich unwahrscheinlich erschienen. Ich fragte mich, wer wohl der privilegierte Har gewesen war, der die Nacht in Pantheras Armen verbracht hatte. Doch das war kein besonders angenehmer Gedankengang; vielleicht hatte ich Panthera zu selbstverständlich als mein Privateigentum betrachtet, bloß weil er zuviel Angst und Abscheu hatte, bei einem Fremden Wärme und Zärtlichkeit zu suchen. Nun, es sah so aus, als hätte ich mich geirrt. Es verursachte mir ein sonderbares Gefühl der Zerrissenheit in meinem Inneren, so als ob die Luft meines Atems nicht mehr in meine Lunge passen wollte.

»Es ist die Wahrheit«, sagte ich. »Tut mir leid, daß ich gestern abend einfach so verschwunden bin, aber ich mußte mit ihm reden. Kannst du das denn nicht verstehen?«

Panthera gab mir keine Antwort. Er ging mit frischen Kleidern im Arm ins Badezimmer, von wo er nach ein paar Minuten wiederkam und erklärte: »Ich treffe mich jetzt mit Lalasa. Vielleicht sehen wir uns später.« Dann war er draußen; er warf nicht einmal die Tür ins Schloß.

Um die Mittagszeit sandte Ariaric nach mir. Ich hatte den Rest des Vormittags damit verbracht, herumzulungern und zu dem Schluß zu kommen, daß es mich nicht gerade begeisterte, allein nach Roselane reisen zu müssen. Ich war schon daran gewöhnt, in Gesellschaft zu sein. Einsame Wege erinnerten mich zu sehr an meine Vergangenheit vor Thaine – und damals war ich die meiste Zeit sternhagelvoll gewesen. Nun fürchtete ich, die Stunden stocknüchternen Alleinseins könnten sich im Laufe von Meilen und Meilen schwer auf mein

Gemüt legen. Aber wie hätte ich Panthera daraus einen Vorwurf machen können? Lag es nicht auch andererseits durchaus im Bereich des Möglichen, daß ich ihn von einem Moment zum nächsten fallenließe, falls das Ergebnis all meiner Wanderungen und Gewissenserforschungen für die Allianz von Calanthe und dem Tigron von Immanion Gutes verhieß? Ich kann wohl verachtenswert sein, aber doch nicht so verachtenswert! Vielleicht war es das beste, wenn Panthera und ich uns jetzt trennten ...

Diese Stimmung zerrte ich mit mir herum bis in die Gemächer des Löwen, wo ich mir zähneknirschend wünschte, ich hätte sie hinter mir gelassen, als ich sah, wer zusammen mit ihm am Mittagstisch saß: der reizvolle Elisyin, seine beiden Söhne und Wrark Fortuny. Eine vornehme Tafelrunde – an sich die vornehmste, die Sykernesse bieten konnte.

»Leistet uns dein Freund nicht Gesellschaft?« fragte Elisyin mich höflich, als man mich allein in den Raum geleitete.

»Nein, ich fürchte, er hatte schon Vorbereitungen für den Tag getroffen, als ich diese Einladung erhielt.«

»Wie schade!«

»Ja, wirklich schade.«

Ich nahm den mir zugewiesenen Platz ein und ging daran, mich durch das Mittagmahl zu nicken und zu grinsen. Ariaric warf mir ein, zwei schlaue Blicke zu, enthielt sich aber jeder Bemerkung. Vermutlich nahm er an, die bevorstehende Ankunft des Tigrina wühle mich so auf. Elisyin nahm sich die Mühe, sich umständlich für sein nachlässiges Verhalten mir gegenüber zu entschuldigen.

»Ich hatte keine Ahnung, daß du ein Freund von Aric bist«, sagte er. »Du hättest es zumindest erwähnen sollen!«

»Das hätte ich gern getan, aber man hatte mir davon abgeraten«, antwortete ich. »Angeblich werden alle

Besucher verdächtiger Herkunft umgehend davongejagt.«

»Üblicherweise ja«, nickte Ariaric. »Sonst wären wir überschwemmt von nutzlosen Uigennas, die alle hoffen, zu einem Gratisritt auf meinem Buckel zu kommen. Das ist schon dagewesen und wird zweifellos auch wieder vorkommen.«

»Möchtest du deine Suite wechseln?« fragte Elisyin. »Es sind bessere vorhanden.«

»Nein, das ist nicht notwendig.«

Ich wartete, bis die Mahlzeit halb beendet war, ehe ich die allerwichtigste Frage stellte: »Waren es die Gelaminger, die euch darauf aufmerksam machten, daß ich möglicherweise herkommen würde?«

Es folgte ein Augenblick des Schweigens, und dann räusperte sich Fortuny, der bisher kaum ein Wort gesprochen hatte. »Nein, es war Tel-an-Kaa«, sagte er.

Ich merkte, daß er auf eine Reaktion wartete. Der Name war mir in Erinnerung, aber ich wußte nicht, wo ich ihn schon gehört hatte. »Tel-an-Kaa? Sollte ich ihn kennen?«

»Nicht ›ihn‹«, korrigierte Fortuny. »›Sie‹.«

»Natürlich!« rief ich aus. »Der Ziganestamm aus Menschen und Hara! Sie war in Galhea, bevor Swift und ich nach Süden, zu den Gelamingern, zogen! Aber ich verstehe nicht, was sie mit mir zu tun hätte. Welche Verbindung gibt es da? Ich weiß, sie war eine Art Kurier und behauptete, für einen hochrangigen harischen Adepten zu arbeiten. Sie wollte nicht verraten, um wen es sich handelte.«

»Nein, damals vermutlich nicht.«

»Sie muß jetzt schon sehr alt sein.«

Fortuny schüttelte den Kopf und füllte sich den Mund mit Wein. »Nicht in dem Sinn, wie du es meinst«, sagte er, nachdem er geschluckt hatte. »Tel-an-Kaa ist ein Mitglied der Kamagrer.«

»Ein was?«

»Die Kamagrer sind eine Gemeinschaft von Adepten, sie gehört zu ihrem Kreis.«

»Eine Gemeinschaft von Menschen?« Ich konnte den spöttischen Tonfall nicht unterdrücken.

Fortunys Gesichtsausdruck blieb der alte. »Keineswegs.«

»Was dann? Und welches Interesse haben sie an mir?«

»Deine Fragen werden in Roselane beantwortet werden«, sagte Fortuny sanftmütig und hob die Hand, als ich voll Ungeduld nach Luft schnappte. »Ja, ich weiß. Das wirst du bereits hundertmal gehört haben, aber nichtsdestoweniger ist es so. Wir erfuhren nur, daß du... Ärger hattest mit Thiede und den Gelamingern. Wir haben des öfteren mit den Kamagrern zu tun, normalerweise über Tel-an-Kaa. Ich nehme an, man hat uns dein Kommen angekündigt, damit deine Reise nicht versehentlich durch Mißverständnisse verzögert wird.«

»Wer sind die Kamagrer?« fragte ich erneut.

Der Niz und Ariaric tauschten einen gequälten Blick aus. »Wir hofften eigentlich, daß nach Roselane *du* in der Lage wärst, uns das zu sagen.«

»Aha, schon wieder so eine geheimnisvolle Gesellschaft! Weißt du, was mir ehrlich auf die Nerven fällt?« Ich fuchtelte ihm mit der Gabel vor dem Gesicht herum. »Die Tatsache, daß so viele Leute so viel mehr von mir wissen als ich selbst! Warum sollte euch irgend jemand davon in Kenntnis setzen, was ich als nächstes vorhabe? Es war doch bloß eine Laune des Augenblicks, daß ich überhaupt herkam! Ich habe das Gefühl, ich werde beobachtet. Ist das der Fall?«

Ariaric lachte hellauf, und alle sahen ihn an. »War es tatsächlich eine Laune des Augenblicks, Cal? Ehrlich? Willst du behaupten, daß jemand, der eine Menge über dich weiß, nicht einfach hätte voraussehen können, daß du auf dem Weg nach Osten bei uns hereinsehen würdest?« Es war mir peinlich, daß er sich so amüsierte, ganz besonders vor Elisyin, der bereits befremdet eine Augenbraue hochgezogen hatte.

»Nun, vielleicht«, grollte ich hitzig. »Aber das ändert nichts an dem Umstand, daß mein Weg durch dieses Land offenbar von vornherein festgelegt war, so als ob ich dabei überhaupt nichts zu entscheiden gehabt hätte! Weshalb? Wozu dieses fruchtlose Unterfangen, diese Zeitverschwendung? Hätte man sich um mein spirituelles Vorwärtskommen nicht in Roselane kümmern können, wenn es so wichtig ist? Immer spielt man mit mir herum, wie ein Kätzchen mit der Wolle! Ist es so unverständlich, wenn ich etwas dagegen habe? Auch dann, wenn man mir zu verstehen gibt, daß es ›zu meinem eigenen Wohl‹ geschieht! Das ist mir kein Trost. Vielleicht glaubst du, Aric, das alles habe mir Spaß gemacht, aber es war manchmal die Hölle, die reinste Hölle!« Ein paar Minuten lang ließen sie mich in diesem Ton weiterschwadronieren, bis sich mein wehleidiges Vokabular erschöpft hatte. Es entging mir nicht, daß Ariaric die Geschichte meines Lebens über seine ganze Familie ausgestreut haben mußte, denn seine beiden Söhne sahen zwar sehr verlegen drein, aber sie wußten ganz genau, wovon ich sprach.

»Offensichtlich hast du das Gefühl, du müßtest irgend jemandem dafür die Schuld geben«, stellte Fortuny fest, um ein drückendes Schweigen zu beenden.

»Weißt du, eigentlich beneide ich dich«, erklärte Ariaric und lehnte sich zurück. »Sieh nur mich an, ich versuche andauernd, meinen Namen in den Stein der Wraeththu-Geschichte einzumeißeln, während deiner bereits dort steht, wie es scheint. Unauslöschlich darin eingeschnitten, ohne daß du dich je darum bemüht hättest.«

»Und was, denkst du, steht wohl hinter meinem Namen? ›Calanthe – er war uns ein steter Splitter im

Auge, wir wissen alles von ihm; wir werden ihn nie vergessen‹?«

Darüber lachten sie alle. »Kann schon sein, aber ich glaube, es wird heißen: ›Calanthe – er war das Gewissen der Könige‹«, entschied Ariaric, zufrieden mit sich und seinen Worten.

»Ach, erklärt das, warum ich kein eigenes Gewissen habe?« erkundigte ich mich.

»Hast du denn keines?« fragte Elisyin unschuldig; aber er konnte mir nichts vormachen.

»Laß ihn das in einem Jahr beantworten«, erwiderte Ariaric an meiner Stelle. Er hob sein Glas. »Ich trinke auf Roselane«, sagte er. »Unsere Herzen werden dich begleiten, Cal. Wie dein Schicksal auch aussehen mag, es betrifft uns alle, habe ich nicht recht, Fortuny?«

Der Niz lächelte hintergründig. »Ganz gewiß«, sagte er. »Du hast ganz gewiß recht.«

Alles, was ihnen zu Ohren gekommen war, waren Gerüchte, kein Zweifel. Ihr Wissen war unvollständig. Plötzlich bekam ich den merkwürdigen Eindruck, daß alle diese Stammesfürsten ihre Rolle nur deshalb spielten, weil sie sich irgend etwas von mir erwarteten. Was?

Ich kehrte erst in mein Zimmer zurück, als es höchste Zeit war, ins Bett zu gehen, nachdem ich den ganzen restlichen Tag mit Ariaric und Elisyin verbracht hatte. Ich beneidete sie um ihre innige Verbundenheit. Und manchmal vergaß ich völlig, wer Ariaric einst gewesen war. Dennoch tat es gut, ihn wiederzusehen, denn er war die einzige Person, mit der ich in Erinnerungen schwelgen konnte über die schlechten alten Zeiten. Wir hatten Glück gehabt, überhaupt mit dem Leben davongekommen zu sein. Und noch mehr Glück, dabei nicht den Verstand verloren zu haben. Wir hatten uns beide verändert seit den Tagen der Uigennas; vielleicht fiel es mir deshalb nicht schwer, über unser letztes Zusammentreffen dort hinwegzusehen.

Doch es war nicht vergessen. Wir konnten sagen: »Ach, damals waren wir doch noch Kinder!« und lachen. Hätte ich damals in die Zukunft blicken und dieses Wiedersehen vorhersehen können, hätte ich das nicht für möglich gehalten.

Panthera kam auch in der zweiten Nacht nicht in unsere Suite zurück. Offenbar war er auch untertags nicht dagewesen, und der Raum fühlte sich tot und verlassen an. Ich bemühte mich, deswegen nicht nervös zu werden, indem ich mir sagte, das sei sinnlos, es sei wohl am besten so und so weiter und so fort. Endlich glitt ich in einen von neurotischen Träumen beladenen Schlaf, in dem der bestrickend schöne Panthera eine tragende Rolle spielte.

Ich stand früh auf und flitzte zu Ariarics Gemächern, um dort das Frühstück einzunehmen. Ich wußte nicht genau, um welche Uhrzeit der Tigrina erwartet wurde, aber ich wollte ganz sichergehen, mich an der Seite des Archons zu befinden, wenn er eintraf. Herrlich kindische Phantasien zogen durch mein Hirn: der Tigrina, der augenblicklich wußte, wer ich war; ein darauffolgendes überspanntes Streitgespräch, aus dem ich als Sieger hervorging; ein geschlagener Tigrina, der mir das Feld überließ und sich in irgendein weit entferntes Land verzog. Weiter: ich, der ich dem Tigrina Gift gab, ohne daß irgendein Verdacht auf mich fiel; er, der daraufhin in Anwesenheit des gesamten Hofstaates von Sykernesse einen entsetzlichen Tod starb. Das waren, im großen und ganzen, meine wesentlichsten Wunschträume. Wie man sieht, bin ich nie völlig erwachsen geworden.

Ariaric hatte Elisyin bei sich; sie nahmen das Frühstück gemeinsam im Bett ein. Ich wartete ungeduldig und rührte das Essen kaum an, das Ariarics Diener vor mich hingestellt hatten. Um zehn Uhr traten der Archon und sein Gemahl aus dem Schlafzimmer, nachdem ich nahezu eine Stunde lang in nervöser Unrast gewartet hatte.

»Sei doch nicht so ungeduldig«, sagte Ariaric zu mir. »Wenn ich mir deine Vergangenheit vor Augen halte, weiß ich ohnedies nicht, ob es eine gute Idee ist, dich auf den erlauchten Tigrina loszulassen … Ich hoffe, du mißbrauchst meine Gastfreundschaft nicht, indem du dich schlecht benimmst!«

Caeru Meveny, Gemahl des Pellaz-har-Aralis, Tigrina von Immanion, traf rechtzeitig zum Lunch ein. Um dem Volk von Oomadrah ein spektakuläres Schauspiel zu bieten, hatte Ariaric einen großartigen Aufmarsch von Pferden, Kriegern und Niz angeordnet, der diesen hohen Besuch vom Südtor der Stadt zum Palast geleiten sollte. Ariaric und sein Hofstaat würden auf einem Balkon an der Außenmauer von Sykernesse warten, für den Tigrina zu hoch oben, um Ariarics Willkommensgruß zu hören, doch hoch genug, um dem Volk Gelegenheit zu geben, Elisyin und den Archon zu sehen. Diplomatisch wollte man den Tigrina auf den Gedanken bringen, die Ergebenheit der Maudraher ihrem Archon gegenüber nach Immanion zu zeigen; Ariaric würde jedenfalls keine Gelegenheit auslassen, um zu zeigen, wie beliebt er war.

Ich konnte nicht viel sehen, da mich rempelnde Höflinge in den Hintergrund des Balkons gedrängt hatten. Aber das machte mir nichts aus, ich zog es ohnehin vor, aus geringerer Entfernung meinen ersten Blick auf Caeru zu werfen. Ekstatische Hochrufe aus der Richtung der Südmauer kündigten die Ankunft der Gelaminger an. Das Geschrei kam immer näher – ein unheimliches Geräusch, das viel mehr nach Wehklagen klang als nach Freude. Auf mich wirkte es wie ein riesiges jaulendes, stöhnendes Tier, das aus Süden auf Sykernesse zuwankte und immer lauter wurde, bis ich den unwiderstehlichen Drang verspürte, auf der Stelle davonzurennen. In dem Moment, als der Tigrina unter dem Balkon angekommen war, war die Stimme der Stadt zu einem ohrenbetäubenden Gebrüll angeschwollen. Es war wie dieser Alptraum, in dem all die armen Seelen ihrem bedrängten, unterdrückten Zustand Ausdruck gaben und dabei dem Wahnsinn verfielen. Es war ihnen nicht vergönnt, das sehr oft zu tun.

Ich wandte mich ab und schritt allein über die dunkle Steintreppe in den Hof hinunter. Er schien fast verlassen, jegliches Geräusch kam von der Stadt auf der anderen Seite der Mauern. Nur ein paar flüsternde Diener standen herum, alle anderen befanden sich auf den Zinnen oder den Balkonen. Ich stand im Sonnenschein und sah zu, wie die Wachtposten die Räder drehten, welche die riesigen Holztore des Palastes öffneten – knarrend, quietschend. Sie wurden selten geöffnet, denn das tägliche Kommen und Gehen spielte sich durch die kleineren Türen ab, die in die Holztore eingelassen waren. Erst kamen die Soldaten zu Pferde; die Tiere hatten sich nicht schneller als im Schritt fortbewegt, und dennoch schwitzten und schnaubten sie, als wären sie soeben von einem Galopp zurückgekehrt. Ich befand mich sozusagen hinter der Bühne; Hara sprangen von den Pferden, lachten, riefen einander beim Namen und zündeten sich, weit entfernt vom Auge der Öffentlichkeit, Zigaretten an. Dann kamen die Niz, die mit gedämpften Stimmen untereinander sprachen und sich in kleinen Gruppen langsam dem Eingang zum Palast näherten. Jetzt füllte sich der Hof mit Hara, als die Bewohner von Sykernesse nach und nach von den Mauern herabstiegen. Ich wollte nicht zu sehr im Vordergrund stehen und zog mich ein wenig zurück.

Die ersten Gelaminger kamen durch das große Tor. Riesige weiße Pferde ohne einen Hauch von Schweiß auf dem Fell, mit sanften Augen, die vor Gutmütigkeit glänzten, und Mähnen, so weich wie jene der Hara, die sie ritten. Die Reiter trugen dicke Lederrüstungen, die wie Insektenpanzer wirkten, und hatten die Helme vor sich an den Sätteln befestigt. Das war die Gardetruppe des Tigrina, alles Hara, die man ihrer lose über die Schulter hängenden hellblonden Haare wegen ausgewählt hatte. Alles Klone von Arahal, dachte ich übellaunig. Sie scheinen so *groß* zu sein – hochgewachsen, selbstsicher, klug und makellos schön. Gelaminger geben mir stets das Gefühl der Unzulänglichkeit. Dennoch faszinieren sie mich. Das muß eine perverse Ader in mir sein.

Umgeben von seinen Adjutanten, kam der Tigrina herein. Er sah viel kleiner aus, als ich erwartet hatte. Vielleicht war nur sein Roß größer als die anderen? Davon abgesehen stach mir sein unglaublich weißgoldenes Haar ins Auge, eine dichte Mähne, um die Ariaric ihn einst wohl beneidet hätte, so leicht und weich wie Federn. Viel mehr konnte ich eigentlich nicht sehen von ihm.

Ariaric und Elisyin stiegen vom Balkon herab, und die Tore zur Stadt schlossen sich wieder. Ich sah zu, wie der Archon und sein Gemahl links und rechts von Caeru die breite Treppe zum Palast hochschritten. Sie sahen aus, als wären sie gute Freunde.

Caeru war dürr, stellte ich mitleidlos fest; klein und dürr. In einiger Entfernung folgte ich den anderen.

Kapitel 25

Caeru

Wer unerwidert lieben kann
Des Herz ist größer als sein Hirn.

Sir Robert Ayton,
To an inconstant one

Zu Caerus Ehren hatte man im zweiten Stockwerk von Sykernesse ein Bankett vorbereitet. Mit Glück war es mir gelungen, einen Platz im Hauptsaal zu bekommen, denn alle Räume waren zum Bersten voll. Hochrangige Hara aus allen Städten Maudrahs schienen sich für diesen einen Tag in Oomadrah verabredet zu haben. Ich bemühte mich, Panthera zu entdecken, aber ohne Erfolg. Bei der Größe von Sykernesse hätte ich den ganzen Tag damit verbringen können, in dieser Gästeschar vergeblich Ausschau nach einem bekannten Gesicht zu halten. Niemand kam auch nur in die Nähe von Ariaric und Elisyin, und so war ich schon erleichtert, als ich den jüngeren Sohn der beiden, Zobinek, am Tor zum Hauptsaal entdeckte, wo er mit einem von Elisyins Dienern sprach.

»Werde ich Schwierigkeiten haben, da hineinzukommen?« fragte ich ihn. »Obwohl dein Vater mir einen Platz reservieren wollte ...«

»Nicht, wenn du mit mir zusammen hineingehst«, antwortete Zobinek fröhlich.

Ich vermutete, es verlieh ihm beträchtliches Prestige in den Augen seiner Freunde, wenn er mit jemandem wie mir am Arm in den Saal trat. Was mein äußerliches

Erscheinungsbild betraf, so hatte ich mein möglichstes getan – und zwar den ganzen Vormittag lang! –, und das Resultat war so verblüffend gewesen, daß ich mich im Spiegel kaum selber erkannte. (Müßte ich mich täglich so zurechtputzen, wenn ich in Almagabra lebte?)

Ariaric hatte jedenfalls Sinn für Humor: er hatte mich am Ehrentisch plaziert; ich hätte dem Tigrina beliebig ins Gesicht spucken können, ohne auch nur einmal mein Ziel zu verfehlen. Zobinek saß neben mir und machte mich auf alle Personen aufmerksam, die von Interesse waren.

»Sieh mal, der dort!« sagte er und zeigte diskret auf einen Har von der morbiden Schönheit einer Giftschlange, der weiter unten an unserem Tisch saß. »Das ist Lissilma, der Kalamaher. Er tötete meinen Bruder Ostaroth.«

»Waaas? *Und er sitzt am Ehrentisch von Sykernesse?*« Ich war entsetzt.

Zobinek nickte. »Ja, er war Ostaroths Gemahl. Es ist eine lange Geschichte, aber mein Vater gibt Lissilma nicht viel Schuld an dem Geschehen.«

»Und was hält Elisyin davon?«

Zobinek hob die Schultern. »Er kann nicht abstreiten, daß Ostaroth es selbst heraufbeschworen hat. Er behandelte Lissilma ganz abscheulich. Kalamaher sind wie Katzen, weißt du. In einem Moment lassen sie sich schnurrend von dir das Bäuchlein kraulen und im nächsten … grrrr!« Er spreizte die Finger und stieß sie vielsagend in die Luft. »Man tut besser daran, sie nicht zu reizen.«

All das lenkte meine Gedanken wirksam von der Gegenwart Caerus ab – möglicherweise listige Absicht seitens Zobineks. Er rechnete sich ganz offensichtlich Chancen bei mir aus. Immer die alte Leier! Caeru hingegen schien sich bei der Herrscherfamilie von Maudrah durch und durch unbefangen zu fühlen. Ich hörte ihn lachen.

Der erste Gang wurde aufgetragen: scharf gewürzte Muscheln. Zobinek hörte auf zu reden und machte sich an sein Mahl. Mich hingegen stieß die Vorstellung von Essen in meinem Mund geradezu ab. Ich dachte: Das dort drüben ist Pells Kreatur; sie hat mir meinen Platz weggenommen! Aber schon während ich das dachte, erschien es mir irreal. Ich war über die Blutsbande der beiden informiert; lächerlich, eifersüchtig zu sein, außer vielleicht auf Caerus Ansehen und gesellschaftliche Stellung, die mit der Position des Tigrina einhergehen. Thiede hatte gesagt, er mache seine Arbeit gut. Hätte ich das auch geschafft? Ich gestehe meine Eitelkeit ja offen ein; vielleicht hätte ich mich bloß darin gesonnt, der Mittelpunkt hektischer Betriebsamkeit zu sein, und es nur darauf angelegt, die Leute glauben zu machen, ich sei eine gewichtige Persönlichkeit ... Zumindest jetzt war ich ehrlich vor mir selbst.

Ich wußte, daß ich hinüberstarrte; ich wollte ihn dazu bringen, mich anzusehen, und ich benötigte fast die ganze Mahlzeit, bis es soweit war. Er widerstand meinem Willen oder ignorierte ihn, aber schließlich, als Ariaric sich zurückbeugte, um mit einem Diener zu sprechen, ließ Caeru den Blick den Tisch entlangschweifen und fing den meinen auf. Kaum je habe ich ein solches Gefühl des Triumphes verspürt, obwohl mir meine eigene Überreaktion angesichts der ganzen Situation durchaus bewußt war. Caeru sah leicht verwirrt drein; vielleicht dachte er, er würde mich von irgendwoher kennen. Ein kurzes Lächeln zuckte unschlüssig über seine Lippen. Sein Gesicht wirkte irgendwie unschuldig – es war ein hübsches, versonnenes Gesicht mit hohen Backenknochen. Ich wünschte mir, an ihm Cobwebs messerscharfen Verstand zu sehen, Elisyins höfliche Verbindlichkeit oder Lahelas unbekümmerte Sorglosigkeit – nur nicht diese merkwürdige Wehmut. Ich wandte mich ab und merkte, daß Ariaric mich offenbar schon seit geraumer Zeit ansah.

Ein argwöhnischer Ausdruck lag in seinem Gesicht. Der Tigrina flüsterte ihm etwas ins Ohr. Es mußte etwas über mich sein. Es *mußte!*

Später bat Ariaric zu einem kleinen (fünfzig Hara) Zusammensein in seinen persönlichen Gemächern im dritten Stockwerk. Zobinek schleppte mich mit, obwohl ich gar nicht mehr so sicher war, ob ich überhaupt hinwollte. Ich fühlte mich fehl am Platz. Ich mußte meine Reise schleunigst fortsetzen und das hier vergessen. Eine Sekunde lang, als ich in seine Augen gesehen hatte, hatte ich mir vorgestellt, in Caerus Haut zu stecken. Ich stellte mir vor, wie quälend die ständige Angst, alles zu verlieren, wohl wäre. Solche Augen wie die seinen erwarteten das jeden Moment. Ja, ich fühlte mich wirklich schuldig. Seltsam, nicht wahr? Ich erklärte Zobinek, ich müßte Panthera suchen. »Wir sollten bald abreisen«, sagte ich.

»Aber doch nicht auf der Stelle!« entgegnete Zobinek. »Vielleicht wird Panthera auch da sein. Das weiß man nie. Komm schon, es wird dir sicher gefallen.«

Ariarics Suite war eine einzige Orgie aus lautstarker Konversation, Rauch und Gelächter. Zobinek drängte mir ein Glas auf. Er selbst hatte schon ziemlich viel getrunken. Ich war froh, daß ich in diesem Getümmel den Tigrina nirgendwo sehen konnte. Mit ein wenig Schieben und Drängen schaffte ich es, uns beide gegen eine Tür zu pressen, denn dort war der sicherste Standplatz für uns. Doch Zobinek legte meine Absichten falsch aus, aber da es mir als verweichlichtem Genießer noch nie unangenehm war, mir über den Hintern streichen zu lassen, hatte ich eigentlich nichts dagegen.

»Du bist in vielerlei Hinsicht wie er«, sagte Zobinek und hatte Mühe, sein Lallen unter Kontrolle zu halten.

»Wie wer?« Ich ertrug es mit sanfter Geduld.

»Der Tigrina.«

»Ach ja?« Ich bemühte mich, nicht allzu kalt zu klingen. »Inwiefern? Ich bin drei Meter größer als er und mindestens doppelt so schön!«

Zobinek lachte. »Da könntest du recht haben! Aber es ist ja nur ein Gefühl. Und dann das Haar, natürlich.«

»Die gleiche Farbe. Das macht uns natürlich zu Blutsbrüdern, nicht wahr?«

Ariarics Sohn grinste boshaft. »Möchtest du ihn kennenlernen?«

»Nein. Du?«

»Sicher. Aber später. Warum möchtest du ihn nicht kennenlernen? Interessiert er dich nicht?«

»Zobinek, mich interessieren Leichenschänder, Kannibalen und Leute, die sich für Werwölfe halten, aber ich kann nicht sagen, daß ich einen davon kennenlernen möchte. Lassen wir das Thema, ja?«

»Doch eigentlich möchtest du schon, stimmt's?«

»Sag mal, ist das jugendliche Hartnäckigkeit oder einfach krasse Dummheit?«

»Keins von beidem. Eindrucksvoller Scharfsinn.«

Ich verdrehte die Augen. »Sei nicht so widerlich, Zobinek. Hol mir lieber einen Drink, ja?« Er ließ mich für ein paar Minuten allein, ehe ich ihn wieder in dem Gewühl erblickte; er strahlte geradezu vor Glück, brachte mir aber, soviel ich sehen konnte, kein Glas mit. Ich seufzte, als er mich am Arm packte. »Wo ist der Wein, du nutzloser Träumer? Hast du den vergessen?«

Er überhörte meine Bemerkung. »Komm!« flüsterte er und zog mich an einer Hand hinter sich her; in der anderen hielt ich immer noch mein leeres Glas.

»Wohin?« Ich stieß unentwegt mit fremden Leuten zusammen, während ich hinter ihm herstolperte. Ein Drink landete klatschend auf meinem Bein, und ich erhielt einen bösen Blick dafür. Doch Zobinek kannte keine Gnade. Dann sah ich Ariaric mit einer Gruppe Niz hinter einem ausladenden schwarz-goldenen Brokatsofa stehen; auf dem Sofa saßen an einem Ende

Elisyin und Caeru, umringt von Hara, die alle grinsten wie Schwachsinnige.

»Zobinek!« zischte ich. »Laß meine Hand los!«

»Du wolltest ihn doch kennenlernen, nicht wahr?« gluckste Ariarics blöder Sohn freudig. »Ich werde euch vorstellen.«

»Nein!« zischte ich wieder. »Nein, Zobinek!«

»Sei nicht dumm! Wo ist denn dein Mumm geblieben?«

Er steckte mir irgendwo im Hals, so, wie ich mich fühlte. Es würde eine Katastrophe geben! Ich versuchte zu entkommen, aber es war zu spät. Hier stand ich, das Biest, das Jahre zuvor die öffentliche Demütigung eines gewissen Cobweb mit großem Behagen genossen hatte, und schlug um mich wie ein Harling, um einer unangenehmen Situation zu entgehen, die weit weniger peinlich war. Wir näherten uns der Couch, und die Hara glitten zur Seite, als sie den Sohn des Archons wahrnahmen. Es schien mir, als stünde ich im Mittelpunkt einer Arena.

»Tigrina, mein Gebieter«, begann Zobinek. Caeru wandte uns seine hellblauen Augen zu und lächelte leicht. »Darf ich dir einen guten Freund meines Vaters vorstellen? Er konnte es kaum erwarten, dich kennenzulernen.« (Ich wand mich.) »Dies ist Calanthe aus Jael in Ferike, glaube ich, ursprünglich jedoch aus Megalithika.«

Ein Kompliment, wo ein Kompliment angebracht ist! Keine Sekunde schwand das Lächeln von den Lippen des Tigrina, nur seine Augen verrieten mir, daß er ganz genau wußte, wer ich war. Er mußte meinen Namen wohl schon tausendmal gehört haben. Das war nun weitaus schlimmer als die angewiderte Überraschung, die ich durch mein plötzliches Auftauchen in Ariarics Miene hervorzurufen gehofft hatte. Vermutlich war ich die allerletzte Person, mit der Caeru auf einer Party zusammenstoßen wollte. Doch wer auch immer in Immanion jeden meiner Schritte kannte, Caeru gehörte sichtlich nicht dazu.

Eisig sagte er: »Wie nett.« Röte kroch ihm den Hals hoch; die Atmosphäre war aufgeladen. Elisyins Augen schleuderten Dolche in die Richtung seines Sohnes.

»Es ist mir eine Ehre, dich kennenzulernen«, sagte ich und verbeugte mich leicht.

»Die Ehre ist ganz auf meiner Seite«, entgegnete der Tigrina; Eiszapfen hingen von seinen Worten.

Genug war genug, entschied Elisyin. »Cals Glas ist leer, Zobinek«, sagte er. »Zeig ihm, wo er nachgießen kann.«

Dankbar ließ ich mich von einem verlegenen Zobinek wieder wegführen. Rasch nacheinander trank ich zwei Gläser Wein, ehe ich mich zur Tür hinausstahl, während Zobinek auf der Toilette war. Mein Herz klopfte. Am liebsten hätte ich hundert Zigaretten zugleich geraucht, aber eine würde reichen müssen. Ich blieb im Korridor stehen und wollte mir mit bebenden Händen eine anzünden, doch ich zitterte zu sehr. Im nächsten Moment bot mir eine taktvolle Hand Feuer, und ich machte Gebrauch davon, ehe ich aufsah. Der Umstand, daß die Flamme ohne die Quelle eines Zündholzes oder mechanischer Mittel irgendwelcher Art auskam, hätte mich warnen sollen. Aber das tat er nicht. Ich war zu sehr aus dem Häuschen.

Ein Har mit goldener Mähne und Silberaugen blies sich über die Finger und lächelte. »Mein Gebieter wünscht deinen Besuch«, sagte er.

Caeru mußte in dem Moment reagiert haben, als ich mich abwandte. Ich schüttelte den Kopf. »Nein, davon werde ich absehen. Überbring ihm meine Entschuldigungen, aber es würde zu nichts führen.«

»Mein Gebieter ist anderer Ansicht«, beharrte der Gelaminger. Ich wich seinem durchdringenden Blick aus. »Also. Hättest du die Freundlichkeit?« Mit einer Handbewegung wies er mir den Weg.

»Ich habe keine andere Wahl, oder?«

»Nein. Es tut mir leid, aber ich habe meine Befehle.«

Caerus Suite war die prachtvollste, die Sykernesse anzubieten hatte. Geschenke der Hierarchie von Maudrah häuften sich auf jeder verfügbaren Abstellfläche. Ich blieb im Empfangssalon zurück, während mein Begleiter den Tigrina von meiner Anwesenheit in Kenntnis setzte. Er ließ mich warten. Vermutlich hätte ich dasselbe getan. Als er zur Tür hereinkam, fragte ich mich, ob ich mich in seiner Arglosigkeit und Naivität nicht geirrt hatte. Dies hier war kein melancholisches Opferlamm. Dies war ein Har von Format und sichtlich höchst verärgert. Er blieb in einiger Entfernung von mir stehen, stemmte die Hände in die Hüften und fragte: »Nun, war das geplant?«

»Was meinst du?«

Der Tigrina schnaubte verächtlich und ließ sich in einen Sessel fallen. »Setz dich!« befahl er. »Omiel, laß uns allein!« Sein Adjutant verließ eilig den Raum. »Was versuchst du eigentlich zu erreichen? Hältst du es für klug, dich so an mich heranzuwerfen? Denkst du, die Busenfreunde des Archons haben die Gerüchte nicht vernommen, die durch dieses gottverlassene Land schwirren? Ich liebe es nicht, in Verlegenheit versetzt zu werden …«

Welche Gerüchte?

»Es war nicht geplant«, unterbrach ich ihn. »Bloß Zufall. Zumindest von deiner Seite und der meinen.« Die versteckte Andeutung in meinen Worten heizte seine Wut noch zusätzlich an. Er sah aus, als würde er gleich explodieren. »Ich bin auf der Durchreise nach Osten. Oomadrah sollte nur eine Zwischenstation sein. Ich hatte keine Ahnung, daß du hierherkommst.«

»Du natürlich nicht! Aber Ariaric hat mir eine Menge zu erklären, das kann ich dir verraten!«

Ich wollte nicht antworten, denn alles, was ich sagen konnte, hätte die Sache nur schlimmer gemacht. Doch eine solche Zurückhaltung war wohl zur Kurzlebigkeit verurteilt. Und mit seiner nächsten Bemerkung sorgte Caeru dafür, daß es sich auch tatsächlich so verhielt. »Aber glaub nicht, daß allen den Plänen, die du gemeinsam mit Thiede ausgebrütet hast, jemals Erfolg beschieden sein wird!« sagte er.

»Verzeih mir, aber es gibt keine Pläne!«

Der Tigrina zog höhnisch die Mundwinkel herab. »O ja, ich habe von deinen Lügen gehört! Ich bin nicht dumm! In jedem Raum, den ich betrete, höre ich nichts als deinen Namen! Ich höre ihn, möchte ich hinzufügen, ehe der Sprecher mich erblickt und eiligst das Thema wechselt!«

»Ich versichere dir, das ist für mich eine ebensolche Überraschung wie für dich!«

»Ach ja? Nun, an sich ist es keine Überraschung für mich. Was ist es, wonach es dich gelüstet? Reichtum?«

Darüber mußte ich lachen. »Ob es mich nach Reichtum gelüstet? Niemand könnte je etwas ergreifender Pathetisches zu mir sagen! Bist du verrückt? Ich denke, wir wissen beide, wonach es mich gelüstet!« Ich bereute meine Worte schon, als sie meinem Mund noch gar nicht entschlüpft waren.

Der Tigrina erbleichte. »Ich könnte dich töten lassen«, flüsterte er.

Ich schüttelte den Kopf. »Das bezweifle ich.«

Müde rieb er sich mit den Fingern über die Augen. »Weshalb?« fragte er, und die Wehmütigkeit war wieder da. »Weshalb, nach all dieser Zeit? Kannst du nicht aufhören damit? Immerzu habe ich diesen Augenblick gefürchtet, in dem du zurückkehrst in sein Leben.«

»Das tue ich ja nicht. Ich bin nicht in seinem Leben.«

Der Tigrina hieb mit der Faust auf die Armlehne des Sessels. »Hör auf! Natürlich bist du das! Und du weißt es! Du warst immer in seinem Leben! Ich verstehe nur nicht, weshalb das jetzt geschieht. Es ist alles schon so lange her. Ist es die Stellung, die du haben willst? Ist es das?«

»Caeru, es liegt nicht bei mir, wirklich nicht. Wer auch immer hinter alldem steckt – und ich glaube nicht, daß es Pell ist –, will es nicht auf sich beruhen lassen.«

Caeru sah zu mir hoch. Er sah elend drein. »Nenn mich nicht beim Namen«, sagte er mit heiserer Stimme. »Das zumindest kann ich verhindern. Für dich bin ich der Tigrina, zumindest solange ich es bleibe.«

»Das ist nicht ... Hör zu, ich trachte nicht nach deiner Stellung, wenn du das glaubst! Ich bin wahrscheinlich genauso bestürzt und verwirrt wie du. Ich weiß nicht, was noch alles geschehen wird und wo ich schließlich ende!«

»Alles an dir ist genauso, wie er es geschildert hat«, sagte Caeru unvermutet. »Ich hatte gehofft, die Zeit und das Sehnen hätten dein Bild verzerrt. Aber das stimmt nicht. Als ich dich vorhin am Tisch erblickte, hast du mich interessiert. Ich fragte sogar ...« Angeekelt verzog er das Gesicht und schüttelte den Kopf. »Ich fragte Ariaric sogar, wer du seist. Und er sagte: ›Bloß ein alter Freund. Niemand von Bedeutung.‹ Er lachte freudlos über die beißende Ironie, die in diesen Worten lag. Jetzt ist mir klar, was ... die Leute ... in dir sehen. Ich wünschte, dem wäre nicht so, denn nun wurde dem Bild, das Pell von dir gemalt hat, Leben eingehaucht. Stellt dich das zufrieden? Das heißt bei weitem nicht, daß du mich geschlagen hast! Meine Stellung in Immanion ist unangreifbar.«

»Und wie steht es mit deiner Stellung in Pells Herzen?« Ich konnte nicht umhin, das zu sagen, denn wie immer die Antwort lauten mochte, er wäre nach wie vor an Pells Seite, und ich wäre nach wie vor der Irre, der Orien ermordet hatte und aus dem Verkehr gezogen werden mußte. Und meine Worte taten ihre Wirkung. Wäre er nicht der Tigrina und somit eisern seiner

Rolle angepaßt gewesen, ich glaube, er hätte mich körperlich angegriffen.

»Geh mir aus den Augen«, sagte er leise und blickte zu Boden.

»Morgen früh verlasse ich Sykernesse. Du wirst mich nie mehr sehen.«

»Wirklich nicht? Ich hoffe, du stirbst. Das ist mein ehrlicher Wunsch. Und jetzt verschwinde.«

Ein deprimierenderes, sinnloseres Gespräch ist schwer vorstellbar. Irgendwie fand ich den Weg zurück in mein Zimmer; in meinem Kopf tobte ein Durcheinander. Ich war sicher, Ariaric wäre ungehalten – nein, wutentbrannt – über die peinliche Lage, in die ich ihn gebracht hatte. Seine Befürchtungen hatten sich als berechtigt herausgestellt. Und doch, eigentlich war alles Zobineks Schuld. Ich glaube nicht, daß ich andernfalls meine Identität preisgegeben hätte, ungeachtet meiner plastischen Phantasien. Und wie um Salz in meine Wunden zu streuen, überraschte ich Panthera im Bett mit Lalasa. Das brachte das Faß zum Überlaufen. Ich warf mich mit dem Gesicht nach unten neben die beiden auf die Bettdecke und stöhnte auf; sehr zu ihrem Mißvergnügen, nehme ich an.

»Zur Hölle mit allem!« stieß ich hervor – gedämpft. »Zur Hölle! Zur Hölle!«

»Soll ich gehen?« flüsterte Lalasa.

»Nein, bleib nur und sei Augenzeuge meiner unvergänglichen Schmach!«

»Cal, du bist betrunken«, stellte Panthera müde fest.

»Das bin ich nicht! Nur verflucht! Der Tigrina wünscht mir den Tod, und ich sterbe gehorsam!«

»Ich glaube wirklich, ich sollte gehen«, wiederholte Lalasa.

Panthera seufzte. »Nun gut, es tut mir leid.«

Nachdem Lalasa gegangen war, herrschte ein zehnminütiges quälendes Schweigen, bis Panthera sagte: »Du forderst es heraus, Cal, ehrlich.«

»Ja, ich weiß. Ich bin zutiefst verdorben. Ungeziefer. Die Pest! Aber ich habe trotzdem nicht mit Ariaric geschlafen, Thera, also weiß ich nicht, weshalb du so böse auf mich bist. Oder ist es wirklich nur leidenschaftliches Verlangen nach deinem Vetter?«

Wieder seufzte Panthera schwer. »Ich habe nur einen Hals, Cal, und ich hege die Befürchtung, eines Tages wirst du mir den Stiefel schwer auf die Kehle stellen. Ich habe wohl den Verstand verloren. Du willst morgen abreisen?«

»Unbedingt. Kann ich weiter auf dich zählen?«

Er nahm meine Hand und drückte sie. »Überraschenderweise ja«, sagte er.

Feigling, der ich war, hatte ich vor, mich ohne ein Abschiedswort an Ariaric davonzustehlen. Ein paar Zeilen müßten genügen; ich konnte ihm nicht unter die Augen treten. Doch als hätte er etwas geahnt, trat er in unser Zimmer, gerade als es draußen hell wurde. Panthera entschuldigte sich und blieb im Badezimmer eingeschlossen, solange der Löwe anwesend war. Ich versuchte, eine Entschuldigung anzubringen, aber er wollte sie nicht hören.

»Es war mein Fehler«, sagte er. »War nicht ich es, der dir vorschlug zu bleiben? Ich dachte nicht, daß Pell Caeru von dir erzählt hätte. Dumm, nicht? Und jetzt scheint praktisch jeder alles über dich zu wissen. Es war ein Spiel mit dem Feuer. Außerdem habe ich vor, meinen nichtsnutzigen Sohn windelweich zu prügeln.«

»Geh nicht zu hart mit ihm ins Gericht. Er war sich der Bedrohlichkeit der Situation nicht bewußt«, sagte ich. »Ich hoffe nur, die Sache schadet nicht auch noch deiner Stellung den Gelamingern gegenüber. Ich fühle mich schon so jämmerlich genug.«

Er schüttelte den Kopf. »Das weiß ich wirklich nicht. Ich werde mein Bestes tun, mir den Tigrina um den Finger zu wickeln, meine Unwissenheit zu beteuern. Vielleicht gelingt es.«

»Jedenfalls wird es der Sache zuträglich sein, wenn ich nicht mehr da bin. Wir reisen heute ab.«

Ariaric drängte mich nicht zu bleiben. »Du hast momentan einen steinigen Weg zu gehen, Cal«, sagte er. »Mein Herz wird dich begleiten. Wir werden darum beten, daß alles sich zum Besten wendet.«

»Ich danke dir.« Ich stand auf, und wir umarmten uns. Es fiel mir schwer, ihn loszulassen. »Unser Wiedersehen hat so gut begonnen. Es tut mir leid.«

Er nahm mein Gesicht in seine Hände. »Schsch. Sei still. Wie ich sagte: ein steiniger Weg. Doch eines Tages wird das alles hinter dir liegen, und dann kommst du hierher zurück, und dann wird alles seine Richtigkeit haben. Okay?«

Ich nickte. »Aus dir ist etwas Ordentliches geworden, ehrlich. Das gibt mir Hoffnung.«

Darüber mußte er lachen. »Cal, Cal, ich habe hart daran gearbeitet, das ist alles. Wir waren damals, in Megalithika, alle wie die kleinen Kinder. Das ist so lange her. Hör auf damit. Man kann es nicht mehr ändern. Laß es einfach sein.«

»Kann ich das wirklich tun?« Selbst in meinen eigenen Ohren klang es wehmütig.

»O ja. Laß diese aufgestauten Gefühle ab, versuch, etwas Konstruktives damit zu tun.« Er hob seine Hand. »Siehst du das?« fragte er. »Das gehört dir. Nimm es.« Nach all dieser langen Zeit war die Narbe immer noch zu sehen. Überwältigt von Emotionen nahm ich seine Hand und küßte sie, immer wieder. »Das Blut ist schon lange getrocknet, Cal. Du kannst es nicht mitnehmen nach Roselane. Nimm das dafür.« Noch nie zuvor hatten wir den Atem geteilt; damals war ich einer solchen zärtlichen Geste nicht würdig gewesen. Er gab mir Kraft, und ich nahm sie begierig in mich auf. Ein wahrer Freund, der Löwe; er wird es immer bleiben.

Der Abschied war fast vorbei, Sykernesse lag nahezu hinter uns, und doch war da eine letzte Frage. »Wraxilan, welche Rolle hattest du bei alldem zu spielen? Du hattest doch eine, oder?«

Lächelnd blieb er an der Tür stehen. »Natürlich hatte ich eine. Was kann es schon schaden, wenn du es jetzt erfährst? Tel-an-Kaa sagte zu mir: ›Nenn ihm meinen Namen. Erzähl ihm von mir, erinnere ihn, daß ich ihn kenne, aber vorher bring ihn dazu, daß er sich selbst erkennt.‹ Sie sagte mir, wie. So hellsichtig war ich nicht.«

»Bist du diesen Kamagrern denn verpflichtet, daß du ihren Befehlen gehorchst?«

»Nein. Ich tat es wegen der anderen Dinge, die sie sagte, und die lauteten, daß die Zukunft der Wraeththu in deinen Händen liegt, Cal. Ganz einfach. Wir brauchen dich, Cal, und wir brauchen dich dringend! Das zu wissen, sollte mir doch Begründung genug sein, oder?«

Kapitel 26

Reise nach Roselane

> Wo immer ich erwachte – eine doppelte Wonne:
> Erwachen war eine, doch dann kam die andere.
> Und obwohl ich fühlte, wie das Herz mir brach,
> liebte ich dennoch weiter.
>
> Robert Browning, *Bad dreams, I*

Von Oomadrah wollten Panthera und ich in östlicher Richtung an Chane vorbei und über einen Zipfel garridanisches Territorium nach Roselane gelangen. Unser Ziel war der abgeschiedene Bergort Shilalama, hoch über der restlichen Welt. Um unsere Reise zu beschleunigen, bot uns Ariaric freundlicherweise einen seiner Privatwagen einschließlich Fahrer an. Ich hatte zwiespältige Gefühle, dieses Angebot anzunehmen. Es hieß, daß wir Roselane damit in zwei Tagen erreichen konnten. Auf dem üblichen Weg zu Pferde würde die Reise Wochen, ja Monate dauern, und das hätte mir andererseits Zeit zum Nachdenken gegeben. Doch schließlich kam ich zu dem Schluß, daß in meiner Situation Zeit zum Nachdenken höchst unwillkommen war.

Wir verließen Sykernesse, noch ehe die meisten seiner Bewohner aus den Betten waren. Es war ein nebliger, eiskalter Morgen. Ich saß trübsinnig im Fond des Wagens, bis ich Pantheras begeisterte Lobgesänge auf selbigen nicht mehr hören konnte, mich einrollte und zu schlafen vorgab. Ich konzentrierte mich auf das weiche Seufzen der Mechanismen des Fahrzeuges und auf das Gefühl der Schwerelosigkeit, als wir langsam über

Oomadrahs Mauern hinweg auf die weiten Ebenen von Hool Glasting und in den echten Morgen glitten. Ein schwaches Summen verriet, daß der Pilot das Dach des Wagens aktiviert hatte. Kurz darauf waren wir abgeschnitten vom Strom der frischen Luft, das Fahrzeug vibrierte, machte einen Satz und schoß in östlicher Richtung davon. Es war ein weitaus hochgezüchteteres Exemplar als Louranas Wagen. Mühelos erreichte es eine enorme Geschwindigkeit.

Wir hatten vor, die Nacht in der garridanischen Stadt Biting zu verbringen, und wenn alles gutginge, würde ich am darauffolgenden Vormittag in Roselane sein. Ich fühlte mich wie vor einer schweren Operation; ich war nervös, hatte aber das Gefühl, als geschähe das alles nicht wirklich. Immer noch wußte ich nicht, was mich erwartete, aber es schien eine gute Idee, die Klöster der Kamagrer aufzusuchen, die, nach Wrark Fortunys Aussage, ihren Hauptstützpunkt in Shilalama hatten. Immer noch war ich angewidert von meinem Zusammentreffen mit dem Tigrina. Schlimm genug, als geldgieriger Unruhestifter betrachtet zu werden (ohne auch nur einen Anflug von Mitgefühl für den Vertreter dieser Meinung übrig zu haben) – doch in welcher Lage befände sich der Tigrina wohl nach alldem? Wie konnte ich das auch nur erahnen, da ich doch nicht einmal wußte, was mit mir selbst geschehen würde? Diese unangenehmen Gedanken nagten an mir und ich an ihnen, bis unser Pilot den Wagen auf dem flachen Land aufsetzte, damit wir im Freien essen und unseren sonstigen körperlichen Bedürfnissen entsprechen konnten.

Der Tag war warm geworden; die Sonne schien hell durch kleine weiße Wolken und sprenkelte das Land mit Licht und Schatten. Ich erzählte Panthera ausführlicher von meinen Erlebnissen der vergangenen Nacht, und es machte mir überhaupt nichts aus, daß der Fahrer begierig lauschte (während er sich bemühte, gleichgültig zu erscheinen); meine Geheimnisse waren keine

Geheimnisse mehr: die Neuigkeit war durchgesickert und hatte sich, auf welchen Wegen auch immer, in Jaddayoth verbreitet. Meine Verbindung zum Tigron hatte sich herumgesprochen, und allgemein wurde erwartet, daß infolgedessen unruhige Zeiten bevorstanden.

Es war dunkel, als wir in Biting ankamen. Unser Pilot mietete uns ein Zimmer, während Panthera und ich uns in der Stadt die Füße vertraten. Die meisten Läden hatten noch geöffnet. Wir lachten über die marktschreierischen Auslagen der Toxikologen. Ein Etablissement namens *Foul und Fair* stellte seine Waren in einem hellerleuchteten Schaufenster aus. ›Wie bringe ich die Gliedmaßen meiner Feinde zum Verdorren? – Eschenwelke: der Weg zum Erfolg!‹ behauptete ein Schriftzug kühn. Ja, wir lachten zwar, aber unsere Heiterkeit war nicht echt. Das Drama steuerte auf den letzten Akt zu, in dem die Hauptfiguren einander adieu sagten, um dann ihrer eigenen Wege zu gehen, die sich nie wieder kreuzen sollten.

Wir kehrten in unser Quartier zurück und nahmen Krüge mit Bier ins Zimmer mit; jetzt war die Zeit für Erinnerungen gekommen.

Panthera sprach von Piristil. »Ich erinnere mich noch an den Augenblick, als ich dich zum erstenmal sah«, lächelte er. »Schon damals umwehte dich der Geruch nach Freiheit – meiner Freiheit. Habe ich dir je dafür gedankt?« Wir legten die Kleider ab und ließen uns auf dem Bett nieder. Von draußen drangen Stimmen ins Zimmer – andere Leben, die blindlings weitergingen, ohne uns zu beachten. Panthera schloß das Fenster, damit wir sie nicht hören mußten. »Wir sind bald am Ende angelangt, wir beide. Nicht wahr?« fragte er.

Ich seufzte schwer. »Das wollen wir hoffen. Vielleicht solltest du dich erleichtert fühlen, schließlich kannst du nach alldem zurückkehren nach Jael und dein normales Leben wieder aufnehmen. Du hast jetzt Freunde in Maudrah, in Gimrah, Elhmen und Sahale. Zumindest etwas Positives hat es dir eingebracht, mich kennenzulernen.«

»Glaubst du, du wirst je wieder hinkommen? Zu den Hafeners, zu Nanine, dem Lyris, nach Sykernesse und… nach Jael?«

»Ich würde gern. Hoffentlich kann ich es.«

Panthera warf sich über mich und preßte mir die Luft aus der Lunge. »Ach, Cal, Cal«, murmelte er mit bitterer Stimme. »Ich wollte für dich kämpfen, gegen die Gelaminger, den Tigron, gegen alles, was irgendwo in dunklen Winkeln auf dich lauerte. In Jael dachte ich, ich könnte es. Aber das alles ist einfach zu… groß. Ich habe keine Chance. Ich kann dich nicht verlieren, weil ich dich in Wahrheit nie hatte. Du hast mir so viel gegeben, aber wenn ich das teilen will, dann muß ich es mit einem anderen tun, nicht mit dir. Das ist hart. Es ist grausam. Warum müssen wir so leiden? Wenn eine große Macht hinter alldem steht, weshalb hat sie zugelassen, daß ich dich liebe?«

Ich spürte seine Tränen auf meine Brust fallen. Ein Teil des Lebens ist das Verlierenlernen, das Loslassenlernen. Und das mußte ich selbst noch lernen. »Wir müssen es hinnehmen, Thera«, sagte ich. »Gleichgültig, was wir tun, wir bekommen es dreifach zurück – so heißt es doch. Für diesen Schmerz muß die Zukunft unendlich viel Schönes bereithalten.«

»Glaubst du das wirklich?«

»Ich weiß nicht. Aber es ist das Beste, was ich dir bieten kann.«

Er lachte leise auf und hob den Kopf. »Wir dürfen diese letzten Stunden nicht vergeuden«, sagte er.

»Nein, mein Pantherchen, das dürfen wir nicht.« Wir teilten den Atem, um die Trauer im Herzen zu teilen, und in der Vereinigung unserer Körper danach lag ein weites Meer aus Zeit und Raum; doch die Küste des Meeres war salzig vom Salz unserer Tränen.

Am Morgen entdeckten wir zu unserer Überraschung, daß wir uns in einer hartnäckig guten Stimmung befanden. Sie mußte uns in der Nacht überkommen haben – ein Geschenk des Himmels. Die Qual der Trauer war erträglich geworden, gezähmt. Und nun zogen wir mit neuerworbener Kraft in die Schlacht. Wir verließen Biting unmittelbar nach dem Frühstück. Der Wagen schoß zwischen Bergspitzen aller Schattierungen von Grau, Grün und Weiß hindurch. Manchmal zogen Wolken unter uns dahin. Und nach einigen Stunden zeigte der Pilot durch das Fenster nach unten. »Das ist Shilalama«, sagte er. »Seht ihr es? Dort drüben, in der Ferne.« Fasziniert blickten wir hinaus, als die seltsamen schroffen Felstürme näher kamen, die das Licht der Morgensonne einfingen.

»Sieht aus wie ein Schwamm«, stellte Panthera fest.

»Wie lange dauert es bis dorthin?« fragte ich.

»Eine halbe Stunde vielleicht, nicht länger«, antwortete der Pilot.

Eine halbe Stunde. Panthera und ich hielten uns an den Händen wie Kinder. Ich mußte es sagen: »Panthera, wenn du mit dem Wagen nach Maudrah zurückkehren willst, dann verstehe ich das. Vielleicht wäre es am besten ...«

»Sei still, Cal«, sagte er. »Hör auf, den Märtyrer zu spielen. Du könntest mich hier möglicherweise brauchen.«

In Shilalama gab es keinen Platz für eine einfache Landung. In gewisser Weise erinnerte die Stadt stark an Shappa mit ihren fast senkrecht verlaufenden Straßen und winzigen Plätzen. Doch wo Shappa grau und glatt war, war Shilalama rosarot und rostbraun und gelb – und zerklüftet. Zweimal kreisten wir sehr dicht über der Stadt, und Hara blickten hoch und winkten. Alle waren in helle Kutten gekleidet, wie Priester. Der Pilot machte sich Sorgen. »Dieser Wagen ist zu groß, um da unten zu landen. Ich muß euch außerhalb der Stadtmauern absetzen. Soll ich dort auf euch warten?«

»Nein. Wir wissen nicht, wie lange wir hier bleiben müssen«, sagte ich. Und so setzte er uns hoch oben auf einer Felsklippe ab, wo ein kräftiger Wind uns die Worte von den Lippen riß.

»Dort drüben!« schrie uns der Pilot zu. »Dort führt ein Weg in die Stadt hinunter!« Wir brüllten unseren Dank zurück. »Viel Glück!« lasen wir von seinen Lippen ab, und dann hob sich der Wagen wieder in die Lüfte, legte sich etwas zur Seite und schoß in westlicher Richtung davon, während sich das durchsichtige Dach schloß. Panthera und ich sahen ihm nach, bis er in der Ferne verschwunden war. Jetzt gab es kein Zurück mehr. Wir bahnten uns unseren Weg durch kniehohes Gestrüpp und stolperten den steinigen Pfad nach unten, stark behindert von unserem schweren Gepäck.

Die Tore von Shilalama standen offen; es gab keine Wachtposten, die uns aufhielten und befragten. »Und wohin jetzt?« fragte Panthera. Es war unmöglich festzustellen, ob es sich bei den Gebäuden um Wohnhäuser, Kneipen, Läden, Tempel oder bloß natürliche Felsformationen handelte. Zwei vor sich hinmurmelnde Hara huschten vorbei, die Köpfe gesenkt, die Arme in den Falten ihrer Gewänder verschränkt. Sie überhörten meine Fragen nach dem Weg, den wir einschlagen mußten. »Gehen wir einfach Richtung Zentrum«, sagte ich.

»Welches Zentrum?« fragte Panthera und sah sich um. »Ein solches Labyrinth!«

»Gehen wir einfach los.«

Es gab nur wenige echte Straßen. Die Gebäude schienen aus dem Fels gehauen oder aus Steinen zu bestehen, die man zufällig übereinandergeworfen hatte. Jeder Roselaner, dem wir begegneten, befand sich auf einer völlig anderen Bewußtseinsebene und war absolut unansprechbar. Wo blieben nur die winkenden Hara, die wir aus der Luft gesehen hatten? Der Wind machte einen solchen Krach, daß es keinen Sinn hatte, die Ohren zu spitzen und nach hörbaren Lebenszeichen zu forschen, doch schließlich, nach einer Ewigkeit ziellosen Umherlaufens, kamen wir auf einen kleinen Platz, auf dem Marktbuden standen; hier trafen wir auf Hara, deren Gesichter einen wacheren Eindruck machten. Ich trat an den ersten Verkaufsstand und erkundigte mich nach den Klöstern der Kamagrer – obwohl mir nicht klar war, wie wir es anstellen sollten, in dieser verwirrenden Stadt einer Auskunft zu folgen, die uns die Richtung wies. »Geht einfach immer weiter«, antwortete der Budenbesitzer und zeigte auf die andere Seite des Platzes. »Alle Pfade führen nach Kalalim.«

»Kalalim?«

»Das ist euer Ziel. Aber macht vorher eine kurze Rast und erfrischt euch. Es kostet nichts.« Er bot uns Tassen mit dampfendem Kräutertee an. Panthera stellte die Taschen hin und massierte sich die Schultern. Die meinen waren ganz gefühllos.

Während wir Tee tranken, versuchte ich, Informationen über die Kamagrer zu erhalten. »Gibt es eine bestimmte Art und Weise, wie wir uns bei ihnen zu verhalten haben? Rituale, die zu befolgen sind?«

»Seid einfach ihr selbst.«

»Ich verstehe. Müssen wir uns anmelden oder können wir direkt hingehen?«

»Es gibt keine verschlossenen Türen in Shilalama. Kommt ihr von weit her?«

»Von sehr weit her«, antwortete ich unbestimmt.

Der Verkäufer lächelte. »Ihr seid müde, Reisende. Die Erquickung, die ihr sucht, werdet ihr in Kalalim finden.«

Wir dankten ihm und überquerten den Platz.

Kalalim war unverkennbar. Die Steine, aus denen

seine senkrechten Mauern bestanden, waren golden, die hochaufragenden Türme in sich gewunden wie Seile. Wärme schien dem Gemäuer zu entströmen, ein Willkommensgruß den offenen Toren und oben spitz zulaufenden Fenstern. Wir blieben nicht stehen, um das alles vollständig in uns aufzunehmen, sondern schritten direkt die flachen Stufen der Treppe hinauf und in das goldene Halbdunkel, das dahinterlag. Ein Har in hellgelber Robe stand auf, als wir in die Halle traten, und legte das Buch weg, in dem er gelesen hatte. »Kann ich euch zu Diensten sein?« fragte er.

»Ich suche nach einem Mitglied der Kamagrer namens Tel-an-Kaa«, antwortete ich. »Ich glaube, sie erwartet mich.«

»Ihr seid am rechten Ort.« Der Roselaner trat zu einem Schreibpult an der Wand und griff nach einem schweren Folianten. »Darf ich nach euren Namen fragen?«

»Calanthe und Panthera von Jael.«

Der Roselaner nickte. »Ah ja, ihr werdet tatsächlich erwartet.« Er trug unsere Namen am Anfang einer neuen Seite ein. »Ich will euch nicht aufhalten. Kommt bitte mit mir.«

Wir folgten ihm durch einen von Dachfenstern erhellten Gang in einen windgeschützten Garten. Hara arbeiteten an den Blumenbeeten, und jeder einzelne von ihnen blickte auf und sagte uns guten Tag, als wir vorbeikamen. Ein ziemlicher Unterschied zu Oomadrah außerhalb der Mauern von Sykernesse, dachte ich amüsiert. Der Roselaner führte uns in einen freundlichen, hellen Raum, von dem aus man den Garten überblicken konnte; die einzigen Einrichtungsgegenstände hier waren Teppiche und Kissen auf dem Boden, zwei niedrige Tischchen und ein Bücherkasten neben dem Fenster. Von der Decke hing ein Weihrauchgefäß aus Messing, das starken, intensiv duftenden Rauch verströmte.

»Ruht euch doch aus, während ich Tel-an-Kaa von eurer Ankunft in Kenntnis setze.«

Ächzend streifte ich mir die Taschen von der Schulter und ließ mich dankbar in die Kissen fallen.

Panthera trat ans Fenster und sah hinaus. »Was geht hier nur vor?« fragte er. »Wie kommt es, daß eine Frau eine so hohe Stellung in Roselane innehat? Wer sind die Kamagrer?«

»Warten wir's ab, wir werden es schon herausfinden«, antwortete ich. »Vermutlich ist es bloß ein Trick. Jedenfalls kann ich mir nicht vorstellen, hier die Lösung für meine Probleme zu finden. Alles hier wirkt so gar nicht real. Die Roselaner scheinen den Kontakt zur Wirklichkeit verloren zu haben. Sie sind unvollkommen; vielleicht sogar schwach.«

»Du bist schnell mit einem Urteil zur Hand, Calanthe!« Eine warme, melodiöse Stimme. Ich wandte mich zu der Sprecherin um und wollte mich erheben. »Nein, du kannst sitzen bleiben. Ich bin Tel-an-Kaa. Möglicherweise erinnerst du dich nicht mehr an mich.« Sie kam ins Licht, ein hellhaariges, verlorenes Kind, sehr ähnlich dem Bildnis aus meiner Erinnerung – und das war vor ziemlich langer Zeit entstanden. Sie oder ihr Meister waren tatsächlich mit unglaublichen Fähigkeiten ausgestattet, denn um den menschlichen Alterungsprozeß aufzuhalten, bedarf es starker Kräfte. »Ich hoffe, ihr hattet eine angenehme Reise«, sagte sie, als wäre dies ein ganz alltäglicher Besuch ohne jegliche Bedeutung.

»Sehr angenehm, vielen Dank«, erwiderte ich. »Der Löwe von Oomadrah hat uns freundlicherweise ein Transportmittel zur Verfügung gestellt …«

»Ja, ich weiß.« Natürlich.

Panthera starrte sie ziemlich unverschämt an; für ihn war sie ein Kuriosum.

»Ihr seid rasch hergelangt«, fuhr sie fort. »Für Fremde kann Shilalama recht schwierig zu erreichen sein. Ah, ein kleiner Imbiß. Danke.« Ein Har war hinter ihr eingetreten und hatte ein Tablett auf eines der beiden Tischchen gestellt. Wein und Kuchen. Tel-an-Kaa setzte sich mir gegenüber und goß den Wein ein. »Möchtest du dich nicht zu uns setzen, Panthera? Ich beiße nicht.« Dieser Selbstsicherheit und Autorität in einem Menschenwesen zu begegnen, war ein wenig verwirrend; sehr behutsam ließ Panthera sich neben mir auf die Kissen nieder. Eigentlich fühlte ich mich einem Glas Wein im Moment nicht gewachsen (so wie die Dinge lagen, mußte mein Magen schon mit mehr Säure fertig werden, als ihm guttat), und so war ich angenehm überrascht von seinem milden Geschmack und der zarten Süße. »Ich nehme an, du hast dich schon gefragt, was das alles soll«, sagte Tel-an-Kaa mit einem Lächeln.

»Hin und wieder«, nickte ich.

Sie lachte auf. »Diese ganze Geheimniskrämerei, das Herumreisen – es war wohl recht lästig, aber trotz allem notwendig. Vermutlich erkennst du das jetzt selbst.«

»Da bin ich mir nicht so sicher. Ich muß dir gestehen, daß ich mich manchmal frage, ob ihr nicht vielleicht auf dem falschen Har herumhackt.«

»Oh, wir haben nicht auf dir herumgehackt! Es täte mir leid, wenn du es so empfunden hast. Du warst ja in einem so jämmerlichen Zustand, Cal. So am Boden zerstört, so verwundet. Der Heilungsvorgang mußte seinen Lauf nehmen.«

»Nun, jetzt bin ich also hier«, sagte ich. »Was passiert als nächstes?«

»Du mußt träumen.«

»Träumen?«

»Ja. Du suchst nach Antworten, aber du trägst sie in dir. Dort waren sie immer schon zu finden. Hätte dieser Prozeß umgehend begonnen, als du Pell in Megalithika sterben sahst, nun… dann wäre alles sehr viel leichter für dich gewesen. Damals schon hätte eine ähnliche Ausbildung wie jene von Pell ihren Anfang nehmen müssen.«

»Hat sie aber nicht, oder? Was danach kam, scheint nach und nach eine schicksalhafte Schuld aufgehäuft zu haben, die ich niemals tilgen kann.«

Tel-an-Kaa lachte wieder. »Lieber Himmel, welch ein Pessimist du doch bist!«

»Und was bist du?« fragte ich. »Bekomme ich eine Erklärung dafür? Was hast du mit meiner Zukunft zu tun?«

»Ich bin eine Kamagra«, antwortete sie.

»Ist das ein Stamm? Ist es derselbe, mit dem du in Galhea warst und bei dem Menschen und Hara zusammenleben?«

»Die Zigane? Nein. Die Kamagrer sind kein Stamm. Es ist eine Schwesternschaft.«

»Von Menschen?«

Sie zögerte, unsicher. »Nein.«

»Was sonst? Hara könnt ihr wohl auch nicht sein!«

»Nicht auf dieselbe Art und Weise wie ihr, nein.«

»Was meinst du damit? Hat man schließlich doch einen Weg gefunden, auch Frauen eine Initiation zu ermöglichen?« Das wäre unglaublich gewesen, zu unglaublich, um wahr zu sein! Doch wenn es sich tatsächlich so verhielt, dann stand das Konzept, das ich von meiner Rasse hatte, kurz davor, völlig über den Haufen geworfen zu werden.

»Strenggenommen sind wir eigentlich weder Wraeththu noch Menschen«, sagte sie.

»Das ist keine Erklärung.«

»Ich versuche es. Hör zu. Wraeththu sind Hermaphroditen, mutiert aus dem männlichen Menschenkörper. Ich sage deswegen Körper, weil die Seele ohnedies androgyn ist. Es stellte sich heraus, daß diese Mutation bei der Menschenfrau nicht möglich war. Niemand wußte, weshalb. Waren es biologische Gründe? Spirituelle? Wieso? Das Weibliche war immer schon die treibende Kraft im Universum gewesen. Die Göttin ist das Leben selbst, die Liebe selbst. Ihre Liebe zu sich selbst manifestierte sich in der Hervorbringung des Gottes. Er als Spiegelbild ihrer selbst; ihre Ergänzung. Ihr Sohn ist zugleich ihr Geliebter. Dieses Konzept mit ihrer eigenen Rasse in Einklang zu bringen, mit diesem Thema mußten sich die Wraeththu-Philosophen herumschlagen, seit sich der Staub ihrer Initiation gelegt hatte. Sie wußten, daß die Erde das Weibliche verkörpert, im Gegensatz zur feurigen Männlichkeit der Sonne. Tiere sind immer noch zweigeschlechtlich. Alles und jedes hat seine negative und positive Polarität. Wie sollte diese neue Rasse mit ihrer körperlichen Form fertig werden, wie sie verstehen? Thiede versuchte, die Liebe abzuschaffen, aber er war auf dem Irrweg und sah dies in dankenswerter Weise auch ein. Liebe ist der Brennstoff des Lebens, das Geschenk der Göttin an ihren geliebten Sohn, der ohne Vater aus ihr allein entsprang. Auch die Wraeththu sind Söhne der Göttin, androgyn, jedoch mit dem Aussehen des Gottes. Kamagrer sind äußerst selten, und auch sie sind Hermaphroditen. Erschaffen nach dem Abbild der Göttin und so vollkommen wie sie in ihren hellen und dunklen Seiten.«

»Und kann sich diese Göttin auch ohne Gott fortpflanzen?« fragte ich mit leichtem Spott.

Tel-an-Kaa lächelte nachsichtig. »Im Gegensatz zu den Wraeththu sind die Kamagrer nicht mit der Gabe der Hervorbringung von Leben ausgestattet«, sagte sie.

»Wie... entsteht ihr dann? Wenn die Frage erlaubt ist.«

»Durchaus. Vielleicht einer von tausend Hara kommt als Kamagra zur Welt; eine Spielart; eine Laune der Natur. Die erste jedenfalls erblickte als menschliches Wesen das Licht der Welt, genau wie Thiede und etwa zur gleichen Zeit. Ihr Name ist Opalexian. Sie lebt hier in Kalalim mit uns. Sie ist unsere Hohepriesterin.«

»Wenn diese Kamagrer so selten sind, wie findet ihr sie dann? Müßt ihr euch auf die Suche nach ihnen machen?«

Sie lachte laut heraus. »O nein! Wir haben zwar die Gabe eingebüßt, Leben zu schenken, dafür wurden wir aber in anderer Hinsicht reich entschädigt. Die übersinnlichen Kräfte der Kamagrer sind weitaus stärker entwickelt als jene der Wraeththu. Die Unseren finden uns. Wir brauchen nicht zu suchen. Außerdem haben wir herausgefunden, daß es möglich ist, Menschenfrauen zu mutieren, damit sie werden wie wir, obwohl dieser Prozeß nicht immer erfolgreich verläuft. Doch eine fehlgeschlagene Initiation in kamagrischer Form bedeutet im Unterschied zu jener der Wraeththu nicht Tod oder Schwachsinn. Sie verfehlt einfach ihren Zweck, und die Frau bleibt so, wie sie war.«

»Das ist ein Vorteil, aber beim Prinzip unserer Initiation heißt das, daß wir nur das Beste bekommen.«

»Und wie wollt ihr beurteilen, was das Beste ist? Körperliche Widerstandskraft? Ist das nicht etwas eher Maskulines?«

»Nein. Bei näherer Betrachtung wirst du herausfinden, daß die Todesfälle weniger durch die körperlichen Veränderungen verursacht wurden als vielmehr durch die emotionalen und geistigen Spannungen. Wirft das alle deine frommen kleinen Theorien über den Haufen? Du warst doch selbst einmal ein Mensch, oder?«

»Das dachtest du, nicht wahr?« Sie lachte. »Es war eine gute Verkleidung, das ist alles. Kamagrer sind nicht so auffallend nichtmenschlich wie Wraeththu. Als wir uns in Galhea trafen, holte ich Flüchtlinge aus Megalithika, und zwar in der Maske der Pythia, wie sie mich nannten. Opalexian hat natürlich bei allem ihre Hand im Spiel. Sie läßt dies jedoch nicht so offen erkennen wie Thiede, sie ist diskreter, vorsichtiger, zurückhaltender. Die Wraeththu sind Thiedes Domäne, und Opalexian war zwar nie bestrebt, eine große Gestalt in dieser unseren neuen Welt zu werden, aber sie ist auch nicht blind. Sie sah Thiede Fehler machen und mußte eingreifen, so wenig sie das auch wünschte. Opalexian sieht es so, daß die Kamagrer da sein müssen für jene, die uns brauchen; doch es liegt uns fern, unsere Existenz an die große Glocke zu hängen.«

»Aber die Roselaner wissen davon. Wird es euch gelingen, sie nach alldem auch in Zukunft so geheimzuhalten?«

Tel-an-Kaa hob die Schultern. »Wer kann das schon sagen? So, wie es im Moment aussieht, werden einige Wraeththu nicht allzu glücklich sein, wenn sie von unserer Existenz erfahren. Opalexian wollte, daß sie erwachsen werden, ehe wir auf den Plan treten. Doch Thiede hat das vereitelt. Macht nichts. Wir sind Überlebenskünstler. Wir müssen es sein. Die Roselaner entstanden aus Menschen und unzufriedenen Hara, die ich in Megalithika unter dem Banner der Zigane versammelte. Wir lernen gemeinsam. Shilalama ist ein Ort der Zufriedenheit. Schade, daß die Außenwelt unsere Dienste benötigt.«

Tel-an-Kaas Enthüllungen waren, gelinde gesagt, schwindelerregend. Die Wraeththu wissen also weitaus weniger, als sie dachten! Sie verehrten den Aghama wie einen Gott, und nun müssen wir entdecken, daß er weder unsterblich noch unfehlbar ist! Welche Fehler hat Thiede gemacht? Und was hatte ich damit zu tun?

Panthera und ich bekamen ein Zimmer, dessen Fenster auf den Garten hinausging. Es war einfach, aber behaglich, und das Bett bestand aus nichts als einer gestreiften Matratze auf dem Boden, auf der sich bunte Decken häuften. Tel-an-Kaa zeigte Panthera den Duschraum. »Es wird gleich jemand heraufkommen, der dir alles übrige zeigt«, sagte sie zu ihm. »Tut mir leid, aber ich muß Cal jetzt wegbringen.« Sie wandte sich an mich. »Es sei denn, du möchtest dich zuerst frischmachen.«

Ich schüttelte den Kopf. »Nein. Bringen wir es hinter uns, was immer es auch ist. Ich habe lange genug gewartet.« Panthera und ich umarmten uns schweigend. Was hätten wir schon sagen sollen? Wenn – falls – ich ihn je wiedersehen sollte, dann, nachdem dies alles vorbei war. Als ich ihn losließ, sagte er: »Ich werde hier auf dich warten, Cal.«

»Nicht, wenn es so aussieht, als würde ich nicht zurückkommen. Verstanden?« Er nickte; er sah so jung aus, so schön und so traurig. Wie konnte ich ihn bloß verlassen? Nicht ohne ihn noch einmal zu berühren. Ich hielt ihn fest an mich gedrückt und flüsterte ihm ins Ohr: »Welche Gefühle ich auch immer für jemand anderen hege, ich liebe dich, Panthera. Auf meine eigene Art und Weise. Ich werde dich nicht vergessen.«

Ich nahm meine Tasche mit den Aufzeichnungen und den vielen anderen kleinen Dingen und folgte der schlanken Gestalt Tel-an-Kaas die Treppe hinab, durch den Garten und in einen Gang, der tief hineinführte nach Kalalim, wo kein Licht von draußen eindrang. Ob Panthera mir nachgeblickt hat, werde ich nie erfahren. Ich konnte es nicht ertragen, mich umzudrehen. Wir hielten es für einen Abschied für immer, aber jetzt weiß ich, daß dieser in Wahrheit erst kommen wird, und dann mit größerer Bitterkeit.

Kapitel 27

Geträumte Antworten

> Adieu, schreckliches Gespenst!
> Obwohl ich frei bin, bleibst du
> Herrscher im Reich der Dunkelheit.
> Ich sehe zu, wie das Phantom all dessen,
> was ich je gehaßt oder geliebt,
> im Meer versinkt.
>
> Roy Campbell, *Rounding the Cape*

Während wir in die Dunkelheit hineingingen, fragte Tel-an-Kaa mich, ob ich überhaupt irgend etwas über die Roselaner wisse. »Im allgemeinen nennt man sie die Traumleute«, sagte sie.

»Das habe ich bereits gehört. Sind die Träume prophetisch?«

Sie nickte. »Sie können es sein. Aber in erster Linie sind es innere Visionen, ähnlich wie bei der Meditation, nur ist hier die Trance weitaus tiefer. Dieses Stadium mußt auch du erreichen, um in dich zu gehen. Normalerweise braucht man Jahre, um so weit zu kommen, doch du hast nicht soviel Zeit. Die Erfahrungen, die du in Jaddayoth gesammelt hast, und das Erlangen der Algoma kommen dir hierbei natürlich zustatten, aber ich werde dich persönlich hineinbringen.«

»Hinein?«

»Ja, hinein. Du wirst schon sehen. Es wird eine neue Erfahrung für dich sein, und ich weiß nicht, inwieweit ich dir helfen kann, solltest du in Schwierigkeiten kommen. Du mußt dann einfach versuchen, auf mich zu hören.«

»Heißen Dank für diese ermutigenden Worte! Aber ist das nicht eine furchtbar langwierige Methode? Ich habe den Verdacht, die Kamagrer müßten ohnehin alle wissen, was hier geschieht, warum also sagt ihr es mir nicht einfach? Würde das nicht noch mehr Zeit sparen?«

»Und was würdest du daraus lernen? Du hast während deiner Reisen durch Jaddayoth viel Wissen gesammelt, genug, um mit der richtigen Hilfe selbst daraus klug zu werden. Die Visionen des Traumes zeigen dir, was in deiner Seele vorgeht, wie bei jeder guten Meditation. Doch sie werden dir auch zeigen, was nicht in deiner Seele vorgeht, sondern in jener von anderen. Daraus wird dir Stärke zuteil, besseres Verstehen. Das wirst du brauchen, um dich mit Thiede zu messen.«

»Mit Thiede zu messen? Was meinst du damit?«

»Schleier«, sagte sie. Sehr aufschlußreich.

Sie führte mich in einen kleinen fensterlosen Raum. Kissen auf dem Boden, eine einzige Lampe. »Mach es dir bequem«, sagte sie. Ich setzte mich. »Wir gehen direkt hinein. Ist dir das recht?«

»Schon, aber ich bin noch nicht besonders entspannt.«

»Dann werden wir das in die Wege leiten.« Sie lächelte. »Keine Angst, ich helfe dir.«

Alles geschah so rasch. Vor wenigen Stunden noch hatte ich zusammen mit Panthera in Ariarics Wagen gesessen, und wir waren über die Berge geflogen. Überall sonst hätte man mir wenigstens ein paar Stunden (wenn nicht Tage) gegönnt, um mich erst einmal einzugewöhnen. Im allgemeinen überstürzen Wraeththu nichts.

»Leg dich zurück«, murmelte Tel-an-Kaa. Sie zündete ein Klümpchen Holzkohle in einer Messingtasse an und bestreute es mit stechend riechendem Räucherkraut. »Schließ die Augen. Mach es dir bequem. Recht so?«

Ich hörte das Rascheln ihres Gewandes, als sie sich setzte. Ihre sanfte, klare Stimme begleitete mich durch die grundlegenden Entspannungsübungen, regulierte den Rhythmus meines Atems und öffnete meinen Geist.

»Das ist die erste Stufe«, sagte sie. »Normalerweise müßtest du nicht weiter gehen. Lockere dich, ich werde dich führen.« Die viele Arbeit an der Hebung meiner Kastenebene hatte Frucht getragen. Mein Geist schlüpfte willig aus der Realität durch den Schleier, und dort wartete sie auf mich. »Bereit?« Eine Stimme ohne Ton.

Ich falle, stürze steil nach unten, immer tiefer, immer schneller, die Geschwindigkeit meines Falles ist so hoch, daß ich fast ins Glühen gerate. »Halt inne!« befiehlt Tel-an-Kaa. »Reiß die Kontrolle an dich! Dies ist keine Einbildung!« Ich ›will‹ anhalten, und ich halte an. Wir befinden uns in schwarzer Finsternis. Ich kann die Kamagra nicht sehen, aber ich spüre ihre Anwesenheit. »Mach deine Welt«, sagt sie. »Laß sie auftauchen.«

Meine Welt. Da ist sie, silbern und grün. Sie dreht sich langsam, dreht sich, dreht sich, bis sie zu einer glitzernden Pistolenkugel wird und ein Pferd kreischend wiehert und Blut und Knochen davonspritzen; Regen und Blut; rot und weiß. Nein! Das Bild löst sich in Fetzen auf, die mich umkreisen und sich immer mehr zerfransen. »Wirst du dich je damit abfinden?« fragt Tel-an-Kaa. Mein Innerstes schmerzt vor Kälte.

»Pellaz.«

Ich halte seinen Kopf zwischen meinen Händen fest. Auf seiner Stirn sitzt, tief, tief eingegraben, ein einzelner Stern aus Blut. Seine Augen starren hinauf in den Regen. Der Regen fällt ihm in die Augen, aber er blinzelt kein einziges Mal. Es war das kreischende Geschrei, das ich am meisten verabscheute. Diese Tiere. Dieses sinnlose Gekreisch. Ich lege ihn auf die nasse Erde nieder, und er wird Teil davon, wird absorbiert von ihrer Lebenskraft. Ich blicke auf. Eine rotierende Kugel, grün und silbern, ich auf einem rotbraunen Pony auf dem Ritt durch eine Wüste. Pellaz in einem Tor …

Wir teilen den Atem, und das Verbindungsglied ist geschmiedet. (Ich wußte, daß er anders war, wußte es immer. Auch andere wußten es.)

Ich trete durch einen engen Felsschlund; es ist sehr dunkel. Und es riecht auch nicht besonders gut. Ich begegne einem Har, der aus der anderen Richtung kommt und eine Fackel trägt. Er ist in ein grünes Gewand gekleidet, hat rotes Haar und ist sehr schön. Als wir uns auf gleicher Höhe befinden, legt er mir die Hand auf den Arm. »Man hat dich betrogen, das weißt du doch, oder?« sagt er.

»Wer hat mich betrogen?«

»Möchtest du das wissen? Dann folge mir.« Ich kehre um und gehe hinter ihm her. Das Licht der Fackel wirkt wie eine Kapsel; außerhalb ist alles schwärzestes Dunkel. Wir kommen auf einen Balkon hoch über einer Stadt, und aus der Fackel in der Hand des rothaarigen Hars ist ein edelsteinbesetztes Schwert geworden. »Nimm es«, sagt er. »Das ist Phaonica.« (Bin ich wirklich hier? Wirklich?)

»Wo ist der Tigron?« frage ich. »Bring mich zu ihm.«

»Folge mir.« Wir durchschreiten einen Säulengang aus Opal. Hara kommen an uns vorbei, entweder allein dahineilend oder langsam schlendernd zu zweit. »Thiede hat ihn«, verrät mir der Rothaarige in vertraulichem Tonfall. »Er hat jenen Teil von ihm, der dir gehört.«

»Wer bist du?«

»Ich bin Vaysh. Der Adjutant des Tigrons.«

»Vaysh, so wie ich ihn sehe, oder Vaysh, wie er in Wirklichkeit ist?«

»Die Wirklichkeit hat viele Erscheinungsformen. Dies ist nur eine davon.«

Wir kommen in einen weißen Saal, in dessen Mitte eine Statue aus Glas steht. Im Inneren des Glases befindet sich eine Gestalt, die mit einem schwarzen Seil gefesselt ist. Sie hat den Kopf zurückgeworfen, und ihr Mund ist weit aufgerissen in einem endlosen Schrei der Machtlosigkeit. Es ist Pellaz; muß ich ihn befreien? Wie? Offensichtlich befindet sich das Werkzeug dazu in meinen Händen. Die Fackel, das Schwert. Licht und Luft. Nein, ich habe Angst. Ich kann den Arm nicht heben. Rundum senkt sich Düsterkeit über den Raum, denn alles Licht konzentriert sich im Herzen der Statue. Tel-an-Kaa ist an meiner Seite, gehüllt in einen Panzer aus Fischschuppen. »Du mußt dich beeilen«, sagt sie. »Thiede wird deine Anwesenheit fühlen. Er wird kommen. Dafür bist du noch nicht gerüstet.«

»Soll ich das Glas zerbrechen?«

»Mach alles nach deinem Gefühl.«

Das Schwert liegt schwer in meiner Hand. Ich brauche eine Ewigkeit, um es hochzuheben, doch dann ist die Luft erfüllt von Klingeln, von davonschießenden Scherben aus Licht, von aufspritzenden Sternen; das scharfe Glas zerschneidet mir das Gesicht, und die Statue ist zerborsten. Ich entsinne mich nicht, dies bewirkt zu haben. Ich sehe mich nach Vaysh und Tel-an-Kaa um, aber ich bin allein. Allein mit der mitten in den Glassplittern liegenden, zusammengekrümmten, grausam verschnürten Gestalt meines Liebsten. Ich knie an seiner Seite. Seine Augen sind geschlossen. Schwarze Wimpern ruhen auf makelloser Haut. So jung und doch so alt. Das ist nur ein Traum. Meine Lippen senken sich auf seine Stirn, auf der keine Narbe zu sehen ist. Ich durchschneide die Fesseln und richte ihn mit meinen Armen auf. Seine Kleider sind dunkel und staubig. Er fühlt sich schwer an. Ich bringe ihn durch ein finsteres Tor in einen Garten, aber alles, was ich in meinen Armen halte, ist ein Gespinst aus Seide. Ich blicke hinter mich. Es gibt kein Tor.

Im Garten sitzt eine Frau unter einem schimmernden Baum. Ihre Erscheinung ändert sich mit jedem Moment, der verstreicht. »Thiede hat dir etwas vorgemacht«, sagt sie.

»Was meinst du damit?« frage ich, trete näher und lasse mich zu ihren Füßen nieder.

»Du nimmst an, er wollte nicht, daß du den Turm verläßt?«

»Er wollte, daß ich nach Immanion zurückkehre.«

»Wenn du das glaubst, dann verdienst du, daß man dir etwas vormacht«, sagt sie.

»Es ist das, was ich weiß. Er wollte mich im Hofstaat haben.« Plötzlich hebt sich ein heftiger Wind, und die Frau ist zu einer schwarzen Hexe geworden, die mir ins Gesicht lacht.

»Eins mußt du wissen!« kreischt sie. »Thiede muß dich und seinen Tigron um jeden Preis getrennt halten! Und du hast ihm dabei geholfen! Narr!«

Ich lege mir die Hände vor das Gesicht – eine reine Reflexbewegung. Als ich sie wieder fallen lasse, sind sowohl der Garten als auch die Frau verschwunden …

Ich befinde mich wieder unter der Erde. Ich denke über das nach, was ich erfahren habe. Über mir ächzt es: das Krachen uralter versteinerter Knochen. Weshalb sollte Thiede uns getrennt halten müssen? Weshalb nur?

»Weil ihr Teil desselben Ganzen seid«, sagt eine Stimme aus dem Nichts. »Licht und Dunkel. Formbar und nicht formbar. Was ist was?«

»Und wenn wir Teil desselben Ganzen sind, wäre nicht unsere Macht größer als jene Thiedes, falls wir vereint wären?«

»Dann wäre auf dieser Welt kein Platz mehr für den Aghama – *nicht wahr?*« Die letzten beiden Worte haben einen verschlagenen Unterton; sie klingen nach lüsterner Begehrlichkeit. Kann ich meinen eigenen Visionen trauen? Könnte Cal, bekannt für seine Lügen, auch sich selbst belügen?

Vaysh erscheint wieder neben mir. »Weshalb trödelst du hier herum? Er wartet und wartet – schon so lange! Auf dich!«

»Er hätte jederzeit zu mir kommen können.«

»Nein, so ist es nicht möglich.«

Wie ist es dann möglich? Ich muß diese Schleier zerreißen, die alles verdunkeln. Rund um mich ist ein fließender grauer Nebel; ich kann Vaysh kaum sehen. Nur sein leuchtendes Haar und einen grünen Schatten darunter. Wohin gehen wir? Weiß Pell, was ich tue? Er ist so mächtig, es muß ihm bekannt sein. In diesem Fall gilt das auch für Thiede. Mir wird kalt. »Beherrsch deine Gedanken!« Tel-an-Kaas Stimme. Sie muß ganz in der Nähe sein. Vaysh greift nach meiner Hand und führt mich in einen Tempel aus Licht. Tel-an-Kaa ist bei uns und schwingt ein gezogenes Schwert. Ihre Augen sind weit geöffnet. Ich erkenne, daß Thiede uns näher sein muß, als ich dachte. »Wo sind wir?« – »In dir, Cal.« Ich sehe eine lichte Gestalt, gekleidet in Sternenstrahlen. Das bin ich, aber ein Ich, das jenseits alles Möglichen ist. Dieses Ich öffnet den Mund. Ein Ton erschallt daraus, der die Melodie der Welt ist, der alles in sich trägt, was lebt, was *ist*. Es braucht seine Zeit – und zugleich keinen einzigen Augenblick –, Schicht um Schicht von der Melodie abzutragen, bis ich an ihr weißglühendes Innere gelange. Dort finde ich eine lebendige Brutstätte embryonischer Gedanken, die ich einzeln hochhebe ins Licht meiner Existenz. Es ist so klar, so offensichtlich! Ich lache laut auf, und dann weine ich, und das Leuchten rinnt an mir hinab wie Tränen. Es gibt keine Antworten, weil es keine Fragen gibt. Nur das, was man nicht sehen kann. Und nun sehe ich es. Einfach deshalb, weil das große Wesentliche durch etwas so Kleines und Erdgebundenes bewegt wird: durch Habgier und Eifersucht. Zwar eingehüllt in das Kleid der Rechtschaffenheit, aber nun stehen sie nackt vor mir. Thiede ist es, der nach Antworten suchen sollte, nicht ich. Außerdem kenne ich sie. Tel-an-Kaa sagt: »Es ist Zeit«, und sie hat recht, es ist Zeit. Jenseits des im Sonnenuntergang purpurn daliegenden Meeres und der roten Segel eines darauf erscheinenden Schiffes erstrahlt Phaonica am Horizont. Es wartet auch. Ich bin bereit zu fliegen, aber die Kamagra hält mich zurück. »Nicht auf diese Weise, Cal. Irdische Angelegenheiten müssen auf der Erde erledigt werden. Folge mir zurück.«

Ich öffnete die Augen und sah in einen dunklen weihraucherfüllten Raum. Tel-an-Kaa hob den Kopf und atmete tief ein. »Es ist vollbracht«, sagte sie.

»Ich danke dir.« Das war nicht genug, aber alles, was mir einfiel.

Sie schüttelte den Kopf. »Es bedarf keiner Worte, Calanthe. Wir alle sind Reisende und müssen jenen helfen, die wir auf unserem Weg treffen und die unserer Hilfe bedürfen.« Sie erhob sich, glättete ihr Gewand und strich sich das Haar zurück. »Opalexian wünscht dich kennenzulernen«, sagte sie. »Später, beim Abendessen.«

»Ach, dann überstürzt ihr doch nicht alles?«

Sie lachte. »Das hat dir den Atem geraubt, nicht wahr? Nein, wir überstürzen nicht alles. Aber hätte es denn Sinn gehabt, lange zu warten, um die Wahrheit zu erfahren? Dein Gefährte wird erleichtert sein. Ich glaube, er fürchtete, dich nie mehr wiederzusehen.«

»Eine Furcht, die ich teilte. Wie lange waren wir … weg?«

»Dein Freund Panthera ist wahrscheinlich noch feucht von der Dusche. Komm, ich bringe dich zurück.«

Vor der Tür zu unserem Zimmer verließ sie mich. Ein, zwei Sekunden stand ich davor und zögerte einzutreten. Es war mir fast peinlich, so rasch wieder aufzutauchen. Doch ich hätte mir keine Gedanken zu machen brauchen. Als ich die Tür öffnete, sprang Panthera vom Bett auf, wo er im Begriff war, sein Haar zu trocknen, und warf sich mir entgegen. Seine ehrliche Freude, mich wiederzusehen, war herzerfrischend.

Ein Roselaner, der sich als Opalexians Assistent namens Exalan vorstellte, kam, um uns zum Abendessen zu geleiten. Die Frühlingsnacht wurde ziemlich kühl, und ich spürte die Kälte, als wir durch den Garten gingen.

Opalexian ist wie Thiede sehr hochgewachsen, doch während sein Haar leuchtend scharlachrot ist, glänzt das ihre tief kastanienbraun. Ansonsten sind sie einander recht ähnlich in der äußeren Erscheinung, wobei Opalexian jedoch nicht so einschüchternd wirkt. Was bei Opalexian durchaus Absicht ist – im Gegensatz zu Thiede. Das Abendmahl wurde auf niedrigen Tischen serviert, und wir saßen beim Essen auf dem Boden. Panthera war schweigsam, er wirkte fast benommen. Ich hatte ihm nichts von alldem erzählt, was ich erfahren hatte.

Opalexians Gemächer waren um kein Jota prachtvoller ausgestattet als die anderen Räume, die wir bislang gesehen hatten. Tel-an-Kaa hatte in der Halle auf uns gewartet, und ich war recht dankbar, daß sie mitkam, denn ich fürchtete mich vor dem Zusammentreffen mit Opalexian. Ich hatte Angst davor, wie sie aussehen mochte, doch ihre innere Kraft, die ich fürchtete, gebrauchte sie nur, um uns mühelos unsere Befangenheit zu nehmen. Sie begrüßte uns mit warmen Worten und erkundigte sich nach meinem Befinden. »Du mußt keine Scheu davor haben, davon zu sprechen, wenn du irgendeine Reaktion auf dein Erlebnis verspürst«, sagte sie.

»Ich bin sicher, es wird keine Reaktion geben«, beeilte Tel-an-Kaa sich hinzuzufügen, offenbar alarmiert von meinem erschrockenen Gesichtsausdruck.

»Du hast gewiß das Gefühl, mich ziemlich gut zu kennen«, sagte ich.

Opalexian schüttelte den Kopf. »Eigentlich nicht. Ich habe nicht den Wunsch, mich sosehr in anderer Leute Angelegenheiten einzumischen.«

»Und doch hast du jede meiner Bewegungen überwacht.«

»Das klingt so dramatisch. Das war es in Wirklichkeit nicht. Die stärkste Beeinflussung unsererseits fand vermutlich damals statt, als wir die Visionen von Cobweb, dem Varr, so steuerten, daß sein Sohn Swift dich nach Imbrilim mitnahm.«

»Ach nein, tatsächlich? Warum nahm sich dann Tel-an-Kaa die Mühe, nach Galhea zu kommen, wenn ihr die Ereignisse doch auch aus der Ferne lenken konntet?«

Opalexian lächelte. »Das ist nur zum Teil richtig. Damals konnten wir nur Cobweb erreichen. Swift hatte noch keinerlei Bildung, die ihn zum Aufstieg in die höheren Kasten befähigt hätte. Glaubst du wirklich, Cobwebs Visionen wären beachtet worden, wenn er euch beiden befohlen hätte, in den Süden zu gehen? Glaubst du wirklich, Cobweb hätte sie überhaupt je enthüllt, wenn wir sie gesandt hätten? Schließlich war er es, der euch beide in Galhea behalten wollte! Nein, das war zu riskant.«

»Und vermutlich auch zu langsam«, fügte Tel-an-Kaa hinzu. »Aller Wahrscheinlichkeit nach wäre Swift früher oder später ohnedies nach Süden geritten, aber wir entschlossen uns, die Sache ein wenig zu beschleunigen.«

»Und das in erster Linie deshalb, weil ich Thiede völlig falsch eingeschätzt hatte«, räumte Opalexian ein. Sie griff nach einer Handvoll gewürzter Nüsse und kaute sie nachdenklich. »Die Warnsignale kamen dicht und rasch, also mußten wir zusehen, daß du so schnell wie möglich nach Imbrilim kamst. Ich nahm damals an, Thiede würde einsehen, daß er den Dingen ihren Lauf lassen sollte, da du nun schon einmal den Kontakt zu den Gelamingern hergestellt hattest. Aber das tat er nicht. Und so waren von da an unsere Hände gebunden; du befandest dich wehrlos in Thiedes Klauen. Diese Jahre der Gefangenschaft, die du durchmachen mußtest, konnte ich wahrlich nicht voraussehen. Und hätten die Kamagrer zu diesem Zeitpunkt offen eingegriffen, hätte es zu großes Aufsehen gegeben – und genau das sollte nicht geschehen. Dafür entschuldige ich mich. Thiede ist ein Meister darin, Leute im Niemandsland zwischen Leben und Tod festzusetzen. Aber denk daran, ohne dieses Talent wäre Pellaz möglicherweise nicht mehr am Leben.«

»Ohne Thiedes Talente wäre es gar nicht so weit gekommen, daß Pellaz dem Tod ins Auge sehen mußte«, sagte ich. »Zumindest nicht auf eine solche Art und Weise.«

Opalexian lächelte. »Oh, zweifle nie daran, daß Pellaz immer schon als Tigron für sein Volk feststand, oder daran, daß die Methode, mit der er dazu wurde, korrekt war«, sagte sie. »Darin hat Thiede sich nicht geirrt. Geirrt hat er sich in dir, und das aus selbstsüchtigen Gründen.«

Ich fühlte mich schwerelos. Plötzlich sah ich die Dinge im richtigen Zusammenhang; alles.

»Ich kann Thiedes Gefühle ein wenig verstehen«, sagte Tel-an-Kaa. Sie wandte sich an mich. »Damals, in Galhea, hast du mir Unbehagen verursacht, Cal. Ich spürte das unbeherrschte Chaos in dir. Es machte mir Angst. Ich dachte damals immer: Beim Licht des Lebens, ich hoffe, ich muß nie mit ihm die Klingen kreuzen! Ich fürchtete, du würdest meine Tarnung durchschauen und alles erfahren, ehe der Zeitpunkt dafür gekommen wäre.«

»So, wie ich mich in jenen Jahren fühlte, gab es dafür keine Gefahr!« sagte ich. »Chaos ist ein gutes Wort, mich zu beschreiben, wie ich damals war. Ich bestand aus kaum etwas anderem.«

Der Stachel wurde mir aus dem Fleisch gezogen; langsam. Es war unglaublich. Ich konnte fragen, und Opalexian antwortete. Keine Mysterien mehr. Aber wo anfangen? Das lag wohl auf der Hand.

»Eines mußt du mir verraten«, sagte ich. »Wieviel von dem, was mir heute gezeigt wurde, weiß Pell?«

Opalexian seufzte. »Du darfst nicht vergessen, daß Pellaz Thiede mehr vertraut, als er sollte. Denk daran, Thiede kann sehr überzeugend sein; darin wirst du mir wohl beipflichten. Pellaz wird dir selbst sagen, was er glaubt, und es wird an dir liegen, ihm klarzumachen, daß er sich irren könnte.«

»Weiß Pell von den Kamagrern? Ihr scheint ja eine Menge von ihm zu wissen. Da ist er doch sicher in der Lage, eure Existenz zu spüren.«

Wieder schüttelte Opalexian den Kopf. »Nein. Weder Thiede noch der Tigron wissen, daß es uns gibt. Unsere Fähigkeiten sind umfassender als die ihren. Wir können uns gut verstecken. Nur gewisse hochrangige Hara der Maudraher wissen von uns, und selbst sie wissen nicht, *was* wir sind. Ich hingegen habe Augen und Ohren in Phaonica – durch puren Zufall. Pellaz hat eine gute Freundin, eine Menschenfrau namens Kate. Da er sie sehr gern hat, machte er sich Gedanken über ihre Zukunft. Er schickte sie zur Ausbildung ihrer okkulten Fähigkeiten nach Almagabra zu einer Gruppe Asketen, in der Hoffnung, sie werde dort lernen, das Leben ihres Körpers und ihres Geistes zu verlängern. Und dort war es auch, daß eine von uns ihr begegnete und sie durch subtile Überredungskunst dazu brachte, durch Initiation zur Kamagra zu werden. Es war eine zu gute Gelegenheit, als daß man sie ausschlagen konnte. Nichts Weibliches befand sich so dicht am Herzen von Phaonica. Kate ist kein Dummkopf; anfangs hatte sie den Verdacht, wir würden uns gegen die Wraeththu stellen, und es dauerte eine Weile, bis wir diesen Verdacht zerstreut hatten. Pellaz weiß nicht, was sie ist. Er sieht in ihr eine meisterlich ausgebildete Menschenfrau. Früher oder später hätte er natürlich seine Zweifel bekommen, weil sie ja nicht altert, aber da es scheint, daß die Kamagrer ohnedies bald ans Licht treten und Farbe bekennen werden, ist das ohne Bedeutung. Darüber bin ich froh. Es hätte sie sicher geschmerzt, Immanion verlassen zu müssen, was dann wohl unumgänglich geworden wäre.«

»Ja, wart ihr denn für alles verantwortlich während der langen Zeit, als ich dachte, die Gelaminger würden mich verfolgen?«

Opalexian richtete sich auf und goß mir Wein nach. »Es gibt noch viel zu erklären«, sagte sie. »Und ich setze voraus, daß es dir enorme Erleichterung bereiten wird, es zu erfahren. Sobald wir merkten, daß Thiede dich einer Gehirnwäsche unterzogen und danach dein Entkommen aus dem Turm zugelassen hatte, wurde einer unserer Eingeweihten aus Roselane ausgeschickt, um ein Auge auf dich zu haben. Es war notwendig, dich eine Weile zu beobachten, um den Schaden einschätzen zu können, den du erlitten hattest, und um deiner gequälten Seele Gelegenheit zu geben, ein wenig zur Ruhe zu kommen. Und so seltsam das klingt: Piristil war mehr, als wir je erhofft hatten. Du fingst an, dich zu entspannen, warst frei von offener Überwachung. Und du begannst, die Vergangenheit zu überdenken, ungeachtet des Umstandes, daß Thiede sich wünschte, du solltest sie ganz vergessen.«

»Verzeihung«, mischte Panthera sich ein, »aber darf ich das so verstehen, daß auch meine Anwesenheit dort ein abgekartetes Spiel war?« Er war sehr blaß geworden.

Mir graute bereits vor der Antwort, aber Opalexian

und Tel-an-Kaa lachten laut auf. »Aber nein, mein liebes Kind!« rief die Hohepriesterin. »Ich kann schon verstehen, daß du das denkst, aber es war nicht der Fall. Du hattest bloß Glück, daß Cal in dasselbe Haus kam. Auch für uns war es ein Glück. Wir konnten ja schließlich seine Schritte nicht in eine bestimmte Richtung zwingen! Wir überlegten schon, unseren Roselaner in direkten Kontakt mit Cal treten zu lassen, um ihn zu einer Reise nach Jaddayoth zu drängen. Dank dir war das nicht nötig. Du erspartest uns eine Menge Sorgen, Panthera. Du brachtest Cal nach Hadassah (und liefertest ihm sogar einen guten Grund, den Huyana in Jasminia zu besuchen), du führtest ihn nach Elhmen und Sahale. Tatsächlich hast du mehr als die Hälfte dessen erledigt, was eigentlich Aufgabe des Roselaners gewesen wäre. Was diesen einigermaßen enttäuschte, denn er mußte noch mit seinem eigenen Schicksal klarkommen; und Cal war ein Teil davon.«

»Zack?« fragte ich.

Sie nickte. »Ja, Zackala ist einer von uns. Er hat sich Tel-an-Kaa angeschlossen, nicht lange nachdem sie Galhea verlassen hatte. Wir sahen in ihm das Große Los, als wir von seiner Beziehung zu dir erfuhren. Ein sehr verbitterter junger Har war das, aber es ist uns schließlich gelungen, ihn so weit zu bringen, daß er mit sich selbst ins reine kam.«

»Ist er hier?« fragte ich vorsichtig. Der Gedanke an ein neuerliches Zusammentreffen mit Zack wollte mir nicht gefallen. Wieder eine Feigheit, mit der ich mich abfinden mußte.

»Oh, er ist irgendwo in der Nähe, obwohl ich ihn zumeist draußen in der weiten Welt brauche. Aber es ist nicht sehr wahrscheinlich, daß du hier mit ihm zusammenstößt, falls dir das Sorgen macht. Er ist einer unserer Besten; unentbehrlich.« Sie lehnte sich auf die Kissen zurück und lächelte. »Ja, alle diese Visionen, für die du die Gelaminger verantwortlich machtest, kamen von hier. Ich hoffe, du hast daraus gelernt, denn das solltest du. Abgesehen davon war der Moment, als dieser Esel von einem Mojag dir das Messer an die Kehle setzte, recht heikel für uns alle. Du hast es Kate zu danken, daß sie dir Arahal sandte. Es war schwierig für sie. Damals verfolgte sie für uns jede deiner Bewegungen von Immanion aus; dort gibt es hochentwickelte Geräte zur Gedankenverstärkung, die uns ein weitaus klareres Bild von dem gaben, was wir sehen wollten. Kate war überzeugt, du würdest von Piristil aus in die richtige Richtung gehen. Es schien unwahrscheinlich, daß du auf deine Verfolger stoßen könntest. Als das dennoch geschah, geriet sie in helle Panik, wie sie uns erzählte. Zu diesem Zeitpunkt war Zack zu weit weg, um dir zu Hilfe zu kommen; Kamagrer hinzusenden, hätte alles platzen lassen, und für uns war es immer noch erforderlich, unentdeckt zu bleiben. Nur Gelaminger waren in der Lage, schnell genug dorthin zu gelangen, und Kate meinte, nur Pell selbst werde dir Beistand senden. Außerdem bestand die Gefahr, daß Thiede, hätte er von deiner schlimmen Lage Kenntnis erhalten, sich bloß die Hände gerieben hätte vor Freude darüber, dich loszuwerden, ohne diese Hände schmutzig zu machen. Also mußte Kate Pell davon in Kenntnis setzen, daß du in Bedrängnis warst, ohne preiszugeben, wie sie es erfahren hatte. Und sie hatte keine Garantie, daß Pell überhaupt etwas unternehmen würde. Wiederum ein heikler Moment. Sie mußte rasch handeln, denn die Gelaminger waren deine einzige Rettung! Sie gebrauchte den ältesten Trick der Welt und erzählte ihm, sie hätte einen intensiven Traum von dir gehabt; sie zog ihn zum nächstbesten Gedankenlesegerät, um zu prüfen, ob die Einzelheiten Realität waren. Klarerweise waren sie das! Er selbst wollte nicht nachsehen, war aber besorgt genug, um Arahal loszuschicken. Und das bedeutete erst so richtig, den Fuchs in den Hühnerstall zu sperren! Bei seiner Rückkehr nach Immanion verlor

Arahal keine Zeit und erzählte überall herum, daß du wieder aufgetaucht seist. In der Gerüchteküche begann es zu brodeln, und ein Dutzend Schlußfolgerungen wurden gezogen. Thiede hatte ja gewollt, daß deine Beziehung zu Pell ein Geheimnis bleiben sollte. Doch diejenigen, die einst in Imbrilim gewesen waren, machten dies zunichte, denn nun, nachdem alle gedacht hatten, du seist tot oder hättest dich für ein Leben als Eremit entschieden, warst du plötzlich wieder aufgetaucht, und zwar in Jaddayoth. Fragen über Fragen: Was war mit dir geschehen, nachdem Thiede dich in Gewahrsam genommen hatte? Weshalb hatte Thiede niemandem etwas davon erzählt? Ganz Immanion wurde zu einer Brutstätte von Mutmaßungen – und der arme Caeru befand sich ganz gewiß mitten darin. Für die Wraeththu bist du so etwas wie ein Volksheld geworden, Cal. Dafür kannst du dich bei Swift und Cobweb bedanken. Sie lieben dich leidenschaftlich. Swift hat niemals aufgehört, herausfinden zu wollen, was Thiede dir angetan hat. Er ist ein angesehener Har; die Leute hören auf ihn. Und auch deshalb zogen viele Hara die Möglichkeit in Betracht, dich als willkommenes Werkzeug gegen die wachsende Unabhängigkeit Thiedes von der Hegemonie einzusetzen. Sie alle wußten, daß Pell nicht in der Lage war, eigenständig zu handeln. Oh, versteh mich nicht falsch: Er möchte es gern, aber seine Macht kann sich mit jener Thiedes nicht messen. Allein kann er es nicht schaffen.«

Schweigend versuchten wir, diese Worte zu verarbeiten. Ich fühlte Pantheras Schmerz. Schon der Klang von Pells Namen tat ihm weh. Plötzlich wünschte ich, er wäre nicht hier, denn ich mußte so vieles wissen, mußte über so vieles reden, und das würde ihm weiteren Schmerz bereiten.

»Eines mußt du mir noch erzählen«, begann ich, und es fiel mir nicht leicht, es auszusprechen. »Wenn ihr verantwortlich seid für meine Visionen und dafür, daß ich endlos herumgejagt wurde, bedeutet das, daß Pell selbst kein wirkliches Interesse an mir hat.«

Opalexian antwortete mir mit energischer Stimme. »Folgendes mußt du dir vor Augen halten, Cal. Nachdem du mit seinen Leuten in Imbrilim in Berührung gekommen warst, erwartete Pell, du würdest ihn aufsuchen. Doch das tatest du nicht. Bis zu diesem Zeitpunkt hatte Thiede ihm erklärt, du würdest eine ›Reinigung‹ benötigen – was immer er auch damit meinte. Das deshalb, um Pell von dir fernzuhalten; es ist jahrelang geglückt. Pell wußte, daß du auf deiner Reise nach Süden im Wald von Gebaddon deine Strafe bekommen hattest. Und er wußte, daß du danach mit Thiede zusammengetroffen warst. Es gab keinen Grund mehr, weshalb du nicht hättest zu ihm zurückkehren können. Die Blutsbande mit Caeru waren ja nichts anderes als ein weiteres von Thiedes Tarnmanövern. Sie hatten mit Liebe nichts zu tun. Auch die Gelaminger waren an dir interessiert, sie wollten dich zu einem der Ihren machen. Du wußtest nichts davon, aber es stand nie zur Debatte, dich zu irgendeinem Lakaien zu machen, der in einem finsteren Winkel darauf zu warten hatte, ans Bett des Tigrons zitiert zu werden, wann immer es diesem paßte. Und nun, als du dich nicht bei Pell einfandest, fiel es Thiede leicht, diesen davon zu überzeugen, daß du kein Interesse mehr an ihm hattest. Den Umstand, daß du den Turm verlassen hättest, verwendete er als zusätzlichen Beweis dafür. Pell besitzt einen zu vornehmen Charakter. Nachdem man ihm glaubwürdig versichert hatte, daß du dein Leben ohne ihn leben wolltest, beließ er es dabei. Siehst du jetzt ein, wie Thiede euch beide manipuliert hat?«

»Ich sehe es ein«, antwortete ich ruhig. »Was ich nicht verstehe: weshalb Thiede mich nicht einfach umgebracht hat. Damit hätten sich alle Probleme von selbst gelöst.«

Opalexian lachte. »Denk nicht so schlecht von ihm,

Cal. Er *ist* der Aghama, und er verfügt über einen bemerkenswert klaren Verstand. Er ist kein Terzian und auch kein Ponclast, der im Vorübergehen tötet, um sich eines lästigen Übels zu entledigen. Nein, das ist nicht die Art und Weise, wie Thiede vorgeht. Oberflächlich betrachtet, ist alles einwandfrei. Er hat den Eindruck, alles richtig gemacht zu haben. Dich von Immanion fernzuhalten, geschähe zum Wohl aller Wraeththu, denkt er, und keineswegs zu seinem eigenen. Er ist zu verblendet. Das ist sein Fehler. Und deine Aufgabe wird es sein, ihn zur Einsicht zu bringen.«

»Dein Vertrauen in mich ist beängstigend«, sagte ich. Nicht im entferntesten konnte ich mir vorstellen, Thiede von etwas zu überzeugen, woran er nicht glaubte, ob das nun gut wäre für ihn oder schlecht. »Und damals, in dem Teich bei Jael – wart ihr das auch?« Das hätte ich nicht gern gehört.

Die Hohepriesterin seufzte. »Es waren zweifellos Pells Gefühle, aber es war ihm nicht bewußt, daß er sie auf dich übertrug.« Eine taktvolle Antwort.

Panthera rührte sich neben mir. »Und wie kam es eigentlich zu diesem Gerede, das angeblich über Cal in ganz Jaddayoth in Umlauf ist? Weißt du das?«

Opalexian hob die Schultern. »Wie verbreiten sich Gerüchte? Man könnte meinen, sie nahmen in Immanion ihren Ausgang und wurden von Händlern und Reisenden nach Osten getragen. Erinnere dich, ich sagte schon, daß Cal, ohne es zu wissen, im Westen über einen beachtlichen Ruf verfügt. Niemand kann deine Frage wirklich beantworten, Panthera. Vielleicht sollten wir es als Notwendigkeit betrachten, als etwas, das einfach passieren mußte; damit kommen wir vermutlich der Wahrheit am nächsten.« Ich spürte, daß Panthera eine solche Antwort als allzu glattzüngig empfand.

»Und sind diese Gerüchte zufällig schon bis ans Ohr des Tigrons gelangt?« fragte er.

»Wenn er noch nichts weiß, dann erfährt er es gewiß,

sobald Caeru wieder zu Hause ist«, antwortete sie. »Eine Überraschung wäre besser gewesen, Cal. So gesehen war dieser Zwischenfall in Sykernesse eher bedauerlich.« Sie lächelte beschwichtigend. »Aber was soll's, es kommt, wie es kommen muß. Ruh dich hier ein paar Tage lang aus. Nach Jahren des Wartens kann ein so kurzer Aufschub das Ergebnis nicht mehr beeinträchtigen.«

Wir redeten noch sehr viel länger, doch ab da hieß das Thema nur noch Jaddayoth – was ich von den verschiedenen Stämmen hielte, ob es mir in Gimrah, in Hadassah und Ferike gefallen und ob ich aus meinen Reisen etwas gelernt hätte. Opalexian scheute sich nicht, ein, zwei gesalzene Bemerkungen über Nanine und den Lyris einzustreuen. »Ich muß gestehen, daß es recht aufregend war, diese mysteriösen Botschaften über das ganze Land auszustreuen«, sagte sie. »Wir verfolgten deine Reisen mit großer Aufmerksamkeit.«

»Wie schön, euch damit eine Freude bereitet zu haben«, sagte ich trocken.

»Doch auch du hattest gelegentlich dein Vergnügen daran, gib es zu!« bemerkte Tel-an-Kaa mit einem Lächeln. »Für uns war das schwierigste, mit Ariaric über dich zu verhandeln. Aus irgendeinem unerfindlichen Grund befand er sich wohl in dem fröhlichen Irrglauben, wir wüßten nicht, wer er in Wirklichkeit ist und was er in Megalithika getrieben hatte. Er wurde totenbleich. Selbst als ich ihm erklärte, daß deine Ankunft keinerlei peinliche Offenbarungen – seine Person betreffend – heraufbeschwören würde, bedurfte es einiger Argumentationen unsererseits, bis er sich bereit erklärte, dich zu empfangen.«

»Allerdings, und hier hast du noch einen Auftrieb für dein Ego«, fügte Opalexian hinzu. »Selbst in den Augen des Löwen hatte dein Image über die Jahre hinweg eine geradezu überirdische Verklärung erfahren. Vielleicht konnte er irgend etwas nicht vergessen, oder irgend etwas beschäftigte ihn in der Phantasie, jedenfalls hatte er Angst, dir wiederum gegenüberzustehen, und ich glaube nicht, daß der Grund dafür Schuldbewußtsein war.«

»Mir schwillt die Brust!« sagte ich.

»Das ist nicht nötig, Cal. Du weißt jetzt, was du bist.« Ich dachte darüber nach und erkannte, daß ich es zum allerersten Mal tatsächlich wußte.

»Du mußt immer daran denken«, erklärte Opalexian, und nun war ihre Stimme sehr ernst, »daß es falsch ist, in anderer Leute Leben einzugreifen – den Versuch zu machen, ihr Schicksal zu ändern, selbst wenn es so aussieht, als wäre es zu ihrem Besten. Was kommen muß, wird kommen. Jeder muß seinem eigenen Weg folgen, und früher oder später wird er an einem Punkt angelangt sein, da sein Weg sich völlig von deinem entfernt. Doch selbst wenn du denkst, daß jemand sich völlig falsch verhält, überleg genau, ehe du versuchst, die Situation zu beeinflussen. Es ist der Weg eines anderen, und er muß ihn gehen. Die Leute lernen aus ihren eigenen Fehlern; kein anderer kann ihnen das abnehmen. Aus diesem Grund war auch die Entscheidung sehr schwer für mich, ob ich mich in das Geschehen da draußen einmischen sollte oder nicht. Nur der Umstand, daß Thiede bewußt eigensinnig vorging und daß er über eine solche Macht verfügt, hat mich schließlich dazu bewogen. Vielleicht war es dennoch falsch, auch wenn man das berücksichtigt. Doch ich bin bereit, die Verantwortung dafür zu übernehmen. Alles andere liegt an dir, Cal. Tu, was du für richtig hältst, aber denk immer daran, was ich dir soeben gesagt habe.«

Später begannen wir mit den Vorkehrungen für meine Reise nach Almagabra. Opalexian ließ uns von Exalan eine Landkarte bringen. Die Reise würde größtenteils zur See erfolgen. Die Kamagrer besaßen die gleichen Transportmöglichkeiten wie die Maudraher, aber die Hohepriesterin bestand darauf, daß ich mich von Emunah aus konventionellerer Fortbewegungsmethoden bedienen sollte. Ich fragte nicht nach dem Grund, nahm aber an, daß es etwas mit dem richtigen Zeitpunkt meiner Ankunft in Immanion zu tun hatte. Mir war es nur recht so. Ich hatte keine Eile. Ich brauchte Zeit, um mich vorzubereiten.

Panthera und ich kehrten sehr spät in unser Zimmer zurück. Mein Gefährte war schweigsam. Als wir nebeneinander in der Dunkelheit lagen, sagte er die Worte, die ich erwartet hatte. Sie mußten ihm bereits seit einer Ewigkeit im Kopf herumgehen, so rasch sagte er sie. »Cal, ich möchte mit dir kommen.«

Ich antwortete nicht, und so fühlte er sich bemüßigt, sie näher zu erklären. »Nicht aus dem Grund, den du vielleicht annimmst. Es ist nicht meinetwegen. Ich möchte nur nicht, daß du allein bist.«

»Hast du dir schon einmal überlegt, daß ich früher oder später allein sein muß?«

»Egal, was du tun mußt, es macht wohl keinen Unterschied, ob ich mitkomme oder nicht. Ich möchte dich sicher ankommen sehen, das ist alles. Ich könnte nicht weiterleben, wenn ich das nicht wüßte. Sobald alles erledigt ist, kehre ich zurück nach Jael, ich verspreche es dir.«

»Es sieht dir gar nicht ähnlich, so zu betteln.«

»Und dir sieht es nicht ähnlich, vernünftig zu handeln. Ich möchte dabeisein.«

»Bist du sicher?«

»Bäte ich sonst darum?«

Ein langes Schweigen folgte, während ich eingehende Untersuchungen über die Erleichterung anstellte, die ich bei seinem Vorschlag verspürt hatte. Es war eine egoistische Erleichterung, das weiß ich. Wäre Panthera augenblicklich nach Jael zurückgekehrt, hätte ich sofort Verbindung mit ihm aufnehmen können, sobald meine Zukunft gesichert vor mir gelegen hätte, ohne ihn der Gefahr weiterer Qualen auszusetzen.

Weiß Gott, ich hätte meine Gefühle nicht beachten und ihn energisch auffordern sollen, nach Hause zurückzukehren. Doch ich tat es nicht. Ich wußte, was in Immanion geschehen sollte, doch selbst mit Opalexians Hilfe hatte ich keine hieb- und stichfeste Garantie, daß alles nach Plan verlaufen würde; es gab keinen Grund, Panthera mitzunehmen. Was auch immer geschah, wir konnten uns nicht mehr länger als ein Paar betrachten. Ariaric hat ganz recht: ich kann nicht loslassen. Und meine frommen Worte zu Panthera in Biting bedeuteten gar nichts.

»Nun, dann bist du dabei, Thera!« sagte ich.

Er lachte und schlang die Arme um mich. »Schön, daß du meinem Charme immer noch nicht widerstehen kannst!«

Schon in dem Moment, als ich ihn festhielt, als ich ihn an meiner Seite haben wollte, befürchtete ich, diese Entscheidung zu bereuen.

Kapitel 28

An Bord der Fairminia

Wie ein Vogel glitt das Schiff über
die wogende See,
getrieben vom Wind.

Beowulf

Der Hafen Meris in Emunah war eine hübsche Stadt, in der ein geschäftiges Treiben von Hara vieler Stämme herrschte. Hier lag Opalexians Privatjacht vor Anker, ein schlankes Schiff mit roten Segeln und aufgemalten Augen am Bug. Es war das Schiff, das ich in meinem Traum erblickt hatte.

Die Reise von Roselane hierher war zwar kurz, aber doch trostlos gewesen: Regen, Regen, Regen. Kein guter Anfang für solch ein Unternehmen, fand ich. Am späten Nachmittag war es in Meris fast finster. Regen peitschte über die gepflasterten Straßen, und die Läden schlossen schon früh. Hara in wasserdichten Umhängen eilten mit gesenktem Kopf dahin. Tel-an-Kaa war mitgekommen, um uns adieu zu sagen. »Geht erst morgen an Bord«, sagte sie. »Dann wird das Wetter aufklaren.« Also nahmen wir uns Zimmer in einem überfüllten kleinen Gasthof in einer winkligen Gasse. Tel-an-Kaa hatte sich verkleidet und sah aus wie ein Har. Eines Tages, beschloß ein neugieriger Satansbraten in mir, werde ich noch herausfinden, was die Kamagrer unter ihren Kleidern verbergen! So ähnlich muß es einst den Menschen uns gegenüber ergangen sein.

Wir aßen gemeinsam in einem kleinen Hinterzimmer des Gasthofes. Die Kamagra blickte andauernd zur Tür.

»Nervös?« fragte ich.

Sie schüttelte den Kopf. »Nein, ich erwarte nur jemanden. Opalexian möchte, daß einer unserer Leute dich begleitet. Leider nicht ich. Er sollte gleich kommen.«

»Also ein Har?«

»Ja, einer, den du kennst. Zackala.«

Ich war nicht besonders erfreut. »Herzlichen Dank, daß du es mir gesagt hast! Und wozu das?«

»Persönliche Gefühle haben da nichts zu suchen, Cal. Er könnte dir von Nutzen sein. Das Bild, das dir in Gimrah von ihm erschienen ist, war etwas verzerrt. Absichtlich. Er hegt dir gegenüber keinen Groll, also mach die Dinge nicht schwieriger, als sie sind.«

Doch Zack tauchte bis zum Morgen nicht auf. Tel-an-Kaa machte sich Sorgen. Nach dem Frühstück schlenderten wir zum Hafen hinunter; das Meer lag spiegelglatt unter der Sonne da. Die Luft roch frisch und voller Versprechungen. Die Kamagra war unschlüssig, ob Panthera und ich unsere Reise allein fortsetzen sollten. Opalexians Befehl hatte gelautet, Zack solle mit uns kommen, aber es gab keinen Zack.

»Was soll ich als erstes tun, wenn ich in Immanion ankomme?« fragte ich sie, um sie von dem Thema Zack abzulenken.

»Wie? Ach so, na, dich mit Thiede in Verbindung setzen, denke ich. Es ist dein Finale, Cal, du mußt das entscheiden!«

»Soll ich ganz offen auftreten oder mich durch die Hintertür schleichen?«

»Ich benähme mich so, als wäre das etwas ganz Normales. Geh nach Phaonica; frag nach Thiede.«

»Und ganz gewiß werden mich seine Leute zu ihm lassen! Es muß noch schwieriger sein, in seine Nähe zu kommen als in Ariarics Nähe, und das war auch nicht unbedingt einfach!«

»Du hattest Glück in Maudrah, und so wird es sicherlich auch in Immanion sein. Glaubst du denn, Thiede läßt dich nach Belieben durch seine goldene Stadt streifen? Sieh zu, daß du deine fünf Sinne beisammen hast. Er wird versuchen, dich von deinem Vorhaben abzubringen, indem er deinen Verstand benebelt. Dann denk daran, was du alles erfahren hast.«

Opalexians Schiff, die *Fairminia,* lag am äußersten Ende des Hafens vor Anker. Als wir näher kamen, sahen wir die Hara, die auf ihren Decks emsig an der Arbeit waren. Eine Gestalt salutierte forsch; das mußte Zack sein. Mir sank der Mut; ich hatte gehofft, wir würden ihn verfehlen. Tel-an-Kaas Miene erhellte sich umgehend, als sie ihn erblickte. Panthera und ich sahen mit gemischten Gefühlen zu, als sie ihm die Gangway hinauf entgegenrannte. Sie umarmten sich; er hob sie hoch und schwang sie übermütig im Kreis. O ja, das war er, der Har, den ich in Gimrah gesehen hatte – oder *gesehen zu haben glaubte*. Er blickte uns mit seinem narbenverzerrten schiefen Lächeln entgegen.

»Schön, dich wiederzusehen, Cal«, sagte er. »Du siehst gut aus. Besser jedenfalls als in Gimrah!« Er lachte. »Willkommen an Bord. Macht schnell. Der Kapitän möchte so rasch wie möglich ablegen, es wird eine lange Reise.«

Ja, einen ersten Vorgeschmack davon, wie lang sie wirklich werden würde, bekam ich erst, als ich mir vor Augen hielt, daß ich die ganze Zeit mit Zack verbringen mußte. Ein Dorn, der noch in meinem Fleisch steckte. Wie auch immer er dazu stand, mir verursachte die Erinnerung an jene Tage noch Unbehagen.

Und so verließen wir Jaddayoth. Der elegante Rumpf der *Ferminia* schwenkte herum, und sie bahnte sich ihren Weg durch die Wellen der Schattensee zur Westküste, von wo aus ein Kanal ins Landesinnere führt, der auch die Grenze zwischen den Ländern Huldah und Florinada bildet. Von dort aus geht es über die Axische See zur Küste von Almagabra. Das sollte auch unsere Reiseroute sein.

Tel-an-Kaa blickte uns lange nach, doch noch ehe ihre Gestalt zu klein wurde, als daß sie noch auszumachen war, sahen wir, wie sie sich umwandte und den Weg zurück in die Stadt antrat. Panthera ging in die Kabine, um auszupacken, und ich blieb allein zurück und starrte der entschwindenden Küste von Jaddayoth nach. Die Zeit, die ich dort verbracht hatte, war schön gewesen, ich hatte neue Freundschaften geknüpft und eine ganze Menge gelernt. Ich konnte mich nicht länger abkapseln. Und es war Jaddayoth gewesen, das mich gelehrt hatte, daß mein Leben dies einfach nicht zuließe. Doch die schwierigste Lektion war vermutlich jene gewesen, die mich zu der Einsicht brachte, daß ich nur ein Steinchen in einem gewaltigen Gebäude darstellte; kein Versteckspiel und kein Davonrennen konnten das ändern. Und nun mußte ich mich den Gesetzen beugen, gleichgültig, wie absurd oder unverständlich sie mir erscheinen würden. Leute wie Opalexian und Thiede verstehen sie; Leute wie ich müssen sie einfach hinnehmen.

Seit wir auf dieser Reise sind, beschäftige ich mich größtenteils damit, meine Aufzeichnungen auf den neuesten Stand zu bringen. Es überraschte mich zu bemerken, daß ich seit Ferike nichts geschrieben habe. Dieses Tagebuch ist in der Vergangenheit mein Lebensretter gewesen; mein Priester, mein Beichtvater. Vielleicht brauche ich es in Zukunft nicht mehr. Jener Har, der die ersten Zeilen dahinkritzelte, hatte keine Ahnung, was er tun oder was aus ihm werden würde. Wird der Har, der in Immanion das letzte Wort hinzufügt, wiederum ein völlig anderer sein? Unmöglich, das heute zu sagen. Doch nur aus diesem Grund werde ich weiterschreiben. Es ist immerhin das Protokoll meiner Metamorphose.

Zack und ich unterhalten eine höfliche, wenngleich distanzierte Freundschaft. Ich habe den Eindruck, manchmal lacht er mich heimlich aus, und die Art, wie er mir das Gefühl der Unzulänglichkeit verleiht, ist mir zutiefst zuwider. Vielleicht ist das gar keine Absicht, aber ich persönlich bin der Meinung, daß er mir in all dieser Zeit weitaus weniger verziehen hat, als die Kamagrer annahmen. Immerzu muß ich mich fragen: Was hält er von mir? Warum erwähnt er niemals die Vergangenheit? Daß er sie vergessen hätte, kann ich nicht annehmen, aber wahrscheinlich bin nur ich es, der immerzu in der Asche erloschener Feuer stochern will, und vielleicht verschwendet Zack wirklich keinen Gedanken mehr an damals. Wie soll ich das feststellen? Wir reden kaum miteinander. Doch mit Panthera scheint er sich recht gut zu verstehen. Die beiden verbrachten fast die ganze bisherige Reise mit dem Schachspiel.

Panthera und ich vermeiden es, über die Zukunft zu sprechen. Sie ist zu unklar, zu fragwürdig, als daß man darüber nachdenken kann. Nachts klammert er sich an mich, und einmal wachte ich auf und sah, daß er weinte. Lautlos. Ich ließ mir nicht anmerken, daß ich es bemerkt hatte.

Zack hat hervorragende Kontakte in Immanion. (Der Traum, in dem ich ihn und Ashmael auf einem Schlachtfeld sah, entsprach geradezu unheimlich der Wirklichkeit, scheint mir.) Genau wie Kate hat auch Zack die Gelaminger im Auftrag Opalexians unterwandert. Er hat entschieden, daß wir uns sofort nach unserer Ankunft in der Stadt in Ashmaels Residenz begeben werden. Ich weiß nicht, ob ich das für eine gute Idee halten soll, werde mich aber wohl oder übel auf ihn verlassen müssen. Er rechnet damit, daß Ashmael mir helfen wird, nach Phaonica hineinzukommen. Aber gilt denn Ashmaels Loyalität nicht Thiede und dem Tigron? Man wird ihn doch gewiß mit denselben

Informationen gefüttert haben wie Pell! Zack sagt: »Keine Sorge. Erfinde keine Probleme, wo es keine gibt!« Ich kann nur hoffen, daß er recht hat.

Immanion ist nicht mehr weit entfernt. Es ist fast Morgen, und ich bin die ganze Nacht über wach gewesen. Noch vor ein paar Minuten stand ich an Deck und starrte dem Horizont entgegen. Feine Fasern aus dem Licht der aufgehenden Sonne fingen sich in glitzernden Sternchen an den Turmspitzen der fernen Stadt – das Juwel der Gelaminger, der Ort des Lichts; sie spürt, daß ich komme, das weiß ich. Sie spürt, was ich tun muß, und ich fühle, wie sie erbebt, halb vor Erregung, halb aus Furcht. Sie ist stark, erbaut aus Stein und aus dem Willen und den Wünschen der Hara. Aus Seelen gemacht. Aber sie spürt mich, und ihre offenen, strahlenden Straßen beginnen zu pulsieren. Vergänglichkeit – erbaut in einem Augenblick, zerstört in einem Augenblick. Ist es das, was sie fürchtet?

Pellaz ist wohl noch im Bett, zuckend vielleicht unter der Wucht eines Alptraumes. Unbestimmtes Entsetzen. Ich kann ihn noch nicht fühlen, aber er befindet sich dort, umhüllt von Glas. Bald werden auch wir dort sein. Doch nun liege ich zusammengekrümmt in meiner Kabine, umklammere meine Knie und höre zu, wie Panthera im Schlaf vor sich hin murmelt. Meine Finger sind kalt. Ich habe Angst. Ich zittere. Habe ich genug gelernt? Ich wollte nie hierherkommen, und nun bin ich da. Einst habe ich der Vergangenheit den Rücken gekehrt, und dann fand ich heraus, daß die Zeit ein Kreis ist; da bin ich wieder. Ich glaube, ich bete, aber ich kann nur zu mir selbst beten. Die Göttin und der Gott sind in uns allen; das hat man mir zumindest in Roselane gesagt. Sind sie nun ein kleiner Teil von uns oder ein großer? Beim Aghama, ich hoffe, er genügt.

Kapitel 29

Die Krone

> Ich trinke ihn, fühle, wie er mir
> die Lunge versengt
> mit endlosen bösen Sehnsüchten und
> Hoffnungslosigkeit.
>
> Baudelaire, *Destruction*

Immanion strahlte heller als alle meine Träume.

Am Morgen legten wir an und betraten einen Hafen aus funkelndem Glimmer. Alles war so sauber – unglaublich, beängstigend sauber. Die Helligkeit tat meinen Augen weh. Hier sah die *Fairminia* nach billigem Tand aus, wie sie so neben den eindrucksvollen schlanken Schiffen der Gelaminger schaukelte, deren Farben Weiß und Gold waren und deren Galionsfiguren Adler, Drachen und stolze Rosse darstellten. Vom Hafen aus erstreckten sich Reihe um Reihe leuchtendweiße Häuser auf die Krone der Stadt zu – den blitzenden Türmen Phaonicas entgegen, des Palastes des Tigrons, der das Morgenlicht reflektierte und von jedem Punkt der Stadt aus zu sehen war. Die Straßen waren breit und gesäumt mit weitausladenden Bäumen. Ein geschäftiger Ort, aber keineswegs fieberhaft aufgeregt. Lebendig, aber nicht lärmend. Die Hara hier bewegten sich mit Anmut und Eleganz; der Rhythmus ihres Lebens kannte keine Hast.

Zack führte uns aus dem Hafen in nördlicher Richtung durch die Stadt. Wir kamen an einem Markt vorbei, auf dem Köstlichkeiten aus allen Ländern der

Wraeththu im Überfluß zu haben waren, und an einer prachtvollen Straße, wo die Waren aus offenen Ladenfronten quollen, um im Freien feilgeboten zu werden. War dies nun eine riesige Kunstausstellung oder ein Zentrum der Geschenkartikelindustrie? Auf unserem Weg in den Nordteil der Stadt begegneten wir vielen Fremden – Händlern, Touristen, Seeleuten – und selbstverständlich auch vielen Einheimischen; ich hatte das Gefühl, jeder einzelne hochgewachsene goldhaarige Gelaminger, an dem wir vorbeikamen, könne mir direkt ins Herz sehen, was mir unkontrollierbare Zuckungen verursachte. Doch wahrscheinlich nahm mich kein einziger von ihnen auch nur wahr.

Etwa eine Meile vom Hafen entfernt winkte Zack ein über uns kreisendes Taxi herab, das uns nach Thandrello bringen sollte, dem Stadtteil, in dem Ashmael wohnte. Hoch oben in den Lüften zogen wir an Phaonica entlang dahin, und ich entdeckte Gestalten, die sich in den Höfen, auf den Terrassen und zwischen den Säulen der Arkadengänge bewegten. Nervosität hielt mich davon ab, allzugenau hinzusehen, doch selbst rasche Blicke überzeugten mich von einem: Unmöglich, daß jener Pellaz, den ich einst gekannt hatte, sich je an einem Ort wie diesem wohl fühlen würde – oder auch nur glaubwürdig so tun konnte als ob. Warum sah ich ihn immer noch so, wie er damals gewesen war? Mein Verstand sagte mir zwar, wie dumm ich mich aufführte, aber ich konnte ihn mir einfach nicht anders vorstellen. Ich kannte ihn nur so, und das war es auch, was meine Liebe zu ihm am Leben erhalten hatte. Meine Güte, wenn es je darum ging, ein schlafendes Ungeheuer zu wecken, dann in dieser Situation! Noch war sein Antlitz bedeckt, und ich mußte warten, bis es erwachte, um zu erkennen, ob ich dieses Antlitz mochte oder nicht. Und hier befand ich mich mit meinen leichtfertigen Gedanken, hier, unbefugt in *seiner* Stadt! Man hatte mich gewarnt vor seiner Macht, hatte mich davon unterrichtet – ganz gewiß spürte er mich jetzt, so nahe, wie ich ihm war! Ich fühlte das Brennen eines unbekannten Blicks auf meinem Nacken und benahm mich gehemmt deswegen. Beobachtete er mich? Wußte er schon, daß ich da war?

Nach einer halben Stunde erreichten wir Thandrello, aber Ashmael war nicht zu Hause – was mir ein unbändiges Gefühl der Erleichterung bescherte, obwohl ich wußte, daß dieser Umstand nur das Unvermeidliche hinauszögerte. Nach den Maßstäben von Immanion war Ashmaels Bleibe wohl recht bescheiden, aber dennoch geräumig und komfortabel. Einer seiner Haushara bot uns an, sich umgehend mit Ashmael in Verbindung zu setzen, und führte uns in einen hellen Raum, der von Zimmerpflanzen beinahe überquoll und durch dessen gläserne Nordwand man Blick auf den Garten hatte. Die Möbel waren niedrig und recht konventionell – nicht unbedingt von der Art, wie ich es bei Ashmael erwartet hätte. Nach meinen Erfahrungen (zugegebenermaßen nur aus meinen Träumen) schien er einer jener Hara zu sein, die sich nur in einem Stall, in einem Zelt oder im Hinterzimmer einer ganz außerordentlich schäbigen Kneipe am Ende der Welt zu Hause fühlen.

Zack und Panthera setzten sich; ich lief rastlos im Zimmer auf und ab.

»Beruhige dich doch, Cal!« mahnte Zack mich leise. »Sonst bist du zu nichts zu gebrauchen!«

Er hatte leicht reden. Ich konnte mich nicht erinnern, mich je so fahrig gefühlt zu haben. Ich wollte kämpfen! Ich wollte etwas weiterbringen! Das Warten machte mich rasend. Panthera begegnete meiner Aufgewühltheit mit grausamer Gleichgültigkeit und betrachtete eingehend die Bilder an der Wand. Zack griff nach einem Buch und begann zu lesen. Meine Herzenswärme den beiden gegenüber hielt sich in Grenzen. Mit kühlem Kopf konnten sie Bilder betrachten oder lesen – aber schließlich mußten sie ja auch mit keinen Ängsten fertig werden, mußten nichts Angefangenes zu Ende bringen! Mein Kopf hingegen war kaum in der Lage festzustellen, wo oben und wo unten war.

Wir hatten erst etwa eine halbe Stunde gewartet, als Ashmael nach Hause kam. Seine Leute mußten ihn umgehend von unserer Anwesenheit in Kenntnis gesetzt haben. Als er kurz darauf durch die Tür trat, erkannte ich ihn sofort, was ich sonderbar fand, denn eigentlich waren wir einander zuvor noch nie wirklich begegnet. Er lächelte mir zu, grüßte – er hatte keine Ahnung, wer ich war – und schien erfreut, Zack zu sehen, was dazu führte, daß die beiden die darauffolgende Stunde damit verbrachten, Höflichkeiten auszutauschen. Zack ging dabei merkbar sorgfältig vor und bemühte sich, das Gespräch in eine Richtung zu lenken, die ihm ein Stichwort liefern würde. Ich hatte immer schon den Verdacht gehabt, er gäbe einen hervorragenden Politiker ab; er ist wirklich gut im Manipulieren, unser Zack. Was mich betraf, so saß ich abseits von den anderen mit dem Rücken zum Fenster und fand es schwer, meine Augen von Ashmael abzuwenden, dem Star der Gelaminger. Im Geist spulte ich immer wieder den Traum (die Vision?) von ihm und Pell ab. Ich wollte die Narbe auf seiner Schulter sehen. Aber er würdigte mich kaum eines Blickes. War ich tatsächlich hier? Alles, was mir Angst machte, war so rasch so nahe an mich herangekommen – und dabei hatte ich mich doch noch vor einigen Augenblicken in Ferike befunden, oder? Meine Gedanken purzelten in so schneller Folge durcheinander, daß ich ihrer kaum Herr wurde. Die Konversation in jenem Raum schwappte über meinen Kopf hinweg; ich erinnere mich an nichts davon.

Schließlich erwähnte Zack, daß der Zweck seines Kommens – wie er es taktvoll ausdrückte – geschäftlicher Natur sei. »Ach ja? In welcher Hinsicht?« erkundigte Ashmael sich beiläufig. Offensichtlich hatte er bereits vermutet, daß wir nicht des geselligen Beisammenseins wegen gekommen waren.

»Wenn du erlaubst, möchte ich die Sache zuerst mit dir allein besprechen«, erwiderte Zack, ohne mich anzusehen.

Ashmael zuckte die Achseln. »Wie du willst. Ich habe ein Büro nebenan. Reicht das?«

Zack nickte, und die beiden entschuldigten sich bei Panthera und mir und verließen den Raum.

An ihrer Stelle kam das große Schweigen. Ich blieb am Fenster sitzen, die Stirn an das Glas gelehnt. Ich spürte, daß Panthera kribbelig geworden war; es lag mir auf der Zunge zu fragen: ›Immer noch so sicher, daß es klug war mitzukommen?‹, aber das hätte wohl zu säuerlich geklungen. Panthera konnte nicht sprechen. Und ich war es zufrieden, mich in meinen eigenen Schmerz einzuwühlen. Nichtsdestoweniger entging mir nicht, daß auch er litt. Nach einigen Minuten faßte er Mut und sagte: »Wir sollten jetzt reden, Cal. Wer weiß, wann wir wieder Gelegenheit haben…«

»Nein«, unterbrach ich ihn. »Es gibt nichts zu sagen. Tut mir leid, aber so ist es.«

»Dann willst du also wirklich dein Leben wegwerfen?«

»Sei still, Thera. Es gibt keine Diskussion darüber. Du wolltest hierher mitkommen, und ich habe dir geglaubt, als du mir den Grund dafür nanntest.«

»Ich liebe dich.«

»Thera, hör auf! Du machst es nur noch schlimmer, für uns beide!«

Hätten wir uns an einem vertrauteren Ort befunden, wäre er wohl aufgesprungen und aus dem Zimmer gestürmt. Hier aber konnte er das nicht tun, und so rangen wir beide in der dicken, schweren Atmosphäre dieses Raumes nach Atem, bis Zack und Ashmael wieder eintraten. Nachdem Stunden vergangen waren, wie mir schien.

Sehr wahrscheinlich hatte Zack einige Schwierigkeiten gehabt, Ashmael davon zu überzeugen, daß er mir helfen sollte. Ich fragte mich, wieviel er wohl hatte preisgeben müssen, um so weit zu kommen. Ziemlich viel, hätte ich angenommen, vermutlich alles, was Zack selbst wußte. Ashmael war durchtrieben, das sah man auf den ersten Blick, und keineswegs dumm. Doch auch mit noch so wenig Information mußte jedem halbwegs normalen Har klar sein, was getan werden mußte. War Ashmael ein normaler Har? In manchen Leuten konnten Loyalität und Ergebenheit seltsame Seiten zum Vorschein bringen. Jedenfalls argwöhnte ich, Opalexian sei der Ansicht, je weniger Leute über alles Bescheid wußten, desto besser. Ich stand allein. Das mußte ich als gegeben hinnehmen.

Das Vieraugengespräch war sichtlich stürmisch verlaufen. Ashmaels Gesichtszüge zeigten einen unergründlich verbissenen Ausdruck (anders ist er nicht zu beschreiben), wogegen Zack eher abgespannt wirkte. Ashmael ging geradewegs zum Fenster und öffnete es, denn in der Zwischenzeit hatte sich das Zimmer mit Zigarettenqualm gefüllt. Dann trat er vor mich hin.

»Du bist also der berühmte Cal.« Er starrte mich an, schüttelte den Kopf und starrte weiter.

Ich starrte zurück. Ich hatte das Bedürfnis zu sagen: ›Ja, und ich kenne dich ganz gut!‹ Vielleicht sah er etwas davon in meinen Augen, jedenfalls wandte er sich schließlich ab. Er war zu einem Entschluß gelangt. »Ich habe gerade die unwahrscheinlichsten Dinge über dich gehört. Dinge, die kaum zu fassen sind. Wenn das alles wahr ist, dann ist es meine Pflicht, dir zu helfen. Wenn es Lügen sind, dann bin ich für alle Zeiten ruiniert…« Geistesabwesend zupfte er an den Blättern einer Pflanze neben dem Fenster. »Morgen bringe ich dich nach Phaonica«, fuhr er fort. »Thiede wird bis neun in seinen Privatgemächern sein. Um acht bist du dort. Beim Aghama, ich hoffe, ich treffe die richtige Entscheidung!« Diesen letzten Satz stieß er mit grimmiger Entschlossenheit hervor. Dann sah er Zack an.

»Ich habe dir die Wahrheit gesagt.« Zack hob die Schultern. »In deinem Herzen mußt du wissen, was richtig ist.«

»Ich arbeite schon viele Jahre für Thiede«, antwortete Ashmael, »und das hier riecht nach Verrat. Ich habe nur dein Wort, daß es kein Verrat ist.«

»Du arbeitest seit vielen Jahren für deine Rasse«, warf ich ein. »Es wird keinen Verrat an *ihr* geben, das verspreche ich dir.«

Er sah mich kalt an. »Hol dich der Teufel, daß du hergekommen bist!« sagte er. »Hol dich der Teufel, daß du überhaupt existierst!«

»Es liegt nicht an mir«, entgegnete ich, »sondern an der göttlichen Ordnung. Wäre nicht ich es, wäre es ein anderer.«

»Meinst du?« Er schüttelte wiederum den Kopf. »Ich wollte, ich könnte das glauben.«

Ich verursachte ihnen Unbehagen, in jenem Zimmer dort. Die Atmosphäre war nicht unbedingt angemessen, nicht einmal dann, als die unvermeidlichen Erfrischungen kamen, und so deutete ich an – mehr aus Rücksichtnahme auf die anderen als aus persönlichen Gründen –, daß ich gern allein wäre. Dann konnten sie nach Herzenslust über mich herziehen.

Ashmael ließ mich in ein Gästezimmer bringen, das die breite Straße überblickte, an der das Haus lag. Ich setzte mich unter dem Fenster auf den Boden, wo mich die gedämpften Geräusche der Stadt nur noch flüsternd erreichten, und starrte die Decke an. Doch auch dort standen keine Antworten geschrieben. Ich war allein, allein, allein. Noch nie zuvor hatte ich das so bewußt gespürt. Nicht in Megalithika, nicht in Thaine, nirgendwo. Die Welt rund um mich fühlte sich riesenhaft an, riesenhaft und unbegreiflich, und ich war bloß ein so kleiner Teil davon. Ein winziger Splitter nur und doch in meinem Inneren ein Ganzes. Ich sehe zur Decke, und da ist ein Punkt, den ich erreichen muß …

Auf der anderen Seite der Fensterscheibe ging die Sonne unter, und niemand kam, um mich zu stören. Ich trank das Wasser in der Karaffe, für die Ashmael gesorgt hatte. Es schmeckte wie Nektar, und es kühlte meine Kehle und die Hitze in meinem Kopf. Das Bett sah in der Dämmerung so einladend aus – goldenes Kiefernholz und gestreifte Decken –, daß ich hinging und mich darauf ausstreckte. Worauf mein launenhaftes Hirn beschloß, komplett abzuschalten. Konnte ich so wieder hinuntergehen? Ein Getränk, etwas stärker als Wasser, wäre mir zwar höchst willkommen gewesen, aber ich widerstand dem Wunsch, dieses Verlangen zu stillen. Ein paar Stunden nur noch bis zum Ende; ich mußte hier ausharren, mußte Kraft finden. Ich würde sie brauchen.

Es mußte wohl auf Mitternacht zugehen, als Panthera an die Tür klopfte. Ich denke, irgend etwas in der Art hatte ich erwartet. Er trat sofort ein und sagte: »Ich kann nicht zulassen, daß du das tust.«

Und das war nun das allerletzte, womit ich mich herumschlagen wollte. Ich fühlte mich einfach nicht in der Lage dazu. »Panthera, hätte ich gewußt, daß du dich so aufführen würdest, hätte ich dich in Roselane zurückgelassen. Es gibt nichts, was ich tun könnte. Nimm es, um Himmels willen, nicht so persönlich!« Ich wollte nicht herzlos klingen, aber es war die Wahrheit. Und die Wahrheit tut häufig weh. Vielleicht habe ich deshalb so oft gelogen.

Panthera beachtete meine Worte nicht. »Cal, ich bin mit dir durch dick und dünn gegangen; bedeutet dir das denn *überhaupt* nichts?«

»Natürlich bedeutet es mir etwas, Thera. Das weißt du doch! Aber ich muß das durchstehen. Es gibt keinen anderen Weg. Ich will dich nicht zurückstoßen, ich kann nur nicht auf der Stelle treten. Wir wußten beide, daß dies geschehen würde.«

Er schien mir wie eingeschlossen im Käfig seiner eigenen Welt – genauso, nehme ich an, wie ich wohl in der meinen. Ich glaube nicht, daß auch nur eines meiner Worte ihn wirklich erreichte. »Ich weiß, daß du mit Thiede etwas zu bereinigen hast«, sagte er ernsthaft. »Aber kannst du dich danach nicht einfach umdrehen und weggehen? Komm zurück nach Ferike. Du kannst hier nicht leben, Cal. Das ist nichts für dich! Es würde dich umbringen!«

»Mich umbringen!« Ich sprang vom Bett, und er tat instinktiv einen Schritt zurück. »Was, zum Teufel, verstehst denn du schon davon? Was das Umbringen betrifft, bin *ich* der Experte, Thera! Das ist der Grund, weshalb ich hier bin!«

»Ja«, sagte er mit leiser Stimme; ich fühlte eine bevorstehende Grausamkeit und wurde nicht enttäuscht, »ich weiß. Du bist besessen davon. Besonders in einem Fall. Aber er ist schon tot, Cal. Warum kannst du das nicht einsehen? Der Pell, den du einst geliebt hast, der ist tot! Was dort oben in Phaonica lebt, ist der Tigron. Es ist Macht und nichts sonst! Weißt du das nicht? Oder hast du der Einfachheit halber aufgehört, darüber nachzudenken?«

Ich ertrug es nicht einmal, wütend auf ihn zu sein. Als ich einen Schluck Wasser nahm, hieb er mir die Flasche aus der Hand, und sie zerbrach auf dem Boden. Wasser ergoß sich in einer dunklen Lache, die aussah wie Blut, über die hellen Holzbretter.

»Thera, du tust dir nur selbst weh. Mich kannst du damit nicht treffen. Nicht nach Roselane. Ich *weiß* es jetzt. Du kannst mich nicht treffen.« Die Gelassenheit in meiner Stimme beruhigte ihn nicht.

»*Was* weißt du jetzt, Cal? Sag es mir! Vielleicht hilft es, wenn ich es auch weiß …«

»*Nein!* Das kann ich nicht, Thera. Ich kann es nicht.«

Trotz seines wilden Gesichtsausdruckes zitterte er am ganzen Körper. Ich wollte ihn an mich pressen und festhalten und ihm sagen, alles würde gut werden; ich wollte ihn bewußtlos schlagen, damit er mich endlich in Ruhe ließ … Tel-an-Kaa hatte mir geraten, mich auf hinterhältige Angriffe von Thiede gefaßt zu machen. War dies einer davon? Konnte sein. »Panthera, bitte, du mußt jetzt gehen. Ich muß nachdenken. Morgen ist ein großer Tag.« Ich versuchte ein zaghaftes Lächeln. Einen Augenblick lang starrte er mich zornig an, dann schritt er zur Tür. Als er die Hand nach dem Griff ausstreckte, schien es plötzlich, als hätte ihm jemand ein Messer in die Brust gestoßen: Er brach zusammen, glitt an der Tür entlang zu Boden und kauerte sich zusammengekrümmt an der Wand. Ich glaubte tatsächlich, jemand habe ihn angegriffen; hier war alles möglich. »Was ist denn passiert, Thera? Wo bist du verletzt?« Ich versuchte, ihn hochzuziehen.

»Hier!« schrie er und bäumte sich auf. »Hier!« Er schlug sich mit der Faust auf die Brust, dorthin, wo das Herz sitzt. Sein Gesicht war tränennaß. Ein innerer Schmerz also; ich war derjenige gewesen, der das Messer geworfen hatte.

»Thera?«

»Ich weiß nicht, warum ich mir das antue«, sagte er. »Ich weiß es nicht.«

»Es tut mir leid …« Das war alles, was ich sagen konnte, alles, was mir einfiel.

»Cal, verlaß mich nicht!«

Wir sahen uns im Halbdunkel an. Er war so schön! (Es klingt so lahm, wenn man es ausspricht.) Warum … warum … warum?

»Verlaß mich nicht … *bitte!*«

Es schmerzte mich in der Brust. Meine Arme sehnten sich danach, ihn festzuhalten – aber auch dann wäre das Morgen noch da. Ich durfte keine Hoffnungen wecken.

Vor langer, langer Zeit war ich mit einem Har namens Zackala chesna gewesen. Für Wraeththu-Maßstäbe ist das sehr, sehr nahestehend. Manche werten es als eine unauflösliche Verbindung, die selbst dann noch bestehen bleibt, wenn Herzen und Körper einander adieu gesagt haben. Und so fiel es mir jetzt leicht, meine Gedanken auszustrecken und ihn zu rufen. Es fiel mir leicht, ihn alles wissen zu lassen, indem ich ihm eine Andeutung übermittelte. Innerhalb von Sekunden kam er durch die Tür. Ich hockte hilflos neben Panthera, der vor Kummer fast den Verstand verlor.

Zack schüttelte den Kopf und sagte nichts. Mit vereinten Kräften hoben wir Panthera auf die Füße. Er strengte sich enorm an, normal zu erscheinen – vermutlich war ihm Zacks Anwesenheit peinlich. Er ahnte nicht, daß ich ihn zu Hilfe gerufen hatte, und dachte wahrscheinlich, Zack sei zufällig an der Tür vorbeigekommen und habe etwas Verdächtiges gehört. Ehe er ging, sagte er: »Adieu, Cal, ich wünsche dir Glück.« Ich verzog sarkastisch das Gesicht. »Ich meine es wirklich«, fügte er hinzu.

»Also komm schon, Thera!« sagte Zack in unerträglich heiterem Tonfall. »Hilf mir, Ashmaels Schnapsvorräte zu reduzieren! Cal kann sich's nicht leisten, heute nacht auf den Putz zu hauen!« Er legte den Arm um Pantheras Schultern und zog ihn davon. Als ich die Tür schloß, war dieses schmerzerfüllte weiße Gesicht immer noch mir zugewandt.

Ich setzte mich auf den Boden, lehnte mich an die Tür und starrte den dunklen Fleck an, wo das Wasser ausgeflossen war. Ich hatte Panthera mein Leben anvertraut; er hatte mir sein Herz anvertraut, das in Piristil fast zu Eis erstarrt war. Und nun warf ich ihn in meinem Streben nach verrückten, mir nur oberflächlich bewußten Träumen weg wie einen abgenagten Huhnerknochen. (O ja, das Fleisch daran hatte ich mir gut schmecken lassen!) Ich liebte ihn sogar; aber nicht genug. Immer noch wartete dieses bestrickende Phantom auf mich, dieser Fremde, diese unsterbliche Erinnerung. O Gott, tue ich das Richtige? Ja? Phaonica … Wenn ich durch das Fenster hinausblickte, sah ich diese glitzernden Türme. Herrlich anzuschauen – aber voll kalter, spitzer Schönheit. Ich will sie berühren. So einfach ist das.

Auf der anderen Seite des Fensters wurde es nach und nach heller, während die Stunden diesem gewissen Punkt im Ablauf der Zeit entgegenstrebten. Ich saß auf dem Boden, starrte und starrte und fühlte nichts mehr – ausgenommen die mystische Anziehungskraft von Phaonica. Ich rührte mich nicht bis zum Morgen.

Kapitel 30

Phaonica

Der Schmerz ist dahin; sieh an, wie Form
und Licht wiedergeboren werden;
wie Smaragd und strahlendes Gold
zur Mitternacht brennen; wie die Qual
unseres unglaublichen Ehepferchs
im Bett geburtenlosen Kreißens schwindet;
und wie sich unsere verschmolzenen Glieder
teilen und wir wieder zwei werden.

Aleister Crowley, *Asmodel*

Zack war auf, um sich von mir zu verabschieden. Von Panthera keine Spur. Machte er es einfacher für mich oder für sich selbst? Ashmael zwang mich, etwas zu essen, aber das Brot schmeckte wie Asche. Ich hatte Angst. »Denk daran, wir sind bei dir«, sagte Zack, und ich dachte an Opalexian. Und dann dachte ich: Nein, ich bin allein! Aber seine Sorge tat mir wohl.

Ashmael und ich traten hinaus in die Helligkeit eines lichten, verträumten Morgens; wir gingen zu Fuß, denn es war nicht weit. Hohe Bäume mit glänzenden dunklen Blättern verbargen anfangs den Palast vor den Blicken des gemeinen Volkes. Als wir unter ihren Kronen hindurchgegangen waren, sah ich hoch. Vor mir ragte der gewaltige Bau auf, das makellose Phaonica. Glanz über Licht über strahlender Pracht. Dunkles ohne Schatten. Die Krone; und ich. Hinter Ashmael herstolpernd. Grauenhafte Angst gab mir das Gefühl, schwarz zu sein – bis ins Innerste; ein Stäubchen

Schmutz auf den schimmernden Sphären. O ja, ich hatte mich ehrlich angestrengt, um für meine Sünden zu büßen, doch das löschte die Tatsache, daß ich sie begangen hatte, nicht aus. Hatten die Schatten, die mir anhingen, einen Platz in dieser ganzen Herrlichkeit? Das Herz tat mir weh, weil es so schnell, so heftig klopfte.

Ich folgte Ashmael durch die ruhigeren Innenhöfe, wo wir seines Wissens kaum jemandem begegnen würden. Und dann ging es tief hinein in das Herz des Palastes aus Licht; zu den Privatgemächern des Aghama. Weit und breit war niemand zu sehen. Die weiten Flure, die Säulengänge, Galerien, gewundenen Treppen und überwölbten Hallen meditierten schweigend vor sich hin. Ein Ort ehrfurchtgebietender Erhabenheit. Der Tigron lebte hier. Wer war er in Wirklichkeit? Spürte er meine Anwesenheit? Irgendwie fühlten sich alle diese Räume wie verzaubert an, in tiefen Schlaf gehext, damit ich sie unbemerkt durchschreiten konnte. Ich spürte zwar Phaonica um mich herum, aber von Pellaz keine Spur.

Wir stiegen über weiße Stufen hinab, und das Licht schimmerte bläulich. Thiedes Allerheiligstes; der Tempel im Herzen Phaonicas. Ashmael blieb am Eingang zurück, und ich trat ein.

Es schien, als umgäben mich plötzlich fließende Schleier; alles wirkte verschwommen. Ich roch Zimt, stark, erdig. Woher kam das Licht? Wie groß war dieser Raum überhaupt? Ein einzelner Saal, ein Labyrinth? In Phaonica konnte ich nicht länger schön sein: zitternd und bebend wie eine Ratte, die ein dunkles Gäßchen überquert, schleppte ich mich in die Richtung, wo ich den Mittelpunkt des Raumes vermutete. Vor mir, unendlich weit weg, bemerkte ich ein pulsierendes Licht, dessen Zentrum aus reiner Helligkeit zu bestehen schien. Eine Kraft strahlte mir von dort entgegen, eine schlummernde Kraft. Es war Thiede, gehüllt in blaue

Flammen, verstrickt in den Gespinsten seiner eigenen Gedanken, nachsinnend über Dinge, die nicht von dieser Welt waren. Als ich ihm (so langsam nur!) näher kam, veränderte die Helligkeit ihre Farbe. Fäden aus rotem Licht mischten sich in ihre Reinheit. Thiede fühlte mich. Er spürte, daß ich mich ihm näherte – eine qualmende, schwarz verfaulte Gegenwart. Erst war da nur eine dumpfe Entrüstung, daß etwas Unreines seinen heiligen Raum betreten hatte, und dann fing ich etwas anderes auf: Furcht. Einen einzigen Strahl purer, nackter Furcht. Er wußte es. Dann stand ich schon direkt vor ihm, und mir war, als würde ich durch Glas hindurchblicken; seine blitzenden Augen sahen mich an und sprühten Feuer. Er konnte es nicht glauben. Wie kam es, daß ein wertloses Vieh wie ich unerkannt in seine Privatsphäre eindrang? Welche Macht bedeutete das, über die ich verfügte – oder war sie mir nur geliehen? Sein Gesicht verzerrte sich vor Abscheu.

Meine Kleider hingen wie Lumpen an mir. Ich streckte ihm meine zitternde Hand entgegen, und sie war schmutzverkrustet und dürr, fast mumifiziert. »Ich weiß«, sagte ich, und meine Stimme klang wie die des letzten todgeweihten Propheten, »und ich habe gesehen.« Er hob die Hand, um mich zu verscheuchen, aber ich fuhr fort zu sprechen. »Hat derjenige, der Aghama sein will, Angst zu hören, was diese stinkende Kreatur sagen könnte?« Und nun war es Opalexians Stimme, mit der ich sprach. »Wolltest du nicht immer schon, daß ich hierherkomme, Thiede? Hast du es einst nicht sogar von mir verlangt?«

Er überlegte einen Moment lang und sagte dann: »Also sprich!« In seinem Tonfall lag eine gewisse Neugier. Thiede dachte immer noch, er sei in der Lage, mich loszuwerden, wann immer er es wünschte.

»Es begann mit der Kugel aus einer Waffe«, sagte ich, »als die Seele eines bestimmten Hars sich dir entgegenhob, wie erstarrt von deinem strahlenden Glanz, doch unfähig, ihn zu erreichen. Gehindert, ihn zu erreichen. Das paßte dir ins Konzept, nicht wahr? Selbst der Aghama weiß, was Angst ist. Pellaz konnte nicht an dich herankommen, weil ihm die Ergänzung fehlte. Jetzt weiß ich: du wolltest, daß es so blieb – für alle Zeit. ›Komm nach Immanion, Cal!‹ sagtest du. ›Gib ein Spielzeug für den Tigron ab!‹ Sehr raffiniert. Du wußtest, ich würde dazu nein sagen. Und du mußtest die Wahrheit nur ein klein wenig verdrehen, um zu verhindern, daß wir zusammenkämen. Aber Pellaz und ich *sind Wraeththu,* Thiede! Das Schicksal brachte uns zusammen – ein sehr genau abwägendes Schicksal. Pell ist das Licht, und ich bin die Dunkelheit, doch ohne den anderen können wir das wahre Licht nicht begreifen. Zusammen jedoch können wir uns verbinden und die Hand danach ausstrecken. Wir *werden zu dir,* Thiede! Wir werden zum Endgültigen, Allerhöchsten! Das wußtest du, nicht wahr? Deshalb war es dir so wichtig, mich vom Hierherkommen abzuhalten. Und ich hielt dich bei alldem für ach so verständnisvoll, so klarsichtig, nicht wahr? Pell war die Rolle des Bösen zugefallen, er war das verwöhnte Kind, das etwas haben wollte und so lange stampfte und schrie, bis er es bekam! Jetzt weiß ich es besser. Du bremst die Wraeththu, Thiede, du hemmst ihre Weiterentwicklung. Es mußte einen Tigron geben, aber das war nicht deine Idee. Nein, von dir stammt nur der Gedanke, daß der Tigron eine einzelne Person bleiben muß. Auf diese Weise konntest du deine ganze Macht behalten. Phaonica ist nichts als eine Illusion, Immanion ist gebaut aus Träumen! Aus deinen Träumen! Die Stadt strahlt in ihrem Glanz, sie ist sicher, aber sie ist unausgeglichen. Pellaz lebt in einem gläsernen Käfig; du hast ihn so makellos gemacht. Doch in ihm ruht immer noch der Keim dessen, was nach mir verlangt; der Keim, der dem Tigrina Pells Herz verschließt und seinen Glauben an UNS stark hält. Das alles kannst du in einen Käfig sperren, Thiede, aber du kannst es nicht vernichten.«

»Nein, aber dich kann ich vernichten«, antwortete Thiede ruhig und keineswegs überrascht von meinem Ausbruch. Eines Tages wäre das alles ohnehin ans Tageslicht gekommen; so blind war Thiede nicht.

»Natürlich kannst du das, du mußt es sogar!« entgegnete ich. Kurze, unbestimmte Schatten huschten über sein Gesicht.

»Dann bist du also hergekommen, um mir zu sagen, was du weißt, und um mir zu erlauben, dich ein für allemal loszuwerden?« Er lächelte. »Das glaube ich nicht, Calanthe. Du bist ein Überlebenskünstler. So leicht gibst du nicht auf. Versuchst du, mir etwas vorzumachen?«

»Vielleicht spiele ich nur mit Worten. Der Aghama kann mich nicht töten, stimmt's? Könnte er es, wäre er mich schon vor Jahren losgeworden. Nein, wenn du mich vernichtest, dann vernichtest du auch dich selbst. Und das Leben ist ein kostbares Gut, nicht wahr?«

»Was willst du?« Seine Geduld näherte sich dem Ende. Er war nicht in der Stimmung für Spielereien, was hieß, daß er sich Sorgen machte.

»Was ich will? Oh, das ist ganz einfach. Ich möchte, daß du mich tötest, wie du Pellaz getötet hast. Und du mußt es tun, Thiede. Du mußt es tun.«

Er lächelte matt. »Und etwas erschaffen, das mächtiger ist als alles, was diese Welt je gesehen hat? Mich selbst vernichten?«

»Erst im Tod kannst du zum wahren Aghama werden, Thiede. Weshalb hast du Angst?«

»Du weißt nicht, was ich fühle. Es ist nicht das, was du unter Angst verstehst. Ich habe immer gewußt, daß ich sterblich bin wie wir alle. Aus dieser meiner Schwäche stammt meine Liebe für das Leben, meine Liebe zu dieser Welt und ihren Bewohnern, ihrer Erde, ihrer Atmosphäre. Ich weiß, daß es Schwäche ist, aber es ist zugleich Stärke, weil ich dazu stehen kann. Ich weiß auch, daß ich gegen das Unvermeidliche angekämpft habe. Mir war klar, daß du eines Tages hier auftauchen würdest, um das einzufordern, was du als dir gehörend betrachtest. Ich habe keine Sekunde lang geglaubt, daß es mir gelungen wäre, dich für immer loszuwerden. Du solltest in deiner Überheblichkeit nicht denken, daß mir das nicht bewußt ist. Wenn ich es will, kann ich jeden Gedanken in jedem harischen Kopf lesen. Ich habe diese Rasse gegründet, Cal!«

»Ja, das hast du, und du mußt zulassen, daß sie fortbesteht, Thiede. Die Wraeththu müssen sich weiterentwickeln. Das nächste Stadium muß begonnen werden. Jetzt.«

»Und wenn ich mich weigere? Was dann?«

»Dann wird Opalexian dich dazu zwingen, davon bin ich überzeugt.«

»Opalexian.« Der Name beunruhigte ihn sichtlich. Vielleicht hatte er ihn in seinen Träumen vernommen und aus seinen Visionen verbannt.

»Die Kamagra«, sagte ich.

»Und wer ist das?«

Ich konnte nicht glauben, daß er es noch nicht wußte. »Ich kann es dir zeigen; es ist alles in mir. Alles.«

Von diesen letzten Sekunden starrte er mich eine Sekunde lang durchdringend an. Was sah er da? Einen Uigennalümmel? Einen verbrauchten Kanene? Einen Mörder? Oder sah er das Geschöpf, das von Opalexian die Weihen erhalten hatte? Er hatte Angst.

»Dann zeig es mir.« Ich öffnete meinen Geist und ließ ihn in mich hineinblicken, ließ ihn wissen, was ich wußte. Sie, die es mich gelehrt hatte, lebte da drinnen. Falls er von ihrer Existenz tatsächlich nichts wußte – wovon ich letztlich überzeugt war –, gab er es mir nicht zu erkennen. Er streckte die Hand aus.

»Laß mich dich noch einmal ansehen«, sagte er und

zog mich an sich. Er lächelte wehmütig. »Eines meiner Kinder. Jeder Har ist eines meiner Kinder. Bin ich ein schlechter Vater gewesen, ein nutzloser Vater?«

»Nichts von beidem. Aber Mutter warst du auch keine.«

Er schüttelte den Kopf. Seine letzten Momente. Er sah sich um, roch seinen Tempel, sog ihn in sich auf, liebte ihn und fürchtete, ihn für alle Ewigkeit zu verlieren. Denn bis zum Augenblick unserer Auslöschung gibt es für uns alle keinen wirklichen Beweis, daß das Leben danach weitergeht. »Pell wartet darauf, dich zu lieben«, sagte er. »Er hat dies als solches zu einem Kult gemacht. Ich beneide euch. Ich beneide euch um alles.«

»Das solltest du nicht.«

Ein breiteres Lächeln, ein Funkeln in seinen Augen. »Ein letzter Flirt mit der Fleischeslust, mein Lieber. Mehr ist es nicht. Ich muß an den Anfang zurückkehren, alles neu betrachten. Dann werden wir weitersprechen.«

»Hier an diesem Ort werden wir noch oft miteinander sprechen.«

»Empfang deine Söhne hier, Cal. Bring deinen Geliebten hierher ...« Er seufzte und nahm meine Hände in die seinen. »Ich bin nicht bösartig, Cal.«

»Das weiß ich.«

»Dann tun wir, was getan werden muß.« Er konnte nicht dagegen ankämpfen, denn hätte er es getan, hätte er auch mich vernichtet – was ohnehin geschehen mußte.

Als schwarze Rauchsäule erhob ich mich einer vibrierenden Helligkeit entgegen, die im Moment der Berührung in zahllose Funken zerstob und sich in mich ergoß. Ich wußte, in diesem Moment würde jeder Har der Wraeththu auf der ganzen Welt erbeben, die Augen zum Himmel erheben und Furcht verspüren, Zauber und Macht. Jene, die schliefen, würden meinen Traum träumen, diejenigen, die wach waren, würden ihn durchleben. Ich, als ein Splitter des Ganzen, wurde in diesem Augenblick zu jedem dieser Einzelwesen. Und sie spürten mich. Und erkannten, wer ich war. Doch in Phaonica wurde jener Cal, den es einst gegeben hatte, vom Feuer verschlungen, während er, eins mit der elementaren Kraft, die die Welt zusammenhält, hilflos herumgewirbelt wurde. Die Mauern des Tempels erbebten. Ich vernahm einen durchdringenden Schrei, der von Pellaz stammte, als er durch einen unendlich scharfkantigen Spalt, der stach und schnitt und ihn zerfetzte, herausgerissen wurde aus seinem gläsernen Schrein. Ich hingegen befand mich hoch über Immanion, und die Stadt erschauerte und ächzte unter mir. Schwarze Zungen leckten über die Straßen und zogen öligen Rauch hinter sich her. Gebäude neigten sich zur Seite, verzogen sich, kreischten und stürzten ein. Hara rannten aus ihren Häusern, während sie sich hastig ankleideten und ihre Harlinge hinter sich herzogen und entsetzt zu einem Himmel hinaufstarrten, der plötzlich rot und schwarz geworden war – ein Königreich aus Flammen. All das konnte ich sehen, während ich brannte, und es dauerte eine Ewigkeit. Doch es war nur ein Moment. Als der Friede kam, lag ich auf einem kalten Boden in der Mitte eines riesigen, völlig leeren Raumes und empfand eine ganze Weile nichts als das Vorhandensein meines Körpers. Ich war gar nicht so sicher gewesen, daß ich überhaupt noch einen Körper haben würde. Und nun war er wieder bloß ein harischer Körper, keuchend, atemlos, mit schmerzenden Eingeweiden und kratzender Lunge, benommen wie der Körper eines kleinen Kindes, das von einem schweren Stiefel zur Seite geschleudert worden war. Hoch oben im Gewölbe des Tempels erblickte ich einen Funken Licht. Das war alles. Allein konnte ich nicht danach greifen.

Phaonica lag in Finsternis, die Gänge und Hallen waren leer. Alle Bewohner hielten sich versteckt. Niemand war da, der mir den Weg hätte weisen können, und ich war zu verwirrt und erschöpft, um mein Hirn für die Suche danach zu einzusetzen. So stolperte ich über die Terrassen, stundenlang, und suchte und suchte. Dann stand ich mit einemmal im Garten, und es war Abend. Ich sah hinauf zu einem Balkon und den offenen Fenstern daneben. Da mußte ich hinauf! Die Kletterpflanzen an der Mauer lockerten sich und ließen ein paar Blätter fallen, die Ranken verloren ihren Halt auf dem Stein, als ich mich daran hocharbeitete, und mindestens ein dutzendmal drohte ich hinunterzufallen, zerkratzte mir aber nur Knie und Finger. Während des Kletterns vernahm ich von oben ein Wimmern – das Wimmern eines verlassenen Kindes. Ich schwang die Beine über die Balustrade und bemühte mich erst einmal, den Staub und die dürren Blätter von den Kleidern zu klopfen. Vergebens. Es war einfacher, mir die Lumpen vom Körper zu reißen, auch wenn dieser darunter unsauber und entstellt war. Doch der Schmutz fiel zusammen mit den Lumpen zu Boden, und ich trug nichts als meine helle, saubere Haut. Ich war wiedergeboren. Vielleicht. Einen Augenblick lang stand ich an der Glastür, die ins Innere des Gebäudes führte, und war einfach wieder Cal. Ein Cal, dessen Herz wie rasend schlug und dessen Atem kaum durch die zugeschnürte Kehle drang, weil er kurz vor allem stand, was er ersehnt und gefürchtet hatte.

Ich trat durch die Tür. Der Himmel des Bettes war herabgerissen, und die Seide, aus der er einmal bestanden hatte, lag als Fetzen verstreut im ganzen Zimmer herum. Große bemalte Vasen mit Pfauenfedern und Palmwedeln waren offenbar gegen die Wände geschleudert worden und lagen nun zerborsten auf dem Boden. Mitten in diesem Trümmerfeld lag eine zusammengekrümmte Gestalt, die ich als Vaysh wiedererkannte – den Führer durch meine Visionen. Auf seiner Stirn klebte Blut, und sein Gesicht wirkte leblos. Die

Augen hielt er geschlossen. Aber er war nicht tot, das sah ich auf den ersten Blick. Ich spürte das Leben in ihm, sah es in seinem Inneren.

Nun mußte ich zum Bett hinüberschauen, und das verlangte Mut. Mut deshalb, weil es Pellaz war, der dort lag. Sein Körper war zerkratzt und blutig und in einer qualvoll verdrehten Lage; die Arme hatte er über dem Gesicht gekreuzt. Neben ihm auf dem Bett befand sich ein Gewirr aus zerfetzten Bettlaken und eine Menge Glassplitter von den zerbrochenen hohen Fensterscheiben. Er war nur halb bei Bewußtsein, murmelte vor sich hin, schwieg wieder, und eine Sekunde lang stand ich nur da und betrachtete ihn. Hatte er sich verändert? Er war älter, ja, und nicht mehr mager, sondern schlank. Ich beugte mich vor und schob seine Arme zur Seite. Nun war der Moment gekommen, dem Ungeheuer ins Angesicht zu blicken. Ich setzte mich auf die Bettkante, berührte seine Wange, seine Lider, seine Lippen. Das Gesicht des Tigrons. Wunderschön, und tief drinnen der Geist meines Pellaz. Ich fürchtete mich davor, ihn zu wecken, wußte aber, daß es sein mußte. Ich stellte mich wieder ans Fußende des Bettes, hob die Arme und streckte sie nach dem Licht hoch oben aus. (Hier, Thiede, hier! Wir werden an dich herankommen!) Da das Bett übersät war mit Glas, packte ich eine Seite der Decke, auf der Pellaz lag, und zog daran. Er rollte auf das saubere Laken darunter und stöhnte. Ohne die Augen zu öffnen, tastete er nach seinem Gesicht.

Es war schon so lange her, seit ich ihn zum letzten Mal berührt hatte, daß es mir nun fast wie Blasphemie erschien, aber ich legte mich trotzdem neben ihn. Mein Körper war warm, seiner kalt. Ich versorgte ihn mit Hitze, so daß er die Augen öffnen mußte und sah, daß ich hier war. Welch eine Sprachlosigkeit! Im ersten Moment nichts als Verwirrung. Sein Blick wanderte von mir ins Zimmer und wieder zu mir. »Wie? Was ...?«

Dann sah er Vaysh inmitten der ganzen Verwüstung und schrie: »Nein …!«, denn er dachte an Orien. Er wollte aufspringen – um vor mir davonzurennen oder um mich anzugreifen? –, und ich mußte ihn festhalten. Er wehrte sich und versuchte mich zu beißen, aber seine Kräfte waren durch den Vorgang erlahmt, bei dem Thiede sich von seinem eigenen vergänglichen Körper befreit hatte.

»Wäre ich denn hier, wenn ich einfach nur den Tod brächte?« fragte ich, und er erwiderte: »Du hast immer Zerstörung gebracht. Es ist ein Teil von dir.«

Seine guten, seine schlechten Träume, sie waren Realität geworden. Wie oft wohl hatte er sich gewünscht, die Augen zu öffnen und mich vor sich zu sehen? Obwohl er davon wußte, daß ich Orien ermordet hatte, und die Märchen glaubte, die Thiede ihm aufgebunden hatte, war er doch voller Hoffnung geblieben. Und jetzt hatten sich die Hoffnungen erfüllt. »Was ist geschehen?« fragte er. »Was hast du getan?«

»Nur was getan werden mußte.«

»Thiede ist dahingegangen, nicht wahr?« sagte er. »Du hast uns alle vernichtet.« Er erbebte in meinen Armen, während er den Blick durch das Zimmer schweifen ließ und nichts als Zerstörung sah, nichts als Zerstörung, und zu schwach war, um sich darüber zu entrüsten.

Ich zog ihn vom Bett und hinüber zum Fenster und dann zwang ich ihn, hinauszutreten auf den Balkon. »Schau dir deine Stadt an, Pell«, sagte ich. Er zuckte zurück, wandte den Kopf ab, schloß die Augen. »Schau! Schau hin!« Ich brachte ihn dazu, den Kopf zu wenden und hinzusehen.

Oben, in den höchsten Regionen der Stadt, funkelte immer noch der Stein, und da waren die breiten Alleen, in denen am Morgen das Licht tanzen würde. Doch nun gab es auch Stellen, wo es niemals hinfallen würde, die finsteren Gassen, die unterirdischen Kanäle und Durchlässe, wo Ratten umherhuschten und ächzende Gespenster den Wanderer beunruhigten, der sich aus den helleren Orten herabwagte. Jetzt war Immanion zu einem Ganzen geworden, ein Ort der Sanftheit und der Härte, ein Ort der Engel und der Diebe – so, wie es sein soll. Zerstört, um wiederaufgebaut zu werden. Nicht Thiedes Stadt, sondern die Stadt der Wraeththu. Nicht Pells Stadt allein, sondern auch die meine, so wie wir selbst einander gehörten. Ich führte ihn wieder ins Zimmer, und immer noch fragte er: »Was hast du getan? Was hast du getan?« Er protestierte, als ich ihn auf das Bett legte. »Du bist der Zerstörer, ich will nichts mit dir zu tun haben! Wo ist Thiede?«

»Wir werden ihn finden«, sagte ich. »Aber du mußt dich auf mich verlassen.«

»Mich auf dich verlassen?« fragte er düster. »So, wie ich mich darauf verlassen habe, daß du zu mir kämst, sobald Megalithika uns gehört? Im Wald von Gebaddon bist du der Vergangenheit begegnet. Dadurch habe ich dich darauf vorbereitet, zu mir zu kommen, aber du kamst nie. Was dich betraf, war Thiede nie einer Meinung mit mir, aber er versuchte zu helfen. Selbst dann hast du mich zurückgewiesen. Für dich war ich einfach Pellaz, der tot ist. Eine weit zurückliegende Begebenheit, umgehend vergessen. Für mich war es nie so! Ich habe nie vergessen! Nun bist du zurückgekehrt, und es ist so, wie es immer war: Cal und das Schwert der Vernichtung. Meine Stadt ist dahin – und vermutlich auch jegliche Macht, über die ich einst verfügte.« Er seufzte. »Das Leben ohne dich war nie einfach, aber es war ein Leben. Und was habe ich jetzt noch?«

»Alles«, antwortete ich. »Mehr, als du je hattest. Gib mir deine Hand.« Er machte ein trauriges, schmerzerfülltes Gesicht, tat aber wie geheißen. Ich öffnete mich und verbrannte ihn. Er zog die Hand nicht weg.

»Du bist verändert.« Eine argwöhnische Feststellung. »Wie das?«

»Ich muß dir alles erzählen«, sagte ich.

»Natürlich mußt du das.« Er lächelte. »Also erzähl.«

Unzählige Male hatte ich diese Szene im Geist geprobt, hatte versucht, seine Reaktionen vorauszuahnen, seine Ausbrüche, sein Schweigen. Und nun hörte er bloß zu, nickte hin und wieder, und sein Gesicht blieb ausdruckslos; das Antlitz eines Königs. Von den Kamagrern erzählte ich ihm noch nichts, ich hatte das Gefühl, das müsse später kommen. Er hatte auch ohne diese Einzelheit genug zu schlucken. Als ich geendet hatte, legte er sich mit dem Gesicht nach unten aufs Bett, stützte das Kinn auf die Fäuste und dachte nach. Ich sah zu, wie er meinen Bericht verarbeitete, und es fiel mir ein, daß man die Gedanken des Tigrons nicht unterbrach; man wartete, bis man von ihm angesprochen wurde. So betrachtete ich den Schwung seines Rückgrats, sein zerrauftes schwarzes Haar, das ihm nun bis an die Hüften reichte. Ich betrachtete seine gerade Nase, die dunklen Augen; alles. Ich konnte nicht genug bekommen. Es war, als wäre ich am Verhungern gewesen und bekäme plötzlich frischen Lammbraten vorgesetzt und dazu jedes exotische Gemüse, das man sich vorstellen kann.

Man unterbrach die Gedanken des Tigrons nicht – es sei denn, man ist selbst Tigron. »Nun?« fragte ich. Ich glaube, ich erwartete immer noch, daß er sich mir mit offenen Armen entgegenwarf.

Er lachte. »Das ist verrückt! Meine Stadt fliegt mir um die Ohren, Thiede löst sich in Luft auf, und du platzt nackt hier herein und erzählst mir, daß du ab jetzt zusammen mit mir Tigron bist! Verdammt, und ich habe Schnitte am ganzen Körper! Ist das alles eigentlich Realität? Oder wache ich in einer Minute auf?«

»Vielleicht, aber anders, als du denkst.«

Er sah mich mit zusammengekniffenen Augen an.

»Cal, es ist mehr als dreißig Jahre her! Das ist einfach ... ach, ich weiß nicht.« Er schüttelte den Kopf und senkte dann die Stirn auf die Arme. »Ich bin nicht mehr derselbe, Cal. Das ist dir doch klar, nicht wahr?« Der Anflug, nur der leise Anflug einer gewissen Melancholie, die ich selbst nach hundert Jahren noch wiedererkennen würde, erst recht nach dreißig.

»Auch ich bin nicht mehr derselbe, Pell. Aber wir sind deshalb doch keine Fremden, oder?«

Er lächelte. »Nein, dieses Gefühl habe ich nicht. Ich weiß nicht, welches Gefühl ich habe. Vielleicht sollten wir es abwarten. Die Wahrheit ist jedenfalls, daß ich sehr lange Zeit auf diesen Augenblick gewartet habe. Träume, Hoffnungen – o ja, davon hatte ich viele. Jetzt sind sie dahin. Und wenn ab sofort alles in Trümmern liegt, nun gut, das ist mir auch recht. Ich werde ein andermal darüber nachdenken.« Er wandte sich um und sagte: »Aber sei so freundlich und hol mir zuallererst die Splitter aus dem Fleisch, Cal. Ich bin zwar möglicherweise unsterblich, aber nicht unempfindlich gegen Schmerzen. Also, hier bin ich. Der deine. Das war ich immer. Willst du jetzt endlich nach Hause kommen?«

Keine Sternschnuppen, keine gewaltigen Gefühlsausbrüche. Wir wußten nicht einmal, ob wir uns wirklich so sehr liebten, wie wir einst gedacht hatten; nur die Zeit würde uns das zeigen. Wir trafen uns als Hara und vereinigten uns als Hara, doch einen Unterschied gab es: Am Höhepunkt unserer Verbindung, als wir tatsächlich zu einem Wesen verschmolzen, konnten wir nach dem Höchsten greifen, es erreichen und berühren. Es war die wahre Gottheit, und als wir uns damit verbanden, wurden wir zu dreien, zur Triade. Göttlich. Sie wird immer für uns da sein, und gemeinsam können wir den Kontakt herstellen, wann immer wir wollen. Zum Aghama, einem Gott aller Attribute, der Summe unserer negativen und positiven Seiten, der Gewalt und der Sanftmut, des Fleisches und des Geistes, der Liebe und des Hasses. Ich bin der Stein, Pell ist die Seide, und Thiede ist die bindende Kraft geworden, die uns miteinander vernetzt. Das geschah in Immanion im Jahr Ai-cara 29. Es hätte schon neunundzwanzig Jahre eher geschehen sollen.

Kapitel 31

Caeru, die Hegemonie und alles weitere

> Wenn an mir selbst sich dies
> als falsch ergibt,
> Dann löscht dies aus, dann hat
> kein Mann geliebt.
>
> William Shakespeare, *Sonett 116*

Als wir am nächsten Morgen erwachten, wußten wir, daß alles Realität war, denn der Boden des Zimmers war immer noch übersät mit Glasscherben, zerrissenen Vorhängen und vom Wind hereingewirbelten Blättern. Wir wußten, daß es Realität war, weil die Luft, die durch die zerbrochenen Scheiben hereindrang, nach Rauch und Verwüstung roch. Irgendwo schlug eine Glocke, einsam, trostlos, ohne Hast. Eine Zeitlang hielten wir uns in den Resten der Bettlaken nur aneinander fest und konnten weinen, ohne Furcht, es könnte uns als Schwäche ausgelegt werden. Eine natürliche Reaktion: endlich waren die Taubheit, das Gefühl surrealer Traumhaftigkeit verschwunden. Pellaz fragte mich: »Was ist aus uns geworden?«, und an diesem ersten Tag bedeutete dies eine wehmütige, melancholische Empfindung, denn nun war die Leichtigkeit der vergangenen Zeiten endgültig vorüber. Der Beginn ernster Arbeit lag vor uns.

Wir würden Immanion wiederaufbauen; die Trümmer beseitigen. Es war nicht so schlimm, wie es auf den ersten Blick aussah. Träume waren zerbrochen, zugegeben, doch das, was neu errichtet werden sollte, würde aus mehr bestehen als nur aus Träumen. In diesem kurzen, immerwährenden Moment, als ich eins geworden war mit der Lebenskraft der Wraeththu, hatte sich mir die Wahrheit offenbart. So wie Immanion sich verändert hatte, war es auch anderen Orten ergangen, die vom Feuer der Triade berührt worden waren. Da gab es zum Beispiel in Thaine eine kleine schäbige Stadt namens Fallsend, deren schmutzige Straßen sich zu breiten Alleen öffnen und den Hara dort erlauben würden, sich unbehindert von Schlamm und Pfützen fortzubewegen. Ich fragte mich, welches Schicksal wohl Piristil und ähnlichen Häusern bestimmt war. Gäbe es jetzt überhaupt noch einen Platz für sie? War die Kraft so stark? Ich bezweifelte es. Eines war mir klargeworden: die unumgängliche Notwendigkeit für Hell und Dunkel; nichts kann *ausschließlich* gut sein. Doch falls Piristil immer noch ein florierendes Etablissement war, dann würde es, um diesen Umstand wettzumachen, auch andere Einrichtungen geben: Häuser, in denen geheilt und gelehrt wurde. So wie Immanion nicht ausschließlich das Licht verkörpern konnte, konnte Fallsend nicht ausschließlich die Finsternis sein. Aus dem Schlamm würden Straßen entstehen, auf denen andere Reisende dahinziehen und die Wärme aus Süden und Westen mit sich bringen würden. Und Jaddayoth? Ich hatte es nur etwa zur Hälfte kennengelernt, jedoch erkannt, daß die meisten der zwölf Stämme innerhalb der eigenen Gesellschaftsordnung bereits zu größter Ausgewogenheit gelangt waren. In der Hauptsache hatten sie nichts anderes getan, als sich dem mühevollen Geschäft des Überlebens zu widmen. Die Gelaminger hingegen hatten sich zu sehr bemüht, die Potentiale der Wraeththu auszuschöpfen; ihre Überzeugungen waren zu einseitig gewesen.

Vielleicht war es falsch *(selbstsüchtig? schwach?)* von mir, daß ich ehrlich in Betracht zog, ein weiteres Zusammentreffen mit Panthera zu vermeiden; vielleicht wäre es bloß eine weise Entscheidung gewesen. Es war schon spät, als ich mich von Pells Seite losriß, um Panthera aufzusuchen. Wir hatten den Morgen damit verbracht, zusammen mit Vaysh – der ein schillernd blaues Auge davongetragen hatte – die Gemächer des Tigrons in Ordnung zu bringen. Ich hatte Pell gegenüber meinen Gefährten aus Jaddayoth bereits erwähnt; fürs erste hatte er Panthera gegenüber kein erwähnenswertes Mitgefühl gezeigt. »Wozu verschwendest du deine Gedanken daran, ihn noch einmal zu sehen? Es ist vorbei, oder?«

»Unser Abschied war eine ziemlich unsaubere Sache. Und ich mag keine unsauberen Sachen. In jedem Fall schulde ich ihm eine ganze Menge. Er verdient mehr, als mit einem Fußtritt vor die Tür gesetzt zu werden.«

»Nun, das wäre es wohl kaum, aber wahrscheinlich hast du recht, Cal. Bleib nicht zu lange weg. Es gibt noch viel Wichtiges zu tun.«

Es war keine einfache Aufgabe. Außerdem hatte ich keine Garantie, daß Panthera sich immer noch in Ashmaels Haus befand, obwohl ich damit rechnete, daß er so lange hierbleiben würde, bis sich zeigte, wie alles lief. Thandrello war größtenteils unversehrt geblieben, doch ein Baumstamm hatte sich durch ein Fenster von Ashmaels Haus gebohrt und einen seiner Diener getötet. Ihn und seine Leute traf ich im Freien vor dem Haus an – Ashmael selbst mit nacktem Oberkörper –, wo sie die Äste von dem zersplitterten Glas zerrten. Als Ashmael mich auf dem Gartenweg erblickte, kam er ohne Hast auf mich zu und fragte mich ziemlich unpersönlich – und fast so, als wäre seit unserem letzten Zusammentreffen nichts passiert – nach Pell. Thiede erwähnte er mit keinem Wort.

»Ich komme in Kürze nach Phaonica hinauf«, sagte

er. »Du und Pell, ihr müßt sofort eine dringende Sitzung der Hegemonie einberufen. Das ist dir doch klar, nicht wahr?«

Bei all den Aufregungen hatte ich wirklich nicht daran gedacht. Pell hatte es ganz gewiß nicht erwähnt, was ich sonderbar fand, denn für ihn als Tigron sollte dies ja wohl – gleichgültig, was um ihn herum vorging – von allerhöchster Wichtigkeit sein. »Wird wohl unvermeidlich sein«, sagte ich.

Ashmael lachte kurz auf. »Angst? Kein Grund dazu. Du hast Glück. Die Hegemonie sollte sich nicht von ihrer denkbar schlechtesten Seite zeigen, weil sie einigermaßen aus dem Häuschen sein wird; schließlich hat sich ihr Gottvater …« Er machte eine beredte Handbewegung. »Pell wird dir sicher erzählen, wie es ihm erging, als er das erstemal der Hegemonie gegenüberstand.«

»Pell hatte aber auch Thiede, der ihn beschützte.« Ich schüttelte den Kopf. »Ach, du lieber Himmel! Werden sie mich fertigmachen, was glaubst du?«

Ashmael machte ein steinernes Gesicht. »Das bezweifle ich. Allein die Tatsache, daß Thiede nicht mehr unter uns ist … nicht mehr unter uns zu sein *scheint*, wird sich für dich als günstig erweisen. Jetzt werden sie in Pell ihre Führungspersönlichkeit sehen. Sie werden es sehen müssen, denn sie hielten sich immerzu für ach, so demokratisch in ihren Entscheidungen, aber in Wahrheit werden sie völlig hilflos sein ohne Thiedes Hirn und praktischen Verstand.«

»Und was macht dich so sicher, daß sie mit Thiede nicht mehr rechnen können?«

Ashmael hob die Brauen. »Vermutungen, Intuition … Wie, zum Teufel, soll ich es wissen, wenn du es mir nicht sagst? Soll ich vielleicht fragen? Hast du ihn umgebracht?«

»Ich glaube, du hast zu viele Gruselgeschichten über mich gehört, Tiahaar!«

»Möglich. Nicht zu ändern. Es gab ja bloß Skandalberichte über dich. Also?«

»Also nehmen wir da nicht eine sehr schwere Angelegenheit auf eine allzu leichte Schulter?«

Ashmael zuckte die Achseln. »Ich hatte noch nie etwas fürs Theatralische übrig. Wenn Thiede tot ist, dann fangen wir an zu tun, was getan werden muß!«

»Vor zwei Tagen hast du noch von Loyalität gesprochen.«

»Das ist doch eine Ewigkeit her! Und Treue über den Tod hinaus ist eine schwerwiegende Sache. Vielleicht werde ich im Licht dessen, was du weißt, meine Parteilichkeiten einer Neuordnung unterziehen. Also los, erzähl mir alles.«

Ich seufzte. »Eigentlich ist es sehr einfach. Thiede ist zum Aghama geworden.«

Nach dieser Feststellung betrachtete Ashmael mich ein Weilchen recht verblüfft. *»Er ist zum Aghama geworden«*, wiederholte er dann langsam. »Heißt das nun, er ist tot, oder nicht?«

»Das heißt, daß Thiede nicht mehr ein Har aus Fleisch und Blut ist. Es heißt, daß er zu jener Gottgestalt geworden ist, als die er sich immer schon konzipiert hat. Wollen wir es so sagen: Durch das Opfern seiner Fleischlichkeit ist es ihm gelungen, jene Stellung zu erklimmen, nach der ihn immer schon verlangt hat.«

Ashmael sah nicht sehr überzeugt drein. »Solche Worte hören sich merkwürdig an aus deinem Mund, Cal«, sagte er.

»Nicht meine übliche Art, nein«, stimmte ich ihm zu. »Wir müssen ein andermal darüber sprechen. Ich bin sicher, viele Hara sind genauso wißbegierig wie du. Und nun muß ich mich um etwas anderes kümmern. Ist Panthera immer noch hier?«

Ashmael nickte gedankenverloren. »Hinter dem Haus. Nimmst du ihn mit nach Phaonica?«

»Niemand nimmt Panthera *irgendwohin* mit! Ich denke, er wird bald nach Ferike zurückkehren.«

»Wie schade.«

Ich lächelte zurückhaltend und wandte mich ab.

»Einen Moment noch!« rief Ashmael mir nach. »Ich habe vor, im nächsten Monat nach Megalithika zu reisen, genaugesagt nach Galhea. Du wirst dich daran gewöhnen müssen, eine berühmte Persönlichkeit zu sein, und Megalithika ist der richtige Ort, um damit anzufangen. Vielleicht solltest du mit mir kommen …«

»Ein aufregender Vorschlag, Tiahaar, aber laß mich bitte erst einmal meine traumatischen Probleme in Immanion ordnen!«

»Selbstverständlich!« Er lächelte liebenswürdig und machte eine leichte Verbeugung. »Nur ein Vorschlag, nicht mehr! Aber bitte denk darüber nach.«

»Ich denke ganz bestimmt darüber nach. Und nun entschuldige mich bitte …«

Er entließ mich mit einer Handbewegung, immer noch lächelnd. Ich war nicht blind. Ashmael hatte von den Steinen gesprochen, die man Pell in den Weg gelegt hatte, als er nach Immanion gekommen war, und ich ahnte bereits, wo die meisten Schwierigkeiten ihren Ursprung genommen hatten. Wie lange es Ashmael wohl für nötig befinden würde, mich auf die Probe zu stellen?

Panthera und Zack hatten die Aufräumarbeiten unterbrochen, machten eine Pause und saßen nebeneinander auf einem Baumstamm, wo sie eine Flasche Wein tranken und einen recht traulichen Eindruck machten. Als sie mich näher kommen sahen, spürte ich ein gewisses Schließen der Reihen. In Pantheras Augen flackerte ein plötzlicher Funken absurder Hoffnung auf, aber nur eine Sekunde lang. Ich trat zu den beiden, nahm Panthera die Weinflasche aus der Hand und tat einen lässigen Schluck, um den Umstand zu verbergen, daß mir dies alles nicht leichtfiel. Panthera konnte sich nicht dazu durchringen, aufzustehen und mich zu umarmen, was mir in einem einzigen Augenblick klarmachte, daß ich ihm fremd geworden war. Er war nicht Teil dessen gewesen, was am Vortag in Phaonica geschehen war; er kannte nur das Resultat. Wir waren beide gefangen in einem verlegenen Schweigen, wobei Zack die Geistesgegenwart besaß, sich rechtzeitig zu empfehlen. Wir sahen seiner Gestalt mit schmerzhaft leeren Sinnen nach. Schließlich fand ich die Sprache wieder: »Wirst du jetzt nach Ferike zurückgehen?«

Er sah mich nicht an. »Ich habe mich eigentlich noch nicht entschieden. Zackala reist demnächst nach Oomadrah, und ich dachte daran, erst einmal zusammen mit ihm dorthin zurückzukehren. Ich habe das unbestimmte Gefühl, daß mir momentan die Stille und Friedlichkeit von Jael bloß auf die Nerven fallen würden.«

»Ah, dann besitzt also das wilde Gesellschaftsleben am Hof von Sykernesse eine gewisse Anziehungskraft für dich, nicht wahr?«

Da blickte er mir ins Gesicht. »Es wäre sicherlich heilsamer für mich, als in Jael herumzusitzen und vor mich hinzubrüten, ja.«

Ich wandte die Augen ab und trat mit dem Fuß gegen einen abgebrochenen Ast.

»Du siehst gut aus«, stellte Panthera fest.

»Möchtest du wissen, was geschehen ist?«

»Nein, eigentlich nicht.«

»Wirst du je hierher zurückkommen?«

Da saß er nun, die Beine von sich gestreckt, stark und jung auf diesem gemarterten, zerborstenen Baumstamm. Wie sehr hatte er sich verändert seit Thaine! Er war gewachsen, in vielerlei Hinsicht. Einen kurzen Moment lang dachte ich daran, wie ich einst in Erwägung gezogen hatte, mich zusammen mit ihm in Ferike zu verkriechen; ich war immer noch im Zweifel, ob das nicht auch jetzt noch das beste wäre für mich. Doch nun hatte sich diese Möglichkeit zu einer Unmöglichkeit gewandelt, und ich mußte zusehen, wie mein lieber Freund von mir weg und in die Welt hinausging. Er würde so viele neue Leute kennenlernen und früher oder später seine tiefempfundenen Gefühle für mich vergessen. So zu denken, war keine Eitelkeit meinerseits, ich konnte diese Gefühle in seinen Augen lesen, ehrlich und rückhaltlos.

»Hierher zurückkommen?« wiederholte er schließlich, zog eine Zigarette aus einem zerquetschten Päckchen, zündete sie an und schleuderte das Päckchen wütend zu Boden. »Soll das dein Ernst sein?«

»Dann ist unsere Freundschaft also beendet?«

»Treib nicht dein Spiel mit mir, Cal. Nicht jetzt. Gut, du willst es hören? Ja, es könnte sein, daß ich hierher zurückkomme, aber dann gewiß nicht, um dich wiederzusehen. Ich möchte nicht unwirsch klingen oder kleinlich oder eifersüchtig, was auch immer. Es *ist* einfach so. Finde dich damit ab. Du hast mich in dem Augenblick aufgegeben, als du gestern hier weggingst. Vielleicht hattest du da immer noch eine Wahl, ich weiß es nicht. Ich werde es nie wissen. Aber jetzt laß mich mein eigenes Leben leben.«

»Du bist verbittert.«

»Tatsächlich?« Er tat ein paar tiefe zornige Züge aus seiner Zigarette. »Das alles ist ziemlich schmerzhaft für mich, Cal, sosehr es mir auch schwerfällt, es zuzugeben. Würdest du jetzt bitte gehen?«

»Gut, wenn du es möchtest«, seufzte ich und wandte mich zum Gehen. Er hielt mich nicht zurück.

Auf halbem Weg zur Straße sagte ich laut: »Verdammt noch mal!« und rannte zurück zu ihm. Er blickte mir entgegen, feindselig und argwöhnisch, doch ich zog ihn trotzdem hoch von seinem Baumstamm und umschlang ihn in einer Umarmung, aus der er sich nur mit Mühe hätte befreien können.

»Ich habe mich nie bedankt bei dir, du arroganter

kleiner Scheißer!« sagte ich, was leichter schien als irgend etwas Rührseliges daherzumurmeln. Doch er blieb angespannt und hielt die Arme steif an sich gepreßt. »Ich bin dir sehr verbunden für alles«, sagte ich, »für alles.«

»Dann sag mir danke«, lächelte er. »Schließlich wirst du nie wieder jemanden haben, der so schön ist wie ich. Dafür ist Dankbarkeit fast zuwenig.« Er preßte mich ungestüm an sich.

»Also bleiben wir Freunde?«

»Ich werde es mir überlegen. In Oomadrah vielleicht. Dann könnte ich zurückkommen und schauen, ob du es ehrlich meinst damit.«

»Ja«, sagte ich, »tu das. Vielleicht brauche ich dann schon dringend ein wenig von deiner rauhen Herzlichkeit, nach all den hochmütigen Gelamingern.«

»Gib bloß acht, daß du nicht selbst einer von ihnen wirst!« Die Weisheit meines Pantherchens, ich darf sie nie vergessen. »Wenn man bedenkt, daß ich bis gestern abend noch wild entschlossen war, für dich in den Krieg zu ziehen!« Er schüttelte den Kopf.

»Und was hat deine Einstellung dazu verändert?«

Er verdrehte schalkhaft die Augen. »Ich glaube nicht, daß ich dir das sagen kann – oder vielleicht doch? Es war Zack.«

»Er hat immer schon die rechten Worte gefunden«, sagte ich düster und etwas enttäuscht.

»Worte hatten damit wenig zu tun«, erwiderte Panthera in dem tapferen Versuch, seine Gefühle zu verbergen, doch mir konnte er keine Sekunde lang etwas vormachen. Wenn etwas Pantheras Einstellung geändert hatte, dann ganz gewiß nicht irgendwelche körperlichen Vorgänge (gleichgültig, welcher Art), sondern nur die unvorstellbar ekstatische Verwandlung des Aghama. Niemand konnte davon unberührt geblieben sein.

Zum letzten Mal tauschten Panthera und ich den

Atem, und die Geräusche rund um uns, die soeben verstummt waren, kehrten wieder zurück, als hätte jemand einen dämpfenden Schleier gehoben. Ich sah Zack in unsere Richtung schlendern und ließ Panthera los. Dieses Stück Vergangenheit war nun wirklich vergangen, nachdem es mir gelungen war, die ausgefransten Enden nach bestem Wissen und Gewissen zu verknoten.

»Ich sollte mich jetzt besser auf den Weg zurück nach Phaonica machen«, stellte ich fest, und diesmal meinte ich es auch so. Panthera winkte mir kurz nach und wandte sich dann wieder seiner Arbeit zu. Auch ich sah mich nicht mehr um, in erster Linie deshalb, weil Zack beschlossen hatte, mich auf dem Gartenweg hinauszubegleiten.

»Wehe, du fügst Panthera *irgendein* Leid zu!« sagte ich.

»Und jetzt hast du sogar die Macht, es zu erfahren, wenn ich es tue, nicht wahr?« Er kickte ein Steinchen vom Weg. »Mach dir seinetwegen keine Sorgen, Cal. Du bist nicht der einzige, der sich verändert hat. Vielleicht hätten wir auf Opalexians Schiff miteinander über die Vergangenheit reden sollen, aber es schien mir die Mühe nicht wert zu sein. Diese unerquickliche Geschichte war letztlich so belanglos! Aber vielleicht sollten wir sie nicht unerwähnt lassen. Hielten wir uns damals nicht für wundervoll? Welch lächerliches Spiel!«

»Und du hast verloren. Wir haben beide verloren. Damals.«

Zack schüttelte den Kopf. »Der Meinung bin ich nicht. Uns war bloß nicht bewußt, daß nichts von alldem irgendeine tiefere Bedeutung hatte. Ich habe dich eine Ewigkeit lang gehaßt, doch dann, eines Tages, wurde mir klar, daß ich wohl das gleiche getan hätte, hätte ich an deiner Stelle auf dieser Mauer gehockt, und *meine* Knarre hätte da unten im Nachbargäßchen gelegen. Wer weiß? Wir waren damals beide widerliche Rotznasen, die das abkriegten, was sie verdienten.«

»Dann denkst du nicht, daß es meine Schuld war? Großartig. Ich war immer so stolz darauf, auch das auf meine Kappe zu nehmen!«

»Ach, komm, niemand hatte Schuld daran! Es war einfach die Art, wie wir lebten: immer mit einem Risiko, immer mit geschlossenen Augen am Rand des Abgrunds. Es ist pure Selbstgefälligkeit, solche Schuldgefühle so lange zu hegen und zu pflegen. Außerdem ist es unerheblich. Tut mir leid, wenn ich dir damit dein eitles schlechtes Gewissen ruiniere!«

»Vielleicht sollte ich froh sein, daß du so denkst. Ich weiß es nicht. Im Moment ist das alles ohnedies so weit in der Ferne. Ich bin gar nicht in der Lage, mir tiefere Gedanken darüber zu machen.«

Zack lachte auf. »Warum solltest du auch? Ich täte es auch nicht. Genieß es, Tigron zu sein, Cal. Der Titel steht dir gut.«

Am Gartentor trennten wir uns, und ich kehrte allein nach Phaonica zurück. Ein bißchen müde, ein bißchen traurig, ein bißchen erleichtert wanderte ich durch die Straßen. Niemand kannte mich hier in Immanion; noch nicht. Ich sah die Gelaminger vor mir, wie sie die Vergangenheit hinter sich ließen, manche mit matten, schmerzerfüllten Gesichtern, andere mit einem Lächeln der Entschlossenheit; sie würden damit fertig werden.

Und dann war da auch noch Pellaz, der auf mich wartete, wie er immer gewartet hatte und immer warten würde. Imstande zu sein, diese luxuriösen Gemächer zu betreten und ihn ganz einfach in die Arme zu nehmen, war ein Wunder, das ich ganz sicher niemals als selbstverständlich betrachten werde. Er war mir so vertraut und doch so neu ... wie eine strahlende Illusion jenes Pell, den ich einst gekannt hatte. Ein Sukkubus/Inkubus, der in der Dunkelheit wartete. Doch nun war heller Tag, und er hielt ein Schinkensandwich in der Hand, von dem der höllisch scharfe Senf tropfte, als er es mir geistesabwesend in den Mund schob.

»Es gibt ein Problem«, sagte er und wischte mir den Senf vom Kinn.

»Ein Problem? Doch nicht ernstlich!« Ich schnappte nach Luft, und die Tränen schossen mir in die Augen, noch ehe ich mir den Bissen umgehend und unzerkaut aus dem Mund holen und auf einem Tischchen deponieren konnte. Der einzig verfügbare Stuhl war mit Kleidern belegt, also setzte ich mich auf den Boden.

»Damit wirst du dich befassen müssen.«

»Worum handelt es sich? Und warum ich?«

»Das Problem ist mein Gemahl, Caeru, und du wirst dich mit ihm befassen, weil du jetzt mein Partner bist, mein Zwilling; aus diesem Grund habe ich auch kein schlechtes Gewissen, wenn ich dich damit belaste.«

»Ah ja, Caeru. Wir haben uns bereits kennengelernt.«

»Ich weiß. Ich habe alles über diese Begegnung bis ins winzigste Detail vernommen. Und zwar etliche Male.«

»War es schlimm?«

»Selbstverständlich! Ich hatte keine Ahnung, was los war. Mein Tigrina, der ja schon im Normalfall von zwanghaften Selbstzweifeln heimgesucht wird, hat nur noch gejammert, wie du ganz gewiß planst, nach Immanion zu kommen, um ihn von seinem Thron zu stürzen. Wobei er natürlich völlig vergaß, sich zu fragen, welche Voraussetzungen meinerseits dazu erforderlich wären, aber so ist Caeru nun einmal. Ich fürchte, daran wirst du dich gewöhnen müssen.«

»Was meinst du damit?« fragte ich mißtrauisch. Ich hatte in meinem geliebten Pell ziemlich rasch einen gewissen Hang zu List und Tücke entdeckt, der, dessen bin ich sicher, früher nicht vorhanden gewesen war.

»Ganz einfach, Cal. Ich meine folgendes: Ich bin Tigron, Caeru ist mein Gemahl. Nun bist auch du Tigron, und er gehört auch dir.«

»*Er gehört auch mir!* Hast du ihm das schon erzählt?« Das hatte nichts mit Widerwillen zu tun. Mir war bereits deutlich geworden, wie beliebt der Tigrina in Almagabra ist. Und wie er selbst festgestellt hatte, war seine Stellung in der Tat unangreifbar. Doch dies war eine Sachlage, die er ganz gewiß nicht bedacht hatte. Und ich auch nicht.

»Nein, natürlich habe ich ihm das nicht erzählt! Manchmal reden wir wochenlang kein Wort miteinander! Ich habe ihn seit dem Tag, als er von Maudrah zurückkam, nicht zu Gesicht bekommen.«

»Aber das ist ja schon Ewigkeiten her!«

»Caerus Launen können noch weitaus länger andauern.«

»*Caerus* Launen?«

Ungeduldig schnappte Pell nach Luft. »Na gut! *Unsere* Launen! Das kannst du ihm sagen, ich bin sicher, er wird hoch erfreut sein. Schließlich stand er ganz unter dem Eindruck, du würdest hier mit einer Bande Söldner aufkreuzen und ihn mit dem Schwert aufspießen. Du sollst ihn ja aufspießen, aber nur, um ihm zu zeigen, welche Stellung ihm zukommt.«

»Pellaz, du kannst aber widerlich sein!«

»Ich dachte, das würde man von mir gelegentlich erwarten. Das ist dein Verdienst.«

»Ich habe dich nicht in Blutsbanden mit Caeru vereint, oder? Das war deine Entscheidung!«

»Glaubst du? Ich hatte gar keine andere Wahl. Eines Tages werde ich – *werden wir* – Erben brauchen. Thiede hat Caeru für diese Funktion vorgesehen.«

»Welche Gefühllosigkeit! Aber können wir beide denn jetzt denn nicht selbst für unsere Erben sorgen?«

»Caeru ist der Tigrina, Cal. Das kann man nicht ungeschehen machen. Außer du willst ihn tatsächlich mit dem Schwert aufspießen. Glaubst du, wir würden ungestraft davonkommen?«

Ich seufzte. »Wo ist er?«

Pellaz lächelte triumphierend. »Vaysh wird dich zu ihm führen. Vaysh!!!«

Ich gestehe, es amüsierte mich einigermaßen, wie weit Caerus Gemächer von jenen Pells entfernt lagen. Ganz offensichtlich fanden die beiden die Nähe des anderen durchaus entbehrlich. Mir fiel es ziemlich schwer, den Pell, der jemanden so abweisend behandeln konnte, mit dem mitfühlenden jungen Geschöpf gleichzusetzen, das ich in Megalithika gekannt hatte. Ich sagte mir: Natürlich mußte er sich ändern! Niemand in einer solchen Position kann so treuherzig und naiv bleiben! Aber ich hatte dennoch ein unbehagliches Gefühl deswegen. Reiner Egoismus von mir. Hatte ich wirklich erwartet, der junge Pellaz würde sich für mich völlig unverändert bewahren, nur damit ich mir jetzt beglückt schöne Momente aus der Vergangenheit vergegenwärtigen konnte?

Voll des Staunens über die nun glanzlos gewordene Pracht Phaonicas folgte ich Vaysh durch Hallen und Korridore, über umgestürzte Möbel und herabgefallene Wandteppiche. Vaysh sagte zu mir: »Caeru wird mit seiner Weisheit am Ende sein, wenn er das hört. Vielleicht verliert er den Verstand.« Er lächelte. »Vielleicht wird er sogar gefährlich. Darf ich dabeisein und zusehen?«

»Meiner Ansicht nach bestärkt ihr beide, du und Pell, einander noch in dieser schroffen Behandlung des Tigrina«, sagte ich und meinte es ganz ernst, doch es hörte sich ziemlich spöttisch an.

Vaysh hob die Schultern. »Du hast wahrscheinlich recht. Aber du mußtest ja das Leben mit ihm nicht aushalten.«

»Ist das nicht traurig? Er tut mir irgendwie leid.«

»Cal, Cal, du enttäuschst mich! Dabei hat Pell deinen klugen Sarkasmus immer so bewundert. Hab kein Mitleid mit Caeru, laß einfach deinen Talenten freien Lauf!«

Wenn Pell gelernt hatte, hart zu sein, dann hatte ich gelernt, zumindest etwas verständnisvoller zu handeln. »Sag ihm, ich bin zum Dinner gekommen«, sagte ich.

Vaysh zog eine Grimasse, schob einen zerrissenen Vorhang zur Seite und klopfte an eine hohe Tür.

Das nervöse Gesicht eines Dieners erschien. »Sag dem Tigrina, der Tigron möchte ihn sprechen«, befahl Vaysh ihm gebieterisch. Er sah mich an und wiederholte mit nervtötender Verbindlichkeit: »Sag ihm, der Tigron ist zum Dinner gekommen.«

Wir traten ein. Hinter der Tür herrschte ein unfaßbares Durcheinander, und über allem hing eine Atmosphäre verzweifelter Trostlosigkeit.

»Vaysh«, sagte ich.

Erwartungsvoll zog er eine Braue hoch. »In Ordnung, ich weiß«, nickte er dann. »Ich kann gehen. Du brauchst es nicht auszusprechen, obwohl ich dazu feststellen möchte, daß ich nicht oft Befehle des Tigrons entgegennehme.«

»Ich habe kein Wort gesagt.«

Er lächelte. »Das ist auch nicht notwendig. Amüsier dich gut.«

So ging ich also allein weiter durch den Raum, ein kleines, einstmals elegantes Vorzimmer mit vielen Türen. Eine stand offen, und ich erblickte einen schlanken schwarzhaarigen Har in dem Zimmer dahinter, der damit beschäftigt war, Dinge vom Boden aufzuheben. Sein Gesicht kam mir irgendwie bekannt vor, also blieb ich in der Tür stehen.

»Brauchst du Hilfe?«

Er sah zu mir auf. Ich war zwar ein Fremder, aber Katastrophen bringen die Leute einander näher, also sagte er: »Nein, nicht nötig, ich schaffe das schon. Ich war verreist, und heute haben sie mich zurückgerufen. Ist Thiede wirklich tot? Was ist eigentlich geschehen?«

»Eine Ära ist zu Ende gegangen«, antwortete ich. »Zerstörung, Wiedergeburt, solche Dinge, verstehst du?«

Der Har lächelte und rieb sich die Hände. »Nicht im entferntesten. Aber auch aus meinem Träger kann ich kein vernünftiges Wort herausbekommen. Wolltest du ihn besuchen?«

»Das hängt davon ab, wer dein Träger ist.«

»Entschuldige.« Er streckte mir die Hand hin. »Ich bin Abrimel, der Sohn des Tigrons.« Behutsam drückte ich die Hand. Wie dumm von mir. Ich hatte nicht erwartet, daß Caeru bereits einen Erben zur Welt gebracht haben könnte, ebensowenig wie Pell es für nötig erachtet hatte, es mir gegenüber zu erwähnen. Vermutlich deshalb nicht, weil Abrimel, wenn man die Lebenserwartung der Wraeththu in Betracht zog, zu dem Zeitpunkt, da Pell seinen Thron übergeben würde, bereits zu alt sein sollte, um ihn zu übernehmen. Wie auch immer, die Existenz dieses jungen Hars brachte mir zum Bewußtsein, daß es irgendwann vor langer Zeit zwischen Caeru und Pell auch anderes gegeben haben mußte als nur Feindseligkeit. Jetzt sah ich auch die Ähnlichkeit zu Pell in Abrimels Gesicht; das war es, was mir darin bekannt geschienen hatte.

»Dann ist Caeru dein Träger.«

Er nickte. »Ja. Er muß irgendwo in der Nähe sein. Ich kenne dich nicht, tut mir leid. Sollte ich dich kennen? Möchtest du, daß ich ihn hole?«

»Nein. Vermutlich hat man mich schon angemeldet. Mein Name ist Cal. Vielleicht hast du bereits von mir gehört.« Ich kam zu dem Schluß, daß es wohl besser wäre, meinen neuen Titel im Moment noch nicht zu erwähnen.

Abrimels Gesicht verdüsterte sich augenblicklich, obwohl er den höflichen Versuch machte, dies zu überspielen. »Man könnte sagen, daß mir dein Name bekannt ist«, stellte er fest. »Mein Vater ist doch wohlauf?«

»Ja, gewiß. Aber was du auch über mich gehört haben magst, bitte brich nicht den Stab über mich, ehe du mit ihm gesprochen hast.«

»Mit mir spricht mein Vater nicht über dich.«

»Ich denke, jetzt wird er es tun.«

Abrimel verzog nachdenklich den Mund. Dann warf er das Bündel Kleider, die er eingesammelt hatte, wieder hin; es waren Caerus Kleider, elegant und zerfetzt. »Ich hatte vor, den Tigron erst morgen zu besuchen«, sagte er. »Caeru braucht mich im Moment mehr. Wie ich schon sagte, ich kann kein vernünftiges Wort aus ihm herausbekommen. Was wolltest du von ihm?«

»Ich finde, darüber solltest du mit Pellaz sprechen«, sagte ich; ganz gewiß würde ich mich damit nicht befassen. Hier handelte es sich um reine Familienangelegenheiten, und obgleich ich mich nun wohl als Mitglied der Familie betrachten sollte, war ich ein noch sehr neues Mitglied und aus diesem Grund befreit von der Bürde interner Streitigkeiten. Abrimel war unsicher.

»Ich werde Caeru keinerlei Schaden zufügen, das verspreche ich dir. Bitte geh und sprich mit deinem Vater.«

»Hat er dich hergeschickt?«

»Ja.«

»Na gut!« Entschlossen schritt Abrimel zur Tür hinaus, das Gesicht verfinstert von hundert plötzlich aufgetauchten Fragen.

Ich lächelte in mich hinein, bückte mich und hob die Kleider wieder vom Boden auf, um sie über eine Stuhllehne zu breiten. Als ich mich erhob, stand Caeru in der Tür und starrte mich an. Seinem Gesichtsausdruck nach zu urteilen, hätte es mich nicht überrascht, wenn er eine Axt hinter dem Rücken hervorgeholt hätte und sie wild schwingend auf mich zugestürmt wäre. Er tat nichts dergleichen, sondern sagte nur: »Mach, daß du hier wegkommst! Augenblicklich!«

»Du freust dich gar nicht, mich zu sehen, habe ich recht?« bemerkte ich leichthin. Eine unmittelbar bevorstehende Attacke erschien mir immer noch denkbar; Caerus Fäuste hingen geballt herab, sein Haar war in Unordnung, die Kleider waren zerrissen und schmutzig, und in seinem Gesicht sah ich Kratzer und getrocknetes Blut. Er sah aus, als hätte er seit Tagen nicht geschlafen oder gebadet, und dennoch wirkte er unleugbar anziehend. Er besitzt jene Art von Attraktivität, die ihn selbst in Sack und Asche noch gut aussehen ließe.

»Ich weiß, was geschehen ist«, sagte er, indem er meine Bemerkung überhörte. »Du hältst mich für dumm, nicht wahr? Ihr haltet mich beide für dumm.«

»Ich komme, um mit dir zusammen zu Abend zu essen«, sagte ich. »Versuchen wir doch, uns zivilisiert zu benehmen.«

»Zivilisiert! Du hast mein Heim zerstört!« schrie er gellend auf und fuchtelte mit den Armen. Instinktiv trat ich einen Schritt zurück, als er auf mich zukam und mir seinen Ärger entgegenkreischte.

»Hör zu!« sagte ich, als er bis auf Armeslänge an mich herangerückt war und ich bereits mit dem Rükken zur Wand stand. »Laß den Unsinn, Caeru. Ich bin Tigron, Pell ist Tigron, du bist es nicht. Wir müssen miteinander reden. Niemand sagt dir, du sollst dein Köfferchen packen und verschwinden. Also beruhige dich wieder, denk daran, wer du bist, und sieh zu, daß deine Leute uns das Essen servieren. In Ordnung?«

Er schnaubte in seinem Anfall mühsam unterdrückter, schäumender Wut. »Das werden sie auf der Terrasse tun müssen«, keuchte er mit erstickter Stimme. »Hier drinnen liegt alles in Trümmern!«

»Ach, komm schon, so schlimm ist es auch wieder nicht. Bloß ein bißchen Unordnung.«

»Auf der Terrasse«, sagte er. »Würdest du mir folgen?«

Es war Abend, warmer, duftender Abend. Unter meinen Füßen leuchteten die Steinplatten türkis. Von der Terrasse aus sah man die halb eingestürzten Türme von Immanion dunkel gegen den blutroten, rauchigen Sonnenuntergang, und dahinter glitzerte das Meer wie polierter Stahl. Ein schmiedeeisener Tisch war in aller Eile aufgestellt und mit einem fransenbesetzten Tuch gedeckt worden. Riesige Polstersessel aus irgendeinem verlassenen Salon standen auf beiden Seiten des Tisches und wirkten ziemlich deplaziert. Einer der Holzfüße in Prankenform war abgebrochen.

»Du solltest lieber lernen, freundlich zu sein«, sagte ich.

»Ist das Erpressung oder einfach eine simple Drohung?« erwiderte Caeru, als er sich mit graziöser Bewegung setzte.

»Keins von beidem. Öffne die Augen, Tigrina! Wenn du der Gemahl des Tigrons bist, dann bist du – in Anbetracht all dessen, was vorgefallen ist – auch der meine!« Ich ließ diese Worte wirken, ehe ich mich ihm gegenübersetzte.

Caeru schwieg, offenbar hatte es ihm die Sprache verschlagen. Ich genoß den Anblick, schüttelte eine Serviette aus und ließ sie auf mein Knie sinken; die Diener brachten Wein und reichten Caeru ein Glas, damit er davon kostete. Er winkte es mit einer Handbewegung zur Seite, worauf ich es nahm. »Sehr gut«, sagte ich. »Gieß dem Tigrina ein großes Glas ein.«

Starr blickte Caeru auf den Tisch nieder, auf die zitternden Finger seines Dieners und auf den Wein, der aufs Tischtuch spritzte. »Das ist eine Farce. Ich kann nichts essen«, erklärte er. »Hast du ernsthaft gemeint, was du soeben sagtest? Es ist einfach zu widerlich, um darüber nachzudenken.«

»Noch widerlicher als dein bisheriges Leben hier?« erkundigte ich mich taktvoll.

Caeru legte den Kopf zur Seite und seufzte. »Also gut. Ich bin müde, ich bin erschöpft. Ich kann nicht kämpfen. Wenn es weniger Zeit und Mühen kostet, dann gebe ich nach. Ich gebe nach! Was willst du nun von mir?«

»Nichts. Trink deinen Wein und iß. Ashmael will eine dringende Sitzung der Hegemonie einberufen; sie wird morgen stattfinden, nehme ich an, obwohl mir das ziemlich spät erscheint ...«

»Nein, sie wird noch heute nacht stattfinden«, korrigierte mich Caeru und sah mich nachdenklich an. »Sie verlieren keine Zeit. Vermutlich werden sie dich holen lassen, sobald sie soweit sind.«

»Du meinst, nachdem sie damit fertig sind, hinter meinem Rücken über mich herzuziehen?« *(Aha! Ein Verdacht kam mir, ein unerfreulicher Verdacht ...)*

»Ganz recht.« *(Das bestätigte ihn.)*

»Nimmst du an solchen Sitzungen teil?«

»Wenn sie mich betreffen, ja. Ansonsten nicht. Genau wie alle anderen. Doch heute nacht werde ich ganz gewiß anwesend sein.«

Und ich auch! Seit meiner Konfrontation mit Thiede zogen in meinem Kopf vage Ideen, den Tigrina betreffend, herum – sehr abstrakte Ideen. Ich überließ mich einem warmen Gefühl des Unmutes, weil mein geliebter Pell mich zu einem Geplänkel mit Caeru gescheucht hatte, damit ich aus dem Weg war, wenn er die Sitzung der Hegemonie einberief und sie eröffnete, ohne es mir auch nur zu sagen! Mein alter Pellaz hätte so etwas nie getan. Richtig, hin und wieder hatte seine naive Aufrichtigkeit an meinen Nerven gezerrt, doch zumindest hatte ich immer gewußt, was in seinem Kopf vorging. Jetzt war ich dessen nicht mehr so sicher. Der geneigte Leser darf mich hier an meine Beobachtung erinnern, wonach schöne Hara klug, schlau oder mächtig sind ...

Pellaz war beängstigend schön, und ich war nicht mehr länger davon überzeugt, die anderen Eigenschaften von seiner Charakterisierungsliste streichen zu können. Jetzt hielt er wohl mich für naiv! Doch wenn wir miteinander leben sollten – was wir mußten –, müßten wir unsere Emotionen zügeln; höchstmögliche Verschlagenheit galt es hier an den Tag zu legen. Aber ich hatte immer noch ein As im Ärmel. Nein, nein Liebling; du wirst mich nicht nach Lust und Laune herumschieben! Wirklich nicht.

Der erste Gang wurde aufgetragen. Pikanter Fisch in einer würzigen Sauce und dünne Scheiben Toast. Caeru saugte an einer Zitronenscheibe, wollte aber nichts essen.

»Traust du mir nicht?« fragte ich. Das Essen war wirklich ausgezeichnet.

»Welch dumme Bemerkung!«

»Warum? Ich kann aus deinem Leben etwas viel Besseres machen, wenn ich das will – und wenn du es willst, natürlich.« Ich hatte bereits in schneller Folge zwei Gläser in mich hineingeschüttet, und der Wein war außergewöhnlich stark.

»Ach, kannst du das tatsächlich? Da bin ich dir aber sehr verbunden.«

»Ja, das solltest du auch sein. Wenn Pell sich dir gegenüber scheußlich verhalten hat, dann deshalb, weil er sich in die Irre geführt und verbittert fühlte. Es gibt keinen Grund, weshalb sich euer Verhältnis zueinander jetzt nicht bessern sollte. Es kann ja nicht immer so schlecht gewesen sein, oder? Eine Empfängnis, zum Beispiel, setzt mehr voraus als bloß sinnliche Lust.«

Caerus Lippen waren ganz bleich geworden, und daran war nicht nur der Zitronensaft schuld. »Ich sehe, das Talent, andere Leute zu schockieren, ist eine deiner hervorstechendsten Fähigkeiten. Soll ich mich davon beeindrucken lassen? Was in der Vergangenheit zwischen dem Tigron und mir vorgefallen ist, geht dich überhaupt nichts an. Und was deine Behauptung betrifft, du könntest die Dinge zwischen uns wieder ins Lot bringen – was an sich schon ein überheblicher Gedanke sondergleichen ist! –, hast du dabei nicht eines vergessen? Hat er für die Liebe nicht jetzt dich?« Caeru hob die Hand an die Lippen und schüttelte den Kopf, als wolle er diese letzte Bemerkung ungesagt machen.

»Nun, wie ich schon bemerkte, Pellaz und ich sollten ab jetzt als Einheit betrachtet werden. Glaubst du nicht, daß ich angesichts dessen nicht nur im politischen, sondern auch in unserem Gefühlsleben ein Wörtchen mitzureden habe?«

Wiederum schüttelte Caeru den Kopf. »Cal, bist du einfach ein alberner Romantiker – oder weißt du etwas, das ich nicht weiß?«

Ich lächelte geheimnisvoll. »Iß jetzt«, sagte ich, »dann geh und wasch dir das Gesicht und kämm dir das Haar. Komm mit mir zum Hegalion. Wir wollen ihnen eine Überraschung bereiten.«

Das Hegalion war unbeschädigt, ein gewaltiges eindrucksvolles Gebäude, etwa eine Meile von Phaonica entfernt. Wie von Caeru vorausgesagt, war die Sitzung der Hegemonie bereits seit einiger Zeit im Gange, als wir dort anlangten. Vermutlich hatte man zuvor in aller Eile Ordnung gemacht, denn man sah keine Spur irgendeiner Verwüstung. Säulen aus poliertem Stein und teppichbelegte dunkle Treppen verliehen dem Gebäude eine Aura würdevollen Ernstes. Kaum standen wir in der Halle, eilte uns ein Türhüter in schwarzer Livree entgegen und verbeugte sich vor dem Tigrina. Er geleitete uns über eine breite Treppe und durch den Haupteingang in den großen Sitzungssaal. Als erstes erblickte ich Pellaz am Ende eines langen niedrigen Tisches, das Kinn in die Hand gestützt. Um den Tisch saßen, mit einigen leeren Plätzen zwischen den Stühlen, eine Anzahl Hara und lauschten einem Sprecher, der sich erhoben hatte. Welch eine Überraschung: Es handelte sich um Ashmael! Die Galerie war zum Bersten voll mit einem unruhig auf den Sitzen herumrutschenden Publikum – alles Hara, die die besten Kleider trugen, die ihnen geblieben waren.

Pell blickte auf und sah mich; er schien augenblicklich hellwach und fragte sich vermutlich, wie ich hergekommen war. Dann schweifte sein Blick kurz zum Tigrina, der einen Schritt hinter mir stehengeblieben war, und ein kaum wahrnehmbares Hohnlächeln überflog sein Gesicht. Ich erriet seine Gedanken. Er dachte, Caeru könne es nur darum gehen, ihm Unbehagen zu verursachen, indem er mich herbrachte. Sollte er es nur eine Zeitlang denken, es war ganz gleichgültig.

Mit einemmal wurde es völlig still. Dann bot mir jemand an, mich zu einem Stuhl zu führen, und ein leises Raunen erhob sich auf der Galerie und lief von einem Ende zum anderen.

»Nein!« befahl Pell, als ich zu einem der leeren Stühle trat. »Er sitzt hier bei mir! Cal?«

Caeru hatte bereits Platz genommen und starrte seine Hände an, die reglos auf dem Tisch lagen. Ich packte ihn am Arm, hob ihn vom Stuhl und zog ihn hinter mir her ans Ende des Saales. Er wirkte viel zu erstarrt, um zu protestieren. Pell hielt meinen Blick mit dem seinen fest. Er wollte mir sagen: ›Nein, der Tigrina sitzt da drüben bei den anderen!‹, ohne es tatsächlich auszusprechen. Er wußte, daß ich es nicht beachten würde. Das Flüstern und Murmeln hatte aufgehört; nun herrschte tiefe Stille im großen Saal des Hegalions, und die Anwesenden hielten erwartungsvoll den Atem an. Alle beobachteten mich und fragten sich wohl, was nun geschehen werde. Pells Stuhl stand höher als die übrigen; nun sah er mich zwar mißtrauisch an, aber auf seinem Gesicht lag auch ein leises Lächeln. Ich merkte, daß er in gewisser Weise stolz war auf meine Eigenmächtigkeit, ungeachtet dessen jedoch versuchen würde, mich niederzuringen. Das würde ich natürlich nicht zulassen. Doch Pell hatte von der Macht gekostet; er erwartete, alle, bis auf Thiede, würden ihm gehorchen.

Ich trat hinauf auf das Podium, Caeru an meiner Seite, drehte Pell den Rücken zu und wandte mich an die Hegemonie. Ashmael lächelte breit, geradezu trunken vor Wonne.

Ich sah von einem zum anderen und sagte: »Es enttäuscht mich, daß ihr es für richtig erachtet habt, diese Zusammenkunft ohne mich zu beginnen, um so mehr, da ich von so weit hergekommen bin, um hier zu sein, und in so kurzer Zeit soviel für unsere Rasse erreicht habe. Dafür bin ich auch unserer Schwesterrasse, den Kamagrern, Dank schuldig, ganz besonders ihrer Hohenpriesterin Opalexian, ohne deren Beistand eine Weiterentwicklung der Wraeththu nicht möglich wäre.« Bei diesen Worten tönte hitzig aufwallende Entrüstung durch den Saal.

Jemand, den ich nicht kannte, sprang am anderen Ende des Tisches auf. »Hättest du die Freundlichkeit, diese Behauptung näher zu erläutern, Tiahaar? Willst du damit sagen, daß sich ohne unser Wissen irgendwo auf der Welt eine andere Rasse entwickelt hat, und hätte ich Grund zu der Annahme, daß diese *Kamagrer* weiblichen Geschlechts sind?«

»Was haben sie mit uns zu tun?« rief ein anderer dazwischen.

Konnte ich da einen leisen Hauch von Panik heraushören? Sollten sie nur warten auf eine Erklärung! Ich hob die Hand, um sie zum Schweigen zu bringen, und schüttelte den Kopf. Hinter mir hörte ich Pellaz tief und langsam ausatmen. Ein spitzer Pfeil aus Gedanken bohrte sich in die meinen: Was, zum Geier, tust du denn da? Setz dich hin und halt den Mund, bevor du dich rettungslos blamierst!

Ich ignorierte es. »Ich werde sehr viel Zeit haben, um

über die Kamagrer, ihre jetzige und ihre zukünftige Beziehung zu den Wraeththu ins Detail zu gehen. Jetzt ist etwas ganz anderes von Belang, und das muß umgehend klargestellt werden. Wie ihr zweifellos alle bereits wißt, ist der Aghama nicht mehr ausschließlich ein Geschöpf dieser Erde. Das heißt jedoch nicht, daß er uns verlassen hat; keineswegs. Thiede steht nun *über* uns; er existiert in einer Dreiheit mit dem Tigron Pellaz und mir. Vermutlich hieße es, euren Verstand zu beleidigen, wiese ich euch darauf hin, daß alles, was auf geistiger Ebene existiert, seinen materiellen Widerpart haben muß. Wenn ich es also doch tue, dann nicht des Hinweises wegen, sondern lediglich um das, was ich zu sagen habe, in den rechten Zusammenhang zu rücken. Also, wie schon erwähnt: drei in einem. Und was auch immer der eine oder andere von euch über mein Kommen gedacht hat, es geschah nicht, um Caeru Meveny aus seiner Funktion zu verdrängen. Er hat seine Aufgabe so wie wir alle, und es ist eine wichtige Aufgabe als weltlicher Kontrapunkt zum Aghama. Das wollte ich ein für allemal klarstellen.«

»Wem?« hauchte mir Ashmael nur für mich allein bestimmt zu.

»Mir«, antwortete Pell resigniert mit halblauter Stimme; sichtlich hatte er erwartet, daß Ashmael nicht ohne Kommentar daran vorbeigehen würde.

Ich wandte mich zu Pellaz um und streckte ihm die Hand hin. Er verzog ein wenig das Gesicht, ergriff sie jedoch einigermaßen bereitwillig. Dann sah ich Caeru an. »Drei in einem?« fragte ich und hielt ihm die andere Hand hin. Er nahm sie, als wäre sie ein heißes Eisen; seine Finger waren eiskalt. »Pellaz?« Einen Augenblick lang dachte ich, er werde sich weigern, doch dann lächelte er spöttisch. »Offenbar bestehst du darauf«, sagte er, wohl wissend, daß er gar keine andere Wahl hatte. Er ergriff Caerus freie Hand und schloß den Kreis.

»Denk an die Vergangenheit«, sagte ich. »An die guten Dinge.«

»An wessen Vergangenheit?« fragte Pellaz, aber er wußte es.

Wir öffneten uns, und die Substanz aus Tigron/Tigrina verwirbelte sich zu einem vielfarbigen Lichtkegel über unseren Köpfen. Bei Pell ging das mühelos vonstatten – kein Wunder bei der Schulung, die er durch Thiede genossen hatte. Es gab noch einiges, was Caeru und ich lernen mußten, doch eines Tages würden wir alle zusammen furchterregende Kräfte aufbringen. Das war die irdische Triade. Nicht einmal Pell konnte sie in Frage stellen. Über uns Thiede, unter uns Caeru. Eine absolute Unumgänglichkeit. Aus uns würden die starken Erben entstehen müssen, die diese konfuse Rasse mit so großem Potential in die Zukunft führen würden. Wir erhoben die Hände, um das Licht kreisen zu lassen, und Ashmael war der erste, der aufstand und applaudierte. Innerhalb von Sekunden taten es ihm alle gleich.

Im Vergleich dazu schien der Rest der Sitzung aus nichts als leichtem Geplauder zu bestehen. O ja, es gab viel zu besprechen. Den Wiederaufbau – die Realität. Was entstehen sollte, was existierte. Und was als angespannte und formelle Angelegenheit begonnen hatte, wurde zu einer ungezwungenen Diskussion. Der Protokollführer hatte Mühe mitzuschreiben. Ich verursachte einen Tumult, als ich aufstand und vorschlug, dem auf der Galerie sitzenden Volk von Immanion zu erlauben, das Wort zu ergreifen. Obwohl für gewöhnlich ein ziemlich zurückhaltender Stamm, schienen die Gelaminger plötzlich begierig, ihre persönlichen Ansichten vorzubringen – gelegentlich zugleich mit etlichen anderen Hara. Caeru machte den Vorschlag, Abrimel zu gestatten, an den Sitzungen der Hegemonie teilzunehmen, da er alt und verantwortungsbewußt genug dafür sei. Die Erlaubnis wurde erteilt. Auf den

Vorschlag einer ganz besonders kräftigen Stimme von der Galerie hin wurde außerdem beschlossen, daß jedes Jahr drei Mitglieder aus dem Volk dazu auserwählt sein sollten, im Hegalion Sitz und Stimme zu haben. Es wurde taktvoll darauf hingewiesen, daß die gegenwärtige Hegemonie möglicherweise etwas abgehoben vom Alltagsleben sein könnte und solche neuen Mitglieder eine breitere Perspektive diesbezüglich einbringen mochten. Auch der Rat der vereinigten Stämme würde einer Reorganisation unterzogen werden müssen. Übereinstimmend wurde festgestellt, daß die Zukunft der Wraeththu offensichtlich soeben in Jaddayoth im Entstehen war und Vertreter der zwölf Stämme eingeladen werden sollten, an der Neugestaltung von Megalithika mitzuarbeiten – eine Aufgabe, die für Galhea allein in Wahrheit ohnehin nicht zu bewältigen wäre, auch wenn es dabei die Unterstützung von Immanion genoß. Hier bot sich mir der ausgezeichnete Zeitpunkt, die Kamagrer wieder ins Gespräch zu bringen. Anfangs schienen alle dem Thema ein wenig prüde gegenüberzustehen, doch Pell wies flink darauf hin, daß es sich hiebei um einen typisch menschlichen Defekt handle, den es zu vermeiden gelte.

»Wenn es sich so verhält, daß wir unsere Welt mit einer Rasse von Androgynen teilen müssen, die im Aussehen femininer wirken als wir, dann sollten wir uns darüber freuen«, sagte er. »Schon lange versuche ich mich damit abzufinden, daß die Frau als göttliche Form gezwungenermaßen aussterben wird. Und nun bin ich sehr froh, daß es nicht so ist. Sind wir denn immer noch so stark mit den charakterlichen Mängeln der menschlichen Rasse behaftet, daß wir alles ablehnen, was anders ist als wir selbst? Haben wir nicht erfahren, welchen Preis der Mensch für diese Dummheit bezahlen mußte? Daher sollten wir als wahre Wraeththu die Kamagrer als jene willkommen heißen, die sie sind, nämlich unsere Schwestern, und mit ihnen zusammenarbeiten. Wie Cal schon betonte: Ohne ihre Hilfe wären wir alle, Thiede eingeschlossen, noch lange den falschen Weg gegangen. Vielleicht für alle Zeiten – oder so lange, bis eine andere Rasse gekommen wäre und unseren Platz eingenommen hätte, so wie wir jenen der Menschheit eingenommen haben. Denkt gut darüber nach, Tiahaara. Müssen wir nicht auch Demut fühlen, um wahre Größe zu zeigen? Müssen wir nicht auch geben, um nehmen zu dürfen? Und falls sich die Kräfte der Kamagrer als stärker erweisen als die unseren, dann sollten wir deswegen keinen Unmut verspüren, sondern es als das sehen, was es in Wahrheit wäre: eine großartige Gelegenheit zu lernen.« Initiative ist auch eine jener Facetten an Pellaz, an die ich mich noch gewöhnen muß.

Ich hielt die Zeit weder für reif, ihm zu verraten, daß Kate, seine gute Freundin, eine Kamagra war, noch daß sie seit langem Opalexians Augen und Ohren in Immanion verkörperte. Vielleicht wollte sie ihm das selbst sagen. Ich hatte sie immer noch nicht zu Gesicht bekommen. Soweit ich mich erinnere, habe ich mich bei unserer letzten Begegnung (vor einer Ewigkeit) ein wenig grob ihr gegenüber benommen. Das war zu jener Zeit, als ich Frauen haßte, weil ich sie tief in meinem Innersten beneidete. Seltsam, daß ich mir das nun eingestehen kann. Aber vielleicht kommt es daher, daß ich nun gelernt habe, durch und durch Wraeththu zu sein, mich selbst, so wie es den Tatsachen entspricht, als sowohl weiblich wie auch männlich zu betrachten und nicht bloß als ein leicht modifiziertes männliches Wesen. Eine Lektion, die sicher viele erst lernen müssen, denke ich.

Und nun habe ich meine Geschichte so ziemlich auf den neuesten Stand gebracht. Ich werde mich wohl noch an vieles gewöhnen müssen. Manchmal werden Pell und ich, dessen bin ich ganz sicher, einander noch weidlich hassen, weil wir uns beide sosehr verändert haben. Das war notwendig, denn wären wir ewig gleich geblieben, könnten wir als Paar nicht leben. Dennoch ist es schwer. Manchmal ist er ein Fremder für mich, und ich muß fast gegen eine gewisse Furcht vor ihm ankämpfen. Manchmal ertappe ich mich dabei, wie ich zu Caeru gehe, um dieser Furcht, dieser Ausstrahlung von Kraft zu entgehen, doch mit der Zeit muß ich das immer seltener tun. Wir haben wieder lieben gelernt. Das entschädigt uns für alle jene schlechten Zeiten.

Nach einer Zeremonie vorgestern im Tempel aßen Pellaz, Caeru und ich gemeinsam auf Caerus Terrasse – und das in angenehmer Atmosphäre. Wir sprachen über Galhea. Als er erfahren hatte, was mit mir geschehen war, hatte Swift keine Zeit verloren und sich umgehend mit mir in Verbindung gesetzt. Er schlug vor, sich mit mir zuerst einmal in Immanion zu treffen, ehe ich Immerdar einen neuerlichen Besuch abstattete. (Er hatte meinetwegen wohl immer noch seine Unannehmlichkeiten mit Seel …) Er sagte auch, er würde es sehr begrüßen, Tyson mitbringen zu können, und das war mehr eine Feststellung als ein Ersuchen. Ich hatte gefragt, wie Tyson darüber dachte; mein Sohn war jetzt etwa dreißig Jahre alt – ein verwirrender Gedanke. »Er ist wie du«, hatte Swift geantwortet, was vermutlich heißen sollte, er und Cobweb wollten Tyson das immer noch glauben machen. Ich hatte mich einverstanden erklärt, aber etwas widerwillig. Zweifellos hegte Ty ähnliche Gefühle. Ich wünschte mir, ihn wiederzusehen, befürchtete aber anfängliche Kommunikationsschwierigkeiten. Er könnte mir immer noch grollen, weil ich ihn in Galhea zurückgelassen und nie den Versuch gemacht hatte, Verbindung zu ihm aufzunehmen.

Ich erzählte Pell und Caeru alles über Galhea und brachte sie mit Anekdoten von Cobwebs bisweilen absurdem Verhalten zum Lachen, wobei sie gewiß annahmen, ich übertriebe, was jedoch nicht der Fall war. Ich sagte: »Cobweb haßte mich aus tiefster Seele, und zwar eine geraume Weile. Aber daraus kann ich ihm wohl keinen Vorwurf machen.«

»Und doch standet ihr beide euch schließlich recht nahe«, bemerkte Caeru versonnen.

Eine gewisse Verlegenheit überkam uns alle. Das Verhältnis zwischen Pell und Caeru war immer noch ziemlich kühl.

Pell fragte: »Rue, willst du wissen, weshalb ich dich gehaßt habe?«, und mit einemmal war die Atmosphäre eisig.

Caeru rieb sich die Arme. »Wenn du es mir erklären willst«, sagte er und meinte: »Nein.«

»Das geschah deshalb, weil ich wollte, du wärst Cal, und du es nicht warst. Ich hatte das Gefühl, du nähmst seinen Platz ein, und wenn ich es zuließe, dich zu lieben, würde ich diesen Umstand noch untermauern und genau das tun, was Thiede von mir wollte. In gewisser Weise war es reiner Starrsinn meinerseits. Es muß dich tief getroffen haben. Ich will mich nicht entschuldigen, das würde bloß pathetisch klingen nach soviel seelischer Grausamkeit. Also öffnen wir einfach noch eine Flasche Wein und reden wir über etwas anderes, ja?«

Nun war es ausgesprochen; und darauf kam es an. Ich fing Caerus Blick auf und kniff ein Auge zusammen. Er lächelte zurück. Manchmal wird es sich wohl als notwendig für uns beide erweisen, uns gegen Pellaz zusammenzutun und sein Ego in Grenzen zu halten. Hoffentlich nicht allzuoft.

Schließlich wurde es zu kalt im Freien, und wir standen auf und gingen nach drinnen. Einer von Caerus Dienern ging rundum, zog die Vorhänge zu und schaltete jene Lampen ein, die die Räume am stimmungsvollsten beleuchten würden.

»Es ist ganz behaglich hier, nicht wahr?« stellte Pellaz fest. Ich hatte angenommen, wir würden gehen, aber er warf sich in einen Lehnstuhl. »Ist dein Wein schon zu Ende, Rue?«

»Äh, nein. Ich lasse uns noch welchen bringen.« Der Tigrina war genauso überrascht wie ich. Für gewöhnlich konnte Pell es nicht erwarten, aus seiner Nähe zu verschwinden.

Da ich nun für einige Augenblicke allein mit Pell war, fragte ich: »Was hast du eigentlich vor?«

»Was hältst du von Caeru?«

»Warum?«

»Antworte mir einfach.«

»Warum?«

Pellaz seufzte. »Nun gut. Glaubst du nicht, unsere Verbindung sollte mehr als nur auf geistiger Ebene bestehen?«

»Ich kann nicht glauben, was ich da höre!«

»Also, was ist?«

Ich hob die Schultern. Caeru kehrte zurück, vor sich einen Diener mit einem Tablett Weinflaschen. Der Tigrina lächelte. Er war glücklich, daß wir immer noch da waren.

»Ja, ich denke, du hast recht«, sagte ich.

»Was geht hier vor?« fragte Caeru.

Pellaz richtete sich auf und bedachte ihn mit einem Raubtierlächeln. »Rue, ich möchte, daß du zurückdenkst«, sagte er, »ich möchte, daß du dich an Ferelithia erinnerst und an einen romantischen jungen Har und die Zeit, die du mit ihm verbrachtest. Er ist ganz in der Nähe. Ob dir das wohl gelingt?«

Caeru hat ein gutes Gedächtnis; es fiel ihm gar nicht so schwer.

Eines nicht sehr entfernten Tages werden sich die Geschichten unserer beiden Leben, Pells und des meinen, auf dem Bord über unserem Bett aneinanderschmiegen, und das wird das Ende all dieses krampfhaften Insichgehens sein, das wir auf uns nahmen, indem wir sie aufschrieben. Wir haben jetzt die Zukunft und brauchen uns nicht mehr an die Vergangenheit zu klammern. Wenn wir zum Tempel gehen, um uns mit dem Aghama zu vereinen, können wir sie vor uns sehen.

Thiede wird immer bei uns sein. Nicht nur in der Erinnerung, sondern in jedem Harling, der geboren wird, in jedem Entschluß, den wir fassen, in jedem andächtigen Gedanken an die Kraft, die uns innewohnt. Wir nennen diese Kraft Gott und Göttin. Einst wohnte sie auch dem Menschen inne, doch Männer und Frauen konnten die helle und die dunkle Seite ihrer Natur nicht ohne Furcht annehmen, und so sind vielleicht Kamagrer und Wraeththu die Antwort. Wir werden uns ganz sicher alle Mühe geben. Unsere Rassen, so wie wir sie kennen, sind erst der Anfang; soviel mehr wird noch kommen, und wenn wir klug sind, werden wir es mit offenen Armen empfangen.

Die Geschichte der zwölf Stämme von Jaddayoth

Ursprünglich wurde das Land, das zu Almagabra werden sollte, von den Gelamingern kolonialisiert, die über das Meer aus Megalithika gekommen waren. Sie fanden die menschliche Gesellschaft in einem Zustand des Verfalls vor, hervorgerufen in erster Linie durch die Auswirkungen seltsamer unheilbarer Krankheiten, durch innere Konflikte zwischen den Völkern und ein deutliches Ansteigen der Selbstmordrate im Zuge von psychischen Erkrankungen.

Nach ihrer Ansiedlung in Almagabra setzten sich einige Splittergruppen vom Gros der Gelaminger ab und zogen nach Osten. Obwohl dieser Aufbruch nicht offiziell gebilligt war, schritt dennoch niemand ein, um ihn zu unterbinden. Aus diesen Splittergruppen entstanden die zwölf anerkannten Stämme von Jaddayoth, die in ihren Bevölkerungszahlen stark variieren, von den mächtigen MAUDRAHERN, HADASSAHERN und NATAWNIS bis zu den kleineren, mystisch beeinflußten Stämmen wie den ROSELANERN und FERIKERN.

Auch in ihren Hierarchien unterscheiden sich die einzelnen Stämme, doch an den Spitzen der meisten stehen regierende Familien, die entweder von sich aus die Macht ergriffen haben oder durch freie Wahl innerhalb des Stammes an die Regierung berufen wurden. Zwischen den Stämmen werden häufig Verbindungen hergestellt, wobei es durch die Zeugung von Nachkommen zu einer Vermischung des Blutes kommt, und manche Hara – wie die Maudraher etwa – suchen die

Qualität ihrer königlichen Blutlinien durch Fortpflanzung mit Partnern aus Ferike zu steigern, denn die Feriker sind bekannt für ihre hohe Intelligenz. Außerdem ist unter den Stämmen der Handel mit Harlingen nichts Ungewöhnliches.

Manche Stämme sind begnadete Städteplaner, die beim Aufbau häufig das ausschlachten und verwerten, was die Menschheit zurückgelassen hat, während andere in verstreuten kleineren Gemeinschaften leben. Der wichtigste Berührungspunkt zwischen den Stämmen ist der Austausch von Waren. Die Garridaner handeln mit Giften und Aufputschmitteln, die Gimraher mit Vieh und die Emunaher (die sich überdies als Makler zwischen vielen anderen Stämmen betätigen) mit Parfüms, Teppichen und Haushaltsartikeln.

Die Religionen der zwölf Stämme sind so unterschiedlich wie ihre Regierungssysteme. Die Niz etwa, die Priesterschaft der Maudraher, üben in erster Linie eine politische Funktion aus, obwohl eigentlich der Archon Ariaric als Fürst über Maudrah herrscht. Doch allgemein wird vermutet, daß die Niz selbst Ariaric auf den Thron gebracht haben und daß er ihnen Rechenschaft schuldig ist.

Bevor das Bündnis der Stämme im Jahr Ai-cara 14 ins Leben gerufen wurde, waren Raubzüge und Gemetzel der Stämme untereinander an der Tagesordnung, ganz besonders an den Grenzen der einzelnen Stammesgebiete. Im Jahr Ai-cara 13 begann Ariaric von Maudrah aus nichtigen Gründen mit Kampfhandlungen gegen die Natawnis, welche sich um Beistand an die Gelaminger wandten. Als die Streitkräfte der Gelaminger aus Almagabra eintrafen, behauptete Ariaric, Krieger aus Natawni hätten Maudrahersiedlungen an der Grenze (deren Verlauf damals noch umstritten war) überfallen, Vieh geraubt und Bauernhöfe niedergebrannt. Die Gelaminger schlugen vor, genaue Grenzlinien festzulegen und zu markieren und darüber hinaus an dieser Grenze eine dauernde Friedenstruppe aus Almagabra zu stationieren. Auf diese Weise gelangten die Gelaminger – sozusagen durch ein Hintertürchen – nach Jaddayoth; ein Umstand, den alle Stämme mit gemischten Gefühlen betrachteten. Zu dieser Zeit wurde in dem Bestreben, das Auftreten künftiger Feindseligkeiten zu vermeiden, das Bündnis der Stämme gegründet.

Als weitere Folge der Gelaminger Intervention wurde die Sklavenhaltung – von Hara und noch vorhandenen Menschen gleichermaßen – in Jaddayoth verboten. Die Sklaverei war den Gelamingern immer schon ein Dorn im Auge gewesen, sie erklärten, die Fortführung solcher Praktiken sei ein Schritt rückwärts für das Wraeththu-Geschlecht. Ein gesunder Respekt vor der Macht der Gelaminger brachte es mit sich, daß diesem Verlangen Rechnung getragen wurde, doch die sich daraufhin entwickelnde Methode der Zwangsharingschaft ist wohl auch nichts anderes als Sklaverei, und es ist ein offenes Geheimnis, daß es immer noch einen schwarzen Markt für Sklaven gibt, wenn man weiß, wo man danach suchen muß.

Die zwölf Stämme – ein Reiseführer

Die Maudraher

Die Maudraher bilden den größten Stamm von Jaddayoth; viele von ihnen sind Hara, die zur Zeit der Unterwerfung der Varrs aus Megalithika geflohen sind. Ihre Gesellschaftsordnung wird von zahlreichen strengen Vorschriften geprägt, von denen eine den religiösen Kult um den Aghama regelt, den ersten Wraeththu. In der Überzeugung der Maudraher ist der Aghama ein unbarmherziges und rachsüchtiges Wesen, das es auf jede nur denkbare Art und Weise zu besänftigen gilt, denn der Aghama könnte sich aus zahlreichen Gründen beleidigt fühlen, so etwa durch das Abweichen von feststehenden Sitten und Gebräuchen, wie das Tragen unpassender Kleidung bei den verschiedensten Gelegenheiten oder die Verwendung unkorrekter Anredeformen anderen Hara gegenüber. Sollte einem Har das Mißgeschick widerfahren, den Unwillen des Aghama auf sich zu lenken, dann ist er verpflichtet, die vorgeschriebene Buße zu tun. Sollte einem Fremden ein Fehler unterlaufen, so wird dies kaum toleriert, nur bei Durchreisenden, denen die Gesetze der Maudraher nicht geläufig sein mögen, ist man willens, kleinere Abstriche zu machen. Da jedoch ein wiederholtes Abweichen von den Regeln für gewöhnlich den Zorn der Niz erregt, ist es für Hara, die nicht mit dem Land vertraut sind, nicht ratsam, längere Zeit in Maudrah zu verweilen. Die Hauptstadt

Oomadrah ist in dieser Hinsicht wahrscheinlich noch am nachsichtigsten.

Eine schlagkräftige Polizei, bekannt als Aditi, wird von den Niz dazu eingesetzt, die Straßen der Dörfer und Städte zu überwachen und Missetäter einzuladen, ›die Gastfreundschaft der Niz in Anspruch zu nehmen‹. Es wird nachdrücklich dazu geraten, sich in einem solchen Fall der Einladung unter allen Umständen zu widersetzen; eine sofortige Flucht aus dem Gebiet der Maudraher ist die einzig empfehlenswerte Art, darauf zu reagieren.

Die Einstellung der Maudraher zum Aruna bleibt im dunkeln, da sich nur wenige von ihnen je außerhalb ihres Landes zu diesem Thema geäußert haben. Doch geht man wohl recht in der Annahme, daß er den gleichen starren Regeln unterworfen ist wie alle anderen Bereiche des Maudraher Lebens. Eine Kostprobe wird nicht empfohlen.

Einem Gerücht zufolge haben jedoch die einschränkenden Bestimmungen, denen die übrigen Bewohner von Maudrah unterliegen, im Inneren des Palastes von Sykernesse, dem Sitz des Archons in Oomadrah, keine Geltung. Dieser Umstand mag in der Tatsache begründet liegen, daß Elisyin, der Gemahl des Archons, aus Ferike stammt und in Sykernesse beträchtlichen Einfluß ausübt. Außerdem steht der Hof von Sykernesse auf sehr vertrautem Fuß mit dem Hof von Phaonica in Immanion. Auch das mag ein Grund dafür sein, weshalb die Regeln im Palast nicht so strikt befolgt werden, denn die häufigen Besucher aus Almagabra könnten daran Anstoß nehmen, würde man von ihnen ein anderes Auftreten erwarten als das eines hochangesehenen Gelamingers.

Ein zweiter Grund, weshalb die allgemein gültigen Regeln im Palast anscheinend weniger strikt gehandhabt werden, könnte darin liegen, daß Ariaric und Wrark Fortuny, der Hohepriester der Niz, zwar großzügig Gesetze über ihr Land ausstreuen, selbst jedoch mit solchen Bagatellen verständlicherweise nicht behelligt werden dürfen. (Natürlich gibt es in dieser Hinsicht zahlreiche andere Mutmaßungen, und nur ein ausnehmend böswilliger Har wird so denken.)

Die Hadassaher

Die Hadassaher sind der zweitgrößte Stamm von Jaddayoth. Sie stehen in völligem Gegensatz zu den Maudrahern und besitzen auch eine weitaus lockerere Gesellschaftsstruktur. Zugleich nähren sie einen geradezu krankhaften Haß gegen die Maudraher und verabscheuen auch zutiefst alle Gepflogenheiten dieses Stammes.

Der Lexy, der Gouverneur der Hadassaher, residiert in der Hauptstadt Camphadal, nahe der Grenze zu Natawni. Er wird alle fünf Jahre mittels eines anstrengenden Wettkampfes gekürt, bei dem es um Stärke, Klugheit und magische Fertigkeiten geht. Der gegenwärtige Lexy hat diesen Wettstreit bereits zum zweitenmal gewonnen und ist seit sechs Jahren im Amt. Er steht bei seinem Volk in hohem Ansehen.

Auch die Hadassaher verehren den Aghama, doch in diesem Fall eher das Konzept als den Har persönlich. Sie huldigen nicht dem Abbild des Aghama, sondern glauben, daß er in jedem Har gegenwärtig ist und daß jeder Schaden, den man sich selbst oder einem anderen zufügt, auch dem Aghama zugefügt wird. So muß auch jeder Hadassaher, der – aus welchem Grund auch immer – an einem Kampf teilnimmt, dem Aghama gegenüber Abbitte leisten. Dies geschieht für gewöhnlich auf höchst angenehme Weise durch einen geheiligten Aruna mit den Huyana, den Tempel-Soume-lam, die dafür Geschenke in Form von Nahrungsmitteln, Kleidern oder Geld erhalten. Da die Hadassaher ein Volk sind, das dem Trinken, dem Erobern und dem Raufhandel nicht abgeneigt ist, ist den Huyana ein sorgloses Dasein sicher.

Die Hadassaher heißen Besucher durchwegs willkommen: einerseits sind sie ein geselliges Volk, andererseits versuchen sie aus allem und jedem, so auch aus den Reisenden, Profit zu schlagen. Im Gegensatz zu den Maudrahern, die sich (mit Ausnahme der Niz, die purpurrote Roben tragen) nur in ernstes Schwarz, Grau oder Braun kleiden, lieben die Hadassaher Gewänder in den leuchtendsten Farben. Sie schmücken ihre Kleider auch gern mit Tüchern, Schmuck und Fransen. Es ist in Hadassah üblich, die Gesichtszüge mit Hilfe von Schminke zu betonen; man verwendet exotische Parfüms, die aus Kalamah und Emunah eingeführt werden.

Dem Aruna gegenüber sind die Hadassaher ähnlich eingestellt wie die Gelaminger, und zwar insofern, als man davon überzeugt ist, erfolgreicher Aruna sei für diejenigen, die ihn durchführen, sowohl in geistiger wie auch in körperlicher Hinsicht von Vorteil.

Den Reisenden erwarten in jeder Stadt in Hadassah ausgezeichnete Unterbringungsmöglichkeiten und ein gediegener Service, ganz besonders dann, wenn man zu verstehen gibt, daß Geld kein Problem darstellt.

Die Natawnis

Die Natawnis, welche im Norden von Jaddayoth zwischen den Ländern Hadassah und Garridan leben, sind auch als das Knochenvolk bekannt, denn sie verwenden Knochen, den ursprünglichsten aller Werkstoffe, für die Herstellung von Zierat, für die Wahrsagerei und sogar beim Bau ihrer Tempel. Knochen werden in die Mauern und Fundamente der Wohnhäuser eingefügt und als tödliche Waffe – Tiek genannt – gebraucht: die Natawnis tauchen eine Beinnadel in Gift, das sie von den Garridanern beziehen. Bemerkenswert furchtlos und nicht unbedingt friedliebend, besitzen die Natawnis trotzdem eine der demokratischeren Gesellschaftsformen in Jaddayoth. Es gibt keinen Herrscher, der an der Spitze des Stammes steht, sondern nur die Askelan, die Anführer der in Gemeinschaften lebenden Hara, welche jeweils aus einem Rat von zehn Personen, der Taima, gewählt werden.

Die Natawnis unterhalten gute Beziehungen zu Immanion, das Verhältnis zu den Maudrahern, die sie zutiefst verachten, ist hingegen extrem schlecht. Während sie Fremden in ihrem Land argwöhnisch gegenüberstehen (was manchmal an Feindseligkeit grenzen kann), dürfen diese jedoch nach Belieben kommen und gehen, sobald die Natawnis sich davon überzeugen konnten, daß es sich nicht um Spione der Maudraher oder Unruhestifter handelt. Reisenden, die den Wunsch haben, das Land Natawni zu erkunden, wird empfohlen, sich zuallererst um eine Audienz beim nächsten Askelan zu bemühen, um von ihm eine schriftliche Genehmigung zu erhalten. Üblicherweise wird sie gegen eine nominelle Gebühr von etwa zwanzig Spinner erteilt. Nur ein Wanderer, der das Abenteuer sucht, sollte den Versuch machen, sein Geld zu sparen und Unannehmlichkeiten riskieren. In den Städten entlang der Grenze zu Hadassah sind Fremde am ehesten willkommen.

Als Gottheit verehren die Natawnis nicht den Aghama, sondern ein Produkt ihrer eigenen Phantasie, den Skylording. Diese Gottheit besitzt eine hermaphroditische Natur so wie sie selbst, verändert jedoch sein jeweiliges Wesen mit dem Wechsel der Jahreszeiten. Die Angehörigen der Kriegerkaste des Stammes sind genötigt, dieser Gewohnheit zu folgen, daher dürfen sie im Frühjahr und im Sommer nur Soume sein, in der kalten Jahreszeit nur Ouana. Das Brechen dieser Vorschrift würde sich katastrophal auf die Fruchtbarkeit des Stammes auswirken.

Zwei religiöse Feste werden im Jahr gefeiert. Die Frühlingsfeiern werden Greening genannt und enthalten die Zeremonie der rituellen Empfängnis von Harlingen seitens der Krieger, die Feybraihas und die Segnung des Landes. Das Herbstfest, das Musting, feiert die eingebrachte Ernte, die Geburt der neuen Harlinge und die Aufnahme der Krieger in eine höhere Kastenstufe. (Anmerkung: Bei Nichtkriegern unter den Stammesmitgliedern kann die Empfängnis von Harlingen und der kastenmäßige Aufstieg jederzeit erfolgen.) Die Priester des Skylording werden als Skyles bezeichnet; es sind Hara, die wegen ihrer Schönheit und heiteren Gelassenheit auserwählt wurden.

Die Natawnis tragen für gewöhnlich Kleider in den Farben des Waldes – dunkelbraun, grün, rostrot und golden. Sie flechten Moos und Blätter in ihr Haar und parfümieren die Haut mit den Essenzen von Kiefern- und Zedernholz. Ihre magischen Kräfte konzentrieren sich auf die Erde, welche sie als die weibliche Seite ihres Gottes betrachten. Infolgedessen bedeutet der Aruna mit einem Natawni auch, den Wald als lebende Kraft zu erfahren, Erde zu atmen und eins mit ihr zu werden.

Die Garridaner

Gelegen im nordöstlichen Bergland von Jaddayoth, auf drei Seiten begrenzt von Roselane, Maudrah und Natawni und mit einer ausgestreckten Zehe aus schroffen Felsen tief nach Mojag hinabreichend, ist Garridan vermutlich das von Fremden meistgefürchtete Land in der Region. Es beherbergt viele Mitglieder des wilden, ungebärdigen Stammes der Uigennas, die zur Zeit der Konflikte aus Megalithika fliehen mußten (und die von den Maudrahern abgewiesen wurden – ein Warnhinweis!).

Die Garridaner sind ein Stamm, der sehr bewandert ist auf dem Gebiet des mystischen Wissens um die speziellen Gifte der Wraeththu. In Megalithika stellte die Bezeichnung Uigenna ein Synonym für herzlose Grausamkeit dar, und der Stamm war berüchtigt für das Ersinnen von Giften mit einer tödlichen oder zumindest schmerzhaften Wirkung auf Hara, welche ja üblicherweise die meisten toxischen Substanzen unbeschadet überstehen. Ein Gerücht besagt, daß die Garridaner viel vom chemischen Wissen der Menschheit verwerten und es jetzt zur Herstellung ihrer Gifte einsetzen. Überflüssig ist wohl der Hinweis, daß dies auch das wichtigste Exportgut der Garridaner darstellt, welches seinen Weg durch ganz Jaddayoth bis nach Thaine, Erminia und in noch weiter westlich gelegene Länder findet. Vor zwei Jahren wurde in Südmegalithika ein Todesfall durch Gift gemeldet, was zu der Mutmaßung führte, daß das verwendete Toxin aus Jaddayoth und im besonderen aus Garridan stammen mußte, da zu diesem Zeitpunkt bereits alle Uigennas aus Megalithika vertrieben oder umgekommen waren. Doch ob der Außenhandel der Garridaner tatsächlich so weitreichend ist, dafür gibt es keinerlei konkrete Beweise.

Die Garridaner sind ein berühmt wohlgestaltes Volk, für gewöhnlich hochgewachsen, langgliedrig und grauäugig. Ihr Herrscher ist der Archon Hillelex, die Hauptstadt die Bergfestung Nightshade oder ›Nachtschatten‹. Fast alle Städte und Dörfer der Garridaner tragen die Namen von Giftpflanzen – offensichtlich Zeichen für einen beißend sarkastischen Humor.

Stärker als alle anderen Stämme von Jaddayoth, welche längst von den Gewohnheiten und Bräuchen der megalithischen Wraeththu abgewichen sind, blieben die Garridaner ihren Ursprüngen treu. Sie behielten die identische Kastenstruktur wie im Heimatland bei, nennen ihre Tempel Nayatis, ihre Priester Hienamas, ihre Ehen und Verbindungen Chesnabund. Obwohl sie dem Aghama als Gottheit einen Lippendienst erweisen, haben die meisten Garridaner wenig Zeit für Religion. Die Uigennas waren einer der ersten Stämme der Wraeththu und haben ihren Nachkommen ein starkes Gefühl dafür vererbt, was es hieß, sich an die Ruinen der menschlichen Zivilisation zu klammern, als gefährliche Ungeheuer angesehen zu werden und sich das Überleben jeden Tag erkämpfen zu müssen. Das Blut der meisten Stämme weicht heute durch Vermischung mit dem Blut anderer Völker aus anderen Gebieten von der ursprünglichen Linie stärker ab als jenes der Garridaner; ihr Stammesgedächtnis ist daher abgestumpft oder zumindest so geschwächt, daß es nicht mehr zum Tragen kommt. Die Garridaner hingegen trennt nur eine Generation von den Uigennas; ein kleiner Teil ihres Wesens lebt immer noch in den brennenden Städten vor fünfzig Jahren. Damals gab es keine Götter; und daher sehen die Garridaner auch jetzt keine Notwendigkeit für sie.

Mit Mojag und Maudrah verbindet das Land eine oberflächliche Interessengemeinschaft. Der Hauptgegner Garridans ist Natawni, dessen Bürger der Mehrheit der garridanischen Anschauungen und Bräuche ablehnend gegenüberstehen. Emunah hingegen, noch nie wählerisch mit der Richtung, aus der der Geldstrom fließt, unterhält lebhafte Handelsbeziehungen mit Garridan.

Fremden steht man in diesem Land weder mißbilligend gegenüber, noch legt man ihnen Schwierigkeiten in den Weg, und doch finden sich überraschend wenige, welche diese Reise wagen. Hara, die Nightshade bereits besucht haben, berichten, daß die Garridaner hervorragende Gastgeber sind, ganz besonders der Archon Hillelex. Dennoch wäre man gut beraten, würde man jegliche Speise, die man vorgesetzt erhält, sorgfältig prüfen – es sei denn, man kann ganz sichergehen, wirklich willkommen zu sein.

Die Gimraher

Die Gimraher, bei den Stämmen Jaddayoths auch bekannt unter dem Namen ›Pferdevolk‹, bewohnen die weiten Ebenen im Südwesten von Maudrah und ein ausgedehntes Küstengebiet am Meer der Schatten. Berühmt für die Qualität ihrer Tiere, können viele Gimraher sich rühmen, ihre Rosse an alle vornehmen Häuser von Jaddayoth zu liefern. Man züchtet vier verschiedene Typen von Pferden in dieser Region: zum ersten die Arbeitstiere, schwere, muskulöse Gäule, die auf jedem bäuerlichen Hof des Landes Verwendung finden; zum zweiten Reitpferde, über alle Maßen gelobt für ihr elegantes Erscheinungsbild, ihre Verläßlichkeit und ihren Schwung; zum dritten Rennpferde, die nach Almagabra, Thaine und selbst nach Megalithika exportiert werden; und schließlich Faraldiennen. Diese Tiere sind Abkömmlinge zweier Gelaminger Pferde, einem Geschenk Immanions an Gimrah. Faraldiennen sind weit mehr als bloße Reittiere, denn sie sind in der Lage, abgehoben von der normalen Bewußtseinsebene über die Alternativrouten zu reisen, und ermöglichen es dem erfahrenen Reiter, enorme Entfernungen in sehr kurzer Zeit zurückzulegen. Die Gimraher besitzen einige kleine Herden dieser Tiere; ihr Verkauf wird jedoch von der Hegemonie in Immanion überwacht, um sicherzustellen, daß sie nicht in die falschen Hände geraten. Anscheinend gibt es zahlreiche waghalsige Versuche von Möchtegerndieben, das eine oder andere Exemplar direkt aus den Herden zu stehlen, doch die Gimraher bewachen sie aufmerksam und töten jeden, der dumm genug ist, es zu probieren. Alle Faraldiennen, die an andere Stämme verkauft werden, sind verschnitten, um Weiterzüchtungen zu verhindern.

Die Gimraher sind ein Volk von Bauern und haben keine Städte. Jede Farm ist im eigentlichen Sinn ein größeres Dorf, dem der Tirtha vorsteht, der oberste Har. Alle Tirtha von Gimrah kommen sechsmal pro Jahr zusammen, um Stammesangelegenheiten zu bereden und die besten Exemplare ihrer Tiere auszustellen. Der Tirtha ist innerhalb seiner eigenen Gemeinde als Gesetzeshüter tätig, wobei er für gewöhnlich von seiner Familie unterstützt wird.

Die Gimraher verehren den Aghama in Form eines weißen Pferdes, das manchmal auch harische Gestalt annehmen kann. Sie glauben daran, daß man am letzten Tag des Jahres den Aghama sehen kann, wie er neben den Herden über die Felder galoppiert und für den darauffolgenden Frühling die Fruchtbarkeit des Tierbestandes sichert.

Von allen Stämmen Jaddayoths haben nur die Gimraher regelmäßigen Umgang mit Menschen. Während die Mojags, Garridaner, Maudraher und Natawnis jedwede noch vorhandene menschliche Restbevölkerung ausgemerzt oder vertrieben haben, erlaubten die Gimraher Männern und Frauen, auf ihrem Land zu bleiben, und boten ihnen Arbeit und Hilfe an. Das hatten die Menschen in der Zeit der Besiedlung durch die Wraeththu auch bitter nötig, denn sie klammerten sich verzweifelt an die letzten Fäden, an denen ihr Leben hing, ganz abgesehen von Grund und Boden. Die Gimraher halfen ihnen, indem sie ihre Heilkräfte einsetzten, um die geistige und körperliche Gesundheit der Menschen wiederherzustellen, und es gelang ihnen auch, der tödlichen Ausbreitung von verheerenden Krankheiten, von Wahnsinn und Unfruchtbarkeit Einhalt zu gebieten. Aus diesem Grund sind die Beziehungen zwischen Menschen und Hara in diesem Gebiet außerordentlich gut. Viele Menschen leben jetzt besser als vor der Ankunft der Wraeththu. Natürlich fordert diese Situation Kritik seitens der weniger toleranten Stämme heraus, doch da die Gimraher die Billigung der Gelaminger haben, können Mensch und Har ohne Furcht vor Repressalien miteinander leben. Das einzige Problem, das sich aus diesem Umstand ergibt, besteht darin, daß alle männlichen Menschenkinder in die Gemeinschaft der Wraeththu aufgenommen werden wollen, sobald sie die Pubertät erreichen. Sollte dies jedoch ohne jede Einschränkung gestattet werden, dann würden die Menschen aussterben. Um die Rasse zu schützen, haben sich die Gimraher ausbedungen, daß kein junger Mann zur Initiation zugelassen wird, ehe er nicht ein männliches Kind gezeugt hat. Infolgedessen tendieren die Menschen zu sehr früher Fortpflanzung, und die gesamte erwachsene Bevölkerung ist ausschließlich weiblichen Geschlechts.

Besucher sind in den Estembles (wie man in Gimrah die Farmen nennt) stets willkommen, doch erwartet man häufig von ihnen, für ihren Aufenthalt und die Verköstigung sowohl durch Mitarbeit als auch mit Bargeld zu bezahlen. Die beste Zeit, dem Land einen Besuch abzustatten, sind die Sommermonate, wenn es viele bunte, pittoreske Pferdemärkte gibt, die man besichtigen kann.

Die Feriker

Von anderen Stämmen werden die Feriker als ein Volk von Gelehrten und Künstlern betrachtet, und in der Tat widmen sie sich in erster Linie Studien und kreativen Tätigkeiten. Die noblen Familien wohnen in großen Schlössern hoch oben auf den bewaldeten Hügeln des westlichen Jaddayoth. Die übrige Bevölkerung lebt in kleinen Orten, zumeist an den Ufern der zahlreichen Feriker Seen.

In der Hoffnung, ihrer eigenen Nachkommenschaft in künftigen Generationen Intelligenz und künstlerische Begabung zu sichern, kaufen reiche Hara anderer Stämme des öfteren Harlinge von den Ferikern ein, die zusammen mit ihren eigenen Söhnen für Nachkommenschaft sorgen sollen. Die Hara aus Ferike sind durchwegs von blasser Hautfarbe und haben besonders große Augen; zudem wirken sie meist etwas weltentrückt. Ihre Lieblingsbeschäftigungen umfassen das Schreiben fabelartiger langer Gedichte und prägnanter, komplizierter Geschichten. Bücher aus Ferike (stets herrlich gebunden und illustriert) trifft man, wenn überhaupt, auf den Märkten von Emunah an, wo sie zu stark überhöhten Preisen angeboten werden. Es heißt, daß Thiede von Immanion eine umfassende Bibliothek Feriker Literatur besitzt. Außerdem sind die Feriker für ihre hervorragenden Künstler und Musiker berühmt, doch die Liebhaberei, ihre Werke zu sammeln, könnte sich nur ein reicher Har leisten.

Wie man hört, soll der Aufenthalt in einem Feriker Schloß wunderbar entspannend wirken. Die Bewohner sind von ätherischer Schönheit, leise Musik verzaubert das Ohr, herrliche Gemälde erfreuen das Auge, und die Speisen, die von Feriker Köchen zubereitet werden, haben den Ruf, Weltspitze zu sein, was raffinierten Geschmack betrifft. Überraschenderweise ist nicht viel über die gesellschaftlichen Gewohnheiten der Feriker bekannt, denn sie sind ein ziemlich zurückgezogen lebendes Volk. Immerhin gibt es viele Berichte über den berühmten Elisyin, einen legendären Feriker, den Ariaric von Maudrah zum Gemahl nahm. Sie haben miteinander drei Söhne, deren scharfer Verstand um so wirkungsvoller ist, als ihr hübsches Aussehen naive Gemüter leicht täuschen kann. Falls man mehr über diese Geschichte erfahren will, sollte man zu dem Feriker Buch mit dem Titel ›Die Klinge, das Schilfrohr und der Schatten‹ greifen.

Da es äußerst schwierig ist, in den Besitz Feriker Literatur zu kommen, sollten Personen, die an einer ernsthaften Erforschung dieser Schriften interessiert sind, sich um die Genehmigung, dieselben in der Bibliothek von Phaonica studieren zu dürfen, an die Hegemonie von Immanion wenden. Obwohl die Gelaminger jedem Privatgelehrten wohlwollend gegenüberstehen und ihre Archive allen öffnen, die willens sind, für dieses Privileg zu bezahlen, muß davor gewarnt werden, da die Kosten sich als höher herausstellen könnten als erwartet. Ein Aufenthalt in Immanion ist nicht billig. Das Reisen in Ferike hingegen ist nicht ganz so teuer. Als guter Rat für den Reisenden könnte sich erweisen, Unterkunft in einem behaglichen Gasthof zu suchen und den einen oder anderen Ortsansässigen in Form von Bier für das Erzählen von Geschichten aus dem Leben Elisyins und seiner Söhne zu entlohnen. Das kommt bei weitem billiger als die Benutzung der Bibliothek in Immanion und ist darüber hinaus unvergleichlich unterhaltsamer, selbst wenn sich die Berichte als etwas weniger genau erweisen sollten.

Die Elhmen

Die Elhmen sind ein Bergvolk nordwestlich von Ferike; sie halten es für wünschenswert, unter sich zu bleiben, und können Fremden gegenüber höchst unangenehm werden, wenn ihnen danach ist. Obwohl robust und dem kalten Klima angepaßt, wirken sie in ihrer äußeren Erscheinung deutlich femininer als die meisten anderen Wraeththu. Dies ist jedoch nicht auf eine Sublimierung des männlichen Prinzips zurückzuführen, sondern auf ihre Religion, die der Magie des Wassers huldigt, und so erinnert ihr Aussehen auf geradezu unheimliche Weise an Wassernymphen. Elhmen sind häufig von boshaftem Charakter und berüchtigt dafür, daß sie arglosen Reisenden schlimme Streiche spielen. Sie zeigen sich nur selten, doch es heißt, wenn ein Har aus Elhmen einem Fremden in die Hände fällt, kann dieser die Erfüllung eines Wunsches verlangen – was wahrscheinlich eher eine romantische Erfindung als eine Tatsache ist. Vermutlich handelt es sich um ein Märchen, das in Ferike seinen Ausgang genommen hat!

Obwohl die Elhmen kein kämpferisches Volk sind, handeln sie prompt, wenn es darum geht, sich selbst und ihre Ungestörtheit zu verteidigen. Üblicherweise geschieht dies, indem sie den Eindringling mit Hilfe eines Zaubers in tiefen Schlaf versetzen, um ihn daraufhin an die Grenzen ihres Territoriums zu schaffen.

Die Elhmen bewachen auch die Eingänge zu dem unterirdischen Königreich Eulalee, der Heimat der Sahaler. Gelegentlich vereinigen sich Sahaler und Elhmen zu religiösen oder magischen Riten, denn die Sahaler sind auch unter dem Namen Feuervolk bekannt; daher unterliegen die magischen Kräfte der beiden Stämme einer gewissen Wechselwirkung.

Die Elhmen leben hauptsächlich in kleinen Gemeinschaften, die verstreut zwischen den Berggipfeln angesiedelt sind, und haben nur eine größere Stadt, Shappa. Sie befindet sich hoch oben in den Bergen und ist eine verblüffende Schöpfung aus Steintürmen und schwindelerregend steilen Straßen.

Das Volk besitzt keinen übergeordneten Herrscher, soviel weiß man. Doch wer auch immer die Elhmen regiert (*falls* jemand sie regiert), tut dies unter äußerster Geheimhaltung, denn über eine Verwaltung innerhalb des Stammes ist nichts bekannt. Heiligmäßige Hara, die definitiv mehr sind als nur Priester – doch niemand außer den Elhmen weiß, was genau sie sind –, werden Esh genannt.

Finanziell wohlbestallte Hara sind in Shappa im allgemeinen willkommen, und die Stadt ist durchaus einen Besuch wert, wenn man auf dem Weg dorthin eine überaus ungastliche Behandlung in Kauf nimmt.

Die Elhmen tragen ihr Haar sehr lang, haben für gewöhnlich helle Haut und eisblaue oder hellgraue Augen. Ihre Gesichtszüge wirken asketisch, im Ausdruck etwas verträumt und manchmal von einem geheimnisvollen Lächeln überzogen. Es heißt, daß ihre Haut sich unter einer Berührung immer kalt anfühlt. Obwohl die harten klimatischen Bedingungen in ihrem Land ihnen so wenig ausmachen, daß sie unter ihren prachtvollen Haarmähnen sogar häufig nackt sind, ziehen es die Elhmen normalerweise vor, in Anwesenheit von Fremden hauchdünne fließende Gewänder zu tragen.

Ein Gerücht, das über diesen Stamm im Umlauf ist, besagt, daß der Aruna mit einem Elhmen den kastenmäßigen Status eines Hars automatisch um eine Stufe erhöht. Doch wie bei so vielen hübschen Dingen, die man sich erzählt, bleiben auch hier die Fakten im dunkeln.

Die Sahaler

Wie bereits unter dem vorangegangenen Stichwort ›Elhmen‹ erwähnt, werden die Sahaler in Jaddayoth auch als Feuervolk bezeichnet. Sie leben in den Tiefen der Erde, und zwar unter den Bergzügen Elhmens und der angrenzenden Gebiete. Nur selten kommen sie an die Oberfläche, und wenn, dann ausschließlich für religiöse Feierlichkeiten. Wie es ihrem erwählten Glauben geziemt, färben die Sahaler ihr Haar rot, doch weisen die unterschiedlichen Nuancen in der Färbung auf ihre Stellung innerhalb des Stammes und ihrer Kaste hin. Junge Harlinge tragen das Haar bis zur Feybraiha himbeerrosa und ab ihrer Mündigkeit scharlachrot. Mit dem Erreichen der ersten Stufe Ulani wird die Haarfarbe blutrot, während Hara der Kaste Nahir-Nuri ihr Haar in einem ganz dunklen Purpur tragen. Leichte Abweichungen innerhalb dieser vier Gruppen weisen auf besondere Fähigkeiten, Intelligenz und soziale Stellung hin.

Die Hauptstadt von Eulalee ist Sahen, gelegen an einem sehr großen unterirdischen See und umgeben von atemberaubenden Stalaktiten, Stalagmiten und Wänden aus glitzernden Mineralablagerungen. Unter den anderen Siedlungen von der Größe Sahens ist Pir Lagadre zu erwähnen, ein Ort der religiösen Einkehr, der von Pilgern besucht wird, die sogar aus dem fernen Megalithika hierher kommen. Über die noch tiefer gelegenen Ebenen von Eulalee ist Außenstehenden nur wenig bekannt. Es gibt Gerüchte über fremdartige Wunderwesen, die in Feuerhöhlen leben, und von uralten Heiligtümern, wo vergessene Götter unbehelligt von den ganzen Veränderungen weiterleben, die das Antlitz der Erde neu geformt haben. Wiederum Legenden. Doch in Jaddayoth umranken den Stamm der Sahaler viele Legenden: Die Feuer der Sahaler erwärmen heilige Quellen, in deren Wasser zu baden für das Erlangen eines schönen, gesunden Körpers äußerst förderlich sein soll. Und jeder, der den Mut aufbringt, in den Flammen selbst zu baden, kann den Mythos zu beweisen versuchen, daß dies zu tun zu umfassender Weisheit führt – ganz zu schweigen von den umfassenden Verbrennungen dritten Grades.

Der Herrscher der Sahaler – der Lyris – residiert, umgeben von Priestergestalten, genannt Lithen, in der Stadt Sahen. Obwohl man annehmen könnte, daß die Sahaler, als eine Art Ergänzung zu den Elhmen, von vorherrschend maskulinem Aussehen sind, ist dies dennoch nicht der Fall. Sie wirken in jeder Hinsicht typisch harisch, und als einzige Besonderheit an ihnen fällt auf, daß sie trotz ihres unterirdischen Lebensraumes eine ziemlich dunkle Haut haben.

Die Emunaher

Zwar gelten die Emunaher als ein mehr oder weniger unproduktiver Stamm, doch sind sie äußerst erfolgreich als Makler für die anderen Regionen Jaddayoths tätig. Das Volk rekrutiert sich aus einer Mischung von Hara vieler verschiedener Stämme. Es bewohnt die Ostküste des Meeres der Schatten, von wo aus ihre Fluß- und Seeschiffe leichten Zugang zu vielen Gebieten Jaddayoths haben, zur Nordküste von Huldah und zum Seeweg nach Almagabra. Über das Gesetz in Emunah wachen halbherzig (soll heißen käuflich) die Nasnan, eine Gruppe gewählter Hara unter dem Vorsitz eines Oberrichters mit dem Titel Garondel. Es scheint, daß es in Emunah nur zwei Arten gibt, das Gesetz zu brechen, und zwar in Form von Diebstahl an Bürgern des Landes einerseits oder andererseits in dem Versuch, die Autorität des Garondels zu untergraben, welche sich ausschließlich auf die Verwaltung der Handelstätigkeiten des Landes erstreckt. Es wird daher allen Personen, die Emunah bereisen wollen, nahegelegt, sich in den Städten des Landes ausreichend zu bewaffnen. Als vorteilhaft wird angemerkt, daß Reisende in dieser Region keinerlei peinliche Befragung befürchten müssen (so sie überhaupt wahrgenommen werden) und kommen und gehen können, wie es ihnen beliebt. Besucher, die Handelsgüter mitführen, werden in Emunah mit offenen Armen aufgenommen und haben in den meisten Unterkünften das Recht auf herabgesetzte Zimmerpreise.

Die wichtigsten Städte des Landes sind Oriole, Meris, Gaspard und Linnea. Der Garondel und sein Komitee residieren in der Hauptstadt Oriole.

Der Religion schenkt man in Emunah wenig Beachtung, obwohl es etliche Schreine gibt, in denen der Aghama in all den unterschiedlichen Erscheinungsformen, wie sie in ganz Jaddayoth zu finden sind, verehrt wird – wohl in erster Linie deshalb, um den Besuchern von außerhalb des Landes einen Gefallen zu tun.

Die Emunaher sind für ihre fehlende Vertrauenswürdigkeit berüchtigt, doch sie sind niemals grausam. Sie benutzen ihre angeborene Begabung für Telepathie und Sinnestäuschungen gern dazu, unvorsichtige Handelspartner aus fremden Ländern zu übervorteilen. Sofern man ihnen überhaupt auf die Schliche kommt, reagieren sie für gewöhnlich mit einem entschuldigenden Lächeln und bieten eventuell Wiedergutmachung in Form eines erstklassigen Mahles an, in der Hoffnung, dabei Gelegenheit zu erhalten, das unglückliche Opfer betrunken zu machen und erneut zu übertölpeln. Doch falls es gelingt, den Respekt eines Hars aus Emunah zu erwerben (was einem Fremden nie leichtfallen wird), kann dieser eine tiefe und überraschende Loyalität an den Tag legen. Es heißt daher auch, ein Emunaher Freund – falls solch ein Wesen tatsächlich existieren sollte – ist stets ein Freund fürs Leben.

Die Kalamaher

Unter den anderen Stämmen Jaddayoths als das Katzenvolk bekannt, leben die Kalamaher in eleganten Städten aus rosarotem und cremefarbenem Stein im Osten des Gebietes. Gegenwärtig sind die meisten davon immer noch in Entstehung begriffen, denn die Kalamaher sind langsame und genaue Arbeiter und unterbrechen ihren Schaffensdrang häufig für Erfrischungs- und Ruhepausen und um ihr künstlerisches Werk ausgiebig zu bewundern. Ungeachtet dessen ist die Architektur von Kalamah bereits jetzt in ihrer unglaublichen Schönheit erkennbar.

Die Kalamaher sind ein philosophisches Volk; sie haben die Natur katzenartiger Tiere eingehenden Studien unterzogen und streben danach, sie in vielerlei Hinsicht nachzuahmen. Wie diese lieben sie Luxus und Behaglichkeit, darüber hinaus gutes Essen, erlesenen Wein und leise Musik. Einen Großteil ihres Einkommens erzielen sie aus dem Verkauf ihrer Weine, ergänzt von einer umfangreichen Teppich- und Parfümindustrie.

Wie die meisten anderen Stämme verehren sie den Aghama, jedoch in seiner Gestalt ihren eigenen Anschauungen angepaßt. Hier finden wir die Löwenkopfform des Gottes, dessen Statuen die Inschrift tragen: ›Klugheit ohne Ebenmaß und Stil ist wie ein Winterfeuer bei offner Tür.‹ Man kann des öfteren hören, daß die berückendsten und zerstörerischsten Seelen verstorbener Menschenfrauen in Kalamah dem Leben wiedergegeben werden. Vielleicht ist dieses Urteil ein wenig zu hart, doch obwohl die Kalamaher nie aus purer Jagdlust töten, machen sie sich liebend gern ein Vergnügen daraus, Herzen zu brechen. Zwar lassen sie sich nicht leicht zu Wutausbrüchen hinreißen, doch man sollte den Rat befolgen, einen Kalamaher Har niemals bis zum äußersten zu provozieren, denn einmal gereizt, könnte sich ein Streit über alle vernünftigen Grenzen hinweg fortsetzen oder ungeahnte Vergeltungsmaßnahmen nach sich ziehen.

Ähnlich den Ferikern sind auch die Harlinge dieses Stammes bei den Maudrahern und Garridanern sehr begehrt (vermutlich den einzigen Völkern, die mit dem Kalamaher Temperament fertig werden!); Nachkommen aus einer Verbindung zwischen Angehörigen der Kalamaher und den beiden anderen Stämmen sind üblicherweise mit den Gaben der Verschwiegenheit, der Klugheit und der geistigen Beweglichkeit ausgestattet, darüber hinaus mit sinnlich-träger Schönheit. Selbst der berühmte Ariaric von Maudrah, von dem bekannt ist, daß er sich gern um eine Blutauffrischung in seiner eigenen Familie bemüht, verschaffte seinem ältesten Sohn Ostoroth einen Gemahl aus Kalamah. Leider war dieser Verbindung kein Erfolg beschieden. Nach zahlreichen, nicht ganz geklärten Mißhandlungen seitens seines Partners ermordete der Kalamaher Lissilma Ostoroth kaltblütig und massakrierte darüber hinaus eine große Anzahl von Palast-Aditi, bevor es gelang, ihn zu überwältigen. Ariaric war so beeindruckt von diesem Bravourstück, daß er Lissilma an Sohnes Statt annahm, nachdem er öffentlich erklärt hatte, Ostoroth habe Schande über sein Haupt gebracht, indem er sich von einem Betthäschen umbringen ließ. Die Reaktion Lissilmas auf diese Bemerkung ist nicht überliefert, doch als echter Kalamaher machte er es sich wohl in seiner neuen, vornehmeren Stellung bequem und überhörte die Beleidigung.

Ostoroth hingegen war es nicht wert, in der Erinnerung der Hara weiterzuleben. Sein Leichnam wurde ohne jede Trauerzeremonie verbrannt, während Lissilma seinen Platz zur Rechten des Archons einnahm, von wo aus er, wie man hört, unter den anderen adligen Häusern von Maudrah bereits viel Unheil angerichtet hat. Ein Buch aus Ferike, das über dieses Thema verfaßt wurde und passenderweise den Titel ›Die Klauen von Lissilma‹ trägt, beschreibt viele der Intrigen, die von dem Kalamaher ihren Ausgang nahmen.

Besuchern von Kalamah wird dringend empfohlen, ihre Reise in der Stadt Zaltana zu beenden, die man, wie behauptet wird, nie mehr verlassen möchte, wenn man die Klauen Kalamahs in der Haut verspürt. Tatsache ist, daß die Stadt von atemberaubender Schönheit ist und nicht allzu gefährlich, falls man über unbeugsame Willensstärke verfügt.

Von den meisten anderen Stämmen Jaddayoths werden die Mojags als unkultivierte Barbaren betrachtet, doch zugleich wäre jeder ein Narr, der ihnen nicht einen gesunden Respekt entgegenbrächte. Obwohl sie nach ihrer Ankunft in Jaddayoth nur eine einzige kleine Ansiedlung in Besitz nahmen, gelang es ihnen, sich innerhalb etwa eines Jahres ein riesiges Gebiet im östlichen Bergland zu sichern. Erst die Gründung des Bündnisses der Stämme gebot ihrem Vorstoß auf das Territorium anderer Völker Einhalt – zweifellos begleitet von einem tiefen Seufzer der Erleichterung seitens der Kalamaher, Emunaher und Roselaner und einer Lockerung der Schutzmaßnahmen der Länder Garridan und Maudrah an ihren Grenzen zu Mojag.

Da es sich hier im großen und ganzen um einen Stamm von kampflüsternen Eroberern und Querulanten aller Art handelt, finden sich unter den Söldnerheeren anderer Länder für gewöhnlich zahlreiche Angehörige der Kriegerkaste von Mojag. Selbst die Gelaminger halten sich eine Truppe Mojags, die eingesetzt wird, wenn es darum geht, in Unruhegebieten die Ordnung wiederherzustellen oder Gelaminger Gesandte auf ihren Reisen in das im Osten an Jaddayoth grenzende Ausland oder in den Süden nach Olathe zu eskortieren. Mojags kennen keine Furcht und scheinen sich selbst als unangreifbar zu betrachten. Und aufgrund der Stärke dieser Überzeugung sind sie es für gewöhnlich auch.

Der Landesfürst der Mojags ist ein Har namens Wursm, der in der Hauptstadt Shuppurak residiert. Es heißt, er habe zwischen Menschen und Hara bereits ein rundes Tausend Tote auf dem Gewissen.

Da die Mojags der weiblichen Seite ihres Wesens keinerlei Konzessionen einräumen, ergibt sich die Frage, wie es ihnen gelingt, sich erfolgreich fortzupflanzen. Es gibt keinerlei Berichte, denen zufolge sie sich zu diesem Zweck Hara anderer Stämme bedienen würden, demnach bleibt dieses Rätsel ungelöst. Dazu trägt auch der Umstand bei, daß angesichts des streitbaren Charakters dieses Stammes kaum je ein Gelehrter in der Lage gewesen wäre, ihn näher zu studieren. Denn sofern es sich nicht um einen potentiellen Kampfgenossen handelt, sieht ein Mojag üblicherweise auch keinen Grund für eine etwaige Gastfreundschaft Fremden gegenüber.

Für Reisende nicht empfohlen.

Die Roselaner

Die Roselaner sind ein Volk von Mystikern, deren Hilfe von Hara anderer Stämme, die in spirituellen Angelegenheiten Beratung suchen, jederzeit in Anspruch genommen werden kann. Von Außenstehenden oft als Traumleute bezeichnet, verfügen die Roselaner über die Fähigkeit, Zugang zu Träumen und Visionen der Zukunft zu haben; aus den Interpretationen ergeben sich zumeist Lösungen für die Probleme des realen Lebens.

Ihre Religion basiert auf der grundlegenden Gegensätzlichkeit des Männlichen/Weiblichen, das ihnen innewohnt; sie haben kein Bedürfnis nach sonstigen Göttern. Die angesehensten Mitglieder des Stammes sind diejenigen, deren Begabung ihnen eine außergewöhnliche Einflußnahme auf ihre Träume gestattet. Diese Hara, genannt Frodinne, haben eine unglaubliche Macht über ihre Träume und sind gelegentlich sogar in der Lage, die Zukunft zu beeinflussen, indem sie sie träumen. Bereits in früher Kindheit wird Roselaner Harlingen beigebracht, wie man feindlichen Personen oder furchteinflößenden Objekten in den Träumen entgegentritt und sie bezwingt. Bis zu ihrer Feybraiha müssen alle Roselaner Hara diese Technik beherrschen. Falls sie zu diesem Zeitpunkt ein ungewöhnliches Talent zur Traumsteuerung erkennen lassen, werden sie weitergeschult, um dereinst in den Reihen der Frodinne Aufnahme zu finden. Andernfalls ergreifen sie irgendeinen Beruf und gebrauchen ihre Traumkräfte nur zum persönlichen Nutzen.

Angeblich verbringen die fähigsten Frodinne einen Großteil ihres Lebens im Schlaf, wobei ihnen regelmäßig Gelegenheit zur Entspannung gegeben wird, wenn ihr Zustand als ›adinne‹ diagnostiziert wird. Einige Frodinne erfreuen sich in ganz Jaddayoth eines beträchtlichen Ruhms, und Hara nehmen weite Reisen auf sich, um sie um ihren Rat zu bitten. Als berühmtester unter allen Frodinne gilt Edolie der Ighted, der bereits für die meisten Herrscherhäuser in Jaddayoth Traumdienste geleistet hat. Es heißt, er nehme auch einen wochenlangen Schlaf auf sich, wenn er an einem besonders kniffligen Problem arbeitet; seine äußere Erscheinung wird häufig als ›seraphisch‹ geschildert. Da nur wenige Nichtroselaner Edolie den Ighted jemals in Fleisch und Blut zu Gesicht bekommen haben, entzieht sich dies jedoch einer Bestätigung.

Die Roselaner teilen ihr Territorium mit einer anderen Gruppe mit dem Namen Kamagrer. Über dieses Volk ist nur wenig bekannt, und so kann auch nicht beurteilt werden, ob es sich um einen eigenen Stamm oder eine Seitenlinie der Roselaner handelt. Die Kamagrer haben ihr Hauptquartier, eine Art Tempelschule, in Shilalama, der Hauptstadt der Roselaner. Der Tempel trägt den Namen Kalalim, und es heißt, alle Straßen führen zu ihm. Als sicher gilt, daß die Roselaner die Kamagrer mit der größten Hochachtung betrachten. Gewissen Berichten zufolge stehen Menschenfrauen im Dienst der Kamagrer, was zu der Vermutung geführt hat, daß es sich bei ihnen möglicherweise um einen Überrest von Menschen in Verkleidung handeln könnte. Dies scheint jedoch unwahrscheinlich, es sei denn, die Roselaner versorgen sie mit einer Art Schutzschild.

Obwohl Ungestörtheit in Roselane zu den höchsten Gütern zählt, hat man nichts gegen Besucher. Die Reise nach Shilalama ist gefährlich und beschwerlich, doch die Stadt selbst ist prachtvoll in ihrem Erscheinungsbild und wirkt fast wie eine vom Wind zurechtgeschliffene natürliche Felsformation. Da andere Roselaner Orte einer Störung durch Fremde weniger aufgeschlossen gegenüberstehen könnten, wird empfohlen, einen Besuch auf die Hauptstadt zu beschränken.

Länder und Personen: ein Wegweiser

Calanthe	ein Reisender (er war uns ein steter Splitter im Auge; wir wissen alles von ihm)

THAINE

Fallsend:

Jafit	Besitzer der Musenda ›Piristil‹
Astarth Ehzno Salandril Rihana Yasmeen Nahele Flounah Lolotea	Kanene von Piristil
Orpah Wuwa Jancis	Diener in Piristil
Kruin	ein Kunde von Piristil; Kaufmann aus dem Stamm der Natawnis
Panthera	ein Sklave; Sohn des Herrscherhauses Jael in Ferike
Outher	Bewacher von Panthera; aus dem Stamm der Mojags
Arno Demell	ein Kunde von Piristil
Liss-am-Caar	Gifthändler aus dem Stamm der Garridaner

JADDAYOTH: LAND DER ZWÖLF STÄMME

Im Land der Hadassaher

Jasminia:

Lucastril	ein Huyana im Tempel des Aghama

Im Land der Gimraher

Lemarath:

Cora	Menschenfrau; Bäuerin und Hauswirtin
Jasca	ihre Tochter
Natty	ihr Sohn
Elveny	junge Frau in Coras Haushalt
Gasteau Hafener	Tirtha von Lemarath
Lanareeve Hafener	sein Gemahl
Jubilee Hafener, Danyelle Hafener	ihre Söhne
Onaly Doontree	Danyelles Gemahl
Wilder Hafener	ein Verwandter

Im Land der Feriker

Jael:

Ferminfex Jael	Schloßthan von Jael, Pantheras Vater
Lahela	sein Gemahl; aus dem Stamm der Kalamaher

Im Land der Elhmen

Auf der Straße nach Kar Tatang, dem Tor:

Arawn	ein Zauberer
Nanine	sein Bruder

Shappa:

Kachina	ein Führer

Im Land der Sahaler (Eulalee)

Sahen:

Der Lyris	Herrscher von Sahale
Zhatsin	Diener des Lyris
Iygandil	Erster Beamter des Lyris
Tatigha, Loolumada	Adjutanten des Lyris
Der Feuerhund von Shere Zaghara	ein Orakel

Im Land der Maudraher

Morla:

Asvak	Kapitän der ›Auric Wing‹; aus dem Stamm der Feriker
Lourana	Har aus Maudrah; ein Führer

Oomadrah:

Ariaric, Löwe von Oomadrah	Archon der Maudraher
Elisyin	sein Gemahl, ein Feriker
Lalasa	ein Kalamaher; Diener des Elisyin, Pantheras Vetter
Wrark Fortuny	Hohepriester der Niz
Zobinek	Sohn von Ariaric und Elisyin

Im Land der Roselaner

Shilalama:

Tel-an-Kaa	Angehörige der Kamagrer
Opalexian	Hohepriesterin der Kamagrer
Zackala	Adjutant von Opalexian; ein Roselaner
Exalan	Adjutant von Opalexian; ein Roselaner

ALMAGABRA

Land der Gelaminger

Immanion:

Thiede	der Aghama
Pellaz-har-Aralis	Tigron von Immanion
Caeru Meveny	sein Gemahl; Tigrina von Immanion
Abrimel	Sohn des Tigrons und des Tigrina
Ashmael	ein Fürst der Gelaminger
Arahal	Kommandeur in der Armee des Tigrons
Vaysh	ein Höfling

Anhang I

Das Kastensystem der Wraeththu

Die Hara der Wraeththu durchlaufen ein dreigeteiltes Kastensystem, wobei jeder der drei Teile seinerseits aus drei Stufen besteht:

KAIMANA
Stufe 1: Ara (Altar)
2: Neoma (Neumond)
3: Brynie (stark)

ULANI
Stufe 1: Acantha (dornig)
2: Pyralis (Feuer)
3: Algoma (Tal der Blumen)

NAHIR-NURI
Stufe 1: Efrata (vornehm)
2: Aislinn (Vision)
3: Cleatha (Ehre)

Bei ihrer Geburt gehören Hara keiner Kaste an; sobald sie die sexuelle Reife erlangen, werden sie durch ihre Initiation in die Kaste der Kaimana aufgenommen. Nur wenige von ihnen erreichen eine höhere als Pyralis, die Stufe 2 der Kaste Ulani. Wraeththu der Kasten Kaimana und Ulani werden stets mit ihrem Stufenrang angesprochen, d.h. ein Angehöriger der Stufe Acantha wird Acanthalid genannt, einer der Stufe Pyralis Pyralisit. Sobald jedoch Nahir-Nuri erreicht ist, werden die Unterteilungen der Kaste (deren Unterschiede den Angehörigen der niedrigeren Kasten ohnedies zumeist unverständlich sind) nicht mehr als Anrede verwendet. Wraeththu dieser Kaste werden einfach Nahir-Nuri genannt.

Der Aufstieg von Kaste zu Kaste

Um in eine höhere Stufe zu gelangen, ist das kontinuierliche Arbeiten an der eigenen spirituellen Weiterentwicklung unumgänglich. Okkulte Rituale schärfen die Sinne und führen einen Fortschritt herbei. Der Aufstieg wird erreicht durch das Entdecken der Kenntnisse um die eigene Person und den Gebrauch der den Wraeththu angeborenen Fähigkeiten mit Hilfe dieses Wissens.

ANHANG II

Die besonderen Eigenschaften der Wraeththu: Ein Vergleich mit dem Menschen

Die Unterschiede zwischen Wraeththu und Menschen sind nicht zahlreich und (zumeist) auf den ersten Blick nicht deutlich erkennbar. Die biologischen Funktionen gehen ganz ähnlich vonstatten, obwohl im Fall der Wraeththu etliche Defekte und Mängel im genetischen Grundmuster der alten Rasse ausgemerzt sind.

A. *Stoffwechsel*

Der Stoffwechsel der Wraeththu unterscheidet sich keineswegs grundlegend von jenem der menschlichen Rasse, jedoch ist beispielsweise Übergewicht bei den Hara unbekannt, ungeachtet der Nahrungsmenge, die sie zu sich nehmen; die Körperfunktionen sind so perfekt aufeinander abgestimmt, daß Überschüsse jeglicher Art als Ballast ausgeschieden werden. Auf diese Weise kommt es niemals zu einer Überschreitung des idealen Körpergewichtes. Dieses innere Reinigungssystem wirkt auch bei den meisten Drogen und Genußmitteln, wodurch es bei Rauschzuständen zu keinen Neben- und Nachwirkungen kommt. Aus diesem Grund existieren auch nur wenige Gifte mit für Wraeththu tödlicher Wirkung. Es gibt zwar Gerüchte, daß dem Stamm der Uigenna in Nordmegalithika Giftarten geläufig sind, die sich als tödlich für ihre eigene

Rasse erweisen, aber ein Beweis hiefür steht noch aus.

B. *Die Sinne*

Gesichts-, Gehör-, Geruchs-, Geschmacks- sowie Tastsinn sind bei den Wraeththu etwas feiner als beim Menschen; der sechste Sinn hingegen ist weitaus höher entwickelt. Dies ist möglicherweise einzig darauf zurückzuführen, daß die Wraeththu mit dem Wissen aufwachsen (oder nach ihrer Initiation entsprechend unterwiesen werden), sich ihre Fähigkeit der übersinnlichen Wahrnehmung in vollem Ausmaß zunutze machen zu können. Diese Gabe ist beim Menschen im Lauf der Zeit abgestumpft.

Unter den Hara gibt es sogar einige, die einen kurzen Blick auf zukünftige Ereignisse oder Gemütszustände zu werfen vermögen – entweder mit Hilfe von Meditation oder in Träumen.

Wiederum muß betont werden, daß das Vorhandensein dieser perzeptiven Fähigkeiten keinen grundlegenden Unterschied zwischen Menschen und Wraeththu darstellt, da auch alle Menschenwesen die Voraussetzungen in sich tragen, ihre übersinnlich-seherische Begabung zu entfalten, jedoch meist ohne sich dessen bewußt zu sein.

C. *Okkulte Kräfte*

Okkulte Kräfte sind nichts anderes als eine durch stetige methodische Fortentwicklung entstehende Erweiterung des vertrauten Umganges mit den eigenen übersinnlichen Fähigkeiten.

Magie ist Willenskraft; Willenskraft ist Magie. Sich selbst genau zu kennen, ist der Schlüssel zu vollkommener Beherrschung des eigenen Willens.

Es ist klar, daß diese besondere Gabe sowohl zum Nutzen als auch zum Schaden anderer Lebewesen eingesetzt werden kann. Da die Wraeththu aber fest an Reinkarnation und die Weiterentwicklung der Seele glauben (siehe ›Religion‹), sind sie sich im allgemeinen der Gefahren bewußt, welche ein ›Abweichen vom rechten Wege‹ bedeuten würde. Jene jedoch, die immer noch von den niedrigeren Instinkten ihrer menschlichen Vorfahren getrieben werden, neigen dazu, sich dieser Mittel auch aus eigensüchtigen Motiven zu bedienen.

D. *Lebenserwartung*

Im Vergleich zum Menschen erscheint der Wraeththu altersIos; dies ist jedoch strenggenommen nicht der Fall. Der Körper des Har unterliegt zwar nicht wie jener des Menschen einer Zellalterung, doch mit dem Erreichen eines Alters von etwa 150 Jahren beginnt er ›dahinzuschwinden‹; die Vitalität läßt nach, und ein würdiges Ende wird als Erlösung der Seele und Tor zur nächsten Inkarnation willig akzeptiert.

ANHANG III

Die Sexualität der Wraeththu

A. *Fortpflanzung*

Die Wraeththu sind zweigeschlechtige Wesen, die erst mit dem Erreichen der Kaste Ulani in der Lage sind, sich fortzupflanzen; dies in erster Linie deshalb, weil den Hara niedrigerer Kasten die ausreichende Beherrschung des Geistes fehlt, welche Grundlage ist für das Erlangen jenes höheren Bewußtseinszustandes, ohne den eine Empfängnis nicht stattfinden kann. Erfahrene Hara hingegen sind in der Lage, eine Empfängnis zu garantieren, wann immer es wünschenswert ist.

Eine Empfängnis kann es nur während des Aruna, des Geschlechtsaktes der Wraeththu, geben; eine Selbstbefruchtung ist nicht möglich. Der befruchtende Har wird Ouana genannt, der Empfänger des Samens Soume. Dies stimmt im großen und ganzen mit den Rollen des Mannes und der Frau beim Menschen überein, jedoch sind diese Rollen bei den Wraeththu jederzeit austauschbar. Wenn die Bedingungen günstig sind (d.h., wenn der angestrebte Bewußtseinszustand mit Hilfe der beim Aruna entstehenden Ekstase erreicht ist), hat der Ouana die Chance, ›das Siegel zu brechen‹, indem er die Fortpflanzungshöhle im Körper des Soume behutsam dazu bringt, die Muskelstränge zu lockern, welche ihren Eingang verschließen, um dem Faden im Inneren des Ouanaphallus ein Einschießen zu erlauben. Dieser Akt muß mit größter Geduld unternommen werden, weil das innere Organ sich in fast übertriebener Art und Weise gegen ein Eindringen fremder Körper oder Substanzen sträubt. Aggressives oder hastiges Vorgehen seitens des Ouana würde dem Soume (oder auch beiden) Schmerz bereiten, verursacht von der krampfhaften Anspannung der Muskeln des Soume.

Nach der erfolgten Freigabe des Samens (Aren) versiegelt sich die Fortpflanzungshöhle von neuem und sondert ein befruchtendes Sekret (Yaloe) ab, das eine dünne Schicht um den Aren bildet. Diesen Vorgang können nur die kräftigsten Samenzellen überleben; schwächere werden aufgelöst oder von den stärkeren verschlungen. Während der nächsten zwölf Stunden kämpfen die Aren um die Vorherrschaft, bis nur einer von ihnen übrigbleibt. Dieser wird von nahrhafter Yaloe umhüllt, die sich um den Aren härtet und eine Schale formt. Ausgelöst durch die Wechselwirkung der positiven Arenelemente mit den negativen Yaloeelementen beginnt sich der Wraeththufötus im Inneren der Schale zu entwickeln.

Nach dem Ablauf von zwei Monaten wird die Schale aus dem Körper ausgestoßen; zu diesem Zeitpunkt beträgt ihr Durchmesser etwa fünfzehn Zentimeter, und sie ähnelt einer schwarzen, irisierenden Perle. In der Folge ist ein weiteres Ausbrüten erforderlich, das entweder durch den Träger der Perle selbst erfolgen kann oder durch einen beliebigen anderen Har, der sich dazu verpflichtet. Nach der ›Geburt‹ beginnt sich die Perle zu einer elastischen, ledrigen Hülle um das im Werden begriffene Harkind zu erweichen. Entwicklung und Wachstum gehen rasch vor sich; innerhalb einer Woche ›schlüpft‹ das Kind aus der Perle, und ein neuer Har tritt in die Welt.

Bereits beim Ausschlüpfen besitzt das Wraeththukind einen Teil der Körperbehaarung und ein ziemlich ausgeprägtes Sehvermögen. Nach einigen Tagen erkennt es vertraute Hara wieder. Obwohl der Körpergröße nach weit unterlegen, kann der Harling zu diesem Zeitpunkt hinsichtlich Intelligenz und Motorik mit einem bereits entwöhnten Menschenkind verglichen werden. Wraeththukinder brauchen keine Milch und können bereits Stunden nach dem Ausschlüpfen die gleichen Speisen zu sich nehmen wie Erwachsene. Während des ersten Lebensjahres geht die Entwicklung erstaunlich rapide vor sich. Unmittelbar nach dem Schlüpfen sind Harlinge imstande zu krabbeln und nur Tage später aufrecht zu gehen. Nach etwa vier Wochen sprechen sie die ersten einfachen Wörter; davor drücken sie ihre Bedürfnisse durch Summen und Plapperlaute aus. Die Geschlechtsreife erfolgt zwischen dem siebenten und zehnten Lebensjahr, wenn der Harling körperlich in der Lage ist, ohne Schaden am Aruna teilzunehmen. In dieser Zeit beginnt die Kastenschulung, und der junge Har wird auch in den Regeln und Umgangsformen unterwiesen, die beim Aruna zu beachten sind. Das Erreichen der sexuellen Reife ist erkennbar an auffallender Ruhelosigkeit, unberechenbarem, launenhaftem Benehmen und gelegentlich an einem heftigen Verlangen nach dem Licht des Mondes. Die Arunaschulung wird für gewöhnlich einem älteren Har übertragen, der vom Träger der Perle oder vom Erzeuger des Kindes ausgewählt wird, um unangenehmen Erfahrungen vorzubeugen, die der junge Har machen könnte, wenn er sich in den Händen einer Person befindet, der nicht ausschließlich an seinem Wohlergehen gelegen ist.

(Anmerkung: Jene Hara, die nicht als solche geboren, sondern erst später in die Gemeinschaft der Wraeththu aufgenommen wurden, werden unmittelbar nach dem Abklingen der Nachwirkungen der Althaia – der Wandlung – im Aruna unterwiesen. Dies ist unbedingt erforderlich, um die Wandlung in dem neuen Har zu ›fixieren‹.)

Ein reifer, erwachsener Har ähnelt in bekleidetem Zustand einem jungen Menschenmann. Hara benötigen weder Brüste für die Produktion von Milch noch breite Hüften, um einem darin heranwachsenden Kind Platz zu bieten. Obwohl offensichtlich *maskulin,* sind sie zugleich unglaublich *feminin* – ein Umstand, der ohne Illustration schwer zu beschreiben ist.

B. *Der Aruna*

Beim Geschlechtsakt zwischen Hara unterscheidet man zwei gleichermaßen legitime Arten: zum einen wird der Aruna des sinnlichen Genusses wegen vollzogen und zum Zweck jener intimen Vereinigung von Körper und Geist, welche alle Hara zu ihrer spirituellen Erfüllung benötigen; zum anderen erfolgt der Aruna mit dem ausdrücklichen Ziel der Zeugung.

Obwohl für alle Wraeththu eine Notwendigkeit, variiert das Ausmaß des Verlangens nach körperlicher Vereinigung von Har zu Har. Der eine mag nur einmal im Jahr das Bedürfnis nach einem Partner haben, den anderen verlangt mehrmals pro Woche nach Aruna. Es hat keine Bedeutung, ob ein Har dabei lieber Ouana oder Soume ist; auch dies variiert von Har zu Har. Zumeist tauschen oder wechseln sie diese Rollen je nach Stimmung oder Umständen.

Der Phallus des Har ähnelt einem mit Blütenblättern versehenen Stab unterschiedlicher, manchmal intensiver Färbung. In seinem Inneren befindet sich ein Faden, der nur ein einziges Mal unmittelbar vor dem Orgasmus in körperlicher Vereinigung mit dem Soume hervorschnellen kann. Die Soumeorgane für die Fortpflanzung befinden sich im unteren Teil des Körpers – angeordnet nicht unähnlich jenen einer Menschenfrau – und werden durch einen fleischigen, gewundenen Gang erreicht, dessen Öffnung hinter den männlichen Fortpflanzungsorganen sitzt. Dieser sich selbst reinigende Gang führt auch zu den unteren Eingeweiden, wo weitere Muskelstränge einen wirksamen Verschluß bilden.

C. *Der Grissecon*

Grissecon ist die geschlechtliche Vereinigung zu okkulten Zwecken: sexuelle Magie. Während des Aruna werden enorme Kräfte freigesetzt, deren Wirksamkeit gezielt in eine bestimmte Richtung lenkbar ist. Jede weitere Erklärung verbietet der Große Schwur.

D. *Der Pelki*

Unter den Wraeththu existieren nur zwei legitime Arten von Geschlechtsverkehr. Die Existenz von Pelki wird zumeist geleugnet, obwohl er bei den verrohten Stämmen zweifellos ausgeführt wird. Pelki ist der Ausdruck für die Vergewaltigung sowohl eines anderen Har wie eines Menschen, wobei es sich in letzterem Fall im Grunde um Mord handelt, da der menschliche Organismus die Korpersäfte der Wraeththu nicht verträgt. Da diese Sekrete stark ätzend wirken, ist der Pelki für den Menschen immer gleichbedeutend mit dem Tod. Gerade weil der Aruna im Leben der Wraeththu einen so angesehenen und wichtigen Aspekt darstellt, ist schon der Gedanke an den Pelki für den normalen Har abstoßend und entsetzlich. Unglücklicherweise können solche Praktiken demjenigen, der sich ihrer bedient, gewisse dunkle Kräfte verleihen, was für Hara mit bösen oder moralisch dekadenten Neigungen eine kolossale Versuchung darstellt.

VERZEICHNIS BESONDERER AUSDRÜCKE UND WENIGER WICHTIGER PERSÖNLICHKEITEN DER WRAETHTHU

Acantha	s. Anhang I
Aghama	Titel des ersten Wraeththu, der als Gott verehrt wird
Aditi	militärischer Zweig der Niz in Maudrah
Ai-cara	Kalender der Wraeththu; (Jahre ab dem Zeitpunkt, zu dem Pellaz-har-Aralis Tigron wurde)
Algomalid	s. Anhang I
Almagabra	Land der Gelaminger
Archon, der	Titel des Herrschers von Maudrah
Aruna	Geschlechtsakt zwischen Hara
Auric Wing	Handelsschiff, mit dem Cal von Ferike nach Maudrah reist
Azriel	Sohn von Swift und Seel
Betica	billiger, starker Likör
Chaitra	simulierte Vergewaltigung des Kunden durch einen Kanene
Chesna	enge Beziehung zwischen Hara
Cobweb	ein Varr, Gemahl von Terzian (s. d.), Träger von Swift; ein Har von märchenhafter, legendärer Schönheit
Diamanda	Schlafmittel
Estemble	Gestüt der Gimraher
Eulalee	unterirdisches Land des Stammes der Sahaler
Exalan	ein Roselaner; Adjutant Opalexians
Fairminia	Opalexians Schiff, auf dem Cal nach Immanion reist
Fallsend	Stadt in Thaine

Fanchon, der	Fürst von Zaltana, einer Stadt in Kalamah
Feybraiha	Feier der Geschlechtsreife eines Harlings
Fillaret	Münze der Währung von Thaine/Jaddayoth
Flick	Har aus Saltrock, Megalithika
Fulminir	varrische Stadt in Megalithika; Ponclasts Zitadelle
Galhea	früher varrische Stadt, regiert von Terzian; jetzt Hauptstadt Zentralmegalithikas
Gebaddon	Wald des Grauens und der Gewissensbisse in Megalithika
Gelaminger	hochstehender Wraeththu-Stamm aus Almagabra
Glitzerviertel	Stadtteil von Fallsend, berühmt für seine Musendas
Grissecon	Geschlechtsakt zwischen Wraeththu zur Ausübung okkulter Kräfte; sexuelle Magie
Har	Angehöriger der Wraeththu (Mz. Hara)
Harling	Wraeththu-Kind bis zur Feybraiha
Heartstone	Haus der Familie Hafener in Gimrah
Hegalion	Sitzungsgebäude der Hegemonie in Immanion
Hegemonie	regierende Körperschaft der Gelaminger
Hienama	Priester der Wraeththu
Huyana	Priester des Stammes der Hadassaher
Imbrilim	Hauptquartier der Gelaminger Truppen in Megalithika
Immanion	Hauptstadt von Almagabra
Immerdar	Terzians Haus in Galhea
Kakkahaaren	Wüstenstamm in Südmegalithika
Kalalim	Palast der Kamagrer in Shilalama
Kamagrer	Schwesternschaft von Adepten; weibliches Gegenstück zu den Wraeththu
Kanene	harische Hure
Lianvis	Anführer der Kakkahaaren
Löwe von Oomar	s. Wraxilan

Mannstopper	Anführer des Stammes der Uigennas zur Zeit von Cals Initiation
Megalithika	westlicher Kontinent; den Varrs von den Gelamingern genommen
Morass	Siedlung in Thaine
Musenda	Bordell
Nahir-Nuri	s. Anhang I
Namir	ein Kalamaher und Pantheras Vetter; zu seinem Gemahl bestimmt
Nayati	der Tempel in Saltrock
Niz, die (Mz.)	Priesterschaft in Maudrah
Orien	Shamane aus Saltrock, von Cal ermordet
Ouana	die männliche Seite der Wraeththu
Ouana-Lim	männliches Fortpflanzungsorgan der Wraeththu
Parasiel	herrschender Stamm von Megalithika, stellvertretend für die Gelaminger regiert von Swift; früher unter dem Namen Varrs bekannt
Pelcia	simulierter Widerstand des Kanene gegen Vergewaltigung durch einen Kunden
Pelki	Vergewaltigung
Perle	Wraeththu-Embryo
Phaonica	Palast des Tigron in Immanion
Piristil	eine Musenda in Fallsend
Ponclast	verstorbener Anführer der Varrs
Pythia	Titel von Tel-an-Kaa
Saltrock	Wraeththu-Siedlung in Megalithika; Ort von Pellaz' Initiation
Schloßthan	Herrscher von Jael
Seel Griselming	ein Jugendfreund von Cal, nun ein Gelaminger Har und außerordentliches Mitglied der Hegemonie; Gemahl von Swift
Skylording	Gott des Stammes der Natawni
Skyles	Priesterschaft des Skylording
Soume	weibliche Seite der Wraeththu
Soume-Lam	weibliches Fortpflanzungsorgan der Wraeththu

Spinner	Zahlungseinheit in Thaine und Jaddayoth
Swift	Anführer der Parasiel (der früheren Varrs); Sohn von Terzian und Cobweb
Sykernesse	Palast des Archons in Oomadrah, Maudrah
Teilen des Atems	Kuß
Terzian	ein Varr; verstorbener Autarch von Galhea; Gebieter von Immerdar; Vater von Swift
Thaine	nördliches Gebiet von Almagabra
Thandrello	Bezirk von Immanion; Ashmaels Wohnort
Tiahaar	respektvolle Anrede
Tigrina	Gemahl des Tigrons = Caeru Meveny
Tigron	Herrscher der Gelaminger; Thiedes Schützling; Pellaz-har-Aralis
Tirtha	Vorsteher eines Gestütes bei den Gimrahern
Tyson	Sohn von Cal und Terzian
Uigennas	für seine Gifte berüchtigter kriegerischer Stamm in Megalithika, in den Cal einst aufgenommen wurde
Ulani	s. Anhang I
Ulaume	für seine Schönheit berühmter Gemahl des Lianvis aus dem Stamm der Coluraster
Unneahs	Stamm in Megalithika
unthrist	ausgestoßen, keinem Stamm zugehörig
Varrs	vor der Machtübernahme durch die Gelaminger führender Stamm in Megalithika; s. auch ›Parasiel‹
Wraeththu	Hermaphroditenrasse, die sich aus der Menschheit entwickelte
Wraxilan	der Löwe von Oomar; kampferprobter Anführer der Uigennas nach Mannstopper
Zigane	ein Nomadenstamm in Megalithika, bestehend aus Menschen und Hara